莎士比亚悲喜剧（上）

Shakespearean Comedy

〔英〕莎士比亚◎著
依　云◎译

團结出版社
UNITY PRESS

图书在版编目(CIP)数据

莎士比亚悲喜剧：全2册／（英）莎士比亚著；依云译. --北京：团结出版社，2016.7

ISBN 978-7-5126-4280-5

Ⅰ. ①莎… Ⅱ. ①莎…②依… Ⅲ. ①剧本-作品集-英国-中世纪Ⅳ. ①I561. 33

中国版本图书馆 CIP 数据核字（2016）第 170876 号

出版：团结出版社

（北京市东城区东皇根南街 84 号　邮编：100006）

电话：(010)65228880　65244790(出版社)

(010)65238766　65113874　65133603(发行部)

(010)65133603(邮购)

网址：http：//www. tipress. com

E-mall：65244790@163. com(出版社)

fx65133603@163. com(发行部邮购)

经销：全国新华书店

印刷：北京富达印务有限公司

开本：155mm×220mm　1/16

印张：42

印数：3000 册

字数：300 千字

版次：2016 年 10 月第 1 版

版次：2016 年 10 月第 1 次印刷

书号：ISBN 978-7-5126-4280-5

定价：58. 00 元

前 言

威廉·莎士比亚（1564—1616 年），英国文学史上最杰出的戏剧家，欧洲文艺复兴时期最重要、最伟大的作家，全世界最卓越的文学家之一。

莎士比亚生于埃文河畔斯特拉特福。七岁时，他被送到当地一个文法学校学习，掌握了写作的基本技巧和积累了丰富的知识。后来，他没毕业就开始谋生，帮父亲做过生意，在肉店当过学徒，在乡村学校教过书，还干了很多其他职业，增加了很多社会阅历。

1587 年前后，莎士比亚来到伦敦，当时戏剧正在流行。1588 年前后，他开始创作剧本。1590 年年底，他成为伦敦一家顶级剧团的演员和剧作家，后来成了该剧团的股东。写作的成功，使他赢得了骚桑普顿勋爵的眷顾。他凭借勋爵的关系，走进贵族文化沙龙，了解了上流社会，拓宽了视野，为以后的创作积累了丰富的素材。1590—1613 年是莎士比亚创作的黄金时期，他一生共创作了三十七部戏剧、一百五十四首十四行诗和两首长叙事诗。

他早期的作品主要是喜剧和历史剧，在 16 世纪末期达到了思想性和艺术性的高峰。最具代表性的是他的四大喜剧——《威尼斯商人》《皆大欢喜》《仲夏夜之梦》《第十二夜》。本书选取了《皆大欢喜》《仲夏夜之梦》《第十二夜》以及其他两部喜剧——《无事生非》《终成眷属》。《皆大欢喜》主要讲述被流放的公爵的女儿罗瑟琳到森林寻父和她的爱情故事，反映了莎士比亚以善胜恶的美好境界。《仲夏夜之梦》主要讲述了有情人终成眷属的爱情故事，此剧在世界文学史特别是戏剧史上影响甚大。《第十二夜》是莎士比亚早期喜剧创作的尾声，此剧以抒情的笔调、浪漫喜剧的形式，展现了生活之美、爱情之美。《无事生非》剧中人物主要追寻的是男女关系中的自我意识以及真诚、尊重。《终成眷属》主要讲述的是女主人公费尽心机争取一个出身高贵、肤浅的纨绔子弟的爱情故事，剧中充满了背信弃义、尔虞我诈的罪恶阴影。

后期，莎士比亚主要创作悲剧，常常描写牺牲与复仇。他的四大悲剧是《奥赛罗》《李尔王》《哈姆莱特》和《麦克白》。本书选取了《奥赛罗》《李尔王》《哈姆莱特》。《奥赛罗》是多主题作品，其中包括爱情与嫉妒、轻信与背信、异族通婚等主题。《李尔王》是一出感人的历史悲喜剧，情节紧凑，动人心弦。《哈姆莱特》主要讲述丹麦王子哈姆莱特为父复仇的故事，深刻揭露了封建社会宫廷内部的腐化和尖锐的斗争。

在浪漫主义时期人们赞美莎士比亚的才华，在维多利亚时代人们像英雄一样尊重他。他的戏剧上演次数远远超过其他任何一位戏剧家。时至今日，他的作品依然广受欢迎，在全球以不同文化和政治形式演出和诠释。

目 录

奥赛罗

剧中人物

威尼斯公爵
勃拉班修：元老
葛莱西安诺：勃拉班修之弟
罗多维科：勃拉班修的亲戚
奥赛罗：摩尔族贵裔，供职威尼斯政府
凯西奥：奥赛罗的副将
伊阿古：奥赛罗的旗官
罗德利哥：威尼斯绅士
蒙太诺：塞浦路斯总督，奥赛罗的前任者
小丑：奥赛罗的仆人
苔丝狄蒙娜：勃拉班修之女，奥赛罗之妻
爱米利娅：伊阿古之妻
比恩卡：凯西奥的情妇
元老、水手、吏役、军官、使者、乐工、传令官、侍从等

地　点

威尼斯、塞浦路斯

第一幕

第一场　威尼斯。街道

（罗德利哥及伊阿古上。）

罗德利哥：喂！你不要对我说，伊阿古，我把我自己的钱交给你支配，让你随意花费，你却做了他们的同伙！倘若是这样的话，你就太不够朋友了！

伊阿古：你总是不肯听我说完，哪怕是我做梦想到这种事情，你都不要把我当作一个人。

罗德利哥：那你告诉我，你恨他。

伊阿古：我要是不恨他，你以后就当不认识我。这城里的三个当权人都亲自跟他打招呼，举荐我做他的副将；凭良心说，我对自己的实力一清二楚，难道我连做一个副将的资格都没有吗？可是他眼里只有自己，根本就没有别人。对于三个当权人的请求，他都用一套充满了军事上口头禅的空话回绝了；他是这样说的："我已经选好我的副将了。"可是你看他选中的是个什么样的人呢？哼，一个算学大家，一个名叫迈克尔·凯西奥的佛罗伦萨人，一个几乎因为娶了娇妻而误了前程的家伙；他从未在战场上领过兵，对于布阵作战的常识，懂得简直还没一个老守空房的女人多；就算懂得一些书本上的理论，那些身穿宽袍的元老大人们讲起来都会比他头头是道；只有空谈，不切实际，这就是他全部的军人资格。可是，老兄，就是这样一个人，居然得到了任命！我在罗得斯岛、塞浦路斯岛，以及其他基督教徒和异教徒的国土上，立过多少军功，都是他亲眼看到的。我现在却必须低首小心，受一个市侩的指挥。这位掌柜居然能做他的副将，而我呢——上帝，请宽恕我这样说——却只能在这位黑将军的手下做一名旗官。

罗德利哥：哦，上帝，我宁可做他的刽子手。

伊阿古：这也是没有办法的事。说起来就叫人气愤，军队里的升迁竟然根本不按古来的定法，按照各人的阶级依次递补，只要谁的脚力大，能够博得上司的欢心，就能够越级蹿升。老兄，你来给我评一评理，我凭什么要跟这摩尔人要好呢?

罗德利哥：倘若是我，我就不会跟随他。

伊阿古：老兄，放心吧，我跟随他，只不过是想利用他来达到我自己的目的。我们不能保证每个人都是主人，每个主人也不能保证仆人一直忠心耿耿地跟随他。你可以看到，有一些天生的奴才，他们卑躬屈膝，拼命讨好主人，甘心受主人的鞭策，就像驴子一样，为了一些粮草而出卖自己的一生，等他们上了岁数，主人就会撵走他们；这种老实的奴才是应该挨一顿鞭子的。还有一种人，表面上虽然装出一副卑躬屈膝的样子，骨子里却总是为自己打算；表面上好像替主人做事，实际上却靠着主人的实力来发展自己，等将油水捞足了，就可以知道他所尊敬的其实是他自己；像这种人还有几分头脑；我承认我就是这样的人。因为，正像你是罗德利哥而不是别人一样，老兄，我要是做了那摩尔人，那我就不会是伊阿古了。同样，我虽然跟随他，但我跟随的其实还是自己。上天是我的公证人，我这样小心地陪着他，既不是忠心，也不是义务，仅仅是为了我自己的利益，才不得不装出这样一副假脸。倘若我表面上的恭敬行为会泄露我内心的活动，那很快我就将我的心掬出来，让乌鸦们乱啄了。世人们所认识的我，并不是真正的我。

罗德利哥：如果那厚嘴唇的家伙也有这么一手，那可真是交了大运了。

伊阿古：叫起她的父亲来！别放过他，打断他的兴致，在各处街道上宣布他的罪恶；激怒她的亲族。让他即便住在气候宜人的地方，也要受到蚊蝇的滋扰，即便享受着盛大的欢乐，也要受到烦恼的纠缠。

罗德利哥：这儿就是她父亲的家，我要高声叫喊。

伊阿古：很好，你就大声喊吧，就像在一座人口密集的城市，因为晚间不小心起火的时候，人们用那种惊骇惶恐的声音叫喊一样。

罗德利哥：喂，勃拉班修！喂，勃拉班修先生！

伊阿古：喂，喂，勃拉班修，快醒来啊！抓贼啊，抓贼啊！抓贼啦！留心你的屋子、你的女儿，还有你的钱袋，快起来抓贼啊！

（勃拉班修自上方窗口上。）

勃拉班修：到底出了什么事情，这么大惊小怪地叫嚷？

罗德利哥：您家里没有少什么人吗，先生？

伊阿古：您的门是锁好的吗？

勃拉班修：你们为什么这么来问我啊？

伊阿古：嗨，先生，有人将您的东西偷走了，还不赶紧将您的袍子披上！您的心都碎了，灵魂也已经丢掉半个了；就在此时，就在这一刻，一头老黑羊正在跟您的白母羊交尾呢。赶紧起来，起来啊！打钟将那酣睡的市民惊醒吧，否则您的外孙要被魔鬼抱走了，赶紧起来吧！

勃拉班修：难道你疯了吗？

罗德利哥：最可爱的先生啊，难道您没听出我的声音？

勃拉班修：没有，你是谁啊？

罗德利哥：我是罗德利哥啊。

勃拉班修：讨厌你！我不是叫你别在我门前走动？我已经清楚明白地告诉你了，我的女儿是不会跟你结婚的，现在你吃饱撑的，喝醉了酒，不怀好意地到我门前扰乱我的清静。

罗德利哥：先生，尊敬的先生！

勃拉班修：我希望你知道，我不是个那么好说话的人，你要是惹火了我，凭我现在的地位，只要稍微用点力，就能让你叫苦不迭，你知道吗？

罗德利哥：您别生气啊，好先生。

勃拉班修：这是威尼斯，还说什么有贼有贼的；我的屋子又不是一栋独立的庄园。

罗德利哥：最尊敬的先生，我可是怀着一片赤诚之心来通知您的啊。

伊阿古：尊敬的先生，难道您不是那种因为魔鬼让他敬奉上帝而将上帝丢到一边去的人吗？您认为我们是坏人，因此将我们的好心当成了恶意，宁可让您美丽的女儿被一头黑马给骑了，为您生下那些马子马孙，攀上那些马的亲眷。

勃拉班修：你是从哪来的混账东西？竟然在此胡说八道。

伊阿古：我是特意来告诉您一件事的，先生，您的女儿正在跟那个摩尔人做那件禽兽的勾当呢。

勃拉班修：你真是个浑蛋啊！

伊阿古：但您是位元老啊。

勃拉班修：罗德利哥，你当心着点吧，我认识你的。

罗德利哥：我愿意承担一切责任，先生，但是请您准许我说句话。倘若您的女儿因为得到了您的同意，才会在这个夜深人静的时候，身边没有任何人的保护，让一个如此下贱的、谁都能雇用的船夫，将她载到一个贪淫的摩尔人野蛮粗鲁的怀抱中——倘若您不仅知道这件事，而且是默许的——以我所见，您已经给了她一些应允——那么我现在确实太过放肆和冒昧了；但要是你确实不知道这件事，那从礼节上讲，您真不该对我如此恶语相向啊。难道我就如此不懂规矩敢来当面戏弄像您这样的长者吗？我再说上一句，倘若令爱未能得到您的准许，就将她自己的美貌、责任、智慧和财产全部委弃在一个四处为家、漂泊流浪的异邦人身上，那她确实已经犯了一件重大的罪过了。您可以马上去调查清楚，倘若她此刻好好地在您的宅子里或是她的房间里，那就是我欺骗了您，我愿意受到国法的惩办。

勃拉班修：将火点起来，再给我一支蜡烛！将所有的仆人都叫起来！这件事简直就是我的噩梦，极大的可能性已经在我的心头沉重地压下来了，喂，赶紧的，将火拿来啊！

（自上方下。）

伊阿古：再见，我失陪了；倘若我不去，我就需要当面跟摩尔人对质，那不大合适，而且我的地位也不太允许；因为我清楚，不管他将因此受到什么谴责，政府还是不会现在就免他的职，塞浦路斯的战事现在还进行得十分紧急，倘若不立刻将他派去，他们就别想找到另外一个有他这样才能、能担当重任的人。因此即便是对他恨之入骨，但是为了大局着想，我只能跟他假意周旋。放心，那也只是表面上的敷衍而已。等到他们出来找人时，你立刻带他们到旅馆，就能找到他，我会在那边跟他在一起，再会了。

（下。）

（勃拉班修率众仆持火炬自下方上。）

勃拉班修：还真是有这样的事情！她还真去了，我这衰朽的余年唯有悲哀和怨恨伴随着！你在哪里见到她的，罗德利哥？——哦，我不幸的孩子！——你是说跟那个摩尔人在一起吗？——谁还会愿意做一个父亲！——你敢确定是她？——哦，没想到她会如此欺骗我！——她是怎么对你说的？——再去拿些蜡烛，将我所有的亲族都唤醒——你觉得他们结婚没有啊？

罗德利哥：实话实说，我感觉他们已经结婚了。

勃拉班修：哦，天啊，她是怎么出去的啊？亲生骨肉的叛逆啊！所有做父亲的人啊，从今往后，千万要当心你们女儿的行动，不要相信她们的心思。这个世界上是不是有一种引诱少女失去贞操的邪术啊？你有在书本上看到这样的事情吗，罗德利哥？

罗德利哥：没错，我还的确读过。

勃拉班修：将我的兄弟叫起来！唉，我简直后悔没让你娶她！你们赶紧分头去给我找！你知道我能在哪里找到我的女儿和那个摩尔人吗？

罗德利哥：我知道他们在哪里，倘若您愿意多找几个得力的助手跟我一起去的话。

勃拉班修： 请你前面带路，我要挨家挨户地寻找；大部分人家都在我的势力范围。多带些武器啊！去叫几个巡夜的警士！走吧，我的罗德利哥，我一定会好好感谢你的。

（同下。）

第二场　另一街道

（奥赛罗、伊阿古及侍从等持火炬上。）

伊阿古： 我虽然在战场上杀敌无数，但是我总认为这种故意杀人是违背良心的。缺少作恶的本能，往往会使我无法做我想做的事情。好几次我想将我的剑从他的肋骨上刺进去。

奥赛罗： 就随他说去吧。

伊阿古： 但是他啰啰唆唆地说了很多破坏您声誉的话啊，就算是我这样一个荒唐的人都要压制不住怒火了。但是我想问下主帅，你们完婚了吗？您要知道这位元老是非常得人心的啊，甚至他的潜在势力比公爵还大呢；他会将你们的姻缘拆散，尽可能用法律的力量来压制和迫害您的。

奥赛罗： 随便他如何发泄他的愤怒去吧，我对贵族们所立下的功劳，就能够将他的控诉驳倒。世人尚不知道——倘若说大话是件荣耀的事情，那么我就要四处宣扬——我是尊贵祖先的后裔，我有充分的资格来享受我目前所得到的值得骄傲的幸运。伊阿古，让我来告诉你吧，要不是我是真心爱着美丽温柔的苔丝狄蒙娜，即使拿大海中所有的珍宝来跟我换，我也不愿意失去我的自由生活来被家室牵绊。但是你看，那边举着火把走来的是些什么人啊？

伊阿古： 她父亲来了，还带着她的亲友，您还是赶紧躲一下吧。

奥赛罗： 不，我要让他们见到我；我的人品、地位以及我清白的人格能为我表明一切，是他们吗？

伊阿古： 我想不是吧，凭二脸神起誓。

（凯西奥及若干吏役持火炬上。）

奥赛罗：哦，原来是公爵手下的人和我的副将。各位朋友，晚上好，有什么事啊？

凯西奥：公爵向您致敬，主帅，他请您这就过去一下。

奥赛罗：你知道是为了什么事情吗？

凯西奥：依我所见，或许是为了塞浦路斯方面的事情，看样子十分紧急啊。就这一个晚上，战船上已经接二连三地派来十二个使者来告急了；很多被从睡梦中叫醒的元老已经在公爵府里集合起来了。他们正在四处找寻您，因为您不在家里，所以元老院派出了三队人马来分头找您。

奥赛罗：还好你找到我了，等我进屋里说句话，就跟你一起走。（下。）

凯西奥：他到这里干什么？

伊阿古：老实说，今天夜里他登上了一艘陆地上的大船，倘若能证明那是一件合法的战利品，那他从此就能成家立业了。

凯西奥：我不明白你的意思。

伊阿古：这有什么不明白的，他结婚了。

凯西奥：新娘是谁？

（奥赛罗重上。）

伊阿古：哦，跟我来，我们走吧，主帅。

奥赛罗：好的，我跟你走。

凯西奥：看，又有一队人马来找您了。

伊阿古：主帅，那是勃拉班修。请您当心啊，他可是不怀好意来的啊。

（勃拉班修、罗德利哥及吏役等持火炬武器上。）

奥赛罗：给我站住！

罗德利哥：这就是那个摩尔人，先生。

勃拉班修：给我将这贼杀死！（双方拔剑。）

伊阿古：罗德利哥，来啊，我们一决高下。

奥赛罗：将你们那明晃晃的剑收起来吧，它们会因为沾了露水而生锈的。像您如此德高望重的老先生，何必要动武呢，有什么话不可以命令我们呢？

勃拉班修：你这个恶贼，你告诉我，你将我的女儿藏到什么地方去了？你竟然敢用妖术来蛊惑她，你也不想想自己是个什么东西；我只需要凭着理性的判断，像我女儿这样一个年轻美丽又娇怜可爱的姑娘，我们国家里有多少权贵公子她都不放在眼里，要不是中了你的妖术，怎能不怕人笑话的瞒着尊亲而投到你这黑驴子的怀抱里？——还不早就把我那女儿吓坏了，还会有什么乐趣可言呢！世人给我评评理，这根本就是显而易见的，你用邪恶的符咒将她那娇弱的心灵引诱了，用药饵丹方将她的直觉迷惑了；我需要在法庭让大家说说，这种事情是完全有可能的。因此我现在必须逮捕你，你的罪名就是行使邪术、有碍风化。给我将他抓起来，倘若他敢反抗的话，就用武力！

奥赛罗：大家都住手，不管是帮助我的还是反对我的！倘若我想打架，我自己清楚应该什么时间动手。您准备带我到何地去答复您刚才的控诉？

勃拉班修：到监狱里面去，等到法庭传唤你的时候你再张嘴说话。

奥赛罗：倘若我听从您的话，那我如何答复公爵呢？因为有紧急的事情，他现在要见我，使者就在我身边呢。

史役：大人，是真的；公爵正在举行会议呢，想必他已经派人去找您了。

勃拉班修：什么？公爵在这深夜举行会议？快带我过去！我的事也不是什么小事；要是公爵和我的同僚听到这个消息，也会觉得这种侮辱就像加在自己身上一样。倘若我对这种行为都置之不理的话，那么奴隶和异教徒都能主持我们的国政了。

（同下。）

第三场　议事厅

（公爵及众元老围桌而坐，吏役等随侍。）

公爵：这些消息彼此有很大的分歧，真是令人难以置信啊。

元老甲：的确是不太一样；我的信上说有一百零七艘船。

公爵：可我的信上是一百四十艘。

元老乙：我的却说是两百呢。虽然他们所报的数目不尽相同，因为是估计出来的结果，难免有所出入，但是这些都证实了的确有支土耳其舰队在向塞浦路斯岛进发。

公爵：没错，这是很有可能的；即便消息不是很准确，我也不能放心，但怎么说也是有根据的，我们就不能不担心啊。

水手：（在内）喂，喂，有人在吗？

吏役：一个从船上来的使者。

（一水手上。）

公爵：有什么事啊？

水手：安哲鲁大人派我前来禀告殿下，土耳其人正在调集舰队向罗得斯岛进发。

公爵：对于这一变动，你们有什么想法？

元老甲：要是按照常识判断的话，这不会有什么事情的，这不过就是转移我们目标的一种阴谋罢了。我们只要用脑子想一下，对于土耳其人，塞浦路斯岛的重要性远在罗得斯岛之上，并且攻击塞浦路斯岛，远远比去攻击罗得斯岛容易得多，因为它的防务十分空虚，没有罗得斯岛那么戒备严密；只要我们想到这一点，就能判断得出，土耳其人怎么会愚蠢到甘愿舍本逐末、避重就轻地进行一场毫无意义的冒险了。

公爵：没错，可以断定的是，他们的目标绝对不是罗得斯岛。

吏役：又有使者来了。

（一使者上。）

使者：尊敬的公爵和大人们，向罗得斯岛开去的土耳其舰队已经和另外一支殿后的舰队会合了。

元老甲： 看，的确在我们预料之中，你们猜想，会有多少只船?

使者： 三十只吧，如今他们已经回过头来，很显然是要向塞浦路斯岛进发。尊敬的蒙太诺大人，本着职责，您忠实勇敢的仆人让我来向您报告这一值得相信的消息。

公爵： 肯定是到塞浦路斯岛去的了。难道玛克斯·勒西科斯没有在威尼斯吗?

元老甲： 现在他去了佛罗伦萨。

公爵： 赶紧替我给他写一封十万火急的信。

元老甲： 勃拉班修跟那位勇敢的摩尔人一起来了。

（勃拉班修、奥赛罗、伊阿古、罗德利哥及吏役等上。）

公爵： 英勇善战的奥赛罗，我们不得不立刻将你派去和我们的公敌土耳其人作战。哦，我刚才没看到您，勃拉班修，欢迎您啊，今天晚上我们正需要得到您的指教和帮助呢!

勃拉班修： 我一样也需要您的帮助和指教啊。请您原谅，殿下，我来此并不是因为职责所在或是被什么国家大事从睡梦中惊醒。国家大事还不能引起我的注意，因为我个人的悲伤已经将其他的忧虑全部吞灭，已经压倒一切了。

公爵： 发生什么事了?

勃拉班修： 我的女儿，是我的女儿啊!

公爵、众元老： 她死了?

勃拉班修： 没错，对于我来说，她的确是死了。她被人玷污了，别人将她从我身边拐走，用江湖上骗子的咒符来引诱她堕落；因为，倘若不是中了魔法的蛊惑，一个眼睛明亮、有智商、无残疾的人怎会做出如此荒唐的事情来?

公爵： 倘若的确有人用这般下流的手段引诱了您的女儿，令她丧失了自我，令您丧失了自己的女儿，那不管他是谁，你都有权利依法让他得到严惩，即便是我的儿子，你也可这么办!

勃拉班修：殿下，谢谢您。那个小人就在这里，正是这个让您有公事交代的摩尔人！

公爵：那我们真的很遗憾啊，众元老。

公爵：（向奥赛罗）对此，你有什么要辩解的吗？

勃拉班修：没有，事情的确是这样。

奥赛罗：各位德高望重、威严无比的大人啊，我尊贵善良的主人们，没错，我的确是带走了这位老人的女儿；而且，我们都已经结婚了；这就是我最大的罪状，其他的，我就一概不知了。我不懂那些温文尔雅的辞令，所以我的言语很粗鲁；因为自打我这双手臂长了七年的臂力之后，直到最近九个月之前，它们一直都在战场上发挥本领。除了冲锋陷阵之外，我对这个广大的世界是一无所知的，因此，我无法用动人的字句来为自己辩护。但是倘若你们愿意听我继续说下去，我愿意向你们讲述一段朴实无华的、有关我恋爱经过的故事，向你们讲述我究竟用什么药物、符咒和神奇的魔法将她的女儿骗到手的，因为这正是他所给我指控的罪名。

勃拉班修：一个向来胆小、又生性幽娴贞静的女孩，甚至会为心里略动的一点情感感到难为情；像她这样的性格和年龄，竟然会不顾国族的畛域，牺牲自己的名誉和一切，跟这个看着都令人毛骨悚然的人去谈情说爱！我说什么都不会相信这么完美的人会做出这样荒唐、不近人情的事来！所以，必须查个究竟，看他到底是用了什么符咒才导致这样的事情发生！我认为他势必使用过烈性的药饵或邪术炼成的毒剂将她的血液麻醉了。

公爵：如果没有确实的证据，仅凭这些表面上的猜测，怎能使人信服？

元老甲：你说吧，奥赛罗，你是否用过什么不正当的手段将这位年轻的女孩诱惑了，或是强迫她来服从你；还是你正大光明地对她披肝沥胆，以达到你求爱的目的？

奥赛罗：我请你们派人去旅馆将这位姑娘接过来，就让她当着自己父亲的面告诉诸位我究竟是个什么样的人。倘若你们从她的话中判断我是有罪的，你们可以从此不再相信我，并且解除我的职权，甚至可以将我处死。

公爵： 来啊，去将苔丝狄蒙娜带来。

奥赛罗： 你领他们去，旗官，你知道她在哪里。（*伊阿古及吏役等下。*）在她到来之前，我要像对上天忏悔我的罪恶一般，告诉诸位我是如何得到这位美人的爱情和美人是如何得到我的爱情的。

公爵： 奥赛罗，你说吧。

奥赛罗： 我经常会被她的父亲请到家里去，因为她的父亲很看重我，每次谈话，我总会被问及过去的历史，要我讲述我过去所经历的战争、围城以及其他的遭遇。我就将我一生的经历，从我的童年开始，一直到他叫我讲述的时候为止，一五一十地说了出来。我讲述了最可怕的灾祸，陆上海上惊人的奇遇，千钧一发地脱了险，后又被傲慢的敌人俘虏为奴、遇赎脱险的经过以及旅途中的各种见闻，还有那些荒凉的沙漠、突兀的崖嶂、广大的岩窟、巍峨的峰岭；接下来我又讲述了彼此相食的野蛮部落，以及那肩下生头的化外异民；这些都是我们之间谈话的内容。每次，苔丝狄蒙娜总是出神地听着这些故事；有时因为家中的事务，她必须离座而去，但她总会赶紧把事情做好，再回来听我讲述经历。我观察到她的这种情形，在某个恰当的时候，我从她那里得到了她真诚的愿望：希望我能向她详细复述一遍我一生的经历。因为平日里她听到的总是残缺不全的片段。我自然没有拒绝她的要求，当我讲到自己少年时代所遭遇的不幸时，她总会忍不住流下眼泪。当我讲完故事之后，她会用叹息来酬劳我，并且发誓说，那简直是奇异而悲惨的；她希望自己没有听到这样故事，但是又希望上天能为自己造下这样的一个男人。她向我道谢并且对我说，倘若我有一个朋友爱上她了，只要我教他如何讲述我的故事，就一定能得到她的爱。我是在听到这样的暗示之后，才向她表明我求婚的诚意的。她因为我所经历的磨难而爱上了我，我因为她的善良和同情而爱上了她，如果说我用了妖术，那就是这个了。让她自己证明吧，看，她来了。

（苔丝狄蒙娜、伊阿古及吏役等上。）

公爵：我想，我女儿听了这样的故事也会着迷的。既然木已成舟，勃拉班修，别再懊恼了。比起手无寸铁来，破碎的刀剑还是略胜一筹的。

勃拉班修：殿下，您还是听她说吧；倘若她自己承认她原本有爱慕他的意思，而我却继续归咎于他，那就让我不得好死。来吧，我的女儿，你看在座的这些人当中，谁是最值得你服从的？

苔丝狄蒙娜：亲爱的父亲啊，在这里我所见到的，是我分歧的义务：对于您，您对我有养育、教育之恩，我尊敬您，因为您给予我生命和教养，您是我的长辈和严君，不管到什么时候，我都是您的女儿。但是我的丈夫在这里，如同母亲对您要尽妻子的义务一样，将您看得比她的父亲还重，我也必须向这位摩尔人，向我的丈夫来尽我的名分啊。

勃拉班修：上帝与你同在！我无话可说了。殿下，请您继续商讨国事吧，我宁可抚养义子，也不愿意自己生养孩子。摩尔人，你过来。我现在用我全部的诚心，将我的女儿交给你。要不是你已经得到了她，我是万万不会把她交到你手里的。宝贝，为了你的缘故，我真是庆幸我没有其他的儿女，不然你的私奔将使我变成一个虐待儿女的父亲，会给你的兄妹戴上脚镣。殿下，我无话可说了。

公爵：那就让我设身处地地说几句话给你听，或许能帮助这对恋人得到你的喜欢。

眼看着厄运临头，希望破灭，
不可挽回，何必还满腹愁肠？
为那些既成的灾祸而痛苦，
将会招惹出更多的灾难。
既然无法和命运抗争，
不如一笑而过，静心忍耐。
聪明人不会介意遭到强盗盗窃，

痛哭不止反倒会将自己伤害。

勃拉班修：让敌人将我们的海岛夺去，
我们一样可以一笑而过。
那感谢法官仁慈的罪犯，
他可以将刑罚的苦难忘却；
如果他因判决太重而起怨恨，
他就势必要忍受加倍的惨痛。
虽然种种譬解能使人慰藉，
它们也会更加使人悲戚；
但是空言怎么能将实际弥补，
动听的话语怎能送进心里？
殿下，请您继续商讨公事吧。

公爵：土耳其人现在正在大举进犯塞浦路斯，奥赛罗，你应该十分清楚那岛上的实力。尽管被我们派驻在那里的代理总督职务的人十分有能力，但是大家却都认为，你去负责镇守才能更加万无一失；因此，不得不打扰你的新婚，让你去跑一趟了。

奥赛罗：尊敬的各位元老，我已经因为习惯的暴力将冷酷无情的战场当成了我温软的眠床，我总是会在艰难困苦的时候挺身而出的。我愿意领命去跟土耳其作战，但是我希望你们念在我为国家出征的分上，为我的妻子安置一个合适的地方，按照她现在的身份，给她提供日常所需。

公爵：要是你答应的话，她可以住在她父亲家里。

勃拉班修：我不愿意让她回去住。

奥赛罗：这个我也是不答应的。

苔丝狄蒙娜：我也不希望住在父亲家，让他见到我就生气。仁慈的公爵啊，希望你能俯身听下我的陈请，让我那卑微的衷忱能够得到您的谅解和赞同。

公爵：苔丝狄蒙娜，你有什么要求？

苔丝狄蒙娜：我不顾一切同命运作斗争的行动能够代替我向世人宣告，因为爱着摩尔人，因此我愿意跟他一起生活；我的心灵彻底被他高贵的德行征服了。我是先认识和认同了他那颗心，之后才认识他那仪表的，我的命运和灵魂已经都献给他了。因此，各位尊敬的大人，倘若是他一人出征，将我一人留在和平的后方过着蜉蝣一样的日子，我将会因为无法朝夕侍奉于他而在刻骨铭心的别愁中度日如年。请准许我跟他一起去吧。

奥赛罗：请答应她吧。老天做证，我如此请求你们，并非为了贪尝人生的甜蜜，更不是为了一己私欲，因为青春的热情对于我，早已成为过去。我唯一的目的就是不愿意看到她失望。请你们千万不要觉得，我跟她在一起会怠慢了你们交付给我的重大使命。绝对不会的，倘若插翅的爱神的风流劫数能将我灵明的理智蒙蔽，使我因为贪慕欢娱而耽误正事，就让主妇们将我的战盔当成水罐，将一切污名都加在我一个人身上！

公爵：她去还是不去，你们自己决定，事情紧急，你不得不现在就出发。

元老甲：你今晚就要动身。

奥赛罗：非常好。

公爵：我们明早九点，还要在此聚会一次。奥赛罗，你要留一个将佐在此，政府日后的委任状需要由他来转交给你。倘若我们以后还有什么决定，也要由他来将训令传达与你。

奥赛罗：我的旗官是个再合适不过的人了，殿下，他为人忠厚老实、诚实可靠。我还需要拜托他来护送我的妻子，倘若以后还有什么有必要给我的物件，也可以烦请殿下一并给他。

公爵：非常好，各位晚安！（向勃拉班修）我尊贵的先生啊，倘若有德必须要有貌的话，那么与其说你的女婿长得黑，倒不如说他长得很美呢。

元老甲：勇敢的摩尔人，再见！好好照看你的妻子。

勃拉班修：摩尔人，不要对她视而不见，留心看好她；她已经将她的父亲愚弄了，难保不会愚弄你。

（公爵、众元老、吏役等同下。）

奥赛罗：她的忠诚我可以用生命来担保！我不得不把我的苔丝狄蒙娜托付给你了，正直的伊阿古，拜托你叫你的妻子好生照顾她；方便的话，就请你护送她启程吧。来吧，我的妻子，我只剩下一个小时的时间跟你诉说衷肠、料理事务了。我不得不服从环境的支配。

（奥赛罗、苔丝狄蒙娜同下。）

罗德利哥：喂，伊阿古！

伊阿古：什么事，好人？

罗德利哥：你认为我该怎么办啊？

伊阿古：回去睡觉去吧。

罗德利哥：我这就投水去。

伊阿古：去吧，投了水我从此不会再喜欢你了，你这个傻子啊！

罗德利哥：哪个傻瓜会愿意这么痛苦地活着啊，死了便能将烦恼了却，还是死了好啊。

伊阿古：真该死！我也活了二十八年了，在这个世界上，自打我能分辨利害以来，我就从未见过有人知道如何疼惜自己。倘若我为了爱上一个雌儿而选择投水自杀，我宁可变成一个猴子。

罗德利哥：那你说我该怎么办啊？我承认，这么痴心很丢脸，但是，我有什么办法，我改变不了啊！

伊阿古：力量！简直是废话！我们究竟变成什么样子，全在于我们自己。我们的身体就如同一座园圃，而我们的意志就是园丁；不管我们种莴苣还是插荨麻，拔起百里香还是栽下牛膝草，或是独自培植一种草木，或是将全园种得万卉纷披，荒废它不治理也好，辛勤耕垦也罢，全由我们的意志决定。倘若理智和情欲不能在我们的生命中保持平衡，我们血肉的邪心就会将我们引到一个荒唐的结局；但是我们有的是理智，可以将我们汹涌的热情、肉体的刺激和奔放的淫欲冲淡。我感觉被你称之为“爱情”的那个东西，也不过如此。

罗德利哥：不，不，不是的。

伊阿古：那只不过是在意志默许之下的一时间的情欲冲动罢了。罢了吧，做一个真正的汉子。投水自尽！将几只小猫小狗投进水里去吧！我曾经声明我是你的朋友，我对你的友情是用坚不可摧的绳索联结在一起的；如今到了我给你出力的时候了。将钱袋里放上银钱，跟着他们一起出征；将假胡子装在你的脸上，遮挡住你本来的面目——我说啊，别忘记把银钱放在你的钱袋里。苔丝狄蒙娜不会永远爱那摩尔人的，他们不会长久的——将银钱放在你的钱袋子里——摩尔人也不会长久地爱她的。一开始她就爱他爱得如此热烈，他们感情破裂的时候也一定会十分突然——你只需要把银钱放在你的钱袋里。这些摩尔人是非常容易变心的——用钱将你的钱袋装满——此刻他吃的像蝗虫般美味的食物，很快就会变得如同苦瓜一样涩口了。她不得不换一个年轻的男子，当她餍足了他的肉体之后，她就会发现她的选择是错误的。她一定要更换她的口味，非换不可；因此，将钱放到你的钱袋里。倘若你非要去寻死，也要想一个比投水更巧妙的死法啊。尽你所能搜一点钱出来。凭借着我的诡计和魔鬼们的奸诈，将这个行走江湖的蛮子和这个狡猾的威尼斯女人之间脆弱的盟誓破坏掉，算不上一件难事，那么，你势必会享受她——所以，你赶紧去弄钱去吧。不要再提什么投水自杀的傻话，你要宁愿因为追求你的快乐而被吊死，也不能在一亲她香泽之前自己投水身亡。

罗德利哥：你肯定会尽力帮我达成这样的意愿吗？倘若我指望这件好事的话。

伊阿古：你要百分之百相信我。赶紧去弄钱吧。我经常对你说，反复地告诉你，我有多恨那摩尔人；我的怨恨积蓄在我的心头，你同样也对他抱着仇恨，那么，就让我们齐心协力地向他报复；倘若你能为他戴上一顶绿色的头巾，那你就如愿以偿了，我也会拍手称快的。时间的胚胎里孕育着无数的人事变化，我们就等着瞧吧。去，准备好你的钱，让我们明天再讨论这件事情吧，再会。

罗德利哥：那我们明早在何地相见啊？

伊阿古：在我的寓所吧。

罗德利哥：那我一早就去找你。

伊阿古：没问题，再见。罗德利哥，你听到了吗？

罗德利哥：听到什么啊？

伊阿古：不要再提什么投水了，听到没有啊？

罗德利哥：我已经不是原来的我了，我要去将我的田地都变卖了。

伊阿古：好的，再见！多放些钱在你的钱袋里。（*罗德利哥下。*）我总是有本事让这样的傻瓜掏钱给我花，因为如果不是为了自己解闷，想要占些便宜，让我这么有见识的人将时间浪费在跟傻子周旋上，那不是很冤吗？我的确恨那摩尔人，有人竟然说他跟我的妻子私通，我不知真假，但是在这种事情上，即便是有嫌疑，也要当确有其事来对待。他对我很有好感，这样很便于我对他实行我的计划。凯西奥是一个俊美的男子，让我想想看，怎么才能得到他的位置，实现我一举两得的目的，怎么办？到底该怎么办？依我看，等过段时间，在奥赛罗的耳边捏造一些鬼话，说凯西奥和他的妻子看上去太亲热了。他不但长得漂亮，性情又温和，天生就具有一种媚惑妇人的魔力。像他这种人很容易让人怀疑。奥赛罗是一个坦白直爽的人，他看见人家表面上装出一副忠厚的样子，就认为人家一定是好人。我可以把他当成一头驴子那样牵着鼻子跑。有主意了。我已经有好计策了。地狱和黑夜正在酝酿这空前的罪恶，我必须让它向世界展露它的面目。

（下。）

第二幕

第一场　塞浦路斯岛海口一市镇。码头附近的广场

（蒙太诺及二军官上。）

蒙太诺： 从那个海岬望出去，你看看海里有船只吗？

军官甲： 什么都看不到。波浪太高了，在海天之间，我根本看不到一片船帆。

蒙太诺： 陆地上的风吹得也很厉害，以前还从未有过这样的暴风摇撼我们的雉堞。要是它在海上也这么猖狂，没有一艘橡树造的船身能承受住山一样的巨浪迎头砸下！从这场风暴之中我们将听到些什么消息呢？

军官乙： 那些土耳其的舰队一定会被风浪吹散的。你只要站在白沫飞溅的海岸上，就可以看到咆哮的波浪直冲云霄，被狂风卷起的怒浪奔腾山立，好像要把海水浇到光明的大熊星上，将那照耀北极的亘古不变的斗宿浇灭一般。在这之前，我从未见过如此可怕的惊涛骇浪。

蒙太诺： 倘若土耳其的舰队没能躲进港里，那他们一定沉没了，他们抵挡不住这样的风浪。

（另一军官上。）

军官丙： 报告！咱们的战事已经结束了。遭受这场风暴袭击的土耳其人，只好放弃他们进攻的计划。一艘从威尼斯来的大船一路上见到他们的船只大部分零落不堪。

蒙太诺： 是真的吗，这是真的吗？

军官丙： 大船已经进港了，是一艘维洛那造的船；是勇敢的武士奥赛罗的副将迈克尔·凯西奥，已经上岸了；奥赛罗本人还在海上，他是奉命到塞浦路斯岛这儿来的。

蒙太诺：这是一位十分有才能的总督啊，我十分高兴。

军官丙：但是凯西奥在说起土耳其损失的时候，虽然兴高采烈，但也是愁容满面，他在祈祷奥赛罗的安全，因为他们在险恶的风浪中失散了。

蒙太诺：希望他平安无事啊，因为他曾经也领导过我，我清楚他在治军用兵上是大将之才。快来啊，我们到海边去！看看新到的船舶，再将眼睛望向海天相接的远方，期盼着勇敢的奥赛罗。

军官丙：我们赶紧去吧，每分钟都会有人来的。

（凯西奥上。）

凯西奥：感谢你们这座尚武的岛上的各位壮士，谢谢你们如此褒奖我们的主帅！希望上帝帮助他战胜这风浪，因为我就是在这风浪中与他走散的。

蒙太诺：他的船结实吗？

凯西奥：船身十分牢固，舵师是个非常有经验的人，因此我还是抱有很大希望的。

（内呼声："一条船！一条船！一条船！"）

（一使者上。）

凯西奥：那是什么声音？

使者：全市的人都出来了，海边人山人海，他们都在叫嚷着："一条船！一条船来了！"

凯西奥：我衷心希望那就是奥赛罗，我们的总督。（炮声。）

军官乙：他们开始放礼炮了，即便不是奥赛罗总督，起码也是我们的朋友。

凯西奥：请你去看一下，然后赶紧回来告诉我是谁来了。

军官乙：我这就去。（下。）

蒙太诺：但是，副将，奥赛罗总督结婚没有啊？

凯西奥：当然，他的婚姻很幸福。他娶到的妻子的才德和美貌，超越一切；笔墨的赞美根本不能将她的好处写尽，她的天赋的优美简直无法形容。

（军官乙重上。）

凯西奥：是谁来了？

军官乙：是一个名叫伊阿古的人，说是主帅的旗官。

凯西奥：他都一帆风顺地到了。这咆哮的狂风、汹涌的怒涛，那隐藏在海底同往来船只作对的礁石、沙碛，好像也懂得怜惜美人，将它们凶恶的本性收敛起来，让那神圣美丽的苔丝狄蒙娜安然通过。

蒙太诺：您说的是谁啊？

凯西奥：正是我才跟您提起的，我们大帅的夫人啊。勇敢的伊阿古将她护送到这里来，比我预计的快了七天，没想到他们走得这么快。伟大的乔武啊，请保佑奥赛罗吧，将你们大力的气息吹一口在他的船帆之上，让他的高大的桅樯在这海港里将他的雄伟显示，让他跳动着一颗恋人的心投进苔丝狄蒙娜的怀里，重新将我们衰颓的精神燃起，使整个塞浦路斯岛充满兴奋！

（苔丝狄蒙娜、爱米利娅、伊阿古、罗德利哥及侍从等上。）

凯西奥：看啊，船上的珍宝来了。赶紧向她下跪吧，塞浦路斯人。夫人，祝福您！愿所有的神灵保佑您！

苔丝狄蒙娜：英勇的凯西奥，谢谢您。您知道我丈夫奥赛罗的消息吗？

凯西奥：他没有来，但是他是平安的，他一定会来的。

苔丝狄蒙娜：但是我担心——你们是怎么走散的？

凯西奥：海上的风浪太过猛烈，我们就这么走散了，但是，您听，又有船来了。

（内呼声："一条船！一条船！"炮声。）

军官乙：他们又放礼炮了，看来又是我们的朋友。

凯西奥：你快去看一下。（军官乙下。）（向伊阿古）欢迎啊，长官！（向爱米利娅）长官夫人，欢迎！好伊阿古，请别恼怒，我需要讲究礼节，依照我的教养，我需要来个大胆的见面礼啊。（吻爱米利娅。）

伊阿古：老兄，倘若她向你掀动她的嘴唇，如同她向我掀动自己的舌头一般，那你就惨了。

苔丝狄蒙娜：唉！她怎么会多嘴。

伊阿古：没错，她真的太会多嘴了；每次我想睡觉时，总会被她吵得不得安宁。但是，当着夫人您的面，我还是要说，有些话她是放在心里说的，别人看她不张嘴，其实她是在心里骂人呢。

爱米利娅：你为什么要这样冤枉我啊？

伊阿古：罢了，罢了，你们啊，跑出门来就像图画，走进房间就像响铃，到了灶下像野猫；害人之时，面子上就装得如同圣徒，别人将你们冒犯了，你们便活活像个母夜叉。让你们来管家，你们就只会胡闹，一上了床，就又像是个忙碌的主妇。

苔丝狄蒙娜：啊，呸！你竟然如此诽谤女人！

伊阿古：不，我说的全是事实，

你们起床游戏，上床工作。

爱米利娅：我再也不需要你来给我编造什么诗词了。

伊阿古：好，那就别让我编。

苔丝狄蒙娜：倘若让你为我编，那你会怎么说呢？

伊阿古：哦，好夫人啊，不要让我做这件事好吗？因为我的脾气就是要吹毛求疵的啊。

苔丝狄蒙娜：试试吧，来。是不是有人到港口了啊？

伊阿古：夫人，是的。

苔丝狄蒙娜：虽然我心里十分愁闷，但是还是想听一听，说吧，你是如何赞美我的呢？

伊阿古：我正想象着呢，但是我的诗情粘在了我的脑壳里面，倘若用力挤的话就会将我的脑浆一起挤出来。我的诗神可正难产着呢——好了——终于把孩子生出来了。

倘若她是既美丽又聪明，

就请别误用她的娇美。

苔丝狄蒙娜：赞美得十分贴切！倘若她是又黑又丑但是很聪明呢？

伊阿古：她要是又黑又丑而聪明，包她找到一位俊郎君。

苔丝狄蒙娜：这是什么话啊？

爱米利娅：倘若美丽但是很笨呢？

伊阿古：美女绝不是笨冬瓜，
再蠢也会抱个小娃娃。

苔丝狄蒙娜：这不都是在酒店里骗傻瓜们笑笑的古老歪诗吗？那么那些又丑又笨的女人，你如何赞美她们呢？

伊阿古：不要嫌弃她们丑陋笨拙，
女人的戏法一样拿手。

苔丝狄蒙娜：简直是岂有此理啊！你给了最坏的女人最好的赞美。可是对于一个贤惠的女人——就连那些天生的坏蛋都能看出她们的好，都不禁对天发誓，说她们真的是很好的女人——你又如何赞美她们啊？

伊阿古：她们长相娇美，却从不骄傲，
能说会道，却从不叫嚣；
腰缠万贯，却从不妖娆；
将欲念摆脱，嘴里说着“我要”！
她受到欺负，想要报仇，
却平心静气，将烦恼打消；
聪明懂事，从不朝三暮四，
不去拿这鳕鱼头来换鲑鱼翅；[①]
脑筋回转，小嘴却紧闭，
即使有人盯梢，她也不会回头；
倘若是有这样的女娇娘——

苔丝狄蒙娜：要叫她如何呢？

伊阿古：叫她去喂傻孩子，去记油盐账。

---

① 鳕鱼头比喻傻瓜，全句意谓：嫁了傻瓜，并不另找漂亮的相好。据说这是天鹅在临终时为自己唱的挽歌。

苔丝狄蒙娜：天啊，这简直就是最蹩脚、最没劲的结尾了！别听她的话，爱米利娅，即便他是你的丈夫。凯西奥，你怎么说呢？难道他不是一个胡说八道、粗俗的家伙吗？

凯西奥：夫人，我认为他说得很直爽。要是您将他看作一个军人而不是什么文人，就不会感觉他言语粗俗了。

伊阿古：（旁白）他将她的手心捏着。哦，两人窃窃耳语，简直太好了。只要我将这小小的网张起来，就能将凯西奥这样一只大苍蝇给捉住。哦，很好很好，对她微笑；我要让你在自己的礼貌中跌翻——您说得没错，就是这样。——倘若这种鬼殷勤会将你的前程葬送，你还是别总是吻着你的三根指头以表示你的绅士风度了。非常好，吻得很好啊！这简直是绝妙的礼貌啊。又在你的嘴唇上放上你的手指了吗？你的手指要是变成了你的通肠管我才高兴不得呢！（喇叭声）主帅奥赛罗来了！我！我能听出他的喇叭声。

凯西奥：没错，就是他。

苔丝狄蒙娜：我们赶紧去迎接他。

凯西奥：他来了，看啊。

（奥赛罗及侍从等上。）

奥赛罗：我娇美无比的战士啊！

苔丝狄蒙娜：我最亲爱的奥赛罗！

奥赛罗：我见到你比我先到一步，真是又惊又喜啊。哦，我心爱的人啊！倘若每次暴风骤雨之后，都能见到这样和煦的眼光，那就让狂风吹得更加肆虐吧，将死亡都吹醒吧！让那些苦苦挣扎的船舶去爬上那如山的高浪，如同从高高的云上坠下幽深的地狱一样，一泻千里地跌下来吧！倘若我能现在就死去，那真是最幸福的；因为我担心自己的灵魂已经将无上的快乐品尝了，此生再也不会有同样令人欢喜无比的事情了。

苔丝狄蒙娜：希望上帝保佑，让我们的爱情和欢乐不断增加！

奥赛罗：慈悲的神灵啊，阿门！我不能全部说出我心里的欢乐；我被太多的欢喜憋住了呼吸。（吻苔丝狄蒙娜。）一个——再来一个——

这就是两颗心之间最大的冲突。

伊阿古：（旁白）哦，现在你们琴瑟合鸣，我看着不动声色，就叫你们松了琴弦走了音。

奥赛罗：让我们到城堡里去吧。朋友们，告诉你们一个好消息：土耳其人全部淹死了，我们的战事结束了。我在岛上的好友，你好。我的爱人，你在塞浦路斯将要受到众人的宠爱，因为他们都是十分热情的。哦，亲爱的，我简直太高兴了，因此才会说出这样忘乎所以的话来。请你到港口去一趟，伊阿古，将我的箱子搬上岸来。将船长带到城堡里来，他也是个非常不错的家伙，他的才能简直叫人钦佩啊，苔丝狄蒙娜，我们又在这里团圆了啊。（除伊阿古、罗德利哥外均下。）

伊阿古：你立刻到港口来与我相会。过来，别人说，懦夫可以受到爱情的刺激，使他鼓起他本来没有的勇气；倘若你真的有胆量，就请听我说，今晚副将将在卫舍守夜。我必须告诉你的是，苔丝狄蒙娜直截了当地跟他发生了恋爱。

罗德利哥：跟他恋爱？根本就不可能。

伊阿古：闭上你的嘴巴，认真听我说，当初，她不是因为奥赛罗跟她吹了些法螺，撒了瞒天大谎，就爱得死去活来。难道她仅仅会为了他吹牛的本领继续爱他吗？你是个聪明人，难道会相信世界上有这样的事？她也需要得到视觉的满足，你认为从魔鬼的脸上她能得到什么乐趣吗？在一阵兴奋过后，情欲会逐渐厌倦，这个时候，必须换一种新的口味，才能将它重新刺激起来，不管是容貌俊俏，还是年龄相仿，或是举止优雅，这都是奥赛罗所欠缺的；如果她觉得自己这些必要的方面无法得到满足，就势必会觉得自己青春的娇美所托非人，那就会对奥赛罗由失望而憎恨，由憎恨而厌恶，天性就会逼迫她再去做第二次的选择。这种情况十分自然也很有可能。倘若这一点得到认可，请问谁还会比凯西奥更能享受这份便捷的福利？一个十分会讲话的人，为了能够达到自己秘密的淫邪的欲望，会恬不知耻地装扮出一副殷勤而文雅的外表。哼，谁会比得上他啊；哼，谁也不会比得上他的！一个阴险狡诈的家伙，最会无孔不入地趁机取利——他才不管是不是钻得进去呢。鬼一样狡猾的家伙！并且，这还是一个年轻漂亮的家伙，凡是能使女人醉心着迷的条件，他都具备了，简直是个十足害人的家伙。这个女人已经上钩了。

罗德利哥：这我不会相信的，她是个圣洁无比的女人啊。

伊阿古：什么圣洁！难道她喝的酒不是用葡萄酿制的吗？要是她圣洁的话，她会爱上那个摩尔人吗？圣洁？难道你没有见到他捏着她的手心？你敢说你没见到？

罗德利哥：没错，我看到了，但那是出于礼貌啊！

伊阿古：这分明就是奸淫，我发誓！这段意味深长的楔子，就包含着很多淫欲意念的交流啊。他们的嘴贴得是那么近，他们之间的呼吸简直都在那互相拥抱了。这该死的思想啊，罗德利哥！一旦这种表面的亲热开了端，好戏就会接着上场了，肉体的结合绝对是必然的。但是，你要依着我的话去做啊，老兄。我特地将你从威尼斯带过来，你今晚就去守夜值班，我会去给你弄命令来。凯西奥并不认识你，我就在离你很近的地方注视着你。你见到凯西奥就去找些借口挑衅他，你可以高声辱骂，将他的军纪破坏，也可以随你的意思用任何你认为合适的方法。

罗德利哥：好的。

伊阿古：你要知道，老兄，他性情急躁，易于发怒，或许会向你动粗；如果他没有动武，你要逼他跟你动武；因为借由这个，我就能在塞浦路斯人中将一场暴动煽起来，倘若要将他们的愤怒平息的话，就得将凯西奥的职位解除。这样你就能在我的设计帮助下，早日将你的意愿达成了。你的阻碍也就从此去除了，不然我们的事情是没有指望成功的。

罗德利哥：只要我能找到理由和借口，我很愿意这么做。

伊阿古：这个我可以向你担保。一会儿你到城门口见我。我现在不得不去给他将箱子搬运到岸上来，再见。

罗德利哥：再见。（下。）

伊阿古：我充分相信凯西奥是爱他的；她爱上了凯西奥，这也不是一件不自然不可能的事情。我虽然气不过这摩尔人，但是他却有一种坚定、仁爱、正直无比的性格；我相信他会成为苔丝狄蒙娜一个最多情的丈夫。至于我自己，我也是爱她的啊，并不全是出于情欲的冲动——尽管或许我犯下的罪名也不会轻一点——但是一半是为了报仇，因为我怀疑这好色的奥赛罗已经跳上了我的坐骑。这种思想就像毒药一般将我的肝肠腐蚀着，什么都不能令我心满意足，只有在他的身上将这口恶气发泄出来；即便做不到这一点，我也要叫奥赛罗心里生气。那根深蒂固的嫉妒，没有一种理智的药饵能将它治疗。为了达到目的，我已经将这威尼斯的瘟神作为我的鹰犬；倘若他能真的听从我的唆使，我就有机会抓住凯西奥的把柄，在奥赛罗跟前大肆诽谤他——因为我怀疑凯西奥跟我的妻子也是不清不白的。这样我就能让奥赛罗感激、报答和喜欢我，因为我让他做了一头大驴子，用诡计将他的平和安宁搅乱了，令他因为气愤而发疯。计划已经基本订下，前途不可预料，阴谋的面目直到下手之后才会揭晓。（下。）

第二场　街道

（传令官持告示上，民众随后。）

传令官：我们英勇善战的奥赛罗元帅有令，据最新消息，土耳其舰队已经全军覆没了，得到这一捷报的全体军民应当一同庆祝：想跳舞的就跳舞，想燃放烟火的就燃放烟火，每个人都可以随自己高兴尽情欢乐；因为除此之外，我们还要庆贺我们的元帅新婚大喜。公家的酒窖和伙食房全部开放，从下午五点一直到深夜十一点，大家可以尽情饮酒欢乐，上帝祝福和保佑塞浦路斯岛和我们尊贵的元帅奥赛罗！（同下。）

第三场　城堡中的厅堂

（奥赛罗、苔丝狄蒙娜、凯西奥及侍从等上。）

奥赛罗：今天请你留心警备，我的好迈克尔；我们需要随时警惕，以免因为纵乐无度而产生什么意外。

凯西奥：我已经吩咐好伊阿古如何办了，我自己也会亲自督察照看的。

奥赛罗：伊阿古是个忠实而且十分可靠的男人。晚安了，迈克尔，你明早再来见我吧，我有话要跟你说呢！（向苔丝狄蒙娜）我的爱人，来吧，我们已经将彼此身心交换，希望今后能够开花结果，恩情美满。晚安了！（奥赛罗、苔丝狄蒙娜及侍从等下。）

（伊阿古上。）

凯西奥：伊阿古，欢迎你啊，我们要去守夜了。

伊阿古：副将，时间还早呢，还没到十点钟。奥赛罗主帅因为不舍得他的新婚夫人，所以就这么早将我们打发出来了。这我们也不能怪他，他还没跟她真正地销魂，但是她这个人，哪怕是天神见了都会动心啊。

凯西奥：的确是一位人间少有的美人儿啊！

伊阿古：我可以担保她迷惑男人的功夫一定好着呢。

凯西奥：她确实是个娇艳无比的女郎。

伊阿古：你看她的眼睛多迷人啊，简直是在向世人挑战呢。

凯西奥：一双迷人的眼睛，但是却有一种端庄的神气。

伊阿古：她说话的时候简直就是爱情的警报啊。

凯西奥：她简直太完美了。

伊阿古：好的，希望他们床上幸福！副将，来吧，我这里还有一点酒；外面还有两个塞浦路斯的军官，想为黑将军祝饮一杯。

凯西奥：好伊阿古，恐怕我今天晚上不能奉陪了。我要是一喝酒，头脑就糊涂了。我真希望有人能在设宴款待宾客的时候，换一种方式招待。

伊阿古：他们全是我的朋友，你就喝一杯吧，我也可以替你喝啊。

凯西奥：我今天晚上就仅仅喝了一杯，那一杯还是被我掺了水的，但是你看我的脸，变成什么样子了。我太知道自己的弱点了，着实不能再喝了啊。

伊阿古：哎呀，我的朋友啊！这是个狂欢的夜晚啊，何必要让那些军官扫兴呢？

凯西奥：他们现在在哪里啊？

伊阿古：就在门外呢，请你去把他们叫进来吧。

凯西奥：我可以去，但是我心里是不情愿的。（下。）

伊阿古：今天晚上他已经喝过酒了，只要我能再灌他一杯，他就会如同小狗一般四处惹是生非。那个为情憔悴的傻瓜罗德利哥今晚为了苔丝狄蒙娜也喝了几大杯酒，已经被我派去守夜了。还有三个心高气傲、十分重视荣誉的塞浦路斯少年，都是这座尚武岛上数得着的人物，只要我将他们灌醉，他们今晚也是需要守夜的。在一群醉汉之间，我一定要让凯西奥干出一些可以引起岛上人公愤的事来。但是他们来了，倘若结局果真像我想的那样，那么我的船就能顺风而下，前程远大了。

（凯西奥率蒙太诺及军官等重上，众仆持酒后随。）

凯西奥：上帝做证，他们已经灌了我满满一大杯酒了。

蒙太诺：只是一小杯呢，最多也不会超过一品脱的分量，我是个军人，军人怎么会说谎啊。

伊阿古：将酒拿来。（唱）

一瓶接着一瓶啊，
饮酒击瓶叮当鸣。
我为军人岂能无情，
人命倏忽像烟云，
聊持杯酒遣浮生。
拿酒来，孩子们！

凯西奥：多好的一支歌啊！

伊阿古：这首歌是我从英国学的。英国人的酒量那叫一个厉害啊；那些德国人、丹麦人和大肚子的荷兰人——酒来！——根本与英国人比不了。

凯西奥：英国人真的很擅长喝酒吗？

伊阿古：嗨，他会不出声色地将丹麦人灌醉，面不流汗地将德国人灌得不省人事，还没将下一杯倒满的时候，荷兰人就已经吐得满地狼藉了。

凯西奥：祝我们的主帅健康！

蒙太诺：副将，赞成，你喝我也喝啊。

伊阿古：哦，可爱的英格兰啊！（唱）

英明的天子斯蒂芬啊，
五百文做一条裤子；
硬说多花了六个钱，
就大骂裁缝一顿。
王爷大名传天下，
你这小子是什么人？
骄奢虚荣将国亡，
哪及旧衣披上身。

拿酒来啊！

凯西奥：这首歌比上首歌还要好听呢。

伊阿古：你想再听一遍吗？

凯西奥：不不，因为我觉得他这样地位的人做出这种事来，是有失体统的。上帝在上，有的灵魂一定要得救，有的灵魂是不能得救的。

伊阿古：没错，副将。

凯西奥：说到我自己——我从未有过将我们的主帅冒犯，或者冒犯哪个大人物的意思——我倒是希望可以得救。

伊阿古：我也跟你一样，副将。

凯西奥：但是，对不起，你没法比我先得救啊；只有副将先得救了，接下来才是旗官呢。咱们就别说这个啦，还是赶紧去守夜吧。愿上帝将我们的罪赦免了！别忘了我们的事情啊，各位。别以为我喝醉了，各位先生。这是我的右手，这是我的旗官，这是我的左手，看我并没喝醉；我不但站得稳，说话也是如此清楚。

众人：很清楚啊。

凯西奥：那就好，你们千万不要以为我醉了。（下。）

蒙太诺：来吧，各位朋友，我们到露台上守望去。

伊阿古：你们瞧刚才出去的人，要是论及指挥三军的才能，他能够跟恺撒争一日之雄。但是你们看他这酗酒的模样儿，却完全把他的长处抵消了。我简直为他惋惜啊！我担心奥赛罗如此相信他，他有一天会误了大事，令全岛都大受震动。

蒙太诺：他经常这样吗？

伊阿古：喝醉的时候他通常去睡觉，倘若不是喝酒催眠的话，他能够一夜不睡。

蒙太诺：应该将这样的事情告诉元帅啊，或许他还不知道，又或许他禀性仁恕，由于看重凯西奥的才能而将他的短处忽略了，这话对吗？

（罗德利哥上。）

伊阿古：（向罗德利哥旁白）罗德利哥，怎么！你还不赶紧去追副将。

（罗德利哥下。）

蒙太诺：高贵的奥赛罗竟然会让一个染上这种恶癖的人做他的副手，简直是令人遗憾的事情啊！只有真正的汉子才会这样老实跟他说的。

伊阿古：即使送我一个大好的岛屿，我也不会说的；我是那么爱凯西奥，倘若有办法的话，我一定要尽力帮助他除去恶癖。但是听啊，是什么声音？（内呼声："救命！救命！"）

（凯西奥驱罗德利哥重上。）

凯西奥：狗贼，你这个浑蛋！

蒙太诺：副将，发生什么事情了？

凯西奥：一个浑蛋竟敢在这里教训我，我要将这浑蛋打到瓶子里去。

罗德利哥：竟然打我！

凯西奥：难道你还要还嘴吗？你这狗贼！（打罗德利哥。）

蒙太诺：（拉凯西奥）不，请您住手，副将。

凯西奥：先生，将我放开，否则拳脚不长眼。

蒙太诺：你喝醉了，你是喝醉了。

凯西奥：喝醉了！（与蒙太诺斗。）

伊阿古：（向罗德利哥旁白）赶紧走！快到外面去高声叫嚷，高呼出乱子了。（罗德利哥下。）副将，不！天啊，各位！赶紧来人！蒙太诺！各位，帮帮忙啊！这算是在守的什么夜啊！（钟鸣）是谁在打钟啊？天啊，全市的人都要起床了。天啊！副将，赶紧住手！你要丢尽颜面了啊。

（奥赛罗及侍从等重上。）

奥赛罗：这里发生什么事情了？

蒙太诺：他娘的！我受重伤了，血流不止啊。

奥赛罗：想要活命的话就赶紧给我住手！

伊阿古：喂，副将，住手！蒙太诺！各位！难道你们忘记自己的地位和职责了？赶紧住手！主帅都在跟你们讲话了，你们还不住手！

奥赛罗：怎么回事！为什么闹起来了？我们难道都变成野蛮人了吗？上天阻止了土耳其人来进犯，难道我们就要在这自相残杀吗？赶紧停止这场粗鲁的争斗吧，为了基督教徒的面子；谁要是再敢一味怄气动手的话，他就是看轻了自己的灵魂，只要他敢动手，我就要他死！赶紧制止他们打斗，否则会将岛上的人心扰乱的。谁能告诉我究竟是因为什么？伊阿古，你告诉我，这场争端是谁挑起的？凭着你的忠心，你老实告诉我事情的真相。

伊阿古：我不清楚，刚刚还是好朋友，如同正在宽衣解带的新婚夫妻般相爱，突然就好像受到了星光的刺激，将自己的本性迷失了，竟然都将剑拔出来，刺向彼此的胸前，要拼个你死我活了。我真的不知道这场任性的争吵是如何开始的。怪就怪我这双腿没能在战场上光荣失去，否则也不会踏进这是非之间了！

奥赛罗：你竟然会忘记了自己的身份，迈克尔。

凯西奥：我无话可说，请您原谅我。

奥赛罗：您一向是个温文知礼的人，尊贵的蒙太诺，您的少年端庄为世人钦佩，您在贤人君子之中是有很好的名声的。为什么您也要这样自贬身价，将您的宝贵名誉牺牲掉，被人家说您是个半夜酗酒闹事的家伙呢？请您回答我！

蒙太诺：尊敬的奥赛罗，我真的无法回答，因为我伤得真的很厉害；伊阿古可以将我所知道的一切都告诉你。我其实也不知道自己今晚说错了什么或者做错了什么，除非自重自爱会成为一种过失，当暴力侵袭之时，自卫反倒是一桩罪恶！

奥赛罗：上帝啊，现在的我再也遏制不住自己的怒气了！我清明的理性被血气蒙蔽了，让我只能冲动行事！只要我动一动或是举一下我的胳膊，就能让你们之中最有本领的人在我的一怒之下丧命。赶紧让我知道这样可耻的骚扰是因何而起的，究竟谁是挑起事端的人？倘若我知道了谁是肇事之人，即便他是我的亲生兄弟，我也一定不放过他！一个刚遭到战乱的城市，尚未恢复秩序，人民的心里全都充满了恐惧，你们却在深更半夜里，在全岛治安所系的地方为了私人之间的恩怨大吵大闹。简直是岂有此理！到底谁是肇事的人？伊阿古！

蒙太诺：要是你刻意偏袒，或者是同僚相护，说出与事实不符的话来，那你就不配做一个军人。

伊阿古：别逼迫我，我是宁可将自己的舌头割下来，也不愿意说凯西奥的坏话的。但是既然事已至此，我只能说老实话了。主帅，事情是这样的，我跟蒙太诺正在谈话，突然进来一个高呼救命的人，他的后面跟着杀气腾腾的凯西奥，仿佛非要将此人杀死才甘心的样子；那时候，这位先生就上去将凯西奥拦住，希望他能消消气，而我则去追赶那位呼叫的人，因为担心他大惊小怪地将人心扰乱——后来果然不出我的所料，但是他实在跑得太快了，我没能追上他，又听到背后刀剑相击和凯西奥的咒骂声，我就只好回来了。我从未听到他如此骂人，本来我追得就不是很远，一转眼就见到他们在此你一剑、我一刀地厮杀起来，如同您到来时将他们呵斥开的时候一样。这就是我所见的全部。但是，人谁无过，圣人也有犯错的时候。一个盛怒之下的人，即便是好友也会翻脸不认的。凯西奥虽然给了他一点小的伤害，但是我坚信凯西奥一定是从逃走的那家伙那儿受到了奇耻大辱，才会如此盛怒的。

奥赛罗：我知道你的忠实和义气，伊阿古，你故意轻描淡写地讲述这件事情，无非是要给凯西奥减轻罪名。凯西奥，你仍旧是我的好友，但是，从此之后，你不再是我的部属了。

（苔丝狄蒙娜率侍从重上。）

奥赛罗：瞧啊，我温柔的爱人都被你们惊醒了！（向凯西奥）我需要拿你来做个榜样。

苔丝狄蒙娜：发生什么事情了？

奥赛罗：现在已经没事了，亲爱的，快回去睡觉吧。尊敬的先生，我将会亲自替您医治您受到的伤害。把他扶出去吧。（侍从扶蒙太诺下。）你去巡视市街，伊阿古，将受惊的人心稳定稳定。苔丝狄蒙娜，来；军人的好梦是难圆的，刚一合眼就又被惊动了。（除伊阿古、凯西奥外均下。）

伊阿古：副将，您受伤了是吗？

凯西奥：没错，我受到的是无药可救的伤害。

伊阿古：哟，愿上帝保佑不要出现这样的事情！

凯西奥：名誉，名誉！我已经名誉扫地了！我已经将我生命中不死的部分失去了，留在这里也跟畜生没两样了。伊阿古，我的名誉，名誉啊！

伊阿古：我是一个老实的人，我还以为你的身体受到了什么伤害呢，那可是比名誉受损要痛苦多了啊。名誉是一件骗人无聊的事情！得到它的人不会得到什么功德，失去它的人也不会有什么过失。你的名誉仍然是好端端的，除非你自认为自己已经名誉扫地。嗨，我的朋友，要是你想恢复主帅对你的信任，有的是方法啊。现在的你不过一时激怒了他，与其说他给你的处分是表示对你的不满，还不如说是掩人耳目的策略，如同有人为了将一头凶恶的狮子吓退而故意鞭打他驯良的狗一般。只要你向他去恳求，他一定会回心转意的。

凯西奥：我是宁可恳求他唾弃我，也不愿意将他的聪明蒙蔽，让这样的贤主手下有如此酗酒放荡的将校。胡言乱语！酗酒无度！吹牛！吵架！赌咒！跟自己的影子说废话！啊，你空虚缥缈的旨酒的精灵，倘若你还没有名字的话，就让我们叫你魔鬼吧！

伊阿古：你火冒三丈地提剑追赶的那个人是谁啊？他是怎么冒犯你的？

凯西奥：我也不清楚。

伊阿古：怎么会不清楚啊？

凯西奥：我记得不少的事情，但都是很模糊的；我记得我跟人吵架了，但是不知道是为了什么。英明的上帝啊！人们竟然会将一个仇敌放到自己的嘴巴里，让它将他们的头脑偷去！我们竟然能在欢天喜地当中将自己变成畜生！

伊阿古：但是你现在已经十分清醒了，你怎么会明白过来的呢？

凯西奥：气鬼上身了，酒鬼就自动退让了；由一件过失引发第二件过失，简直令我都瞧不起自己了。

伊阿古：你也太过认真了啊。按照此时此地的环境来说，我宁愿没有发生这样的事情；但是事已至此，赶紧为自己想个好办法吧。

凯西奥：要是我向他恳求恢复原职，他会说我是个酒鬼！即便我有一百张嘴巴，也会被这样的答复全部封住。刚才还是一个清楚明白的人，一会儿之间就变成了傻子，接着立马就变成了畜生！简直太奇怪了，每一杯过量的酒都是魔鬼酿成的毒汁啊！

伊阿古：罢了罢了，只要不滥喝，酒也是个好伙伴，你就别再咒骂它了。我觉得你一定要将我当成好友看待，副将。

凯西奥：我当然信任你的友谊了，我喝醉了！

伊阿古：朋友，一个人有时多喝上几杯，是免不了的事。让我告诉你一个好办法。奥赛罗的夫人现在是我们真正的主帅啊，我能这么说，原因是他现在满心装着她的好处，眼睛里尽是她的优点。只要你在她面前坦白忏悔，恳求于她，她肯定会帮助你恢复原职的。你也知道，她是那么慷慨仁慈，那么体贴人心，要是人家请她出十分力，她没出到十二分都会觉得对不起人家。请她来为你缝补你与她丈夫之间的裂痕，我敢打赌，你们的交情肯定会格外加深的。

凯西奥：你的主意十分不错。

伊阿古：这完全是出于我的诚心，我发誓。

凯西奥：我从不怀疑你的善意，明早我就去请求贞贤的苔丝狄蒙娜替我去说说情。倘若我再次被他们革退了，那我的前程也就毁了。

伊阿古：说得没错。副将，晚安，我要去守夜了。

凯西奥：正直的伊阿古，晚安了！（下。）

伊阿古：是谁说我做事奸诈？我给他出的这个主意，难道不是光明磊落、合情合理，并且确实是挽回摩尔人心意的最英明的办法吗？只要请求是正当的，苔丝狄蒙娜总是有求必应的；她的为人是那么慷慨、热心。至于她去劝说奥赛罗，那简直是举手之劳，不费吹灰之力。他的灵魂已经完全被她的爱情俘虏了，不管她要做什么事情，甚至推翻已经做成的事情，或者让他抛弃他的信仰和一切得救的希望，他也会一概听从的。让她的喜恶主宰他那无力反抗的身心。既然我已经明白了凯西奥的心意，给他指出了一条阳关道，谁还会说我是个罪人呢？蛇心佛面的鬼魅，恶魔经常是用神圣的外表，用最恶的罪行来引诱世人，如同我现在使用的手段一样；因为当这个老实无比的呆子去恳求苔丝狄蒙娜为他说情，当她竭力去奥赛罗跟前说情之时，我就会向摩尔人的耳中灌下毒酒，说她之所以要为凯西奥复职求情，完全是为了奸情热恋的原因。她越是这样忠于所托，就越会加强奥赛罗的猜忌；我就利用她善良的心肠将她的名誉玷污，让他们全都落入我的罗网。

（罗德利哥重上。）

伊阿古：罗德利哥，啊哈！

罗德利哥：我跟随大家赶到这里，不像是一头追寻狐兔的猎狗，反倒像是替你们来凑热闹的。我的钱已经快花完了，我今晚还挨揍了；我感觉这番教训，或许就是我费了不少辛苦换来的代价。我现在的钱袋已经空了，我的头脑里也总算增加了一些智慧，我要回威尼斯去了。

伊阿古：没有耐心的人简直太可怜了！有什么伤口不能慢慢平复呢？你知道我们不是用魔法，而是用计谋来干事情的；既然是用计谋，就需要等到时机成熟。难道这一切不是进行得很顺利吗？固然你被打了一顿，但是你受到的这一点小痛苦，已经令凯西奥丢了官职。虽然各种草木在阳光底下欣欣向荣，但是最先开花的果子往往总是最先成熟的。你就安心吧。你看，天已经亮了；又是喝酒，又是打架，闹哄哄的，就让时间这么飞过去了。你去吧，回到你的宿舍去，赶紧去吧，有什么消息我会告诉你的，去吧。（罗德利哥下。）我还有两件事要做：第一件事是让我的妻子在她的女主人面前替凯西奥说几句好话，我这就去劝说她，同时我也要想方设法把摩尔人骗走，等到凯西奥去找他的妻子求情时，再让他亲眼看看这出好戏。好的，言之有理，不要犹豫不决，耽误了锦囊妙计。

（下。）

第三幕

第一场　塞浦路斯。城堡前

（凯西奥及若干乐工上。）

凯西奥：就在这里奏起来吧，朋友们；我会酬谢你们的。奏上一支简短一些的乐曲，来敬祝我们的主帅早安。（音乐。）

（小丑上。）

小丑：怎么了，朋友们，是因为你们的乐器曾经到过那不勒斯，才会这样嗡咙嗡咙地用鼻音说话吗？

乐工甲：怎么了，大哥，怎么了？

小丑：请问这些都是管乐器吗？

乐工甲：没错，大哥。

小丑：怪不得下面有那么个东西。

乐工甲：怪不得下面有个什么东西，大哥？

小丑：我是说有好多管乐器都是这么回事。可是，诸位朋友，这是赏给你们的钱，将军非常喜欢你们的音乐，但他请求你们千万不要再奏下去了。

乐工甲：没问题，我们不奏就是了，大哥。

小丑：倘若你们会奏听不到的音乐，那就开始吧。但是正如人家说的，将军对音乐不是很感兴趣。

乐工甲：我们根本不会演奏那样的音乐。

小丑：那么就将你的笛子藏起来，因为我要走了。赶紧消失在空气里吧，去吧！（乐工等下。）

凯西奥：我的好友，你看到了吗？

小丑：不，我只看见您，没看见您的好友。

凯西奥：别说笑话。这块小小的金币你拿去，要是侍奉将军夫人的仆人已经起身，你愿意告诉他有位叫凯西奥的人请夫人出来说话吗？

小丑：先生，夫人已经起身了，倘若她愿意出来，我就告诉她。

凯西奥：太感谢你了，我的好友。（小丑下。）

（伊阿古上。）

凯西奥：伊阿古，你来得正好。

伊阿古：你还没闭过眼吧？

凯西奥：没有啊，我们分手时，天就已经亮了。正直的伊阿古，我已经冒昧去叫人请你的妻子来了，我想要请她帮忙设法让我见到苔丝狄蒙娜。

伊阿古：我这就去叫她来见你。我要帮你将摩尔人支开，以便你们之间的谈话更加方便。

凯西奥：很感谢你的好意。（伊阿古下。）我从未见过比他还善良的佛罗伦萨人。

（爱米利娅上。）

爱米利娅：副将，早啊！我听说您触怒了主帅，真是令人懊恼啊！但是请相信，一切都会转祸为福的。将军正在跟夫人谈及此事，夫人正在替您求情，听将军说，被您伤害的人，在塞浦路斯是十分有名誉和势力的，他将您斥责是为了避免受人非难，也是万不得已；但是他说他也很喜欢您的，即便是没有人替您说情，也会在适当的机会给您复职。

凯西奥：但我还想请求您，倘若您认为没有妨碍或是能办得到的话，请您设法让我同苔丝狄蒙娜见一面，我想跟她简短地谈一次。

爱米利娅：您请进来吧，我可以将您带到一处可以让您从容吐露心声的地方。

凯西奥：那我真是感激万分啊。（同下。）

第二场　城堡中一室

（奥赛罗、伊阿古及军官等上。）

奥赛罗：伊阿古，你将这几封信去交给舵师，叫他替我转交给元老院。我在堡垒上走走，待你办完事情之后，就到那里去找我。

伊阿古：主帅，我这就去办。

奥赛罗：我们是不是要去看下这里的防务，各位？

众人：很愿意奉陪。

（同下。）

第三场　城堡前

（苔丝狄蒙娜、凯西奥及爱米利娅上。）

苔丝狄蒙娜：你放心吧，凯西奥，我肯定会尽力替你说情的。

爱米利娅：请您千万尽力啊，好夫人。说实话，我丈夫为了此事，已经懊恼得不行了，如同是自己的事情一样。

苔丝狄蒙娜：你的丈夫真是好人啊。凯西奥，你放心，我一定设法让奥赛罗恢复你们原先的友谊。

凯西奥：善良的夫人啊，不管我将来有什么样的成就，我永远是您最忠实的仆人。

苔丝狄蒙娜：我明白的，我感谢你的好意。你那么爱我的丈夫，你们又有多年的交情；你放心，除了表面上他因为要避嫌而不得不对你疏远些之外，不会真的跟你见外的。

凯西奥：夫人，您说得没错；但是就为了这“避嫌”就有可能将时间拖得很久，或是为了一些琐碎的小事，反复思虑之后还是不便将我叫回来，结果我就丧失了在帐下奔走的机会，天长日久，就会有人替代我的位置，恐怕主帅就会忘记我的微劳和忠诚了。

苔丝狄蒙娜：这你不必担心，爱米利娅做证，我担保你会回复原职的，请你一定相信我，我发誓要帮助一个朋友，就一定会帮到底的。为此，我的丈夫将会不得安宁，不管是吃饭还是睡觉，我都会在他的耳边唠叨。不管他干什么事情，我都会插嘴为你说情。所以，凯西奥，不要如此沮丧，因为你所请的辩护人是永远不会放弃为你“辩护”的权利的。

（奥赛罗及伊阿古自远处上。）

爱米利娅：将军来了，夫人。

凯西奥：那我先告辞了。

苔丝狄蒙娜：等一下，听我说啊。

凯西奥：我们还是改日再谈吧，现在我的心里很不自在，唯恐见了主帅会不便。

苔丝狄蒙娜：那好吧。（凯西奥下。）

伊阿古：我不是很喜欢那样。

奥赛罗：你在说什么？

伊阿古：主帅，没什么的，倘若——我不知道。

奥赛罗：那不是凯西奥吗？从我的妻子身边走过去了。

伊阿古：主帅，凯西奥？不可能，怎么会有那样的事情，我不敢想象，他一见到您，像是做了什么心虚的事情，立刻走了。

奥赛罗：我相信是他没错。

苔丝狄蒙娜：哦，上帝！刚刚有人在此向我请求，因为失去了您的欢心，十分郁郁寡欢呢。

奥赛罗：你说的是谁？

苔丝狄蒙娜：当然是您的副将凯西奥啦。我的好丈夫啊，倘若我还有些面子的话，或者，我还有些能左右您的力量，请您马上恢复对他原本的恩宠吧，因为倘若他不是一个真心爱您的人，倘若他的过失不是无心而是故意的，那就是我瞎了眼。请您让他回来吧。

奥赛罗：他是刚刚从这里走开的吧？

苔丝狄蒙娜：没错；他是那么满含羞愧，令我也不禁感到同情啊，赶紧叫他回来吧，我的爱人。

奥赛罗：亲爱的苔丝狄蒙娜，现在不行，日后再说吧。

苔丝狄蒙娜：但是那会很久吧？

奥赛罗：为了你的缘故，亲爱的，我会早点让他复职的。

苔丝狄蒙娜：那就在今晚就餐的时候？

奥赛罗：今晚肯定不行。

苔丝狄蒙娜：明日午餐总可以吧？

奥赛罗：我明日午餐不在家里，我要在营中跟将领们会面。

苔丝狄蒙娜：那就明晚，或是周二早上、中午或者晚上，再或者是周三早上，您要指定一个时间啊，但是别超过三天以上。他确实很懊悔自己的行为，虽然听说在这样的战争时期，一定要惩治那最好的人给全军树立榜样，但是依我所见，他的过失是那么微不足道，何必要受什么个人的处分。您告诉我，奥赛罗，什么时间让他回来？您要是有什么事情要求我的话，我绝对不会如此吞吞吐吐，更不会拒绝您的！您要记得，在您向我求婚的时候，是他陪您来的；当我对您表示不满的时候，也是凯西奥极力为您辩护的；如今我请您将他重新任用，却会如此为难！相信我，我能够——

奥赛罗：别再说下去了。随便让他什么时间来吧，我什么时候拒绝过你的要求？

苔丝狄蒙娜：这不是一个恩惠，就如同我请您戴上手套，劝您去吃富于营养的菜肴、穿上暖和的衣服，或是让您做一件对您有益的事情一般。不，倘若我真的向您提出要求想要探测您对我的爱情，那势必是一件十分棘手且难以应允的事情。

奥赛罗：我不会拒绝你的任何事情，但是你现在必须答应暂时离开我一小会儿。

苔丝狄蒙娜：我不会拒绝你的要求的，我的主。

奥赛罗：我的苔丝狄蒙娜，再会，我一会儿就去看你。

苔丝狄蒙娜：走吧，爱米利娅。您想怎样就怎样，我是不会拒绝您的。（苔丝狄蒙娜、爱米利娅同下。）

奥赛罗：这个可爱的女人！倘若我不爱你，就让我的灵魂永远堕入地狱！我不爱你之时也是世界复归混沌之时。

伊阿古：尊敬的主帅——

奥赛罗：伊阿古，你要说什么？

伊阿古：当您向美丽的夫人求婚时，凯西奥也知道你们在恋爱吗？

奥赛罗：他自始至终都知道，你为什么要问这个？

伊阿古：只是为了解开我心头的疑惑，没什么其他意思。

奥赛罗：伊阿古，是什么疑惑？

伊阿古：我原本以为他不认识夫人呢。

奥赛罗：不，他经常在我们之间传递消息。

伊阿古：这是真的？

奥赛罗：当然是真的。你感觉有什么不对？他不是个老实人？

伊阿古：我的主帅，您说老实？

奥赛罗：没错，老实。

伊阿古：主帅，据我所知——

奥赛罗：你有何意见？

伊阿古：我的主帅，意见！

奥赛罗：我的主帅，意见！天啊，他在学我说话，仿佛在他的思想中，有什么丑恶的见不得人的怪物藏着似的。你话中有话，刚才凯西奥离开我妻子时，我听到你说你不喜欢那样；你不喜欢什么样呢？当你知道他参与我求婚全过程的全部秘密时，你又惊呼“这是真的”！你将眉头蹙紧，仿佛一个可怕的思想在你的脑筋里紧锁着一般。赶紧告诉我事实吧，倘若你还爱我的话。

伊阿古：您知道，我一直都是爱您的。

奥赛罗：我从不怀疑你的话，因为你一直都是个正直的人，向来不会将没有忖度过的话轻易出口，因此你这样吞吐的口气使我分外惊疑。对于一个奸诈的小人来说，这些不过是他玩惯了的戏法；但是对于一个正直的君子，那可就是从心底里自然流露出的秘密在抗议了。

伊阿古：说到凯西奥，我发誓他是忠诚的。

奥赛罗：我相信这点。

伊阿古：人的内心是应该跟外表一致的，但是有的人却并非如此，倘若能够将假面具摘下来，那就好了！

奥赛罗：没错，人的内心应该跟外表一致。

伊阿古：因此我认为凯西奥是个正直忠诚的人。

奥赛罗：我感觉你还有其他的意思。你就赶紧把你心里的意思告诉我，可以随便用最坏的字眼，只要能说出你想到的最坏的事情。

伊阿古：请您原谅我，我的好主帅；但凡是我应尽的责任，我从来不会躲避，但是您不能勉强我做连奴隶们都没有义务做的事情啊。将我的思想吐露，或许它们都是邪恶和卑劣的。就算是一座庄严的宫殿，不是有时也会被那些下贱的东西闯入吗？有谁的心胸会纯洁到没有任何污秽的念头与正大光明的思想分庭抗礼呢？

奥赛罗：正直的伊阿古，倘若你认为你的朋友遭人欺侮了，但却不让他知道你的思想，这难道不成合谋卖友了吗？

伊阿古：或许我是以小人之心度君子之腹，原因是——我不得不承认我是个生性多疑的人，经常会无中生有，将人家错怪；因此请您凭借您的见识，不要把我这无稽的猜测放在心上才好，更别因为我这胡乱的妄言而烦恼。我担心要是您知道了我的思想，一来会将您的安宁破坏，对您没有任何好处；二来会影响到我的人格，对我也不是一件益事。

奥赛罗：你话里有话！

伊阿古：尊敬的主帅，不管是男人还是女人，他们灵魂里面最切身的珍宝就是名誉。别人要是盗走我的钱囊，不过是让我损失一些虚无的废物，那些钱财只不过是从我手里转到了别人手里，而它曾经也做过千万人的奴隶；但是别人要是将我的名誉盗走了，那盗贼不会因此而富足，然而我却因此而赤贫了。

奥赛罗：我发誓，我一定知道你的思想。

伊阿古：即便是我的心捧在您的手里，您也不会知道我的思想；何况它还在我的保管之下，我是更加不会让您知道的。

奥赛罗：嗨！

伊阿古：主帅，您要当心您的嫉妒啊；那可是一个绿眼睛的妖魔，谁要是做了它的牺牲，就会受到它的玩弄。原本并不爱自己妻子的那种丈夫，虽然明明知道被妻子欺骗了，但也算是幸福的；但是，倘若一方面那般痴心疼爱，而另一方面又满腹狐疑，那才是真正的活受罪呢！

奥赛罗：那简直是难堪的痛苦！

伊阿古：贫穷但却知足，能赛过那些富有；有钱之人时常担心自己哪天会变成穷光蛋，那么即便是腰缠万贯，事实上也如冬天一般贫困。上帝啊，保佑我千万不要嫉妒啊！

奥赛罗：这究竟是什么意思？你觉得我会在嫉妒里消磨我的余生，随着月亮的不断变化而不断产生新的猜疑吗？不！倘若我感到怀疑，我肯定会立马解决的。倘若我能被这种捕风捉影的猜测支配心灵的话，如同你暗示的那样，那我跟一头愚蠢的山羊有什么区别？要是谁夸奖我的妻子美貌智慧、爱好交际、口才敏捷、善歌善舞，弹得一手好琴，我是肯定不会嫉妒的；这些难道不是对于一个贤淑女子锦上添花的美妙外饰吗？我也绝对不会因为自己的缺点而怀疑她会背叛我，倘若她不是独具慧眼，又怎么会选中我呢？我的伊阿古，如果我不是亲眼所见，我是不会妄加猜测的。一旦我生疑，我就一定会查个水落石出的；如果的确证据确凿，我就会一了百了，同时将爱情和嫉妒毁灭！

伊阿古：我听到您的这番话很是高兴，因为此刻我可以用更加坦白的精神来向您表示我的忠爱之忱了；既然我非说不可，那您就听我说吧。我暂且不能给您确凿的证据。留意您夫人的行动；细心观察她对凯西奥的态度；用冷静而不是多心，更不是大意的眼光来注意他们。我不希望看到您慷慨豪迈的天性遭人欺罔，多加留意吧。我清楚咱们国家女人的脾气，在威尼斯她们背着丈夫干的风流事，是瞒不住天地的。她们可以不知廉耻地干她们所要干的事情，只要不被丈夫知道，就能问心无愧。

奥赛罗：真的是这样的?

伊阿古：她曾经骗过她的父亲，跟您结了婚；当她仿佛对您的容貌畏惧甚至战栗之时，其实内心是那么强烈地热爱着它。

奥赛罗：的确如此。

伊阿古：她这么小的年纪，就有如此这般的能耐，能做到不留一丝痕迹，完全骗过自己父亲的眼睛，令他怀疑您是用妖术将他的女儿骗走的——但是我不该说出这样的话，就请您原谅我对您的过分忠诚吧。

奥赛罗：对于您的好意，我将永怀感激之情。

伊阿古：我感觉这件事有点令您扫兴。

奥赛罗：完全没有，没有。

伊阿古：我还真是担心您会生气。我期望您能将我的话当作善意的警戒。但是我感觉您真的动怒了。我不得不请求您，不要因为我如此说，而武断地下定论；这只不过是怀疑，还不是事实啊。

奥赛罗：放心，不会的。

伊阿古：主帅，如果因为我的一番话引起了什么不好的后果，那真是彻底违背我原意了啊。凯西奥是我的好友啊——主帅，我感觉您在发火啊。

奥赛罗：没有，并没有怎么动怒。无论如何，我也不会怀疑苔丝狄蒙娜的贞洁。

伊阿古：但愿您永远这么想，也但愿她永远贞洁！

奥赛罗：但是一个人往往容易丧失本性啊——

伊阿古：这就是问题的根本。说句大胆的话，当初，有多少跟她是同国、同肤色和同阶级的人向她求婚，依我所见，倘若求婚成功，那真是天作之合，但是她都置若罔闻，这难道不违背常理吗？嗨！从这里难道看不出一个荒唐的意志、乖僻的习性和那不近人情的思想吗？但是原谅我，我未必就是指着她说的；尽管我唯恐她是因为一时的孟浪而跟随您，或许后来会感觉您在各方面都不能符合她心中的标准而感到懊悔。

奥赛罗：再见，再见。倘若你还观察到什么就赶紧告诉我；让你的妻子留意观察。伊阿古，离开我吧。

伊阿古：那我告辞了，主帅。（欲去。）

奥赛罗：我为什么要结婚啊？这个诚实正直的汉子所见到和所知道的事情，势必要比他告诉我的多很多啊。

伊阿古：（回转）主帅，我希望您能将这件事情放一放，稍后再说。虽然凯西奥是他那个职位最合适的人选，应当让他复职；但是如果您愿意对他暂时延宕一下，就能借以窥探出真相，看出他钻的究竟是哪条门路。只要您留意尊夫人在您面前如何替他求情，就能看明白不少事情。您现在就把我的意见当作无谓的过虑吧——我承认我的确是太多疑了——仍旧将您的夫人看作是个贞洁无罪的人。

奥赛罗：你就放心吧，我会留心的。

伊阿古：那我就先行告退了。（下。）

奥赛罗：这简直是个诚实无比的家伙啊，对人情世故简直再熟悉不过了。倘若她被我证明是一头未被驯服的野鹰，尽管我用自己的心弦将她系住，我也要将她放走，随风远去，追随自己的命运。或许是因为我长得又黑又丑，缺少绅士的风度和儒雅的谈吐；又或许是因为我的年纪老了——虽然也还不算太老——因此她才会背叛我；我已经自取其辱了，只能将对她的这段痴情割断了。啊，这就是结婚的烦恼！我能够在名义上将这些可爱的人儿称为我们所有，但却完全无法支配她们的爱恨憎恶！我宁可自己是一只蛤蟆，呼吸着室内的浊气，也不愿意仅仅占有自己心爱之物的一角，而让别人享用她。但那却是富贵者都不能幸免的灾难，对此，他们并没有比贫贱者享受更多的特权；那是如同死一般不可逃避的命运，我们一出生就已经在冥冥中注定要戴那顶倒霉的绿色头巾！看，她来了！倘若她是不贞洁的，那么就是上天在开自己的玩笑了，我不相信。

（苔丝狄蒙娜及爱米利娅重上。）

苔丝狄蒙娜：哦，我亲爱的丈夫！你宴请的岛上的贵人们都在等着你入席啊。

奥赛罗：那我太失礼了。

苔丝狄蒙娜：您怎么说话如此无力啊？是哪里不舒服吗？

奥赛罗：我的头有点疼。

苔丝狄蒙娜：那一定是睡眠不足，没关系；让我来替您绑紧，一个小时之内就不疼了。

奥赛罗：你的手帕不够大。（苔丝狄蒙娜手帕坠地）随它去吧，来吧，我们一起进去。

苔丝狄蒙娜：我为您的身子不舒服感到懊恼。（奥赛罗、苔丝狄蒙娜下。）

爱米利娅：我十分高兴能捡到这手帕，这是她从奥赛罗那里得到的第一份礼物。我那古怪的丈夫不知向我说了多少好话，让我偷出这个来；但是她很喜欢这个东西，因为奥赛罗让她保管好，因此手帕永远在她身边，独自一人时她就会拿来亲吻，跟它说话。我要去将那花样描出来，再送给我丈夫；但是我可不知道他究竟要它干吗用。我也只是为了讨好丈夫而已。

（伊阿古重上。）

伊阿古：你自己在这里干什么啊？

爱米利娅：别骂我，我有个好东西要给你。

伊阿古：什么好东西，一个不值钱的东西——

爱米利娅：嘿！

伊阿古：我简直娶了一个愚蠢至极的老婆啊。

爱米利娅：啊！就是这样的话吗？倘若我将那手帕给你，你会奖励我什么啊？

伊阿古：什么手帕，你说什么手帕？

爱米利娅：还能是什么手帕！就是奥赛罗第一次送给夫人的，你总是叫我去偷的手帕啊。

伊阿古：你偷出来了？

爱米利娅：不，说实话，是她自己大意掉下来的，我正在一边，就趁机捡起来了，看，这个就是。

伊阿古：快给我，我的好老婆。

爱米利娅：你为什么非要让我偷这个手帕啊，你究竟要干吗？

伊阿古：那与你无关！（夺帕。）

爱米利娅：倘若没什么重要的用途，就还给人家吧。可怜的夫人要是发现手帕丢了，一定会疯掉的。

伊阿古：我自有用处，你不准说出去。离开我，去。（爱米利娅下。）我要将这手帕丢到凯西奥的住所去，让他将它找到。对一个心怀嫉妒的人来说，空气一样的小事也会变成天书一般的确证；或许这就能引发一场是非。奥赛罗的心理已经发生变化了，这就证明他已经中了我的毒；本来危险的思想就是一种毒药，尽管刚开始还尝不到什么苦涩的味道，但是等它逐渐在血液里活动起来，就会如同硫矿一样轰然爆发。我的话还真的不差，看他又来了！

（奥赛罗重上。）

伊阿古：曼陀罗、罂粟或是世界上一切能令人昏迷的草药，都无法令您得到昨晚那般安然的酣睡。

奥赛罗：嗨，她对我不忠？

伊阿古：主帅，您还想着那件事情啊？别想了。

奥赛罗：你给我滚开，你将我害得好苦啊。与其这样一知半解，还不如受人欺弄好呢！

伊阿古：什么，主帅！

奥赛罗：我完全觉察不出她跟人私通。我没有见到也没有想到，它与我毫不相干；我到了晚上还是能酣然入睡，无忧无虑，逍遥自在，不会在她的嘴唇上找到凯西奥吻过的任何痕迹。倘若被盗的人不知道盗贼将什么东西盗去了，别人也不告诉他的话，那就跟没被盗是一样的。

伊阿古：我很遗憾听到您说的话。

奥赛罗：倘若全营的将士，哪怕是最低微的兵士，都领略过她肉体的美趣，但是只要我不知道，起码我还是快乐的啊！从今往后，我就要跟宁静的心绪永别了，跟平和的幸福永别了！威武的大军，激发壮志的战争，永别了！永别了，永别了，长嘶的骏马、惊魂的鼙鼓、锐利的号角、刺耳的横笛、庄严的大旗以及一切战阵上的威仪！还有你啊，杀人的巨炮，你残暴的喉管里模仿着天神乔武的怒吼，永别了！奥赛罗的事业彻底完了。

伊阿古：至于如此吗，主帅？

奥赛罗：你这个恶人，你必须向我证明我爱的人是一个淫妇，必须给我目击的证据；不然凭着人类永生的灵魂在此发誓，我这被你激起的怒火将要喷射到你身上，令你悔恨当初不曾投胎做狗！

伊阿古：竟然会到这种地步吗，主帅？

奥赛罗：请让我亲眼所见这种事实，或是至少要给我毋庸置疑的证据，不然的话，我一定要了你的命！

伊阿古：尊贵无比的主帅——

奥赛罗：要是你故意捏造谣言来毁坏她的名誉，使我受到如此难堪的痛苦，那么你就再也不要祈祷了；将一切恻隐之心放弃，让你罪恶的一身汇集各种骇人听闻的罪恶吧，尽管去做那些让上帝悲泣、世人惊愕的暴行，因为现在的你已经罪大恶极，没什么能使你在地狱里沦陷得更加深的了。

伊阿古：天啊！您还是一条汉子吗？您还有灵魂和知觉吗？上帝与您同在啊！我也不要继续做这什么旗官了。啊，你这倒霉的傻瓜，一生只想要做个老实人！没想到却被别人当成了罪恶！啊，这丑恶无比的世界！注意，注意了，世人啊，说老实话，做老实的事情，竟还是一件危险的事情呢！感谢您给了我这个有益的教训，既然善良反倒遭人指责，那么从今往后，我再也不会对朋友掬献我的真情了。

奥赛罗：且慢，你应当作一个老实人。

伊阿古：我应该做一个聪明人，老实人简直就是傻瓜，虽说是一片好心，最终吃亏的还是自己。

奥赛罗：我相信我的妻子是贞洁的，但是又怀疑她不是很贞洁。我认为你是诚实的，但是又怀疑你的诚实。因此我必须得到证据，原本她的名誉就像狄安娜的容颜一样皎洁，如今已经被污垢染上了，如同我的脸这般黝黑。倘若这里有绳子、毒药、刀子、火焰或是令人窒息的河水，我肯定不会忍受的。希望我能将这些疑团扫空！

伊阿古：您彻底被感情支配了，主帅。我后悔不该激起您的疑心。那么请问你想知道究竟吗？

奥赛罗：当然，我是必须要知道的。

伊阿古：那倒是可以，但是如何去办呢？主帅，您怎样才算是知道呢？难道您眼睁睁地看着她被人奸污？

奥赛罗：该死，太该死了！

伊阿古：想要他们当场出丑不是件容易的事情，因为他们总是避人耳目地干这种事情。那么这可怎么办呢？我该如何说？如何才能拿到确凿的证据呢？即便是他们如同山羊般风骚，猴子般好色，豺狼般贪淫，即便他们有糊涂透顶的脑袋，您都无法见到他们这一幕把戏的。但是我说，有了准确的线索，就能将事情的真相寻找出来；倘若这些间接的旁证能够将您的疑惑解除，那倒容易让您得到。

奥赛罗： 赶紧给我一个充分证明她失节的理由吧。

伊阿古： 我不是很喜欢这类差事，但是既然我已经被愚蠢的忠心拉到这桩纠纷里面去了，我就不能袖手旁观。我最近和凯西奥同睡过，因为我牙疼难忍无法入睡；您知道世界上有这样一种人，他们的灵魂是无法保守住秘密的，时常会在睡梦中将自己的心事吐露出来，凯西奥就是如此；我听到他在梦中说，“我最亲爱的苔丝狄蒙娜，我们一定要小心，绝对不能让别人将我们之间的爱情窥破了！”主帅，接着他就紧紧地将我的手握住，嘴里叫喊着，“哦，我可爱的人啊！”接着就狠命地亲吻我，仿佛那些吻就长在我的嘴唇上，我简直巴不得将它们连根拔起啊；接着他又将自己脚放在我的大腿上，叹口气，亲一口，喊一声：“这该死的命运，竟然把你给了那摩尔人！”

奥赛罗： 啊，这简直可恶之极！

伊阿古： 这仅仅是个梦而已。

奥赛罗： 不难想象出过去曾发生过什么，这个梦很叫人生疑啊。

伊阿古： 原本很是无所谓的事情，现在看来也不是那么简单啊。

奥赛罗： 我要把她千刀万剐！

伊阿古： 您千万别太莽撞，我们尚未见到实际行动，或许她还是贞洁的。请告诉我这点：您是否见过夫人用过一方绣有草莓图案的手帕？

奥赛罗： 那是我送给她的第一份礼物。

伊阿古： 那我不得而知，但是我今天见到凯西奥用这样一方手帕抹他的胡子，想必一定是夫人的。

奥赛罗： 倘若就是那块手帕——

伊阿古： 倘若就是那块手帕，或是其他她用过的手帕，那将又是一个对她很不利的证据。

奥赛罗： 我希望那家伙有四万条甚至更多条性命！仅让他死一次怎能发泄得了我的愤怒！现在我确信这件事是千真万确的了。看，伊阿古，我将我全部的痴情吹散到天空中，它已经随风消散了。黑暗的复仇啊，从你幽窟之中升起来吧！痴痴的爱情啊，让残暴的憎恨取代你的王冠和你心灵深处的宝座吧！我的胸膛啊，胀起来吧，你已经满载着毒蛇的螫舌！

伊阿古：请别生气。

奥赛罗：啊，天啊，血，血！

伊阿古：忍耐下吧，或许您会改变自己的主意。

奥赛罗：伊阿古，绝对不会的。如同黑海的寒涛滚滚奔流，狂奔进马尔马拉海，直冲进达达尼尔海峡，永远不会后退一般，我风驰电掣般流血的思想啊，在复仇的目的未能充分达到之前，我坚决不会踟蹰回顾，幻化为绕指柔情。（跪）皇天在上，倘若我不能将这奇耻大辱洗刷，我就誓不为人！

伊阿古：且慢。（跪）环抱宇宙的风云雨雾，亘古炳耀的日月星辰，请你们替我做证：从此刻起，伊阿古将竭尽全力，为受辱的奥赛罗效力；不管他叫我做什么残酷的事情，我定当唯命是从。

奥赛罗：我不用空口的感谢接受你的好意，为了表示我诚心的嘉纳，我请你立即履行你的诺言：三天之内，让我听到凯西奥死去的消息。

伊阿古：凯西奥的死已经成为必然，因为这是您的旨意，但是请放了她吧。

奥赛罗：这该死的淫妇啊！我要将她咒死！跟我走，我要想出一个干脆的死法给这个美丽的魔鬼。你现在就是我的副将了。

伊阿古：我将永远是您忠诚的仆人。

（同下。）

第四场　城堡前

（苔丝狄蒙娜、爱米利娅及小丑上。）

苔丝狄蒙娜：你知道凯西奥将军的家在何方吗？

小丑：他怎么会有“家”啊？这我可不敢说。

苔丝狄蒙娜： 这是为什么啊，好人儿？

小丑： 他是一个军人，若说军人心中有“家”的话，那可是要闹出人命的啊。

苔丝狄蒙娜： 好，那他的住处在哪里？

小丑： 告诉您他的住处，那就是告诉您我在说谎。

苔丝狄蒙娜： 这是什么意思？

小丑： 因为我不知道他的住处，要是胡乱说出一个，说他的“家”住在这或者住在那儿，那就是我存心造“家”了。

苔丝狄蒙娜： 你可以打听下他在什么地方。

小丑： 好，这就去打听下——那就是我去问下人家，看人家如何回答我。

苔丝狄蒙娜： 如果找到他，麻烦你就让他到这里来，跟他说我已经在将军面前求过情了，估计可以得到圆满结局。

小丑： 这件事我一个人可以做，我去做好了。（下。）

苔丝狄蒙娜： 爱米利娅，你说我那块手帕究竟丢哪儿去了呢？

爱米利娅： 夫人，我不知道。

苔丝狄蒙娜： 请你相信我，我宁可将我的一满袋金币丢了；倘若我的奥赛罗不是这般光明磊落的男人，倘若他也是个多疑善妒的卑鄙男人，这件事会引起他的疑心的。

爱米利娅： 难道他不会嫉妒？

苔丝狄蒙娜： 他？我认为他生长的地方，那灼热的阳光已经将这种气质彻底从他身上吸去了。

爱米利娅： 看啊，他来了。

苔丝狄蒙娜： 在他尚未将凯西奥叫到跟前来之前，我绝对对他寸步不离。

（奥赛罗上。）

苔丝狄蒙娜： 我的主啊，你好不好啊？

奥赛罗： 好啊，我的夫人。（旁白）天啊，戴假面具真是不容易啊！——苔丝狄蒙娜，你可好？

苔丝狄蒙娜：我很好啊，我的好夫君。

奥赛罗：我的夫人，将你的手给我，你这手很柔润呢。

苔丝狄蒙娜：它尚未感到老年的侵袭，也尚未受过忧伤的损害。

奥赛罗：这只手是它主人胸襟宽大而心肠慷慨的明证，如此热，如此潮。我奉劝夫人尽力将自己的邪心克制，时常斋戒祷告，自责反躬，礼拜神明，因为这里有一个风流年少的魔鬼，惯常会在人的血液里捣乱。这是一只好手、慷慨的手。

苔丝狄蒙娜：你的确可以这么说，因为这正是将我的心献给你的手啊。

奥赛罗：真是一只慷慨的手。从前，姑娘们把手给人的同时也把心献了出去。如今时代变了，得到姑娘手的时候，未必能得到她的心啊。

苔丝狄蒙娜：我可不会说这种话。对了，您答应我的事如何了啊？

奥赛罗：乖乖，我答应你什么事情了啊？

苔丝狄蒙娜：我已经命人去请凯西奥过来跟你交谈了。

奥赛罗：哦，我的眼睛有点胀疼，总是泪流不止，赶紧把你的手帕借我使使。

苔丝狄蒙娜：我的主，在这呢。

奥赛罗：我送给你的那一块呢？

苔丝狄蒙娜：我没带在身边呢。

奥赛罗：真的没带？

苔丝狄蒙娜：我的主，的确是没带。

奥赛罗：那你就错了。那块手帕是一个埃及女人送给我母亲的礼物；她是一个可以洞察人心的女巫，她告诉我母亲，当她保存着这块手帕时，就会得到我父亲的欢心，享受专房之宠，但是倘若她将手帕丢了或是送人了，我父亲将对她生厌，他的心就会另寻新欢。她临死时将它传给我，让我找到妻子之后，送给我的新娘。我遵照她的嘱咐将手帕给了你，因此你一定要分外小心，像珍惜你的宝贵眼睛一般珍惜它。一旦丢了或者是送人了，那就难免会遭受一场巨大的祸患。

苔丝狄蒙娜： 果真是这样吗？

奥赛罗： 没错，这块小小的手帕，有着神奇的魔力编织在里面；它是被一个两百岁的女巫在心血来潮之时缝制的；它那一缕缕丝线，不是世间的凡常之蚕所吐，编织成之后，它曾经被处女的心炼成的丹液浸泡过。

苔丝狄蒙娜： 这的确是真的吗？

奥赛罗： 千真万确，你一定要留好它。

苔丝狄蒙娜： 我的上帝啊，但愿我从未见过它！

奥赛罗： 为什么呢，这是？

苔丝狄蒙娜： 你为什么说得如此恐怖啊？

奥赛罗： 难道它已经丢了？不见了吗？回答我，它是不是已经丢了？

苔丝狄蒙娜： 上帝保佑！

奥赛罗： 回答我。

苔丝狄蒙娜： 它没丢，但是如果真的丢了，那可怎么办啊？

奥赛罗： 什么！

苔丝狄蒙娜： 我是说，它没有丢失。

奥赛罗： 那你去拿给我看看。

苔丝狄蒙娜： 我可以去拿，但是我现在不愿意。你这根本就是要赖掉我对你提的要求的诡计嘛。请您给凯西奥复职吧。

奥赛罗： 你赶紧去把手帕给我拿来，我现在有点怀疑了。

苔丝狄蒙娜： 罢了，罢了，你根本找不到比他更能干的人了。

奥赛罗： 把手帕拿来！

苔丝狄蒙娜： 您还是跟我说说凯西奥复职的事情吧。

奥赛罗： 我要手帕！

苔丝狄蒙娜： 一直以来，他都将自己的前途寄托于您的眷顾之上，又跟您同甘共苦，历尽无数艰辛——

奥赛罗：我说手帕！

苔丝狄蒙娜：说句良心话，你也太不该。

奥赛罗：去！（下。）

爱米利娅：难道他是在嫉妒吗？

苔丝狄蒙娜：我从未见过他如此。看来这手帕果真有不可思议的魔力啊，但是我却这么倒霉地将它弄丢了！

爱米利娅：好男人是很难碰到的。男人就是胃，而我们就是肉；他们在嘴馋之时吞下我们，吃饱之后又会将我们呕出来。你看，我的丈夫同凯西奥一起来了。

（伊阿古及凯西奥上。）

伊阿古：除了央求她努力之外，没有更好的办法，看，正好她在。

苔丝狄蒙娜：凯西奥，您有什么事情啊？

凯西奥：我还是要向您提出我之前的请求，夫人，我希望您能发挥您的力量，给我重新做人的机会，让我能在主帅手下再受眷顾。我真的不能再继续延宕下去了。倘若我真的罪大恶极，不管之前的微劳、如今的悔恨或是将来立功赎罪的决心，都无法博取他的原谅，那我也希望得到一个明确的答复，这样我就能死心塌地地到别处去乞讨命运的布施了。

苔丝狄蒙娜：善良的凯西奥啊！如今我的话已经变成了刺耳的烦渎了，现在我的丈夫已经不是我原来的丈夫了，倘若他的面貌和他的脾气一起变了样，那我就会认不出他。上帝保佑我啊！我已经尽全力替你说话了，因为我的言辞的笨拙，我已经遭到他的憎恶了。您不得不忍耐一时，只要是我力量能办到的事情，我都会为您去尝试的；请您相信我，即便是我自己的事情，我都不会如此热心的。这样说，您该放心了吧。

伊阿古：难道主帅发怒了吗？

爱米利娅：他刚刚离开，脾气异常暴躁。

伊阿古：他会发怒？曾经我见到大炮将他的队伍冲散，魔鬼般地将他的兄弟从他身边轰掉，他仍旧不动声色。这样的他也会发怒？那势必是出大事了，我要去见他，他发怒一定是有原因的。

苔丝狄蒙娜：那你就去吧。（伊阿古下。）肯定是威尼斯有什么国家大事，或是在塞浦路斯发现了阴谋诡计，将他清明的神志扰乱了；通常人在这种情形下才会为了小事发怒，尽管实际上将他们激怒的却是其他更大的原因。确实如此，牵一发而动全身。我们怎能将男人看作完美的天神，或者希望他们永远像新婚夜那般殷勤贴切呢？我真是该死啊，爱米利娅，我真是个不体面的“战士”啊，竟会在心里抱怨他的无情；我现在才觉悟我是收买了假见证，叫他受了冤枉啊。

爱米利娅：感谢上苍，希望真的像您想的那样，不是对您起疑，而是为了国家大事。

苔丝狄蒙娜：我从未做过任何令他怀疑的事情啊。

爱米利娅：但是多疑的人并不是这么想的！通常他们不是因为有了理由才会嫉妒，而仅仅是为了嫉妒而嫉妒啊，那简直就是一个凭空而来、自生自长的怪物。

苔丝狄蒙娜：希望上帝保佑奥赛罗，别让他的心里钻进这个怪物啊！

爱米利娅：上帝保佑，夫人。

苔丝狄蒙娜：凯西奥，我这就去找他，您在这里走走；倘若我能跟他说上话，我就会向他提出您的要求，尽力给您说好话就是了，您请放心吧。

凯西奥：感谢您。（苔丝狄蒙娜、爱米利娅下。）

（比恩卡上。）

比恩卡：凯西奥，你好啊！

凯西奥：你不是在家吗？我最娇美的比恩卡，你好？亲爱的，实不相瞒，我正要去你家找你呢。

比恩卡：我也正准备去你的寓所找你呢。什么啊！整整一个星期都不来看我！七天七夜的时间！一共有一百六十八个小时，我在相思中度日，简直比时钟还要慢上一百六十倍呢。这简直是一笔算不清楚的糊涂账啊！

凯西奥： 比恩卡，请原谅，我这几日来心事太重，改天再加倍补偿你吧。我亲爱的比恩卡，（以苔丝狄蒙娜的手帕授比恩卡。）替我将这手帕上的花样描下来吧。

比恩卡： 凯西奥！这是从哪里来的啊？这肯定是哪个相好的送给你的，现在我知道你为什么不来看我了，原来有这样的事情！好啊！

凯西奥： 算啦，女人！将你这种胡乱猜忌的心还给魔鬼去吧。你是在吃醋啊？你认为这是情人送我的礼物？比恩卡，我对天发誓，绝对不是。

比恩卡： 那这是从哪里来的？

凯西奥： 亲爱的，我真的不知道；这是在我的寝室里发现的。我很喜欢这花样，想在失主尚未向我要回之前，将它描下来。就请你去帮我描吧。请你现在暂时离开我一会儿。

比恩卡： 为什么要让我离开你？

凯西奥： 我在这里等主帅，如果他见到我身边有个女人，恐怕不是很方便，我不希望这样。

比恩卡： 这是什么原因，我问你？

凯西奥： 并不是我不爱你了，亲爱的。

比恩卡： 就是因为你不爱我。请你陪我走一小段路吧，告诉我今天晚上你是否会来看我。

凯西奥： 我只能陪你走几步路，因为我的确在此等人，但是我会去看你的。

比恩卡： 很好，我也不会勉强你的。

（各下。）

第四幕

第一场　塞浦路斯。城堡前

（奥赛罗及伊阿古上。）

伊阿古：您真的这么想吗？

奥赛罗：是的，伊阿古，我是这样想的。

伊阿古：背着人接吻吗？

奥赛罗：这样的行为是礼法所不允许的。

伊阿古：脱光了衣服，和她的朋友睡在一张床上，经过一个多小时都不会起一点儿邪念？

奥赛罗：伊阿古，脱光衣服睡在一张床上，怎么会不起邪念呢？这分明就是对魔鬼的假意矜持；他们的本心虽然是规矩的，却偏偏做出了这种勾当。魔鬼欺骗了这两个规矩的人，而他们就去欺骗上天。

伊阿古：倘若他们不及于乱，那只不过是个小过失，但是倘若我把一块手帕给了我的妻子——

奥赛罗：给了她如何？

伊阿古：主帅啊，那就成为她的东西了！既然已经是她的东西，那她就可以随意支配，送给她想送的人啊。

奥赛罗：贞操也她自己的，也可以任由她送给其他人吗？

伊阿古：她的贞操的确是种捉摸不定的品质，世界上有几个真正贞洁的女人啊？但是提到那块手帕——

奥赛罗：天啊，希望我能忘记那句话！你说——啊！它将我的记忆笼罩，就如同预兆不祥的乌鸦回旋在染疫人家的屋顶一般——你的意思是我的手帕在他手里？

伊阿古：没错，在他手里如何？

奥赛罗：那可很不好。

伊阿古：什么！倘若我说我见到了他干对不住您的事，或是听到他说——世界上全是那种家伙，他们凭着狠命地追求将一个女人征服，或是得到情妇的自动垂青，就不禁四处向人吹嘘——

奥赛罗：是他说过什么话吗？

伊阿古：主帅，这是我说的；但是请您放心，他所说的话，他都可以发誓否认的。

奥赛罗：他到底说了什么？

伊阿古：他说过，他曾经——我不清楚他曾经干了些什么事。

奥赛罗：究竟是什么？是什么？

伊阿古：同她睡——

奥赛罗：睡在一起？

伊阿古：睡在一起，睡在一张床上，睡在她身上，随便您怎么说！

奥赛罗：同她睡在一张床上！睡在她身上！我们说睡在她身上，这不是对她人身的侮辱——睡在一张床上！岂有此理，真该死！手帕——口供——手帕！让他招供，然后吊死他。先吊起他来，然后让他招供。一想起来我就气得发抖。人总是有了某种感应，阴暗的情绪才会笼罩他的心灵；一两句空洞的话是不能给我如此大的震动的。呸！磨鼻子，咬耳朵，吮嘴唇。会有这样的事吧？口供！——手帕！——啊，魔鬼！（晕倒。）

伊阿古：我的妙药，将你的效力显现出来吧！显现出来吧！偏听偏信的愚蠢之人就这样进了我的圈套；不少贞洁贤淑的女人，就这么蒙上了不白之冤。喂，喂，主帅！主帅啊！奥赛罗！

（凯西奥上。）

伊阿古：哦，凯西奥！

凯西奥：这是怎么了？

伊阿古：主帅发癫痫了，这是继昨晚第二次发作了。

凯西奥：轻揉他的太阳穴。

伊阿古：不行，在这种昏迷状态下，他必须保持安静！否则，他就要口吐白沫，慢慢发疯的。看啊，他动了。请你暂时离开一下，他就会恢复的。待他走了之后，我还要跟你说些要紧的话。（凯西奥下。）主帅，怎么了？您的头没有摔疼吧？

奥赛罗：难道你是在讥笑我？

伊阿古：我怎么会讥笑您，不可能！我希望您如同一个大丈夫似的忍受命运的摆弄。

奥赛罗：戴上了绿帽子，还算人吗？

伊阿古：难道在这热闹的城市里，这样不算人的还少吗？

奥赛罗：他自己已经承认了吗？

伊阿古：您看清楚点吧，主帅；只要您好好想想，有几个有家室的男子，没有遭到过跟您一样命运的可能；这个世界上，不知道有多少男人，他们的床上容留过很多素昧平生的女人，他们自己还以为这是块私人禁地呢；您的情况还不算是最坏的呢。哦！这是魔鬼开的最大的玩笑，最恶毒的恶作剧啊，叫一个男人安心地搂着枕边的荡妇亲吻，还认为她是三贞九烈的女人呢！不，要擦亮眼睛，看清自己成了什么，也想好该拿她怎么办。

奥赛罗：你说得一点都没错，你是个聪明人。

伊阿古：您现在请暂时站到一边，竭力将您的怒气忍住。您刚才昏厥的时候——大人物怎能如此感情冲动啊——凯西奥曾来过一次；我借口说您不省人事是因为一时不适，就将他打发走了，让他过一会儿再来跟我谈；他答应了。只要您找个地方躲躲，就能见到他满脸得意忘形、冷嘲热讽的神气了；因为我要让他从头叙述他几次跟夫人相会的情形，还要问问他重温好梦的时间和地点。您就留意他的表情吧，但是不要气恼，不然我就要说您是意气用事，没有大丈夫气概啦。

奥赛罗：伊阿古，告诉你，我一定会不动声色，但是，你给我听着，我也会将一颗最可怕的杀心哀藏。

伊阿古：非常好，但是万事都要看时机。您暂且离开吧。（奥赛罗退后。）我现在要向凯西奥谈及比恩卡，一个靠出卖自己风情维持生活的雌儿，她热恋着凯西奥，这就是娼妓的报应，她们迷惑着无数男人，结果却被一个男人迷住了自己的心。一听到她的名字，他就会捧腹大笑的，看，他来了。

（凯西奥重上。）

伊阿古：奥赛罗见到他笑，一定会发疯的；在他那充满着无知嫉妒的心头，一见到可怜的凯西奥嬉笑的神情和轻狂的举止，势必会引起严重的误会。——副将，您好啊。

凯西奥：因为丢了头衔，我简直懊恼死了，你还要如此称呼我。

伊阿古：只要你能在苔丝狄蒙娜跟前多说几句央求的话，一定能复职的。（低声）倘若这件事换成比恩卡，早就解决了。

凯西奥：哦，可怜虫！

奥赛罗：（旁白）看，他已经在笑了！

伊阿古：我从不知道，一个男人可以如此痴迷地爱一个女人。

凯西奥：哦，这个小东西还真是爱我的。

奥赛罗：（旁白）他现在就是在含糊否认，想要用笑将事情搪塞过去。

伊阿古：凯西奥，你听到吗？

奥赛罗：（旁白）他现在要缠着他讲事情的经过了，继续说下去，很好。

伊阿古：我听说你要跟她结婚，是这样吗？

凯西奥：哈哈哈！

奥赛罗：（旁白）好家伙，真有这样得意吗？真的这么得意？

凯西奥：什么？我跟一个淫妇结婚？对不起，请别这么看轻我，我还不至于糊涂到这样吧，哈哈哈。

奥赛罗：（旁白）很好，很好，只有得胜的人才会笑成这样。

伊阿古：没骗你，人家都说你们要结婚呢。

凯西奥：你就别笑话我啦。

伊阿古：要是我骗了你，我就是个大浑蛋。

奥赛罗：（旁白）好，你这算是一报还一报吗？

凯西奥：简直就是胡说！是她自作多情，相信我会娶她，我可从没答应过她什么。

奥赛罗：（旁白）伊阿古在向我暗示，他现在开始讲他的故事了。

凯西奥：刚才她还在这里呢，她四处纠缠我，我前天正在跟一个威尼斯人在海边谈话，这个傻瓜就来了。实不相瞒，她就这样将我的颈项攀着——

奥赛罗：（旁白）叫一声“哦，我亲爱的凯西奥！”，我能从他的表情中猜测出来。

凯西奥：她就这样拉着我的衣服，靠在我的怀里，一直哭一直哭，还这样将我拖来拖去，哈哈哈！

奥赛罗：（旁白）他现在正在讲我的夫人是怎样将他拖到我的寝室里去了。哦，我见到你的鼻子，但是不知道应当将它丢给哪条狗去吃。

凯西奥：好，我不得不离开她。

伊阿古：哦，看啊，她来了。

凯西奥：真是一头抹香粉的臭猫！

（比恩卡上。）

凯西奥：你究竟是什么意思啊，到处盯着我不放？

比恩卡：让魔鬼这样盯着你不放吧！刚才你给我的那方手帕究竟是什么意思？我就是个傻子，才会收下它来。你叫我将花样描下来！那么好看的花手帕，竟然在你的寝室里找到，竟然还不知道是谁丢在那里的！这分明就是哪个贱人送你的东西，你竟然让我描出来！拿走，还给你的相好吧。随便你从哪弄来的这手帕，我才不稀罕给你描花样呢。

凯西奥：我亲爱的比恩卡，怎么了，怎么了？

奥赛罗：（旁白）天啊，那是我的手帕吧！

比恩卡：你要今晚愿意来吃饭，就尽管来；倘若不想来，那就等你有兴致的时候再来无妨。（下。）

伊阿古：赶紧追上去。

凯西奥：没错，我一定要追上去，否则她会满街谩骂的。

伊阿古：你准备去她家吃饭是吗？

凯西奥：没错，我准备去。

伊阿古：好的，我或许还会再遇到你，因为我想跟你谈谈。

凯西奥：请务必来啊。

伊阿古：好了，不要多说了。

（凯西奥下。）

奥赛罗：（趋前）我该怎么杀死他啊，伊阿古？

伊阿古：你看到别人提到他的丑事，他笑得有多开心了吧？

奥赛罗：是的，伊阿古！

伊阿古：您见到那方手帕了吗？

奥赛罗：是我的那方吗？

伊阿古：我对天发誓，绝对是您的。看他多么重视您那位痴心的夫人啊！她将手帕送给他，而他却送给了他的媳妇。

奥赛罗：我要用九年的时间将她慢慢折磨死。一个高雅、美貌和温柔的女人！

伊阿古：不，您不得不将这些忘掉。

奥赛罗：哦，就让她今晚腐烂、死亡、堕入地狱中吧，因为她不能再活在这个世界上了。我的心已经变成铁打的了；我打她，反而会伤了我的手。哦！世界上没有一个比她更可爱的东西了；她能睡在一个皇帝身旁，命令他干任何事情。

伊阿古：您以前不是这样的啊。

奥赛罗：赶紧让她去死吧！我只是说她是个什么样的人。她的针线活如此精妙！她是一个出色的音乐家！她歌唱起来，能将一头野熊的心驯服！她的心思才智又是如此聪慧多能！

伊阿古：就是这样多才多艺，将这样的丑事干出来才会让人更加气恼！

奥赛罗：没错，一千倍的气恼！并且她的性格又那么温柔似水！

伊阿古：没错，太温柔了。

奥赛罗：是啊，一点没错。但是，伊阿古，可惜啊，真是可惜啊，伊阿古！

伊阿古：倘若您对于一个失节之妇还如此念念不舍，那就放之任之吧，因为你自己都不以为意的话，与别人又何干呢？

奥赛罗：我要将她剁成肉酱！竟然让我当王八！

伊阿古：是啊，简直太不知廉耻了啊！

奥赛罗：竟然跟我的副将通奸！

伊阿古：那简直更加可恶！

奥赛罗：伊阿古，去给我弄点毒药来；今夜，我不想跟她废话，以免她的肉体和美貌又将我的心打动，就今晚，伊阿古。

伊阿古：别用毒药，就在床上掐死她，在那张被她玷污的床上。

奥赛罗：很好，那可真是大快人心的做法，非常好。

伊阿古：至于凯西奥，就让我去将他解决了吧；午夜前后，你就能得到消息。

奥赛罗：非常好。（内喇叭声。）那是什么喇叭的声响？

伊阿古：一定是威尼斯来人了。——是罗多维科，他奉公爵之命到这里来了，看，您的夫人也跟他在一起呢。

（罗多维科、苔丝狄蒙娜及侍从等上。）

罗多维科：尊贵的将军啊，上帝保佑您！

奥赛罗：大人，祝福您。

罗多维科：尊敬的公爵和威尼斯的元老向您问好。（把信交给奥赛罗。）

奥赛罗：我以尊敬的心敬吻他们的恩命。（拆信阅读。）

苔丝狄蒙娜：威尼斯有什么消息吗，罗多维科大哥？

伊阿古：欢迎您到塞浦路斯来，大人，很高兴见到您啊！

罗多维科：很感谢，凯西奥副将还好吧？

伊阿古：他尚健在呢，大人。

苔丝狄蒙娜：他跟我的丈夫有点过节，大人，但是您能使他们言归于好。

奥赛罗：你确定？

苔丝狄蒙娜：我的主，您怎么说？

奥赛罗：（读信）“务必照办，不容有误——”

罗多维科：他没有回答，他正在忙于看信呢。元帅真的跟副将有过节？

苔丝狄蒙娜：有了十分不幸的意见，我很想竭力调解他们，为了我对凯西奥副将的好感。

奥赛罗：简直是该死！

苔丝狄蒙娜：我的主，您说什么？

奥赛罗：你认为自己聪明吗？

苔丝狄蒙娜：怎么，他生气了吗？

罗多维科：或许是因为这封信，因为依我所见，他们是要将他召回国，让副将凯西奥代理他的职务。

苔丝狄蒙娜：真的？那简直是好极了啊。

奥赛罗：当真这样！

苔丝狄蒙娜：您怎么说，我的主？

奥赛罗：要是你发疯了，我才高兴。

苔丝狄蒙娜：那是为什么，我的奥赛罗？

奥赛罗：简直就是魔鬼！（击苔丝狄蒙娜。）

苔丝狄蒙娜：我做错了什么，为什么要这样对我？

罗多维科：将军，要是我将这件事告诉威尼斯人的话，我即便发誓说是我亲眼所见，他们都不会相信。这简直太过分了，您还是赶紧赔罪吧，看她哭了。

奥赛罗：魔鬼，简直是魔鬼！倘若女人的眼泪有孕育生灵的本事，那她的眼泪掉在地上，每一滴都会变成一条鳄鱼！走！别让我见到你！

苔丝狄蒙娜：我也不想留在这里让您生气。（欲去。）

罗多维科：这是多顺从的夫人啊，将军，您还是将她叫回来吧。

奥赛罗：夫人，夫人！

苔丝狄蒙娜：什么，我的主？

奥赛罗：您是要跟她说什么吗，大人？

罗多维科：将军，您说我？

奥赛罗：没错。是您让我将她叫回来，如今她转回来了。她会转来转去的，一步一回头；大人，她还会哭呢，还会哭；正如您所说的那样，她很顺从的。尽管哭吧。这封信上的意思，大人——真是一股装腔作势的劲头啊！——是要让我回去——你去吧，一会儿我再叫人来叫你——我服从他们的命令，大人，很快就能束装上路，重新回到威尼斯——走！给我滚开！（苔丝狄蒙娜下。）凯西奥可以代替我的位置。大人，今天晚上，我还要宴请您呢。欢迎您的到来！——猴子和山羊！（下。）

罗多维科：难道这就是被我们整个元老院齐声赞叹、称为全才全德的英勇的奥赛罗将军？这就是不能被喜怒之情震撼的高贵的天性吗？这就是那不为命运的箭矢擦伤穿破的坚定的德操？

伊阿古：他早就大大改变了。

罗多维科：他是不是头脑出了问题，神经有点错乱了啊？

伊阿古：他就是这样子，我实在不敢想象他还能变成什么样子，倘若他不是像他所应当的那样，那希望他也不至于这样！

罗多维科：竟然动手打他的妻子！

伊阿古：那的确是不好，但我希望他对她没有更暴躁的行为！

罗多维科：难道他一向如此？还是因为被信上的话激怒了，才会出现这样的过失？

伊阿古：唉！依照我的身份，我真的不便将自己所见到的都说出来。您不妨留心注意他，他自己的行动能向您证明一切，不需要我来多说什么。请您跟过去吧，看他还能做出什么荒唐事。

罗多维科：真是令我大失所望，他竟然是这样一个人！（同下。）

第二场　城堡中一室

（奥赛罗及爱米利娅上。）

奥赛罗： 那么你就没见到什么？

爱米利娅： 什么都没见到，也没疑心什么。

奥赛罗： 你没见到凯西奥跟她在一起？

爱米利娅： 但是我没觉得有什么不对，并且我听到他们所说的每一句话。

奥赛罗： 难道他们没有低声耳语？

爱米利娅： 从未有过，将军。

奥赛罗： 也没有打发你走开过？

爱米利娅： 从未。

奥赛罗： 没有叫你去拿手套、扇子之类的东西吗？

爱米利娅： 没有啊，将军。

奥赛罗： 那真是奇怪得很啊。

爱米利娅： 我敢用我的灵魂发誓，她真是贞洁的。倘若您怀疑她的贞操，那就赶紧将这思想除掉吧，这简直就是您心理上的污点啊。倘若有谁将这种思想放进了您的脑海里，就让上天将他变成一条毒蛇，永远将他诅咒！倘若她不是贞洁、贤淑和对您无比忠诚的，世界上真就没有什么幸福的男人了；最纯洁的妻子也会变成荡妇。

奥赛罗： 去，把她叫来。（爱米利娅下。）她的话说得真是很动人啊，但是，经常拉皮条的人，最擅长的就是嘴上功夫。这是一个何等狡猾的淫妇啊，满肚子的千刁万恶，人前却会下跪向上天来祈祷；我见识过这种手段。

（爱米利娅偕苔丝狄蒙娜重上。）

苔丝狄蒙娜： 您有什么吩咐吗，我的主？

奥赛罗： 乖乖，你过来。

苔丝狄蒙娜： 您想要我怎样？

奥赛罗：看着我的脸，让我看看你的眼睛。

苔丝狄蒙娜：您这是什么古怪的念头啊？

奥赛罗：（向爱米利娅）你下去吧，将门关上，让我们两人在此谈谈心事。倘若有人来了，你就在门口咳嗽一声示意一下。赶紧干你的营生去吧，快去！（爱米利娅下。）

苔丝狄蒙娜：现在我跪在您面前，请求您告诉我您说这话的意思。我知道您生气了，但是我却不知道您的话的意思。

奥赛罗：你究竟是什么人？

苔丝狄蒙娜：我是您的妻子啊，我的主，是您最忠心的妻子。

奥赛罗：发誓，就让你死后下地狱去吧；因为你的外表简直像极了天使，如果不是在不贞之上，再加上一重伪誓的罪名，或许魔鬼们不会将你抓下去的，因此，发誓吧，发誓你是贞洁的。

苔丝狄蒙娜：上天知道我有多贞洁。

奥赛罗：上天知道你像地狱一样邪恶。

苔丝狄蒙娜：我究竟对谁干了欺心的事情啊，我的主？我跟谁有什么不轨的行为？为什么说我淫邪？

奥赛罗：啊，去！去！去！苔丝狄蒙娜！

苔丝狄蒙娜：天啊，这是什么不幸的日子！——您为什么会哭啊？我的主，您是在为我流泪吗？倘若您怀疑这次奉召回国，是因为我父亲的原因，请您别怪我；固然你失去了他的好感，我也同样失去他的慈爱了。

奥赛罗：倘若是上天的意思，要让我受尽这种种的折磨；要是他将诸般痛苦和耻辱都加在我毫无防备的头上，将我在贫困的泥沼中浸没，将我一切的自由和希望都剥夺，我也能够在我灵魂的一隅，将忍耐的甘露找寻到。但是，唉，在这残酷的世界上，就连做一个被人戟指笑骂的目标，我都能完全容忍；但是，我失去了心灵的归宿，失去了生命的寄托。我活力的源泉枯竭了，变成了繁衍生息癞蛤蟆的污秽之池！忍耐，你朱唇韶颜的天婴啊，将你的脸色转变，就让它化成地狱般的狰狞吧！

苔丝狄蒙娜：我希望，在我尊贵无比的丈夫眼里，我是一个坚贞不渝的妻子。

奥赛罗：哦，没错，如同夏天肉铺中的苍蝇一般贞洁无比啊——边撒卵子边受孕啊。你这闲花野草啊，颜色这般娇美，香气如此芬芳，别人见到你，嗅到你，都会感到心疼，希望世界上从未有过你！

苔丝狄蒙娜：哦，主啊，我究竟犯下了什么连我自己都不知道的罪孽啊？

奥赛罗：这样一本美丽的书册，这样一张皎洁的白纸，是准备让人在上面写上“娼妓”二字吗？犯下了什么罪孽？啊，你这人尽可夫的淫妇！只要我一想起你所干的那些事，我的脸就会变成熔炉，将廉耻化为灰烬。还说犯了什么罪孽！天神见了都要掩鼻而过，月亮见了都会羞得将眼睛闭上！就连那遇到什么都会去亲吻的淫荡的风，也会悄悄躲进岩窟里面，不愿意听到别人提及它的名字。不要脸的娼妇，还问我犯了什么罪！

苔丝狄蒙娜：天啊，你为什么要这样侮辱我！

奥赛罗：难道你不是娼妇？

苔丝狄蒙娜：我对天发誓，我绝对不是，不然我就不是一个基督教徒。倘若为我的主保持这个洁白的身体，不让淫邪的双手玷污，倘若这样的行为能使我将娼妇的罪名免去，那我就不是什么娼妇。

奥赛罗：什么，你说你不是娼妇？

苔丝狄蒙娜：没错，除非我死后没有得救的希望。

奥赛罗：这是真的？

苔丝狄蒙娜：啊，上天啊，饶恕我们吧！

奥赛罗：那我真是冒昧了啊，我以为你就是那个嫁给奥赛罗的狡猾、不知羞耻的威尼斯娼妇呢。——喂，你这位刚和圣彼得做着相反差事的，在看守地狱之门的奶奶。

（爱米利娅重上。）

奥赛罗：你，对了，你！我们已经结束了。这是给你作为酬劳的钱，请你将门上的锁打开，不要将我们的秘密泄露出去。(下。)

爱米利娅：哦！这位老爷究竟脑子里存有什么想法啊？您怎么了，夫人，我的好夫人，您是怎么了啊？

苔丝狄蒙娜：我是在半清醒半昏迷中。

爱米利娅：我的主究竟是怎么了啊，好夫人？

苔丝狄蒙娜：你说谁啊？

爱米利娅：说我的主啊，夫人。

苔丝狄蒙娜：谁是你的主啊？

爱米利娅：你的丈夫啊，我的好夫人。

苔丝狄蒙娜：我哪里有丈夫啊？爱米利娅，别对我说话；我不能流泪，我无话可以回答你，除了我的泪水。请今夜将我结婚的被褥铺在我的床上吧。记住了，再去替我将你的丈夫叫来。

爱米利娅：变了，真的是变了啊！(下。)

苔丝狄蒙娜：我应当受到这种待遇，全是应当的。我究竟做了什么不检点的事情——哪怕是一点点错误，才会引起他这般的猜疑呢？

(*爱米利娅率伊阿古重上。*)

伊阿古：您怎么了，夫人，您有什么吩咐啊？

苔丝狄蒙娜：我也不知道。小孩要是做错事了，父母总会用温和的态度，轻微惩罚一下他们；他可以这样责备我，因为我不是一个不该受管教的孩子。

伊阿古：究竟是怎么了，夫人？

爱米利娅：伊阿古，奥赛罗口口声声骂夫人，用极其难听的字眼加在她身上，稍微有心的人，都无法忍受这样的谩骂。

苔丝狄蒙娜：难道我应该得到这样的称呼吗？伊阿古？

伊阿古：好夫人，那是什么样的称呼？

苔丝狄蒙娜：就如同她说我的主称呼我的那种名字。

爱米利娅：他称呼夫人娼妇，即便是醉酒的叫花子也不会将这样的称呼加在自己的姘妇身上。

伊阿古：他为什么要这样？

苔丝狄蒙娜：我真的不知道，但我一定不是那样的女人。

伊阿古：唉，别哭，别哭啊！

爱米利娅：她拒绝了多少名门望族的求婚，将自己的老父抛下，远离亲友，背井离乡，最终却落得个娼妇的骂名，这怎能不叫人伤心啊？

苔丝狄蒙娜：还是我自己命薄福浅啊。

伊阿古：简直太岂有此理了，他怎么会有这样的想法？

苔丝狄蒙娜：这只有天才知道啊。

爱米利娅：我打赌，肯定是有一个万恶不赦的恶人，一个爱管闲事的马屁精，一个说假话欺骗主子的狗奴才，因为想谋求差使，故意编造出这样的谣言。倘若我说错了，就让我被人吊死。

伊阿古：我呸！绝对不会有这样的人的。

苔丝狄蒙娜：倘若真有此人，希望上帝宽恕他！

爱米利娅：还宽恕他！用条绳子将他的颈项箍住，地狱里的恶鬼将他的骨头咬碎！为什么他要叫她娼妇？她跟谁在一起了？什么时间？以什么方式？又有什么证据啊？这摩尔人一定是上了哪个刁钻奸诈之人的当了，一个下流无耻、卑鄙的家伙！上帝啊，希望你将这家伙的嘴脸揭破，让每一个老实人都拿起鞭子，将这浑蛋脱光衣服抽打一顿，从东方一直抽打到西方！

伊阿古：不要嚷了，外面都听到了。

爱米利娅：这无耻的东西！上次将你的头弄昏了，使你怀疑我跟这摩尔人有染的，就是这个家伙。

伊阿古：行了，行了，你这傻瓜。

苔丝狄蒙娜：正直的伊阿古啊，我究竟怎么做才能重新获得我丈夫的欢心呢？请帮我向他解释一下，好朋友，凭着太阳发誓，我简直不知道如何失去他的宠爱的。我对上天下跪，倘若我在思想上或是行动上曾经有意将他的爱情背弃；倘若我的眼睛、耳朵或是我的任何感觉，曾经对除他以外的人发生过爱悦；倘若我过去、现在和将来，不是那么始终如一、深切地爱他，即便是他将我弃如敝屣，也不会因此改变我对他的忠诚。倘若我真的有那样的过失，就让我这辈子享受不到快乐的日子！无情能够给人以重大的打击，他的无情能将我的生命摧残，但是永远不能将我的爱情毁坏。我不想提及“娼妇”二字，一提起它就会令我心生憎恶，更别提去干那丑恶的勾当了；即便是整个世界的荣华都不能引诱到我！

伊阿古：请您放心吧，他这不过是一时的心绪恶劣，是在国家大事上受了刺激，因此才会跟你怄气的。

苔丝狄蒙娜：倘若没有其他的原因——

伊阿古：我担保，就是为了这个原因。（喇叭声。）听！晚餐的信号吹响了，威尼斯的使者在等待用餐了。别哭了，进去吧，所有的事情都会圆满解决的。（苔丝狄蒙娜、爱米利娅下。）

（罗德利哥上。）

伊阿古：哦，嗨，罗德利哥！

罗德利哥：我看你根本就是在欺骗我。

伊阿古：我怎么欺骗你了？

罗德利哥：你每天都在跟我耍手段，伊阿古，你将我敷衍过去；依我之见，你非但不会给我开启一扇方便之门，反倒会使我的希望逐日减少。我简直忍受不了了。我已经为自己的愚蠢吃了不少的苦头，我不会就此善罢甘休的。

伊阿古：罗德利哥，你愿意听我说说吗？

罗德利哥：我已经听你说了不少了，你说话总是和行动不符。

伊阿古：那你可真是冤枉我了啊。

罗德利哥：我怎么会冤枉你啊，我的钱全都花光了。你从我这里拿去的给苔丝狄蒙娜的珠宝，即便是一个圣徒也会经受不住引诱的；你告诉我她已经收下了，让我静候佳音，但是到现在都没一点动静。

伊阿古：算了，算了，很好。

罗德利哥：很好！算了？我们不能就此算了吧，这件事情也不是很好！我发誓，这手段简直是极其卑劣，我受不了了，我感觉自己上当了。

伊阿古：这非常好。

罗德利哥：那么我告诉你，不是很好。现在我要亲自去见苔丝狄蒙娜一面，倘若她愿意将珠宝还给我，我就死了这份心，向她忏悔我这种非礼的追求；否则的话，你就当心我找你算账吧。

伊阿古：现在你说完了吧？

罗德利哥：我说到做到。

伊阿古：好，我现在才知道你是个这么有骨气的人；从现在起，我比以前更加看重你了。罗德利哥，将你的手给我。刚才你责备我的话，都很有理，但我要声明的是，我替你做的这些事，全都是竭尽全力，没有昧一点良心。

罗德利哥：你有事实证明吗？

伊阿古：我承认，现在没有事实证明，你的疑心也是有理由的。但是，罗德利哥，倘若你真的有决心、勇气和胆量——现在我相信你肯定是有的——你今晚就可以表现出来；倘若明晚你还得不到苔丝狄蒙娜，你可以用任何你能想到的恶毒手段、阴谋诡计将我的性命取走。

罗德利哥：好，你要我干什么？是说得出做得到的吗？

伊阿古：威尼斯已经派了专使来，老兄，让凯西奥取代奥赛罗的位置。

罗德利哥：这是真的？那就是说奥赛罗和苔丝狄蒙娜都要回到威尼斯了？

伊阿古：不，不，他要到毛里塔尼亚去，并且将美丽的苔丝狄蒙娜一起带走，除非这里出事了，让他耽搁下来。最好的办法就是将凯西奥干掉。

罗德利哥：把他干掉是什么意思？

伊阿古：将他的脑袋砸碎，让他无法取代奥赛罗的职位啊！

罗德利哥：这就是你要我去做的事？

伊阿古：没错，倘若你敢去做这件对你自己有利的事情。今晚他会在一个妓女家吃饭，我也会去那里见他一面。他现在还不知道自己的命运。我会想法让他在夜里十二点到一点之间出来，你只需要留心守在门口，就能按照你的意思将他除掉。我在附近接应你，在我们两人的配合下，他一定插翅难飞。来啊，别发呆了，跟我走；让我来告诉你为什么他必须死，听过之后你就会知道，这是你不可推卸的一次行动。现在正是晚饭的时候，夜晚过得很快的，赶紧准备吧。

罗德利哥：我还是想听一下你为什么非要我去做这件事。

伊阿古：我肯定给你解释明白的。

（同下。）

第三场　城堡中另一室

（奥赛罗、罗多维科、苔丝狄蒙娜、爱米利娅及侍从等上。）

罗多维科：请将军留步吧。

奥赛罗：哦，没关系，散步对我也是很有好处的。

罗多维科：晚安，夫人，感谢您的盛情。

苔丝狄蒙娜：您大驾光临，我们欢迎之至啊。

奥赛罗：大人，请吧。哦，苔丝狄蒙娜——

苔丝狄蒙娜：什么，我的主？

奥赛罗：你赶紧回去睡吧，我很快就会回来的，将你的侍女都打发走吧，别忘了。

苔丝狄蒙娜：好的，我的主。（奥赛罗、罗多维科及侍从等下。）

爱米利娅：看他现在的脸色温和多了啊。

苔丝狄蒙娜：他说他很快就会回来的；他叫我回去睡，还要将你遣开。

爱米利娅：还要把我遣开！

苔丝狄蒙娜：这是他吩咐我的；好爱米利娅，所以，你把睡衣给我，你去吧，现在我们不能再惹恼他了啊。

爱米利娅：我真希望你当初没有认识他！

苔丝狄蒙娜：我不希望；我那么爱他，即便是他的固执、呵斥、怒容——请你将我衣上的扣针取下——在我看来也是很可爱的。

爱米利娅：我已经按照您的吩咐，将被褥都铺好了。

苔丝狄蒙娜：非常好，天啊！我们的思想是多么愚蠢！倘若我比你死得早，请你把那些被褥做我的殓衾。

爱米利娅：罢了罢了，您说什么傻话啊。

苔丝狄蒙娜：我母亲有一个叫巴巴拉的侍女，她跟人恋爱了；她的情人发疯了，将她丢了。她有一支《杨柳歌》，虽是一支古老的曲调，但却正好将她的命运说中了，到她死时，嘴里还在唱这首歌。今晚那支歌一直在我的脑际萦回；我烦乱的心绪，使我禁不住侧下头，像那可怜的巴巴拉一般将它歌唱，请你赶快点儿。

爱米利娅：我现在就去给您将睡衣取来。

苔丝狄蒙娜：还是替我取下这扣针吧。罗多维科真是一个俊美的男子。

爱米利娅：的确是个漂亮的人啊。

苔丝狄蒙娜：他的谈吐十分高雅。

爱米利娅：我知道威尼斯有一个女人，甘愿赤脚步必行到巴勒斯坦，就是为了能碰一碰他的下唇。

苔丝狄蒙娜：（唱）

可怜的她啊，在那枫树下啜泣，
将那青青杨柳歌唱；
她用手捂着胸膛，低头靠膝，
歌唱那杨柳、杨柳、杨柳。
清澈的流水将她的呻吟吐出，
歌唱那杨柳、杨柳、杨柳。

她的热烈将顽石的心溶化——

将这些放在了一边——（唱）

歌唱那杨柳、杨柳、杨柳。

再快一点，他就要来了。——（唱）

用青青的柳枝编织成一个翠环；

别怪他，我是甘心受他的笑骂——

不啊，下面的一句不是这样的，听啊，谁在叫门？

爱米利娅：是风吧。

苔丝狄蒙娜：（唱）

我叫那情哥负心郎，他又怎么讲？

歌唱那杨柳、杨柳、杨柳。

是我见异思迁，由你另换情郎。

晚安，你去吧，我的眼睛在不住地跳，这难道是哭泣的征兆？

爱米利娅：不会有这样的事。

苔丝狄蒙娜：我听人家说，这些男人啊，这些男人！爱米利娅，凭良心说，你觉得世界上有没有背着丈夫干坏事的女人啊？

爱米利娅：肯定有啊。

苔丝狄蒙娜：难道你会为了整个世界的财富而干这样的事情？

爱米利娅：您难道会不愿意？

苔丝狄蒙娜：我对明月起誓，我不愿意！

爱米利娅：当然，光天化日，我也不会干这样的事；这要背地里干啊。

苔丝狄蒙娜：您难道会为了整个世界来干这样的事情？

爱米利娅：世界有多大啊，用一件微小的坏事来换来世界这么大的代价，难道不是值得的吗？

苔丝狄蒙娜：我想你是不会的，真的。

爱米利娅：我感觉我能干出来，干了之后再想法补救。不过，倘若是为了一枚戒指、几丈细麻布或是几件衣服、几条裙子、一两顶帽子这些小玩意而让我干这种事，我肯定是不愿意的；但是为了整个世界的话，谁会不愿意出卖自己的贞操，而让丈夫来做皇帝呢？就是让我下地狱，我也是愿意的。

苔丝狄蒙娜：要是我为了整个世界而做出这种丧心病狂的事情，就让我不得好死。

爱米利娅：人世间的是非原本就没准，倘若您因为干了一件错事而得到了整个世界，在您自己的世界里，难道您就不能将是非黑白颠倒一下吗？

苔丝狄蒙娜：我认为世界上不会有这样的女人。

爱米利娅：这样的女人不是几个，是很多很多，足够将她们用小小坏事换来的世界塞满了。依我所见，妻子的堕落肯定是丈夫的过失；如果他们将自己的责任疏忽了，将我们所珍爱的东西乱掷在外人怀里，或是无端吃醋，将我们的自由约束，或是殴打我们，将我们的花粉钱削减，难道我们就没有脾气？即便是生就温柔的天性，积累到一定的时候也是会复仇的。让那些做丈夫的知道，他们的妻子也跟他们有一样的感觉：她们的鼻子也能嗅出香臭、她们的眼睛也能看出美丑、她们的舌头也能辨出酸甜。他们厌弃我们，另觅新欢的理由是什么？是逢场作戏？我认为是的。是爱情的驱使？我想也有可能。还是因为人之常情的喜新厌旧？我想也不是没这个可能。那么，难道我们就不会对别人产生感情，就没有逢场作戏的欲望，就不会像那些男人一样喜新厌旧？因此让他们好好地对待我们吧，不然，我们就要让他们明白，我们所干的坏事都是被他们逼出来的。

苔丝狄蒙娜：晚安吧，晚安吧！但愿上天将我们的言行监视；我可不愿意以恶为师，我只希望鉴非自警！

（各下。）

第五幕

第一场　塞浦路斯。街道

（伊阿古及罗德利哥上。）

伊阿古： 过来，站在这个破屋后面，他一会儿就会回来。拔出你的宝剑，看准要害就立刻刺过去。要快，一定要快，千万不要害怕，我就在你旁边。成功失败就在此一举，你必须下定决心。

罗德利哥： 不要走开，我担心我会失手。

伊阿古： 我不会走开，就在你附近。胆子放大些，站定了。（退后。）

罗德利哥： 虽然我对这件事不是很热心，但是他所讲的理由十分充足。反正不过是干掉一个人。出来，我的剑，他必须死！

伊阿古： 我已经将这小脓包的心激愤了，他竟然发怒了。无论他和凯西奥谁杀死谁，或者是两败俱伤，对我都是有利的。倘若是罗德利哥活着，早晚他还是会跟我讨要那从他手里骗过来、说是要送给苔丝狄蒙娜的金银珠宝，这可是万万不能的。倘若凯西奥活了下来，他那种翩翩的风度，让在他身边的我每天都相形见绌；而奥赛罗万一哪天当面质问的话，我的阴谋就会露馅儿。到那时我的地位就危险了，不，他必须要死！就这样吧，我听到他过来了。

（凯西奥上。）

罗德利哥： 我知道他走路的姿势，是他没错。——给我去死吧，恶人！（挺剑刺凯西奥。）

凯西奥： 幸好我穿着一身好盔甲，不然那一剑一定会让我送命的。那就让我试试你的盔甲吧。（拔剑刺伤罗德利哥。）

罗德利哥： 天啊，我死了！（伊阿古自后刺伤凯西奥腿，下。）

凯西奥： 从此我将终身残废了！救命啊，杀人了，救命！（倒地。）

（奥赛罗自远处上。）

奥赛罗：是凯西奥的声音，看来伊阿古的确没有失信。

罗德利哥：我真的是个恶人！

奥赛罗：完全没错。

凯西奥：快救命啊，拿火过来，快去叫医生！

奥赛罗：真的是他。正直勇敢的伊阿古，你这么奋不顾身地来为你的朋友雪耻，简直太难得了啊！你给了我一个教训。下贱的人，你心爱的人已经在此死去，你的末日也就在眼前了；我这就来，娼妇！从我心头将你媚眼的魔力抹去，就让那淫邪的血在你那被玷污的枕席上溅洒。（下。）

（罗多维科及葛莱西安诺自远处上。）

凯西奥：喂，喂！难道没有巡夜的逻卒？没有路过的行人吗？杀人了，杀人了啊！

葛莱西安诺：出了什么乱子？我听到了很凄惨的叫声啊。

凯西奥：救命啊，救命啊！

罗多维科：听，听！

罗德利哥：哦，这该死的恶人啊！

罗多维科：有两三个人在那边呻吟。在这个阴沉的黑夜里，或许这是他们故意装出来的呢，我们人手不多，贸然过去的话，恐怕不是很安全。

罗德利哥：难道没人来吗？我就要流血身亡了！

罗多维科：听啊！

（伊阿古持火炬重上。）

葛莱西安诺：有一个身穿衬衫，一手拿火、一手举武器的人来了。

伊阿古：那边是谁在喊叫杀人了啊？

罗多维科：我们不清楚。

伊阿古：难道你们没听到一声疾呼？

凯西奥：在这里！看在上帝的面上，救救我啊。

伊阿古：发生什么事情了？

葛莱西安诺：此人好像是奥赛罗的旗官啊。

罗多维科：没错，一个很勇敢的汉子。

伊阿古：你是谁，为什么在此叫得如此凄惨啊？

凯西奥：是伊阿古？哦，我被恶人暗算了，赶紧救我啊！

伊阿古：哟，副将，这是谁干的啊？

凯西奥：我想暴徒还在这里，他跑不掉的。

伊阿古：可恶的奸贼啊！（向罗多维科、葛莱西安诺）你们是谁？还不快来帮忙。

罗德利哥：快来救我啊，我在这。

凯西奥：他就是恶人之一啊。

伊阿古：好一个杀人的恶贼啊，嗨！（刺罗德利哥。）

罗德利哥：哦，万恶的伊阿古，你这丧心病狂的狗啊！

伊阿古：竟然在暗地里杀人！这帮凶恶的贼人都躲在哪里？这地方多寂静啊！杀人啦，杀人啦！你们是好人还是坏人？

罗多维科：请您自己来判断吧。

伊阿古：您是罗多维科大人吗？

罗多维科：没错，大人。

伊阿古：请恕我失礼。倒在地上的是凯西奥，他被奸人刺伤了。

葛莱西安诺：凯西奥将军！

伊阿古：兄弟，你怎么样啊？

凯西奥：我想我的腿断了。

伊阿古：啊，简直是罪过！请帮我照着亮吧，两位，我要用我的衣服为他包扎一下。

（比恩卡上。）

比恩卡：喂，是谁在这大呼小叫？

伊阿古：谁在此叫喊？

比恩卡：哎呀，我亲爱的凯西奥，我温柔的人儿，凯西奥！凯西

奥！凯西奥！

伊阿古： 嘁，声名狼藉的娼妇！依照你的猜想，凯西奥，会是谁对你下此毒手呢？

凯西奥： 我想不出来。

葛莱西安诺： 我正准备来找你，谁曾想到会遇到这样的事情，真是令人恼火！

伊阿古： 借一条袜带给我。哦，好，倘若有张椅子，能让他舒服地躺上去，将他抬回去才好啊！

比恩卡： 啊，他昏了！凯西奥！凯西奥！啊！

伊阿古： 二位，我怀疑这个贱人也是凶徒的同党啊。——凯西奥，请再忍耐一下——来，借给我一个火，看我们是否认识这个人？呀！这不是我们国家的罗德利哥吗？哦，不，真的是他啊！天哪！罗德利哥！

葛莱西安诺： 什么！您说的是威尼斯的罗德利哥吗？

伊阿古： 没错，正是他，先生认识他？

葛莱西安诺： 当然，我怎么能不认识他！

伊阿古： 请恕罪，葛莱西安诺先生，这些惨剧令我礼貌不周，很失敬。

葛莱西安诺： 这是什么话，很高兴见到您。

伊阿古： 凯西奥，你是怎么了？来，赶紧来张椅子！

葛莱西安诺： 罗德利哥！

伊阿古： 他，正是他。（众人携椅上。）啊，非常好，椅子。几个人小心抬着他，我这就去把军医找来。（向比恩卡）你也别在这装模作样了。——凯西奥，死在这儿的是我的好友，你俩有何仇恨吗？

凯西奥： 我根本就不认识这个人，怎么会有仇恨！

伊阿古：（向比恩卡）什么，你的脸色变得煞白了吗！——啊，将他抬到屋子里去！（众人舁凯西奥、罗德利哥二人下。）请两位先生等一下。奶奶你的脸色变白了吗？你们有没有见到她眼睛里那股惊慌的神气？哼，倘若你这般睁大眼睛，我们还在等着要听一些新鲜的话呢！注意观察她，你们看，你们见到了吗，二位？犯罪之人，即便舌头僵住了，都不会自己招认的！

（爱米利娅上。）

爱米利娅：出了什么事情？出什么事了，我的丈夫？

伊阿古：在这黑暗之中，凯西奥遭遇了罗德利哥和几个在逃的同党的袭击，他几乎丧命，罗德利哥已经死了。

爱米利娅：啊，好一个绅士，好凯西奥！

伊阿古：这就是他爱嫖娼的结果，你去问问凯西奥，爱米利娅，今晚他在哪里吃的晚餐，怎么，你听到这话在发抖。

比恩卡：他是在我家吃饭，但我并不是因此发抖！

伊阿古：哦，他是在你家吃饭，那你跟我走！

爱米利娅：呸，不要脸的娼妇！

比恩卡：我不是什么娼妇，我跟你一样清白！

爱米利娅：呸！不要脸，还说跟我一样清白！

伊阿古：两位善良的先生，让我们去帮助可怜的凯西奥，帮他将伤口包扎好。来，你不得不对我们说老实话。爱米利娅，你赶紧到城堡里去报信，告诉将军和夫人这里发生的事情。你们先请。（旁白）今晚就是我的命运所寄，如果无法青云直上，就要一败涂地。（同下。）

第二场　城堡中的卧室

（苔丝狄蒙娜睡床上，一灯照耀室内；奥赛罗上。）

奥赛罗：仅仅是为了这个原因，就是为了这个原因，我的灵魂啊！洁净无瑕的星星啊，别让我向你将它的名字说出来！仅仅是为了这个原因……但是我不愿意见她的血，更不愿意将她那比白雪还皎洁、比石膏还腻滑的肌肤毁伤。但是她必须死，否则她将伤害更多的男人。让我将这盏灯熄灭，之后我就将你生命的火焰熄灭。这融融的灯光啊，倘若我将你熄灭后心生悔意，我还能将你重新点亮；但是你，造化最精美的精灵啊，一旦你的火焰熄灭了，我不知何处有那天上的神火，能将你原来的光彩重新燃起！我将蔷薇摘下之后，就无法再给它已失去的生机，只能让它枯萎凋谢！当它还在枝头之时，我要嗅一嗅它的芬芳。（吻苔丝狄蒙娜。）啊，多么甘美的气息！你简直要将公道的心诱动，使她将利剑折断了！再吻，再吻。希望你到死都是这样，我要将你杀死，然后再去爱你。再吻，这是最后一吻了；如此销魂，却又无比沉痛！我不得不哭泣，但这些是无情的眼泪。这一阵阵的悲伤是神圣的，因为它要惩罚的恰是它最最疼爱的。她醒了。

苔丝狄蒙娜：是奥赛罗吗，我的主？

奥赛罗：是我。

苔丝狄蒙娜：您要睡了吗？

奥赛罗：苔丝狄蒙娜，你今晚祈祷了吗？

苔丝狄蒙娜：祈祷了，我的主。

奥赛罗：倘若你想到在你的一生当中，还有什么未曾被上帝宽宥的罪恶，就赶紧请求他的恩赦吧。

苔丝狄蒙娜：我的主，您这话是什么意思？

奥赛罗：赶紧祈祷吧，快点，我就在边上等你。我可不想杀害你毫无准备的灵魂，不，上天是不允许这种罪行的！我可不愿意将你的灵魂杀害。

苔丝狄蒙娜：您是在说杀人的话吗？

奥赛罗：没错。

苔丝狄蒙娜：那么希望上帝垂怜我！

奥赛罗：阿门，希望如此！

苔丝狄蒙娜：倘若您这么说，我希望您要杀的不是我。

奥赛罗：哼！

苔丝狄蒙娜：但是我怕您，因为在您的眼珠这样转动之时，就代表您动了杀机。我不明白自己为什么害怕，因为我不知道自己犯了什么罪，但是我感到害怕。

奥赛罗：好好想想你的罪恶吧。

苔丝狄蒙娜：除非我对您的爱就是罪恶，否则我不知道自己犯下了什么罪。

奥赛罗：你不得不因此而死。

苔丝狄蒙娜：因为爱而被杀，那样的死是违背人情的。唉！您为什么要这样咬着自己的下唇啊？一种饮血的欲念将您的全身震撼着，这就是它的征兆；但是我希望，希望您的怒气不是因我而发。

奥赛罗：闭上你的嘴，不要出声！

苔丝狄蒙娜：是，但是请您告诉我，究竟是为了什么事情？

奥赛罗：你将我送给你的、我心爱的手帕转送给了凯西奥。

苔丝狄蒙娜：凭着我的生命和我的灵魂起誓，我没有，您叫他来对质吧。

奥赛罗：当心别发伪誓，你的死期就在眼前了。

苔丝狄蒙娜：不，现在我还不能死。

奥赛罗：你不得不现在就死，所以赶紧坦白你的罪恶吧；即便是你发誓将每件事实都否认，也不能将我痛心的坚强的确信除去，所以，你死定了。

苔丝狄蒙娜：但愿上帝垂怜我！

奥赛罗：阿门，阿门。

苔丝狄蒙娜：希望您也大发慈悲！我从未得罪过您，也根本没有用上天所不能容许的非分的爱情滥施在凯西奥身上。我没有给过他任何东西。

奥赛罗：老天有眼，我亲眼看见我的手帕在他手里。你这欺罔神明的妇人！你令我的心变得更加坚硬；原本我想将你作为献祭的牺牲，如今却被你激起我屠夫的念头来了。我亲眼见到那手帕的。

苔丝狄蒙娜：那一定是他捡到的，我没有给他，你把他叫来，说出事情的真相。

奥赛罗：他都已经承认了。

苔丝狄蒙娜：我的主，他承认了什么？

奥赛罗：承认你们发生了关系。

苔丝狄蒙娜：什么！非法的那种关系？

奥赛罗：没错。

苔丝狄蒙娜：他绝对不会这么说的。

奥赛罗：是的，他已经永远闭嘴了，正直的伊阿古已经将他解决了。

苔丝狄蒙娜：啊，恐惧令我明白过来了！怎么，他死了？

奥赛罗：即便是他每一根头发都有生命，我复仇的怒火也能将它们全部吞下。

苔丝狄蒙娜：啊！他遭人陷害，我的一生也要从此断送了！

奥赛罗：不要脸的娼妇，你还准备在我面前为他哭泣吗？

苔丝狄蒙娜：我的主，将我放逐吧，但是别杀我！

奥赛罗：娼妇，倒下！

苔丝狄蒙娜：让我活过今天，明天再杀我。

奥赛罗：不，如果你要挣扎——

苔丝狄蒙娜：给我半个小时的时间！

奥赛罗：已经决定的事情难道还会有挽回的余地吗？

苔丝狄蒙娜：那就让我做一次祷告吧！

奥赛罗：太晚了。（扼苔丝狄蒙娜咽喉。）

爱米利娅：（在内）将军，将军，喂，将军！

奥赛罗：哪里传来的声音？难道还没死？还没有完全死去？虽然我很狠心，但却还有几分慈悲，我不想你多受一些痛苦。好吧。（刺苔丝狄蒙娜。）

爱米利娅：（在内）喂，将军！

奥赛罗：是谁？

爱米利娅：（在内）将军啊！我有话要跟您说。

奥赛罗：这是爱米利娅，没错。——等一下。——她已经死了。多半她是要来说凯西奥的死吧。外面已经能听到嘈杂的声音了。嘿！动也不动了？如同坟墓一般寂静。让她进来吗？妥当吗？我想她又动了，怎么办啊？倘若她进来的话，一定要跟我妻子说话的。我的妻子，什么妻子，我哪有妻子啊？哦，难看！啊，这不幸的时辰啊！想必现在日月应当昏暗不明，受惊的地球见到这样非常的变故都会被吓得目瞪口呆吧。

爱米利娅：（在内）好将军啊，请让我进来跟您说句话吧。

奥赛罗：哦，我忘记了。啊，爱米利娅，进来吧。且慢，等等。让我将帐幕拉下来，你在哪里啊？（启锁开门。）

（爱米利娅上。）

奥赛罗：有什么事情？

爱米利娅：将军！外面出命案了啊！

奥赛罗：什么？现在吗？

爱米利娅：将军，就在刚才啊。

奥赛罗：那全都是因为月亮走错轨道，比平常离地球更近了，因此人们都发疯了。

爱米利娅：将军大人，一个名叫罗德利哥的威尼斯青年被凯西奥杀死了。

奥赛罗：什么？罗德利哥被凯西奥杀了！那凯西奥呢？

爱米利娅：凯西奥并没有死。

奥赛罗：他没死！那是杀人的认错了对象，痛快的复仇又变卦了？

苔丝狄蒙娜：死得真是冤枉啊！

爱米利娅：啊，那是什么呼声？

奥赛罗：什么？

爱米利娅：那分明是夫人的声音。救命！救命！啊，夫人，再说一声！啊，亲爱的夫人，亲爱的苔丝狄蒙娜！说呀！

苔丝狄蒙娜：我是被冤枉而死的。

爱米利娅：这是是谁干的？

苔丝狄蒙娜：是我自己，没有任何人。再见，替我向我那仁慈的丈夫致意吧，再见！（死。）

奥赛罗：天啊，她怎么会被人杀了?

爱米利娅：这我怎么知道?

奥赛罗：你听到她说是她自己，而不是我杀的她。

爱米利娅：她是这么说的，我会如实报告。

奥赛罗：就要到地狱的火焰里去了，她还不愿意说实话，是我杀的她!

爱米利娅：天啊，那她更加是个天使，而你更加是黑心的恶魔了!

奥赛罗：她背着我干出了无耻的事情。

爱米利娅：你竟然这么冤枉她，你这魔鬼!

奥赛罗：她就像水那么轻浮。

爱米利娅：你竟然说她轻浮，你自己才像是火焰一样粗暴呢。她绝对是坚贞忠诚的!

奥赛罗：她跟凯西奥通奸，不信的话你去问你的丈夫。啊，倘若我采取这样极端的手段而没有正当理由的话，就让我死后堕入地狱底层，永不翻身，你丈夫知道全部的事情。

爱米利娅：你说我丈夫!

奥赛罗：当然。

爱米利娅：我丈夫知道她不守贞洁?

奥赛罗：喂，你丈夫知道她跟凯西奥的暧昧关系。嘿，倘若她是一个贞洁的女人，即便是上帝用一颗完整的宝石为我造另外的世界，我也不会舍得用她去交换的。

爱米利娅：我的丈夫!

奥赛罗：嗯，是他最初将这件事情告诉我。他那么正直，他痛恨这种卑鄙龌龊的行为。

爱米利娅：我的丈夫，我的丈夫!

奥赛罗：为什么要不断重复这话呢?我说的就是你的丈夫。

爱米利娅：大人!因为你的多情，你受到了奸人的愚弄了!我的丈夫说她不贞洁!

奥赛罗：妇人，就是他说的；是你的丈夫说的，我的话你听不明白？你的丈夫，我的朋友，正直无比的伊阿古。

爱米利娅：如果他真的说了这样的话，但愿他那恶毒的灵魂每天一分一寸地糜烂掉！他全都是胡说的！她简直对她最卑鄙的男人太过痴心了。

奥赛罗：嗨！

爱米利娅：随便你怎么处置我。你根本配不上这么好的妻子，你这种行为天理不容！

奥赛罗：给我闭嘴！

爱米利娅：你没有半分力气可以将我伤害，我的心已经碎了，还有什么可怕的！傻瓜，笨蛋！比泥土还蠢的家伙！你已经做了一件非常不该做的事情——我根本不怕你的剑；我要将你的罪恶宣布出去，即便是我因此将丧失二十条性命。救命啊，救命啊，奥赛罗将夫人杀了，救命啊，杀人啦！

（蒙太诺、葛莱西安诺、伊阿古及余人等上。）

蒙太诺：发生什么事了，将军？

爱米利娅：哦，你来了吗，伊阿古？这是你做的好事，人家将杀人的罪名安在你的头上了！

葛莱西安诺：发生什么事了？

爱米利娅：倘若你还是条汉子，赶紧将这恶人所说的话否认了吧，他说是你跟他说他的妻子不忠。我知道你是不会这么说的。你怎么会是这样的恶人，赶紧说吧，我的心都要胀破了。

伊阿古：我只是将自己的意思转述给他，而且，他已经证实我所说的话了。

爱米利娅：那你对他说过他夫人不忠的话吗？

伊阿古：说过。

爱米利娅：你在说谎，你在说可憎、万恶不赦的谎言！凭着我的灵魂起誓，这是一个谎言，一个十恶不赦的谎言，你说她跟凯西奥私通了？

伊阿古：她跟凯西奥私通。好了好了，我的太太，收住你的舌头吧。

爱米利娅：我不愿将我的舌头收住，我一定要说下去。夫人在床上被谋杀了！

众人：天啊，怎么会有这样的事情！

爱米利娅：这件血案全是因为你的谣言而起。

奥赛罗：各位不要惊慌，这是事实。

葛莱西安诺：确有此事？那可真是奇怪了！

蒙太诺：骗人的！

爱米利娅：诡计，全是诡计，现在我想起来了，啊，诡计啊！我那个时候就有些怀疑，现在我要伤心死了，全是诡计啊，诡计啊！诡计！

伊阿古：你这是要疯啊，给我回家去！

爱米利娅：各位，请给我一个说话的机会。我照理是应该服从他的，但是现在我却不能，伊阿古，我或许永远不能回家了！

奥赛罗：啊！啊！（扑卧床上。）

爱米利娅：你就大声哭吧，因为你已经将世间最温柔纯洁的女人杀死了！

奥赛罗：她是淫污的！叔父，我简直认不出您了。那边躺着的是您的侄女，我刚才用这双手将她的呼吸扼断；我知道，这种行为在世人眼中一定是惊人而残暴的。

葛莱西安诺：我可怜的苔丝狄蒙娜！幸亏你的父亲已经去世了，他因你的婚事而死，悲伤将他衰老的生命摧残了。倘若他现在还在世的话，见到这种惨状，肯定会干出一些疯狂的事情来的。他会诅咒天地，将身边的守护神赶走，将自己的灵魂毁灭。

奥赛罗：这的确是件伤心的事情，但是伊阿古知道她曾经跟凯西奥干过的无耻的勾当，并且凯西奥也已经承认了。她还将我的定情物送给了凯西奥，作为殷勤献礼的酬劳。我见到手帕在他手里，那是我的父亲送给我母亲的古老纪念品，一方珍贵的手帕。

爱米利娅：啊，天上的神灵！

伊阿古：闭上你的嘴巴！

爱米利娅：事情总会暴露出来的。让我闭嘴？不能！我要像北风一般自由地说出来，即便天神、世人和魔鬼都将我来嘲骂羞辱，我也要说我的话。

伊阿古：你给我放明白些，赶紧给我回家。

爱米利娅：我不回家。（伊阿古拔剑欲刺爱米利娅。）

葛莱西安诺：难道你要向妇人动粗？

爱米利娅：你这愚蠢的奥赛罗啊！你所说的那块手帕，是被我捡到的，我将他给了我的丈夫伊阿古；那虽然只是件小东西，但他却恳求我好几次让我替他偷出来。

伊阿古：你这长舌的淫妇！

爱米利娅：夫人送给了凯西奥！根本不是，我是捡到后给了我丈夫。

伊阿古：你这说谎的贱人！

爱米利娅：苍天做证，我没说一句谎话；各位先生，我没说谎。你这杀人的傻瓜！像你这样一个蠢货，根本配不上这么好的妻子！

奥赛罗：难道天上没有石块能像雷霆般打下来吗？真是一个奸贼啊！（向伊阿古扑奔，伊阿古刺爱米利娅逃下。）

葛莱西安诺：他杀死他妻子，这妇人倒下了。

爱米利娅：啊，啊，将我放在夫人身边吧！

葛莱西安诺：他跑了，他的妻子被他杀了。

蒙太诺：这简直是个罪大恶极的凶徒！你拿着我从奥赛罗手中夺下来的剑，在门外好好看守，不要让他出去。要是他想逃走的话，尽管杀死他！我要去追那十恶不赦的恶人去。（蒙太诺、葛莱西安诺下。）

奥赛罗：我的勇气没有了，每个孱弱的懦夫都能将我手里的剑夺下来，但是正直被奸恶打败了，哪里还会存在什么荣誉呢？让所有的一切都归于幻灭吧！

爱米利娅：夫人啊，难道你的歌儿是一个谶兆吗？听，你听到我的声音了吗？我要如同天鹅般在歌声中死去。（唱）

杨柳啊，杨柳，杨柳……

奥赛罗，她是贞洁的啊；你这狠心的摩尔人，她那么爱你。我说的是实话，愿我的灵魂能享受天福；我所说的话同我的思想是一致的，我死了，死了。（死。）

奥赛罗：还有一柄剑在我的屋子里。那是一柄用冰泉水浸炼的西班牙宝剑。哦，在这里，叔父，我必须出去。

葛莱西安诺：（在内）要是你敢尝试的话，就要付出惨重的代价，没有武器的你只能屈服。

奥赛罗：那就请进来看看我吧，我有话要对您说；不然我可顾不了我没有武器，只能跟您拼一下了。

（葛莱西安诺重上。）

葛莱西安诺：什么事情？

奥赛罗：看，我有一柄剑呢，还没有一个战士佩戴过比这更好的剑！凭着这一柄剑和一条小胳膊，我曾经冲破过二十倍于你们这样人数的包围！但是，无聊的夸口啊！谁能将他自己的命运主宰呢？我现在已经没有那样的本领了。虽然我拿着武器，但是你也不必害怕，这里便是我旅途的终点，我人生航程最后的目标。难道你吓得退走了？这简直是不必要的惊慌，要是谁拿一根灯草向奥赛罗的胸前刺去的话，他也会向后退缩的。奥赛罗应该去什么地方呢？——哦，薄命的女郎，让我再看看你的容颜吧！如同你的衬衣一般惨白！我们在天庭对簿之时，你这副脸色就能将我的灵魂从天堂赶下，让魔鬼将它抓去。我的恋人啊，你全身冰冷！如同你的贞洁一样凛若寒霜。啊，这该死的奴才啊！魔鬼啊，将我从这天仙一般的美人面前鞭逐出去吧！就让狂风将我吹卷、硫黄将我熏烤、沸汤的深渊把我沉浸吧！啊，苔丝狄蒙娜！你死了，啊！啊！

（罗多维科、蒙太诺，二侍从用卧椅抬凯西奥及吏役等押伊阿古同上。)

罗多维科：这鲁莽而不幸的人在哪里啊？

奥赛罗：那就是从前的奥赛罗呢，我在这里。

罗多维科：那条毒蛇呢？将他带上来。

奥赛罗：据说魔鬼的脚是分趾的，让我来看看他的脚趾是不是这样。倘若你果真是个魔鬼，我也不能将你杀死。(刺伤伊阿古。)

罗多维科：夺下他手里的剑。

伊阿古：我只是流血了，还没有死。

奥赛罗：那好，我要留着你的命，因为在我眼里，死倒是一件幸福的事情。

罗多维科：哦，奥赛罗！原本你是个多好的汉子啊，却会受一个万恶的奸人摆布，让我们说你什么好呢！

奥赛罗：随你们说吧，你们要是愿意的话，不如说我才是真正的凶手，因为我所干的事，全都是出于荣誉的观念而不是猜嫌的私恨。

罗多维科：这个恶人已经承认了他的部分奸谋，杀死凯西奥也是你跟他同谋的吗？

奥赛罗：没错。

凯西奥：我从未得罪过您，主帅。

奥赛罗：我相信你的话，请你原谅我吧。请你们问问那个头顶着人头的恶魔，为什么要这样陷害我的灵魂和肉体？

伊阿古：什么都别问我，该知道的你们都知道了，我从这刻起不再说一句话。

罗多维科：难道你不要祈祷吗？

葛莱西安诺：酷刑可以逼你开口的。

奥赛罗：你这是最好的方法。

罗多维科：将军，你将会明白一切经过的，我相信现在你还一点儿都不知道。这个是从已经去世的罗德利哥口袋里搜到的信，这里还有一封，其中一封信里提到杀死凯西奥的事是由罗德利哥动手执行的。

奥赛罗： 天啊，奸贼！

凯西奥： 野蛮至极的奸贼啊！

罗多维科： 这里还有一封从他的口袋里找到的充满怨恨的信。看着好像是罗德利哥给伊阿古这个奸人的，但是信尚未寄出，这个恶人就给他回答了。

奥赛罗： 啊，这个可恶的奸贼啊！凯西奥，我妻子的手帕是怎么到你手上的？

凯西奥： 我在房间里找到的，刚才他已经亲口承认是他故意丢在那里的，以此来达到他的阴谋诡计。

奥赛罗： 啊，傻瓜，傻瓜，我就是个傻瓜！

凯西奥： 在罗德利哥的信中，他埋怨伊阿古不应该怂恿他在我值班的时候向我寻事，我就是因此失去我的职位的。就在刚才，他从长时间的昏迷中清醒过来，还说起一切都是受伊阿古的指使，没想到最后却被伊阿古夺去了性命。

罗多维科： 你现在必须离开这个屋子，跟我们出去，你必须将军队和兵权全部交卸，让凯西奥将军来主持塞浦路斯的军政事务。对于这个卑鄙的家伙，我们要在他的身上加上一切巧妙的酷刑，使他遍受各种痛苦，而不会立即死去。我们还将对你严加监禁，等着威尼斯政府的判决罪状来。来啊，把他带下去。

奥赛罗： 慢着，在你们走之前，请听我说句话。我曾经为国家立过相当大的功劳，这是众所周知的，我现在也不说那些话了。当你们将这种不幸的事实向他们报告的时候，希望你们在公文里老老实实依照我本来的样子叙述，别徇情维护，更不要恶意构陷。你们应当说我是一个在恋爱上缺乏智慧，而且过于深情的人；我是一个不容易产生嫉妒，但是一旦被煽动之后，却会糊涂到极点的人，一个如同印度人一般糊涂，会将一颗比他整个部落所有财富都加倍珍贵的珍珠随手抛弃；一个不习惯流妇人之泪的人，但是在被感情征服之时，也会如同那涌流着胶液的阿拉伯胶树一般两眼泛滥。请你们记下这些话，我再补充一句：在阿拉伯，曾经有一个头裹头巾的充满敌意的土耳其人，在殴打一个威尼斯人，诽谤我们的国家，那时候，我就是这样一把将这受割礼的狗子的咽喉抓住，像这样杀了他。（以剑自刎。）

罗多维科：啊，多么残酷的结局！

葛莱西安诺：所有说过的话，现在又全部颠倒了。

奥赛罗：在我将你杀死之前，曾用一吻跟你永别，现在，我也用一吻做我生命的终结。（倒扑在苔丝狄蒙娜身上，死。）

凯西奥：我早就担心会发生这样的事情，但我还以为他没有武器。他的心是光明磊落的。

罗多维科：（向伊阿古）你这个比痛苦、饥饿和大海更加凶猛的猛犬啊！睁眼看看这床上一堆浴血的尸体吧，全都是你干的好事。这般触目惊心的场景，还不赶紧遮盖起来！请您将这一座屋子接收，葛莱西安诺；您应当继承这摩尔人的全部家产。总督大人，如何处置这个恶魔一般的奸诈之徒，具体在什么时间、什么地点以及选用什么样的刑罚，全都由您来决定，总之，千万不能宽恕这个小人！现在我就要去禀明政府，用一颗悲哀的心将这一段悲哀的故事报告。

（同下。）

李尔王

剧中人物

李尔：不列颠国王

法兰西国王、勃艮第公爵、康华尔公爵、奥本尼公爵、肯特伯爵、葛罗斯特伯爵

爱德伽：葛罗斯特之子

爱德蒙：葛罗斯特之庶子

克伦：朝士

奥斯华德：高纳里尔的管家

老人：葛罗斯特的佃户

医生、弄人

爱德蒙属下一军官、考狄利娅一侍臣、传令官、康华尔的众仆

高纳里尔、里根、考狄利娅：李尔之女

扈从李尔之骑士、军官、使者、兵士及侍从等

地　点

不列颠

第一幕

第一场　李尔王宫中大厅

（肯特、葛罗斯特及爱德蒙上。）

肯特：我想，比起康华尔公爵，王上对奥本尼公爵更有好感吧。

葛罗斯特：我们一向都觉得是这样，但是这次划分国土的时候，王上却没有表现出对这两位公爵有什么偏心；因为他分配得是那么平均，无论他们怎么斤斤计较，都说不出对方比自己占了便宜。

肯特：大人，这位是令郎吗？

葛罗斯特：他确实是我抚养长大的，但我常常不好意思承认他，可是现在习惯了，也就没什么了。

肯特：我不是很明白您的意思。

葛罗斯特：这小子母亲的心里可明白呢，伯爵。所以，不瞒您说，她尚未出嫁时就大了肚子将儿子生下来。您说这应该吗？

肯特：能够将这么好的儿子生下来，即便是一时的错误，也是能原谅的。

葛罗斯特：我还有一个合法的儿子，大他一岁。但我还是喜欢他。虽然这畜生没等我召唤，就自己莽撞地来到了这个世界上，但是他母亲的确是个迷人的尤物，我们在制造他的时候，那可真是一场令人销魂、难忘的游戏啊，我不能不承认这孽种。你认识这位贵人吗？爱德蒙。

爱德蒙：父亲，我不认识。

葛罗斯特：这是肯特伯爵，从今往后，你要记得他是我最尊贵的朋友。

爱德蒙：我很愿意为您效劳，大人。

肯特：我肯定会喜欢你的，但愿我们以后能时常见面。

爱德蒙：我一定会尽力报答您的垂爱的，尊敬的大人。

葛罗斯特：他在国外已经九年了，很快还要出去的，王上来了。

（喇叭奏花腔。李尔、康华尔、奥本尼、高纳里尔、里根、考狄利娅及侍从等上。）

李尔：你快去招待下法兰西国王和勃艮第公爵，葛罗斯特。

葛罗斯特：是，陛下。（葛罗斯特、爱德蒙同下。）

李尔：我现在要向你说明我的心事。将那地图给我。我跟你们说，我已经将我的国土划分成三部分；因为我的岁数大了，决定将这一切世务的牵萦摆脱掉，将责任交付给年轻力壮的人，好让自己能松一松肩，安心地等死。我的康华尔贤婿，还有我同样心爱的贤婿奥本尼，为了避免他日的争执，我想还是趁现在这个时候，当众将我女儿们的妆奁分配清楚吧。我小女儿的爱情正在被法兰西和勃艮第两位君主竞争着，为了求婚，他们住在我们的宫廷里已经很长时间了，他们现在就能得到答复。我的孩子们，在我尚未将我的政权、领土和国事的重任全部放弃之前，你们之中哪一个人是最爱我的？我要弄清谁最有孝心、最有贤德，我将会给她最大的恩惠。我的大女儿高纳里尔，你先来说吧。

高纳里尔：尊敬的父亲，我对您的爱，怎能用语言来表达？我对您的爱胜过我自己的眼睛、胜过整个空间和广大的自由；能够超越一切能够估价的贵重稀有事物；超过赋有健康、贤德、美貌和荣誉的生命；世界上哪曾有这样一个女儿如此这般爱她的父亲，又何曾有过一个父亲这般被女儿所爱？这种爱能够令唇舌无能为力、辩才失去效用，我爱您怎可用数量来计算啊？

考狄利娅：（旁白）考狄利娅，你应当如何是好呢？就这样默默爱着吧。

李尔：在这所有的疆界内，从这条界线开始，到这条界线为止，所有膏腴的平原、富庶的河流、广大的牧场、茂密的森林，都归你这女主人所有；这块土地永远为你和奥本尼的子孙所有。最亲爱的里根，我的二女儿，康华尔的夫人，你怎样呢?

里根：我的品质跟姐姐是一样的，凭着她就能判断出我。在我的真心里，我感觉她刚刚说的话，恰恰就是我爱您的真实情形，但是，她尚未充分将我的心情说明：我厌恶所有敏锐的知觉所能感受到的欢乐，唯有爱您才是我最大的幸福。

考狄利娅：（*旁白*）考狄利娅，你唯有自安于贫穷了！但我并不贫穷，因为我坚信我的爱会比我的口才更加富有。

李尔：这一块，从我们美丽王国中划分出来的，整个国土三分之一的沃壤，便是你和你的子孙永远世袭的产业，和你的姐姐所得到的同样广大、富庶，当然也是同样的佳美。好了，现在，我的小宝贝，虽然是最后一个，却最在我的心头；勃艮第的乳酪和法兰西的葡萄都在为你的青春之爱竞争，你想说些什么，来换比你两个姐姐更加富庶的土地呢?说吧。

考狄利娅：我无话可说，父亲。

李尔：无话说?

考狄利娅：是的，没有。

李尔：如果没有的话，只能换到没有，重新说吧。

考狄利娅：我是一个笨拙的人，不会将自己的心涌到嘴里。我对您的爱，只是按照我的名分，不多一分也不少一分。

李尔：考狄利娅！赶紧修正修正你的话，不然你要将你的命运毁坏了。

考狄利娅：父亲，您将我生养，教养我成人，厚待我、爱惜我；受到您如此这般恩德的我，唯有恪尽我的责任，爱您、服从您、敬重您。倘若姐姐们是用整个心来爱您，那么，她们为什么还要嫁人？倘若我有一天出嫁了，那接受我忠诚誓约的丈夫，将会得到我一半的爱、一半的关心和责任；倘若我只是爱我的父亲，我势必不会像姐姐那样去嫁人。

李尔：这些话真的是从你年轻的嘴里说出来的？

考狄利娅：父亲，是的。

李尔：你年纪这么小，就这么没有良心？

考狄利娅：虽然我年龄小，父亲，但是我的心却是很忠诚的。

李尔：那好啊，就让忠诚成为你的妆奁吧。凭着太阳那神圣无比的光辉，凭着黑夜那漆黑的神秘，凭着主宰人类生气的星球的运行，我起誓，从这一刻起，我将永远和你断绝一切父女之情和所有的血缘亲属关系，将你当成路人。将自己女儿的生番啖食，比起你，我的昔日的女儿来，也不会令我更加憎恨。

肯特：国王陛下——

李尔：肯特，你给我闭上嘴！别来触怒龙的逆鳞。这是我最爱的女儿，原本我想在她的殷勤看护下，颐养天年。去，别让我见到你的脸！就让坟墓来做我安息的眠床吧，从此往后，我割断对她的天伦慈爱！去把法兰西王给我叫来！人都死了吗？去把勃艮第叫来！奥本尼，康华尔，现在你们已经分到我两个女儿的妆奁，现在将我小女儿的那份也拿走吧；让骄傲——她自己声称坦白的——去替她找个丈夫吧。我将我所有的威力、特权和一切君主的尊荣一起交给你们。我自己会保留一百名骑士，按月在你们两人的地方轮流居住，由你们来负责供养。除去国王的名义和尊号之外，所有行政大权、国库收入和大小事物的处理，全都交由你们来处理。两位贤婿，为了证实我所说的话，我赐给你们两人共同保有的一顶宝冠。

肯特：最尊敬的李尔，一向以来，我敬重您如同敬重我的君王，爱您如同将您当作我的伟大的恩主——

李尔：弓箭已经拉满，难道你不需要留心箭锋射向你吗？

肯特：就请让它落下吧，即便箭镞会刺到我心里。李尔发疯的时候，肯特也只能不顾礼貌了。老头啊，你究竟想要怎样？难道你认为有权有位的人向谄媚之人低头，尽忠职守的臣子就不敢言语了吗？君主不顾及自己的尊严，干下这样愚蠢的事情，在朝的端人正士就不得不直言极谏了。请将你的权力保留，并细细考虑一下你的举措，将这种鲁莽的举措收回吧。你的小女儿怎么会是最不孝顺您的呢？有的人就是不会口若悬河，说得天花乱坠，但并不能说明这就是无情无义啊。要是我的判断有误的话，你就将我的性命取走吧。

李尔：要是你还想活命的话，肯特，赶紧给我闭嘴。

肯特：本来，我的生命是要向你的仇敌抛掷的，为了你的安全，我又怎么会怕失去它呢？

李尔：走！别让我见到你的脸！

肯特：看清楚一些，老王，您还是准许我像那箭靶上的红心一般永远站在你眼前吧。

李尔：凭着阿波罗发誓——

肯特：凭着阿波罗，老王，你向谁发誓都是徒劳的。

李尔：啊，你这可恶的奴才啊！（以手按剑。）

奥本尼、康华尔：陛下，请您息怒。

肯特：好吧，将你的医生杀掉，将你的恶病养得更加严重吧。赶紧将你分土授国的旨意撤销，不然只要我的喉舌还在，我就会大声疾呼，告诉你，你错得有多严重。

李尔：逆贼，你给我听着！给我按照做臣子的道理，给我好生听着！你想要将我不容更改的誓言煽动和毁弃，凭借你不法的跋扈，妄加阻挠我的命令和权力，我简直忍无可忍这种目无君上的态度；为了将王命的尊严维持，不得不给你应得的处分。现在，我给你五天时间，让你去准备些应用的衣服和食物，以免你受寒受饥。等到第六天，你必须带着那可恶的身体离开我的国境。倘若在以后十天之内，我在我们的国土上发现了你的踪迹，到时我定把你当场处死。去！我凭着朱庇特起誓，此判决是不可改变的。

肯特：国王，再会；既然你不知悔改，囚笼里也不会有自由的存在。（向考狄利娅）自会有神明照应你的，善良的姑娘，你心地纯净，说话真诚！（向里根、高纳里尔）但愿你们的夸口变成事实，假树之上能结出真的果实。诸位王子，肯特从此远去了，到崭新的国土中继续走他的老路。（下。）

（喇叭奏花腔。葛罗斯特偕法兰西王、勃艮第及侍从等重上。）

葛罗斯特： 尊敬的陛下，勃艮第公爵和法兰西国王到了。

李尔： 勃艮第公爵，您跟这位法兰西国王一样，都是来向我的小女儿求婚的，我现在先问您：您期望她至少有多少陪嫁的奁资，否则宁可放弃对她的追求？

勃艮第： 尊敬的陛下，按照您已经答应的数目，我已经十分满意了，想必您也不会再吝啬的。

李尔： 勃艮第公爵，当这孩子为我所宠爱之时，我是将她看得十分珍贵的，但是如今我对她的宠爱已经不存在了。勃艮第公爵，你看站在那里的她，小小的一个东西，倘若除了憎恨之外，我什么都不给她，而您仍然感觉您是喜欢她的，或者您认为她整个人都能令您满意，现在就请您将她带走吧。

勃艮第： 我不知该如何回答。

李尔： 像她这样一个一无是处的女孩，身边没有亲友照顾，又遭到了我的憎恨，她的妆奁唯有诅咒，我已经发誓跟她断绝关系了，你是否还愿意娶她呢？

勃艮第： 陛下，请您谅解，在这样的条件下，决定取舍的确是件十分为难的事情。

李尔： 公爵，那你就放弃她吧；凭着那给予我生命的神明发誓，我已经将她全部的价值都告诉您了。（向法兰西王）伟大的国王，至于您呢，为了重视我们之间的友谊，我断然不会愿意将一个我所憎恨的人匹配给您的。因此请您还是将这个为天地所不容的贱人丢开，另寻佳偶吧。

法兰西王： 这简直太离奇了，刚才她还是您眼中的珍宝，是您赞美的公主，是您老年的安慰，您最好、最心爱的女儿，怎么会在转眼之间，干下如此罪大恶极的行为，丧失了您的深恩厚爱呢？倘若她的罪恶不是超乎寻常，您的爱心也绝对不会变得如此厉害；但是除非那是一个奇迹，否则我无论如何也不会相信她会干出那样的事情。

考狄利娅：我仅仅是因为缺少动人的口才，陛下，我不会讲那些违心的言语，但凡我心里想到的事情，我总不愿意在没有实行之前就将它大肆宣扬。倘若您是因此而厌恶我，我不得不请您让世人都知道，我之所以失去您的欢心，不是因为什么丑恶的污点，也不是因为什么淫邪的行为，更不是因为什么不名誉的举止；只是因为我缺少像人家那样一双谄媚求恩的眼睛，一条我认为可耻的善于逢迎的舌头，虽然没有这些东西，令我无法再受到您的宠爱，但是，唯其如此，却令我分外尊重自己的人格。

李尔：像你这般不能在我面前曲意承欢的女儿，我真是宁愿当初没有将你生下来。

法兰西王：难道就是为了这个原因？为了不肯有话就说，不肯将心里想做到的说出口来？请问您对这位公主的感觉如何呢，勃艮第公爵？倘若在爱情里面掺杂了与爱情本身无关的东西，那就不是真正的爱情了。你是否愿意娶这位公主？因为她自己就是一份无价的妆奁。

勃艮第：尊敬的李尔，您只要把您原本许诺的那一份妆奁给我，现在我就可以使考狄利娅成为勃艮第公爵夫人。

李尔：我什么都不会给的，因为我已经发过誓了，不会改变的。

勃艮第：那简直太遗憾了，您失去了一个父亲的宠爱，现在又要失去一个丈夫了。

考狄利娅：希望勃艮第公爵平安！既然他所钟爱的是钱财，那我也不希望成为他的妻子。

法兰西王：美丽无比的考狄利娅！你因为贫穷，因此你是最富有的；你因为被遗弃，因此你才是最宝贵的；因为你遭人轻视，因此你才最受我怜爱的！现在我就将你和你的美德一起攥在我的手心里。人弃我娶在法理上是许可的。上帝啊！没想到他们冷酷的蔑视，却能将我热烈的敬爱激发起来。李尔陛下，您这位没有妆奁的女儿被抛在一边，恰好将我的良缘成全了，现在，她就是我分享荣华的王后了，她是法兰西的女主人了；沼泽之邦的勃艮第所有的公爵，都不能将这无价之宝的女郎从我手中买走。向他们告别吧，考狄利娅，尽管他们是如此冷酷无情；你将故国抛弃，将得到一个更加美好的家乡。

李尔：法兰西国王，将她带走好了；她现在是你的了，我没有这样的女儿，也不再希望见到她的脸了，走吧，你们别想得到我的恩宠和任何的祝福。尊贵的勃艮第公爵，来。

（喇叭奏花腔。李尔、勃艮第、康华尔、奥本尼、葛罗斯特及侍从等同下。）

法兰西王：去向你的两位姐姐告别去吧。

考狄利娅：父亲眼里的两颗珍珠，妹妹考狄利娅用泪水洗过的眼睛来向你们道别。我明白你们是怎样的人，只是碍于姐妹的情分，我不想当面叱责你们的错误。好生伺候父亲，你们自己亲口说要照顾他的，那我就将他交给你们了。但是，唉！倘若我不是失去了他的欢心，又怎会托付你们照顾他老人家，再见了，我的两位姐姐！

里根：难道我们还需要你来教训吗？

高纳里尔：你还是小心地去伺候你那丈夫吧，命运的慈悲将你交给了他；因为你自己的忤逆，如今落得两手空空地跟了汉子去，也是你自找的。

考狄利娅：总会有那么一天，深藏的奸诈会慢慢将它的原形显现出来。罪恶能掩饰得了一时，但绝对不会掩饰一辈子，我希望你们幸福！

法兰西王：我美丽的考狄利娅，来吧。

（法兰西王、考狄利娅同下。）

高纳里尔：亲爱的妹妹，我有很多跟我们两人切身利益相关的话不得不跟你谈一下，我想我们的父亲今夜就会离开此地。

里根：那是毋庸置疑的事，他要到你那里去住，下个月会跟我们住在一起。

高纳里尔：你看他现在岁数大了，脾气也变化不定，我好多次都发现他行为乖僻。一直以来他都那么爱我们的妹妹，如今就凭着一时气愤就赶走了她，看他糊涂到什么地步了啊。

里根：这分明就是老年的昏悖，但他不是一贯这般喜怒无常吗？

高纳里尔：年轻时候的他性子就如此急躁，如今是任性惯了，加之老年人刚愎自用的古怪脾气，看样子我们只能准备好受气啦。

里根：你看他连肯特都放逐了，谁担保他哪天心里不高兴，也用同样的手段对待我们呢？

高纳里尔：法兰西的国王辞行回过，还会跟他有一番礼仪上的应酬。就让我们齐心协力想出一个方法。倘若父亲继续顺着他自己的脾气滥施威权的话，这次的让步未必会是什么好事啊。

里根：我们还真得仔细想想。

高纳里尔：得赶紧想出个办法来。（同下。）

第二场　葛罗斯特伯爵城堡中的厅堂

（爱德蒙持信上。）

爱德蒙：美丽的大自然啊，你是我的女神，我甘愿在你的法律面前俯首称臣。我为什么要受到世俗的排挤，让世人的歧视将我应享的权利剥夺，就因为我比哥哥晚出生了一年或者十四个月？他们凭什么叫我私生子？凭什么我就要比人家卑贱？我健硕的体魄、慷慨的精神、端庄的容貌，有哪一点比正经女人所生的儿子差？他们凭什么要给我加上庶出、贱种、私生子的恶名？贱种！贱种！难道在热烈兴奋的奸情中，得天地精华、父母元气而产下的孩子，反倒不及拥着一个毫无欢趣的老婆，在半睡半醒之间诞生的那批蠢货？好吧，合法的爱德伽，我势必要得到你的土地。我们的父亲喜欢他的私生子爱德蒙就像喜欢他的合法嫡子一般。“合法”——好听的名字！好吧，我合法的哥哥，倘若这封信产生效力，倘若我的计策能够成功，等着瞧吧，合法的嫡子将会被庶出的爱德蒙压在下面——到时候我就要扬眉吐气了。上帝啊，帮助这个私生子吧！

（葛罗斯特上。）

葛罗斯特：肯特就这么被放逐了！法兰西国王盛怒离去，昨晚王上又走了！他将自己的权力全部交了出来，靠着他的女儿生活！这些事情都是在仓促中决定的，未经过任何考虑。怎么，爱德蒙，有什么消息吗？

爱德蒙：回禀父亲，没有任何消息。（藏信。）

葛罗斯特：为什么你要匆忙地将那封信藏起来？

爱德蒙：父亲，我不知道有何消息啊。

葛罗斯特：你手里拿的是什么信？

爱德蒙：父亲，没什么。

葛罗斯特：既然没什么，那你为什么慌张地将它塞到你的口袋里呢？既然没什么何必要藏起来呢？快，给我看看，倘若上面什么都没有的话，我可以不用戴眼镜了。

爱德蒙：请您原谅我，父亲大人，这是哥哥给我的信，我还没有读完，依我所读的一部分来看，我觉得您还是不看为好。

葛罗斯特：把信给我！

爱德蒙：我不给您看信，你会恼我，给您看过之后，你也会动怒。哥哥为什么要写出这样的话来呢？

葛罗斯特：快点给我看看。

爱德蒙：我希望哥哥写这信有他的理由，不过是想试试他弟弟的德性。

葛罗斯特：（读信）“这种尊敬老年人的政策，如何使我们在年轻的时候享受生命的欢乐啊？我们现在不能自由处分我们的财产，等到我们上了岁数，这些财产对我们也失去用处了。我现在开始感觉老年人的专制，简直就是一种荒谬愚蠢的束缚。他们有何权利压迫我们，不过是我们自己在容忍他们的压迫。你来跟我探讨一下这个问题吧。倘若我们的父亲在我将他惊醒以前，一直安静地睡着，你就能永久享有他一半的收入，而且将得到你哥哥的喜爱。爱德伽。”——哼，大阴谋！“倘若我们的父亲在我将他惊醒以前，一直安静地睡着，你就能永久享有他一半的收入。”这是我的儿子爱德伽！他竟会有这样的心思？他竟能写得出这样的信来？你是什么时候得到这封信的？是谁将信给你的？

爱德蒙： 父亲，它不是谁来送给我的，这恰恰是他狡猾的地方，它被塞在我房间的窗眼里。

葛罗斯特： 你认识你哥哥的笔迹吗？

爱德蒙： 倘若这封信里写的都是很好的话，父亲，我敢对天发誓，这是哥哥的笔迹。但是既然上面写的是这种话，那我希望不是哥哥写的。

葛罗斯特： 这的确是他的笔迹。

爱德蒙： 父亲，笔迹是哥哥的没错，但是我希望这不是哥哥的真心话。

葛罗斯特： 以前他是否用过类似的话来试探你？

爱德蒙： 父亲，没有，但是我时常听到他说，倘若儿子成人之后，父亲已经垂暮，父亲就要受到儿子的监护，将他的财产交给儿子来掌管。

葛罗斯特： 混账，混账！这不就是信里所表达的意思吗？这个可恶的混账！不孝子，没有良心的禽兽！简直是禽兽不如的东西！你去给我把他找来，我要依法惩治这个逆子。这个可恶的混账现在在什么地方？

爱德蒙： 我不是很清楚，父亲。依我所见，您在没有得到确凿的证据，证明哥哥的确有这种想法之前，最好能暂时忍耐一下您的怒火；因为要是您现在就对他采取激烈手段的话，一旦发现是误会，那岂不是很大地将您的尊严破坏了？并且还会动摇他对您的孝心啊。我敢用我的生命起誓，哥哥写这信的目的不过是要试探我对您的孝心，绝非有什么危险的目的。

葛罗斯特： 你真是这么认为的？

爱德蒙： 要是您许可的话，请让我将您安置到一个隐秘的地方，在那个地方，您能听到我们两人的对话——关于这件事的。你可以亲耳听一下他是怎么说的。事不宜迟，我们今晚就来试试吧。

葛罗斯特：他怎么会是这样一个大逆不道的逆子啊——

爱德蒙：哥哥断然不会是这样的人。

葛罗斯特：老天有眼！作为父亲，我从未亏待过他，他为什么要这样对我啊？爱德蒙，把他给我找出来，一探他的居心，你就按照你的意思随机应变。我宁可放弃我的地位和财产，也要把这件事情查个水落石出。

爱德蒙：我这就去找他，父亲，用最合适的办法将这件事情打探明白，之后再回来告诉您。

葛罗斯特：看来，最近的一些日食月食还真不是什么好征兆啊！尽管人们凭借天赋的智慧，能对它们做出各种合理的解释，但是接踵而至的天灾人祸，却不得不承认是上天对人们的惩罚啊。亲人之间相互疏远，朋友变成陌路，兄弟化为仇雠；城市暴动，国家内乱、宫廷内危机四伏；父不父，子不子，纲常伦纪完全破灭。我也是上应了天数，有一个他这样犯上的儿子，也就有如我们王上一般不慈不爱的父亲。我们最好的日子已经不在了，如今有的只是一些欺诈、阴谋、叛逆和纷乱，在我们的背后追随，将我们赶到坟墓里面去。爱德蒙，去调查清楚这个畜生，那不会对你有什么妨碍的，只要你自己当心就行——忠心的肯特被放逐了，罪名竟然是正直！简直是奇怪至极啊！（下。）

爱德蒙：人们最擅长用一种糊涂的思想来欺骗自己。通常当我们因为自己不慎而招致不幸时，就会将灾祸归罪于日月星辰，仿佛做恶人也是命中注定的事情，做傻瓜也是出于上天的旨意，成为无赖、叛徒、盗贼，都是受天体运行的影响；奸淫、造谣、酗酒都是被一颗什么星主持操纵，不管我们有什么罪恶的行为，皆因一种超自然的力量冥冥中将我们驱策。分明自己跟别人通奸，却将他的好色天性归咎到星星身上，简直是绝妙的推诿啊！我的父母在巨龙星的尾巴下交媾，我又出生在大雄星底下，因此我就是个粗暴好色的家伙。嗨，即便是当我的父母苟合成奸之时，有一颗最贞洁的处女星在天空眨眼睛，我也坚决不会换个样子的。爱德伽——

（爱德伽上。）

爱德蒙：一提起他，他就来了，如同旧式喜剧里的大团圆结局一样，现在我不得不装出一副忧愁的样子，如同疯子般长吁短叹。唉，这些日食月食的确是预示着人世间的纷争啊！法——索——拉——咪。

爱德伽：我亲爱的兄弟啊，你在思索什么呢？

爱德蒙：亲爱的哥哥，我正在想前几天读到的东西，书上说这些日食月食过后，将会发生什么事情。

爱德伽：你就是被这些东西烦扰了心情？

爱德蒙：我不得不说，书上所预言之事，果然应验了；诸如父子的乖离、饥荒、死亡、国家的分裂、友谊的毁灭对国王和贵族的恫吓和诅咒、朋友的放逐、无谓的猜疑、婚姻的破坏、军队的瓦解等等，还有很多我不知道的事儿。

爱德伽：你是什么时间开始相信星象之学的？

爱德蒙：来，你最近看到父亲是什么时间？

爱德伽：昨夜。

爱德蒙：你跟他说过什么吗？

爱德伽：嗯，我们之间交谈了有两个小时呢。

爱德蒙：分别之时，没有闹什么意见吧？在他的辞色之间，你是否发觉他有点恼怒？

爱德伽：完全没有。

爱德蒙：好好想想你究竟在什么地方将他得罪了。你要听我的，暂时躲避一下，等他气消之后再说，他现在正在发脾气呢，简直恨不得将你的肉一口咬下！

爱德伽：肯定是谁在搬弄是非。

爱德蒙：我也担心有人在挑拨离间。你势必要忍耐啊，别碰上他的火性子。你现在还是跟我到我的住处去，我能设法让你躲在暗处听听父亲怎么说。请去吧，这是我的钥匙，要是你在外面走动，最好带些武器防身。

爱德伽：弟弟，带些武器?!

爱德蒙：要相信我，哥哥，我这么劝告你，全都是为了你的安全。带些武器在身边吧，倘若没人暗算你，那就算我不是好人了。我已经将我看到和听到的所有事情都告诉哥哥你了，但还仅仅是轻描淡写，实际情况，比我所说的严重很多。你赶紧去吧，哥哥。

爱德伽：很快我就可以听到你的消息吧?

爱德蒙：放心，在这件事上，我肯定竭尽全力来帮助哥哥的。（爱德伽下。）一边是偏听偏信的父亲，一边是忠厚老实的哥哥，他自己从不算计别人，因此也不会怀疑别人会算计他。对付他们这样老实的没脑子的傻瓜，我的智慧简直是绰绰有余啊。我已经想好该怎么下手了。既然凭我的身份，无法将产业弄到手，那就只能依靠我的智谋来智取了。无论采取什么手段，只要能用得上，对我来说就是正当合理的。（下。）

第三场　奥本尼公爵府中一室

（高纳里尔及其管家奥斯华德上。）

高纳里尔：我父亲因为我的侍卫将他的弄人骂了，而动手打了他?

奥斯华德：是的，夫人。

高纳里尔：他简直一天到晚都在欺负我，每一分钟都在借端找事，将我们这里弄得鸡飞狗跳。我简直无法忍受了。他的骑士一天天地横行不法起来，而他自己也在每件小事上责骂我们。等会儿他打猎回来，我不想跟他说话。你跟他说我生病了。你也不用像以前那样殷勤地伺候他。要是他见怪的话，就都怪在我身上吧。

奥斯华德：夫人，他来了，我听到他的声音了。（内号角声。）

高纳里尔：你尽管跟你的手下对他做出一副不理睬的态度，我倒要看看他有何话说，倘若他恼了，就让他赶紧到我妹妹那里去，我很了解我妹妹的心思，她跟我是一样的，受不了人的压制。这老废物已经将他的权力放弃了，还妄想着管这管那的。我凭着我的生命起誓，岁数大的傻瓜如同小孩儿，一味纵容会惯坏他的臭脾气，不对他凶一点是万万不行的，你们记住我的话。

奥斯华德：遵命，夫人。

高纳里尔：对他的骑士们，你们也别客气；不管发生什么事情，你们都不要管；去知会你的手下吧。我要找些借口，跟他当面说清楚。我还要给我的妹妹写封信，让她跟我步调一致。吩咐他们准备饭吧。

（各下。）

第四场　奥本尼公爵府中厅堂

（肯特化装上。）

肯特：我已经将我本来的面目完全隐去，倘若我能将我的语音彻底改变，那么我的苦心或许能达到目的。你这被放逐的肯特啊，倘若你顶着一身的罪名还依旧能效忠，那么总会有那么一天，你会对你所爱戴的主人大有用处的。

（内号角声。李尔、众骑士及侍从等上。）

李尔：我一刻也等不了了，赶紧叫他们去给我拿饭。（一侍从下）啊！这是什么？

肯特：大爷，我也是个人。

李尔：你是做什么的？来见我有什么事情吗？

肯特：您觉得我是干什么的，那我就是干什么的；谁要是信任我的话，我就会效忠于他；谁要是正直的话，我就会爱他；谁要是聪慧而且不爱言语的话，我就喜欢跟他来往；我很害怕法官；被逼无奈之时，我也会跟人动手的；我不吃鱼[①]。

李尔：你到底是谁？

肯特：一个心肠正直的男人，并且如同国王一般贫穷。

李尔：倘若你这做臣民的，也同那个做国王的一般贫穷，那你可算得上是真的穷了，你要什么？

---

① 意即不是天主教徒。天主教徒逢星期五按例吃鱼。

肯特：想要来讨一个差事做。

李尔：你想要替谁做事呢？

肯特：您。

李尔：你认识我？

肯特：不认识，大爷，但是在您的神气之间，有一种神奇的力量令我愿意做您的奴仆。

李尔：你说的是什么力量？

肯特：一种与生俱来的威严。

李尔：你都会做什么？

肯特：我会坚守秘密，我还会骑马、跑路，会将一个复杂的故事描述得索然无味，我会老实地传述一个简单的口信。但凡是普通人能够做的事情，我都能做，勤劳是我最大的优点。

李尔：你多大岁数了？

肯特：大爷，要说我年轻的话，我还真不算年轻了，我不会因为一个女人会唱歌而害上单相思的毛病；要说我老的话，那我也不算老，我不会稀里糊涂地溺爱一个女人。我已经四十八岁了。

李尔：那就跟着我吧，你要替我做事。倘若我在晚饭后还是这么喜欢你，那么我就不会撵走你。喂，喂，饭呢？给我拿饭来。我的孩子呢？我的傻瓜呢？你去把我的傻瓜叫来。（一侍从下。）

（奥斯华德上。）

李尔：喂，我的女儿在哪儿？

奥斯华德：抱歉——（下。）

李尔：这家伙说什么？把那蠢东西叫回来。（一骑士下。）我的傻瓜在哪啊？难道全都睡了吗？怎么，那个狗头呢？

（骑士重上。）

骑士：陛下，他说公主病了。

李尔：我刚才叫那奴才回来，为什么他不给我回来啊？

骑士：他十分放肆呢，陛下，他跟我说，他不高兴回来。

李尔：他竟然说他不高兴回来！

骑士：尊敬的陛下，我也不知道是为什么，但是照我看，他们对待您的礼貌已经远远不及往日那般殷勤了；不但是一般的下人从仆，就是公爵和公主都对您冷淡不少。

李尔：嗨，你是这样说的吗？

骑士：倘若是我说错话了，请您原谅我，陛下，但是当我感到您受到欺负之时，职责所在，我不能沉默。

李尔：你只不过是向我提及了一件我自己也感觉到的事情而已。近来我也感觉他们对我冷淡了。但是我还以为那是我多心，不愿意承认他们是故意怠慢我。我还要继续观察他们的行为举止。但是我的傻瓜呢？我有两天时间没有见到他了。

骑士：尊敬的陛下，自从小公主去了法国之后，傻瓜总是郁郁寡欢。

李尔：不要再说那话了，我也不是没注意到他的这种情况。——你去告诉我女儿，我要跟她说话。（一侍从下）去把我的傻瓜叫来。（另一侍从下。）

（奥斯华德重上。）

李尔：啊，你，大爷，你给我过来。难道你不知道我是谁吗，大爷？

奥斯华德：您是我们夫人的父亲啊。

李尔：“我们夫人的父亲”！我们大爷的奴才！你这大胆的狗啊！你这狗奴才、狗东西！

奥斯华德：抱歉，我不是狗。

李尔：你这浑蛋竟然当面跟我瞪眼顶嘴？（打奥斯华德。）

奥斯华德：您不能打我。

肯特：难道我也不能踢你？你这踢皮球的下贱东西？[①]（自后踢奥斯华德倒地。）

---

① 踢皮球在当时只是下层市民的娱乐。

李尔：好家伙，谢谢你啊，你帮了我的忙。

肯特：来，朋友，站起来，滚吧！我要好好教训教训你，叫你知道什么是尊卑！去！去！你还想用你蠢笨的身体在这地上打滚、丈量这土地吗？还不滚！难道你不知道厉害吗？滚。（将奥斯华德推出。）

李尔：谢谢你了，我的好小子，这是你替我做事的赏钱。（以钱给肯特。）

（弄人上。）

弄人：让我也来雇用他，这是我的鸡头帽。（脱帽授肯特。）

李尔：哦，我的乖乖，你好啊。

弄人：喂，喂，你还是戴上我的鸡头帽吧。

肯特：为什么，傻瓜？

弄人：为什么？因为你刚才帮助了一个失势的人。倘若你不会看准风向将你的笑脸迎上去的话，你就会将一口冷气吞下。快，拿去我的鸡头帽子。嗨，这家伙将两个女儿撵走了，他的三女儿倒是很受他的厚待，尽管也不是出于他的原意；倘若你跟了他，你就不得不将我的鸡头帽戴上。哦，老伯伯，希望我有两顶鸡头帽，再有两个女儿！

李尔：我的孩子，为什么？

弄人：倘若是我将自己的家私全都给了她们，我自己还能存下两顶鸡头帽。我这里有一顶，再去向你的女儿们要一顶来戴吧。

李尔：嗨，你要当心鞭子啊。

弄人：真理就是一条下贱的狗，它只能躲在狗洞里面；当猎狗太太站在火边撒尿时，它不得不一顿鞭子被人赶走。

李尔：这简直就是在揭我的疮疤啊！

弄人：（向肯特）来，让我教给你一段话。

李尔：教吧。

弄人：老伯伯，听好了；——

多积财，少摆阔；

耳多听，话少说；

少放款，多借债；
走路不如骑马快；
三言之中信一语；
多掷骰子少下注；
莫饮酒，莫嫖妓；
待在家中把门闭；
会打算的占便宜，
不会打算叹口气。

肯特：傻瓜，这些话有什么意思啊？

弄人：看来，我就像是拿不到诉讼费的律师一般——话都白说了！老伯伯，难道你就不能从这看似没意思中，探究出那么一点意思来吗？

李尔：哦，不，我的孩子，垃圾里怎会淘出金子来呢？

弄人：（向肯特）麻烦你告诉他，他有那么多的土地，也就变成一堆垃圾了；他不愿意相信一个傻瓜说的话！

李尔：真是个尖酸的傻瓜！

弄人：孩子啊，难道你不知道傻瓜是有酸甜之分的吗？

李尔：不，孩子，你告诉我。

弄人：听了他人话，
土地全丧失；
我傻你更傻，
两傻相并立；
一个傻瓜甜，
一个傻瓜酸；
一个穿花衣，
一个戴王冠。

李尔：孩子，你在叫我傻瓜吗？

弄人：你将所有的尊号都送人了，唯有这个称号是你与生俱来的。

肯特：他倒未必全然是个傻瓜，陛下。

弄人：不，那些大人老爷都不愿意答应我的；倘若我将傻瓜的专利权取走了，他们势必会来夺我的一份去，就是那些小姐太太也将都不会放过我的；他们怎么肯让我一人做傻瓜？老伯伯啊，你给我一个蛋，我送你两顶冠。

李尔：送我两顶什么冠啊？

弄人：我将蛋从中切成两半，将蛋黄和蛋白吃完后，就用蛋壳给你来做两顶冠。你想啊，原本你自己有一顶王冠，你却从中将它剖成了两半，并且将两半全都送人了。这难道不是背着驴子过泥潭吗？你这外表光秃秃的头顶，就连里面也都是光秃秃的没有一点脑子，因此才会将一顶金冠拱手相让。我要说的话都说了，要是谁说我说的是傻话，就让他挨顿鞭子——

这年头傻瓜供过于求，
聪明人个个变了糊涂，
顶着个没有思想的头，
只会跟着人依样葫芦。

李尔：你什么时候学了这么多儿歌啊？

弄人：糊涂的老伯伯啊，自从你将自己的女儿当成母亲之后，我就时常唱歌啊，因为当你将棒儿交给她们，将自己的裤子拉下之时——

她们高兴得眼泪盈眶，
我只好唱歌自遣哀愁，
可怜你堂堂一国之王，
却跟傻瓜们做伴嬉游。

你去请一位先生来吧，老伯伯，来教一下你的傻瓜如何说谎，我很想学说谎呢。

李尔：你要是敢说谎的话，小子，看我不用鞭子抽你。

弄人：我弄不明白你女儿跟你究竟是什么样的亲戚：她们用鞭子抽我，是因为我说了真话；你也要用鞭子抽我，是因为我撒谎了；有时我不说话的时候，你们也要用鞭子来抽我。我宁愿做任何东西，也不愿做个傻瓜；可是我宁愿做傻瓜，也都不愿意做你，可怜的老伯伯；你将你的聪明从两边削掉了，削得中间什么都没剩下。看啊，那削掉的一块正走过来呢。

（高纳里尔上。）

李尔：哦，我的女儿啊！为什么你的脸上怒气冲冲？我看你最近总是皱着眉头啊。

弄人：从前的你，根本不需要看她的脸，管她的脸是皱着还是不皱，都与你无关，那时的你也算得上一个好汉子。但是你如今却变成一个孤独的圆圈了。你连我都比不上，我还算是个傻瓜，你简直就不算是个东西啊。（向高纳里尔）罢了，罢了，我闭嘴；你虽然没说话，但是我一看你的脸色就明白了你的意思。

闭嘴，闭嘴；

你不知道积谷防饥，

活该啃不到面包皮。

他是一个剥空了的豌豆荚。（指李尔。）

高纳里尔：父亲大人，这个肆无忌惮的傻瓜我就不说了，还有您的那些横行霸道的卫士，无时无刻不在寻事骂人，各种不法的暴行，简直叫人无法忍受啊。父亲，原本我还以为，您倘若知道了这种情况，一定会戒饬他们的行动，但是，依您最近所说、所做来看，我不得不怀疑是您故意纵容他们，他们才这般有恃无恐。倘若真是出于您的授意，就是为了维持法纪的尊严，我们都无法默尔而息，不采取果断的处置，尽管或许在您的脸上有点不太好看；本来这是说不过去的，但是如今这样的做法，是非常有必要的。

弄人：老伯伯，您看——

那篱雀将杜鹃鸟养大，

自己的头也被它吃掉。

蜡烛灭了，我们的眼前一片漆黑。

李尔：你真的是我的女儿？

高纳里尔：父亲，算了吧，您也不是一个不懂道理的人，我希望您能想清楚一些，最近您总是动不动就发火，简直有失做长辈的体统啊。

弄人：马儿颠倒过来被车子拖走了，就算是一头再蠢的驴子也能看得清楚啊！“呼，我爱你！玖格。”

李尔：这里谁认识我吗？这不会是李尔。这是李尔在走路、在说话吗？他的眼睛去哪里了？难道他的知觉迷乱了吗？他的神志麻木了吗？嗨！他是醒着的吗？根本没有的事，有谁能来告诉我，我究竟是谁？

弄人：你是李尔的影子。

李尔：我要弄清楚我究竟是谁，因为我的君权、知识和理智都在欺骗我，它们要我相信我是个有女儿的人。

弄人：你的那些女儿是会让你来做一位孝顺的父亲的。

李尔：尊敬的太太，请问您的芳名是？

高纳里尔：您何必要如此装痴卖傻啊，父亲，您最近就爱开这样的玩笑。您是一个上了年纪的长辈，怎能这么不懂事？您在这里养的一百个骑士，全都是些放荡胡闹、胆大妄为的家伙，将我们好好的宫廷骚扰得如同一个喧嚣的客店；他们整天就知道吃喝、玩女人，简直就把这里当成了酒馆妓院了，这哪里还是一座庄严的御邸啊！这种可耻的行为，不得不立即纠正！因此请您答应我的要求，将您扈从的人数酌量减少，只留下那些适合您的年龄、明白您的地位、也明白自己身份的人跟随在您的身边。倘若您不答应我也没办法，只能勉强执行了。

李尔：简直就是地狱里的魔鬼！将我的马备好，召集我的侍卫！你这泯灭良心的贱人！我不需要麻烦你，我还有一个女儿呢！

高纳里尔：你竟然打我的佣人，你手下那些捣乱的流氓也不好好掂量下自己的分量，竟然敢将他们上面的人像仆人般呼来喝去的。

（奥本尼上。）

李尔：唉，现在懊悔又有什么用啊。（向奥本尼）哦！你也来了啊？难道这是你的意思？你说啊。——替我将马备好。即便是最丑恶的海怪也没有忘恩负义的儿女可怕啊。

奥本尼：您别生气啊，陛下。

李尔：（向高纳里尔）你这枭獍不如的东西！你撒谎！我的卫士全都是很有品行的人，他们知道一切礼仪，他们的一举一动、一言一行都不愧骑士之名。哦！我的小女儿考狄利娅只是犯了那么一点小小的错误，竟然会在我的眼里变得那般丑恶！它如同一座酷虐的刑具，将我的天性扭曲了，将我心里的慈爱抽干了，灌进去苦味的怨恨。哦，李尔！李尔！对准这扇将你的智慧放出，将愚蠢装进去的大门，用力痛打吧！去，去，我的人。

奥本尼：我并未得罪您，陛下，也不知道您为什么生气。

李尔：公爵，这或许不是你的错——造化的女神，你听着，听着我的倾诉！倘若你要让这畜生生儿育女，那就请你将你的意旨改变过来吧！将她的生殖功能取消，让她产育的器官干涸，让她那下贱无比的肉体这辈子都生养不出一儿半女来抬高身价！倘若她必须生产，就让她生出一个忤逆的孩子，使她终身都受尽折磨！让她那年轻的额角之上早早地就长出皱纹，眼泪流过的面颊上磨出一道一道沟渠；让她鞠育的辛劳，换来的尽是冷笑和白眼；让她也感受到一个负心的亲骨肉，要比毒蛇的牙齿还令人痛入骨髓！去，去！（下。）

奥本尼：请您告诉我究竟是怎么回事，凭着我们敬奉的神明？

高纳里尔：你不需要知道原因，你只要知道他老糊涂了，让他尽情地发火吧！

（李尔重上。）

李尔：什么，什么！我只不过在这里才住了半个月，就将我的卫士一下撤了五十名！

奥本尼：陛下，发生了什么事？

李尔：等一下我告诉你。（向高纳里尔）你这吸血的魔鬼！我真是惭愧，你竟有这能耐让我在你面前将大丈夫的气概丧失！竟让我的热泪为了一个下贱的婢子滚滚流出。愿毒风吹你，恶雾笼罩你！愿一个父亲的诅咒将你的五官百窍刺透，留下那永远无法平复的疮痍！痴愚的老眼啊，倘若你再为此而流泪的话，我就要将你挖出来，丢进你所流淌的泪水中，将你和泥土搅拌在一起！哼！竟然有这样的事！还好，我还有一个女儿，我相信，她一定是孝顺我的，她如果听到你这样待她的父亲，一定会用指爪将你豺狼一样的脸抓破。难道你以为我这辈子都不会恢复我之前的威风了吗？那你就等着瞧吧。（李尔、肯特及侍从等下。）

高纳里尔：你听到了吗？

奥本尼：尽管我很爱你，高纳里尔，但是我不能如此偏心——

高纳里尔：不用你来管我。奥斯华德，喂！（向弄人）你这三分傻七分刁的家伙，跟着你的主人走吧。

弄人：老伯伯，老伯伯啊！等一下，带上傻瓜一起走啊！

捉狐狸，杀狐狸，

谁家女儿是狐狸？

可惜我这顶帽子，

换不到一条绳子；

追上去，你这傻子。（下。）

高纳里尔：真不知道是谁给他出的主意。一百个骑士，一百个！叫他随身带着一百个全副武装的骑士，简直是万全之策；哪怕是他做了个梦，听到一句谣言，转一下念头，或是心里有什么不爽的，就能任性地用他们的力量来将我们的生命威胁啊！喂，奥斯华德！

奥本尼：这或许是你想得太多了。

高纳里尔：这总比大意强吧。与其无时无刻不提心吊胆，担心人家暗算，倒不如爽快地将一切可能的威胁都除掉！我清楚他的心理。他所说的那些话，我都写信告诉我妹妹了。要是她不听从我的劝告，仍然容忍他带着他那一百个骑士——

（奥斯华德重上。）

高纳里尔：奥斯华德，喂！什么！我让你给我妹妹写的信，你写好了吗？

奥斯华德：夫人，写好了。

高纳里尔： 你赶紧带上几个人，上马出发吧；将我所担忧的情况全都清楚地告诉她，不妨再加上一些你能想到的理由，让她听着更加动听一些。去吧，早去早回。（奥斯华德下。）哦，不，我的爷，你为人太善良忠厚了，我虽然不怪你，但是请恕我说一句，只听到有人批评你糊涂，却从未听到有人称赞过你好。

奥本尼： 我不晓得你的眼光能看多远，但是过分的急切也是会误事的。

高纳里尔： 哦，那么——

奥本尼： 好，好吧，且看结果如何。

（同下。）

第五场　奥本尼公爵府外院

（李尔、肯特及弄人上。）

李尔： 你将这封信带上，先到葛罗斯特去。我的女儿见到信之后，如果有什么要问你的，你就照实回答她，此外且不可多说什么。倘若你在路上耽搁了时间，那我有可能会比你先到。

肯特： 在没把您的信送达之前，我是不会打一个盹的，陛下。（下。）

弄人： 倘若一个人的脑袋长在脚跟上，那是否会长起脓疱来呢？

李尔： 孩子，不会的。

弄人： 那你就放心吧，反正你的脑袋是不会穿着拖鞋走路的。

李尔： 哈哈哈！

弄人： 等你到了你另外一个女儿的住处，你就会知道她对你有多好了；因为尽管她跟这个就如同野苹果同家苹果一般相似，但是我能告诉你我所知道的事情。

李尔： 孩子，你能告诉我什么啊？

弄人： 等你尝到她的滋味，就会知道她跟这个是一模一样的，就如同两只野苹果般没有任何分别。你能回答我为什么一个人的鼻子生长在脸中央吗?

李尔:回答不了。

弄人:因为鼻子生在中间,两边才能安放眼睛,鼻子嗅不出来的,能让眼睛看个仔细。

李尔:我很对不起她——

弄人:你知道牡蛎是怎么造它的壳的吗?

李尔:不知道啊。

弄人:我也一样不知道,但是我却知道为什么蜗牛会背个屋子。

李尔:为什么?

弄人:因为可以将它的头放在里面,它可不会将它的屋子拱手让给自己的女儿,害得它的角也无处安顿。

李尔:我也无法顾及什么天性之情了。为父何时亏待过她啊?我的马是不是已经备好了?

弄人:你的那些驴子正在那边给你准备呢,为什么北斗七星会有七颗星?这里面有一个绝妙的理由。

李尔:因为它们没有第八颗?

弄人:完全正确,你能够做一个非常好的傻瓜了。

李尔:凭借武力将其夺回!这忘恩负义的畜生啊!

弄人:老伯伯,倘若你是我的傻瓜,我就不得不打你了,因为你还没到老的时候就已经老了。

李尔:这话什么意思啊?

弄人:你应该在明白这些世故之后才老啊。

李尔:啊,别让我发疯了啊!天啊,将我的怒气压制住,别让我发疯!我可不想发疯啊!

(侍臣上。)

李尔:马都准备好了吗?

侍臣:陛下,准备好了。

李尔:来吧,孩子。

弄人：哪位姑娘笑我走这一遭，她的贞操马上就要保不住。

（同下。）

第二幕

第一场　葛罗斯特伯爵城堡庭院

（爱德蒙及克伦自相对方向上。）

爱德蒙：您好，克伦。

克伦：您好，公子。我刚才见过令尊，我告诉他康华尔公爵和他的夫人里根公主今天晚上要来这里拜访他。

爱德蒙：他们为什么要到这儿来？

克伦：我也不清楚。您有没有听见外边的消息？我是说人们交头接耳、暗中互传的那些消息。

爱德蒙：我没听到，请问是些什么消息？

克伦：您没有听说康华尔公爵也许会和奥本尼公爵开战吗？

爱德蒙：一点儿也没听说过。

克伦：那您慢慢就会听到的，公子，再见。（下。）

爱德蒙：今晚公爵要过来！那真是再好不过了！我正好能借此机会。现在我父亲已经命人四处把守来捉拿我的哥哥了。我这里还有一件不是很好办的事情，不得不赶紧着手来办。这件事必须办得迅速敏捷，希望命运帮助我！——哥哥，我有话要跟你说，下来吧，哥哥！

（爱德伽上。）

爱德蒙：父亲在那里守着你。哦，哥哥！赶紧离开这个地方吧；有人已经告诉他你躲在哪里了；你趁现在天黑，赶紧逃出去吧。你是否说过些反对康华尔公爵的话？他也就要到这里来了，在这样的夜晚，急匆匆地来。就连里根也会跟他一起来，你想一想，你是否有站在他这边，说过奥本尼公爵什么话？

爱德伽：我真的什么话都没说过啊。

爱德蒙：我听到父亲的声音了，请原谅我吧，我不得不装出对你动武的样子；将你的剑拔出来，如同你在防御一样，好好应付一下吧。（高声）将你的剑放下，去见我的父亲去！喂，把火把拿来！这里！——哥哥，快逃走吧。（高声）火把，快点——再见。（爱德伽下。）在身上沾几滴血，可以令他相信我是真的做过一番猛烈的斗争。（以剑刺伤手臂）我曾经见过有些醉汉为了开玩笑，不顾死活地将自己的肉皮割破。（高声）住手！住手！父亲！父亲！难道没人来帮助我吗？

（葛罗斯特率众仆持火炬上。）

葛罗斯特：那个畜生去哪了，爱德蒙？

爱德蒙：他站在这黑暗中，将他锋利的剑拔出，嘴里还念念叨叨的，疑神疑鬼地请月亮帮助他。

葛罗斯特：他现在在什么地方？

爱德蒙：父亲，看，我在流血呢。

葛罗斯特：那个畜生去哪里了，爱德蒙？

爱德蒙：父亲，往这边逃走了。我见到他没有办法——

葛罗斯特：你们给我去追。（若干仆人下。）“没有办法”什么？

爱德蒙：没有办法劝我跟他同谋杀死您。我跟他说，疾恶如仇的神明见到弑父的忤逆之子，是会用天雷将其殛死的；我跟他说儿子对于父亲的关系有多么深切而不能摧毁；总之，他见到我如此憎恶他荒谬的阴谋，就恼羞成怒，将他早就预备好的剑拔出来，恶狠狠地向没有任何防备的我刺了过来，我的手臂就是这么被刺破的。我那时也发怒了，自恃理直气壮，就跟他对抗起来，或许是由于听到我喊叫的声音，他就飞快逃掉了。

葛罗斯特：让他逃得越远越好，除非逃到外国，否则总会被我抓回来的，看他到时候还能不能活成。尊敬的公爵，我高贵的恩主，今夜会到这里来，我要请他来发一道命令，要是谁能将这杀人的懦夫活捉，交给我们，将其绑在木桩上活活烧死，我们会给他重重的酬谢；要是将他藏了起来，一旦被发现，也要跟他一起被处死。

爱德蒙：在他不听从我的劝说，执意要实行自己的图谋之时，我就用严厉的词语恐吓他，对他说我要将他的秘密宣布出去。但是他却是这么回答我的：“你这个没有资格继承遗产的私生子！你认为倘若我们两人处于敌对的位置，别人会相信你的道德品质，进而相信你所说的话吗？哼，我完全可以矢口否认——我当然要否认，即便是你拿着我的亲笔信，我都能反咬你一口，说这都是你的阴谋。人们都不是傻子，他们一定会相信你是因为觊觎我死后的利益，才会起这样的歹心，要置我于死地！”

葛罗斯特：这个狠心的畜生，难道他还能赖得掉自己的亲笔信吗？他简直就不是我亲生的！（内喇叭奏花腔。）听！公爵的喇叭响了。我不清楚他为什么而来。我要将所有的城门都关了，看这畜生怎么逃出去。公爵必须答应我的请求，并且我还要将这畜生的肖像传送到各处，让全国人都能注意到他。我孝顺的爱德蒙，你不要学你哥哥的坏样子，我一定会想办法让你来继承我的土地的。

（康华尔、里根及侍从等上。）

康华尔：尊贵的朋友，你好！我还只是刚到，就听到奇怪的消息了。

里根：倘若那是真事，那个罪人可真是，万死不足蔽辜了。伯爵，究竟是怎么一回事？

葛罗斯特：夫人啊，我这颗衰老的心啊，已经粉碎了！

里根：什么！我父亲的义子真要对您谋财害命？就是我父亲替他取过名字的，您的儿子爱德伽吗？

葛罗斯特：夫人，夫人啊，发生这样的事情，真是羞愧啊！

里根：他不是经常跟我父亲身边那些横行霸道的骑士混在一起吗？

葛罗斯特：我不清楚，夫人，那简直太可恶了！

爱德蒙：没错，夫人，他的确经常跟他们在一起。

里根：难怪他会变成这样，想必是他们怂恿他谋害父亲，好将您的财产拿出去供大家挥霍。今天傍晚，我接到姐姐的信，她将他们各种不法的行径都告诉了我，而且还警告我倘若他们要住进我家，万万不能招待。

康华尔：里根，相信我，我也是万万不会招待他们的。爱德蒙，我听说你对父亲很孝顺。

爱德蒙：殿下，这是我做儿子的本分。

葛罗斯特：是他将哥哥的阴谋揭发的，您看他身上受的伤，就是他奋不顾身捉那畜生留下的。

康华尔：那畜生就这样逃走了，难道没有人去追？

葛罗斯特：殿下，有的。

康华尔：倘若被我们捉住，一定不会再让他为非作歹；你想个好办法，只要没超出我的权力范围，我就能替你办到！爱德蒙，你这次表现出的深明大义的孝心，我很是欣赏。你这样不负重托的人，恰恰就是我所需要的，我们会大大重用你的。

爱德蒙：我愿为您尽忠，殿下。

葛罗斯特：殿下如此看得起小儿，真是令我感激啊。

康华尔：你还不知道我们为什么现在来看你呢——

里根：尊贵的葛罗斯特伯爵，在这样黑暗的夜色中，我们一路摸索而来，着实是有一些极其重要的事情，一定要请教一下您的高见啊。我的父亲和姐姐都有书信过来，跟我说他们之间发生了不愉快的冲突。我认为最好别在我自己家里答复他们，两方派来的使者都在这里等待我的回复。我们忠诚善良的好朋友，您先不要气恼，请您帮我们出个主意吧。

葛罗斯特：只要夫人有所命，我总是甘愿奉献出我的一己之愚的。殿下和夫人光临，欢迎之至啊！

（同下。）

第二场　葛罗斯特城堡之前

（肯特及奥斯华德各上。）

奥斯华德：朋友，早安，你是这屋子里的人吗？

肯特：喂。

奥斯华德：哪里能让我们拴马啊？

肯特：那烂泥地中。

奥斯华德：大家都是好朋友嘛，你就告诉我吧。

肯特：你说谁是你的好友啊？

奥斯华德：好吧，那我也不搭理你了！

肯特：倘若我一口咬住你，看你还不搭理我。

奥斯华德：你为什么要这样对我，我认识你吗？

肯特：但是我认识你啊！

奥斯华德：你知道我是谁啊？

肯特：你是一个无赖、恶棍，一个低贱的、骄傲的、浅薄的、叫花子一样的、只有三身衣服、全部家当加起来还没有一百镑的、卑鄙龌龊的、穿着毛绒袜子的狗奴才；一个缺乏胆量的、靠着官府势力压制人的奴才；一个婊子养的、奴颜婢膝的、曲意逢迎的、涂脂抹粉的混账东西；一个全部家当都在一只箱子里的下流胚，一个天生的王八蛋；不光是奴才、叫花子、懦夫、王八，你还是一条杂种老母狗的儿子。你倘若不承认这些头衔的话，我就要将你打得放声大哭！

奥斯华德：奇怪了，你是个什么东西，我们互不认识，你凭什么要如此骂我？

肯特：你还敢说你不认识我，你这厚脸皮的奴才！就在两天之前，我不是还将你踢倒在地，还在王上跟前打了你吗？将你的剑拔出来，你这个浑蛋，尽管是在夜里，但是月亮照着呢。我要在这月光下面，将你剁烂。（拔剑。）还不拔剑，你这婊子生养的，臭打扮的下流货色，把你的剑拔出来！

奥斯华德：去，我才不跟你胡闹呢！

肯特：你这恶棍，把你的剑拔出来啊！谁让你来做人家的傀儡，替一个不孝的女儿送信来攻击他的父王。你还在这自鸣得意！赶紧拔剑，你这浑蛋，不然我就要将你的腿砍下来。来来来，恶棍！

奥斯华德：救命啊，要杀人了，救命啊！

肯特：你这狗奴才，来；浑蛋，给我站住，不要跑；你这狗奴才啊，难道你不会还手吗？（打奥斯华德。）

奥斯华德：救命啊，杀人了，要杀人了啊。

（爱德蒙拔剑上。）

爱德蒙：发生什么事了？（分开二人。）

肯特：你也要来寻事吗，好小子？那就一起试试吧，来啊，小哥儿！

（康华尔、里根、葛罗斯特及众仆上。）

葛罗斯特：为什么在这动刀动剑的啊？

康华尔：大家别闹，谁要是再闹，就让他死！究竟是怎么了？

里根：他们一个是姐姐的使者，一个是父王的使者！

康华尔：说！你们为什么争吵？

奥斯华德：我简直被他缠得气都喘不上来了，殿下。

肯特：这不能怪你，你已经将全身的勇气都使出来了。造化都不承认曾经将你造出来，你这怯懦的恶棍，你是裁缝做出来的。

康华尔：你真是个奇怪的家伙啊，裁缝能做出人来？

肯特：没错，就是一个裁缝；就连石匠和油漆匠都不会将他做得这么坏，即便是他们才学会这手艺不到两个钟头。

康华尔：你们到底是怎么吵起来的？

奥斯华德：殿下，这个很不讲道理的家伙，如果不是我看他胡子花白的分上，早就要了他的命了——

肯特：你这个婊子养的没用的废物！殿下，倘若您同意的话，我现在就将这个不成器的流氓踏成一堆替人家涂刷茅厕的泥浆。你还敢说看在我花白胡子的分上？你这摇尾乞怜的狗奴才！

康华尔： 畜生，还不住嘴，难道你不懂规矩吗？

肯特： 殿下，是，可是我实在是气不过，忍不住了！

康华尔： 你为什么气不过啊？

肯特： 我气愤的是，就这样一个奸诈无耻的狗奴才，也能佩剑？我们神圣的伦常纲纪都是被这种笑脸的小人像老鼠一样咬破的。他们的主子一起邪念，他们就会阿谀逢迎，不是雪上加霜，就是火上浇油；他们最擅长的技艺就是见风使舵，他们的主人说一声“是”，他们就跟着说是，倘若主人说不，他们就如同狗一般什么都不知道，就知道跟在主人后面跑。恶疮让你抽搐的面孔烂掉了！你还在嘲笑我所说的话，难道你以为我是个傻瓜？你这呆头呆脑的鹅，倘若让我在旷野里遇到你的话，看我不将你打得嘎嘎乱叫，一路将你赶回老家！

康华尔： 老头儿，难道你疯了？

葛罗斯特： 赶紧说，为什么你们会吵起来啊？

肯特： 我是跟这浑蛋势不两立。

康华尔： 你凭什么叫他浑蛋？他做错什么了？

肯特： 我不喜欢他那张脸。

康华尔： 也许你还不喜欢我的脸、他的脸和她的脸呢！

肯特： 殿下，我说的是老实话：我曾经见过的一些面孔可比现在站在我面前的面孔好多了。

康华尔： 这个人，就是那种因为有人称赞他坦率，就会因此装出一副粗鲁、目中无人的样子，一味地矫揉造作，似乎天生就是这样的家伙。他不会逢迎，他有一颗正直率真的心，他不得不说老实话。倘若别人愿意接受他的意见，那很好；否则的话，他是个老实人。我清楚这样的家伙，他们用坦白的外衣将那奸谋祸心包藏着，比那些胁肩谄笑、小心翼翼的愚蠢的谄媚者更阴险。

肯特： 尊敬的殿下啊，您这伟大的明鉴，如同福玻斯神光煜煜的额上的烨耀的火轮，请您照临我的善意的忠诚、恳切的虔心——

康华尔：这话是什么意思啊？

肯特：因为你不喜欢我刚才的话，所以我换了个样子。我清楚自己不是谄媚之徒，我自认也不愿意做一个故意用率真的语言引诱别人听信的奸诈之人。我也不怕得罪您，即便您请求我来做这样的人，我也绝不服从！

康华尔：（向奥斯华德）你究竟是怎么冒犯他的？

奥斯华德：我从未冒犯过他。王上最近因为对我有所误会，打了我，此人便帮助王上，闪在我背后，将我踢倒在地还辱骂侮辱我，无所不为，装出一副异常勇敢的样子。王上见到他的样子，就夸赞了他几句，我又尽力克制住自己，他就得意起来，认为我不是他的对手，因此，一见到我，就要跟我比试一番。

肯特：同这些懦夫和流氓比起来，埃阿斯只能当他们的傻子①。

康华尔：把足枷拿来！我非要教训一下你这口出狂言的老贼不可。

肯特：我已经太老了，殿下，受不住您的教训了，您可不能用足枷来枷我。我可是奉了王上之命来的，我是王上的人；倘若您将他的使者枷起来，那是不是有点对王上太过失礼和放肆了？

康华尔：把足枷给我拿来！凭着我的生命和我的荣誉在此起誓，他一定要在足枷里直到中午为止。

里根：殿下，到晚上，止，到晚上，要枷他整整一夜！

肯特：夫人，就算我是您父亲的狗，您也不能这般对待我吧！

里根：正因为你是他的奴才，我才要这么对你的！

康华尔：来，拿足枷来。这不就是我们姐姐提起的那个家伙吗？（从仆取出足枷。）

葛罗斯特：殿下，请别这样吧。诚然他有很大的过失，王上知道了一定会严惩他的；您即将在他身上使用的这种刑罚，只是用来惩罚那些鸡鸣狗盗的普通小罪的下贱囚徒，对于王上手下的使者，您要是对他采取这样的惩罚，王上一定会认为你轻蔑了他的来使，而在心中产生不

---

① 意即好出大言的埃阿斯也比不上他们善于吹牛。

快的！

康华尔：那就由我来负责。

里根：要是我姐姐知道她派来的使者因为奉行她的命令而招致侮辱殴打，姐姐心里也会不高兴呢！还不把他的腿放进去。（从仆将肯特套入足枷。）殿下，我们走吧。（除葛罗斯特、肯特外均下。）

葛罗斯特：我很遗憾，朋友，但这是公爵的意思，世人皆知他的脾气有多固执，从不接受别人的劝阻。我却还要替你向他来求情。

肯特：大人，您费心了。我走了很长的路，还没休息呢；一会儿我将会在瞌睡中度过，醒来后我就能吹吹口哨。好人上足枷，说不定还会因此交上好运呢。再见！

葛罗斯特：这是公爵的错，王上一定会怪罪他的。（下。）

肯特：我的好王上啊，你就像是俗语里说的那样，将天堂的幸福抛下，来受这赤日的煎熬。来啊，你这照耀下土的炬火，让我来借助你温柔的光辉，来读读这封信。只有倒霉之人才能遇到奇迹，我明白这是考狄利娅寄来的，我改头换面的事情，她是知道的；她势必会找到机会，将这种反常的情形纠正过来。我太疲倦了，闭上沉重的眼睛吧，以免见到你自己的耻辱。命运，晚安，求你将你的轮子转过来，再向我们微笑吧。

（睡。）

第三场　荒野的一部

（爱德伽上。）

爱德伽：我听说他们已经发通告要抓我了，我幸好躲在了一株空心的树干里面，没被他们发现。现在每处城门都戒备森严，每个地方都有警卫，都是准备抓我的！我需要想法躲过人家的耳目，将自己的性命保全；我想或许可以装成一个最卑贱穷苦、最为世人所蔑视、和禽兽相去无几的家伙，用污泥涂在脸上，腰上裹住毡布，将头发全都打上结，赤身裸体地抵抗着风雨的侵袭。本来这个地方就有很多乞丐，他们高声呼喊，用针、木锥、钉子或者迷迭香的树枝刺在他们僵硬而麻木的手臂上；用这样可怕的样子，去那些乡村、农场、羊棚或磨坊中去，有时还会发出疯狂的诅咒，有时还会向人祈祷哀求，乞讨一些布施。倘若我学着他们的样子，一定不会引起别人怀疑的。可怜的疯叫花子，可怜的汤姆！倒还真有几分相似啊！现在，我再也不是爱德伽了。

（下。）

第四场　葛罗斯特城堡前

（肯特系足枷中。李尔、弄人及侍臣上。）

李尔：真是很奇怪啊，他们都不在家，又不将我的使者打发回去。

侍臣：我听说他们前晚还没有要出去走动的意思啊。

肯特：尊贵的主人，祝福您！

李尔：嗨！难道你把这样的羞辱当成消遣了？

肯特：当然不是，陛下。

弄人：哈哈！看他吊着一副多难受的袜套啊！缚狗缚熊缚在脖子上，缚马缚在头上，缚猴子缚在腰上，缚人缚在腿上；倘若是一个人的腿太灵活了，就得叫他穿木袜子了。

李尔：是谁将你锁在这里的？

肯特：就是那对儿好夫妻——您的女婿和您的女儿。

李尔：不会的。

肯特：就是他们。

李尔：我说了，不！

肯特：我说就是的。

李尔：不，他们怎么会干这样的事情？

肯特：但就是他们干的啊。

李尔：我凭着朱庇特起誓，不会有这样的事。

肯特：我凭着朱庇特起誓，的确有这样的事。

李尔：他们不敢做这样的事，不会，他们不会做这样的事；倘若他们故意做出这种重大的暴行来的话，那简直要比杀人还不可饶恕！赶紧告诉我，你究竟犯了什么罪过，他们才会如此对待一个国王的使者？

肯特：尊敬的陛下，我将您的信带到他们家，当正在跪着的我尚未起身之时，又一个气喘吁吁、汗流浃背的使者匆忙奔了进来，代替她的女主人高纳里尔来向他们请安。随后他递上一封书信，将我的公事打断了。他们见到她也有来信，就全然不理睬我，先读起了她的信。读完信之后，就迅速召集仆人，上马出发，让我跟到这里来，等候他们的回复，对我相当冷淡。一到这里，我又遇到了那个使者，此人就是近来时常对你无礼的那个家伙，我明白他们对我如此冷淡的原因，正是因为他来的缘故，一气之下，未加考虑，就向他动武了。他见到我这个样子，就高声呼救，将全宅子的人都惊动了。您的女婿女儿认为我犯了罪，应当羞辱我一番，就将我枷起来了。

弄人：冬天还没有过去，要是野雁尽往那个方向飞。

老父衣百结，
儿女不相识；
老父满囊金，
儿女尽孝心。
命运如娼妓，
贫贱遭遗弃。

虽然这么说，您的宝贝女儿还有数不清的烦恼要孝敬您呢。

李尔：啊！我的心头涌上了一肚子的气啊！赶紧给我平下去吧，你这一股污名的气恼，我的女儿在哪？

肯特：陛下，在里面，跟伯爵在一起呢。

李尔：在这里等着我，不要跟着我。（下。）

侍臣：除了刚才你所诉说的，你没犯其他过失吗？

肯特：当然没有，为什么王上不多带几个人来？

弄人：你能提出这样的疑问，简直就是活该被人用足枷枷起来。

肯特：傻瓜，为什么？

弄人：你应当拜蚂蚁为师，让它来教育你，冬天是不能工作的。除了瞎子之外，谁都长着眼睛呢，谁不得看清楚自己应该朝哪边走啊；即便是眼睛瞎了吧，难道二十个鼻子里没有一个鼻子能嗅出他身上发霉的味道？当大车轮滚下山坡之时，千万别抓住它，以免跟它一起滚下山，将你的头颈跌断；但是倘若你见到它上山去的话，就让它将你拖着一起上去。倘若有什么聪明人给了你更好的教训的话，记得把这番话还给我啊，傻瓜的教训只配让浑蛋去遵从呢。

他为了自己的利益，
向你屈节卑躬，
天色一变就要告别，
留下你在雨中。
聪明的人全都飞散，
只剩傻瓜一个；
傻瓜逃走变成浑蛋，
那浑蛋不是我。

肯特：你从哪里学的这首歌，傻瓜？

弄人：反正不是在足枷里，笨蛋。

（李尔偕葛罗斯特重上。）

李尔：拒绝跟我说话！他们都病了！他们一定是疲倦了，昨晚他们走路很辛苦！净是些鬼话，分明是要背叛我的意思啊。去，给我再去向他们要一个动听一点的答复来。

葛罗斯特：陛下，你又不是不知道公爵的火性，他决定的事，什么时候更改过？

李尔：这就是报应！祸乱！疫疠！死亡！火性？什么臭火性啊？嗨，葛罗斯特，我要跟我的女婿和女儿说话。

葛罗斯特：尊敬的陛下，我已经跟他们说过您的意思了！

李尔：已经说了？你明白我的意思吗？

葛罗斯特：是的，陛下！

李尔：国王李尔要跟公爵说话，亲爱的父亲李尔要跟他的女儿说话，让她出来见我！你是这样告诉他们的吗？我这怨气，我这满腔的血！哼，火性！公爵的火性！去对那火性的公爵说——不，慢！或许他是真的不太舒服呢。如果一个人因为疾病而将健康时的职责给疏忽了，那也是可以原谅的；倘若我们身体上有了病痛，精神上也总会感到烦躁郁闷的，那就由不得我们自己做主了。我需要忍耐一下，不能太鲁莽了，不能对一个有病的人做这种过分求全的责备啊！真是该死！（视肯特）为什么要将他枷在这儿？这样的举动令我相信，公爵和他妻子对我的回避，简直就是一种预订的计谋。还不把我的仆人放出来还给我！去，去对我的女婿和女儿说，我现在就要跟他们说话，让他们立刻出来见我！不然我就在他们寝室门前擂鼓，搅得他们无法入睡！

葛罗斯特：但愿你们大家都和和气气的。（下。）

李尔：哦！我的心！我的怒气简直要冲上来了！把这怒气消下去吧！

弄人：老伯伯，你就向它吆喝吧，如同厨娘将鲜活的鳗鱼放进面糊中那样，她将手里的棍子拿起来，在它们头上敲几下，大声喊道："下去，你们这些坏东西，下去吧！"也正如她的兄弟，为了爱他的马儿，替马儿在草料上涂上牛油。

（康华尔、里根、葛罗斯特及众仆上。）

李尔：两位早安！

康华尔：衷心祝福陛下！（众人释肯特。）

里根：很高兴见到我的父王。

李尔：女儿，我想你一定很开心见到我，我知道自己为什么这么想；倘若你不高兴见我的话，我就要去跟你那已故的母亲离婚，将她的坟墓看成是一座娼妇的丘陇。（向肯特。）哦！你被放出来了？一会儿再聊吧。亲爱的女儿，你的姐姐简直太不孝顺了。哦，里根！你姐姐无情的凶恶如同饿鹰的利喙一般猛啄我的心。（以手按于心口。）我简直无法告诉你，你简直都无法相信她丧心病狂到什么地步——哦，我的女儿！

里根：请您别发怒火，父亲。姐姐怎么会对您有失礼敬？想必还是您无法谅解她的一番苦心吧。

李尔：你这话是什么意思？

里根：我并不认为姐姐会有什么不孝顺的地方，父亲，要是她将您那般行为放荡的随从约束了，那势必是有充分的理由和正大的目的，不能怪她。

李尔：将我的诅咒降在她头上！

里根：哦，我的父亲！您已经老了，您的生命已经快到尽头了；应当让一个更加明白您现在地位的人来管教一下您；因此我劝您还是回到姐姐那里，向她赔不是去吧。

李尔：我去请求她的饶恕？你看是这个样子吗：“我的好女儿，我承认我自己老了，不中用了，就让我跪在这里，（跪下）请求您来赏赐我几件衣服，给我一张能让我睡觉的床，赏赐我些吃的东西吧。”

里根：父亲，不要这样，这算什么啊，不要胡闹了。赶紧回到姐姐那去吧。

李尔：（起立）里根，我再也不会回去了。她将我一半的侍从裁撤了，还不给我好脸色，用她那毒蛇般的舌头打击我这颗垂老的心。希望上天积蓄的所有愤怒能一股脑都降临在她那无情无义的头上！但愿恶风将她腹中的胎儿吹打，让它一出生就是个残疾！

康华尔：啊，这是什么话啊！

李尔：迅疾无比的闪电啊，将你那炫目的火焰全都射进她那傲慢的眼睛里去吧！在烈日的熏灼下蒸发起来的沼地的瘴气啊，将她的美貌损坏，将她的骄傲毁灭吧！

里根：上天的神明啊！倘若您对我发起怒火来，是不是也要这样诅咒我啊？

李尔：里根，不，你怎么会受到我的诅咒呢？你温柔的天性也不允许你看到这种冷酷残忍的事情。你姐姐的眼睛里充满凶光，但是你的眼睛里却尽是温柔和蔼。你怎么会吝惜我的相会，将我的侍从裁撤，用那些不逊之言来跟我顶嘴，将我的费用削减，甚至将我关在门外不让我进来呢？你是最懂得儿女的责任、天伦的义务、孝敬的礼貌和受恩的感激的；起码，你也不会忘记我曾经赐予你的一半的国土啊。

里根：请别把话扯远了，我的父亲大人。

李尔：是谁将我的人枷起来了？（喇叭奏花腔。）

康华尔：外面是什么喇叭的声音？

里根：一定是姐姐来了，她在信上说，她要到这里来。

（奥斯华德上。）

里根：是夫人来了吗？

李尔：这就是那个凭着主妇一时的恩宠、狐假虎威、仗势欺人的狗奴才，给我滚开吧，奴才，我不想见到你！

康华尔：您这是什么意思，陛下？

李尔：究竟是谁将我的人枷起来的？女儿，我但愿你不知道这件事。是谁来了？

（高纳里尔上。）

李尔：我的天，倘若你爱老人，倘若凭着你对人间仁爱的统治，你认为子女应当孝顺父母，倘若你自己也是个老人，那就不要无动于衷了，将你的愤怒降下来吧，帮助我来平息我的怨恨吧！（向高纳里尔）难道你看到我一把胡须，就不觉得惭愧吗？哦，里根，难道你会跟这样的人握手吗？

高纳里尔：她为什么不能跟我握手呢？究竟我做错了什么？难道就凭着这张糊涂昏悖的嘴里的胡言乱语，就能将我的罪案成立吗？

李尔：哎呀，我的胸膛还没被胀破吗？为什么我的人会被你们枷了起来？

康华尔：尊敬的陛下，是我将你的人枷在那恣的，对于他那恣意妄为的行为，这样的惩治还真是有点轻了呢！

李尔：你？是你干出来的好事？

里根：父亲啊，你要知道您是一个上了年纪的老人，一切还是将就着点吧。劝您现在仍然回去跟姐姐一起住，将您的一半侍从裁撤，那么等一个月的时间到了，再到我这里。你也看到了，现在我不住在家里，要供养您的话，很不方便。

李尔：重新回到她那里去？将我的侍从裁撤五十名！不，我宁愿露宿街头，过着风餐露宿的生活，跟大自然作抗争，跟那些豺狼鸱鸮做伴侣，忍受着饥寒交迫的痛苦，也不要回去跟她一起住！嗨，我宁可到那将我没有妆奁的小女儿娶走的法兰西国王座前匍匐膝行，如同臣仆一般向他讨一份微薄的恩俸，苟延残喘！回去跟她一起住？！你还不如劝我在这可恶的仆人手下当牛做马！（指奥斯华德。）

高纳里尔：那就随你的便好了。

李尔：请你别再使我发疯了，女儿；我的孩子，我也不愿再打扰你了。再见了，我们从此永别了。但是你是我的骨血，是我的女儿，或者还不如说，你就是我身上的一个瘀瘤，我无法承认你是我的。你是我的腐败的血液里的一个瘀块、一个疖子、一个肿起来的有毒的疔疮。但我不愿责骂你，就让羞辱自己降临到你身上吧，我可没呼唤它；我也不要求天雷将你劈死，我也不向垂察善恶的天神去控诉你的忤逆，你回去好好想想，还是趁早悬崖勒马，还来得及。我能够忍耐，我可以带着我的一百个骑兵跟我的里根住在一起。

里根：绝对不可以，现在还轮不到我呢，我也没有准备好招待您的礼数。还是听姐姐的话吧，父亲；旁人冷眼看着您的这种愤怒的神气，心里都在说您是因为老了，所以——但是姐姐心里清楚自己该怎么做。

李尔：这是你在好意相劝吗？

里根：父亲，是的，这是我最忠心的劝告。什么！五十个骑士？难道不够吗？要那么多有何用？就是这五十个人，数目也都不少了，且不说供养不起，要是让他们结党成派，更是件危险的事情。一间屋子里养这么多人，受两个主人的支配，能不发生争吵吗？简直不像话啊！

高纳里尔：为什么您不让我们的仆人侍奉您呢，父亲？

里根：是啊，父亲，那不是很好吗？倘若他们将您怠慢了，我们可以替您训斥他们啊！下次您到我这里来，请带二十五人，因为我现在就已经看到危险了，超过这个数目，我们接待不了！

李尔：我将自己的一切都给了你们——

里根：您应该庆幸您给了我们。

李尔：让你们来做我的保管者、代理人。唯一的条件，就是让我能够保留这些侍从。现在你让我只带二十五个侍从到你这里来？里根，刚才你是这么说的吗？

里根：那我就再重复一遍，父亲，您只能带二十五名侍从来。

李尔：虽然恶人的脸相狰狞恐怖，但是要跟那些比他更恶的人比起来，那就显得非常和蔼可亲了。只要不是绝顶凶恶之人，总还有几分可取之处。（向高纳里尔）我跟你去！比起她的二十五人，你的五十人还能多一些，你的孝心比她大呢！

高纳里尔：难道我们家里没有两倍多的仆人伺候您？依我所见啊，非但不需要二十五人，十个五个都嫌多呢。

里根：照我看，一个都不需要。

李尔：啊！别跟我说什么需要不需要，哪怕是最卑贱的乞丐，都会有他不值钱的身外之物；人生如果除了基本的需要之外，没有其他的享受，那跟畜生的生活有什么区别呢？你是位尊贵的夫人，你穿着这样的华服，倘若只是为了温饱的话，那这服装就不合你的身！因为这种华丽的雕饰并不能令你感到温暖。但是，说到真的需要，苍天啊，给我忍耐吧，我需要极大的忍耐啊！神啊，你们看我在这里，一个可怜无助的老头子，被忧伤和年迈折磨得如此痛苦！倘若是你们将我的两个女儿鼓动的，让她们忤逆她们的父亲，那么就请你们不要总是愚弄我，让我默默忍受吧。别让我心里激起刚强的怒火，别让妇人所恃为武器的泪点玷污我的男子汉的面颊！哦，不，你们这两个不孝顺的妖妇，我必须向你们报仇，我要做一件令全世界震惊的事情，尽管现在我还不知道我能做什么！你们认为我将要哭泣，不，我不愿意哭泣，尽管我有充分的哭泣理由，但是我宁愿让这颗心碎成碎片，也不愿滴下一滴眼泪！傻瓜，我简直要疯掉了！（李尔、葛罗斯特、肯特及弄人同下。）

康华尔：我们还是进去吧，暴风雨就要来了。（远处暴风雨声。）

里根：这座房子这么小，老头带的那班人马怎么能容得下啊！

高纳里尔：还不都是他自己不好啊，放着安逸的日子不去过，非要吃了苦才知道自己有多蠢！

里根：要是就他一个的话，收留他倒是无妨，但如果还有那班跟班的，我一个也无法容纳。

高纳里尔：我的想法跟你一样啊。葛罗斯特伯爵去哪了？

康华尔：刚才跟老头子出去了。看，回来了。

（葛罗斯特重上。）

葛罗斯特：王上正在大发雷霆呢。

康华尔：他要去哪里啊？

葛罗斯特：他只是叫人准备好车马，但是没告诉我要去什么地方啊。

康华尔：别管他，随他去吧。

高纳里尔：您千万不能留他啊，伯爵。

葛罗斯特：哦！天色已经暗下来了，田野里都在刮狂风，这附近很多里之内，恐怕连一株小树都没有。

里根：伯爵，对于那些刚愎自用的人，给他们最好教训的办法就是让他们自己招致的灾祸来给予他们打击！将您的门关上，他还有一班亡命之徒跟随左右，他本人又如此易受人愚弄，谁也无法保证他们是否会煽动他干出什么事情来，所以，还是小心为好！

康华尔：伯爵，将您的门关上吧，这将是一个狂暴的夜晚。我的里根说得很对，暴风雨即将来临了，我们赶紧进去吧。

（同下。）

第三幕

第一场　荒野

（暴风雨，雷电。肯特及一侍臣上，相遇。）

肯特：除了恶劣的天气，还会有谁在这儿啊？

侍臣：一个心绪像这天气一般暴躁的人。

肯特：我认识你，王上呢？

侍臣：王上正在跟暴怒的大自然作斗争；他叫狂风把大地吹下海，叫泛滥的波涛吞没陆地，使万物都变了样子或都归于毁灭；拉下他的一根根白发，让那挟着盲目愤怒的暴风将它们卷得无影无踪；在他那渺小的身躯之内，正在进行着一场比这暴风雨更加剧烈的斗争。这样可怕的夜晚，被小熊吸干了乳液的母熊妈妈都躲着不敢露面；恶狼和狮子也不愿意将它们的皮毛沾湿。他却这样光着脑袋在风雨中狂奔，将一切托付给不可知的力量。

肯特：但是他跟谁在一起呢？

侍臣：傻瓜跟他在一起，尽力用笑话来将他心中的伤痛排解。

肯特：我清楚你是什么人，我敢凭借我的观察所及，将一件重要的消息告诉你，在康华尔和奥本尼两位公爵之间，虽然表面上风平浪静，但是暗中已经发生了冲突。如同一般身居要职的人一般，他们的手底下各有一些明为仆人，暗地里却是向法兰西密报我国内情的奸细，凡是在两位公爵之间的争斗、他们对王上冷酷的待遇，以及在这种表象下面，其他更秘密的动静，全部都传到了法兰西国王耳中。如今，已经有一支从法国开过来的军队向我们这分裂的国土驶进，准备趁我们疏于防备，秘密登陆几处我们最好的港口，很快就要将他们鲜明的旗帜揭开了。如果你现在能信任我的话，就请你赶紧到多佛走一趟，在那里你可以遇到欢迎你的人，你可以将被逼疯的王上所受的种种无理的屈辱一一向他报告。他势必会感谢你的好意。我的身份是一个有地位和身价的绅士，正是因为知道你为人可靠，才将这么重要的差事交给你。

侍臣：我还想跟您谈一谈。

肯特：不需要。为了向您表明我并不是如我的外表这般低贱之人，你可以将这个钱囊打开，将里面的东西拿走。你一到多佛，必定能够见到考狄利娅；你只要把这个戒指拿给她看，她就会告诉你，现在你眼前的这个人是谁。真是可恶的风暴啊，我要去找王上了。

侍臣：您就没有别的话要跟我说了吗？把您的手给我。

肯特：还有一句比什么都重要的话，那就是：现在我们先去找王上，我们分头去找，先找到的就打个招呼。

（各下。）

第二场　荒野的另一部分

（暴风雨继续未止。李尔、弄人上。）

李尔：风啊，使劲地吹吧！将你的脸颊胀破吧，猛烈地吹起来吧！至于你，瀑布般倾盆的大雨啊，尽管往下倾泻吧。将我们的尖塔浸没，将屋顶上的风标淹没吧。还有你，思想一般迅速的硫黄的电火啊，将橡树劈碎的巨雷的先驱，将我白发的头颅烧焦吧！震撼一切的霹雳啊，击平这生殖繁密、饱满的地球吧！将造物的模型打碎，别让一颗忘恩负义的人类的种子在这个世上遗留！

弄人：老伯伯，啊，难道在一间干燥的屋子里说几句好话，不比在这没有遮蔽的旷野中淋雨好多了吗？我的老伯伯，赶紧回到那所房间里去向你的女儿们请求祝福去吧。这样的夜晚，不管是对聪明人还是对傻瓜来说，都不会发一点慈悲的。

李尔：尽管轰吧！尽管将你的火舌吐出，将你的雨水喷洒！雨、风、雷、电，全都不是我的女儿！我不去责怪你们的无情！因为我从未给过你们国土，也不曾称你们为我的孩子，你们没有任何顺从我的义务。因此，随你们高兴，将你们可怕的威力降下来吧，我就站在这里，就是你们的奴隶，一个衰弱的、可怜的、无助的、遭人鄙视的老头子。但是我仍旧要骂你们是卑劣的帮凶，因为你们在滥用上天的威力，帮着我那两个万恶的女儿来跟我这个白发的老翁作对。啊！啊！这简直是太卑劣了！

弄人：谁头上顶着个好头脑，就不愁没有屋顶来遮他的头。

脑袋还没找到屋子，
话儿倒先有安乐窝；
脑袋和他都生虱子，
就这么叫花娶老婆。
有人只爱他的脚尖，
不把心儿放在心上；
那鸡眼使他真可怜，
在床上翻身又叫嚷。

从来没有一个美女不是对着镜子做她的鬼脸。

（肯特上。）

李尔：不，我要忍受众人所无法忍受的苦难；我要缄默不语。

肯特：是谁在那里？

弄人：一个王上、一个弄人，一个聪明人、一个傻瓜。

肯特：哦！王上，是您在此吗？喜欢黑夜的东西也不会喜欢这样的黑夜，狂怒的天色将黑暗中的漫游者吓怕了，令它们躲进洞里不敢出来。我自出生以来就从未见过这样的闪电，听过如此可怕的雷声、如此这般惊人的风雨的咆哮。人类的精神怎能经受得起如此的折磨和恐怖啊？

李尔：伟大的神灵在我们的头顶上将这场可怕的骚动掀起。就让他们现在就将他们的敌人找到吧。战栗吧，你这还未曾被人发现，仍旧逍遥法外的罪人！赶紧躲藏起来吧，你这杀人的凶手，你这伪善欺人的大骗子，你这道貌岸然的逆伦禽兽！赶紧魂飞魄散吧，你这用那正直的外表将杀人阴谋遮掩的大奸巨恶！将你们那包藏祸心的伪装撕下来，将你们罪恶的原形显露出来，向这些可怕的天使哀号吧！我是个未犯多少罪，却忍受了巨大冤屈的人！

肯特：唉！您的头顶上没有一丁点儿遮盖的东西！王上，这附近有一间茅屋可供您去避雨。刚才我还到过那冷酷的屋子里去——那个甚至比墙上的石块还冰冷无情的屋子——探问您的踪迹，但是他们将门关上了，不让我们进去；您现在暂且去避一下雨，我还要回去跟他们评评理。

李尔：哎呀，我的头脑开始乱了。我的孩子啊，你来。你这是怎么了，我的孩子？你是感到冷吗，我也感到冷啊。朋友啊，告诉我茅屋在什么地方吧？一个人沦落到穷困潦倒之时，卑微的东西也会变成无价之宝呢。来吧，带我们一起去那间茅屋里去吧。可怜的傻小子啊，我还在心里为你留了一块悲伤的地方呢。

弄人：只怪自己糊涂自己蠢，
嗨呵，一阵风来一阵雨，
背时倒运莫把天公恨，
管它朝朝雨雨又风风。

李尔：我的好孩子啊，不错啊。来，带我们到茅屋里去啊。（李尔、肯特下。）

弄人：今夜简直太冷了，叫那些娼妓都没法热乎起来。在我走之前讲几句预言吧：

传道的嘴上一味说得好；
酿酒的酒里掺水真不少；
有钱的大爷教裁缝做活；
不烧异教徒，嫖客害流火[1]；
若是件件官司都问得清；
跟班不欠钱，骑士债还清；

① 流火：指花柳病而言。

世上的是非不出自嘴里；
扒手儿看见人堆就躲避；
放债的肯让金银露了眼；
老鸨和婊子把教堂修建；
到那时候，英国这个国家，
准会乱得无法收拾一下；
那时活着的都可以看到，
那走路的把脚步抬得高。
其实这番预言该让梅林[1]在将来说，因为我出生在他之前。
（下。）

第三场　葛罗斯特城堡中的一室

（葛罗斯特及爱德蒙上。）

葛罗斯特：喂，喂！爱德蒙啊，这种不近人情的行为是我所不赞成的。当我请求他们答应我给王上一点点援助之时，他们竟然将我使用自己房屋的权利剥夺了，不允许我再提及他的名字，不答应我替他说讲情面的话，也不允许我给予他任何救助；倘若违背了他们的命令，就将让我永远失去他们的欢心。

爱德蒙：这简直太不近人情，简直太野蛮了！

葛罗斯特：罢了，你就别多说什么了。两位公爵现在都已经有了意见，并且还有件更加可怕的事儿。我今晚接到一封信，里面的内容也是十分危险的，我已经将信件放在壁橱里，并上了锁。受到这样凌辱的王上，总会有人替他报仇的；并且，已经有一支军队出发了，我们一定要站在王上这一边。我这就去找他，暗中帮助他。你去陪公爵聊天，以免他觉察到我的行动。倘若他问到我，你就说我身体不适，已经睡下了。反正大不了就是一死——他们确实拿死来恐吓——陛下是我的老主人，

① 梅林：是亚瑟王故事中的术士和预言家，时代后于传说中的李尔王许多年，这里是作者故意说的笑话。

我岂能坐视不管？出人意料的事情就要发生了，爱德蒙，我的孩子，你一定要小心。（下。）

爱德蒙： 你要违背命令去向王上献殷勤，我这就要去报告公爵；还有那封信，我要一并告诉他。这可是我建功邀赏的好机会，我的父亲将会因此失去他拥有的一切，或许他的全部家产都将落进我的手中了，只有老一辈没落，年轻一辈才会兴起。（下。）

第四场　荒野。茅屋之前

（李尔、肯特及弄人上。）

肯特： 就在这里了，陛下，您请进去吧。在这般毫无掩庇的黑夜里，在这样狂风肆虐的风雨中，任谁也承受不了啊。（暴风雨继续不止。）

李尔： 别来缠着我。

肯特： 进去吧，陛下。

李尔： 你是要使我的心碎裂吗？

肯特： 我宁可使我自己的心碎裂，进去吧，陛下。

李尔： 你认为让这样的狂风暴雨来袭击我的肌肤，是一件不得了的苦事。在你看来或许如此，但是倘若一个人身患重疾，他还会感觉到这种小小的痛楚吗？当你见到熊要转身逃跑时，却发现背后是汹涌奔腾的大海，你就不得不硬着头皮向熊走去了。我的心绪宁静之时，我的肉体才会变得敏感。我心灵中的暴风雨已经将一切其他的感觉都取走了，仅仅剩下心头的热血还在搏动。儿女们的忘恩负义，难道不像是用一只手将食物送进嘴里，这张嘴却将手给咬下来吗？但是我要狠狠地惩罚她们。不，我可不想再哭泣了。在这样狂风暴雨的夜晚，将我关在门外！尽管袭击吧，什么样的风雨我都能忍受。在这样的野外！啊，我的女儿——里根、高纳里尔！爱你们的年老仁慈的父亲，将一切都给了你们——啊，不能想了，继续想下去是要发疯的，我不想再想起那些，不要再跟我提这样的话了。

肯特：陛下，请您进去吧。

李尔：请你自己进去，找一个避雨藏身的地方吧。这样的暴风雨将我的思想扰乱，不肯让我仔细思考种种事情，这些事儿，我越想就越会将我的痛苦增加。但是我要进去。（向弄人）孩子，进去，你先进去。你们这些无家可归的人啊——你们快进去吧。我要祈祷了，然后我需要睡会儿觉。（弄人入内。）那些衣不蔽体的不幸的人儿啊，不管你们在何处，都要忍受这样无情无义的暴风雨的袭击，你们的头顶上没有片瓦遮身，你们的腹中饥肠辘辘，你们的衣服千疮百孔，如何才能将这样的天气抵挡呢？啊！我向来都没想过这样的事情。那些安享荣华富贵的人儿，将你们的眼睛睁开吧，走到外面来，将穷人所忍受的苦难好好体味一下，将你们享用不了的福泽分一些给他们吧，上天知道你们并不全是没心肝的人！

爱德伽：（在内）可怜的汤姆！九尺深，九尺深！（弄人自屋内奔出。）

弄人：别进去，老伯伯，里面好像有鬼，救命啊，救命！

肯特：让我来搀扶你，是谁在里面？

弄人：鬼啊，鬼，他说他叫可怜的汤姆。

肯特：你是谁，为什么在茅屋里大呼小叫？赶紧出来。

（爱德伽乔装疯人上。）

爱德伽：赶紧走开！我的背后跟着恶魔！“风儿从山楂林吹过。”哼！到你那冷冰冰的床上将你的身子暖暖吧。

李尔：你是将自己的一切都交给了两个女儿，才沦落到今天的下场吧？

爱德伽：谁将什么东西送给了可怜的汤姆？恶魔带着他穿过大火，穿过烈焰，也穿过水道和旋涡，穿过那沼泽地和泥泞；把刀子放在他的枕头底下，把绳子放在他的凳子底下，在他的粥里放毒药；使他心中充满骄傲，骑上一匹栗色的奔马，从那四米阔的桥梁上过去，将自己的影子当成一个叛徒，穷追不舍。祝福你的五种才智！汤姆浑身发冷啊，啊，哆啼哆啼哆啼。希望旋风不会吹你，星星不将毒箭射向你，瘟疫到不了你身上！行行好吧，救赎那被恶魔害得好苦的可怜的汤姆吧！现在他就在那里，就在那里，又去哪儿了？在那里。（暴风雨继续不止。）

李尔：什么！是他的女儿将他害成这个样子的吗？难道你就没留下些什么？难道你全都给了她们？

弄人：没有，他还留下一方毡毯，不然我们全都要不好意思了。

李尔：但愿那弥漫在天空中的、惩治恶人的瘟疫也顺便降临在你女儿身上！

肯特：他没女儿，陛下。

李尔：这该死的奸贼！倘若他没有女儿，怎会也沦落到这种不堪的地步呢？难不成被遗弃的父亲们，都是如此一点点都不爱惜自己的身体？适当的惩罚！谁让他们的身体将这枭獍般的女儿产下来的？

爱德伽：“小雄鸡在高墩上坐着，”呵罗，呵罗，罗，罗！

弄人：这个风雨交加的寒夜将令我们变成疯子和傻瓜。

爱德伽：小心恶魔。好好孝顺你的爹娘，说出去的话就别反悔，别赌咒，别奸淫有夫之妇，别将自己的情人打扮得太过漂亮，可怜的汤姆冷着呢。

李尔：原本你是干什么的？

爱德伽：我是一个心性高傲的奴仆，头发鬈得弯弯的，情人的手套装饰在帽子上，很会讨女人的欢心，做一些不可告人的勾当。开口就是发誓，闭口就是赌咒，在上帝面前将它们一个个毁弃，睡梦里都不忘记奸淫的念头，一觉醒来就立即实行。我嗜酒，我好赌，我比土耳其人更加好色；一对轻信的耳朵，一颗狡诈无比的心，一双不惧血腥的手；狐狸一般狡诡，狼一般贪狠，狮子一般凶恶，猪一般懒惰，狗一般疯狂。别让女人的脚步声和绸衣裳的窸窸窣窣声将你的魂魄摄去了；别将你的脚踏进窑子里去，别将你的手伸进裙子里，别将你的笔碰到放债人的账本上。抵抗住恶魔的引诱吧。“冷风还是从山楂树间吹了过去。”听听它是怎么说，吁——吁——呜——呜——哈——哈——我的孩子道芬，我的孩子啊，叱嚓！叫他奔进去。（暴风雨继续不止。）

李尔：唉，你就这么赤裸着身体，受着风雨的吹淋，还不如死了呢。难道人就是这样的东西吗？想想他吧。你也没向蚕身上借一根丝，没向野兽身上借皮，没向羊身上借一片毛，没向麝猫身上借一块香料。嘿！我们三人都已经将本来面目失掉了，唯独你保全着天赋的原形。在蒙昧时代，人类也只不过就是像你这样一个寒碜的赤裸的两脚动物。脱吧，脱吧，将你们这些身外之物都脱下来吧！来，将你的纽扣松开。（扯去衣服。）

弄人：请您安静点，老伯伯，在这危险的夜晚是不能游泳的。狂野里的一丁点儿小火光，就如同是一个好色老头儿的心，就只有那么一丁点儿的热度，他浑身都是冰冷的。看，一团火光走来了。

（葛罗斯特持火炬上。）

爱德伽：这不就是那个叫作“弗力勃铁捷贝特”的恶魔吗？他在黄昏时出现，直等到第一声鸡鸣时方才隐去，他叫人的眼睛长出白膜，叫好眼变成斜眼；他叫人嘴唇上起裂缝，还会叫面粉发霉，寻穷人的开心。

圣维都尔①三次经过山冈，
遇见魇魔和她九个儿郎；
他说妖精快下马，②
发过誓儿快逃吧；
去你的，妖精，去你的！

肯特：您怎么了，陛下？

李尔：他是什么人？

肯特：那是什么人啊，你在找谁？

葛罗斯特：你们都是谁啊，你们叫什么名字？

---

① 圣维都尔（St. Withold）：传说中安眠的保护神。

② 据说魇魔作祟，骑在熟睡者的胸口。下文“发过誓儿”即要魇魔赌咒不再骑在人身上。

爱德伽：可怜的汤姆啊，他吃的是泅水的蛤蟆、青蛙、蝌蚪、水蜥和壁虎，恶魔在他心里捣乱之时，他发狂了，就会将牛粪当成一盘味美无比的生菜，老鼠和死狗被他吞食，一潭死水上绿色的浮渣被他饮下，他四处受人鞭打，关在牢里，锁在枷里。以前，他有三身外衣、六件衬衫，跨着一匹马，带着一柄剑；但是在这七年的时间里，汤姆唯一的食物就是耗子，当心那跟在他身后的鬼吧，史墨金，不要闹，你这个恶魔！

葛罗斯特：什么！难道陛下都跟这种人为伍了？

爱德伽：地狱中的魔王是一个彬彬有礼的绅士，他叫摩陀，也叫玛呼。

葛罗斯特：王上，我们亲生骨肉都变坏了，将自己的父亲当成了仇人。

爱德伽：可怜的汤姆好冷啊。

葛罗斯特：您跟我回去吧。我无法全然服从您女儿无情的命令，因为我的良心受不了。尽管她们让我将门关上，将您丢在这风雨交加的黑夜中，但是我还是冒险出来找寻您，将您带到有食物和火炉的地方。

李尔：还是让我先跟这位哲学家聊聊。天上为什么要打雷？

肯特：陛下，接受他的一番好意，请跟他一起回去吧。

李尔：我还没跟这位学者说完话呢。请问您是研究哪门学问的？

爱德伽：消灭毒虫的方法和抵御恶魔的战略。

李尔：让我单独问你句话吧。

肯特：请您再去催一催他吧，大人，他的神经不是很正常了。

葛罗斯特：这也不能怪他！（暴风雨继续不止。）他的女儿想置他于死地。唉！善良正直的肯特，可怜的被放逐的人啊，他早就预言会有今天的。你说陛下要疯掉了，不瞒你说，朋友，我自己也快要疯掉了。我现在也已经跟我的一个儿子断绝了关系。他想要谋害我的性命，这就是最近发生的事情，我很爱他，朋友，我想不会有一个父亲比我还爱自己的儿子，说句实话，（暴风雨继续不止。）我的头都要气炸了。这是一个怎样的夜晚！求您了，陛下——

李尔：啊！先生，请您原谅。请了，高贵的学者。

爱德伽：可怜的汤姆冷着呢。

葛罗斯特：小子，进去，去茅屋里暖和一下吧。

李尔：来，我们大家都进去。

肯特：这边请，陛下。

李尔：带上他，我要跟哲学家走在一起。

肯特：大人，请您答应他吧，让他带上这个家伙。

葛罗斯特：将他带进来吧。

肯特：来吧，小子，跟我们一起去吧。

李尔：来啊，好雅典人①。

葛罗斯特：嘘！别出声，别出声！

爱德伽：罗兰骑士②来到黑漆漆的古堡前面，他一遍遍地说："呸，嘿，哼！"我嗅到了一股不列颠人的血腥。

（同下。）

第五场　葛罗斯特城堡中一室

（康华尔及爱德蒙上。）

康华尔：在我离开他的屋子之前，一定要好好惩治一下他。

爱德蒙：尊敬的殿下，我为了效忠于您，连父子之情都不顾了，一想到不知家人会如何批评我，我的心就很不安啊。

康华尔：现在我才明白，你的哥哥想加害于他，也未必全然出于他恶毒的本性，多半是他咎由自取，才会引起儿子的杀心。

爱德蒙：我的命运多么颠倒，虽说做了一件正义的事情，但是却不得不抱憾终身！您看，这就是父亲提起的那封信，它就是他私通法国的确凿证据！天啊，他为什么要做这样反叛的事情，为什么偏偏又被作为

---

① 李尔王把爱德伽比作古希腊哲学家。

② 罗兰骑士，欧洲中世纪骑士文学中的著名英雄。

儿子的我发现了呢？

康华尔：跟我一起去见公爵夫人吧。

爱德蒙：倘若这封信属实的话，那您可是要有一番大行动啊。

康华尔：无论真假与否，这封信已经使你成为葛罗斯特伯爵了。看看你父亲在什么地方，好让我们能够将他抓捕起来。

爱德蒙：（旁白）倘若被我见到他正在援助那老王，那他的嫌疑恐怕就更加重了——尽管孝道和忠诚在我灵魂之中进行着剧烈的争战，但是大义所在，我不得不将私恩抛弃不顾了。

康华尔：我十分相信你，在我的恩宠之下，你将要得到一个更加慈爱的父亲。（各下。）

第六场　邻接城堡的农舍一室

（葛罗斯特、李尔、肯特、弄人及爱德伽上。）

葛罗斯特：请不要嫌弃它寒碜，这起码比露天好些，就在这里住下吧。我再出去找找还有什么吃的东西，去去就回。

肯特：他已经在他的盛怒之下将智力完全丧失了。您的好心将得到神明的报答！

（葛罗斯特下。）

爱德伽：弗拉特累多①在呼喊我，他告诉我尼禄王在冥湖里钓鱼。喂，傻瓜，你记得要祷告，要当心恶魔。

弄人：告诉我，老伯伯，一个疯子应该是绅士还是平民？

李尔：国王，是个国王！

弄人：不，是一个平民，他的儿子却挣得了一顶绅士的头衔！眼看着自己的儿子做了绅士，而自己却成为一个气愤的平民！

李尔：她们身上被一千条血红的火舌哧啦哧啦地卷上了——

爱德伽：我的背被恶魔咬了。

弄人：倘若谁会相信马儿的健康、豺狼的驯良、孩子的爱情或者娼

---

① 弗拉特累多，小魔鬼的名字。

妓的誓言，那他一定是个不折不扣的疯子。

李尔：一定要惩治她们，我现在就要审问她们。（向爱德伽）来，您这位最有学识的法官，请坐在这里；（向弄人）贤明的官长，你坐这里。——你们这两头雌狐，来！

爱德伽：看啊，他站在那里，眼睛张得大大的！你在审判之时，是否要有人看着你啊，太太？蓓西，渡过河来与我相会——

弄人：她的小船漏水了，
她却不能让你知道
为什么她不敢见你。

爱德伽：借着夜莺的喉咙，恶魔在向可怜的汤姆作祟了。在汤姆的肚子里，霍普丹斯嚷着要两条新鲜的鲱鱼。魔鬼，不要吵，我拿什么给你吃？

肯特：您怎么了，陛下！别这样呆呆地站着。您是否愿意躺下来，在这褥垫上休息一下？

李尔：等到我看到她们受到应有的审判再说。将她们的证人给我带上来。（向爱德伽）请坐吧，你这披着法衣的审判长；（向弄人）你，作为他的执法的同僚，就在他的旁边坐下吧。（向肯特）你也坐下，因为你是陪审官。

爱德伽：我们一定要秉公裁判。
牧羊人，你是睡着还是醒着？
你的羊儿还在田地里跑呢；
只要你的小嘴唇吹一声，
羊儿就不会伤一根羊毛。
呼噜呼噜，这只猫儿是灰色的。

李尔：先控诉她——我的大女儿高纳里尔。我在这尊严的法庭上发誓，她，曾经恶毒地踢过她可怜的父王。

弄人：奶奶，过来吧。你是叫高纳里尔吗？

李尔：她休想抵赖。

弄人：抱歉，我原以为你是一张折凳呢。

李尔：这里还有一个呢，你们看她那满脸的横肉，可想而知她的心肠多么恶毒！将她给我拦住！将你们的兵器举起，将你们的剑拔出来，将火把点起来！营私舞弊的法庭！贪赃枉法的法官，为什么要放她走？

爱德伽：上帝保佑您的神智！

肯特：哦！王上，您不是时常说你尚未失去您的忍耐吗？那现在您的忍耐在哪里？

爱德伽：（旁白）我忍不住为他留下滚滚的热泪，怕被他们将我的伪装识破。

李尔：这些小狗啊：勃尔趋、史威塔、脱雷，看，它们都向着我狂吠呢。

爱德伽：让汤姆转过头来将它们吓走，给我滚开，你们这些可恶的狗！

黑嘴巴，白嘴巴，
疯狗咬人磨毒牙，
猛犬猎犬杂种犬，
叭儿小犬团团转，
青屁股，卷尾毛，
汤姆一只也不饶；
只要我掉过脸来，
大狗小狗逃得快。

哆啼哆啼。吡嚓！来，我们到集市上去，让我们一起去赶庙会。可怜的汤姆啊，你干涸的牛角里已经挤不出一滴水来啦①。

李尔：让他们将里根的身体给我剖开，瞧一瞧她心里究竟装的是什么。到底是为了什么，才会变得如此心硬？（向爱德伽）我将你收留，要你做我一百名骑士中的一位，但是我不喜欢你衣服的款式。或许你要对我说，这是你最好看的服装，但是我看你还是换一套吧。

---

① 当时疯叫花子行乞，用挂于颈间的大牛角盛乞得的剩菜残羹。

肯特：您还是躺下来休息一会儿吧，陛下。

李尔：别吵，别吵；将帐子放下来，好啊，好。等到早上我们再去吃晚饭吧；好，好。

弄人：一到中午，我就可以睡觉了。

（葛罗斯特重上。）

葛罗斯特：朋友，过来吧，陛下呢？

肯特：大人，在这里呢，但是别打扰他，他已经神经错乱了。

葛罗斯特：请你将他抱起来，朋友。我已经听到了一个暗害他的阴谋诡计。马车已经套好了就在外面等着，你赶紧将他放进去，驾车去多佛，那里有人欢迎你们，而且会保证你们的安全。将你的主人抱起来吧。倘若你耽误半点钟的话，他和你以及一切尽力救护他的人的性命就全都要不保了。赶紧抱起来，将他抱起来。跟着我走，让我赶紧设法将你们送到一个能够安身立命的地方去。

肯特：一个尽受折磨的身心，终于能安然入睡了；或许安息能让他那破碎的神经镇定镇定，希望上帝保佑，别让他破碎得无法修复才好。（向弄人）快来，帮我将你的主人抬起来，而且你也不能留在此地。

葛罗斯特：来，去吧，去吧。（除爱德伽外，肯特、葛罗斯特及弄人舁李尔下。）

爱德伽：做君王的落得如此下场，
使我忘却了自己的忧伤。
最大的不幸是独抱牢愁，
任何的欢娱兜不上心头；
倘有了同病相怜的侣伴，
天大痛苦也会解去一半。
国王有的是不孝的逆女，
我自己遭逢无情的严父，
他与我两个人一般遭际！
去吧，汤姆，忍住你的怨气，

你现在蒙着无辜的污名，

总有一日恢复你清白之身。

无论今晚还会发生怎样的事情，希望陛下能安然脱险！我还是赶紧躲起来吧。（下。）

第七场　葛罗斯特城堡中一室

（康华尔、里根、高纳里尔、爱德蒙及众仆上。）

康华尔：夫人啊，请您立即到尊夫那里去，将这封信转交给他，法兰西的军队已经来了。——来人啊，出去搜寻反贼葛罗斯特的踪迹。（若干仆人下。）

里根：一旦捉到他，就立即给我吊死。

高纳里尔：将他那老眼珠子挖出来。

康华尔：我自有办法处置这个老贼。我们不应当让你见到你谋反的父亲受到何种惩罚，爱德蒙，因此，请你即刻将我们的姐姐护送回去，代我向尊敬的奥本尼公爵致意，让他赶紧准备起来吧；我们这边也会采取同样的行动。我们两地，一定要随时用飞骑将消息传报。亲爱的姐姐，再见；再见了，葛罗斯特伯爵。

（奥斯华德上。）

康华尔：怎么，那老王呢？

奥斯华德：葛罗斯特伯爵已经将他载送出城了，他和三十五六个追寻他的骑士在城门口会合，还有几个伯爵手下的人也在一起，他们一起向多佛进发，听说多佛还有他们的武装在那接应。

康华尔：赶紧为你家夫人备好马。

高纳里尔：再见了，殿下；再见，妹妹。

康华尔：爱德蒙，再见。（高纳里尔、爱德蒙及奥斯华德下。）再多去几个人给我把那老贼葛罗斯特捉来，就像抓小偷一样将他绑来见我。（若干仆人下。）尽管在尚未经过正式审判手续之前，我们无法将他判处死刑，但是为了将我们的愤怒发泄出来，就只能不顾人们的指责，仗着我们手中的权力独断专行一次了。那边是谁？反贼？

（众仆押葛罗斯特重上。）

里根：正是这个没有良心的狐狸。

康华尔：给我将他那枯瘪的手臂牢牢绑起来。

葛罗斯特：这是什么意思，两位尊敬的殿下？你们是我尊贵的客人，我的好朋友，怎么会用这样粗鲁的手段来对待你们的主人呢？

康华尔：将他绑住。（众仆绑葛罗斯特。）

里根：绑得紧一点。你这可恶的反贼！

葛罗斯特：我不是什么反贼，但是你却是一个忘恩负义的女人。

康华尔：将他绑在这张椅子上面。可恶的奸贼，我要让你明白——（里根扯葛罗斯特的胡须。）

葛罗斯特：上帝，这成什么了。你竟然还拉扯我的胡子！

里根：这么白的胡子，没想到却是一个老贼！

葛罗斯特：恶毒的妇人，这些你从我腮上扯下来的胡子，它们会像活人一般将你的罪恶控诉。我才是这里的主人，你们竟然用这种强盗的手来报答我的好客。你们到底要怎样？

康华尔：说，最近你从法国那边得到了什么书信？

里根：老实交代吧，我们什么都知道了。

康华尔：你究竟跟那些新近踏进我们国土的反贼有什么秘密往来？

里根：说，你将那个发疯的老王送到什么地方去了？

葛罗斯特：我就收到过一封信而已，而且里面全是些猜测之言，寄这封信的人是一位没有偏见的人，却不是什么敌人。

康华尔：这是多么狡猾的推托！

里根：一派胡言！

康华尔：你究竟把国王送到哪里去了？

葛罗斯特：多佛。

里根：为什么要送到那里？我们不是警告过你——

康华尔：为什么送到多佛？你给我先回答这个问题。

葛罗斯特：算了，我已经深陷虎穴，也只能拼了这条老命了。

里根：为什么要送到多佛？

葛罗斯特：因为我不忍心见到你们恶毒的指爪将他那可怜的老眼挖出；我不忍心见到你那残暴凶狠的姐姐用那野猪般的利齿将他那神圣的肉体咬食，他那赤裸的头顶在那地狱般漆黑的夜晚冲风冒雨；受到那样狂风暴雨的震荡海水，都要将它的怒潮喷洒向天空，将星星的火焰浇灭；可是他，那可怜的老人，却还要将他的热泪来帮助天空浇洒，倘若是在那令人恐惧的夜晚，豺狼在你们门前悲号，你们也要说："善良的守门人，将门打开让它进来吧。"而不会计较它所有的罪孽。但是总有一天我会见到天上的报应降临到这样的儿女身上的。

康华尔：你永远也见不到那一天了。来，将椅子按住。我要将你的一双眼睛践踏在我的脚底下。

葛罗斯特：要是谁希望自己能平安活到老，就来帮助我吧，啊，好惨啊，天啊！（葛罗斯特一眼被挖出。）

里根：另外一颗也去掉吧，省得它嘲笑没有眼珠的那一面。

康华尔：倘若你见到什么报应——

仆甲：殿下，住手，我从小就为您效劳，可是唯有现在我让您住手这件事，才是最好的效劳。

里根：你这狗奴才，怎么！

仆甲：倘若你的腮上长了胡子，现在我也要将它扯下来。

康华尔：你是要造反吗，混账东西？（拔剑。）

仆甲：好啊，来啊，就让我们拼个你死我活吧。（拔剑，二人决斗，康华尔受伤。）

里根：将你的剑给我。一个狗奴才也敢如此撒野！（取剑自后刺仆甲。）

仆甲：哦，我死了。尊敬的大人，用您剩下的那一只眼睛，看看他受到的小小报应吧！（死。）

康华尔：哼，看他还能再瞧得见什么样的报应！给我出来，可恶的浆块！你现在还会发光吗？（葛罗斯特另一眼被挖出。）

葛罗斯特：所有的一切都是黑暗和痛苦的。我儿子呢，爱德蒙？爱德蒙，将你天性中的怒火燃起，替为父报复这场暴行吧！

里根：哼，你这万恶的奸贼！你呼唤的是一个憎恨你的人，你对我们反叛的事情，正是他来告发的，他如此深明大义的人，怎会对你发出一点怜悯之心？

葛罗斯特：天啊，我简直是个蠢材！那么是我冤枉了爱德伽了。仁慈的上帝，请将我的错误赦免，保佑爱德伽有福吧！

里根：将他推出去，让他一路摸索到多佛去吧。（一仆率葛罗斯特下。）殿下，怎么，你的脸色怎么变得这么难看？

康华尔：我受了伤，跟我来，我的夫人。将那瞎眼的奸贼给我撵出去，将这个狗奴才给我丢到粪坑里去，夫人，我在流血呢。这简直是无妄之灾。你搀扶着我吧。（里根扶康华尔同下。）

仆乙：倘若这个家伙有什么好结局的话，那我什么坏事都能做了。

仆丙：倘若她会寿终正寝的话，天底下全部的女人都要变成恶鬼了。

仆乙：让我们跟着那老伯爵，让那疯乞丐带他去他所要去的地方，反正游荡的疯子是什么地方都可以去的。

仆丙：你先走一步，我这就去拿些麻布和蛋白过来，替他贴在还在流血的脸上，愿上帝保佑他！

（各下。）

第四幕

第一场　荒野

（爱德伽上。）

爱德伽：与其被人在表面上恭维而在背地里唾弃，还不如像现在这样清清楚楚地知道自己为举世所不容的好。一个最困苦、最卑贱、最为命运所屈辱的人，可以永远怀有希望而无所畏惧。从最高的位置跌下来，那种变化是非常可悲的。但是对于穷困的人来说，命运的转机却能使他喜笑颜开！那么，欢迎你——与我拥抱的空虚的气流，被你刮得狼狈不堪的可怜虫并不亏欠你丝毫的情分。可是，谁来了？

（一老人率葛罗斯特上。）

爱德伽：是我的父亲，被一个穷苦的老头领来的。哦，世界，世界！若不是你变化无常，令我们对你心存怨恨，试问，谁愿意就这样老去？

老人：我的好老爷！我的老太爷就是您府上的佃户，在您老爷的手下，已经有八十年的时间了呢。

葛罗斯特：好朋友啊，去吧，你快去吧；你的安慰对我毫无用处，反倒会招来杀身之祸。

老人：您的眼睛看不见了，您如何走路？

葛罗斯特：我的前面没有路要走，所以我也不需要眼睛；即便我能看到，我也会失足跌倒。我们往往因为有所自恃而失之于大意，还不如缺陷对我们有益。哦！爱德伽，我的好儿子啊，你的父亲受人愚弄，错怪了你，倘若我能在死之前摸到你的身体，那么我就要说，我又长出眼睛了。

老人：那边是谁？

爱德伽：（旁白）神啊！有谁能说“现在我是最不幸的”？现在的我比从前不幸多了。

老人：那个人是可怜的发疯的汤姆。

爱德伽：（旁白）或许我还会碰到更加不幸的命运呢，当我们能说“这是最不幸的事”之时，那还真不是最不幸的。

老人：你到哪里去，汉子？

葛罗斯特：是一个乞丐吗？

老人：是个疯乞丐。

葛罗斯特：他还没有完全丧失理智，否则怎么会向人乞讨呢？昨晚，在暴风雨里，我也见到过这样一个家伙，他令我想起一个人不过就是一条虫，那一刻我儿子的影子在我心里闪现了，但是我当时正恨着他呢，不愿意将他想起。我后来才听到另外一番话，天神将我的命运掌握着，如同顽童将飞虫捉到一样，为了戏弄而将我们杀害。

爱德伽：（旁白）怎么会有这样的事情？在伤心的人跟前装疯卖傻，不管是对自己还是对别人，都是一件很不愉快的事情。（向葛罗斯特）先生，祝福您！

葛罗斯特：难道他就是那个不穿衣服的家伙吗？

老人：老爷，是他。

葛罗斯特：那么你去吧。我要请他带我去多佛，倘若你能看在我的分上，愿意回去穿上一点衣服将你的身体遮盖一下，那就再好不过了。我们不会走很远的，从这里到多佛的路上一二里之内，你肯定能将我们追上。

老人：老爷，他是个疯子。

葛罗斯特：瞎子被疯子带着赶路，原本就是这时代的一般病态。照着我的话，或者就照着你的意思去做吧。首先就是请你快去。

老人：我要将我最好的衣服拿给他，不管后面会引起什么样的结果。（下。）

葛罗斯特：喂，你这不穿衣服的家伙——

爱德伽：可怜的汤姆冷着呢。（旁白）我不能再继续装下去了。

葛罗斯特：汉子，过来。

爱德伽：（旁白）但是我必须装下去。——祝福您那双可爱的眼睛，但是它们在流血。

葛罗斯特：你知道去多佛的路怎么走吗？

爱德伽：每一处关口、城门，每一条马路、人行道，没有我不认识的。他们把可怜的汤姆吓坏了心窍，好人的儿子，祝福您，希望恶魔不来纠缠您！可怜的汤姆被五个魔鬼一起作弄，一个是哑鬼霍别狄丹斯，一个是扮鬼脸的弗力勃铁捷贝特，一个是色魔奥别狄克特，一个是杀人的摩陀；一个是偷东西的玛呼，他们时常附在丫鬟和侍女身上。好，先生，祝福您！

葛罗斯特：来，你这受尽了上天凌辱的人，将这钱囊拿去，我的不幸却成了你的运气。愿天道时常如此！就让那穷奢极欲、将你的法律当作满足自己享受的工具、因为知觉麻痹而执迷不悟的人，赶紧感受到你的威力吧；让穷人分享到过度享用的人手里的东西，让每个人都能得到其应得的那一份。你知道怎么去多佛吗？

爱德伽：我知道，先生。

葛罗斯特：那边有一处悬崖峭壁，它那峭拔的绝顶俯瞰着幽深的海水；只要你将我带到那悬崖边上，我就将我随身携带的贵重物品送给你，让你可以拿去过些舒坦的日子，也不需要你再为我带路了。

爱德伽：我搀着您的胳膊，让可怜的汤姆带着您走。

（同下。）

第二场　奥本尼公爵府前

（高纳里尔及爱德蒙上。）

高纳里尔：伯爵，欢迎欢迎；不知为什么我那温柔的丈夫没有出来迎接我。

（奥斯华德上。）

高纳里尔： 主人在哪儿?

奥斯华德： 他在里面，夫人，但是他已经变成另外一个人了。我将法国登陆的消息告诉他，他听过之后只是微笑；我告诉他您回来了，他却回答，“还是不回来的好”；当我将葛罗斯特谋反、他儿子尽忠的事告诉他时，他却骂我是蠢东西，说我颠倒是非。凡是他应当痛恨的事情，他听过之后都十分得意，凡是他应当欣慰的事情，他听过之后却十分恼怒。

高纳里尔：（向爱德蒙）那么请你止步吧。他懦弱畏缩的本性使他不敢担当大事，他宁可忍受侮辱都不愿挺身而出。我们在路上说起的那个愿望，或许能够实现。爱德蒙，你先回到我妹夫那里去吧。赶紧催促他将人马调齐，来交予你统率。我这边只能由我亲自出马，将家务事托付给我的丈夫了。这个可信的仆人可做我们之间的信使。倘若你有魄力和胆量为了你自己的好处而行事的话，那或许很快就会听到你的女主人的命令。将这个东西拿去带在身边，别多说什么，（以饰物赠爱德蒙）将你的头低下：这个吻能代表一切，它会令你的灵魂飞上天的。你要明白我的心，再见了。

爱德蒙： 为您赴汤蹈火，在所不辞。

高纳里尔： 我最最亲爱的爱德蒙啊！（爱德蒙下）唉！都是男人，怎会如此不同！会有哪个女人不愿意为你奉献出她的一切，而我却让一个呆子将我的眠床侵占了。

奥斯华德： 殿下来了，夫人。（下。）

（奥本尼上。）

高纳里尔： 你也太瞧不起人了。

奥本尼： 哦，高纳里尔！你的价值都不能跟那狂风吹在你脸上的尘土相提并论！我替你的这种脾气担心，倘若一个人将自己的根本看轻了，难免会做出一些越限逾分的事来；枝叶要是跟树干脱离了，接下来也要萎谢的，最后只能让人当作枯柴而付之一炬。

高纳里尔： 算了算了，净是些傻话。

奥本尼：在恶人眼里，智慧和仁义都是邪恶的，下流的人总喜欢干下流的事。你们都干了些什么事情？你们根本不是女儿，你们是猛虎，你们干的好事！这样一位好父亲，一位仁慈的老人，哪怕是野熊见了都会俯首帖耳的善良的人，你们这些恶毒下贱的女儿，却将他逼疯了！难道我的那位贤襟兄也会纵容你们这般胡闹？他也是堂堂男儿，一邦之主，而且还受过这样的深恩厚德！倘若天上不立即将一些明显的灾祸降下来，将这种万恶的行为惩治的话，那人类就快要像那深海的怪物一般自相吞食了。

高纳里尔：不中用的懦夫啊！你叫人家将你的脸打肿，将侮辱加在你的头上，还自认为是件体面的事情呢，因为你的额头尚未长眼睛。如同那些不明事理的傻瓜一样，别人存心要加害你，幸好发现及时，在他们未下毒手之前就受到了惩罚，你却还在这里可怜他们。你的鼓呢？法国的旌旗已经在我们宁静的国土上展开了，你的敌人顶着那羽毛飘扬的战盔，已经开始将你的生命威胁了。你这迂腐的笨蛋却还坐在这里一动不动，只会说什么：“唉，他们为什么要这样？”

奥本尼：魔鬼，还是看看你自己吧！恶魔的丑恶嘴脸都不及一个恶魔般的女人这样丑恶万分啊。

高纳里尔：哎呀，你这个缺乏头脑的蠢货，笨蛋！

奥本尼：你变成女人的外表，遮掩你蛇蝎心肠真相的魔鬼，不要将你狰狞的面目露出来！倘若我能允许这双手服从我的怒气，它们势必会将你的肉一块一块地撕下来，将你的骨头一根一根地全部折断，但是尽管你是个魔鬼，但你外表却还是个女人，因此我不能伤害你。

高纳里尔：这难道就是你的男子汉气概？——呸！

（一使者上。）

奥本尼：有什么消息吗？

使者：哦！尊敬的殿下，康华尔公爵死了，他正准备将葛罗斯特第二只眼睛挖出来时，被一个仆人杀死了。

奥本尼：葛罗斯特伯爵的眼睛！

使者：他手下的一个仆人因为激于义愤，看不惯他的这一暴行，就将剑拔出来刺向了他的主人。康华尔公爵大怒，奋力抵抗，结果将那个仆人砍死了，但是公爵自己也受了重伤，最后不治身亡。

奥本尼：啊，还是有天理存在的，人世的罪恶这么快就得到了天谴！可是，那可怜的葛罗斯特是否失去第二只眼睛了？

使者：尊敬的殿下，伯爵的一双眼睛都被挖走了。夫人，这封信是您妹妹给您的，请您即刻给她回信。

高纳里尔：（旁白）一方面，这是个好消息；但是她做了寡妇，我亲爱的爱德蒙又在她身边，或许我一切美好的希望，都要消失在我这个可憎的生命中了；不然，这个消息还不算很坏。（向使者）等我读过后再回信吧。（下。）

奥本尼：他们挖伯爵眼睛的时候，爱德蒙在哪里？

使者：他跟夫人一起过来的。

奥本尼：但是他不在此。

使者：殿下，是的，我在半路碰到他回去了。

奥本尼：他知道这件事情吗？

使者：殿下，是的；就是他告发的，而且他是故意离开那个屋子，为的就是令他们行事更加方便。

奥本尼：葛罗斯特伯爵，对于你对王上所表示的好意我将永怀感激之情。我一定会替你报这挖目之仇的，朋友，你过来，详细地跟我讲述下你所知道的其他消息。（同下。）

第三场　多佛附近法军营地

（肯特及一侍臣上。）

肯特：法兰西国王为什么突然回去，你知道原因吗？

侍臣：在国内他还有一些重要的事情未了，直到出国之后，他才想起来。因为事关国家安危，所以他必须亲自回去料理。

肯特：他去了之后，委托谁来替他主持军务？

侍臣：拉·发元帅。

肯特：看过您的信之后，王后是否有悲哀的表示？

侍臣：先生，是的；她接过信后，当着我的面读的，一颗颗饱满的泪珠在她娇嫩的脸颊上淌下；但是她仍旧保持着一个王后的尊严，尽管她的情感如同叛徒般想要将她压服，但她还是竭力将它克制下去了。

肯特：啊！那她就是受到感动了。

侍臣：她并没有痛哭流涕；“悲哀”和“忍耐”相互竞争着看谁能将她表现得更娇美，想必您曾见过阳光和雨点同时出现；王后的微笑和眼泪也正是如此，正是要更加动人一些；那些在她红润嘴唇上荡漾的小小的微笑，仿佛不知道她的眼睛里有些什么客人，它们从她钻石般晶莹剔透的眼珠中滚了出来，如同一个个珠圆玉润的珍珠。简言之，倘若是所有的悲伤都如此美丽，那么悲哀将成为最受世人喜爱的珍奇了。

肯特：难道她什么都没说吗？

侍臣：她的嘴里曾一两次地迸出“父亲”二字，仿佛它们将她的心重重地压着一样。她哀号着，“姐姐，女人的耻辱！姐姐！肯特！父亲！姐姐！什么，在黑夜里？风雨里？请别相信世界上还存在着怜悯！”她将她天仙般眼睛里神圣的水珠挥去，让眼泪将她沉痛的悲号淹没，移步他往，独自和哀愁做伴去了。

肯特：那是天上的星辰，他们将我们的命运主宰。不然同一个父母怎能生下如此不同的儿女？您之后就没跟王后说话吗？

侍臣：没有啊。

肯特：这是法兰西国王回国之前发生的事情吗？

侍臣：不，是他回国之后的事情。

肯特：那好，让我告诉您吧，那受了难的、可怜的李尔王已经到达此地了，在他神志清醒之时，倘若知道我们来干什么，势必不会见他的小女儿的。

侍臣：先生，这是为什么呢？

肯特：羞耻之心将他掣住了，因为自己的忍心将她应得的慈爱剥夺了，使她远嫁异国，听由天命的安排，将她的权利分给那两个恶毒的女儿——这种种的回忆如同毒刺一般刺痛着他的心，令他的内心充斥着火烧般的惭愧，阻止他同考狄利娅相见。

侍臣：唉！可怜的王啊！

肯特：你是否听到有关奥本尼和康华尔的军队的消息？

侍臣：他们都已经出动了。

肯特：好的，先生，我要带您去见我们的陛下，请您代我照顾一下他。因为我还有某种重要的理由，不得不暂时隐藏我的真相。当您清楚我是什么人之后，一定不会后悔同我结识的。请跟我来吧。（同下。）

第四场　同前。帐幕

（旗鼓前导，考狄利娅、医生及兵士等上。）

考狄利娅：唉！的确是他。刚刚还有人见到他，疯狂得如同被飓风激动的怒海，高声歌唱，头上插满了充满恶臭的牛蒡、荨麻、地烟草、杜鹃花、毒芹和各种蔓生在田亩间的野草。赶紧派一百名士兵四处寻找，找到他就带他来见我。（一军官下。）人们的智慧是否能将他丧失的心神恢复？要是谁能将他医治好，我情愿将我身外的财富全部送给他。

医生：王后，办法是有的；休息是滋养疲惫的精神的保姆，现在他缺少的就是休息。只要给他服用一些草药，就能让他闭上他那痛苦的眼睛。

考狄利娅：一切潜伏在地下的灵气，一切神圣的秘密，一起随着我的眼泪奔涌而出吧！帮我善良的父亲解除痛苦！赶紧去找他，赶紧去，我只怕他在不可控制的疯狂之中消灭了他失去主宰的生命。

（一使者上。）

使者：禀报王后，英国的军队向这边开来了。

考狄利娅：我们早就知道了，全都准备好了，就等着他们呢。我仁慈的父亲啊！这次我们大动干戈，全都是因为您啊；伟大的法兰西国王被我恳求的泪水和我的悲哀所感动，我们出师，并非怀有任何非分的野心，唯有一片真情，一片热烈的真情，想要替我的父亲主持公道。希望我很快就能见到他！（同下。）

第五场　葛罗斯特城堡中一室

（里根及奥斯华德上。）

里根：我姐夫的军队确实已经出发了？

奥斯华德：是的，夫人。

里根：是姐夫亲自率领的？

奥斯华德：夫人，费了好大的劲儿才将他催上了马；您的姐姐才是更好的军人啊。

里根：爱德蒙伯爵到了你们家之后，是否跟公爵交谈过？

奥斯华德：没有，夫人。

里根：我姐姐给他的信里写了什么？

奥斯华德：夫人，我不知道。

里根：我告诉你，他有很重要的事情，已经离开此地了。将葛罗斯特的眼睛挖去之后，仍旧放他生路，的确是个极大的失误！因为不管他走到哪里，都能将众人对我们的反感激发出来。我想爱德蒙是因为怜悯他父亲的苦难，才要去替他将他暗无天日的生涯解脱的，并且他还肩负探察敌方实力的重大使命。

奥斯华德：夫人，我不得不追上去将我的信送给他。

里根：我们的军队明日就要出发了，你暂且放在我这里吧，路上充满着危险。

奥斯华德：不可以的，夫人；我家夫人嘱咐我不能耽误事情的。

里根：姐姐为什么要给爱德蒙写信呢？你难道不能替她将她的意思传达吗？看来恐怕是——我也说不出来。让我看看这封信，我会很喜欢你的。

奥斯华德：夫人，我可——

里根：我知道你家夫人对她的丈夫没有什么爱意，这一点我很确定。最近她在我这里时，经常对高贵的爱德蒙含情脉脉地抛媚眼。我也知道你是她的心腹。

奥斯华德：夫人，我……

里根：我可不是随便说的，我明白你是她的心腹；所以你听我说，我的丈夫去世了，爱德蒙曾经跟我说，他向我求爱总比向你家夫人求爱更方便一些。余下的你就自己去体会吧。倘若你找到他了，就请你替我将这个交给他；你将我的话对你家夫人说了之后，再请她想清楚。再见。倘若你得知那个瞎眼的老头在什么地方，能够将他干掉的话，一定会得到重赏的！

奥斯华德：但愿能落到我手里，夫人；我势必会向您表明我是哪方的人。

里根：再见。

（各下。）

第六场　多佛附近的乡间

（葛罗斯特及爱德伽作农民装束同上。）

葛罗斯特：何时才能登上山顶啊？

爱德伽：您现在正在一步步上去呢，这路太难走了。

葛罗斯特：但我感觉地面很平坦啊。

爱德伽：简直陡峭得令人发抖啊；听！听到海水的声音了吗？

葛罗斯特：我还真的没听到。

爱德伽：啊，那有可能是您眼睛太疼了，其他知觉也模糊了。

葛罗斯特：那倒是有可能。我感觉你说话的声音也变了，你现在说话不像之前那么粗鲁疯癫了。

爱德伽：这您就错啦，除了我的衣服之外，我什么都没变。

葛罗斯特：我感觉你说话斯文多了。

爱德伽：先生，来，我们到了。您站好，将眼睛一直望到如此低的地方，真是惊心眩目！盘旋在半空中的乌鸦，看上去还没甲虫大。山腰中间有一个采金花草的人在那儿悬着，可怕的工作！我看他全身都没有一个人头大呢。海滩上走路的渔夫如同小鼠一般，那艘停泊在岸旁的高大的帆船小得像它的划艇，它的划艇小得如同浮标，简直看不出来了。澎湃的波涛在有无数石子的海滨上冲击的声音，都无法传到这么高的地方来。我不想再看下去了，恐怕我的头脑要眩晕了，眼睛一花，就会一个踉跄直跌下去。

葛罗斯特：将我带到你站立的地方。

爱德伽：将你的手给我吧，现在您离悬崖边只有一英尺的距离了，即便是将天下所有的东西都给我，我都不愿意跳下去！

葛罗斯特：将我的手放开。朋友，这里又是一个钱囊，里面装着很多宝石，穷人要是得到它，就可以终身温饱，希望天神保佑你从此得到福运吧。请你再离开一点，向我告别一声，让我能听到你走过去。

爱德伽：好先生，再会吧。

葛罗斯特：再会了。

爱德伽：（*旁白*）我如此戏弄他，是要将他从绝望的困境中解救出来。

葛罗斯特：威严英明的神明啊！现在我要当着你们的面，脱离这个世界，将我残酷的痛苦摆脱。倘若我能够继续忍受下去，而不怨尤你们不可反抗的伟大意志，我可厌的生命的余烬很快也会燃尽的。倘若爱德伽还在人间，神明啊，请你们保佑祝福他吧，现在，朋友，我们再会吧！（*向前倒下。*）

爱德伽：先生，我去了，再见。（*旁白*）但是我不清楚当一个人甘愿受自己幻想的欺骗，相信自己已经死去之时，那种幻想是否会真的将他生命的至宝偷走；倘若他果真在他所想象的那个地方，如今他早就失去思想了。活着还是死了？（*向葛罗斯特*）喂，先生！我的朋友！听到了吗，先生？回答啊！难道真的死了？但是他醒过来了。先生，你是什么人？

葛罗斯特：让我去死。

爱德伽：假如你不是一根羽毛、一根蛛丝、一阵空气，从这般千仞的悬崖之上跌落下来，早就如同鸡蛋一般粉碎了。但是你尚在呼吸，身体还完好无缺，甚至没有流血，还能说话，简直一点损伤都没有。就是将十根桅杆连接在一起，都没有您刚才跌下来的地方那么高，您的生命简直就是个奇迹，您再对我说两句话吧。

葛罗斯特：但是我没跌下来。

爱德伽：您就是从这陡峭可怕的悬崖峭壁上跌落下来的，抬起头来看看吧。鸣声洪亮的云雀飞到了那么高的地方，我们非但见不到它的形状，也听不到它的声音；你看。

葛罗斯特：唉！我的眼睛没有了。难道一个苦命之人，就连寻死的权利都没有了吗？假如一个苦恼到极限的人还有办法去对付那暴君的狂怒，将他骄傲的意志挫败，那他多少还可以有点自慰。

爱德伽：将你的胳膊给我，起来吧，好。你站得稳吗？好，你站住了！

葛罗斯特：很稳，非常稳。

爱德伽：这简直太不可思议了。刚刚在那悬崖之上，从您身边走开的是何物？

葛罗斯特：是一个可怜的乞丐。

爱德伽：我站在下面仰望他，似乎见到他的眼睛如同两轮满月，他有一千个鼻子，满头都是波浪般高低不齐的犄角，他肯定是什么恶魔，因此，您这幸运的老人家啊，您应当想，一定是这无所不能的神明在暗中保护你啊，不然怎会发生这样的奇迹啊。

葛罗斯特：现在我记起来了，从今往后，我要耐心将这痛苦忍受，一直等到有一天，它自己喊出“够了，够了”的时候我再撒手死去。你所说的这个东西，原本我还以为是人。他总是喊着“恶魔，恶魔”的；就是他将我带到那个地方去的。

爱德伽：别再胡思乱想了，要静心忍耐。可是谁来了？

（李尔以鲜花杂乱饰身上。）

爱德伽：若不是发疯的人，怎会将自己打扮成这个样子。

李尔：不，他们凭什么判我私造货币的罪名啊？我是国王啊。

爱德伽：唉，令人伤心的情形啊！

李尔：在那一方面，天然是比人工的要好。这些是你们当兵时的饷银。看，那家伙弯弓的姿势，多像一个稻草人！来，给我射一支一码长的箭来看看！看啊，看！一只小耗子！不要闹，不要闹！这块烘乳酪就能将它抓住。这是我的铁手套，虽然他是一个巨人，我也要跟他一较高下。将那些戟手带上来。哦！飞得好，鸟儿；刚好中在靶子心里呢，咻！口令！

爱德伽：茉荞兰。

李尔：过去啊。

葛罗斯特：我认得这个声音。

李尔：嗨！长着一把白胡子的高纳里尔！她们如同小狗一般向我摇尾谄媚。说我在没出黑须之前就已经有白胡子了[①]。我回答"是"，她们也就附和"是"；倘若我说"不"，她们也跟着说"不"。当雨点将我淋湿，风将我的牙齿吹得打战，雷声不愿意听从我的话平静下来之时，她们才被我发现，我将她们嗅了出来。罢了罢了，她们都是心口不一的人；她们将我捧上了天，全都在说谎，我一发起烧来就没有任何办法。

葛罗斯特：这种说话的声调我简直再熟悉不过了，那不就是我们的王上吗？

李尔：没错，的的确确就是王上；只要我一瞪眼，我的臣子们就会被我吓得要死。我将那个人的死罪赦免了。你犯下的是什么罪恶？奸淫案？你不需要死，为了奸淫而犯下死罪！不，就连小鸟儿都在干那种事呢，金苍蝇还在我眼前公然交合呢。让那些通奸之人多子多孙吧。因为哪怕是葛罗斯特的私生子都比我那亲生的女儿还要孝顺呢！这股淫秽的风气越旺盛就越好，我简直恨不得他们多给我制造出些兵士来呢！你看

---

① 意即具有老人的智慧。

那脸上全是假笑的女人，她装着一副守身如玉的模样，扮得如此娴静端庄，一听到别人说起调情的话语就要摇头；其实，她们暗地里干起这种事情来，简直要比那臭猫和骚马还放浪呢。虽然她们上半身是女人，但是她们的下半身却是淫荡无比的妖怪！她们的腰带之上是属于天神的，而腰带之下就是彻底属于魔鬼的了：那边是地狱，那边是黑暗，那边是火坑，吐着那熊熊的火焰，发出的都是熏人的恶臭，将一切都烧成了灰烬！呸！呸！啐！啐！好掌柜的，给你钱，请你帮我称上一两麝香，以便让我解一解这想象中的臭气！

葛罗斯特：啊！让我来吻吻那只手吧！

李尔：让我先擦干净它，它上面有一股热烘烘的人气。

葛罗斯特：哦，毁灭了的生命啊！这个广阔的世界有一天也会如同这样零落得仅仅剩下一堆残迹，您还认得我吗？

李尔：我清楚地记得你的眼睛。你是在向我瞟吗？不，随便你使出什么样的花招，盲目的丘比特，我是不会再恋爱的。你将这封挑战书拿去吧，看看它究竟是如何写的。

葛罗斯特：即便是字字句句都是太阳，我也看不到。

爱德伽：（*旁白*）倘若别人跟我说这件事，我肯定不会相信，但是这样的事就真切地出现在我眼前，我的心简直都要碎了。

李尔：赶紧读啊。

葛罗斯特：您是要让我用眼眶来读吗？

李尔：哦！原来你是这个意思吗？难道你的头上也没长眼睛，口袋里也没装银钱吗？你的眼眶子真深，你的钱袋真轻。但是你却能见到这世界的丑恶。

葛罗斯特：我只能将他的丑恶捉摸到，但是看不到了。

李尔：难道你疯了吗？即便是失去眼睛的人，也还是能看到这世界的丑恶的啊。那就用你的耳朵瞧吧：难道你就没见到那法官是如何痛斥那卑鄙的小偷的吗？将你的耳朵侧过来，让我来告诉你：叫他们两个人将地位换了，谁还能认出哪个是小偷，哪个是法官？你什么时候见过农夫的狗向乞丐乱吠的？

葛罗斯特：是的，陛下。

李尔：你还见到那家伙是怎样被那条狗赶走的吗？从这件事上，就能让你看出权威的伟大影子；即便是得势的狗也有本事令人家唯命是从。将你的残忍的手停住吧，你这个可恶的教吏！你为什么要鞭打那个妓女啊？着力抽向你的背吧！你自己在心里跟她犯奸淫，却因为她跟人家犯奸淫而将她鞭打！那放高利贷的家伙却给那骗子判了死刑。褴褛的衣衫无法将小小的过失遮住，将锦袍裘服披上，就能将一切隐匿。罪恶镀上了金，戳在上面的公道的坚强的枪刺也会被折断的；将它用破烂的布条裹起来，一根矮小的稻草就能将它戳破。我说，没有一个人是犯罪的，没有一个人！我愿意来为他们做担保，我的朋友，相信我吧，我有权力将控诉者的嘴唇封住。你还是去将一副玻璃眼睛装上，如同一个卑鄙的阴谋家一般，假装能见到你所见不到的事情吧。来，来，来，帮我将靴子脱下来，用力一点，用力。

爱德伽：（*旁白*）啊！正经的话跟疯话夹杂在一块儿，尽管他已经疯了，但是他说的话却不无道理啊。

李尔：倘若你愿意为我的命运痛哭的话，那就将我的眼睛拿走吧。我清楚你是谁，你就是葛罗斯特。你不得不忍耐。你要知道我们来到这个世界上，初次嗅到空气，就哇哇大哭。让我给你讲一番道理吧，你听着。

葛罗斯特：唉，唉，唉！

李尔：在我们出生之时，因为我们来到了这个尽是傻瓜的广大舞台上，因此不禁放声痛哭。这顶帽子的款式不错！用毡呢钉在一队马儿的蹄上倒是个不错的主意！我要把它实行一下，悄悄地溜进我那两个女婿的营房里，接着我就杀啊，杀啊，杀啊，杀啊！①

（*侍臣率侍从数人上。*）

侍臣：哦！他在这里，将他抓住。王上，您最最亲爱的女儿——

---

① 李尔王在这里效仿军队冲锋时的呐喊声。

李尔：难道没人救我吗？什么！难道我变成囚犯了吗？我生下来就是被人愚弄的。别虐待我，会有人拿钱来救赎我的。请替我去请几个外科医生，我的头脑受伤了啊。

侍臣：您将能得到您所要的一切啊。

李尔：难道一个伙伴都没有？唯有我一个？哎呀，这样会令一个人变成泪人儿，用他的眼睛当作灌园的水壶来浇洒秋天的泥土。

侍臣：王上——

李尔：我准备像个新郎一样勇敢死去。嗨！我要开开心心的，来啊，我是王上，你们清楚吗？

侍臣：您是一位尊敬的国王，我们服从您的旨意。

李尔：那还有几分希望。要去就赶紧。吵吵吵吵。（侍从等随下。）

侍臣：即便是最卑微的平民到了如此境地也不免令人伤心，何况是个国王呢！你那两个大逆不道的女儿已经使天道人伦受到了诅咒，但是你还有一个女儿，已经将天道人伦从诅咒中拯救出来了。

爱德伽：先生，祝福您。

侍臣：您有什么见解？

爱德伽：您是否听到关于即将发生战争的消息？

侍臣：这是千真万确、无人不知的事情了，每一个有听力的人都会听到那样的消息。

爱德伽：请问，您是否知道对方的军队离这有多远？

侍臣：很近了，他们一路来得很快；他们的主力部队随时都会来。

爱德伽：感谢您，先生，您告诉了我想要知道的一切。

侍臣：尽管王后有特别的原因还在这里，她的军队却已经开上去了。

爱德伽：先生，谢谢您。（侍臣下。）

葛罗斯特：仁慈的神明，请将我的呼吸停止吧。别在你没有要我离开人世前，再让我罪恶的灵魂引诱我结束我自己的生命！

爱德伽：老人家，您祷告得很好。

葛罗斯特：您是什么人，先生？

爱德伽：一个十分穷苦的人，被命运打击惯了；正因为我自己是从忧患中走出来的，所以更容易对痛苦的人抱着同情的心态。将您的手给我，让我带您去一个能够栖身的地方。

葛罗斯特：十分感谢，愿上帝保佑您！

（奥斯华德上。）

奥斯华德：你这命令缉拿的罪犯！简直太好了，竟然让你碰到我的手里！你那瞎了眼睛的头颅将成为我晋升的阶梯。你这个倒霉的奸贼老臣，还不赶紧将你的罪恶忏悔，我的剑已经拔出来了，今天你死定了。

葛罗斯特：那就请你这双慈悲的手再多发点力气，这样我就能早点脱离苦痛。（爱德伽劝阻奥斯华德。）

奥斯华德：好大的胆子，你竟敢袒护一个命令缉拿的罪犯！给我滚开，以免你也遭受同样的命运，将胳膊放开。

爱德伽：在你向我说明理由之前，我是不会放开的。

奥斯华德：你这狗奴才，赶紧给我放开，否则我也让你去死。

爱德伽：你走你的路，先生，让穷人们过去吧。倘若这种吓人的话也能吓到我的话，那早在半个月之前，我就被人吓死了。别走近这个老头。我提醒你赶紧走远一点，否则，否则就要让你试试究竟是你的头硬还是我的棍子硬。我可不知道什么客气不客气。

奥斯华德：赶紧给我走开，你这混账！

爱德伽：我要将你的牙齿拔掉，先生，来，尽管刺吧！（二人决斗，爱德伽将奥斯华德击倒在地。）

奥斯华德：狗奴才，你将我打死了！拿走我的钱囊吧。倘若你希望日后能有好日子的话，那就请掘个坑将我的尸体埋了。我的身上还有一封信，烦请你转交给爱德蒙大爷，在英国军队里你就能遇到。啊，想不到我会这样死去！（死。）

爱德伽：我认得你，你是个对主上卑躬屈膝的狗奴才，不管你的女主人有什么样罪恶的命令，你都会唯命是从的。

葛罗斯特：他真的死了吗？

爱德伽：老人家，坐下吧；您休息一下。让我们来将他的衣袋搜一下——或许他提到的那封信会对我有点用处。他的确是死了，可惜他没能死在刽子手手里。让我们来看看好啦。对不起，我要拆开你了；恕我无罪吧，为了知道敌人的居心，即便是他们的心肝也要剖出来，何况是拆阅他们的信件。“请别忘记我们的誓约。你有很多机会将他除去，只要你有决心，一切都不是问题。倘若他得胜归来，那什么都来不及了；我将会成为他的囚犯，他的眠床就是我的牢狱。将我从他那可憎的怀抱中拯救出来吧。将他的地位取而代之，这将是你应得的酬劳。你爱恋的奴仆——希望我能将此换上‘妻子’二字——高纳里尔。”啊，深不可测的女人心！竟然要将他善良的丈夫谋害，要让我的弟弟取代她丈夫的位置！我要将你掩埋在这沙土之内，你这杀人恶魔的使者。等到一个合适的时机，我将会让那被人欲阴谋杀害的善良的公爵见到这封恶毒卑劣的信件。听到你的死讯和你的使命，对他来说一定是件幸运的事情。

葛罗斯特：陛下发疯了，但我那万恶的知觉却十分倔强，一旦我站起来，那无限的悲痛就会随之涌上我的心头！我看还是发疯了好啊，起码我能避免自己去想我的不幸，让一切痛苦在混乱的幻想之中将它们本身的存在忘却。（远处鼓声。）

爱德伽：赶紧将您的手给我，我好像听到远处有打鼓的声响。老人家，来，让我将您安顿在一个朋友的住处吧。

（同下。）

第七场　法军营帐

（考狄利娅、肯特、医生及侍臣上。）

考狄利娅：我的好肯特啊！如何才能将你的一番好意报答呢？即便是粉身碎骨也无法抵偿你的大恩大德啊。

肯特：王后，只要您能了解我的苦心，那简直就是莫大的报酬了。我所讲的话每一句都是真实的，毫无增减。

考狄利娅：赶紧去换一身衣服吧；您身上的衣服全都是悲惨时光的纪念品，赶紧脱下它们吧。

肯特：请您恕我，王后；现在我还无法将我本来的面目恢复，因为那将会妨碍到我实行预订的计划。请您答应我的这一请求，在我认为时机尚未成熟之前，您只能将我当成一个素不相识的人。

考狄利娅：伯爵，就依照你的意思吧。（向医生）陛下如何了？

医生：王后，他还在睡着呢。

考狄利娅：仁慈的神明，请赶快医治那被凌辱的心灵的重大裂痕吧！保佑这个被不孝女儿反噬的可怜父亲吧，赶紧将他那错乱的神经恢复正常吧！

医生：王后，请问，我们现在能否将王上叫醒？因为他已经睡了很久了。

考狄利娅：你认为怎么合适就怎么办吧。他是否穿着好了呢？

（李尔卧椅内，众仆舁上。）

侍臣：是的，王后；在他熟睡之时，我们已经为他换上新衣了。

医生：王后，请您先别离开，等我们将王上唤醒；相信醒后的他神经已经安定下来了。

考狄利娅：非常好。（乐声。）

医生：请您再走近一点，音乐声还要放大点。

考狄利娅：哦，我慈爱的父亲啊！希望我嘴唇之上能有将伤痕治愈的良药，让这一深深的吻将我那两个万恶的姐姐在您身上无情的伤害抹掉！

肯特：善良仁慈的好公主！

考狄利娅：即便你不是她们的父亲，这满头的白发也应该引起她们的怜悯。难道这张面孔能经受得住猛烈的狂风吹打吗？能够抵御那可怕的雷霆吗？在那最令人震惊的闪电光辉下，您，可怜的无援助的兵士！将这一顶薄薄的戎盔戴在头顶，在您的哨岗上苦苦守候吗？即便是我的敌人的狗，即便是曾经咬过我，在那样漆黑恐怖的夜晚，我也会让它躺在我的火炉前，可是您，我可怜的父亲，真的就甘心在那污秽霉烂的稻草中，与那些猪狗牛羊、流浪乞儿做伴吗？唉！您的生命没和您的智慧一同熄灭，那简直才是怪事一桩。他已经醒了，对他说说话吧。

医生：王后，应当是您去说啊。

考狄利娅：您好吗？我的父王？

李尔：你们为什么要将我从坟墓间拖出来？你是一个多么有福气的灵魂，而我却被束缚在一个烈火的车轮之上，我自己的泪水如同熔铅一般将我的脸灼痛。

考狄利娅：您还认得出我吗，父亲？

李尔：我当然认得，你是一个灵魂，你是在什么时间去世的呢？

考狄利娅：还是疯疯癫癫的。

医生：他尚未完全清醒，暂时别惊扰他了。

李尔：我都去过什么地方？现在我在什么地方？这是明亮的白日吗？我上当受骗了。倘若我见到旁人落到这般境地，我也会为他心碎而死的。我不清楚应该如何说。我不要发誓。这是我的手，让我来试试，针刺上去之后感觉很痛。希望我能清楚我自己的真实情形！

考狄利娅：父亲，请您看着我，将您的手放在我的头上为我祈福吧。哦，不，父亲，您怎么能跪下呢？

李尔：请别取笑我，我是一个十分蠢钝的傻老头子，已经虚度了八十多年光阴；说老实话，我担心我的头脑不是很健全。我想我可能会认识您，也应当认识您这个人；但是我不能肯定，因为我根本不知道这是哪里，并且凭着我所有的记忆，我也不记得是什么时候穿上这身服装的；我也不知道我昨晚是在哪里过的夜。别取笑我，我想您应该是我的小女儿考狄利娅。

考狄利娅：没错，是我。

李尔：你是在流泪吗？的确。请不要流泪；倘若你为我预备了毒药的话，我是很愿意喝下去的。我清楚你并不爱我，因为连你的两个姐姐都会虐待我，倘若是你虐待我的话，还能说得过去，她们却没有任何虐待我的理由。

考狄利娅： 谁都没有理由虐待您。

李尔： 难道我是在法国？

肯特： 陛下，您是在您自己的国土上。

李尔： 别骗我。

医生： 王后，请放心；您瞧陛下现在已经平静很多了；但是倘若再向他提及他的经历的话，恐怕是件危险的事情。别再烦扰他了，让他的神经好好安定一下吧。

考狄利娅： 请父王到里面去休息休息吧。

李尔： 你一定要原谅我。请你既往不咎，将我的罪孽宽恕；我是一个糊涂年老的人。（李尔、考狄利娅、医生及侍从等同下。）

侍臣： 康华尔公爵真的遇刺了吗，先生？

肯特： 千真万确。

侍臣： 那他的军队是谁带领的？

肯特： 据说是爱德蒙。

侍臣： 据说他放逐在外的长子爱德伽如今跟肯特伯爵一同在德国呢。

肯特： 消息经常变化不定的。如今是应当戒备的时候了，英国的军队已经大举进逼了。

侍臣： 避免不了的一场血战，先生，再见了。（下。）

肯特： 是否能达到我的目的，还要看这场战争的结果。

（下。）

第五幕

第一场　多佛附近英军营地

（旗鼓前导，爱德蒙、里根、军官、兵士及侍从等上。）

爱德蒙：（向一军官）烦请你去问问公爵，他是否仍旧保持着他原来的决心，或是因为有了别的理由，已经将方针改变了；他是个摇摆不定、畏首畏尾的人，我想知道他究竟是怎么想的。（军官下。）

里根：姐姐的使者一定在路上出事了。

爱德蒙：夫人，那可未必。

里根：好伯爵，难道我对你的一片好心，你会不知道吗？请你现在老实地告诉我，你是否爱我的姐姐？

爱德蒙：我对她只是一种敬爱。

里根：但是你从未深入过我姐夫的禁地，是吗？

爱德蒙：这样的思想简直太有失您的体统了。

里根：我唯恐你们已经打成一片，她的心里只装着你一个人。

爱德蒙：我发誓，夫人，没有这样的事情。

里根：我坚决不会同意的，亲爱的爱德蒙伯爵，不要跟姐姐亲热。

爱德蒙：请夫人放心。——你姐姐跟她的丈夫来了！

（旗鼓前导，奥本尼、高纳里尔及兵士等上。）

高纳里尔：（旁白）我宁可这场战争失败，也不能让我妹妹从我手里将他夺走。

奥本尼：久违了，贤妹。爱德蒙伯爵，我听说陛下已经将那些受不了我国政策、疾呼不平的人带到他的小女儿那里去了。倘若我们所兴的是一场不义之战的话，我再也无法将我的勇气提起来。但是如今的问题，并不是法国人在我们的王上和他手下人的怂恿下，用堂堂正正的理由向我们兴师问罪，而是法国举兵将我们的领土侵犯了，这是万万无法容忍的事情。

爱德蒙：说得非常有道理，佩服之极。

里根：讲这种话有什么意义？

高纳里尔：现在的首要问题是齐心协力将敌人打退，至于内部的纠纷，不是我们现在需要操心的。

奥本尼：那就赶紧让我们跟那些久经沙场的战士们商讨一下战争的策略吧。

爱德蒙：非常好，我这就到您的营帐里来。

里根：你要跟着一起来吗，姐姐？

高纳里尔：我不去了。

里根：您为什么不去？请吧。

高纳里尔：（旁白）哼，我还不知道你的意思！（高声。）我这就去。

（爱德伽乔装上。）

爱德伽：倘若陛下不嫌我卑微的话，就听我说一句。

奥本尼：你们先走一步，我随后就到。——说。（爱德蒙、里根、高纳里尔、军官、兵士及侍从等同下。）

爱德伽：在您开始作战之前，请先看看这封信。倘若您取胜了，可以将喇叭吹响以作信号，将我叫出来；虽然您觉得我是这样一个低贱的人，但是我能请出一个证人来证明信中所写的事情属实！倘若您失败了，那您在这个世界上的使命就结束了，一切阴暗的计谋也都无法发挥作用了。上帝保佑您！

奥本尼：等我读完信你再离开。

爱德伽：不。时机一到，您只需叫传令官传唤一下，我就会即刻出现的。

奥本尼：那么再会，我会将你的信拿回去看的。（爱德伽下。）

（爱德蒙重上。）

爱德蒙：敌人已经逼近了，赶紧将您的军队集合起来吧。这里记载的是，根据精密侦查所得到的地方军力的大概情况；您现在不得不快一点儿了。

奥本尼：没问题，我们准备迎战就是了。（下。）

爱德蒙：我对两姐妹都已经立下了爱情的誓言，她们彼此之间相互嫉妒，就如同被蛇咬过的人见不得蛇的影子一般。我应该如何选择呢？是两个都要还是就要一个？还是两个都放弃呢？倘若两个都活在世上的话，那我可能一个都无法得手！倘若娶了寡妇的话，就会将她的姐姐激怒；但是她的丈夫倘若不死的话，我又如何跟她双宿双栖呢？如今我们还是要借她来做号召军心的幌子，待到战争结束，倘若她想将他除掉的话，就让她自己去办吧。按照他的意思，李尔和考狄利娅两人被捉到之后，是不能伤害的；但是倘若他们真的落在我们手里，我们怎能让他们得到赦免呢？保全我的地位要紧，什么天理良心只好一概不论。

（下。）

第二场　两军营地之间的原野

（内号角声。旗鼓前导，李尔及考狄利娅率军队上；同下。爱德伽及葛罗斯特上。）

爱德伽：老人家，来吧，坐在这树荫下歇歇吧；希望正义能得胜！倘若我还能回来见到您的话，我肯定会给您带来好消息。

葛罗斯特：上帝保佑您，先生！（爱德伽下。）

（号角声；有顷，内吹退军号。爱德伽重上。）

爱德伽：老人，走吧！将您的手递给我，走吧！李尔陛下已经失败了，他跟他的小女儿已经被捉去了，将您的手给我吧，来。

葛罗斯特：先生，不，我不想再到任何地方去了，就让我在此等死吧。

爱德伽：什么！您又将那种坏念头转起来了吗？人的生死都是无法勉强的，你应当耐心等待天命的安排啊。来吧。

葛罗斯特：那也说得有理。

（同下。）

第三场　多佛附近英军营地

（旗鼓前导，爱德蒙凯旋上；李尔、考狄利娅被俘随上；军官、兵士等同上。）

爱德蒙：来人啊，将他们给我押下去好好地看起来，等候上面发落。

考狄利娅：好心得到坏报，这样的例子还是不少的。我只是因为您啊，我那被迫害的仁慈的国王，才会感到如此悲伤；不然就算是欺人的命运对我横眉怒目，我也不会将这些凌辱放在心上。我们是否要去见一下您的两个女儿，我的两个姐姐呢？

李尔：不不不！来，让我们到监狱里去吧。我们父女将要如同笼中之鸟一般歌唱。当你请求我为你祝福时，我会跪下向你求饶；我们就像这样生活着，唱歌，祈祷，回忆些古老的故事，将那像金翅蝴蝶般的朝臣嘲笑，听一听那可怜的人们将那宫廷的消息转述。我们也要同他们交谈，谁胜利，谁失败，谁在野，谁在朝，用我们的意见解释各种事情的秘密，如同我们是上帝的耳目一般。在监狱的四壁之内，我们要冷眼相看那些狼狈为奸的党徒伴着月亮的圆缺而升沉。

爱德蒙：将他们都带下去。

李尔：我的考狄利娅，对于这样的祭物，就连天神也要来焚香致敬的。我真的将你捉住了吗？要是谁想分开我们，一定要从天上将一支火炬取下来像驱逐狐狸一样驱散我们。将你的眼泪揩干，让恶疮将他们全身腐烂。他们怎能使我们流泪？我们倒要看着他们活活被饿死。来。（兵士押李尔、考狄利娅下。）

爱德蒙：队长，过来。你听着，将这道密令拿去，（以一纸授军官。）跟随他们一同到监狱里去。你已经被我提升了一级，倘若你能按照密令指示执行，一定大有好处。要明白，识时务者为俊杰；心肠太软的人怎配佩戴刀剑？叫你去干这件重要的差事，无须多问，愿意的话就去做，倘若不愿意，你就另寻出路吧。

军官：大人，我很愿意。

爱德蒙：那你就去吧，立下这个功劳的话，你将成为一个幸运的人。听好了，事不宜迟，一定要按照密令上写的赶紧去办。

军官：大人，请您放心，我一定不会耽误的，只要男子汉能干的事情，我就一定能干好。（下。）

（喇叭奏花腔。奥本尼、高纳里尔、里根、军官及侍从等上。）

奥本尼：爱德蒙伯爵，你今天的表现不愧为将门之后。上帝保佑你，使你能克奏肤功，将我们的敌人一网打尽。请你将你的俘虏交给我们吧。让我们从他们的身份和我们自身的安全双重方面来考虑，给这些俘虏一个恰当的处置。

爱德蒙：尊敬的殿下，我已经将那李尔囚禁起来并且严加监视了。我感觉应当这么办，他的高龄和地位都有一种吸引人心归附于他的巨大魔力，倘若不严加防范的话，我们的部下恐怕将要受到他的煽动而对我们倒戈相向。为了同样的理由，我也将那王后一并囚禁了。他们明天或者推后几天就能接受你们的审判。弟兄们刚刚浴血奋战，也丧失了不少亲人和朋友，他们感受到战争的残酷，心里难免会有激愤，不管这场战争的理由多么光明正大，在他们看来都是应当被诅咒的。因此审问李尔和他女儿一事，还是稍后再办为好。

奥本尼：说句不怕您生气的话，爱德蒙伯爵，你的身份不过是个随征的将领，我还真的从未将你看作是个地位相当的人。

里根：只要我愿意，他就能跟你分庭抗礼！因此，你在说出这话之前，需要先问问我的意思。他带领的是我的军队，也受到了我的全权委托，就凭这个，他就能跟你平起平坐。

高纳里尔：少亲热点儿吧，他如今的地位是凭着自己的能力争取来的，跟你有什么关系？

里根：既然我将我所有的权力都托付给了他，那他就能跟那些所谓尊贵的人匹敌。

高纳里尔：恐怕只有他做了你的丈夫才会如此吧。

里根：未必不会如此啊。

高纳里尔：呵呵！看你一直抛眉弄眼的，果然不是很正常。

里根：姐姐，现在我身体不适，不想跟你斗嘴。爱德蒙将军，我请你接受我的俘虏、军队和财产；我的这一切连同我自己，都交由你来支配。我就是你献城降服的臣仆，让全世界做证，现在我就将你立为我的丈夫和君主。

高纳里尔：你认为他会接受吗？

奥本尼：难道这是你能阻止的？

爱德蒙：同样也不是你能阻止的。

奥本尼：狗杂种，我可以阻止你们。

里根：（向爱德蒙）叫鼓手将鼓打起来，跟他决斗，证明你已经有了我的尊位了。

奥本尼：且慢，我还有话要说。爱德蒙，你这犯有叛逆重罪的犯人，我要将你逮捕！同时，我还要将这条金鳞的毒蛇一起捉起来。（指高纳里尔）贤妹，因为我夫人的缘故，我不得不要求您将您的权力放弃；因为她已经跟这位伯爵有约在先。因此，我，她的丈夫，必须对你们的婚姻提出异议。倘若您想结婚的话，还是将这爱情赋予我吧，我的妻子已经心有所属了！

高纳里尔：这可真是一段有趣的穿插！

奥本尼：你现在甲胄在身，爱德蒙；将喇叭给我吹起来；倘若无人出来证明你所犯下的无数凶残无比的重罪，罪行昭彰的叛逆重罪，这就是我的信物；（掷下手套）在我没将你的胸口剖开证明我现在所说的一切以前，我绝不会让我的嘴唇接触到一些食物。

里根：哎呀，我病了。

高纳里尔：（旁白）倘若你不病的话，那我从此也就不会再相信什么毒药了。

爱德蒙：这就是我给你的交换物；（掷下手套）倘若谁骂我是叛徒的话，那他就在撒谎。随便吹起你的喇叭吧，要是有胆量的话，就出来吧。我能够向你、向他、向任何人来证明我那不可撼动的荣誉和忠心。

奥本尼：来啊，传令官！

爱德蒙：传令官！

奥本尼：继续信赖你个人的勇气吧，要知道你的军队全都是以我的名义招募的，而现在我也以我的名义将他们解散了。

里根：哎呀，我的病越来越重了！

奥本尼：她生病了，赶紧将她搀扶到我的营帐里。（侍从扶里根下。）来啊，传令官。

（传令官上。）

奥本尼：吹起喇叭来，将这道命令宣读。

军官：吹喇叭！（喇叭吹响。）

传令官：（宣读）“在本军中，若有身份高贵的将校官佐，甘愿为爱德蒙证明——尚未定名分的葛罗斯特伯爵，是个罪大恶极的叛贼，就让他在三次喇叭之后走出来。该爱德蒙坚决自卫。”

爱德蒙：吹！（喇叭初响。）

传令官：再吹一次！（喇叭再响。）

传令官：继续吹！（喇叭三响，内喇叭声相应。）

（喇叭手前导，爱德伽武装上。）

奥本尼：问清楚他的来意，他是为什么听到喇叭的召唤来此。

传令官：请问你是谁？你叫什么名字？在军中是什么官级？为什么你要应召而来？

爱德伽：我的名字早已经被那些阴谋的毒齿蛀蚀了，但是，我的出身却如同这个现在我面对的敌手一样高贵。

奥本尼：你说谁是你的敌手？

爱德伽：是谁代表着罗斯特伯爵，爱德蒙？

爱德蒙：当然是他自己，你有什么话要对他说？

爱德伽：将你的剑拔出来，倘若我的话将你那颗正直的心激怒了，你可以用你的兵器来为你辩护。这是我的剑。你给我听着，尽管你有的是勇气、胆量、尊荣和权位，尽管你挥舞着胜利的宝剑，将新的幸运夺走了。但是凭着我的誓言、我的荣誉和我的骑士的身份所赋予我的特权，我要当众宣布——你是一个叛徒，不忠于你的神明、你的父亲和你的兄长，阴谋将这位崇高卓越的君主颠覆，你就是一个彻头彻尾的可恶的逆贼！倘若你说个“不”字，这把剑、这只胳膊和我全身的勇气，都要向你的心口来证明你是在撒谎。

爱德蒙：我照理应当询问你的名字，但是你的外表既然如此英勇，你的言谈举止也能证明你应该出身高贵。尽管按照骑士的规则，我能够将你的挑战拒绝，但是我却不惜将这些规则唾弃，将你所说的那些罪名丢到你的头上，让那地狱般可憎可恨的谎言将你的心来吞没；凭着这把剑，我要在你的心头挖个窟窿，将你的罪恶一并塞进去。喇叭，吹起来！（号角声。二人决斗。爱德蒙倒地。）

奥本尼：别杀他，别杀他！

高纳里尔：葛罗斯特，这是阴谋；依照决斗的规则，你完全可以拒绝这个不知名对手的挑战，现在你不是失败，而是中人奸计了。

奥本尼：妇人，闭上你的嘴，不然我就将这张纸塞进去。等一等，骑士。比所有的恶名都更加恶毒的恶人，来读一下你自己的罪恶吧。太太，别撕！想必你也认识这封信。（把信授爱德蒙。）

高纳里尔：即使我认识这封信又能怎样！毕竟法律是在我手里而不是在你的手里。你认为谁能控诉我啊？（下。）

奥本尼：岂有此理！你知道这封信吗？

爱德蒙：别问我知道还是不知道。

奥本尼：赶紧去追她，现在她已经急了，什么事情都干得出来，一定要留意她。（一军官下。）

爱德蒙：我承认你所控诉的一切罪名，而且，我所干的事还不止这些。总有一天会全部暴露出来的。但是这些事现在已经成为过去了，我也要离开人世了。但是你究竟是谁？我怎会败在你的手下？倘若你是个贵族，我可以不对你记仇。

爱德伽：就让我们相互饶恕吧。爱德蒙，我在血统上一点都不比你低；倘若我的出身高于你的话，你就更加不应该那么加害于我。我是你父亲的长子，你的哥哥爱德伽。英明公正的天神将我们风流的罪过作为工具来惩罚我们。父亲在黑暗淫邪的地方将你生下，结果他丧失了自己的眼睛，永远见不到光明。

爱德蒙：你说得很对，天道的车轮已经运转过来了。

奥本尼：一见到你的行为举止，我就感觉你不是个凡人。我不得不拥抱一下你，让悔恨将我的心碎裂，倘若我曾憎恨过你父亲和你。

爱德伽：我清楚您一向仁慈，殿下。

奥本尼：你一直藏在何处？你又如何知道你父亲的灾难的？

爱德伽：尊敬的殿下，因为我一直在他身边照顾他，所以，我当然知道他的灾难，听我诉说一段简短的故事。当我诉说完之后，哦，希望我的心爆裂了吧！我们人类的常情就是贪生怕死，我宁可无时无刻不忍受着死亡的惨痛，也不愿意一瞬间结束自己的生命。为了逃避那紧迫着我的、残酷的宣判，我只好披上一身乞丐的褴褛服装，装扮成一副连猪狗都看不起的乞丐的样子。就是在这样的境遇中，我巧遇了我的父亲，他的两个眼眶一直在流血，他已经失去了他那珍贵的眼睛。我为他做向导，带着他走路，为他去向人乞讨，把他从绝望之中拯救出来！哦！千不该、万不该，我真不应该向他隐瞒我的身份！直到半个小时前，我将甲胄披上，虽说希望天从人愿，却不清楚此行结果如何，便请他来为我祝福，这才将我这一段时间的经历从头至尾向他讲述一遍。但是，啊，他那破碎的心已经太过脆弱，怎能经受住重大的喜悦和悲伤？就在这两种极端情绪的猛烈撞击之下，他含笑而去了。

爱德蒙：这番话很令我感动，说不定会对我有好处；继续说吧，你似乎还有话要说。

奥本尼：倘若是比这更伤心的事，那就请不要再说下去了。因为听了这样的事情，我已经热泪盈眶了。

爱德伽：对于不喜欢悲哀的人来说，这已经是悲哀的极点。但是在这悲哀的极点之上，的确还有更加悲哀的事情。就在我放声痛哭之时，一个人过来了。他认出我就是他所见过的那个疯乞丐，不敢上前接近我。但是当他知道我的真实身份以及我遭遇的不幸之后，就抱住我的头，跟我一起痛哭，仿佛要把天空都震碎。俯卧在我父亲尸体上的他，跟我讲述了关于李尔王和他之间的一段凄惨的故事。他越讲越伤心，他生命之弦几乎都要开始颤断了；那时喇叭的声音已经响过了两次，我不得不将他抛在那如痴如醉的状态之中。

奥本尼：他是谁？

爱德伽：殿下，是肯特，被放逐的肯特；一路上乔装改扮的他跟随着那视他如仇敌的国王，替他充光奴隶不如的贱役。

（一侍臣持一流血之刀上。）

侍臣：救命啊，救命！

爱德伽：谁在喊救命？

奥本尼：出什么事了？

爱德伽：那血淋淋的刀是怎么回事？

侍臣：还冒着热气呢，是从她心脏中拔出来的——哦，她死了！

奥本尼：谁？谁死了？

侍臣：是您的夫人，殿下，您的夫人死了啊；她的妹妹也被她毒死了，她亲口说的。

爱德蒙：我跟两姐妹都立下了婚姻之约，如今我们可以一起上路，去地狱里做夫妻了。

爱德伽：看，肯特来了。

奥本尼：将她们的尸体抬走，不管她们是否已经死了。上天的这一判决令我战栗但却不能引起我丝毫的怜悯。（侍臣下。）

（肯特上。）

奥本尼：哦！真的是他吗？现在的变故令我无法对他尽我应尽的

敬礼。

肯特：我是来向陛下道一声永别的，难道他不在这里？

奥本尼：我竟然将这么重要的事情忘记了！王上在哪儿，爱德蒙？考狄利娅呢？肯特，你见过这一情形吗？（侍从抬高纳里尔、里根二尸体上。）

肯特：天！这是怎么了？

爱德蒙：我还是有人爱的，这一个因为我将她的妹妹毒死，接着自己也自杀了。

奥本尼：的确如此，将她们的脸遮盖起来。

爱德蒙：我快要死了，反倒想做一件好事，这似乎有点违反我的本性。赶紧差人到城堡去，因为我已经差人去将李尔和他的女儿处死。别说废话，赶紧去，否则就来不及了。

奥本尼：赶紧去，跑！跑！

爱德伽：殿下，你要跑去找谁？——你命谁去干的？你要给我一件东西，作为赦免的凭证。

爱德蒙：想得很好，将我的剑拿去给队长。

奥本尼：赶紧去。（爱德伽下。）

爱德蒙：他同时从我和我的妻子两人手中领命，要将考狄利娅缢死在狱中，对外宣称她因绝望在狱中自杀身亡。

奥本尼：上帝保佑她，先把他抬出去。（侍从抬爱德蒙下。）

（李尔抱考狄利娅尸体、爱德伽、军官及余人等同上。）

李尔：哀号吧！哀号吧！一起哀号吧！啊！你们这些铁石心肠的人啊，倘若是我长了你们的眼睛和舌头，我就要用我的哭声和眼泪将苍穹震撼！她就这样去了！一个人究竟是死了还是活着，难道我还能不知道？她如同泥土般死去！给我一面镜子吧，倘若她的气息还能在镜面上哈出薄雾的话，那她就还有救。

肯特：难道这就是世界最后的大结局？

爱德伽：还是世界末日的预兆？

奥本尼：天倒了下来，难道所有的都要毁于一旦吗？

李尔：看，这根羽毛在动，她没死，没有死！倘若她还活着的话，那就能消释我一切的悲哀了。

肯特：（跪）哦，我的王！

李尔：给我走开。

爱德伽：这是您的朋友，肯特。

李尔：一场瘟疫在你们身上降落，全都是些凶手，全部都是奸贼！原本我能将她救活的，但是现在却再也无法挽回了！考狄利娅，我美丽的女儿！且慢，你刚才说什么？她的声音总是那么轻柔，女儿家就应该这样。那将你缢死的奴才被我亲手杀死了。

军官：他真的被王上杀死了，殿下。

李尔：汉子，我不是已经将他杀死了吗？我从前只要一将我的宝刀举起，就能将他们吓得抱头鼠窜。现如今上岁数了，也受了这么多的磨难，一天不如一天。你是谁？等一下我就能记起来了，我的眼睛不是很好使。

肯特：倘若命运女神向人夸耀说，曾经有两个一度被她宠爱，后又遭她遗弃的人，那在你跟前就站着其中一位。

李尔：我的眼睛简直太不好使了，你是肯特吗？

肯特：没错，您的永远的仆人肯特。您的仆人卡厄斯呢？

李尔：我可以告诉你，他是个好人，好人啊；只要他一发火就会打人，如今他已经死得骨头都烂掉了。

肯特：陛下，不，我就是您说的那个人——

李尔：我立刻就能认出来你是不是。

肯特：自从你遭遇变故以来，我就一直跟随着您不幸的足迹。

李尔：十分欢迎。

肯特：不，全部都是黑暗的、阴郁的和凄惨的。您的两个女儿已经在绝望中自尽了。

李尔：嗯，我想也是这样的。

奥本尼：我简直不知道他在说什么，我们谒见他也是徒劳的。

爱德伽：完全是徒劳的。

（一军官上。）

军官：启禀殿下，爱德蒙死了。

奥本尼：现在，他的死不过是件微不足道的事情。各位尊贵的朋友和勋爵，请听我宣布一下我的旨意：对于这样一位年老体弱、仁慈善良的君主，我们要竭尽所能给他安慰，当他在世的时候，我们仍旧给他至高无上的权力。（向爱德伽、肯特）你们二位恢复原来的爵位，我还要给你们加赉额外的尊荣，是对你们过人德行的褒奖。所有朋友都将会得到他们忠贞的报酬，一切仇敌都要尝到应有的罪恶的苦杯。——哦！瞧，瞧！

李尔：我可怜的傻瓜被他们给缢死了！不，不，死了！为什么一条狗、一只耗子和一匹马都有自己的生命，而你却没有丝毫的呼吸？你永远不会回来了，永不，永不，永不，永不！请你替我将这纽扣解开，先生，谢谢你。你看到了吗？看着她，看，看着她的嘴唇，看那边，看。（死。）

爱德伽：哦，他晕了！——王上，王上！

肯特：心啊，碎吧！

爱德伽：陛下，抬起头来。

肯特：别再烦扰他的灵魂了。啊！让他安然地去吧；对于想要使他在这无情的人世上多受一刻酷刑的人，他将无比痛恨的。

爱德伽：他是真的去了。

肯特：他居然能忍受这么长时间，简直是个奇迹！他的生命不是他自己的。

奥本尼：将他们都抬出去，现在我们要传令举国致哀。（向肯特、爱德伽）

帮我主持一下大政，两位朋友，
将这已经斲伤的国本培养。

肯特： 我不日就要登程上道，

我已听到陛下的召唤。

奥本尼： 不幸的重担必须肩负，

我们唯一的言语就是感情。

年老之人已经将一切忍受，

后人唯有抚陈迹而叹息。（同下。奏丧礼进行曲。）

哈姆莱特

剧中人物

克罗迪斯：丹麦国王

哈姆莱特：前王之子，今王之侄

波乐纽斯：御前大臣

霍拉旭：哈姆莱特之友

莱阿替斯：波乐纽斯之子

伏尔第曼德
考奈留斯
罗森克兰兹 } 廷臣
纪尔顿斯丹
奥思立克

侍臣

教士

玛塞勒斯
贝纳陀 } 军官

弗兰西斯科：兵士
雷纳尔陀：波乐纽斯之仆
伶人数名
掘墓人两名
福丁布拉斯：挪威王子
挪威队长
英国使节
葛忒露德：丹麦王后，哈姆莱特之母
莪菲丽亚：波乐纽斯之女
哈姆莱特亡父之鬼魂
贵人、贵妇、军官、兵士、水手、使者及侍从等

地　点

艾尔西诺

第一幕

第一场　艾尔西诺。城堡前平台

（弗兰西斯科正在守望中不断徘徊。贝纳陀迎面走来。）

贝纳陀：是谁在那儿？

弗兰西斯科：不，你应该回答我。站住，口令！

贝纳陀：尊敬的国王陛下万岁！

弗兰西斯科：是贝纳陀吗？

贝纳陀：是的。

弗兰西斯科：你来得很准时。

贝纳陀：现在已经是午夜时分了，快去睡吧，弗兰西斯科。

弗兰西斯科： 非常感谢你能来替我，真的很感谢；今天晚上很冷，我的心里也挺不舒服的。

贝纳陀： 有什么动静吗？

弗兰西斯科： 连一只耗子的动静都没听到。

贝纳陀： 那很好，晚安。你要是见到霍拉旭和玛塞勒斯，他们该和我一起守夜的，请叫他们快点儿过来。

弗兰西斯科： 好像有他们的声音。谁？停下来！

（霍拉旭与玛塞勒斯上。）

霍拉旭： 是自己人。

玛塞勒斯： 咱们都是丹麦国王的子民。

弗兰西斯科： 祝你们晚安。

玛塞勒斯： 正直不阿的军人，再见，是谁替下了你？

弗兰西斯科： 贝纳陀接班了。祝你们晚安。（下。）

玛塞勒斯： 贝纳陀！

贝纳陀： 嗨——怎么了，是霍拉旭吗？

霍拉旭： 好像有点儿像！①

贝纳陀： 欢迎你，霍拉旭；欢迎，好玛塞勒斯。

玛塞勒斯： 怎么样，那东西今晚出现了吗？

贝纳陀： 我什么都没看见。

玛塞勒斯： 霍拉旭说这是我们的幻想。他听说我们已经见到过两次那个可怕的怪东西，一直不相信；所以我请他今晚亲自来陪我们一起守夜，倘若鬼怪再来，他就能证明我们不是看花眼了，也正好能叫他跟他谈上几句。

霍拉旭： 算了吧，不会出现的。

贝纳陀： 请你先坐下；虽然你把我们的故事当耳边风来听；但是我们还是要说说这两天夜里见到的情景，非要让你听进去。

---

① 这一行译作“怎么，霍拉旭来了？”“来了一个”，谐趣较显，但不如“有点儿像他”能与下文呼应，效果更大。不信鬼的霍拉旭，神经不紧张，还能说笑话。

霍拉旭：那好，我们都坐下吧。贝纳陀，你有什么话就说。

贝纳陀：就在昨天晚上，那时，北极星西边的一颗星恰好转过去照耀西天的一角，也就是它现在照亮的这个地方，玛塞勒斯和我刚听到一点钟的钟声敲响——

玛塞勒斯：别出声！别再讲了！你看它又来了！

（鬼魂上。）

贝纳陀：和我们的先王完全一样。

玛塞勒斯：你是个读书人，对它说话吧，霍拉旭。①

贝纳陀：难道不像我们的先王？你瞧，霍拉旭。

霍拉旭：简直太像了。真奇怪，真令我毛骨悚然。

贝纳陀：它叫我们先说话。

玛塞勒斯：霍拉旭，问问它。②

霍拉旭：你是什么东西，胆敢僭取丹麦先王出征时英武的威仪，在这深夜时分招摇过市？我命令你开口说话，以上天的名义！

玛塞勒斯：触犯它了。

贝纳陀：瞧！大步地走了！

霍拉旭：不要走！说话啊，说话啊！我现在命令你开口说话！

（鬼魂下。）

玛塞勒斯：它走了，它不肯说话。

贝纳陀：霍拉旭，怎么样？你在发抖，脸色都变白了。难道这还只是幻想吗？你有什么高见？

霍拉旭：苍天在上，倘若不是我亲眼所见，亲身经历，证明是确确实实的，我无论如何都不会相信。

玛塞勒斯：难道不像先王吗？

霍拉旭：正如你像你自己一般。当年先王就穿着这副盔甲同野心勃勃的挪威王展开决斗；就带着这样一副怒相，将谈判中止了，在冰天雪

---

① 传说“读书人”会用合适辞令对幽灵说话，不管是鬼是妖，不致触犯或受蛊惑。

② 传说鬼非得等人先对它说话，不然不能说话。

地里，波兰的雪车队遭到他的痛击！真是不可思议。

玛塞勒斯：上两次也是在这个静寂的时候，它就这样大踏步地走过我们的面前。

霍拉旭：我不知道究竟该怎么想，但我心里有一种模糊的感觉，这恐怕是预兆国家有非同寻常的变故。

玛塞勒斯：请坐，要是谁知道就给我讲讲，为什么我们要如此戒备森严，叫军民夜夜不得安宁；为什么要天天铸造铜炮，这样日日向国外购买军火。这样征用造船匠，天天辛苦，就连周末都不例外。究竟是在准备什么，才如此辛苦，让黑夜也如同白天搭伴做苦工？有谁能告诉我这是怎么回事吗？

霍拉旭：我可以告诉你，起码传说是这样。刚刚出现在我们眼前的先王，你们知道，曾接受骄矜好胜的挪威王子福丁布拉斯的挑战；英勇神武的哈姆莱特——他的英名举世称颂——在那场决斗中杀死了福丁布拉斯；事前双方根据法律和骑士精神订立协定，败者的结果是除了性命之外，要将所有的土地送给胜者。当然，先王也要拿出相当的土地作为赌注，倘若福丁布拉斯获胜，土地就归他所有，就像协定中同一协定规定的，倘若他失败了，他的土地就归哈姆莱特所有。现在小福丁布拉斯，福丁布拉斯的儿子，性子火爆并且不知天高地厚，他在挪威四境召集了一批没有土地①的亡命之徒，供他们吃喝，要他们去干冒险的勾当。我们的当局看得十分清楚，他不过是要用武力和强迫性的条约，将他父亲失去的土地夺回。据我所知，这就是我们这样准备的目的，我们这样戒备的唯一原因，也是全国这样慌忙骚乱的缘故。

贝纳陀：想必是这个缘故。先王在过去和目前的战乱中都是一个主角，难怪他戎装的形象要向我们显现示警了。

霍拉旭：那是搅乱心灵之眼的一点微尘。从前在富强繁盛的罗马，在雄才盖世的恺撒遇害之前不久，披着殓衾的私人都从坟墓中出来，在

---

① “没有土地”根据“第一对褶本”；现代版本，一般都根据“第二四开本”，用“无法无天”。

街道上啾啾鬼叫，星辰拖着火尾巴，露水带血，太阳变色，支配潮汐的月亮被遮住了光辉，惨淡得仿佛即将死去的病人。这一类预报重大变故的征兆在我们国内的天上地下也已经屡次出现了。安静点！瞧！瞧！它又来了！

（鬼魂又上。）

霍拉旭：我必须拦住它，即使它会害我！鬼魂，不要走！要是你能出声，你会开口，对我说话吧！要是我有什么可以为你效劳的，使你的灵魂得到安息，就对我说吧；如果你预知祖国的命运，说出来或许会令我们避免未来的灾殃，那就对我说吧；或者你生前曾经把你搜刮来的财宝埋在地下，据说，鬼魂往往在他们藏金子的地方徘徊，（鸡啼）要是有这样的事，你也我说吧；不要走，说呀！将它拦住，玛塞勒斯！

玛塞勒斯：我是否可以用戟刺它？

霍拉旭：好，要是它不肯站住！

贝纳陀：在这里！

霍拉旭：在这里！（鬼魂下。）

玛塞勒斯：走了！我们不该对这样一个庄严的亡魂如此粗暴；它就如同空气一样不可侵害，我们的打击起不了作用，不过是可笑的行为。

贝纳陀：就在它要说话之时，偏偏公鸡叫了。

霍拉旭：仿佛一个罪犯听见了可怕的召唤。我听说公鸡是给人们报晓司晨的喇叭手，它会用嘹亮的嗓子将白昼神唤醒；只要它的警告一出，海里、火里、地下、空中所有逍遥游荡的妖魔鬼怪都奔回各自的巢穴；刚才的情形证实了人们所言不虚。

玛塞勒斯：它刚才真的是一听到鸡叫就隐去了。有人说，每当我们要庆祝圣诞，在节日前几天，这种报晓的家禽就开始通宵不眠地不断啼叫；那时，他们说，精灵都不敢出来，彻夜安全，星宿不作怪、害人，妖女不迷人，妖巫也使不上符咒，那真是圣洁、祥和的好时节啊。

霍拉旭：我也听过，也难免有几分相信。但是看，曙光披着褐红色大衣从高高的东山头踏露来了。我们能够下班了；依我所见，我们可以把今晚见到的情形向小哈姆莱特报告；这个幽灵虽对我们缄口不言，我坚信会对他说话的。以我们的交情和责任，难道我们不该将这件事向他报告一番？

玛塞勒斯：好，照办吧；我清楚今天清晨我们在哪里最容易找到他。

（同下。）

第二场　城堡中大厅

（国王、王后、哈姆莱特、波乐纽斯、莱阿替斯、伏尔第曼德、考奈留斯、众廷臣及侍从上。）

国王：至亲的先兄哈姆莱特驾崩不久，当然大家是应该哀戚于心，全国上下一致哀悼，但是本着生者的责任重大我们一方面固然要用恰当的哀思悼念他，另一方面也不要忘记我们自己的本分。所以，抱着一种苦中寻乐的心态，好像一只眼含笑，一只眼流泪，使殡丧同喜庆、歌哭相和，使悲喜成半斤八两，相互照应，我已经同昔日的长嫂，如今的新后，将我邦家大业的先王德配承袭，结为夫妻；事前也多方听取了诸位的高见，多承一致的拥护，全都顺利；在此，特申谢意。现在，各位都知道的，小福丁布拉斯年少气盛，将我们的力量小瞧了，也许他以为先兄一朝弃世，我们的国家突然脱节了，自以为有机可乘，他就一再向我们书面要求我们将他父亲的失地归还。根本不管那些土地是依法割让给我们英勇的王兄的。不要再讲他了，现在回头来讲我们这次的会议。是这样的：我有一封国书写好在这，准备送给挪威国王，小福丁布拉斯的叔父；他多年有病，卧床不起，并且不知道他侄儿在国内招兵买马，意欲何为；所以就请他迅速制止他侄儿进一步的行动。我特此派遣你，考奈留斯，还有伏尔第曼德，来出任这次出使挪威王国的信使，要记住，你们和国王进行交涉不能越权，不能擅自超出这些训令所明确规定的范围。再见了！愿速去速回，以表忠诚。

考奈留斯、伏尔第曼德：臣等愿赴汤蹈火，竭诚效命。

国王：我毫不怀疑二位的热忱。希望两位保重！（*考奈留斯与伏尔第曼德同下。*）莱阿替斯，现在，你还有什么事呢？你说你有一个请求，什么请求，说吧。丹麦王只要听你说得有道理，一定会答应的。你对我有何要求，你不开口我是不会答应你的，莱阿替斯？丹麦王室和你父亲的关系如同头之于心一样的密切；丹麦国王乐意为你父亲效劳，如同手之于嘴一样地乐于效劳。莱阿替斯，你想要些什么？

莱阿替斯：国王陛下，敢求陛下鸿恩，准许我回法国；此次回丹麦参加陛下的加冕礼略尽臣子的责任，荣幸之至；可是现在我的任务已经完成，意愿和心思又倾向了法国，但求陛下开恩俯允。

国王：你父亲同意吗？你说怎样，波乐纽斯？

波乐纽斯：陛下，他苦苦哀求，唇焦舌燥，好不容易从我的嘴里挖出了“同意”二字，我在他的决心上盖下了生硬的“同意”。他想要走，那就请陛下放他走吧。

国王：好好利用你的时间，莱阿替斯，尽情发挥你的才能吧！现在，哈姆莱特，我的侄儿，我的儿——

哈姆莱特：（*旁白*）已不止是叔侄，奈何永难成父子！

国王：你为什么还让愁云笼罩着你？

哈姆莱特：陛下，太阳大，受不了这个热劲“儿”。①

王后：好哈姆莱特，抛开你阴郁的神气吧，对丹麦王和颜悦色一点儿。你别总是这样垂着眼睑，在泥土中寻找你高贵的父亲。你清楚这很寻常，有生就一定会有死，谁都要从生的状态踏进永久的宁静。

哈姆莱特：唔，母亲，很寻常。

王后：既然是很寻常，你为什么看上去好像很在乎？

哈姆莱特：好像？不，是这样就是这样，我不知道什么“好像”不“好像”。好母亲，我墨黑的外套、礼俗规定的丧服、压抑的叹气、

---

① 原文行尾“太阳”（“日”）与前三行“我的儿”的“儿”字谐音。译文“热劲儿”的“儿”字故意重读，并且“热”意也与前两行的“亲”意相呼应。哈姆莱特一个人穿了黑衣服，与那些宫廷人物富丽堂皇的衣饰形成强烈的对比。故而“太阳”也指满廷的光辉。一说原文“晒太阳”还有被逐出户、享受不到合法权利的寓意。

像滚滚江流一样的眼泪、悲苦沮丧的脸色，以及一切仪式、外表和忧伤的流露，都无法真正表达我的心。这些才真是给人看的，因为谁都可以做作成这个样子。它们只是悲哀的装饰和衣服，可是我的郁结的心事却是无法表达出来的。

国王：哈姆莱特，你如此居丧尽哀，足见你天性纯笃，大可称道，可是要知道你父亲失去过父亲，那个父亲曾经也失去过父亲。后死者要恪尽孝道，当然是要哀悼一段时间。可是固执不散的哀伤却是一种逆天悖理的行为，不是堂堂男子应有的举动。它说明一个人的心经不住磨炼，头脑简单，糊涂愚昧。我们既然知道是无可避免的，并且同家常便饭一般寻常，为什么我们要固执地放不下呢？这种行为违背了上天，违背了死者，违背了人情；在理智上它完全是荒谬的，因为从第一个死了的父亲开始，直到今天死去的最后一个父亲为止，理智永远在呼喊，“这是不可避免的。”我请你将这种无益的悲伤抛弃，把我当成你的父亲；我要让全世界都知道你将是我王位最直接的继承人；世界上最好的父亲如何用最大的慈爱对待儿子，我就如何对待你，绝对不比他差一分。至于你想要回到威登堡大学接着读书，这是完全违背我们的意愿的；请你听从我的劝告，留在这里，在朝廷上领袖群臣，做我们最亲近的国亲和王子，让我们因为每天能看见你而感到欢欣。

王后：不要让你母亲白费唇舌吧，哈姆莱特，我请求你不要离开我们，不要再去威登堡了。

哈姆莱特：我会尽量服从您的意思，母亲。

国王：这才是一句有孝心的答复；你将在丹麦享有和我同等的尊荣。来，御妻。哈姆莱特的体贴和顺从使我非常高兴；为了表示祝贺，今天丹麦王举杯祝饮时，要放一响响彻云霄的祝炮，让上天应和着地上的雷鸣，发出欢乐的回声。来。

（除哈姆莱特外均下。）

哈姆莱特：啊，希望这太过坚实的肉体融解、消散，化成一摊露水；或者永生的真神不曾制定禁止自杀的律法！上帝啊！人世间的一切是多么无聊、乏味、陈腐、可厌！哼！哼！这个花园是荒废的，一天一天零落，生性芜秽的蔓草把它全部占据了。居然会有这样的事情！才死了两个月！不，还没有两个月呢。如此好的一位国王，与这位相比那简直就是海庇亮比萨徒[1]；对我的母亲又如此恩爱，简直不允许天风将她的脸庞吹疼了。天地啊！我一定要记着吗？她会偎依在他身旁，似乎是越尝滋味越开了胃口；但是，还没到一个月——我简直都不敢想象！脆弱啊，你的名字是女人！——短短一个月时间，她如泪人儿一般给我父亲送葬去穿的鞋子，还没有破旧。她就——上帝啊！——无知的畜生也还会哀痛得久一点儿呢她就同我的叔父结婚了；我的这位叔叔一点不像他的哥哥，仿佛我不像赫拉克勒斯啊！[2] 还没有一个月，没等她假仁假义的眼泪干了，没等她热辣的眼睛消肿，她就把自己嫁了。赶急得简直是作孽啊，如此轻捷地钻进了乱伦的衾被！这不是好事，也不会有什么好的结局。我的心，碎了吧，原因是我不能用我的嘴！（霍拉旭、玛塞勒斯及贝纳陀上。）

霍拉旭：给殿下请安！

哈姆莱特：我很高兴看见你身体健康。你不是霍拉旭吗？一点儿没错。**霍拉旭：**没错，正是殿下永远的忠仆。

哈姆莱特：“好友”——我们将这个称呼换上吧。可你为什么离开了威登堡，霍拉旭？玛塞勒斯！

玛塞勒斯：殿下！

哈姆莱特：很开心能见到你。（对贝纳陀）你好啊，早。——但是你究竟为什么离开了威登堡呢？

霍拉旭：还不是因为偷懒，爱逃学，殿下。

哈姆莱特：我不愿意听你的仇敌这么说，你自己更别这样来刺我的耳朵，竟然需要让他来相信你的诽谤造谣。你并非一个偷懒的人。你来

---

① 海庇亮（Hyperion），希腊神话中的太阳神，号称是最美的男性神祇；萨徒（Satyr），山精，外形是半人半兽，以淫佚著名，故而后世也时常以此名称色鬼。

② 这里不是表明哈姆莱特是文弱的，他也武艺高强，只是他并不是赫拉克勒斯（Hercules，希腊传说中的大力士英雄）型的大汉。

艾尔西诺究竟为了何事？我们要教会你喝酒的本领，就在这里！

霍拉旭： 殿下，我来是参加您父亲的葬礼的。

哈姆莱特： 请你不要挖苦我，看在同学的分上我是想要你来参加我母亲的婚礼的。

霍拉旭： 没错，接下来就是婚礼了。

哈姆莱特： 很省，很省，霍拉旭！丧礼上没吃完，凉了的烤肉饼就搬到喜宴上吧。我希望在天上遇到我的仇人，也不希望见到那一天，霍拉旭！我的父亲，我似乎见到了父亲。

霍拉旭： 殿下，在哪儿？

哈姆莱特： 霍拉旭，在我的心灵之眼里。

霍拉旭： 我曾见过他一次，他是个非常好的国王。

哈姆莱特： 他是个“人”！可真是尽善尽美，我再也不会遇到他那样好的人了。

霍拉旭： 殿下，昨晚我仿佛又见到他。

哈姆莱特： 见到了谁？

霍拉旭： 见到了殿下您的父王。

哈姆莱特： 我父王？

霍拉旭： 殿下，请您不要惊慌，请细细听我说，我请在场的两位给我做证，对殿下从头至尾细细说说这么一件怪事。

哈姆莱特： 一定要讲给我听！

霍拉旭： 起初是：连续两夜，玛塞勒斯和贝纳陀，这两位朋友，出去守夜，就在深沉的半夜里遇到了两次。有一个像极了殿下父亲的人影，自顶至踵十足是全副武装，在他们面前出现，庄严、威武，慢慢吞吞地大踏步走过去。它连走三遍，走近他们跟前，近到它的权仗就能碰着他们的衣服；他们恐惧得简直瘫软成了一堆，瞠目结舌，不敢对它说一句话。他们恐惧地将此事讲给我听，我第三夜就跟他们一起守夜。真的如他们所说，时间也一样，样子也没错，句句属实，鬼魂再一次来了。我知道殿下的父亲。连手都像得不能再像了。

哈姆莱特：这是在哪里？

玛塞勒斯：就在我们守夜的平台之上，殿下。

哈姆莱特：你有没有跟它说话？

霍拉旭：说了，殿下；但是它并不回答。我仿佛见到它终于将头抬起来，一举一动显现出它分明是要开口了；但就在那时报晓的公鸡忽然大声啼鸣起来，听到鸡叫声，它就立刻隐去了。

哈姆莱特：这真的奇怪。

霍拉旭：敢向您说，这肯定是千真万确的，殿下；我们全都认为，因为职责所在，必须让殿下知道这件事。

哈姆莱特：没错。这可将我的心搅乱了。今晚你们还会去守夜吗？

玛塞勒斯：当然，殿下。

哈姆莱特：你们是要全副武装吗？

玛塞勒斯：必须全副武装，殿下。

哈姆莱特：从头到尾？

玛塞勒斯：没错，殿下。

哈姆莱特：那么你们有没有见到它的脸？

霍拉旭：殿下，见到了，它把盔面翻起了。

哈姆莱特：如何，它是否皱着眉头？

霍拉旭：与其说它的样子是发怒，不如是说在发愁。

哈姆莱特：脸色是通红还是苍白？

霍拉旭：噢！十分苍白。

哈姆莱特：就这样眼睁睁地看着你们吗？

霍拉旭：目不转睛。

哈姆莱特：可惜啊，我没有在场。

霍拉旭：殿下要是在场的话，一定会大吃一惊的。

哈姆莱特：我想是的，它待了多久？

霍拉旭：并不久，慢点数数字数得上一百。

玛塞勒斯：还要更久一点。

霍拉旭：我只见到这么久。

哈姆莱特：胡子的颜色是灰白的吗？

霍拉旭：如同我在它生前见到的样子，乌黑中夹杂着几分银丝。

哈姆莱特：今晚我去守夜，它或许还会出现的。

霍拉旭：我担保会。

哈姆莱特：倘若它出现，再借我父王的形貌，即便是地狱张开嘴让我不要做声，我依旧要对它说话。我请你们，请求你们，要是到现在这件事还没有外传的话，就继续保持你们原有的缄默；不管今晚是否还会发生什么其他的事情，请求你们保持心中有数，绝口不提。我一定会为此报答你们的。再见了。我会来找你们的，就在平台之上，晚上十一点到十二点之间。

众人：我们必效忠殿下。

哈姆莱特：让我们彼此保持不渝的交情，再会。（众下，仅留哈姆莱特。）我父亲的灵魂竟然全副武装地出现了！这恐怕不是什么好事，我想这里面一定有鬼。黑夜啊，早些降临吧！这样便能一见分晓。坏的事情需要掩盖，恐怕全世界的土都无法做到！（下。）

第三场　波乐纽斯家中一室

（莱阿替斯与莪菲丽亚上。）

莱阿替斯：我已经将行李装上船了，再会了；听着，我的妹妹，只要一切顺利，有船只往来，你可别睡过头了，一定保证让我无时不得到你的消息！

莪菲丽亚：难道这你还有什么不放心的吗？

莱阿替斯：那个哈姆莱特现在对你大献殷勤，呵护备至，难道你不知道那是在跟你玩感情游戏？要知道，这只是你年轻生命里出现的一朵娇艳的紫罗兰，虽然甜蜜，但不会持久，开得越早就凋零得越快，只是供人们很短时间陶醉的清新花香，仅此而已。

莪菲丽亚：就这样，仅仅是这样？

莱阿替斯：不然你以为呢？一个长大的过程，不会只是筋骨、身体的成长；身体成长发育的同时，精神和心灵也在扩大。或许，此刻他的心是忠于你的，不会产生什么龌龊的想法来玷污这份纯洁的心愿；但是你必须留意，他的地位如此尊贵，肯定不能够自己做主，势必要受到身份的限制。他怎么可能像我们这些凡夫俗子一般，凭自己的意愿选择，因为他选择的正确与否，甚至关系到国家的安危；他作为一国之首，他如何选择，势必要得到国家的应允。因此，倘若他对你示爱，你切不要轻信，你要明白，以他的身份地位，他要想实现自己的承诺，绝不能越出丹麦国内普遍舆论所同意的范围。倘若你轻信了他的话，被他的花言巧语所迷惑，让他看似诚恳的哀求动摇了你的心扉，你试想一下你的名誉将会受到多大的损失。我亲爱的妹妹，我的莪菲丽亚，一定要当心啊！你要保持清醒的头脑，尽可能避开那些能被欲望袭击的危险范围。一个小心谨慎的美丽姑娘，倘若向月亮敞开了自己美丽的心扉，就已经算轻浮了；圣贤都难逃诽谤；春日鲜嫩的小苗常常尚未吐放蓓蕾，都会被那些蛀虫侵袭、咬伤；朝露一样晶莹的青春，常常会被凌厉的风霜摧残。因此一定要警惕，时时提高警惕是最安全的；即使没有旁人的诱惑，少年的血气也会背叛他自己。

莪菲丽亚：亲爱的哥哥，我一定会铭记这善意的忠告，让它随时守卫我的心。但是，我亲爱的好哥哥，你可不要跟那些坏牧师学习，指点给我的是通往天堂的布满荆棘的颠簸之路，自己却如同那招摇过市的浪荡儿在那芬芳莲馨花道路上流连忘返①。全忘了自己的劝告。

莱阿替斯：你就不用担心我了！我已经耽误不少时间了，可父亲大人又来了。

（波乐纽斯上。）

莱阿替斯：我把这两次的祝福看成双重的吉利，第二次的告别是格外可喜的。

---

① “莲馨花道路”译成“花街柳巷”更加切合，可莎翁并不是在这引用成语。这成语正是因为他用过之后，才成为成语。

波乐纽斯：天，你怎么还在这里啊，莱阿替斯？赶紧上船去吧，太不自觉了！风在帆篷的肩头上停息，人们都在等你啊。好啦，我祝福你！你要谨记我的几句教训：别想起什么就说什么，更别想到什么就去做。要与人为善，可是不能随便；结交有素的友人，用钢圈将你的灵魂箍上，切记不要跟那些半生不熟的相识①走得太近。尽量不要跟人吵架，倘若吵起来，那就要让对方下次遇到你就心有余悸。要听取别人的意见，少对人指手画脚；接受别人的批评，但要保留自己的意见。倘若有足够的钱，就别吝啬买衣服的钱，要买贵重的衣服，但不要穿那些奇装异服，要的是富贵而不是艳俗；你要清楚，穿衣打扮是人品的反映。那些法国最有身份的上层人物都非常注重穿着，特别舍得在穿着上花钱。不要跟人借钱，同时也不要将钱借给别人，借出去的结果是，你损失了钱，也失去了朋友；向人借钱的结果是，养成挥霍无度的习惯。尤其要紧的是，一定要忠于自己；正像有了白昼才有黑夜一样，对自己忠实，才不会对别人欺诈。再会了，希望你能铭记这些忠告！

莱阿替斯：那孩儿就此别过了，尊敬的父亲大人。

波乐纽斯：没有多少时间了，赶紧走吧，听差的还在等着你呢。

莱阿替斯：亲爱的莪菲丽亚，再见了，你一定要记住我对你说的一番话。

莪菲丽亚：放心，我一定将它锁在心里，钥匙由你来保管。

莱阿替斯：再会了。

波乐纽斯：他刚才都对你说什么了，莪菲丽亚？

莪菲丽亚：哦，是一些关于哈姆莱特殿下的事情，请别见怪。

波乐纽斯：嘿，他倒是想得很周全！听说，最近他时常把私下的时间都用在你身上，而你也是他能随时见你并有求必应。倘若果真如此——当然，我也是道听途说，别人跟我说，也就是想要让我注意——我不得不说，你简直就不知道该怎么做我的女儿，当你的小姐。你老实告诉我，你究竟跟他怎么样了？

---

① “半生不熟的相识”，“第二四开本”作“初出茅庐的阔少”。

莪菲丽亚：父亲，你说他啊，他最近一直对我表明真心。

波乐纽斯：嗨！你说真心？你这话说得还真是幼稚，没出过门，就是不清楚哪里有危险。依你的说法，你认为他对你是真心的？

莪菲丽亚：这个我也不知道，我的父亲大人。

波乐纽斯：那让我告诉你吧，你就是个幼稚的孩子，把他跟你表示的一切都当成真的！你真该做的，就是把自己的身价抬高一些，要不然你就装成一个十足的傻瓜。

莪菲丽亚：父亲，他对我的示爱是非常光明磊落的。

波乐纽斯：全都是冠冕堂皇的话，罢了！罢了！

莪菲丽亚：可是，父亲，他为了证明真心，简直用尽了所有的山盟海誓。

波乐纽斯：这分明就是捕捉傻鹁鸪的把戏！我明白，在欲火上升之时，灵魂会如何教会舌头来发这种所谓的山盟海誓。孩子，这些火焰你要清楚，是光大于热，刚刚说出口就会光消焰灭，你还以为是真火，别傻了。你以后要注重自己的身份，少在外面抛头露面。你要抬高自己，不要让人家以为你可以随意呼召。你要知道，哈姆莱特殿下尚年轻，并且他活动的范围比你广得多。莪菲丽亚，无论如何，不要轻信他的誓言，它们不过是淫媒，身上的衣服虽是洁白无瑕的，可心里的想法却是肮脏卑鄙的，就如同冒充圣徒的龟婆，假装正经，目的就是为了骗人。说白点，往后，即便是一点时间我都不允许你如此肆意践踏、浪费在跟哈姆莱特说话上！你要留意，来吧，我要让你记住这些。

莪菲丽亚：我会听话的，父亲。

（同下。）

第四场　城堡前平台

（哈姆莱特、霍拉旭及玛塞勒斯上。）

哈姆莱特：这风简直太凛冽了，真是冻人。

霍拉旭：这可真是刺骨寒风。

哈姆莱特：几点了？

霍拉旭：应该还没到十二点。

玛塞勒斯：好像已经敲过了。

霍拉旭：是吗？我怎么没听见。这么说，快到精灵要出现的时间了。（内奏喇叭，鸣炮。）殿下，这是什么意思？

哈姆莱特：今天夜里，国王陛下安排通宵宴饮，把酒狂欢，再加上疯狂跳舞，铜鼓和喇叭会跟随他每干一大杯莱茵酒而大吹大擂，共同庆贺他万寿无疆。

霍拉旭：这是向来的风俗吗？

哈姆莱特：当然。虽然我从小看惯了这样的场景，却认为与其遵守这样的风俗，倒不如将它破坏更体面些。我们简直受够了在这酗酒纵乐中各国的议论纷纷和诋毁声，他们说我们是酒鬼，用瘟猪一类的话语将我们的名号践踏；这样一种行径也真的要抵消我们的丰功伟绩了。就个人而言，也是如此，个别人品行上有些小毛病，或是天生如此（那也就罢了，因为天性使然），或是因为某种脾气发展到反常地步，冲破了理智的约束和防卫；或者是某种习惯玷污了原来令人喜爱的举止；这些人身上只要带着上述一种缺点的烙印——天生的标记或是偶然的机缘——不管在其他方面他们怎么圣洁，怎么具有一个人所具有的无限美德，因为那点特殊的毛病，在世人的非议中也会感染溃烂；少量的邪恶足以勾销全部高贵的品质，害得人声名狼藉。（鬼魂上。）

霍拉旭：您看，殿下，它来了！

哈姆莱特：愿天神保佑我们吧！不管你是妖魔还是神灵，无论你带来的是地狱的煞气或是天风，不管你的来意好坏与否，既然你是这样令人可疑的形状，我便要对你讲。我称呼你哈姆莱特，丹麦王，父亲，先主。啊，说话啊！请告诉我为什么你长眠的骸骨不安窀穸，为什么安葬你遗体的坟墓张开它那沉重的大理石的两颚将你吐了出来？这都是什么原因，令死尸重新全副武装，在这时隐时现的月色下出现，令这黑夜变得狰狞，使我们这些为造化所玩弄的愚人由于不可思议的恐怖而心惊胆战？说，为什么？要让我们怎样？（鬼魂招呼哈姆莱特。）

霍拉旭：它跟您招手呢，让您过去，仿佛它有什么话，要单独告诉您。

玛塞勒斯：它很有礼貌的样子，招呼您跟随它到僻静的地点。但是您不能去！

霍拉旭：万万去不得！

哈姆莱特：为什么不去？它不肯开口我就要去。

霍拉旭：殿下，不能去啊！

哈姆莱特：为什么？这有什么可怕的？生命对我而言一文不值；至于我的灵魂，既同它一样不会腐朽，它又能伤害到我什么呢？它又在召唤我了，我这就去。

霍拉旭：尊敬的殿下，殿下！万一它将您引到大海里，或是将您引到下临大海的悬崖峭壁的山顶之上，换上一副令人发指的狰狞面孔，吓得殿下您丧失了理性，发疯了，想想看，那将如何是好？不管是谁，在如此惊险的地方，看海水在千仞底下波涛汹涌，听着海水咆哮，势必会升起各种极端的念想啊。

哈姆莱特：看，它一直在招手。来，我这就过去。

玛塞勒斯：您不能去啊，殿下。

哈姆莱特：将你们的手给我放开！

霍拉旭：去不得啊，殿下。

哈姆莱特：命运，我的命运在呼喊，我身上每一条微细的血管，都被它变得像尼缅狮子①的筋络那样僵硬。（鬼魂招手。）赶紧放开你们的手，看，它还在叫我呢。（挣脱。）谁要还敢拦住我，我担保会叫他变成鬼！赶紧放手！——走吧，我跟着去。

（鬼魂与哈姆莱特下。）

霍拉旭：他简直丧失理性了。

玛塞勒斯：我们不该听之任之，赶紧跟上去。

---

① 尼缅狮子（Nemean Lion）是希腊传说中赫拉克勒斯所除大害中的第一个。

霍拉旭：还不知道会变成什么样呢，我们赶紧去！

玛塞勒斯：恐怕丹麦会有点麻烦了。

霍拉旭：上天保佑啊。①

玛塞勒斯：我们必须跟着他去。

（同下。）

第五场　平台上另一部分

（鬼魂与哈姆莱特上。）

哈姆莱特：你要带我去哪啊，这是？你不回答我就不走了。

鬼：你听我说。

哈姆莱特：你说，我听着。

鬼：我没时间了，我不得不立刻回到硫黄的烈火②中受尽煎熬。

哈姆莱特：可怜的幽灵！

鬼：我不需要你的可怜，你只要仔细听我说。

哈姆莱特：我听着，你说吧。

鬼：你必须听过之后替我报仇。

哈姆莱特：报仇？

鬼：我就是你先父的灵魂，被判定在一个时期夜游人间，白天在火焰中备受煎熬，直到我将生前所犯的所有罪孽③全都被净化。若不是我不能犯禁，不能将我狱中的秘密泄露一点儿，否则我只需随便说出一句轻轻的话语，就能使你魂飞魄散，将你的热血冻结，令你的眼睛像流星一样跳出你的眼眶，将纠结的发卷根根分开，如同发怒的豪猪身上的毛刺一般森然直立起来。但是这样永恒的神秘，是万万不可透露给血肉的凡耳听的。听我说！倘若你曾经爱过你的父亲——

哈姆莱特：上帝啊！

---

① 霍拉旭回答前二行自己的问话。

② 指炼狱的净火。

③ 这是宗教所说的人的“罪孽”，不是什么特殊的罪行。

鬼：那么你就要替他报仇，报惨遭谋杀之冤仇。

哈姆莱特：惨遭谋杀？

鬼：惨恶的谋杀，最惨恶的谋杀！那是最最恶毒和伤天害理的！

哈姆莱特：赶紧说吧，我要知道这一切，然后，插上翅膀，快得像思想一般，立刻去复仇。

鬼：看得出，你是真心的；倘若你不对此事采取行动，那将会比忘川河畔上的水草更加迟钝了。好了，听我说吧，哈姆莱特；别人宣称，我是在花园睡觉的时候被毒蛇咬了，这根本就是虚构的，欺骗了全丹麦人。但是你，高贵无比的青年，必须知道，那条毒蛇，号称咬死你父亲的毒蛇就是现在戴着王冠的人。

哈姆莱特：果真如此！是我叔父干的！

鬼：没错，就是那个禽兽不如的畜生，他有的是过人的诡诈，天赋的奸恶，为了满足他那无耻至极的兽欲，他凭着阴险的手段，欺骗了我那贞洁无比的王后。哈姆莱特，啊，这是一个多么无耻的背叛！我的爱情是那么纯洁真诚，始终信守着我对她的结婚盟誓；她竟然会对一个才德远不如我的恶人违心相从！可是正像一个贞洁的女子，虽然淫欲罩上了神圣的外表，也不能把她煽动一样，一个淫妇即使和光明的天使为伴，也总有一天会对天上的唱随之乐厌烦，而宁愿搂抱人间的朽骨。且慢！我似乎嗅到了清晨的气息，我简单点说。我在花园里睡觉，这是我每天午后的习惯，没想到你的叔父，竟然趁我不注意，溜了进来，将一小瓶毒草汁儿全都注入我的耳腔里，那药性发作起来，会像水银一般，迅速流遍全身的血管，如同酸液滴进牛乳一般，瞬间就把全身鲜活流畅的血液凝结起来。它一进入我的身体，我全身光滑的皮肤立刻就出现无数疱疹，像害着癞病似的满布着可憎的鳞片。就这样，我在睡梦中，被自己的兄弟夺取了生命、王冠和王后；甚至还没来得及举行圣餐礼，没来得及忏悔、涂膏，没来得及弄清楚，就让我带着一生的罪恶进了地狱。

哈姆莱特：天啊，这简直太可怕了！[①]

鬼：你要是尚存天性，就不能容忍这样的事情发生！不能容许丹麦国家的御床，变成现在这般窝藏淫乱的卧榻。但是不管你采取什么复仇方式，都不要玷污自己的心灵，也不可以对你的母亲不利。让她遭受天谴，让她来承受内心布满荆棘的无情的刺痛吧。我要走了。萤火虫的出现预示着黎明的临近，这些一闪一闪的微光已经逐渐变淡了。再见，再见！哈姆莱特，不要忘记我。（下。）

哈姆莱特：天上的神明啊！地啊！忍着吧，忍着吧，我的心！我全身的筋骨，不要一下子就变得衰老，支持着我的身体呀！不要忘记你？[②] 会的，我可怜的阴魂，只要我这笨拙错乱的脑袋里记忆尚存。不要忘记你？会的，我将要从记忆的象牙简[③]版面之上将一切琐屑无聊的记录擦拭干净，包括所有抄来的格言、心得，所有年少好奇留下的印象，就只让你的这条训令保留在我头脑的书卷中，不让任何下贱的东西掺杂其中。上天做证！啊，最恶毒的妇人！啊，奸贼，奸贼，脸上堆着笑的万恶的奸贼！我的记事簿呢？我必须记下来：一个人可以尽管满面笑容，骨子里却是杀人的奸贼；至少我相信在丹麦是这样的。（书写。）好，叔父，我把你写下来了。现在我要记下我的座右铭，就是“再见，再见！不要忘记我”。[④] 我发誓了！发誓！

霍拉旭：尊敬的殿下！

玛塞勒斯：殿下，哈姆莱特殿下！

霍拉旭：上天保佑我们的殿下！

哈姆莱特：但愿！

---

① 这一行“第二四开本”和“第一对褶本”都作鬼魂说，后来一些编订都改成如此。

② 多弗·威尔逊解释，哈姆莱特此时心神狂乱，俯伏在地，说到“支撑起来”才站起来。

③ 当时记事备忘，用象牙小片，犹如中国古时用竹简。这里是比喻说法，下文里才是实物。

④ 多弗·威尔逊认为哈姆莱特特别把“再见，再见！不要忘记我”当作座右铭，不再用笔书写，而以更隆重的立誓方式，把它记在“头脑的书卷里”，这句话说了，哈姆莱特即作跪下立誓状，到下文说到“心愿如此”后才起立。

玛塞勒斯：殿下，殿下！

哈姆莱特：回回，小东西！小鸟儿，来啊，来啊。①

（霍拉旭与玛塞勒斯上。）②

玛塞勒斯：殿下，怎么样？

霍拉旭：究竟是怎么一回事，殿下？

哈姆莱特：简直是奇怪极了！

霍拉旭：说说吧，殿下。

哈姆莱特：我不说，你们不会保守秘密的。

霍拉旭：我们会的！上天做证。

玛塞勒斯：我也会保守秘密，殿下。

哈姆莱特：那么你们说，哪一个人会想得到有这种事？可是你们能保守秘密吗？

霍拉旭：上天做证，殿下。

哈姆莱特：整个丹麦，从来不曾有哪一个恶人不是十恶不赦的坏蛋。

霍拉旭：这难道需要鬼魂来告诉我们吗，殿下？

哈姆莱特：你说得没错，那么就不绕圈子了，我想我们应该握手后各奔东西了。你们去做你们认为正确的事情，因为每个人的想法和意愿不同，事实就是这样。至于我自己，瞧，我准备去祷告。

霍拉旭：殿下说话好像有点疯疯癫癫的

哈姆莱特：很抱歉，我的话得罪你了，罪过啊，罪过！

霍拉旭：殿下，根本谈不上得罪。

---

① 回应上行玛塞勒斯尖声绝叫，哈姆莱特戏改作传统的唤鹰叫法。以下文中哈姆莱特大半作激动过后的歇斯底里性的语调。

② “霍拉旭与玛塞勒斯上”照多弗·威尔逊（新剑桥版）说法，放在这里；赖埃特（剑桥版）也认为两人黑暗中登场，一时不一定就看见哈姆莱特。

哈姆莱特：不，霍拉旭，圣柏特立克会给我们做证[①]，我们罪恶滔天。至于这个幽灵，我告诉你们，它十分诚实；你们要想知道我们的谈话内容，那只能很抱歉地请你们忍住好奇了。朋友，既然你们都是我的朋友，是军人，是读过书的人，就请你们应允我一个请求，一个很小的请求。

霍拉旭：您说吧，我们一定会答应的，殿下。

哈姆莱特：别把今晚所见张扬出去。

霍拉旭、玛塞勒斯：不会的，殿下。

哈姆莱特：不行，你们要发誓。

霍拉旭：上天做证，我们绝对不会的，殿下。

玛塞勒斯：我也发誓，我不会说出去，殿下。

哈姆莱特：有剑做证！

玛塞勒斯：我们已经发誓了，殿下。

哈姆莱特：那也不行，要按住我的剑柄。

鬼：（在下）发誓！

哈姆莱特：呀，你也在说？你在那儿吗，好家伙？难道你们没有听到这个地下的人怎么说吗？快发誓啊。

霍拉旭：殿下您说我们该怎样发誓？

哈姆莱特：永远不将你们见到的说出去，按着我的剑柄来发这个誓言。（二人按剑默誓。[②]）

鬼：（在下）发誓！

哈姆莱特：“从一处到百处”[③]，我们再换个地方，到这里来，你们两个，你们再按住我的剑柄，永远不将你们看到的说出去，凭我的剑来发誓。

---

① 一般解释，哈姆莱特提圣柏特立克，是因为传说他是炼狱门守（哈姆莱特亡父正在炼狱里），但陶顿解释：与“罪过”并提，可能是因为传说是他从爱尔兰把蛇驱走的（哈姆莱特亡父说是被蛇咬死的），似乎更加圆满。

② 以下导演词加三次默誓动作，采用多弗·威尔逊办法。

③ “从一处到百处”原文是拉丁句。这个拉丁句，以及换地再三发誓，据说，都从咒法家仪式中取来。

（二人再度默誓。）

鬼：（在下。）发誓！

哈姆莱特：说得好啊，老田鼠！你钻地钻得不慢呀！你是个很好的开路先锋！——我们再换个地方。

霍拉旭：这简直太不可思议了！

哈姆莱特：别那么大惊小怪的，霍拉旭，你要知道天地之间有很多事情，肯定不是你们的哲学①所能梦想到的。但是，来吧！上天保佑你们，到这里来再发誓一次。无论我的举动有多古怪，因为我以后也许要装出一副疯疯癫癫的样子。你们见到我的样子，千万别这样手一叉，又或者是摇头，或者说出什么奇言怪语，“是，我们知道！”或者是“要是我们愿意说出来的话”或是说“有人要是怎么怎么”类似这样闪烁其词的话语，来表示你们知道我的隐衷；必须要避开这些词。愿天主保佑你们，发誓吧，来！

鬼：（在下）发誓！（二人三度默誓。）

哈姆莱特：不安的灵魂，安息吧！好，我以满怀的热情，信赖着你们两位；要是在哈姆莱特的微弱能力以内，能够有可以向你们表示他的友情之处，上帝在上，我一定不会有负你们，来，让我们进去吧；你们要永远对此保持沉默，拜托你们。时代全都脱节了，糟糕，天生我，是要让我把它休整好！我们一起走吧，来。（同下。）

第二幕

第一场　波乐纽斯家中一室

（波乐纽斯与雷纳尔陀上。）

波乐纽斯：雷纳尔陀，把这些钱和信件交给他。

① 在莎士比亚当时，“哲学”指“自然哲学”，相当于后世所说的“科学”。

雷纳尔陀：好的，老爷。

波乐纽斯：雷纳尔陀，倘若你做得非常聪明的话，不妨就去找他，事先去打听下他的行为。

雷纳尔陀：我的确是这样做的，老爷。

波乐纽斯：好，说得好极了。听好了，首先打听下巴黎有什么样的丹麦人，名字，做什么的，住在哪里，有什么样的朋友，有什么开销；这样旁敲侧击，看出他们的确认得我的儿子，你就可以再进一步问下去①；装作跟他有些相识，比如说："我与他的父亲和朋友相识，也大概认识他。"雷纳尔陀，听见了吗？

雷纳尔陀：听见了，老爷。

波乐纽斯：你可以说，"我只是认识他，跟他不熟悉。要的确是我说的那一位，那他可真是胡闹，有某些某些不良嗜好"；说到这，你可以随便想些坏话说；不过也别说得太过分，别损伤了他的名誉——这点一定要注意；你可以随便说些大家常说的，一般纨绔子弟都会犯的那些放浪行为。

雷纳尔陀：老爷，可以说赌博吗？

波乐纽斯：当然啦，吵架、喝酒、赌咒、比剑，甚至乱搞男女关系，这都可以说。

雷纳尔陀：这难道不会损害他的名誉吗，老爷？

波乐纽斯：不会，你说得轻淡一点。千万不要进一步诋毁他，例如说他公然纵欲，我可没有这个意思。你说他的时候，一定要委婉一点，让人感觉他只是有点小毛病、些许的不检点，是年轻人血气方刚的一时冲动，是火气太盛的一点调皮撒野，这不都是年轻人常犯的错误吗？

雷纳尔陀：老爷，可是——

波乐纽斯：你知道为什么要你这么做吗？

雷纳尔陀：我很想知道，老爷。

波乐纽斯：我的用意是这样的，我相信这是一种说得过去的策略；

---

① 或解作："你就比短刀直入更来得深入了。"

你这样轻描淡写说了我儿子一些坏话，就像你提起一件略有污损的东西似的，听清楚了，你不要忘了试探跟你谈话的人，倘若他见过你所说的那个少年确实犯了上面所说的过失，他一定会这么说向你表示同意："朋友"，或是"善良的先生""仁兄"，按照各人的身份和各国的习惯。

雷纳尔陀： 老爷，我明白了。

波乐纽斯： 之后他就……他就要……哎呀，我刚才想说什么来着？我说到什么地方了啊？刚才我想说什么来着？[①]

雷纳尔陀： 您说到了"同意你的说法"；说到了"先生或是仁兄"。[②]

波乐纽斯： "同意你的说法"——没错，但是不是啊！他会这么说："我认得您说的这位先生。昨日，或是前天或是某一天，我还见过他跟某人在一起呢；如你所言，在赌钱呢；喝醉酒了；刚打过架的样子"；或者是"我瞧见他走到了某个生意人家"，例如哪家妓院之类的。你现在该清楚了——你的作用就是用虚构的鱼饵将这真鲤鱼给钓出来，像我们这样深谋远虑的有智慧的人，就是在这样的旁敲侧击中，从间接中得到直接的目标。你完全可以按照前面的说法，打探出关于我儿子的真相。清楚了吗？

雷纳尔陀： 当然，很清楚，老爷。

波乐纽斯： 祝你一路顺风，再见了。

雷纳尔陀： 感谢老爷的祝福。

波乐纽斯： 你要注意观察他的一举一动。[③]

雷纳尔陀： 明白，老爷。

波乐纽斯： 让他唱自己该唱的调子。[④]

雷纳尔陀： 知道了，老爷。

---

① 波乐纽斯说乱了，话也就变成了散文。

② 注意雷纳尔陀复述波乐纽斯的话与原来的有出入，意思都不对了，足见他并未"听好"，而波乐纽斯糊涂，还以为就是如此。

③ 或解作："你自己也得观察他的举止。"

④ 或解作："让他好好学音乐。"

波乐纽斯：那再见了。

（雷纳尔陀下；莪菲丽亚上。）

波乐纽斯：莪菲丽亚，你有什么事情吗？

莪菲丽亚：哦，父亲，父亲，我简直被吓坏了！

波乐纽斯：究竟发生什么事情了，赶紧说给我听！

莪菲丽亚：我正在绣房缝东西的时候，父亲，却见哈姆莱特殿下，衣衫不整，没戴帽子，袜子也乱七八糟的，没打袜带，直拖到脚踝；膝盖间相互碰来撞去，脸色煞白，一副可怜的样子，仿佛是刚被从地狱里解放准备要陈述在那里的恐怖遭遇——他就径直过来了。

波乐纽斯：思念你到发疯？

莪菲丽亚：我怎么知道啊，恐怕是这样啊，父亲。

波乐纽斯：他对你说什么了？

莪菲丽亚：他紧紧握住我的手腕，没有松开，将伸直的手臂尽量又退回去一点儿，同时用另一只手将眉头遮住，很仔细地打量着我，仿佛要画出它来。就这样盯了许久。最后，轻抖一下我的手臂，把头上下点了三次，发出了一声凄惨沉痛的叹息，仿佛他的整个胸部都要爆裂，他的生命就在这一声叹息中结束似的。然后我的手被放开了，他转身而去，但是又朝我转头，似乎不是用眼睛而只是用脚在看路，就这样走出了房门，目光却始终没有离开我身上。

波乐纽斯：来，跟我走，咱们一起去见国王。这相思简直把他弄得疯癫了，他会什么都干得出来，不管谁害上这种相思病都会将自己毁了，无论什么迷人本性的狂热，都不会有这厉害。我感觉很可惜——[①]最近你对他说过什么令他难堪的话？

莪菲丽亚：没有，我只是依从您的意思，拒绝接收他的信件，也拒绝与他见面。

波乐纽斯：难道这就令他发疯？可惜啊，我没能准确判断出他的真相。起初我只是担心他玩弄你的感情，这该死的疑心病啊！的确是这

① 没有说完，到“可惜啊，我没有准确判断……”才又接上。

样，我们这些长辈总是想得太多，反倒是糊涂了；就像是年轻人往往是太无顾忌，成了胡闹。走，我们见国王去。这种事情非得交代清楚，与其隐讳，惹出乱子来，倒不如说出来。

（同下。）

第二场　城堡中一室

（国王、王后、罗森克兰兹、纪尔顿斯丹及侍从上。）

国王：罗森克兰兹、纪尔顿斯丹，欢迎欢迎！我们不但总是想念两位，还需要借重于两位，所以才将你们这么急召进来。想必你们已经知道哈姆莱特发生了很大的变化。我是说很大的，他简直就像变了一个人，无论是外表还是精神。除了丧父之痛，还有什么能把他害得这样神志不清，甚至自己都不知道自己是谁呢？我简直想不通。你们是从小跟他一起长大的，是儿时的玩伴，熟悉他的脾气，所以特请两位到宫中小住一段时间；陪哈姆莱特玩玩，带他去消遣消遣，也好趁机搜集些情况，搞清楚究竟他是被什么折磨成现在的样子，我们也好对症下药，帮助他。

王后：二位也是知道的，哈姆莱特时常提及你们，想必这世上再也找不出哪两个人比你们跟他更好了。倘若不嫌怠慢，同意我们的提议，在此小住几日，满足我们殷切的期望，国王定当做出相应的酬谢，以报答二位的盛情雅意。

罗森克兰兹：我们是两位陛下的臣子，两位陛下有什么旨意只管吩咐。

纪尔顿斯丹：我们愿意投身陛下足下请陛下随意调遣，我们愿鞠躬尽瘁，以效犬马之劳。

国王：感谢二位。

王后：纪尔顿斯丹、罗森克兰兹，非常感谢你们。现在就请你们过去看看我那变化巨大的儿子。来人，领两位去见见哈姆莱特殿下。

纪尔顿斯丹：希望老天保佑我们在旁守候能叫他愉快些！

王后：但愿！

（罗森克兰兹、纪尔顿斯丹及若干侍从下；波乐纽斯上。）

波乐纽斯：尊敬的陛下，派往挪威的使节回来了，看似非常高兴。

国王：你总是会带来好消息，简直就是一个喜神啊。

波乐纽斯：是吗，陛下？请陛下相信，我，对于上帝和尊贵无比的陛下，把责任看得跟灵魂一样重；除非我的脑袋不听使唤了，不如以往那般善于察言观色，那么有把握，否则，我认为我发现了哈姆莱特殿下疯癫的原因了。

国王：是吗？那赶紧说出来听听。

波乐纽斯：陛下，您还是先接见下两位使节；我发现的消息就当成盛宴后的甜品吧。

国王：那就劳驾你亲自去请他们进来吧。（波乐纽斯下。）你听到了吗？亲爱的葛忒露德，他说他发现了哈姆莱特疯癫的原因了。

王后：我认为主要原因就是他失去了父亲，而我们又如此神速地结了婚。

国王：等他讲了再说不妨。

（波乐纽斯、伏尔第曼德及考奈留斯上。）

国王：我的好友，欢迎欢迎！挪威国王兄是怎么说的，伏尔第曼德？

伏尔第曼德：他十分恳切地答应了陛下。我们一提出，他就立刻传诏他的侄子停止招兵买马；原先，他还以为他招兵是为了对付波兰人，一经调查，他才知道确实是为了对付陛下的；他十分痛心，怪自己老弱无能，竟任人摆布，一怒之下，即刻发出文书召回福丁布拉斯；这个年轻人倒是听话，被挪威王一顿斥责之后，立即在挪威王面前发誓，以后绝对不会有兴兵冒犯陛下的举动。他的叔叔也因此十分开心，给他三千克朗的岁收年金以作赏赐，而且答应他把已经招募来的士兵对付波兰人；只是这里还有一个请求，写在此，（取出文书。）期望陛下能准许他们平安借道，从陛下的领土上通过，去远征，确保秩序以及确定的线路，都会依照书面的说明行使。（呈上文书。）

国王： 好啊，这就好，等我们一会儿细细读过之后再考虑这件事情。你们辛苦了，感谢你们不辱使命；今晚来参加宴会吧，现在你们去休息。恭喜你们回国！（使节下。）

波乐纽斯： 圆满的大结局啊。陛下，王后，要是我在此谈论何为君主的尊严、臣子的本分，何为时间是时间，日是日，夜是夜，那简直就是在浪费时间、日、夜。因此，既然简洁是智慧的灵魂，冗长是肤浅的藻饰，就说简单一点。殿下疯了，我说他疯掉了，因为，要证明真的疯了，那除了说发疯，还能说什么？那是什么也不必说了。

王后： 请少讲究文采，说事实吧。

波乐纽斯： 我发誓，王后娘娘，我没有做任何的文章。[①] 殿下的的确确就是疯了，真是可惜啊！可惜这就是事实。废话少说，我不想卖弄文采。我们就认定他疯了。接下来的是我们要找出令他发疯的原因，或者是说这种恶果的原因，因为，令结果变坏总是有原因的，这是接下来要做的。请细细思考。我有一个美丽的女儿——是我的，我总还“有”她——她对我还算是孝顺，看，她将这个给了我[②]。请听下文分解。（读）给美艳无比的、只应天上有的，我灵魂的偶像——莪菲丽亚。这难道不是措辞拙劣的句子吗？要知道，“美艳”是下流的措辞，但继续听吧。（读）希望这几行能留在她皎洁的怀中，诸如此类。

王后： 这不会是哈姆莱特写给她的吧？

波乐纽斯： 等一等，好娘娘；我要忠于原文内容。（读）

---

① 王后说“少讲究文采”，主要是因为急于听实情，不含贬义；波乐纽斯则自鸣得意，自以为“文章”信手拈来，十分自然，也不背真实。

② “这个”指诗。哈姆莱特投寄诗笺，当在莪菲丽亚拒接信、拒见人以前（韦立谛），远在哈姆莱特在威登堡做学生的时候（亚达姆斯）。现代学者认为诗与附信都合莎士比亚时代青年人写情书的时髦风格，虽不免造作，终是热情流露，老头子挑剔嘲弄，与他自己的言谈对照，适见其可笑。

你可以来怀疑星辰的发光，
还有那日月的运行，
甚至怀疑真理的正确，
但却不能怀疑我的爱情。

我亲爱的莪菲丽亚，我不善于写诗；我不会按照韵律将我的呻吟拍出；但是请你相信我对你的爱，我是最爱你的，最亲爱的小姐。只要我还能支配这副机器，那么我就是永远属于你的。[①] ——哈姆莱特。

这是我的乖女儿给我看的，此外，她还把哈姆莱特求爱的情形，每一个细节，包括时间、地点都给我讲了。

国王：那么，你的女儿对他什么感觉？

波乐纽斯：陛下是如何看待我的呢？

国王：当然是十分可信的忠诚义士。

波乐纽斯：希望我能证明如此。但是假如说我见到了这场热烈的恋爱正在进行（实不相瞒，没等我女儿说，我就发现了），陛下，请问您，还有尊敬的王后，请您也想想，倘若我权充记事本或者木讷的桌子，尽管装聋作哑，视而不见，对看到的一切不闻不问，陛下会感觉如何？我可是没客气，立即就教训我的女儿“哈姆莱特殿下是高贵的王子，你怎么能高攀？不能这样下去啊。”我叫她一定不要再见哈姆莱特殿下，更不能接受来使和殿下的礼物。还好，她听从了我的教诲，但是遭受了拒绝的殿下，简言之，郁郁寡欢，茶饭不思，觉也不睡了，整个人都憔悴了，于是才会神情恍惚，直到现在胡言乱语地发疯了，真是令人悲痛啊。

国王：你相信这样的事情吗？

王后：非常有可能。

波乐纽斯：我非常想知道，难道我哪一次说过谎，令陛下不相信？

国王：那倒是没有。

---

① 布莱特（T. Bright）在1586年出版的《忧郁论》中把人体比作机器（陶顿）。“机器”一词在莎士比亚所处的时代，用起来还很“雅致”（吉特立其）。

波乐纽斯：倘若我说错了，就把这个拿走吧！（自指头肩。）要是环境许可，我一定会找出事实真相，哪怕它躲到地底下。

（哈姆莱特上，手持一书，且读且行。闻声止步，未被觉察。①）

国王：我们如何进一步测试呢？

波乐纽斯：想必陛下是知道的，有时候他会在这走廊里连续走上三四个小时。

王后：没错，他的确是这样的。

波乐纽斯：我趁他在此，把我那女儿放出来②；陛下您和我躲在帷幕后面，观察他们相会的情景；倘若哈姆莱特殿下不爱她的话，也不会为了这份爱情丧失理性，那么，请陛下罢黜我的职位，让我回家种田为生去吧。

国王：我们试试看。

王后：看，这看书的可怜的儿子来了。

波乐纽斯：请尊敬的二位陛下尽快离开吧！我这就跟他打招呼，哦，请便吧。（国王、王后及侍从下。）殿下，您可好啊？

哈姆莱特：上帝保佑，我还好。

波乐纽斯：您认识我吗，殿下？

哈姆莱特：再认识不过了，你这个鱼贩子③。

波乐纽斯：殿下，不是的。

哈姆莱特：那么希望你是个老实人。

波乐纽斯：老实人，殿下！

哈姆莱特：没错，先生；世道这样，要想找个老实人，那可真是万里挑一的事情。

---

① 哈姆莱特出场，旧本排在下文国王说“我们试试看”以后，现据多弗·威尔逊解释，排到这里，如此下文中哈姆莱特与波乐纽斯交谈时开头所作数语，意义才显。

② “放出来”一语，陶顿解释“提醒国王与王后他已经禁止了莪菲丽亚与哈姆莱特来往”，但多弗·威尔逊指出另有一义，用在交配牛马场合，因此恶谑，下文中哈姆莱特一再反唇相讥，口出秽言，才思了然。

③ “鱼贩子”有娼主鸨母意。

波乐纽斯：殿下说得太有道理了。

哈姆莱特：倘若是太阳将蛆虫养在一条死狗身上，那么原因就是它是一块可以亲吻的臭肉——你是不是有个女儿？

波乐纽斯：有的，殿下。

哈姆莱特：那就制止她在太阳下面行走；肚子里有学问是幸福，但不是像你女儿肚子里会有的那种学问。当心啊，我的朋友。

波乐纽斯：（*旁白*）他这是什么意思？总是对我的女儿念念不忘。但是他最开始却不认识我，竟然还说我是鱼贩子，看来他疯得很深。没错，疯得很深很深了！说老实话，我年轻的时候，也曾恋爱，弄得茶饭不思，神魂颠倒；的确跟他现在很相似。我继续跟他聊聊。——您在读什么，殿下？

哈姆莱特：空话，全都是空话。

波乐纽斯：讲的是什么事情，殿下？

哈姆莱特：是哪两个人之间的事情？

波乐纽斯：我是在问殿下您读的是什么。

哈姆莱特：胡言乱语，先生；这个刻薄鬼在这里说：老年人长着灰白的胡子，脸上布满了皱纹，眼睛里粘满了眼屎，脑袋稀里糊涂，腿一直是摇来摇去的。先生，纵然我对这番话深信不疑，我也觉得如此写出来似乎有点不成体统，原因是你，先生，你也会到我这个年纪，除非你能像螃蟹一样能走回到过去。①

波乐纽斯：（*旁白*）虽然这话是疯话，但也不无道理。——哈姆莱特殿下是想要走到不通风之处吗？

哈姆莱特：走到我的坟墓中去。

波乐纽斯：天，那的确是密不透风了。（*旁白*）他的回答有时是那么有趣！疯子往往能够说出理智清明的人所说不出的话。我这就去安排我的女儿与他相会，暂时离开一会儿——殿下不要见怪，失陪一会儿。

---

① 哈姆莱特用曲折的说法，等于说关于老人的描写，与“你自己”完全切合，螃蟹倒行，英国当时有此传说，舞台上可使波乐纽斯在哈姆莱特气势逼人前步步倒退。

哈姆莱特：那是再好不过的事：但愿我也能够向我的生命告别，但愿我也能够向我的生命告别，但愿我也能够向我的生命告别。

波乐纽斯：那就再会吧，尊敬的殿下。

哈姆莱特：这些令人讨厌的老傻瓜！

（罗森克兰兹与纪尔顿斯丹上。）

波乐纽斯：你们去找殿下吧，现在他就在那里。

罗森克兰兹：（对波乐纽斯）愿上帝保佑您！

（波乐纽斯下。）

纪尔顿斯丹：哦，尊贵的哈姆莱特殿下！

罗森克兰兹：尊敬的殿下！

哈姆莱特：啊，我的两位挚友！纪尔顿斯丹，你还好吗？啊哈，罗森克兰兹！你们两个家伙都好？

罗森克兰兹：不过像一般庸庸碌碌之辈，在世间虚度光阴而已。

纪尔顿斯丹：无荣无辱便是我们的幸福，我们并高不到命运女神帽子上的结顶。

哈姆莱特：当然也低不到她的鞋底。

罗森克兰兹：正是，殿下。

哈姆莱特：难道你们在她的腰身之上——她恩惠的正当中？

纪尔顿斯丹：确实如此，我们是她最亲信之人。

哈姆莱特：你们住在命运女神的私处？哦，没错，她是个不正经的女人。你们得到什么消息？

罗森克兰兹：尊敬的殿下，没有什么，除了世界变得更加诚实了。

哈姆莱特：那么就是世界末日要降临的时候了。只可惜啊，你们的消息并非真实的。让我再仔细问问看[①]：我的好友，究竟在命运女神手下，你们犯了什么案子啊，才会被她打发到这个监狱里来？

纪尔顿斯丹：这怎么能是监狱啊，殿下！

哈姆莱特：难道丹麦不是一所监狱吗?!

---

① 这句话使哈姆莱特起了疑心，才要“仔细问问看”。

罗森克兰兹：如果这样的话，世界也是一所监狱了。

哈姆莱特：一所很大的监狱，里面设有许多禁闭室、监房和暗牢；而丹麦就是这里面最阴暗的一间。

罗森克兰兹：我们有不同的意见，殿下。

哈姆莱特：是吗？那对你们来说这就不是一所监狱了，确实如此，世界上本来就没有什么绝对的好与坏，是因为每个人的想法不同才产生了好坏。这里对于我来说就是一所监狱。

罗森克兰兹：哦，那是殿下胸怀大志[①]，才令这里变成了一所监狱；它是如此狭窄，以至于不能使殿下称心如意。

哈姆莱特：苍天啊，即便是我被关在一个栗子壳里都能自命拥有无限空间的君王，倘若我不做很多噩梦的话。

纪尔顿斯丹：这种噩梦难道不是野心吗？原因就是，野心家的本质就是一个梦的影子。

哈姆莱特：难道梦的本身不就是个影子吗？

罗森克兰兹：没错，我觉得野心就是虚幻缥缈的东西，就是一个镜花水月。

哈姆莱特：难道我们这些叫花子是实体，而我们尊贵的君主和那些英雄人物反倒是叫花子的影子？我们是要进宫去吗？我真的不知道该说什么好了。

罗森克兰兹、纪尔顿斯丹：让我们伺候您[②]，殿下。

哈姆莱特：不需要！我怎么能让你们混在我的仆人中间；跟你们实话实说，我早就厌倦被人伺候了。但是，凭着我们多年的交情，你们来到艾尔西诺有什么事情吗？

罗森克兰兹：没有什么，只是想拜访下殿下您！

哈姆莱特：像我这样一个叫花子，连谢谢都一文不值，但是我仍旧

---

① “胸怀大志”就是下文“野心”的婉转说法，原文是一个字。他们两个疑心哈姆莱特的隐衷是抱恨未能承继王位，所以坚持在这一点儿上试探他，他也看出来了。

② “伺候”也有“看守”意，二人说时，可能相顾示意，彼此心照。

要谢谢你们；当然，你们知道，我的谢谢一文不名，希望两位见谅。你们不是被人叫来的吧？你们的确是自己想来的吗？是出于自愿来的吗？老实对我说吧，来吧，实话实说！

纪尔顿斯丹：您让我们说什么好，殿下？

哈姆莱特：随便说什么，只要不是废话就好。你们是被召来的，二位脸上的表情出卖了自己，你们心中有鬼，随便你们要什么花招，都是掩饰不了的。我清楚，你们是被我们的好国王和王后召来的。

罗森克兰兹：把我们召来做什么呢？

哈姆莱特：那就要问问你们了。凭我们之间的交情，凭借我们多年的情分，凭我们从未改变的友谊，凭借一位比我更会表达的人所能表达的更加可贵的理由，我希望你们对我实事求是、开诚布公，你们是被召来的吧？

罗森克兰兹：（*旁白，对纪尔顿斯丹*）怎么回答呢？

哈姆莱特：（*旁白*）算了，你们还想逃过我的眼睛吗？——倘若你们对我还有丝毫的爱意和情分，就不要回避。

纪尔顿斯丹：没错，殿下，我们的确是奉命而来的。

哈姆莱特：我要告诉你们这样的原因。如此一来，我事先说明，以免你们泄露出去，对于国王和王后负责的机密，你们就不曾透露丝毫风声。最近——我也不知道为什么——变得全然没有任何兴致，不再想操练戏乐；我的心情是如此繁重，就感觉大地这一副大好的框架就是伸到苍茫大海的荒凉的山岬，天空如一张巨型的帷幕，瞧，笼罩在头顶上的一片豪华的苍穹，这一层被镶嵌了金黄色火点的房顶，啊，我感觉也不过就是一堆乌烟瘴气积聚在一起。人，是一件多么了不起的作品！理性又如此高贵！力量又如此无穷！举止和仪表又如此端正，如此出色！行动多像天使！论智慧，又多像天神！宇宙之华！万物之灵！但在我看来，这泥土提炼出来的生命算得了什么？我并不喜欢人，即便是女人也不喜欢，虽然从你们的微笑中我看到了反对的意思。

纪尔顿斯丹：殿下，我可没这个意思。

哈姆莱特：那好，那为什么我说我并不喜欢人，你会笑呢？

纪尔顿斯丹：我只是在想，既然殿下并不喜欢人，那戏子来到殿下跟前恐怕就是自讨没趣了。我们在路上遇见他们，他们正要到这里为殿下献技呢。

哈姆莱特：我很喜欢扮演国王的那位，我尊敬他这位“陛下”；冒险的骑士能挥舞他的宝剑，用他的盾牌；情人则不会白白叹气；那些阴阳怪气的人也不至于下不了场；小丑能让那些善笑的人笑破肚皮；女主角能够畅所欲言，不用怕那无韵诗的句子脱去板眼。他们是什么样的一班戏子？①

罗森克兰兹：就是殿下以往十分喜欢的戏班子，在城里专门演出悲剧。

哈姆莱特：那他们怎么跑上码头了？在城里演习，对于他们来说，不是名利双收吗？

纪尔顿斯丹：想来最近他们不得安身，全是翻了花样的原因。②

哈姆莱特：近段时间，他们还跟当初我在城里一样叫座？一样那么名声响亮吗？

纪尔顿斯丹：还真是大不如前了。

哈姆莱特：为什么会这样？他们的演技退步了吗？

罗森克兰兹：殿下，他们跟以前一样发奋卖力。只是现在出现了一些羽翼未丰的黄口小儿，在台上尖声怪叫，赢得喝彩无数，现在他们正当红，他们的声势压倒了那些所谓的普通戏班子，令那些佩剑的上流顾客都怕批评家的笔杆，而不敢去光顾那老地方了。③

哈姆莱特：什么？他们竟都是些孩子？是谁给他们津贴的？他们怎么拿钱？等他们到了唱不动的年龄，难道就不继续干这个行当了吗？要

---

① 以下谈戏班子一段都是影射英国当时的剧坛情况。

② 各家对“不得安身”与“翻了花样”，解释不一。主要分歧有二：一说指当时王公贵人捧出了童伶班子，造成了低级趣味的时尚——这是社会的原因；一说指城市当局（主要因戏文中讽刺时人时事）禁止演戏（但不禁童伶）——这是政治的原因。

③ 这种时髦戏的一个特色是插入大量的歌唱。

是他们的收入不多，等他们长大之后，自己也势必会变成一个普通的戏子，难道到时候不会怪当初给他们写脚本的人对不住他们，让他们如此大叫大嚷，将自己的未来骂尽了吗？

罗森克兰兹：没错，双方都不肯罢休；全国人士又怂恿着他们大吵大闹，恬不知耻。甚至还有一段时期，脚本都卖不出去，除非再将一种争吵插进戏词里，让编戏和演戏的都来大显身手。

哈姆莱特：竟然到了这种地步？

纪尔顿斯丹：那可真是大斗法宝，真正的唇枪舌剑。

哈姆莱特：最终是这些小孩子得胜了。

罗森克兰兹：殿下，确实是这样——甚至连赫拉克勒斯和他背的地球都被席卷了。①

哈姆莱特：这有什么稀奇，你们要知道，我叔父竟然是丹麦的国王了，并且我父亲健在之时，还对他一直做鬼脸的那些人，现在都愿意出二十块、四十块、五十块甚至一百块杜开来买他的一枚小画像了。真是活见鬼，这里面总是有些反常的道理，倘若哲学能研究出来的话。

（内奏喇叭。②）

纪尔顿斯丹：戏班子来了。

哈姆莱特：两位，非常欢迎你们光临艾尔西诺。要握手？没问题③，欢迎嘛，总是要带些礼节和俗套的。我们就陪你们客气一番好了，以免你们计较接待戏班子的情形，我不妨先说，我一定要好好表现一番，以免你们责怪我，好像对他们显得比对你们更好。我很欢迎你们，但是，恐怕是我的叔父和婶娘母亲搞错了。

纪尔顿斯丹：尊敬的哈姆莱特殿下，搞错什么东西了？

哈姆莱特：我只是在发西北风的时候才发疯，要是刮的是南风，我

---

① 希腊神话中大力士赫拉克勒斯曾代阿特拉斯背负地球。莎士比亚剧团的戏院，环球戏院，以赫拉克勒斯背负地球为标记。

② 莎士比亚时代戏班子下乡演戏时吹喇叭做广告。

③ “握手？没问题”照威尔逊根据“第二四开本”原文所作一解释译出，一般根据“第一对褶本”原文作“握手吧，来”。

还不至于将一只鹰看成一只鹭鸶。

（波乐纽斯上。）

波乐纽斯：上帝保佑你们，两位！

哈姆莱特：纪尔顿斯丹，还有你，罗森克兰兹，你们两个听好了，一只耳朵选听一个人①，你们所见的那个大婴儿还在襁褓中呢。

罗森克兰兹：没准是第二次裹上的，要不人家为什么说，一个老年人第二次做婴儿？

哈姆莱特：我敢断定，他是要跟我汇报戏班子一事。注意吧——你说得很对，周一早上，完全正确。

波乐纽斯：尊敬的殿下，我有事情要向您汇报。

哈姆莱特：我有消息要向您报告，大人。当年罗歇斯在罗马演戏之时——②

波乐纽斯：哈姆莱特殿下，戏班来了。

哈姆莱特：呔，呔！

波乐纽斯：是真的。

哈姆莱特：戏子们每人骑着一个傻毛驴来的。

波乐纽斯：这都是世界上一流的戏子，不管是演悲剧、喜剧、历史剧还是田园剧、田园喜剧、历史田园剧、历史悲剧、悲喜历史田园剧；不管是演不遵循任何规律的新派戏，还是演中规中矩、地点前后统一的古典戏，那都是样样拿手。帕劳泰思的喜剧不会给人过分轻浮的感觉，

---

① 故意假装与二人深谈别事，让波乐纽斯听见，捉弄他。以“一只耳朵选听一个人”代替“一边一个人拿一只耳朵凑近来听”，颠倒了十足像疯话，可能哈姆莱特是有意的，等于说“你试探我，我也试探你”。

② 罗歇斯（Roiscius，死于耶稣纪元后 62 年）是罗马最著名的喜剧演员，他的名字家喻户晓，变成了大演员的同义词。“罗歇斯当年在罗马演戏”是谁都知道的陈年旧事，不能算“消息”，哈姆莱特暗示波乐纽斯的“消息”也是陈旧的，但老人没有觉察，只当疯话，只顾自己报告下去。

瑟奈加的悲剧亦不会有过分沉重之感①，不管是受严格的限制还是一切自由，他们可都是不可多得的行家啊。

哈姆莱特：哦，以色列的士师，耶弗他，你这宝贝多好啊！②

波乐纽斯：殿下，他有什么好的宝贝？

哈姆莱特：哦，他有一个美丽的女儿，对她可是极其宠爱的。

波乐纽斯：（旁白）总不忘记我的女儿。

哈姆莱特：老耶弗他，难道我说错了吗？

波乐纽斯：既然殿下您称呼我为耶弗他，我的确是有一个被我宠爱到家的女儿。③

哈姆莱特：不，这是接不下去的。

波乐纽斯：殿下，那您认为怎样才能接下去呢？

哈姆莱特：啊？

谁知道啊，命运不好。

接下去你就明白

糟糕，一朝出了事。

这首圣经歌曲的第一段还有一点故事要给你讲的，但是被我打断了，你看。

（伶人四五名上。）

哈姆莱特：欢迎，各位先生，热烈欢迎各位。——非常高兴见到你们。——各位好友，热烈欢迎你们。——哦，我亲爱的老朋友啊！哎呀，你的脸上怎么有一团漆黑的威武之气啊？记得上次见面时，还没有。你这是准备要拿胡子来吓唬我，向我挑战来了，是吗？——哦，

---

① 瑟奈加（Seneca，约生于耶稣纪元前61年），罗马悲剧家。帕劳泰思（Plautus，约生于纪元前254年），罗马喜剧家，所作剧本在莎士比亚时代的英国流传甚广，对当时剧作产生不小影响。

② 耶弗他（Jephrhah）将女儿献祭上帝，事见《旧约·士师记》。下文中哈姆莱特所引歌词出自一首关于耶弗他的圣经故事民歌，耶弗他的故事当时也曾被编入戏文。

③ 意思应为："你有个女儿，可不见得宠爱到家。"（从全剧看来，波乐纽斯爱女实非出于自私自利的真爱）哈姆莱特提到耶弗他，只因为，正如有的学者指出的，仅有一点儿与波乐纽斯相同——无耻地献出女儿，牺牲女儿。

呵，年轻美貌的小姑娘，我的小姐！[①] 我敢凭圣母起誓，小姐踩了高跟木跷[②]，比起上次我见到你，你更高了，高到直冲云霄啦。愿上天保佑你那嗓子，千万别哑了、破了，成为一块不流通的金币，再也不会叫响了啊。——欢迎各位先生。让我们来学学法国的养鹰高手，不管看到什么鸟都放鹰出去抓；我们这就来一段台词。赶紧让我们领略下各位的技艺，开开眼。来，来一段热情的台词吧。

伶人甲：殿下，您想听哪一段呢？

哈姆莱特：曾经我听你说过一段，但没在台上演过；即便是演过，也没超过一次；因为我好像记得，那个戏不是太受观众的欢迎，是凡人不懂得赏识的腌鱼子；但是它在我眼里，也按照其他在这方面有比我更独到见解的人来说，是一本非常之好的戏剧，场面调配得十分得当，写得朴实无华又十分巧妙。曾记得有一位这样评价它，行间没有添加香料和怪味，句中无痕迹，无造作！说它作风正派，不但可口而且干净卫生，不惹眼却光彩绽放。我最喜欢里面的一段台词。伊尼阿斯对玳度叙述情景的一段，尤其是讲到普赖姆被杀的一节。[③] 倘若你还能记起来，从这一行开始——让我来想想：

野蛮的披勒斯如同赫开尼亚[④]的猛虎——

不是这样，确实是从披勒斯开的头——

野蛮的披勒斯，身披一身漆黑的盔甲，蹲伏在木马之中，
黝黑的手臂和他的决心一样，
像黑夜一般阴森恐怖；

---

① 当时演女角的都是男性童伶。

② 木高跟鞋子，不但演女角童伶穿，当时一般妇女也穿，据说往往高至一英尺以至一尺半，这里说这个童伶又长高了。

③ 伊尼阿斯传说是罗马的创始人，玳度（Dido）是迦太基的创始人，普赖姆（Priam）是特洛伊王，披勒斯（Pyrrhus）是希腊英雄阿基列斯的儿子。特洛伊沦亡，披勒斯杀死普赖姆以后，伊尼阿斯逃至迦太基，向玳度追述情景，事见维吉尔史诗《伊利亚德》。

④ 赫开尼亚（Hyreania）是古里海东南岸的蛮荒区域。

在这黑暗狰狞的肌肤之上，
现在更染上令人恐怖的纹章，
现在从头到脚，全身都是殷红，
父母子女的鲜血染在其上；
那些燃烧着熊熊烈火的街道，
发出残忍而惨恶的凶光，
照亮敌人去肆行他们的杀戮，
也烘干了横流的血泊；
冒着火焰的熏烤，如恶魔一样，
全身黏结着凝固的血块，
圆睁着两只血红的眼睛，
四处去寻找普赖姆老王。
你现在接下去吧。

波乐纽斯：上帝做证，哈姆莱特殿下念得简直太棒了，无论是声调还是神韵，都好极了。

伶人甲：

那老王正在苦战，
但是砍不到与他对敌的希腊人；
古老的宝剑锵然落地，
一点不听从他手臂的指挥；
披勒斯见普赖姆孤弱可欺，
疯狂向他猛烈攻击，
凶刃虽然没有击中，
一阵风却把衰弱的老王搧倒了。
这一下打击有如天崩地裂，
惊动了没有感觉的伊里恩宫城，
冒着火焰的城楼瞬间坍塌，
那轰然的巨响犹如霹雳一般，

抓住了披勒斯的耳朵；[1] 看啊！
他的剑还没有砍下普赖姆白发的头颅，
却停在了半空中；
就像涂朱抹彩的暴君，
对自己的行为漠不关心，
他兀立不动。
像暴风雨来临之前，
天空一片宁静，
云都静止了，
风也缄默了，
一片沉寂笼罩着大地；
突然间一声霹雳震裂了天空。
经过暂时的休止，
杀念重新激起了披勒斯的精神；
塞克罗披斯为战神铸造甲胄，[2]
那巨力的锤击，
还不如披勒斯的剑向普赖姆劈下那样凶狠无情！
去，去，你娼妇一样的命运！
希望天上的诸神剥夺她的权力，
不要让她僭窃神明的宝座；
拆毁她的车轮，把它滚下神山，
一直落到地狱的深渊！

波乐纽斯：这一节简直太长了。

哈姆莱特：它应该像你的胡子一样，去找理发师照顾一下的——请接着念下去。他只喜欢听那些淫秽的打诨或滑稽的插曲，否则就会打瞌

---

① “抓住了……耳朵”一语在原文中（“俘虏了……耳朵”）也是勉强的，原文模拟另一种风格，仍是好诗，到此却成极端，过火了。

② 塞克罗披斯（Cydops）是希腊神话中铁匠神的一批巨人工匠。

睡了。继续念；讲一下赫古芭。

伶人甲：

但是谁见到那位蒙面的王后——

哈姆莱特：“蒙面的王后”？

波乐纽斯：非常好！这句“蒙面的王后”说得好极了。[①]

伶人甲：

满面流泪，赤脚在火焰中奔走，
一块布裹在失去宝冕的头上，
也没有一件可以蔽体的衣服，
只有在惊惶中随手抓起的一幅毡巾，
裹住她那瘦削而多产的腰身；
谁见了这触目惊心的景象，
不要向残酷的命运申申毒詈？
她看见披勒斯以杀人为戏，
正在把她丈夫的肢体脔割，
忍不住大放哀声，那凄凉的号叫——
除非上天一点不为人间的哀乐所动——
即使天上的星星也会流泪，
难道天神不为之心酸吗？
假使那时诸神曾在场目击，
他们的心中都要充满悲愤。

波乐纽斯：瞧啊，他的脸色都变了，他也流泪了。请不要继续念下去了。

哈姆莱特：非常好，下次我再请你念其他的部分。——大人，请你找个好一点的地方将这些伶官安置下来吧。听到了吗？一定要好生招待他们；他们可是我们这个时代的缩影和简史啊。我宁愿死后落个体面的

---

① 波乐纽斯听精彩部分，反而嫌“太长”，听哈姆莱特嫌古怪的字眼，反而说好，趣味可知。

墓志铭，都不要生前被他们不客气地品评。

波乐纽斯：放心吧殿下，我定当按照他们的功德适当对待。

哈姆莱特：哎呀，我的老兄，要格外优待才对啊！倘若是按照每人的功德区别对待，那么谁都难逃一顿鞭子啊！你要按照自己的体面和排场招待他们；他们越是不配，你的功德就越是无量啊。把他们带进去吧。①

波乐纽斯：来吧，各位。

哈姆莱特：朋友们，跟着他去吧。我们明天要演一场戏。

（伶人甲除外，众伶人随波乐纽斯下。）

老朋友，你听我说；你们会不会演“贡扎果谋杀案②”？

伶人甲：当然，尊敬的殿下。

哈姆莱特：那明晚就上演这一出吧。我感到有必要，想写个十五六行，插进台词里。你们能拿来练练吗？

伶人甲：没问题，殿下。

哈姆莱特：太棒了。那你就跟这位老爷下去吧——当心不要取笑他。③*（伶人甲下。）*晚上再见了，我的好友；欢迎你们到艾尔西诺来。

罗森克兰兹：殿下，好的。

（罗森克兰兹与纪尔顿斯丹下。）

哈姆莱特：好吧，上帝保佑你们！现在我只剩一个人了。唉，我简

---

① 哈姆莱特这番话的意思，与其说他愤世嫉俗，夸大认为世人都极坏，不如说他痛心于到处见到坏人养尊处优，好人反而不得善遇。韦立谛及多弗·威尔逊指出莎士比亚借哈姆莱特口说“挨鞭子”，亦有出典，暗讽1572年英国政府法令禁止游民及“强项乞丐”（实为被逐出外的无家可归的农民），也包括“不属于本邦任何贵人”的优伶，鞭打是这种惩戒的最经常的法定刑罚。我们也可以注意前面哈姆莱特一再以“乞丐”自况。

② “贡抽果谋杀案”，一般认为别无真戏，只是莎士比亚虚拟的戏中戏。

③ 哈姆莱特警告伶人不要学他自己，捉弄波乐纽斯，因为他们不是王子，万一忘其所以，也像他一样取笑老人，自己会吃亏的，是出于照顾他们的好意。

直就是个游民，是那种田的奴才！[①] 看这个戏子不过是演一场虚构的戏，做一场苦梦，却能够使他的灵魂融化在他的思想里，在它的影响下，他的脸色变得惨白，他的眼中溢满了热泪，他的神情流露着仓皇，他的声音是那么凄凉，他所有的动作都表现得和他的意象一致，这不是极其不可思议的吗？而且毫无目的！是为了赫古芭？无论是赫古芭对他或是他对赫古芭，难道有何值得他为她哭的吗？他会如何，倘若他有了我这样悲愤的原因？整个舞台都会被他的眼泪淹没，听众的耳朵被大声疾呼震裂了，令一切有罪之人发狂，无罪之人惊愕，令那些愚昧无知的人惊慌，使耳朵和眼睛迷乱了它们的功能。但是我，如此一个可怜虫、糊涂蛋，憔悴萎靡，整天做梦，忘记了深仇大恨。虽然一个国王被人用万恶的手段篡取了他的王位，杀害了他最宝贵的生命，我却说不出一句话来。我难道是个懦夫吗？是谁叫我坏蛋，将我的脑壳打破，将我的胡子拔下来吹在我的脸上？是谁拧住我的鼻子，当面斥责我在说谎？是谁对我这样的？[②] 我应该忍受这样的侮辱因为我是一个没有心肝、逆来顺受的怯汉，否则我早已用这奴才的尸肉，喂肥那些满天盘旋的秃鹰了。嗜血的、荒淫的恶贼！狠心的、奸诈的、淫邪的、悖逆的恶贼！啊，报仇，报仇！啊，我好愚蠢啊！我亲爱的父亲惨遭谋害，鬼神都在鞭策我去报仇，我却非要学那下流的女人用空话来发牢骚，学不知廉耻的泼妇骂街的样子，这对我来说已经了不得了。呸呸呸！我的脑筋啊，开动吧！[③] 我曾听说有一些犯罪的人看戏的时候，因为台上的演出太精彩了，灵魂一下子被打动了，竟然当场招认了他们所犯下的罪行；因为暗杀的事情无论干得多么秘密，总会借着神奇的喉舌泄露出来。我要让戏班子

---

① 多弗·威尔逊指出哈姆莱特刚暗示过心中想到严禁“游民”的法令。我们可以看出哈姆莱特并非鄙夷农奴，只是怪他们只知做牛做马，逆来顺受。同时禁令中也包括“乞丐”，哈姆莱特在前面也自比乞丐，可见他站在受压迫的一边。他自己的遭遇也就使他本有的正义感突出了。

② 这里所说的凌辱办法，虽属比拟说法，在当时社会上，用在“下等人”（例如前面所说的“游民”）身上，显然是司空见惯。

③ 动脑筋，写这“十五六行”；至于想到演戏的动机，前面已经提过，决心已定，下文一段只是回顾，不是新出主意（亨特，见弗奈思《集注本》）。

演出一点类似我父亲遇害的情形给我那狠心的叔父看，在一旁偷偷观察他的神色；我要探视到他的灵魂深处，他只要一惊，我就知道该怎么办了。我所见到的那个鬼魂或许是魔鬼，魔鬼是会随意化身的，变幻出各种美好的形状；或许在我软弱、忧郁之时，恰好是他最容易发挥力量的时候，所以才来向我作祟，将我引诱到沉沦的道路上。那一番话还不够，我还要比这更确切的证据。我要用这台好戏发掘国王内心的隐秘。

（下。）

第三幕

第一场　城堡中一室

（国王、王后、波乐纽斯、莪菲丽亚、罗森克兰兹及纪尔顿斯丹上。）

国王：他为什么会如此胡来，以狂烈而危险的疯癫症扰乱其平静的生活？难道你们用了所有委婉的方法还是无法从谈话中打探出原因吗？

罗森克兰兹：他也承认自己有点神经错乱，但就是不肯说出其中的原因。

纪尔顿斯丹：并且他也不愿接受我们的询问，每当我们想刺探一些真相的时候，他就用一副装疯卖傻的样子来躲避过去。

王后：他对你们还算礼貌吗？

罗森克兰兹：是的，很有礼貌。

纪尔顿斯丹：但是看起来有些勉强，不是很自然。

罗森克兰兹：他不是很爱说话，但是我们问的他也都回答。

王后：难道你们没有引诱他去做什么消遣吗？[1]

罗森克兰兹：王后，我们在路上碰巧遇到一个戏班子，我们就对他讲了这件事情，他听完之后十分开心，戏班现在已经在宫中了，我想现在已经受命今晚会给他演出呢。

波乐纽斯：没错，他还嘱咐我们一定要请国王和王后去观赏。

国王：那一定去，太好了。他能有这样的兴致，我很高兴。就请两位继续调动他其他的兴致，将心思转到娱乐上面来吧。

罗森克兰兹：遵命，陛下。

（罗森克兰兹与纪尔顿斯丹下。）

国王：你先走，好葛忒露德；我们布置好了，再把哈姆莱特叫来，让他像是非常偶然地在这里遇到莪菲丽亚。我跟她的父亲就当是密探，躲在一边不让他们看见，偷偷看他们，仔细端详他们会面的场景，从他的言行举止，来判定他是否真的是饱受恋爱之苦才疯成这样的。

王后：按照你的意思来办。莪菲丽亚，至于你嘛，我心里倒是非常愿意哈姆莱特发疯的原因就是因为你的美貌；我真心希望你的美貌能将他回复到常态，使你们也同享尊贵。

莪菲丽亚：希望如此，王后。

（王后下。）

波乐纽斯：你就在这里走走吧，莪菲丽亚。——我们这就去躲着吧，陛下。——你拿起这本书读，表示你正在做功课[2]，就不会因为独自在这里而显得奇怪了。也不怪人家时常责备我们将虔诚的动作、真诚的面孔，真的往往当作糖衣将心里的魔鬼包裹了。

国王：（旁白）简直太对了！这句话像是鞭子，正抽中我的良心，而且很重！娼妓在自己的脸蛋上涂上了厚厚的脂粉，倘若说是丑陋不堪，还远远不如我们那用花言巧语掩藏的行为！哦，这是多么沉重的担

---

① “这两位廷臣，会见失败，怕失体面，试图自行拼凑出一篇报告；罗森克兰兹想表示他们没有完全失败；纪尔顿斯丹却表示做到这一点儿并非没有困难。他们回避不提哈姆莱特锋利地盘问他们、发现他们是奉命前来的事实。”（陶顿）

② “书”是祷文一类书，所以说“做功课”。

子啊！

波乐纽斯：我们赶紧走吧，陛下，我听到他过来了。

（国王与波乐纽斯下；哈姆莱特上。）

哈姆莱特：是生存还是死亡，这，是个问题。想要做到高贵，究竟是要忍气吞声忍受命运的暴虐的毒箭，还是挺身反抗这无边的苦难，将它扫清？死亡，就是睡眠——不过如此；但倘若睡眠就等于结束了心痛及其千万种要由身体来承受的疼痛，那可真是天大的好事，是求之不得的事情！死亡，就是睡眠：睡眠就有可能做梦，这可就麻烦了！一旦我们将尘世的牵绊摆脱了，那么在这死亡的睡眠里还有什么梦要做？想到这些就不能不使我们踌躇顾虑。这一点顾虑恰好令这灾难变成了长期的折磨。要是只用一柄小小的刀子就可以清算他自己的一生，谁愿意忍受人世的鞭挞和嘲弄、[①] 压迫者的凌辱、傲慢者的冷眼、被轻蔑的爱情的惨痛、法律的迁延、官吏的横暴和费尽辛勤所换来的小人的鄙夷？谁愿意担负这重担，在烦劳的生命的压迫下呻吟流汗，倘若不是担心死后，担心那从来不曾有一个旅人回来过的神秘国度，是它迷惑了我们的意志，使我们甘愿忍受现在的苦难，不敢奔向那些未知的苦？就这样，在顾虑中，我们变成了懦夫，决心的赤热的光彩被审慎的思维盖上了一层灰色，伟大的事业在这种考虑之下，也会停滞倒退，失去行动的意义。且慢！美丽的莪菲丽亚！——我的女神，你做祷告之时，不要忘记也替我忏悔我的罪恶。

莪菲丽亚：哈姆莱特殿下，您近来贵体好吗？[②]

哈姆莱特：很好很好，多谢你关心。

莪菲丽亚：尊敬的殿下，我这里有一些您送给我的礼物，一直想把它们还给您，请殿下收回吧。

哈姆莱特：不，我为什么要收回？我从未送过你礼物。

---

① 多弗·威尔逊提醒这里和第二幕第二场里的鞭打“游民”等说法，有同样来源。

② 莪菲丽亚在这一场上半节的言行都是出于她父亲的命令，而且疑心哈姆莱特真的疯了，以为大家安排她试探他，真是为了要探出他的病源，以便对症下药。

莪菲丽亚： 殿下，您分明知道这是您送来的；殿下您还说了些甜言蜜语令这些礼物变得更加贵重。现在，它们的芳香已经消散，就请收回这些东西吧；因为倘若送礼物的人变了心，礼物虽贵，也会失去价值，收礼的人不领情，因为有骨气！① 殿下，您就拿去吧。

哈姆莱特： 哈哈，难道你贞洁？②

莪菲丽亚： 哈姆莱特殿下！

哈姆莱特： 你认为你美丽？

莪菲丽亚： 您这是什么意思，殿下？

哈姆莱特： 我的意思是，倘若你又贞洁又美丽，那么，你的贞洁就不该跟美丽交往在一起。③

莪菲丽亚： 尊敬的殿下，难道除了贞洁之外，美丽还能有什么更好的伴侣吗？

哈姆莱特： 没错，因为美丽很容易将贞洁变成淫荡，而贞洁却难以将美丽变成如同它自己的模样。这本来就是一种奇怪的论调。但是如今的时势却证明了这一点。我之前确实爱过你。

莪菲丽亚： 没错，您曾经让我对此深信不疑。

哈姆莱特： 当初你就不该相信我，因为美德不能熏陶我们罪恶的本性；我从来没有爱过你。④

莪菲丽亚： 那我就是上当受骗了。

---

① “这一句故作精辟的议论，出诸韵语，显得先有准备的样子。而这种莫须有的责人无情又从哪儿来的？她没有在波乐纽斯面前预演过一番她的戏吗？”（陶顿）

② 多弗·威尔逊指出，以下语调一变，实由于哈姆莱特无意中听到了人家的诡计。“莪菲丽亚把自己的戏做过了分；实际上不是他抛弃了她，而是她抛弃了他。”她随身带好了要退还的珠宝，也使哈姆莱特看穿了把戏。“他现在有所戒备，他知道国王和波乐纽斯在偷听；他在这一场里往后所说的话就是存心说给他们听的；虽然，‘情不自禁’，他到临了又越过了目标。他现在开始用‘鱼贩子’语调了。”

③ 哈姆莱特的意思是：“你的贞洁就不容许任何人跟你的美丽有所交往。”进一步也可如多弗·威尔逊所说：“你的淑德就该更好地持守你的美丽，不使它受人利用来这样勾引别人。”下文，莪菲丽亚听成了“贞洁不能与美丽互相交往”，哈姆莱特就随她如此误解。

④ 在哈姆莱特当时的心情下，世界都证明是这么坏，一切好事都是虚伪，他也可以认为他过去对莪菲丽亚的爱也不是真爱。而波乐纽斯也说过他的爱不是真爱。

哈姆莱特：你赶紧去尼姑庵[①]吧。为什么你要生出一群罪人来？我自己是非常洁身自好的，但是我却还能指出我的不少罪名，害得我真是希望当初我的母亲没有生出我好了。令我十分骄傲的是，野心勃勃，有仇必报；我的罪恶那么多，连我的思想也容纳不下，我的想象也不能给它们形象，甚至我都没时间把它们实行出来。像我这样的人，匍匐于天地之间，会有什么用处呢？我们都是些十足的坏人；千万不要相信我。你赶紧去尼姑庵吧。你的父亲去哪里了[②]？

莪菲丽亚：他在家里，殿下。

哈姆莱特：赶紧把他关起来，只准许他在家里胡闹，不要让他出来当傻子。再见了。

莪菲丽亚：啊，天上的神明，救救他吧！

哈姆莱特：倘若你非要出嫁，这个诅咒就是我送给你的嫁妆；虽然你坚贞得像冰，纯洁得像雪，但是你还是逃不掉诽谤！你去尼姑庵吧。快去吧，再见了。倘若你非要出嫁的话，那么就嫁给傻瓜吧。因为聪明的人都知道他们会被你变成什么样的怪物。赶紧去尼姑庵吧，再见。

莪菲丽亚：请求天上的神明啊，赶紧救救他吧！

哈姆莱特：我当然知道你们会如何涂脂抹粉，简直太了解了。上帝给了你们一张脸，而你们又给自己创造了另外一张。你们扭扭捏捏地走路，娇声娇气地说话。乱给上帝造出来的生物取怪名字。装腔作势地假装不懂事。算了吧，我可不想领教了。这已经把我害得发了疯。我们就别再结什么婚了。已经结婚的，除了一个人，都能被准许活下去[③]；尚未结婚的，只能保持目前的状态。快去尼姑庵吧[④]。

（哈姆莱特下。）

莪菲丽亚：天啊，一世的英才就这么完了！学者的舌头，朝廷人士

---

① “尼姑庵”也可如英国当时行话中所说，指妓院（多弗·威尔逊）。

② 舞台惯例，在这个场合，常使波乐纽斯在哈姆莱特背后，从帷后略一伸头，一听哈姆莱特问到他在哪里，立即缩回。但他不必伸出头来，听到这里，仅使帷幕一动也可以。

③ 威胁克罗迪斯。

④ 终于下场，前边已经两次“再见”了，准备下场，装疯和激动中重又回来说一阵。

的眼睛，国家的期望和花朵，军人们的利剑，时尚风流的镜子，文雅的典范，万众瞩目的中心，就这么倒了，全倒了！而我，女人中最伤心和悲惨的女子，在他盟誓的蜜语中汲取过甜蜜，现在却眼睁睁地看着他尊贵无比的理智仿佛美妙的银铃，没有了和谐的音调；看着他青春美貌，就这样被疯狂摧残了！天啊，我好苦，谁料过去的繁华，变成了今朝的泥土！

（国王与波乐纽斯上。）

国王：恋爱？他并没有吵着发泄情感；虽然他说得有点语无伦次，但也不像是疯话。显然他另有心事这心事令他的忧郁在心里积聚孵卵；我真的担心这孵出来的会是一种危险；以防不测，我已经当机立断，决定这么办：这就让他去英国，去催收那些很久没向我们缴纳的贡品。越洋过海，去去不同的国家，接触接触新鲜事物，或许会将他盘踞在心里的心事排除掉，让他的脑袋不再盘算这些，害得他如此疯狂。你觉得呢？

波乐纽斯：那肯定是好的。但我还是坚信他心事的起源，归根结底，还是因为饱受恋爱之苦。——莪菲丽亚，怎么样？你不要告诉我们殿下说的什么，我们都听到了。——就按照陛下说的办吧。要是陛下认为妥当，看过戏之后，不妨让他的母亲单独跟他谈谈，听他倾吐倾吐心事。请王后直白地问问他，我想得到陛下的准许，躲在暗处，听听他们的谈话。倘若还是探不出真相，那就让他去英国；或是依照陛下的高见，将他关在一个认为合适的地方。

国王：可以。这些尊贵的人发疯是不能听其自然的。

（同下。）

第二场　城堡中大厅

（哈姆莱特与伶人三数名上。）

哈姆莱特：请你们来念这段台词，要像我念给你们听的那样念，从舌尖上轻快地吐出来。倘若你们像很多伶人们那样将它们从喉咙里吼出来，我还不如叫宣布告示的公差来念这段台词。千万别像这样用手来回劈空气，动作要温文；要清楚，即使在你们洋溢着热情的激流和雷雨当中，或者在旋风之中，你们也尽量要做到克制，做到珠圆玉润。哦，我深恶痛绝，即使要了我的命也不愿听一个戴着假发的家伙在台上大叫，将一股热情撕成碎片，拼命地去将“站场”听众的耳鼓震裂①。由于这班人之中很多什么都不懂，只喜欢莫名其妙的手势和那些热闹，我真想用鞭子抽这样的家伙一顿，因为他把泰玛刚特的火性子形容过分了，这叫“演希律，超希律②——火上浇油”。请你们一定要避免。

伶人甲：殿下，您请放心。

哈姆莱特：当然，也不能太过平淡；你可以拜你自己的常识做导师。语言和动作相互配合，尤其要注意的是，你们千万不要超出自然的分寸：因为任何过分的表现都是和演剧的原意相反的，自有戏剧以来，它的目的始终都是反映自然，显示善恶的本来面目，给它的时代看一看它自己演变发展的模型。倘若表演得过了火，或是拖泥带水，虽然或许能博得外行人开怀，但只能使明眼人痛心；你们要将一个卓识者的意见看得比满场观众的信口雌黄还重！嗯，还真有些演员，我见到过演戏的，也听到过旁人对他们极口捧场，但真是，说一句并不是对上帝不尊敬的话，说起话和走起路来都不像是文明人③，但也不像是野蛮人，简直就是不像人，就在那大摇大摆，又吼又叫，害得我简直要相信是大自然临时雇用的笨拙的工匠将人造了出来，还没把他们造好，否则何至于将人模仿得如此令人恶心！

伶人甲：殿下，请您相信我们已经改正过这一点了。

哈姆莱特：嗯，要彻底地改正！再就是你们那些演丑角的，只能照着剧本写下的台词念，不要临时编造一些话加上去。有许多小丑往往喜

---

① 当时英国戏院的池子，上无顶盖，一般并无座位，只供伫立看戏，票价最廉。

② 泰玛刚特（Termagant），基督徒假想的回教神祇；希律（Herod），耶稣诞生时的犹太暴君，二者在英国旧日宗教剧中是常见的角色，都以狂暴出名。为了读者（观众）不看注也大致有点儿印象，译者在此加上了“的火性子”和“火上加油”。

③ 照字面直译“文明人”应为“基督徒”，“野蛮人”应为“异教徒”。

欢在台上自己先笑出来，将那些没有头脑的欢众也逗笑一番，虽然那时候全场的注意力应该集中于其他更重要的问题上。这样的行为是极其可耻的，也表明如此胡闹的小丑抱着最卑鄙的野心。你们准备去吧。

（伶人下；波乐纽斯、罗森克兰兹及纪尔顿斯丹上。）

大人，国王愿意来听戏吗？

波乐纽斯：连王后都要来呢，马上就到了。

哈姆莱特：让戏子加快速度。（波乐纽斯下。）你们二位也去催一下吧。

罗森克兰兹、纪尔顿斯丹：好的，殿下。

（同下。）

哈姆莱特：霍拉旭！

（霍拉旭上。）

霍拉旭：殿下有何吩咐？

哈姆莱特：我此生交接过不少人，霍拉旭，你是其中最正直的一个人。

霍拉旭：哦，尊敬的殿下。

哈姆莱特：可别以为我是在恭维你，你本身身无长物，只有一点好的精神，我恭维你有什么好处呢？为什么要恭维穷人？不，让蜜糖一样的嘴唇去舔食那愚妄的荣华吧，在有利可图的所在屈下他们生财有道的膝盖来吧。听清楚了。自从我能辨别是非、察择贤愚以后，你就是我灵魂里选中的一个人，因为你不管遭受什么都不曾受半点伤害，无论是受命运的打击或是恩宠，都能泰然处之。感情和理智相称的人是有福的。一旦我见到谁不做感情的奴隶，我要将他珍藏在我的心坎里，我灵魂的深处，如同我珍视你一般。这就无须赘言了。今晚要对尊敬的国王上演一出好戏，这里面有一场情节，与我跟你提过的父亲遇害的情形有些类似。当你看到那个情节演出之时，我请求你集中全部的精神，盯着我叔父。倘若他听到这段话，那隐藏的罪恶还未露出任何痕迹来，那么，我们见到的那个鬼魂就一定是个魔鬼，我的幻想也就黑漆一团了，甚至赛过乌尔干①的作坊了。仔细盯着他，当然，我也会紧紧盯着他的脸，完事后我们要对证结果，综合来给他下一个定论。

霍拉旭：遵命，殿下。倘若演戏之时他的容色举止有什么地方逃过了我们的注意，请惟我是问。（内喇叭铜鼓齐鸣。）

哈姆莱特：他们过来看戏了。我得继续装出疯癫的样子来。你赶紧找个地方坐下。

（国王、王后、波乐纽斯、莪菲丽亚、罗森克兰兹、纪尔顿斯丹、其他廷臣及众卫士上。）

国王：你过得好吗，我的哈姆莱特侄儿？

哈姆莱特：还不错，一天三顿都有变色的蜥蜴的饮食。我食入的是空气，肚子里填满了甜言蜜语；这可不是你们填鸭子的办法②。

国王：哈姆莱特，你简直是答非所问。这些话与我有什么关系？

哈姆莱特：现在也跟我没关系③。（对波乐纽斯）大人，听说你从前在大学里演过戏？

波乐纽斯：的确如此，殿下，我还称得上是个不错的演员。

哈姆莱特：那你都扮演过什么角色？

波乐纽斯：我饰演过恺撒，我在天王大殿里被勃鲁塔斯杀了。

哈姆莱特：他可真是莽撞，竟然杀了"天大"的一头好牛④。戏子们是否已经准备好了？

罗森克兰兹：准备好了，就等着殿下吩咐了。

王后：我的好哈姆莱特，来，过来，坐我身边来。

哈姆莱特：我的好母亲，对不起了。这里还有更好的宝贝吸引

---

① 乌尔干（Vulcan）是罗马神话中的铁匠神。

② 传说变色蜥蜴只吃空气。鸭子（原文是小公鸡）也是"填"肥来宰的，也代表愚蠢。多弗·威尔逊解释哈姆莱特等于说："即使鸭子（原文是小公鸡）也不会蠢到吃空气长得胖。"

③ 话说出去，也就与说话人无干了。

④ 哈姆莱特对波乐纽斯开起玩笑来多半总是说这类俗滥的笑话，可以说对什么人说什么话，恰合波乐纽斯的身份。同时，正因为说得不大高妙，不合哈姆莱特的身份，更易使波乐纽斯等相信他真是疯了。

着我。

波乐纽斯：（对国王）哦，呵呵，您看见了吗，陛下？

哈姆莱特：我能躺在你的怀里吗，美丽的小姐。

莪菲丽亚：不，殿下。

哈姆莱特：我的意思是，把我的头枕在你的膝盖上。

莪菲丽亚：那好吧，殿下。

（哈姆莱特倚坐莪菲丽亚足前。）

哈姆莱特：你以为我脑子里转着下流的念头吗？

莪菲丽亚：尊敬的殿下，我什么都没有想。

哈姆莱特：能躺在一个姑娘的两腿之间倒是一件很美妙的事情。

莪菲丽亚：您在说什么，殿下？

哈姆莱特：什么也没说。

莪菲丽亚：殿下真是喜欢开玩笑。

哈姆莱特：你说我吗？

莪菲丽亚：是的，殿下。

哈姆莱特：哎呀，我是你唯一的说笑专家。一个人除了开点玩笑还能做什么？你看，我的母亲现在多开心，但是我父亲却才去世两个小时呢。

莪菲丽亚：不，已经四个月了。

哈姆莱特：这么长时间？那就让魔鬼去戴孝吧，我要去做一套新的貂皮大衣了。上帝，难道死了两个月还没忘记？那么，一个大人物死后，还有在别人记忆里多活半年的希望。我敢打赌，他必须要盖一些教堂，否则他还没怎么受人家的追念，就做了五月节的柳条马①，原因是，这个货色的墓志铭是相当出名的：“因为，柳条马被忘记了。”

---

① “柳条马”是英国古时乡村五月节日，特别在摩理斯舞中，照例有人骑着玩的。这个名词也含“婊子”意。“因为噢，因为噢，柳条马给忘掉了”是当时流行谣曲里的一句常被引来开玩笑的叠句。

高音笛奏响。哑剧开始。①

一国王与一王后同上，状甚亲热，相互拥抱。王后跪地，向国王作表明心迹状。国王扶王后起立，偎王后颈。国王就花坪偃卧。王后见国王入睡。（自下）。一男子上，自国王头上除冕，吻冕，向国王耳中注毒药。（下。）王后重上，见国王身死，作哀恸状。下毒者偕三数从者重上，佯作陪王后哀悼状。从者舁尸下。下毒者向王后献礼，求爱；王后初作憎恶不愿状，终许其请。

（同下。）

莪菲丽亚：哈姆莱特殿下，这是什么意思？

哈姆莱特：这分明是做贼心虚，没做好事的意思。

莪菲丽亚：这或许是戏文的情节。

（一个戏子上来说开场白。）

哈姆莱特：戏子怎么会保守住秘密？他们会把什么话都说出来，把什么事情都告诉我们的。

莪菲丽亚：他会把这场哑剧的意思告诉我们吗？

哈姆莱特：当然，只要你能给他们搬得出，他们就能给你说得出。你只要好意思说，就没有他们不好意思告诉你什么意思的。

莪菲丽亚：哎呀，殿下简直太淘气了，我要专心看我的戏了。

伶人甲：（开场白）

今晚向各位献丑，上演一出悲剧，
先向各位鞠躬致敬，

---

① 关于戏中戏前，先演哑剧，用意何在，各家说法不一。有人说克罗迪斯非常顽强，哈姆莱特试探心切，为求保险起见，不惜把“捕鼠机”设下两关，下文克罗迪斯对“情节里有要不得的地方”的顾虑，无非是深恐这个题目会在后边的戏文里明白演出说出。有人说哑剧演出时，克罗迪斯与别人正在私语，并未注意。多弗·威尔逊即据后说，在这一场里，处处说明克罗迪斯先与波乐纽斯，继与王后，作耳语，注意哈姆莱特本人，而不注意哑剧；他也解释哑剧及其后的开场白，都是未经哈姆莱特同意，因伶人自作聪明，想多讨好，自己加上的，因此哈姆莱特在与莪菲丽亚谈话中说的生气话，实际上是骂他们胡闹，直到开场白说三句就完了，才放了心。吉特立其，除回到前说外，还为哑剧加上一个存在理由：哑剧可以使观众少注意人物，多注意情节。

请各位宽宏大量地看到最后。

哈姆莱特： 这算什么？开场白还是指环上的诗铭？

莪菲丽亚： 殿下，这也太短了。

哈姆莱特： 这难道不像是女人的爱情吗？

（二伶人分扮国王与王后上。）

伶人国王：

“金乌”流转，转眼间三十周年①，
临照过多少沧海桑田，
三十打“玉兔”将一片清辉借来了，
将地球环绕了三百六十个来回，
还曾记得那时真是两情缱绻，
承蒙月老牵线，结下了美好姻缘。

伶人王后：

但愿日月周游，再历经三十载，
你我的爱情也不会就此中止！
只是可怜夫君现在如此多病，
没精打采，全然不见往日的风采，
真是愁煞个人！
有幸的是，是我少见多怪，
夫君又岂是不明事理之人，完全不必介怀；
女人总是在忧虑和爱情上斤斤计较，
要么少到没有，要么就多到非常。
我对你的爱有多深，想必你早就知道，

---

① 莎士比亚显然为了使戏中戏的诗句与《哈姆莱特》剧本本文的诗句对照鲜明，不易互相混淆，正如第二幕引词中用史诗风格，在这里一直到戏中、戏终了，用双行押韵办法，而且使字句俗滥，特别在开头的时候，例如两行里就用出了“飞白斯宝辇”指太阳，“奈浦统盐涛”指海，“泰勒斯圆球”指地（译文只好改用些中国滥调，例如用“金乌”指日，“玉兔”指月，用“月老”代原文“亥门”）。莎士比亚所处的时代一般人还相信“日绕地球”说。

我对你的魂牵梦绕，也是理所当然。
爱得深了，总免不了有些大惊小怪，
爱情也大到了极顶。

伶人国王：

我对你的魂牵梦绕，也是理所当然。

爱妻要知道，我唯恐命不久矣，
我的精力越来越差。
你应当安享这花花世界的天年，
受人尊敬；倘若日后有缘相见
另一位如意郎君——

伶人王后：

天啊，停止吧！
要是谁这么做，那就是负心之人！
倘再嫁人，就让我受到诅咒！
再嫁的就是谋杀亲夫的凶手。

哈姆莱特：（旁白）苦恼，苦恼！

伶人王后：

我敢说丈夫死了还要嫁人，
不是多情，是转了世俗的念头。
倘若我让第二任丈夫在床上拥吻，
那无异于在已故丈夫身上再砍一刀。

伶人国王：

我对你所说的话深信不疑，
可惜的是，我们时常将自己的决定推翻。
我们的主意就是记忆的奴隶，
出生时顽强，行动起来却总是有气无力；
果子还是青涩的呢，在树上钉得那么牢，
一旦成熟了，不去摇动树枝，它自己都会掉下来。
我们最好把对自己欠下的大债，

全部抛在脑后，不要理睬。
我们一时冲动许下的诺言，
待热情消退了，意志也随之灰飞烟灭。
过分的喜乐，剧烈的哀伤，
反而会毁害了感情的本常。
欢天喜地会带来痛哭流涕，
转眼间悲转为欢，欢喜又转为悲伤。
人世间变幻莫测，并不见怪，
爱憎总是会随着时运变换；
究竟是爱随着时运转换还是时运随着爱转换，
这还是个需要解决的问题。
大人物只要一倒，他的嬖幸也就都跑了，
穷酸之人一朝得志，也都跟他的仇敌要好上了；
古往今来只有爱伺候幸运，
富有之人向来不缺少朋友的照应，
要是你在穷困时找个虚伪的朋友，
他会跟你翻脸，成为你的对头。
但我还要把话说回来，
命运和意志的确会常常背道而驰，
我们算计来算计去，最后还是落空，
想法虽然是我们的，但是，结果却掌握在别人手中。
你认为自己以后绝对不会再嫁，
就怕是我这一死，你的想法也随着变了。①

伶人王后：

大地不要给我粮食，天空不要给我光芒，
白昼别让我作乐，夜晚别让我躺着，
活该让我的希望变成绝望，靠托变成抛弃，

---

① 这段话原文也与戏中戏里其他对白部分风格稍有不同。

黑牢里的一张冷板凳就是我的天地，
四处碰壁和事事遭殃就是我活该，
重重心愿变换成重重的魔障，
我活该就要生前死后永不翻身，
倘若是我死了丈夫还要再嫁！

哈姆莱特：要是她现在违背了誓言！

伶人国王：

难为你发了这样的誓言。
爱妻先回去吧。
我有点困意，想小睡一会儿，休息片刻。（睡。）

伶人国王：

希望你能养身安卧，我们之间绝对不会飞来横祸的！

（伶人国王下。）

哈姆莱特：您感觉这出戏怎么样，我的母亲？

王后：我感觉那个女人袒露心声，似乎有点过分了。

哈姆莱特：但是她会信守承诺的。

国王：这是怎样的一个情节？这里面没有什么要不得的地方吗？

哈姆莱特：当然不会有！他们仅仅是在开玩笑，下毒药开玩笑；哪有什么要不得的地方。

国王：这戏的名字叫什么？

哈姆莱特：《捕鼠机》。怎么？这是一个象征的名字。这出戏上演的是维也纳的一起谋杀案。贡扎果是当地一个大公爵的名字，这位公爵的夫人名叫芭普蒂丝妲。您一会儿就会看懂的。这是恶作剧的杰出作品，但是又有什么关系呢？陛下和我们都未做过任何亏心事，不会有什么相干的。尽管让那有毛病的马儿惊跳退缩吧，我们的肩背都是好好的。

（一伶人扮路西安纳斯上。）

哈姆莱特：此人名叫路西安纳斯，是国王陛下的亲侄儿。

莪菲丽亚： 殿下可真是一个好的说明人！

哈姆莱特： 倘若被我见到你和你的情人要什么傀儡把戏，我也会为你们说明情节的。

莪菲丽亚： 哎呀，殿下真是太尖刻，太尖刻了。

哈姆莱特： 得要你们先叫痛，才能锉得了我的锋利。

莪菲丽亚： 这简直是更妙，更糟糕了。

哈姆莱特： 不管是妙还是糟，只要你嫁出去就是亏待丈夫——凶手，赶紧动手吧。不要再扮你的鬼脸了，倒霉鬼，赶紧动手吧，来；那些哇哇乱叫的大老鸹在喊着报仇了①。

路西安纳斯：

手巧心黑，遇到妙药良机；
机会也正好，没有人看到；
你夜半采来的毒草炼成，
念三遍黑开娣②恶咒，
现在就赶紧发挥出你的魔力，
把他的生命一下都夺去吧！
（以毒药注睡者耳。）

哈姆莱特： 他为了夺取他的权位家私，在花园里将他毒死。被害之人名叫贡扎果。故事的原文至今还在流传，用的是一首十分好的意大利文。接下来就能见到凶手如何获得贡扎果夫人的爱情了。

莪菲丽亚： 看，国王起身了。

哈姆莱特： 怎么了，是被礼炮吓着了吗？

王后： 您这是怎么了，陛下？

波乐纽斯： 这戏不要演下去了。

国王： 赶紧给我照路，回去！

波乐纽斯： 火把，火把，点上火把！

---

① 关于老鸹喊报仇的一句话节引自《理查三世》旧悲剧。

② 黑开娣（Hecate）：主魔法、妖术的女神。

（众下，仅留哈姆莱特与霍拉旭。）

哈姆莱特：哦，就让这中箭的梅花鹿尽情地流泪吧，
那些没有受伤的就来欢跳吧；
有人失眠就会有人酣睡，
这就是现实，这就是人情和世道。

老兄，怎么样，就凭我的这点本领，倘若头上再插上一大簇羽毛，再将开缝的靴子上缀他两大朵绢花，日后的运道要是再跟我翻脸作对的话，我就可以在一帮戏子里面混口饭吃了，是吧，老兄？

霍拉旭：可以分半份包银给您。

哈姆莱特：我要全份的！
你要明白啊，原本是天神
在统治的这片江山，现在王位上坐的是何许人？
一只大大的孔雀[①]。

霍拉旭：殿下应该押韵才对[②]。

哈姆莱特：我亲爱的霍拉旭，那鬼魂的话简直令我确信不疑了，你也见到了吧？

霍拉旭：是的，殿下，我看得十分清楚。

哈姆莱特：有听到提及下毒之事吗？

霍拉旭：我是半点都没错过。

（罗森克兰兹与纪尔顿斯丹上。）[③]

哈姆莱特：啊，嘿！（背转向内）快来一点音乐！[④] 来两管笛子吧！要是国王陛下不喜欢这出喜剧，事实上他的确是不喜欢的，妙极了！快啊，来点音乐！

纪尔顿斯丹：请准许我说句话吧，殿下。

---

① 孔雀在莎士比亚所处的时代的博物学中以性淫且暴著称。

② 押上韵该是“浑蛋”。

③ 二人登场时间照“第一对褶本”，排在这里（比一般现代版本移前四行），以示哈姆莱特为什么忽然大笑，且表明他存心不理二人，只顾喊奏乐。

④ 动作大致照多弗·威尔逊办法加上。

哈姆莱特：尽管说，哪怕是长篇大论。

纪尔顿斯丹：哈姆莱特殿下，国王他——

哈姆莱特：先生，国王怎么了？

纪尔顿斯丹：他已经回到寝宫了，并且感到身体不适。

哈姆莱特：他喝醉酒了吗？

纪尔顿斯丹：没有，殿下，他大动肝火。

哈姆莱特：这你应该去把医生找来啊。你过来找我，难道让我给他开药吗？只怕我开的药也无法洗涤他的内结，反倒更动了他的肝火。

纪尔顿斯丹：殿下，请您注意您的用语，不要这样满嘴乱说，似乎有点扯远了。

哈姆莱特：有吗？我觉得我很服帖啊，宣布吧，先生。

纪尔顿斯丹：殿下您的母亲，也就是王后，感到十分难过，让我来找殿下。

哈姆莱特：很是欢迎。

纪尔顿斯丹：不，殿下，您不要来这样的礼貌；倘若殿下能给我一个好一点的回答，我这就传达王后的懿旨，否则，请您原谅，这事就算完了，您就让我回去罢了。

哈姆莱特：这怎么能，先生？

纪尔顿斯丹：怎么不能，殿下？

哈姆莱特：我怎么能给你一个好的回答呢？我的头脑可是有毛病的。但是，先生，只要我能回答的，我必定回答，或是按照你的说法我应当说是应王后的命。闲话少扯，言归正传吧！我的母亲，你说吧——

罗森克兰兹：王后是这么说的：殿下的行为令我又怪又惊。

哈姆莱特：哦，令人吃惊的好儿子，居然能把母亲给惊动了！但是母亲的这点惊怪还有什么下文啊？继续吧。

罗森克兰兹：她希望在殿下就寝之前，跟殿下好好谈谈。

哈姆莱特：即便是她重新做十次我的母亲，我也一样会服从的。还有什么其他的事情吗？

罗森克兰兹：尊敬的殿下，我尚记得曾蒙殿下的错爱呢。

哈姆莱特：现在对你也一样，就凭着我这双扒手的爪子来发誓！

罗森克兰兹：殿下的心里究竟是在不痛快什么呢？要是殿下不把事实说出来，只怕到头来连自己的自由都没有了。

哈姆莱特：我也上进不了啊，我的老兄。

罗森克兰兹：怎么可能啊，不是国王亲口宣布立殿下您为丹麦王位的继承人吗?

哈姆莱特：这倒是没错，只是可惜的是“等到草长足，瘦马变枯骨”,[1] 这句老话已经说成了滥调了。

（伶人若干持笛上。）

哈姆莱特：笛子拿来了！给我拿一管来。我们借一步说话——为什么你们总是想方设法绕到我下风的一面，似乎是要把我逼进你们的圈套?

纪尔顿斯丹：哦，殿下，倘若我的热心太过或是说话太放肆，那全都是因为我太过敬爱殿下。

哈姆莱特：我不是很明白你的意思。你愿意来吹这笛子吗?

纪尔顿斯丹：我不会吹的，殿下。

哈姆莱特：我请你吹。

纪尔顿斯丹：我的确不会。

哈姆莱特：我一定要请你来吹。

纪尔顿斯丹：可是我的确是一点都不会，殿下。

哈姆莱特：这就像是说谎一样的容易。你只需要用手指在这些孔眼之上一按一放，用嘴给它吹口气，它就能发出世上最动听的音乐。瞧，这些就是音孔。

纪尔顿斯丹：但是我没本事把它吹出和谐的调子。

哈姆莱特：好的，你现在看，你当我是什么？一文不名的东西！你们想要玩弄我；你们自称是摸到了我的心窍；你们想要将我心里的秘密

---

① 或译作“只可惜这是‘远水’”——像原文一样，留下下文“不救近火”不说。

探出来；你们想要从我的最低音试验到最高音；在这支小管子里分明藏有声音，十分美妙的音乐，但是你却不能让它开口。简直活见鬼，难道你们认为我会比一管笛子还容易玩弄？随便你们叫我是什么乐器吧，你们只能撩拨我，却不能玩弄我。（波乐纽斯上。）先生，愿上帝保佑你！

波乐纽斯：尊敬的殿下，王后想要同您谈谈，请您这就去。

哈姆莱特：你看到那边这一朵云有些像骆驼吗？

波乐纽斯：没错，还真是像骆驼啊。

哈姆莱特：但是我看着像一只鼬鼠。

波乐纽斯：倘若是将被弓起来的话，的确是像一只鼬鼠。

哈姆莱特：但是我觉得还是很像鲸鱼。

波乐纽斯：的确非常像鲸鱼。

哈姆莱特：那么，我一会儿就去见王后。（旁白）他们简直把我愚弄到我无法忍受了。——我一会儿就去。

波乐纽斯：我这就去回报。

（波乐纽斯、罗森克兰兹及纪尔顿斯丹下。）

哈姆莱特：“一会儿”是十分容易说的。——请走吧，朋友们。（众下，仅留哈姆莱特。）此时是一夜里最最阴森可怕的时辰，坟墓会将嘴张开，地狱也会吐出毒气来将人世玷污；我简直是喝得下热血，干得出那些青天白日所无法正视的、凶狠至极的勾当了！且慢！先去找王后！我可不要迷失我的本性；别让尼罗①的灵魂钻进我坚定无比的胸怀。虽然我很凶狠，但不能变成忤逆；我对她只能口出利剑，不能手用尖刀。就让我在这一件事上表里不一吧！虽然我的话会将她骂得体无完肤，但我的心不会产生伤害她的意图！

（下。）

① 尼罗（Nero）是古罗马杀母暴君。

第三场　城堡中一室[①]

（国王、罗森克兰兹及纪尔顿斯丹上。）

国王：我讨厌他，如此纵容他胡闹发疯对我也没好处。你们赶快准备下吧，我这就要给你们发训令了，我要将他打发走，跟你们一起去英国。国家需要治理，坚决不能容许他天天在我身边发疯，一天一天变成我的威胁。

纪尔顿斯丹：我们这就去准备。这种顾虑完全是有必要的，而且圣明得很。陛下一身寄托着多少的生灵，这完全是为了大家的安危啊。

罗森克兰兹：每个庶民都知道费心费力地远避祸患，更何况是身负重任、千万人生命所寄的国王陛下呢。一位君主的薨逝，死的可不是一个人，而是如同大旋涡将近旁的一切都卷走了。这就是个大轮盘，装在最高的极顶上，最高的山峰上，就在它那极大的轮辐之上，千孔百眼地装上了千万种零件；一旦它崩倒了，它身上所有的附属物、小物件，都会随着轰然一响一起粉身碎骨。陛下只要轻轻叹声气，全国都会跟着呻吟。

国王：请你们这就准备出发，我们要将脚镣加在这种威胁之上，别让它的行动过于自由了。

罗森克兰兹、纪尔顿斯丹：我们这就去办。（同下；波乐纽斯上。）

波乐纽斯：国王陛下，他正准备去他母亲的房间。我这就躲在帷幕之后偷听他们的谈话。她一定会将他训斥一番，可是国王您说的真是高明，母亲出于本性也都会偏私，最好的办法是有个第三者在旁偷听他们的对话。陛下，一会儿见了。我会在陛下就寝之前再来，如实向陛下禀报。

国王：我的爱臣，谢谢你了。（波乐纽斯下。）哦，我简直是罪恶滔天了啊！我受到了最沉重、最古老的诅咒，因为犯下了杀害亲兄的罪

---

① 多弗·威尔逊认为本场地点即是走廊，外通接待室。

行![1] 我无法祷告。虽然我的愿望和意志一样的强，坚强的意愿被更强的罪孽打败了，如同一个人不得不做双重的事情，我不知道应该先做什么，结果反而弄得一事无成。要是这一只可诅咒的手染满了一层比它本身还厚的兄弟的血，难道天上的甘霖不能将它洗得像雪一样洁白吗？慈悲的使命，不就是宽宥罪恶吗？难道祷告的作用不是一方面用来防止我们的堕落，另一方面赦宥罪行吗？我还是来乞求上天吧，我的过错已经是过去的了，但是啊！我该如何祷告呢？“将我恶毒的杀人之罪赦免了吧。”这怎么行？因为我此刻还占有着那些令我产生杀机的东西——王冠、野心和美丽的王后。一个坚守着罪赃的人是否能得到宽宥？在我们世人贪污腐败的潮流之中，在手上镀了金的罪恶会将公道推开，时常见到那些邪恶的赃物用来将法律卖掉；但是天上并不是这样。那里可不允许偷天换日，犯下什么就会显露出什么面目，我们必须直面自己罪行的那副丑恶嘴脸，来当面做证。如何是好？还能怎么样？试着忏悔一下吧。难道忏悔不是万能的吗？但是我却不能忏悔，这又能如何？可怜的处境啊！如同死亡一般漆黑的胸怀！将胶的灵魂黏上了，越是想要挣脱，就越是无法脱身！救救我啊，天使们！试一下吧，屈下硬硬的膝盖，软下那钢丝绷紧的心肠，赛过那初生幼儿的嫩筋络！一切还有好转的可能。

（下跪。）

（哈姆莱特上。）

哈姆莱特：他正在祷告，现在我正好能动手。现在就干，他就一命呜呼了，我也报仇雪恨了。这需要算一下，我的父亲被这样一个恶汉杀死了，我这个独子把这个杀父恶汉送上了天堂。哦，这似乎是报德，不像是报仇！他暗杀我的父亲，是趁着他满腹的俗念，孽火正盛，如同五月花开之时；没人知道他死之后会如何算这生前的一笔账！但是依照我们人世的想法来看，他的罪孽深重；但他却偏偏正在洗涤灵魂，如果我

---

① 指《旧约·创世记》所载该隐（Cain）杀兄受上帝诅咒之事。

现在杀了他，还能算是报仇吗？收起我的剑来，等待一个更凶的杀机，等他喝得酩酊大醉，或是正在发怒，或是等他在床上放纵乱伦，或是等他正在赌博、诅咒，或是干什么半点没有希望得救的勾当之时——再将他砍倒，让他如同地狱一般漆黑的灵魂永堕地狱。我的母亲还在等着。这一服续命药不过延长了你临死的痛苦。

（下。）

国王：（起立上前）我的言语高高飞起，我的思想滞留地下。没有思想的言语是永远不会飞上天的。

（下。）

第四场　王后寝宫

（王后与波乐纽斯上。）

波乐纽斯：他就要到了，王后一定要好好教育一番；说他已经闹翻了天了，幸好有娘娘替他挡住国王的雷霆。我就在此静听。一定不能对他客气。

哈姆莱特：（自内）母亲，我的母亲！

王后：我肯定会这么办，请放心。赶紧躲进去吧，我听到他的声音了。

（波乐纽斯匿身帷后。）

（哈姆莱特上。）

哈姆莱特：您有什么事情吗，母亲？

王后：你知道吗？你大大得罪了你的父亲。

哈姆莱特：您大大得罪了我的父亲，母亲大人？

王后：好了好了，不要跟我胡说八道。

哈姆莱特：罢了罢了，不要跟我胡说八道。

王后：你是怎么啦，哈姆莱特？

哈姆莱特：您要我怎么样啊？

王后：难道你不记得我了？

哈姆莱特：绝对没有，我发誓你是王后娘娘，你丈夫弟弟的妻子；当然，你也是，我的母亲，虽然我宁愿不是。

王后：好吧，我去叫个会说话的来跟你谈。

哈姆莱特：不要走，不要走，请坐，不要动！我要在你的面前竖起一面镜子来，好让你看一看你自己的灵魂。

王后：你这是要干吗？难道你要杀我？救命啊，救命啊！

波乐纽斯：（自帷后）哦，救命，救命啊！

哈姆莱特：（拔剑）嗯？是哪个鼠贼？我要刺死你！（剑刺穿帷幕。）

波乐纽斯：（自帷后）哎呀，我死了！（倒毙。）

王后：天啊，你看你都干了些什么！

哈姆莱特：我怎么会知道，那不是国王陛下吗？

王后：天啊，这是多么鲁莽和血腥的行为啊！

哈姆莱特：鲁莽血腥的行为！很坏，没错，我的好母亲，这不比杀了国王，嫁给他的兄弟差啊！

王后：杀了国王？

哈姆莱特：没错，我正是这么说的。（揭帷见是波乐纽斯。）再见了，你这个既鲁莽又多事的倒霉鬼！我还以为你是国王呢，你自认倒霉吧。现在你该知道管闲事的危险了吧。（对王后）坐下啦，干吗一直扭着一双手！让我将你的心来扭动，我就要这么办，只要你的心不是石头打造的，只要那该死的如同铜墙铁壁的习气，还没有将它裹得透不进去一丁点儿的感情。

王后：究竟我做错了什么，竟然叫你如此放肆地指责我？

哈姆莱特：你的行为可以使你的贞洁蒙污，使美德得到了伪善的名称；从纯洁的恋情的额上取下娇艳的蔷薇，替它盖上一个烙印；使婚姻的盟约变得如同赌咒一般虚伪！哦，这种行为简直就是将盟约的灵魂挖走，把神圣的婚礼变成一派胡言！上天都替它脸红，苍茫大地因痛心于此而面带忧容，好像世界末日就要到来一般。

王后：天啊，究竟是什么事情，你把它说得如此惊人？

哈姆莱特：看这幅图，再看这一幅，兄弟二人的肖像画。这一幅的容貌多么高雅：一头海庇亮鬈发，头额还是乔武的，一双叱咤风云的玛尔斯眼睛，这身段架子简直像极了神使迈格利[1]刚刚降落到一座齐天的高峰之上；简直是一副完美无瑕的仪表，似乎被每位天神都打过印记拿出来向世界证明，这才是真正的“人”！这是你的前夫。接着看这个：你的现任丈夫，如同一株灰麦穗[2]将他健在的兄弟杀害，难道你没有眼睛吗？为什么你不在这郁郁葱葱的青山上吃草，反而选择在洼地里喝那臭水？你是不是没长眼睛？你别说这是情爱，你这个年纪热情已经冷淡了，情欲早该被驯服住了，能够听从理智的判断了。你是如何决定从这边跨到另一边的呢？你不能没感觉，否则你也不会行动。但是显然你的感觉被麻痹了。疯子都不会如此荒诞，即使丧失理智，也不能如此这般一点鉴别力都没有，分不清是非黑白；究竟是什么恶魔将你眼睛蒙住了！有眼睛却丧失了触觉，有触觉却没有视觉，有听力却没长手，有嗅觉而其他的都丧失，因为即便是留有一种有毛病的感觉也不会如此糊涂！这真是羞耻！难道你不惭愧吗？要是地狱的孽火可以在一个中年妇人的骨髓里煽起了蠢动，那么在青春的烈焰中，让贞操像蜡一样融化了吧。当无法遏止的情欲大举进攻的时候，用不着喊什么羞耻了，因为霜雪都会自动燃烧，理智都会做情欲的奴隶。

王后：不要再说了！你令我看到了自己灵魂的深处，在那里面，我见到了漆黑的斑点，永远擦拭不去。

哈姆莱特：嘿，生活在汗臭垢腻的眠床上，让淫邪熏没了心窍，在污秽的猪圈里调情——

王后：哦，不要再说下去了！这些话，简直就是直刺进我耳朵里的尖刀！哈姆莱特，我的孩子，不要再说下去了！

---

① 海庇亮，太阳神，注见第一幕第二场；乔武（Jove），天神之长；玛尔斯（Mars），战神；迈格利（Mercury），神使，如文中说明。

② 禾穗发“灰”，用我国江浙农民语，指霉病，与原文恰合，但不知如何写法。今按读音写下。

哈姆莱特：一个杀人凶手，一个十恶不赦的恶棍，一个不及你的前夫千百分之一的狗奴才，一个假扮国王的马戏小丑，一个窃国盗位、从一副架子上将宝贵的皇冠偷下来装进自己腰包的贼人！

王后：不要再说下去了！

哈姆莱特：一个身穿一身百结衣要着无赖的国王陛下①——（鬼魂上。）② 天上的诸神保佑我吧，将翅膀张开保护我！为什么陛下的英灵会来此？

王后：天啊，他彻底疯了！

哈姆莱特：你来此是要责备你那拖延时日的儿子吗？责备他将时光虚度、将热情冷淡、将严命搁置、将急迫的大事耽误吗？您说啊！

鬼：你别忘了！我这次又来找你不过是要将你即将钝了的心磨快。但是，你瞧，你母亲惊愕的表情。赶紧去安慰一下她那正交战的灵魂吧！身体最柔弱的时候就是幻想最容易滋长的时候。你跟她说说话吧。

哈姆莱特：我的母亲，你怎么了？

王后：唉，你自己是怎么了？

为什么你总是将眼睛瞪着虚无，总是对那些无形的空气说话？狂乱的神情在你的眼睛中显露出来，如同是熟睡中的士兵突然听到警号声，你那一头服帖的发丝全都竖了起来。哎呀，我的孩子，在你那团心狂意乱的烈火上浇洒一些清凉的镇静吧。你究竟在看什么？

哈姆莱特：我在看他！他的脸色是那么苍白，你看！他这样的神情，即使是对石头讲述他的冤仇，石头也会被感动的——不要一直看着我，我担心你这种凄恻的神情会使我坚定的信念动摇，使我失去勇气，让挥泪代替流血。

王后：你这是在对谁说话？

哈姆莱特：难道你没见到谁在那里？

王后：我什么都没看见，如果有的话，我早就看见了。

---

① 小丑穿百结衣，一说指流氓穿破衣。

② 现代版本有的照“第一四开本”说明“鬼魂穿寝衣上”。

哈姆莱特：难道你什么都没听到？

王后：听到的就是我们两个人的对话。

哈姆莱特：哦，您瞧，它悄悄地走了！我的父亲，还穿着它生前穿的衣服！看啊，它走出大门了，走了！

（鬼魂下。）

王后：这根本就是你头脑里幻想出来的，神经错乱的人最擅长虚构这些荒谬的幻象。

哈姆莱特：你说我神经错乱？我的脉搏同你的一样平稳，节奏同你的一样正常。我刚才所说的没有一句疯话。要是你需要考一下我，我能一字不漏地全背出来；要是疯子的话肯定语无伦次。看在上帝的面上，母亲，别再自欺欺人了，别认为大声疾呼是我发疯的毛病；这种思想不过是骗人的药膏，它仅仅能使溃烂的良心结上一层薄膜，那内部的毒疮却愈长愈大。快对上帝坦白吧，好好地忏悔过去，警戒未来，别继续给那满园子的莠草施肥，让它们继续蔓延了。请宽恕我的这一番忠告；在当下这万恶的时代，正义必须屈服于罪恶——向它提出善意的规劝，反倒要磕头求拜。

王后：天啊，你简直把我的心都撕成两半了！

哈姆莱特：哦，那就将坏掉的抛弃，留下另外一半好的，干净过日子。休息吧，但是不要再到我叔叔的床上。纵然你并不干净，但也学学贞洁吧。虽然习气那怪物是个魔鬼，会将一切羞耻心吞掉，但是也会成为天使，将勉力向善的人潜移默化，使之弃恶从善。只要能将今夜忍住，下一次的节制也会很容易，再下一次的节制势必会变得更加容易；天生的本性几乎都能被习惯所改变，它是如此神通广大，不但会将魔鬼制服，还会赶走它。我再重复一遍，休息吧，哪一日你期望得到上帝的祝福时，我也会求你来祝福我。至于他嘛，（指波乐纽斯。）虽然我抱憾将他杀了，但这也是天意借我的手来惩罚他，也借他的死来惩罚我[1]，我成了执行天意的使者和工具。我先来安顿好他，再来承担杀死

① 哈姆莱特误杀波乐纽斯，使克罗迪斯可以振振有词地来对付他了。

他的罪名。好了，休息吧。我也是出于一番好意，必须残忍。事情的确做坏了，但还有更坏的下文。[①] 母亲，我还有一句话。

王后： 想要让我怎么做？

哈姆莱特： 您别这样，我肯定不会要您怎样。我知道我无法禁止那大肚子的国王再将您抱上床，拧着你的脸蛋儿，亲切地叫你亲爱的小耗子；也无法禁止您因为他用那充满恶臭的嘴巴不断地亲吻你，用他那罪恶的手指触摸你的脖子，就把您知道的事情都说出来。那么告诉他吧，我并没有真的发疯，我是在装疯卖傻。尽管全都告诉他好了，像你这样聪明、漂亮又懂事的王后，怎么会肯对一只臭蝙蝠、野公猫、癞蛤蟆隐瞒这关乎切身的机密？但是我告诉你，你尽管去学一只自以为是的猴子，爬到屋顶上将鸟笼打开，把鸟放了，然后自己钻进笼子里，让自己连笼子一起掉下来摔死。

王后： 你不用担心，倘若语言是气息做的，气息又是从生命中发出的，只要我有生命，我就不会将你对我说的任何一个字吐露出去。

哈姆莱特： 我要到英国去，这你知道吗？

王后： 天啊，我竟然忘记了，没错，是这样的。

哈姆莱特： 文书是密封着的，我那两个同学受命去送这份文书，我要像防备两条毒蛇那样防备他们两个；他们要做我的先导，将我引进什么圈套里去。我倒要看看他们有什么本事。要是炮弹把开炮的轰了，那才是一件有趣的事呢；他们会埋地雷，但我能比他们埋得更深，把他们轰到月亮上去。啊！用诡计对付诡计，那可真是妙啊！这老家伙一死，会使我提早我的行程；我要把尸首拖到隔壁去了。好好休息吧，母亲。这位大臣生前是个愚蠢多嘴的家伙，现在却变得这么安静、谨慎和庄重。来，老先生，该收场了。晚安，母亲。

（各下[②]，哈姆莱特手拽波乐纽斯尸体入内。）

---

① “这一对韵语总结了全场的情形：上句指他对待王后的行动，下句指波乐纽斯的死。”（多弗·威尔逊）

② 在现代舞台上，王后当然用不着下场。

第四幕[①]

第一场　城堡中一室[②]

（国王、王后、罗森克兰兹及纪尔顿斯丹上。）

国王：你这样叹气一定有什么意味深长的原因。你赶快告诉我，我有必要知道。你儿子哈姆莱特呢？

王后：请你们暂且回避一下。

（罗森史兰兹与纪尔顿斯丹下。）

陛下，今晚我看到的事情真是太惊人了！

国王：你说什么呢，王后，哈姆莱特发生什么事了？

王后：他，简直就像大海与暴风在较量时那般疯狂。简直疯透了，他听到帷幕后面有声音，就拔出剑来，嘴里嚷着有耗子有耗子，把躲在后面的忠臣刺死了！

国王：天啊，不得了！要是我在场的话，怕也惨遭毒手了吧。他这样简直对大家构成了很大的威胁——不管是对你、对我，还是对其他任何人。唉，这桩命案由谁负责呢？别人一定会责怪我，既然已经预见到了，却不趁早严加管制他；都是因为我太溺爱他了，以至于不愿意想一个恰当的措施，正像是得了恶疮的糊涂虫一般，不让它出毒，结果弄得毒气攻心，无法医治。他现在在哪里？

王后：他把被他杀害的尸体拖走了，像一堆废铁掩盖不了真金的光彩一样，他见到尸体就现出了善良的本性——他还为自己的错误流泪了。

国王：哦，来，我的葛忒露德；我现在就等着明天一早，就让他坐船离开，至于这件坏事，我需要用尽我的威力和手腕，替他掩饰过去。

---

① 这是传统的分幕法，情节实际上到第四场末才告一段落。

② 第五幕本场地点也可能是王后寝宫。

来啊，纪尔顿斯丹！（罗森克兰兹与纪尔顿斯丹上。）你们两个再去叫些人来，哈姆莱特殿下疯了，杀死了波乐纽斯，将尸体从他母亲的房间拖了出去。赶紧去叫他过来。注意说话的口气，将尸体抬到教堂里面去，赶紧办好。（罗森克兰兹与纪尔顿斯丹下。）葛忒露德，来吧，我要将那些最聪明的朋友都召唤过来，告诉他们这个不幸的消息和我的决定。这样即便那些流言蜚语会像毒箭一样从四面八方射向我，也不会伤及我的名誉，而只会消失在空气中。来！我的心情简直糟透了，心绪很乱！（同下。）

第二场　城堡中另一室

（哈姆莱特上。）

哈姆莱特：已经藏好了，不会出现什么问题了。

罗森克兰兹、纪尔顿斯丹：（自内）殿下，哈姆莱特殿下！

哈姆莱特：这又是谁在说话啊？谁在喊我的名字，哦，他们来了。

（罗森克兰兹与纪尔顿斯丹上。）①

罗森克兰兹：请问殿下是如何处理那具尸首的？

哈姆莱特：我将他扔到泥土里，送回老家了啊。

罗森克兰兹：殿下，究竟尸体在哪里啊？我们好将它搬回教堂去！

哈姆莱特：你们千万别相信啊。

罗森克兰兹：不要相信什么？

哈姆莱特：不要相信我能违背自己的心思来尊重你们的心机。并且，我身为王子，为什么要受海绵的质问呢？

罗森克兰兹：殿下认为我们是海绵吗？

哈姆莱特：没错，先生；你就是吸收了国王恩宠、赏赐和威权的海绵。但是，这种臣子的结果通常是给国王卖命，国王如同猴子一样将他们衔在嘴角，舔弄一番之后才一口吞下去！一旦你们有他所需要的东西了，他就会把你们一挤，那么可怜的海绵啊，你们又会变得干瘪了。

---

① 可照多弗·威尔逊解释，加卫士数名。

罗森克兰兹：我不太明白殿下的意思。

哈姆莱特：不明白最好了。恶毒的话正好能在你这样傻瓜的耳朵里睡大觉。

罗森克兰兹：请殿下务必告诉我们尸首在什么地方，之后我们一起去见国王陛下。

哈姆莱特：尸体跟国王陛下在一起，但是国王却没有跟尸体在一起。国王是一个东西——①

罗森克兰兹：一个什么东西啊，殿下？

哈姆莱特：一个什么都没有的东西。这就带我去见他吧。狐狸藏了起来②，大家都出来追啊。

（同下。）

第三场　城堡中另一室

（国王及侍从上。）

国王：我已经派人出去找他，也去找尸首去了。你看，放纵这孩子胡闹是多么危险的事情！但我却不能用严法来惩治他。因为，他得到了那些疯狂群众的拥戴，他们不是用头脑而是用眼睛来喜欢人，才只会怪犯罪之人受惩罚过重，而不管罪犯所犯的罪有多重。只要风平浪静，就赶紧把他弄走，势必要显得这是出于周密的考虑，急病就需要用急药来治疗，否则就不好办了。（罗森克兰兹上。）③ 怎么样？事情怎样了？

罗森克兰兹：国王陛下，殿下不肯说出藏尸首的地方。

---

① 这句装疯胡诌的话，如有意义，究竟是什么意思，各家猜测不一。其中一说：尸体，即君王的外形，克罗迪斯有了；真实和合法的君王却不在这个形体内，似较可取（见弗奈思《集注本》）。

② 《圣经·赞美歌》在英国国教祈祷书里有这样一句："人是一无所有的东西，他的日子很快消逝，有如影子。"已成为极端鄙视的骂人话。多弗·威尔逊指出哈姆莱特在这里不但辱骂了国王，而且暗示他的日子不长了。"狐狸躲起来"一句话是儿童游戏中语，哈姆莱特装疯，一说就首先跑了。

③ 多弗·威尔逊照"第二四开本"上"罗森克兰兹及其他人员上"的说明，使纪尔顿斯丹也同时出场。

国王：那他现在在什么地方？

罗森克兰兹：就在外面听候发落呢，陛下。

国王：去叫他进来吧。

罗森克兰兹：我说，纪尔顿斯丹，你去把殿下带进来吧。[①]

（哈姆莱特、纪尔顿斯丹及卫士上。）

国王：嗨，哈姆莱特，你能告诉我波乐纽斯在哪里吗？

哈姆莱特：吃晚饭去了吧。

国王：在什么地方吃晚饭？

哈姆莱特：当然不是在他吃东西的地方，而是在他被东西吃的地方！很大一批蛆虫正在开会讨论如何对付他。你知道，蛆虫是会餐的皇帝啊。[②] 我们把生物养肥了以便养肥自己，同样，我们也养肥了自己来喂食蛆虫。瘦乞丐和胖国王这两道菜的区别只是味道不同而已。结果不过如此！

国王：唉！

哈姆莱特：一个人或许会用吃过国王的蛆虫钓鱼，接着吃那吃过这条虫子的鱼！

国王：你这话的意思应该怎么理解？

哈姆莱特：不需要怎么理解，不过是向你指点一位尊贵的国王是如何到乞丐肚子里游玩的呗。

国王：究竟波乐纽斯在哪里？

哈姆莱特：升天了。您打发人去天上看去吧。倘若您的使者在哪里都找寻不到他的影子，那么您就到另外一边去[③]找找看吧。当然，倘若一个月内您都找不到他，你上楼或者进走廊时，就会闻到他的气味了。

---

① 多弗·威尔逊照“第二四开本”办法，删“纪尔顿斯丹”，存“喂，把殿下带进来”作为半行，接上半行。因此，这里上场只有哈姆莱特及卫士。

② 有些学者指出，莎士比亚可能暗射到制止宗教改革判定路得为邪教徒而在日耳曼乌姆斯（谐英文“蛆虫”）地方召开的帝国会议（谐英文“会餐”）。但从上下文全面看，哈姆莱特显然主要是骂政客以至皇帝像蛆虫一样的贪婪。

③ “另外那一边”指地狱。

国王：（对若干侍从）到那里去找找看。

哈姆莱特：他一定恭候在此，不会离开的。

（侍从下。）

国王：你居然能做出这样的事情来，哈姆莱特我简直痛心疾首，但是为了保证你的安全，这一点我更加担心，所以我必须要让你赶紧离开。你这就去准备一下吧，船只已经准备好了，风势也很顺利。随从都在恭候着呢，就等着你到了一起出发去英国。

哈姆莱特：要去英国？

国王：没错，我的侄儿。

哈姆莱特：好，好。

国王：这的确是件好事，只要你能明白我的良苦用心。

哈姆莱特：我见到一位天使，看出了你的良苦用心，但是走吧，走吧，去英国吧。我亲爱的母亲，再见吧。

国王：哈姆莱特，你应该说的是你尊敬的父亲！

哈姆莱特：是我的母亲，父母是夫妻，是一体的。因此，说我的母亲，没什么错，再见了！去英国！

（哈姆莱特及卫士下。）

国王：一步不离地跟着他，把他哄上船。千万不能耽搁；我要让他今天夜里就离开这里。赶紧去！一切和这件事有关的事情全都办好了。你们一定要抓紧。（罗森克兰兹、纪尔顿斯丹及其他人众下。[①]）英格兰王，丹麦的剑在您的国土上留下的创痕还未褪去，您向我们输款纳城的敬意仍未减少；倘若你害怕我的威力，明白我照顾你能对你有多大的好处，就不能蔑视我的训令；我已经在公文里写得很清楚了，一定要你把哈姆莱特就地处死。英格兰王，照办吧；他简直就像是热病，燃烧在我的血液里。我需要你来治好我。除非我确信他不在人世了，我的脸上才会浮起笑容。（下。）

---

① 下场大致照威尔逊办法，一般现代版本仅说明二人下，若然，下文一段话只能做“旁白”，不是“独白”，更欠自然。

第四场　丹麦原野

（福丁布拉斯、一队长及士兵列队行进上。）

福丁布拉斯：你来替我向丹麦的国王致敬吧，队长。你转告他一声，根据我们的约定，福丁布拉斯请求他派人过来指引我们的部队过境。你清楚我们之后会在哪里会合。倘若国王有什么事情要跟我商议，我可以去跟他亲自面谈。你就这么去说吧。

队长：遵命，大人。

福丁布拉斯：慢走。

（福丁布拉斯与士兵下；哈姆莱特、罗森克兰兹、纪尔顿斯丹及其他上。）

哈姆莱特：这是哪个国家的军队啊，队长？

队长：殿下，是挪威王家的军队。

哈姆莱特：他们打算开到什么地方去？

队长：到波兰的某一部分去。

哈姆莱特：那么，队长，是谁在统帅你们？

队长：福丁布拉斯——挪威王的侄子。

哈姆莱特：那么你们是去攻打波兰本土还是边疆？

队长：说实话，我们只是要去攻打一小块徒有虚名毫无实利的土地。[①] 我们都不用租它，只出五块钱就好；不管是归挪威还是波兰，反正拿出去卖也不会卖出什么大价钱的！

哈姆莱特：这样波兰人怎么还会守它呢？

队长：不，波兰人都已经在那里设防了。

哈姆莱特：即便是搭上两千条生命，花费两万块金元，也无法解决这个草芥的问题。这大概就是富足和太平生出了脓疮，溃烂在里面，从

---

① 莎士比亚可能想起1601年7月2日至1602年春，英军在尼德兰，坚守俄斯坦得沙丘，抗拒西班牙大军造成伤亡重大的英勇战斗。

外观上还显现不出一个人即将死去的征象。——感谢你，队长。①

队长：愿上帝保佑您，尊敬的先生。（下。）

罗森克兰兹：我们走吧，殿下。

哈姆莱特：你们先走一步吧，我这就跟上。（众下，仅留哈姆莱特。）我四处遇到的事情都像是在谴责我，鞭策我赶紧起来复仇！这还算是人吗，倘若他无上的事业和享受就是吃喝拉撒，那跟畜生有什么区别。上帝造就我们，给了我们这么多的智慧，使我们能够思前想后，绝对不是要让我们将这种智慧，这种神明般的理性腐烂了啊。但这究竟是因为畜生的健忘还是因为把后果想得太缜密了，思来想去，最后竟落下一分世故和三分怯懦——我简直不明白为什么一日日过下去就仅仅是在嘴上叫唤"这件事必须去做"。而明明是有理由、决心、力量和办法让我动手。这么好的榜样在教育我呢。看这一支气势浩荡的队伍，领队的是位娇生惯养的王子殿下，他的精神被那神圣的雄心鼓舞着，断然将那不能预见的结局蔑视，全然不顾安危未定、凶吉未卜，不惜冒生命危险，拼自己的血肉之躯，即便仅仅是为了个鸡蛋壳！虽说伟大并不是没有什么大事就轻举妄动，但是在即将危及荣誉的时候，即便是为了一根小草，也应当全力争取！可是我呢，父亲被杀，母亲受辱，把我搅得血液沸腾，头脑冒火，但是我却让所有的理智与情感都沉睡，我还有什么颜面见这两万士兵；他们不惜牺牲，只是为了那一点儿梦幻和虚名，将进坟墓当成上床睡觉，就为了去争夺那一小块地方，不管它是否小到容不下这些人当战场，也不够当坟墓来将阵亡的战士埋葬！啊，从此之后，在我的头脑里，只许有流血的念头出现！（下。）

---

① 哈姆莱特可能在公开场合又说了反话，闪烁其词；"出脓疮"三行不着重论行动的目的，着重论行动的重要，意不在"行动出于脓疮"，而在"不行动出脓疮"不与下文独白中"寸土必争"意呼应，而与"醉生梦死"意衔接。

第五场　艾尔西诺城堡中一室

（王后、霍拉旭及侍臣一人上。）

王后：我不想跟她说话，不想。

侍臣：她非要来见您，简直是疯了一样，样子很可怜啊。

王后：她想要怎么样？

侍臣：她总是说她的父亲，说她听见这个世界上到处是阴谋诡计；她一边说一边捶胸，语无伦次，似有意思又好像没什么意思。她的话不知所云，可是却能引起很多人的猜测，他们会断章取义附会自己的想法；她说那些话的时候还做着各种手势和表情，的确使人将信将疑，虽然不能确定，却可以作一些很不好听的解释。

霍拉旭：那就跟她谈谈吧，因为也许她会在愚妄的脑筋里散布一些危险的猜测。

王后：叫她进来吧。（侍臣下。）

我负疚的灵魂惴惴惊惶，琐琐细事也像预兆灾殃；罪恶是这样充满了疑猜，越小心越容易流露鬼胎。

（侍臣引莪菲丽亚上。）①

莪菲丽亚：美丽的王后，您在哪里？

王后：莪菲丽亚。

莪菲丽亚：（唱）

我如何才能替你认清楚②哪一个是情郎？

就见到他穿着芒鞋，拄着拐杖，

---

① “第一四开本”导演词：“莪菲丽亚失发弹琴上。”

② 从此以下，全场中，莪菲丽亚所唱的大概是莎士比亚所处的时代听众所熟悉的民歌片断，但除片言只语外，大致都已失传。“哈姆莱特”剧本出来以后，这些片断，除一段外，都有传统曲谱（见弗奈思《集注本》）。柯尔立其指出莪菲丽亚在这里把两个主题合而为一，一个是丧失情人（哈姆莱特）的哀痛，一个是丧失父亲（波乐纽新）的哀痛，同时父兄告诫她提防哈姆莱特的那些话使她恐惧得过了头。这里开头三节（十二行）是一个曲调。

贝壳镶在草帽上。[1]

王后：哎呀，我的姑娘，你这是唱的什么啊？

莪菲丽亚：您直管好好地听就好了。(唱)

他死了，姑娘，
再也不会回来了；
脚和头竖起一块白石碑，
头顶上长着青草。
哦，哈！

王后：莪菲丽亚，别唱了——

莪菲丽亚：请您仔细听啊。(唱)

雪白的寿衣啊，像是山上的白雪——

(国王上。)

王后：唉！陛下看。

莪菲丽亚：(唱)

鲜花堆在上面；
情人过来送（不）[2] 到了墓园里，
眼泪就像是落雨一般。

国王：美丽的小姐，你要怎样？

莪菲丽亚：让上帝保佑你吧！有人说，猫头鹰其实是面包店老板女

---

① 这种装束都是香客的标记。情妇作为圣者，情人作为香客是常用的比喻，而据说过去情人也常假托朝山进香而进行幽会。帽上嵌贝壳（严格译应为海扇壳），说是表示圣地在外，需要漂洋过海的意思，若然，似乎也恰合哈姆莱特出国这一点儿吧。

② 一切古本都有这个“不”字，在原文中（在译文中也可以看出）音节上多余，意思上也不连贯。18世纪浦白开始删掉，近代版本一般都照删，但陶顿认为这个字可能是莪菲丽亚神思恍惚中临时插进去的，因为她忽然想到了父亲死后不明不白草草埋葬，开始将其恢复。现代编订者，例如威尔逊与吉特立其都照办了。

儿变的。[1] 伟大的上帝，我们都明白我们现在是怎么了，但是谁会知道随时会变成什么样呢？愿上帝与你同席！[2]

国王：（旁白）她心里放不下她的父亲。

莪菲丽亚：我们还是不要说这个了，倘若有人问你这话的意思，你就如此回答：（唱）

明朝是圣瓦伦丁节，[3] 大家要早点起床，
看我来到你的窗外，
来做你的意中人。
他起来将衣服披上，
立刻就开门去；
大姑娘进去之后
出来便不是女儿身子。

国王：美丽善良的莪菲丽亚！

莪菲丽亚：的确，呵，不需要诅咒了，我救了它了！（唱）

苍天啊，大地啊，唉，
真是不怕羞耻啊！
年轻小伙子总是毛手毛脚的，
这怎么能怪别人？
在你占有我之前
答应过我会结婚。
——如今好了，就怨你糊涂，

---

① 据说英国罗斯忒州民间有此流行故事：救世主一天走进一家面包铺，那里正在烘面包，就要一块面包吃。女老板马上把一块面团放进烘炉给他烘制；可是女儿就怪她不该拿太大的一块，把它减缩到极小的一点点。面团却不久开始胀大了，马上变成了极大的一块。女儿不禁叫出来，'咻，咻，咻'，这种猫头鹰式的声音也许就使救世主想起了一个主意，因为她的邪恶，叫她变成了那样一只鸟。

② 韦立谛指出"上帝跟你同席"就是"做你席上的客人"，与面包铺女儿故事接起来，就是"不要怠慢人家"了。

③ 以下四节（十六行）歌词属另一个曲调。英国有一种古远的风习，直保持到十八世纪，圣瓦伦丁（Saint Valentine）节日清早男子所看见的第一个女子被认为就是他的真情人。

谁让你自己送上门！

国王：她这个样子多久了？

莪菲丽亚：我希望一切都好。我们要有耐心；但是我一想起他们竟然将他放到了冰冷的泥土中去，我怎么能不流泪啊？必须要让我的哥哥知道啊；没错，我要感谢你们替我出的好主意。我的马车，来啊！太太小姐们晚安了。早点休息吧，可爱的小姐太太们。好梦，好梦。（下。）

国王：你们赶紧跟着她，一定要多加留意她。（霍拉旭及侍臣下。[①]）这就是伤心欲绝的结果，原因就是她父亲的暴死，哦，葛忒露德，这可真是祸不单行啊。先是她的父亲被杀，接着是你儿子出走，就怪他自己一手造成了现在的乱子；百姓们乱成一团，议论纷纷的，胡乱猜测这个老好人的死因，我一时糊涂，就这样暗地里草率地将他埋了；这可怜的莪菲丽亚现在迷失了理性。人要是丧失了理性，就是空壳，是畜生；最后，更加麻烦的事情是，她的哥哥从法国秘密返回来了，云里雾里地只能胡乱琢磨猜想，而且还会有不少饶舌鬼三言两语地败坏他的听闻，跟他讲他的父亲死得不明不白，说话没根由肯定就少不了肆无忌惮，将罪责归咎到我身上。亲爱的葛忒露德，就如同是霰弹炮，从四面八方打得我永不复生啊。（内喧呼声大作。）

王后：天啊，这是谁在闹啊？

国王：赶紧让我的警卫队守好宫门。（侍臣另一人上。）什么事情啊？

侍臣：陛下，您赶紧躲起来吧；比大洋中的怒潮冲决堤岸、席卷平原还要汹汹其势，年轻的莱阿替斯带领着一群叛军打败了您的卫士，冲进宫来了！暴徒们都称呼他为主上；似乎世界就刚刚开始，将老规矩、古风、旧制全都推翻了什么都是他们说了算，他们就顾着喊："你们来选择，一定要让莱阿替斯坐王位！"他们举手掷帽，喊声直冲云霄，"让莱阿替斯做国王！让莱阿替斯做国王！"（内喧呼声更高。）

王后：跟错了队伍的蠢货竟然还叫得如此高兴！你们这些造反的丹

---

① 下场动作照多弗·威尔逊加上"及侍臣"。

麦狗找错方向了！

国王：大门都被冲开了。

（莱阿替斯武装率群众上。）

莱阿替斯：那个昏君在什么地方？兄弟们，你们都站在外面。

众人：我们要进来，要进来！

莱阿替斯：请听我的话。

众人：遵命，我们这就出去！

（众退至门外。）

莱阿替斯：请守住门，谢谢。——你这个万恶不赦的国王，将我的父亲还给我。

国王：好了！莱阿替斯，请你安静点。

莱阿替斯：要是我身上有一滴血液能安静的话，那我就是杂种，我的父亲就是王八，我母亲贞洁的额头上就烫上娼妓的烙印！

国王：莱阿替斯，这究竟是为了什么啊？为什么要让你如此大张旗鼓地造反呢？葛忒露德，将他放开，别担心他会伤害我。神圣的篱笆就在国王的周围，忤逆之人只能窥看，是达不到目的的，只能想想，却做不到！莱阿替斯，好好跟我说话，何必这么激动。葛忒露德，将他放开；好汉，你说吧。

莱阿替斯：我的父亲呢？我父亲呢？

国王：你的父亲死了。

王后：但这并不是他干的。

国王：让他把想问的都问出来。

莱阿替斯：他的死因是什么？我可不是能被你们糊弄的。让忠心滚到地狱里去！让信誓都跑去送给魔鬼！仁义道德都落到无底洞里面去！我根本不畏惧自己会下地狱。我的意志很坚定，不管是上天还是入地，有什么你就尽管来，只要能为我的父亲报仇雪恨！

国王：没有谁要阻止你！

莱阿替斯：除了我自己的思想和意志，谁也别想阻止我！我也不想浪费我的气力，我势必会让它事半功倍！

国王：我的好莱阿替斯，倘若你想要弄明白你父亲的真正死因，报仇雪恨，是要先分清谁是敌人谁是朋友，还是不问青红皂白地全部一网打尽？

莱阿替斯：我只要找我的仇人报仇！

国王：你想要认认你的仇人吗？

莱阿替斯：对他的朋友，我将展开双臂去拥抱他们，就像那舍身哺养小雏的塘鹅，不惜用自己的鲜血来喂他们。

国王：对嘛，现在这样子说话的你才像个好孩子，才像一个公子。你父亲的遇害不但与我无关，我为此也相当痛心疾首，对此，你真是该擦亮眼睛看清楚了。

众人：（自内）把她叫进来。

莱阿替斯：这是在闹什么？（莪菲丽亚上。）[①] 哦，愤怒的火焰将我的头脑烧干了！七倍心酸的眼泪将我的眼睛泡瞎！我在此发誓，一定要让人十倍偿还害你发疯的罪过！那开在五月的玫瑰，我的好妹妹，可爱的好姑娘莪菲丽亚！苍天！一个少女的理性竟也能如同老人的生命这般脆弱？人类因为热爱而变得分外敏感，正因为分外敏感，才将自己本性中最珍贵的东西奉献给所爱之物。[②]

莪菲丽亚：（唱）

他们用棺材架把他抬走[③]，哎呀，哎呀，哎呀呀，
将一阵眼泪洒在他的坟头。
我的小鸽儿，再见了！

莱阿替斯：倘若你还没发疯的话，劝我来报仇，还不会如此打动我。

莪菲丽亚：你得唱“噔啊噔，你叫他啊噔啊”。哦，翻来覆去地多

---

① 莪菲丽亚上场，有的学者认为她手里拿着花或者身上乱戴着花，有的认为下文说的花是她想象的，并无真花在身边或手头。

② 最好的古本“第二四开本”没有这三行。

③ 这段歌词的古曲谱，弗奈思未能查出。

么相称啊！讲述的是那个良心坏了的管家将他主人家的小姐偷走了。①

莱阿替斯： 难道这种无意识的话不比正言危论更有力吗？

莪菲丽亚： 这花儿是代表记忆的迷迭香。你要记住了，爱人。这是表示相思的色堇②。

莱阿替斯： 这疯言疯语里面有教训！相思和记忆恰到好处。

莪菲丽亚： 把这巧嘴茴香花送给你，还有这些邪眼漏斗花。至于这点苦芸花嘛，你我各留一点。礼拜天我们可以叫它慈悲草。哦，你的戴法与我不同啊。这朵是骗人的精雏菊。本来我想要给你们一点坚贞的紫罗兰，但是因为我父亲的死，全都枯萎了。人们都说他得到了一个好的结局——③（唱）

这可爱的罗宾是我的宝贝啊。④

莱阿替斯： 悲痛、苦恼、忧思，甚至是地狱，都会被她点化成温柔和爱娇。

莪菲丽亚：（唱）

他难道不会再回来？⑤ 难道他就不再回来？
死掉了？不回来了？
你也去死了吧；
他是永远都不会回来。
雪白的胡须就好像是白雪，
黄色的头发赛过了乱麻绳，

---

① “你得唱噔啊噔，你叫他啊噔啊”，亦作由莪菲丽亚唱出的两行，各家都认为难以确定该是唱出还是说出，如说出该从哪个字起算歌词部分。“翻来覆去”，有的学者解释是指歌词叠句，有的解释是纺轮（一边纺纱一边唱山歌）。坏管家故事，据说无可考。

② 迷迭香和三色堇一般解释是给莱阿替斯的，因为莪菲丽亚误认他为情人了。

③ 茴香花据说代表谄媚，漏斗花代表忘恩或私通，一般解释都是给克罗迪斯的，芸香花代表愁苦与悔恨，给王后，也如莪菲丽亚明说的，给她自己，两人同苦而各有“不同”。雏菊代表欺骗，威尔逊解释是给她自己的（与三色堇一起），以志警惕。紫罗兰代表坚贞，威尔逊解释她觉得都完了，没有人可给了。为了一读（一听）就有一点儿印象，译者在花名上都加了形容词。

④ 这一行歌词另属一个曲调。

⑤ 以下两行（十行）歌词又另属一个曲调。

他完了，完了；

罢了，都罢了

但愿上帝能可怜他的灵魂！

我希望上帝能将一切基督徒的灵魂宽恕。希望上帝与你们同在！

莱阿替斯：尊敬的上帝啊，你见到过这样的情景吗？

国王：我必须要分担你的悲痛啊，莱阿替斯，请不要拒绝我的要求，不可以出去，随便挑选几个最有头脑的朋友来，请他们来断一断你我之间的是非。倘若是他们认为我犯有直接或是间接的杀人之罪，我宁愿把我的国家、我的王位和我的生命，我所拥有的一切，都交由你来处置；倘若是我没有罪呢，就请你静下心来，听我的话，我肯定与你一起想办法，来使你满意。

莱阿替斯：行，就这么办。他死得这么离奇，又埋得如此草率，没有在坟头上立碑、挂剑，也没有装点盾徽，没有举行任何庄严隆重的仪式，苍天大地都觉得严重不公平，你说我能不探究明白吗？

国王：你能做的是谁是凶手，你就去找谁。跟我来吧。

（同下。）

第六场　城堡中另一室

（霍拉旭与仆从一人上。）

霍拉旭：是谁要见我啊？

仆从：大人，是几个水手要见您。他们带来一封信说要交给大人您。

霍拉旭：那就让他们进来吧。（仆从下。）我还真是不知道这个世界上会有谁给我写信，除了哈姆莱特殿下之外。

（水手数人上。）

水手甲：希望上帝保佑大人。

霍拉旭：希望他也保佑你。

水手甲：先生，如果他高兴的话，会的！我这儿有封信是那位去英国的特使派我来转交给您的，倘若您就是霍拉旭的话。

霍拉旭：（读信）

你读过信之后，霍拉旭，请带人来见国王。他们有另外一封信给国王。我们出海还不到两天，就遭到一只装备齐全的强盗船的追赶。我们船行太慢，不得不迎战；交锋之中，我跳上了强盗的船。强盗立刻抛下我们的船扬帆而去，我成了他们的俘虏。他们如同义盗般厚待我，那是因为他们知道这样做的好处，那就是我势必会报答他们的。当你把我给国王的信转交之后就请火速过来见我。我想要对你说一番话，一定会让你听过之后大吃一惊的；但是这话还不够重，事情本身更加严重。这位好朋友会将你带来见我。罗森克兰兹和纪尔顿斯丹将继续去往英国，至于他们两个，我也有话要跟你说。再会了。

——你永远的知己哈姆莱特

来吧，我带你们去转交那封信火速办好，这样你们就能立刻带我去找哈姆莱特殿下。（同下。）

第七场　城堡中又一室

（国王与莱阿替斯上。）

国王：既然你自己已经亲耳听到凶手残害的是你那位高贵无比的父亲，他也想图谋我的命。那你就该清楚我是无罪的，你不得不当我是你最好的朋友。

莱阿替斯：再清楚不过了。但请告诉我你为什么不去惩办这种罪恶滔天的罪行？不管是为了你的安全还是其他的一切，你都应该行动啊。

国王：只因为有两个原因，在你眼里可能觉得它们是软弱无力的，但我却觉得非同小可。他的母亲见不到他简直就不能活，至于我，算我的长处也好，算我劫数也罢，不管我的生命还是灵魂都跟她分不开，就如同是星球离不开运行的轨道一样离不开她。除此之外，我不能提他公审的原因，是因为一般民众很爱戴他，他们因对他好感而将他的过失包容了，就如同魔泉将木头泡成了石头，将他所戴的镣铐也当成了光荣。

我的箭根本没有力量，在这样的大风面前，不但射不到我的目标之上，反倒会将我自己射伤。

莱阿替斯：所以我高贵的父亲就白白死了？好好的妹妹就这样变成了疯子？如果允许我赞美她的品貌，那简直就是睥睨古今，冠绝人世啊。不管怎么说，这仇我总是要报的。

国王：你安心去休息吧。你不要认为我是一个麻木不仁的人，就这样叫人家气势汹汹地揪着胡子，却还是只当在开玩笑。很快你就会听到消息的。我爱你的父亲，同时也爱我自己，所以我觉得，你应该能想象得到——（一使者上。）

国王：是不是有什么消息了？

使者：陛下，殿下有两封信，分别是给陛下和王后的。

国王：哈姆莱特来的信？是谁送信来的？

使者：陛下，听说是几个水手，我没有看见他们；是克罗迪奥转交给我的；送信之人把信先给了他。

国王：你可以听一听这封信，莱阿替斯。去吧。（使者下。读信）

尊敬的国王陛下，现在，我已经光身重新返回陛下的国土了。请允许我明天前来拜谒，面求鸿恩，向您赐禀我为什么突然而离奇地回国。

——侄儿哈姆莱特

这究竟是怎么回事？其他的人也都回来了吗？还是有什么人在捣鬼，事实上并没这么回事。

莱阿替斯：您能认出他的笔迹吗？

国王：没错，是他亲笔写的。“光身”！这里还写着“独自一人”。你知道是什么意思吗？

莱阿替斯：陛下，我也不知道。让他来吧！我那郁闷的心一下又热了起来，因为我想当面对他说，“你看你干的好事”。**国王：**莱阿替斯，倘若真是如此呢？可是怎么会是这样呢？此外又如何解释呢？莱阿替斯，你能听从我的调遣吗？

莱阿替斯：当然，只要陛下不让我放弃报仇。

国王：那必然不会的。如果他真的回来了，如果他半路回来，不准备再作这样的航行，那么好吧，我现在有了一个主意怂恿他去干一件事，势必让他自投罗网；即便是死了也不会有任何议论，即便是他母亲都不会怀疑什么，只会认为是意外。

莱阿替斯：我听您的，陛下最好能让他死在我的剑下。

国王：我正是这样计划的。自打你在国外四处游历以来，哈姆莱特经常听人提及你有一项专长，你所有的才艺都没有这个能将他的妒忌心挑起来，虽然在我看来，这只不过是你最微不足道的本领！

莱阿替斯：陛下，是什么本领？

国王：还不就是装饰在年轻人帽子上的一条绸带，这倒也是必不可少的；因为年轻人的确适合穿那些华丽潇洒的服装，就像是老年人适合穿得朴素大方一些，表示他的庄重一样。就在两个月之前，来了一位诺曼底的绅士。我本人是见过法国人并跟他们交过手的，他们擅长骑马；这位先生就更是高手了，马术里简直藏着魔术。他像生在马背上一样，任意驰骋，简直就像跟他的骏马融为一体了。他的技术远超我的预料，叫我挖空了心思都想不出词来形容它的奇妙。

莱阿替斯：他是诺曼底人？

国王：没错。

莱阿替斯：那他一定是拉蒙。

国王：没错，正是他。

莱阿替斯：我跟他是老相识。他是法国知名的勇士。

国王：他也说你很了得，满口称赞你的武艺多么高超，尤其佩服你的剑术。他不禁感叹，如果有人能跟你这样的对手切磋一番，那可真是很有看头。他非常肯定地说，倘若本国的剑术大师遇到你，都会将什么是劈剑给忘了，一定会看得眼花缭乱。你不知道，这番对你的赞美之辞让哈姆莱特多不服气，所以他什么都不想，就等着你回来跟他一比高下。好了，这就——

莱阿替斯：陛下，这就怎样？

国王：你的确是深爱你的父亲吗，莱阿替斯？还是说你不过是画上的画像，根本就是有面无心呢？

莱阿替斯：您为什么有这种疑问，陛下？

国王：我并不是怀疑你对你父亲的爱，只是我知道爱是有时间限度的；我从我以往的经验里见到过，随着时间的推移，爱的火花也会燃尽。万事都无法长久，永远一样好，原因是好的品质若是过了头，便会摧毁它自己，正像一个人会因充血而死一样。需要我们做的事情要马上去做因为我们的想法会改变，有多少舌头、多少手、多少意外，就会有多少犹豫、多少迁延；那时候再空谈该做什么，也不过是聊以自慰，长吁短叹，徒然伤害自己的身体罢了。还是让我们谈谈现在问题的症结吧。我的侄子回来了。你要如何行动来表示对你父亲的爱呢？

莱阿替斯：在教堂里割断他的喉咙！

国王：确实，哪里都不会庇护杀人凶手，禁止报仇。好莱阿替斯，但是首先你要躲在家里，别出门。要是哈姆莱特回来听说你也回来了，我们去叫几个人来夸奖你出众的武艺，将那个法国人对你的赞美锦上添花；激他来跟你比试一下，分个高低。他不拘小节，向来大方，没有任何鬼心眼，肯定不会检查比武的剑是否有问题；所以只要耍点小花样，你就能轻易挑到一把锋利的剑，将他暗算，以报你的杀父之仇。

莱阿替斯：就这么办！并且我还要在剑上涂上毒药。我在药房买了一种致命的药油，只要在刀尖上沾一下，将人一刺出血，哪怕只是擦破一点儿皮，到时就算把全世界的草药都搜集到一起配置成妙方，也无法救他的生命。我把这种药涂在我的剑头，让他受到一点擦伤就会送命。

国王：让我好好想一想，看看什么时间才方便，什么办法最合适。一旦失败了，弄不好就会让人看出破绽，最好不要这样。为了保险起见，应该再想一个万全之策。且慢，让我好好想想，你们的交手应当有非常隆重的悬赏。对啊，有了，你跟他交手的时候，一定要竭尽全力，使他疲于奔命，等他口干舌燥讨水喝的时候，我就立刻给他一杯事先准备好的毒酒，即便是他有幸逃过你的毒剑，只要他一喝酒，我们就如愿以偿了。且慢，听到什么声音没？（王后上。）

国王：我的好王后啊，怎么了？

王后：祸事真是接连不断。莱阿替斯，你妹妹淹死了。

莱阿替斯：淹死了？在什么地方？

王后：一道溪坎上有一棵杨柳树斜长着，玻璃般的溪水里映照着银叶子。她用各种花草编了奇异的花环来到那里，用的是毛茛、荨麻、雏菊和长颈兰——正派的姑娘叫这种花“死人指”，说粗话的牧人却给它起了另一个不雅的名字——她到了那儿，爬上了横跨着的枝丫将花冠戴上，枝条被压断了，她就连人带花一起掉进溪流里。落水时，她的衣服四散张开着，暂时使她如同美人鱼一样浮在水面之上，她还在那断断续续地唱着古老的调子，仿佛根本感觉不到自己的苦难，又仿佛就是生长在水里一般逍遥自在。但是不久，她的衣服被水泡重了，这可怜的人歌儿都没唱完，就沉到泥里去了。

莱阿替斯：那她的确是淹死了吗？

王后：是的，淹死了，淹死了。

莱阿替斯：可怜的莪菲丽亚，你的身体已经被太多的水淹没了，所以我必须忍住我的眼泪；但是人类的感情是无法遏制的，我只好不顾羞惭。当眼泪流干时，妇人之仁也将随之消失。陛下，再见。我心中有如烈火一般熊熊燃烧的话想要说出来，却被这眼泪浇灭了。（下。）

国王：我们跟他过去。

葛忒露德：我好不容易才平息了他的怒火！恐怕现在又要被挑起来了。我们这就跟过去。

（同下。）

第五幕

第一场　墓　园

（甲乙掘墓人携锹锄上。）

掘墓人甲：这个女人是自杀身亡的，却要以基督教仪式来安葬吗？

掘墓人乙：我对你说是的，所以你就赶“紧点儿”[①] 把她的坟挖好吧。验尸人已经验过她的死状，并决定按照基督教仪式来下葬。

掘墓人甲：这是怎么回事？除非她跳河是为了逃命[②]。

掘墓人乙：此事已经这么决定了。

掘墓人甲：肯定是“自毁行动”，不可能是其他原因。[③] 道理很明白啊：倘若我存心要把自己给淹死，这就得成立一种行为；一种行为会产生三个分支——一是干，二是做，三是行；因此，她根本就是存心要淹死自己的！

掘墓人乙：喂喂，开坟老爹，你得听我说！

掘墓人甲：还是听我说吧。这是谁，好。这是人，好。倘若这个人到这片水中，将自己淹死，不管她是不是有意的，总归是自己去的——你要留意这点。但如果是水过来主动把她淹死的，那当然就不是她自己淹死的。因此，没找自己的死，那就不是缩短自己的生命。

掘墓人乙：难道这是法律？

掘墓人甲：那倒不是，但这却是验人验尸的法律。

掘墓人乙：干脆说句老实话吧，如果死者不是什么上等人家的妇

---

① “紧点儿”表面意思是“快点儿”，也带有玩笑的含义“窄点儿”（多弗·威尔逊）。

② “为了逃命”字面意思是“为了自卫”，乙说的应该是“啊，验明是这样的”。甲嫌“自卫”二字太文。现在这样，多一层玩笑，也符合乙的说话精神。

③ 莎士比亚在这一段里实际上是挖苦法律、法官及讼师。“自毁行动”原文用拉丁文，法律名词有“自卫行动”，甲缠错了——或故意缠错了——这个拉丁文名词。（这也是译者在上文避用“自卫”二字的原因。）

女，谁还会用基督教的仪式来埋葬她？

掘墓人甲：这才是实话！简直太气人了！大户人家因为手里有钱，连上吊都能比那些其他基督教的小弟兄更有权利。来，把锄头给我。要论家世的话，哪个还能比种园子的、挖沟的、掘坟的这三家更古老？他们继承的可都是亚当老祖的家业。

掘墓人乙：难道亚当老祖也是世家子弟吗？

掘墓人甲：他是天地间首个装起门面、挂起“家徽”[①] 来的。

掘墓人乙：啊，他都不穿衣服，竟还讲究什么“家灰”　“家火”的！

掘墓人甲：难道你是邪教徒吗？难道你不懂《圣经》？《圣经》上说亚当掘地，难道掘地不需要“家伙”吗？[②] 这个“家伙”就是他的“家徽”。我再问你个问题。倘若你不知道，就直接招认。

掘墓人乙：问吧。

掘墓人甲：谁会比泥水匠、船匠、木匠造东西更牢固？

掘墓人乙：做绞刑架的，因为即便是架子上死了一千个罪犯，架子还是立在那里。

掘墓人甲：我简直太喜欢你的聪明了，真的喜欢啊。绞刑架很好。但是它好在哪里呢？就好在对付做坏事的人。你现在做了坏事说绞刑架造得比教堂还牢固；因此，你也很适合绞刑架。来吧，再猜一猜吧。

掘墓人乙：谁会比泥水匠、船匠、木匠造东西更牢固？

掘墓人甲：没错，你重复出来，我就会让你松松气。

掘墓人乙：啊，知道了！

掘墓人甲：什么。

掘墓人乙：糟糕，就是说不出口。

(哈姆莱特与霍拉旭上，立远处。[③])

---

① “家徽”西方古时庶民以上的所谓“上等人家”都得有，用花纹作标记，画在盾牌或盾形牌上，作用有点儿相当于中国古时标榜显贵的“门阀”或“门牌”。

② 原文：“掘地不用手臂吗”——“手臂”在原文中与“家徽”谐音。

③ 哈姆莱特登场时可能穿水手服，因为他自己说过“光身”，而掘墓人起初不认识他。

掘墓人甲：别再浪费脑细胞了，你简直就是不管怎么打都跑不快的蠢驴；你下次再遇到这个问题，就回答是“掘坟的”。他造就的房子能住到世界末日呢。赶紧去老约翰的店里①去给我要一盅酒来喝。

（掘墓人乙下。）

掘墓人甲：（且掘且唱）

我当年只顾谈恋爱，谈恋爱，② 觉得很有趣味；
只求它好消遣，谁会管它是好是歹，
干其他的都不合适。

哈姆莱特：难道这家伙完全不知道自己在干什么吗？边掘坟还边唱歌。

霍拉旭：做习惯了也就不在乎了。

哈姆莱特：没错，五指不勤，五官倒灵。

掘墓人甲：（唱）

没想到一转眼就老年③，早就将我抓住不放；
没坐几天的船，就将我拖上了岸，
我就算是白活了一场。（掷起一骷髅。）

哈姆莱特：原本这个骷髅也有一个舌头，之前也是会唱歌的。看这伙计将它就这么摔在地上，仿佛那是世界上首个杀人凶手该隐的烂颚骨似的！或许这是位政客的脑瓜，如今却让这个傻瓜在这颠来倒去了；谁知道当初他是不是个偷天换日的高手呢？

霍拉旭：殿下，或许正是啊。

哈姆莱特：可能是个出入朝廷的臣子，最擅长说“大人，早！大人您好吗？”或许他就是某某老爷，他会去赞美某某老爷的马，心里想的全是为了把它讨要过来的念头。难道不是吗？

霍拉旭：殿下，是的。

---

① 据各家考证，演莎士比亚戏剧的环球戏院旁边有“聋约翰”酒店。

② 掘墓人唱的是莎士比亚所处的时代一支流行歌曲的一些乱搅在一起的片断。那支歌曲还有曲谱（见弗奈思《集注本》）。舞台土传统用的是《林中的儿童》一曲的调子（曲谱见弗奈思《集注本》）。

③ 这一节歌原文一三两行也不押韵。

哈姆莱特：没错，如今好了，成了蛆虫夫人的宝贝了，就连下巴颏都脱掉了，被一把掘坟人的铁锹在此敲来打去的。好一场翻身呀，让我们这些目睹之人看着真是好看啊。耗费那么多本钱培养这些枯骨还不就是为了叫人家拿来当木偶抛着玩的吗？我想起来就很伤心啊。

掘墓人甲：（唱）

来一把锄头呀，一把铁锹，一把铁锹。
翻开一堆黄土啊，
掘出一个泥坑啊，请客人进去，
住起来那叫一个美啊。（掷起另一骷髅。）

哈姆莱特：又一个。这个不会是律师的骷髅吧？他将定义搬弄，他将字眼穿凿，将是非颠倒，将法令歪曲，他使用奸计干出来的那些勾当现在都去哪里了？为什么他能容忍这个撒野的家伙用这样一把肮脏的铁锹在他的脑壳上一顿乱敲？为什么不去告他殴打罪？哼！或许这家伙生前曾经买下许多地产，开口闭口用那些条文、具结、罚款、双重保证、赔偿一类的名词吓人；现在他的脑壳里塞满了泥土，这就算是他所取得的罚款和最后的赔偿了吗？他的双重保证人难道不能保他再多买点地皮，只给他留下和那种一式二份的契约同样大小的一块地面吗？这个小木头匣子恐怕都装不下他土地的字据，现在地主本人却也只能有这么一点地盘，哈？

霍拉旭：殿下，不能再多出一丁点儿了。

哈姆莱特：那文契纸是用羊皮制成的吗？

霍拉旭：没错，殿下，有的也用小牛皮来做。

哈姆莱特：我看想要靠这些文契来保有土地的这些家伙也不比制成它的牛羊聪明多少。我想要跟这个家伙对话。喂，这是谁的坟？

掘墓人甲：先生，是我的。（唱）

掘出一个泥坑呀，请我的客人进来，
住起来那叫一个美。

哈姆莱特：我看这个坑还真是你的，你看你一直在里面瞎钻。[①]

掘墓人甲：现在，你在外面瞎转，所以这不是你的。虽然我并没在里面瞎转，但这仍旧还是我的。

哈姆莱特：你就是在里面瞎缠，因为明明你就在里面说这是你的。这不是给活人的，是给死人的：所以你分明就是瞎缠。

掘墓人甲：先生，这就是在睁着眼睛瞎缠，挺灵活的，一下就从我的身上转到了你的身上。

哈姆莱特：你是在给何人掘坟？

掘墓人甲：先生，当然不是给男女不分的什么人。

哈姆莱特：那么究竟是给哪个男人或者哪个女人呢？

掘墓人甲：并不是给哪个男人，也不是给哪个女人。

哈姆莱特：那么究竟是给谁掘的呢？

掘墓人甲：本来是要埋一个女人的，但是，上帝保佑她的灵魂，她已经去世了。

哈姆莱特：这家伙简直就是死心眼，会抠门！我们需要对着指南针说话，毫厘不差，一板一眼的，否则一含糊就会出乱子了，被人家揪着错误了。霍拉旭，说实话，这三年来我注意到了，这年头变得如此古灵精怪，朝廷人士的脚跟已经被乡下人的脚尖逼近了，能将他们后跟上的疮疤擦破了——你当掘坟的多长时间了？

掘墓人甲：我干这个营生，不早不晚，在一年当中，正好挑中了先王哈姆莱特打败福丁布拉斯的那一天。

哈姆莱特：那有多长时间了？

掘墓人甲：难道你不知道？傻瓜都知道。那天也是小哈姆莱特降生的日子，哈姆莱特——他现在疯了，被送到英国去了。

哈姆莱特：哦，没错；为什么他会被送到英国？

掘墓人甲：因为他疯掉了！他的病到了英国就会好的，即便是不好，在英国也没事。

---

① 原文用“躺”“谎”二字谐声开玩笑，译文用“瞎钻”“瞎转”“瞎缠”三词来代替。但也不妨用“瞎踩”“瞎扯”二词。

哈姆莱特：那是为什么？

掘墓人甲：英国人自己都是疯子，怎么还能看得出他是个疯子呢？

哈姆莱特：他是为什么疯的？

掘墓人甲：听人说可离奇了。

哈姆莱特：怎么离奇了？

掘墓人甲：我怎么知道，神经都出问题了呢。

哈姆莱特：根源在什么地方？

掘墓人甲：根源？当然在丹麦。我从小到大在这里，掘坟这行业干了三十年了。

哈姆莱特：一个被埋在地下的人多久会腐烂？

掘墓人甲：要看他死之前是不是已经烂了。如今有很多得杨梅疮死的尸首还没等到埋好就已经腐烂了。否则的话它能给你拖个八九年时间。一个硝皮匠就能拖九年。

哈姆莱特：为什么他拖的时间比别人长？

掘墓人甲：难道你不知道吗？他的皮被硝得硬了，能长久透不进水；没有比水更能将一个烂污货养的尸首泡得更烂的了。这里又是个骷髅，这个骷髅在地下已经有二十三年之久了。

哈姆莱特：是谁留下来的？

掘墓人甲：是个婊子养的疯小子。你猜猜是谁？

哈姆莱特：我不知道。

掘墓人甲：这个遭瘟的疯流氓！有一次他拿坛莱茵酒浇了我一头。先生，这个骷髅，正是国王御用打诨的角色——约里克的脑袋。

哈姆莱特：确定是他？

掘墓人甲：那还能是谁？

哈姆莱特：让我看看。（取骷髅）哦，可怜的家伙！我以前认识他的，霍拉旭。他是一个异想天开而且滑稽百出的家伙，他起码背过我上千次，我现在一想起来心里就作呕。本来这上面曾挂过两片嘴皮，不知道亲过我多少次。现在好了，你的挖苦去哪儿了？你蹦蹦跳跳逗人发笑吗？你还会唱歌吗？你那能逗得满堂大笑的滑稽呢？难道你就没留下一点玩笑来嘲笑你自己吗？看，你把下巴颏都笑掉了，狼狈到张开的嘴合不上了吧？你现在到小姐的闺房中，去跟她说，随她把脂粉涂到寸把厚，结果还是会变成这样，让她笑笑吧。请你告诉我一点事，霍拉旭。

霍拉旭：殿下，什么事？

哈姆莱特：难道亚历山大在地下也是这样？

霍拉旭：估计是。

哈姆莱特：也会这么臭？（掷下骷髅。）

霍拉旭：殿下，估计是这样！

哈姆莱特：霍拉旭，那我们将来死了会沦落到多贱的下场！我们一步步想象一下，难道会想到亚历山大那最高贵的龙体被人家拿来当烂泥给酒桶塞孔眼吗？

霍拉旭：这未免太想入非非了吧。

哈姆莱特：一点都不是；完全是按部就班、实事求是的结果：瞧，亚历山大死了，被埋了，变成了泥土，别人用他的泥土捏成了泥巴，那么怎么就能保证他们势必不会用他的泥巴来塞酒桶呢？

显赫一生的恺撒大帝变成了泥土，
被用来填窟窿，堵冷气。
那可是一团叫世界都受过震动的泥土，
最后竟沦落到替人挡雨遮风！

哦，别出声，快躲开，国王来了——

（莪菲丽亚灵柩、莱阿替斯、国王、王后、众侍臣及教士一人上。①）

哈姆莱特：还有王后和朝臣，这是来给谁送葬？仪式竟然这么草率？这分明表示他们来埋葬的人是自杀身亡的，但是也有点身份。让我们躲在一边看看吧。（与霍拉旭下。）

莱阿替斯：还会有什么仪式？

哈姆莱特：这是莱阿替斯，一位很高贵的青年。听。

---

① 简化送葬行列大致采用多弗·威尔逊办法，与古本接近，与正文内容亦符合。

莱阿替斯：还有什么仪式？

教士：她的葬礼已经超过了她所应得的名分。她的死因可疑。如果不是上面有规定，变通了教规，她原本是要被埋在教堂圣地之外，直到世界末日降临；她不能受到祈祷，只能在身上被扔碎瓷、石片、石头。她现在已经被准许有了处女的葬礼，身上撒了鲜花，按照仪式敲钟送她安葬了。

莱阿替斯：难道就不能再有其他的仪式了？

教士：不能了。我们不能进一步亵渎殡葬的圣规，再像对平安逝去的灵魂那般为她来唱安魂曲了。

莱阿替斯：就让她安息吧。希望她那洁白无瑕的肉体之上能开出紫罗兰来！刻薄的烂牧师，你听好了，我妹妹一定会做天使，而你会沦落到地狱里号叫！

哈姆莱特：什么？这难道是莪菲丽亚？

王后：美丽的花儿送给美丽的姑娘，安息吧！（撒花。）本来我还希望你能嫁给我的儿子，原本想用鲜花来装扮你们的婚床，没想到，却撒到你的坟上了。

莱阿替斯：天啊，别再讲那个浑蛋了！可恶的家伙害得你失去了灵魂，我希望他遭到最恶毒的报应！且慢，慢点将土盖上，让我最后一次拥抱我的妹妹。①（跃入墓内。）把死的和活的如今都一起盖了吧，将黄土倒下来，在平地上堆出一座高山！比庇连山还高，赛过那奥林匹斯山②插天的青峰！

哈姆莱特：（上前）是谁的胸中满载如此沉重的悲伤？是谁哀恸的诗句让天上的行星惊疑止步？那是我——丹麦的王子哈姆莱特！（跃入墓内。）

莱阿替斯：魔鬼为什么没抓走你的灵魂？（与哈姆莱特扭成一团。）

哈姆莱特：你的祷告是错的。请你松开手，不要掐住我的喉咙；不

---

① 当时常用敞盖灵柩。

② 希腊神话中巨人在庇连山（Pelion）上堆起奥萨峰，试图由此攀登上接天庭的奥林匹斯山（Olympus）。

要看我不莽撞也不暴躁，就当我脾气好，我发作起来可是很危险的，聪明的话，你就赶紧放手！

国王：赶紧分开他们！

王后：儿子，我的哈姆莱特！

众人：两位请都将手放开！

霍拉旭：请别动气，殿下。

（随从将二人解开，二人各自步出墓外。）

哈姆莱特：我倒是很希望就为了这个题目跟他决斗到我死。

王后：什么题目，我的儿子？

哈姆莱特：我真心爱莪菲丽亚，就算是四万个兄弟的爱加在一起都比不上我一个人的分量！你又能为她做什么呢？

国王：噢，莱阿替斯，他是疯言疯语。

王后：千万不要理他，看在上帝的面上！

哈姆莱特：哼，我倒要看看你能做出什么！打架吗？哭吗？还是绝食或者是撕破衣服？将一大缸酸酒喝光①吗？将一条鳄鱼吞掉？我能做到。你就是来这里撒眼泪的吗？你是要跳入她的坟里扫尽我的颜面？我能与她活埋在一起。你刚才夸说什么高山峻岭，那么就让他们在我身上将亿万亩泥土堆起，就让地面将头顶直接伸到“烈火天”② 烧焦了。让奥萨峰相形之下只是个小瘤而已！你会叫嚷，我会比你叫得更响亮！

王后：全部都是疯话，他发起疯来就是这样的。等上一会儿他就会安静的，就如同是耐性的母鸽子一窠抱出了一对儿金黄色的小雏儿。

哈姆莱特：你听我说啊，兄弟，你为什么要这么对待我？一向我都那么爱你。但是也算了。好汉想要闹就随他闹吧，狗总是会咬，猫也难免要叫的！

（下。）

---

① “酸酒”原文是“醋”，也有解释是河名。传说“醋”可熄怒火，但增忧郁，与“举杯浇愁愁更愁”作用相似。“吞鳄鱼”可能联想到西方的“鳄鱼泪”，意思是中国的“猫哭耗子”，假惺惺。有的人认为这里的意思只是“喝苦酒，吃难吃的东西”而已。哈姆莱特在这儿有挖苦意，也有学者认为只是夸大说法。

② “烈火天”或“烈火带”，旧天文学中天体中的一“带”。

国王：请你去照顾一下他吧，好霍拉旭。（霍拉旭下。）（对莱阿替斯）请不要忘记我们昨晚的谈话啊，再忍耐一下我们马上就开始动手。亲爱的王后，想个办法去看住你的儿子。这个坟头需要一个活生生的纪念物啊。① 我们过一会儿就会松口气，安心的，现在我们要做的就是忍住性子——耐心一点！

（同下。）

第二场　城堡中大厅

（哈姆莱特与霍拉旭上。）

哈姆莱特：讲完第一点我来讲第二点。你都能够记得住这所有细枝末节的东西吧！

霍拉旭：放心吧，哈姆莱特殿下。

哈姆莱特：当时我的心里简直就是七上八下，

夜不能寐。我简直感觉比当了暴徒、脚上戴上脚镣还更加难受。莽撞就莽撞吧——莽撞点也未必不好；我们需要承认，有时候，深谋远虑所达不到的目的，冒失一下反倒能起到好的作用；可以看出，不管我们怎么琢磨最后结局还是天定的啊。

霍拉旭：确实如此。

哈姆莱特：我就从我睡的那个船舱里爬起来，将船上用的短大衣披上，在一片漆黑中摸索着寻找他们睡觉的地方，被我找到之后，我摸出他们的文件包，又回到我自己的房间里去了。既然我已经起了疑心，也就顾不上什么规矩，我将那道公文拆了开来。天啊，堂皇的诡计！天花乱坠的一大堆理由，说是什么为了丹麦和英国的利益，将我放了，呵呵！如同是将妖魔鬼怪给放了，所以，就等着文书到了之后，立即就把我杀了，不等斧头再磨得更快些！

霍拉旭：这是真的吗？

哈姆莱特：这就是那份文书，有空你再读吧。我接着给你讲我后来

---

① 以下几句还是对莱阿替斯说的，都别有深意。“活生生的纪念物”，如被王后听见，会只当立一个经久不变的墓碑，在莱阿替斯听来，知道指的是要杀哈姆莱特以致纪念。

怎么办的。

霍拉旭：您讲下去吧。

哈姆莱特：我的脑筋就在这样重重诡计的天罗地网中，开始飞速旋转了。我立刻坐下来重新写了一份文书，写得很端整。[①] 以前我也跟我们的政治家一个想法，觉得将字写得很规矩很俗气，竭力想将这一手学来的本事忘了，没想到现在却正好拿来应急了。你知道我写的是什么吗？

霍拉旭：您说吧，殿下。

哈姆莱特：以国王的名义将这份紧急命令发出："由于英国是他忠心的藩属国，双方的友善就应该像是棕榈树般欣欣向荣，因为和平的女神必须永远戴着她那麦穗的花冠，沟通彼此的情感……"

再加上一大套等等十分严重的"因为"，要求英王见到文书，不能迟疑，不等两位送信的有忏悔的机会就立即杀掉他们！

霍拉旭：那么是如何盖印的呢？

哈姆莱特：就在这件事上，也可以看出一切都是上天注定的。我身上刚好带着我父亲的私印，丹麦的国玺也是按照它的样子刻出来的；我按照原先的样子折好文书，签字盖章后放回了原来的地方，谁都没发现调包了。翌日我们就遭遇海盗了；接下来的事情你也知道了。

霍拉旭：罗森克兰兹和纪尔顿斯丹就这样送死了。

哈姆莱特：没人让他们来接这个好差事！我对他们没有任何愧疚；他们想要谄媚讨好就是自讨苦吃。不识相的贱骨头非要赶两大强劲的敌人过来凑热闹，插手进来，简直是不自量力！

霍拉旭：想不到竟是这样一个国王！

哈姆莱特：你没见我现在义不容辞吗？——你看他，杀了我父王，奸污了我母亲，篡夺了我的嗣位的权利，还想用诡计谋害我，一个如此奸诈的人——我能不亲手跟他来算这笔账吗？我要是不报仇，让这个戕害人性的毒疮继续为非作歹下去，岂不是要遭受天谴？

---

① "字写得端整""字写得规矩"，照吉特立其解释；照威尔逊解释应为"写了花体字""写出花体字"；这两种解释都是说明文书小吏写公文的特色，不合贵人大官的身份。

霍拉旭：他应该很快就会得到英国那边的消息，知道说这件事情的结果。

哈姆莱特：是很快，不过此时还是操控在我手里。一个人的生命可以在说一个“一”字的瞬间了结。[①] 亲爱的霍拉旭，我感到非常遗憾，我不应该一见到莱阿替斯就忘乎所以；因为他所遭遇的惨痛正是我悲痛的影子。我要取得他的好感。可是他非要夸大自己的悲哀，惹得我发了一场大火。

霍拉旭：看，是谁来了？

（奥思立克上。）

奥思立克[②]：（脱帽，深深一鞠躬）欢迎殿下您回国了。

哈姆莱特：多谢先生。——（旁白，对霍拉旭）你认识这只水苍蝇[③]吗？

霍拉旭：（旁白，对哈姆莱特）我并不认识，殿下。

哈姆莱特：（旁白，对霍拉旭）那算你运气好，跟他认识真是作孽。他有很多相当肥沃的田地，要是一头畜生当了一堆畜生的主人，那就会将它的秣槽搬到国王的饭桌上来。他是被一只小八哥养成的老鸹，但是我却说，他拥有非常多的臭粪。[④]

奥思立克：（再鞠躬）尊敬的殿下，如果您有时间，我是奉陛下之命，来通知您一件事情的。

---

① 这一行有两种含义：（1）“一”击就可以结果克罗迪斯的性命；（2）要说“很快”。人生也可以说“很短”，抓住时机也就不辜负一生。

② 正如波乐纽斯是老年廷臣的一种典型，奥思立克是少年廷臣的一种典型。多弗·威尔逊强调他人小，说话矫揉造作，举止装腔作势，穿的奇装异服，算是时髦，肩头突出，好像翅膀，帽子古怪，好像“蛋壳”，凡此种种，都在以下对话中起了作用。这一段里有些导演词采用威尔逊的增添办法。

③ “水苍蝇”（或“水蠓虫”），水上微虫，“在水面掠来掠去，毫无显著目的。因此成为无事忙的象征”。（约翰孙）

④ “小八哥养成的小老鸹”原文只是“一种红爪鸟”。韦立谛指出莎士比亚戏剧中曾一再提到“红爪鸟”学舌的本领。据说“红爪鸟”养驯了爱偷钱、玩火。这一段第一层意义显然是骂新兴地主阶级爬上朝廷，但意义还可以推广出去，骂到一切巧取豪夺、由窃据土地直至窃占国家的统治阶级小人到野心家（包括克罗迪斯）。这样看，“拥有大量的臭粪”一句双关骂语，也就易解了。

哈姆莱特：洗耳恭听尊教，先生。请将您的帽子戴在头上吧，那是要戴在头上的。①

奥思立克：感谢殿下，这天气太热了。

哈姆莱特：哪有，相信我，天气这么冷，还刮北风了。

奥思立克：殿下，还真是有点冷。

哈姆莱特：但是，依我的体质，我倒是感觉天气很闷热的。

奥思立克：当然，那是相当闷热；闷热得简直喘气都困难。可是，殿下，陛下让我来通知您，他为您下了大赌注。事情是这样的，殿下——

哈姆莱特：（再促奥思立克戴上帽子）就别拘礼了吧。

奥思立克：没事，殿下，我这样很舒服，真的。殿下，莱阿替斯刚回国，请您相信我，他真的是位十分完美的绅士，有各种出类拔萃的特长，态度温和，举止大方。说句实话，他简直就是上流社会的指南针，因为从他身上，能找得出有教养之人身上的所有品质。

哈姆莱特：可爱的先生，您如此恭维他，他的确是当之无愧。我想要是把他的好处一件一件都罗列出来，势必会把我们的记忆都搅糊涂了，令我们连计算的能力都丧失了，根本交不出一本清楚的账目，即便是能交得出来，那指定还是一条摇晃的舢船，无论如何都赶不上他这艘一帆风顺的快船的。但是，实话实说，我个人认为他才德优异的人，品性高贵得十分罕见，说句最贴切的溢美之词，只有他自己照镜子时，才能见得到和他相似的第二人，纷纷追踪求迹之辈不过是他背后的影子罢了。

奥思立克：殿下把他描摹得一点不错。

哈姆莱特：先生，这究竟是什么意思？为什么我们要用这些尘俗的呼吸，嘘在这位高雅的绅士身上？

奥思立克：殿下您的意思是——

霍拉旭：难道你自己的怪话到了旁人嘴里就让你听不懂了吗？先

---

① 奥思立克说话矫揉造作，哈姆莱特也就用同样腔调来调弄他。莎士比亚所处的时代，一般人在户内有戴帽习惯，莎士比亚在戏剧中常嘲弄在尊长面前不戴帽子的卑躬屈膝的样子。

生，试试看吧，你也会明白的。

哈姆莱特： 您一直提这位先生的用意是什么？

奥思立克： 您是说莱阿替斯吗？

霍拉旭：（*旁白，对哈姆莱特*）他兜里没钱了，他那些动听的字句也就用光了。

哈姆莱特： 先生，就是说他。

奥思立克： 我知道殿下是知道的——

哈姆莱特： 先生，我希望您知道；但是，实话实说，即使您知道了，我也不会增加多少光彩，好了，怎么样？

奥思立克： 难道殿下您不知道莱阿替斯有什么特长？

哈姆莱特： 我怎么敢说知道，就怕一说我知道他有什么特长，就好像表示我自命不凡，想跟他一比高下了，事实上，要清楚知道别人，就要先知道自己。

奥思立克： 殿下，我的意思是：据说他身手不凡，根据大家的传闻来看，他的这个本领似乎谁都赶不上呢。

哈姆莱特： 他用的武器是什么？

奥思立克： 短刀和长剑。

哈姆莱特： 他都使两种武器了吗？很好。

奥思立克： 国王殿下跟他打赌并且拿出了六匹巴巴里①骏马；据我所知，他的那一方面，将六把法国宝剑和宝刀都押上了——像吊带、带钩之类的附件全都有。三套吊架着实令人惊艳，跟剑柄十分合式，简直是巧夺天工，非常精致。

哈姆莱特： 吊架是什么东西？

霍拉旭：（*旁白，对哈姆莱特*）我觉得殿下读读注解就明白了。

奥思立克： 吊架就是带钩，殿下。

哈姆莱特： 倘若我们能将三尊大炮挂在腰间，倒是能合得上这个说法了：要不就称它带钩吧。继续说，六把法国宝剑加上六匹骏马，还有

① 巴巴里：非洲地中海岸地名，以产马著称。

附件，三套极其豪华的吊架：丹麦东西对法国东西，这样“押”是为了什么呢？

奥思立克：殿下，国王打的赌是：在莱阿替斯跟殿下交手的十二个回合之中，他至多不过多赢您三招。比分是十二比九，让殿下三招。倘若殿下您答应的话，比赛这就开始。①

哈姆莱特：倘若我不答应呢？

奥思立克：我的意思是说殿下亲自迎战。

哈姆莱特：我就在这大厅里随便走走，先生。要是国王不见怪的话，这个时候正是我一天之中需要舒散之时。让他们把比赛用的钝剑拿过来给我吧，倘若国王不会改变主意而那位先生也不会反悔的话。我会尽我全力为国王陛下争取这场赌局的胜利。要是输了的话，大不了丢一次脸被人剁几下而已。

奥思立克：那我就这样回去禀报陛下了？

哈姆莱特：没错，先生，就按照我的意思去禀报吧，至于字句就随便您怎么添油加醋吧。

奥思立克：（鞠躬）我向尊敬的殿下您推许我无比的忠诚。

哈姆莱特：这真是不敢当，不敢当。（奥思立克深深一鞠躬，戴帽下。）他自己过来推许也罢，别人谁也不会叫好的。

霍拉旭：这只小鸭子就这样顶着蛋壳跑掉了。

哈姆莱特：即便是吃奶他都会先对奶头打躬作揖的。他就是如此，我清楚这样的人还有很多，这都算是这个腐朽时代的宠儿，学到的就是一套时髦的腔调和一套表面的礼节——那么两套发了酵的浮沫，叫他们蒙混过了精明的舆论；但是一旦要拿他们过来试一下，将他们吹一下，这些水泡就会完蛋了。

（一侍臣上。）

侍臣：哈姆莱特陛下，国王刚才让奥思立克过来找殿下，刚才他回禀说殿下就在这里候驾。国王现在让我来问一问，殿下您是现在就愿意

---

① 比赛胜负怎样确定。在原文里也只大意如此，并不明确，学者作种种解释，结果仍不圆满。

跟莱阿替斯一决高下呢，还是稍后再说？

哈姆莱特：我从未改变过我的意思，全由国王的高兴而定。只要陛下感觉方便的话，我就一切照办，不管是现在还是任何时候，只要我如同现在这般还有气力。

侍臣：国王、王后还有一些人稍后就要来了。

哈姆莱特：来得正是时候。

侍臣：王后希望在开赛之前，陛下您能对莱阿替斯先说上几句好听的话。

哈姆莱特：我很感谢她的一番周到的叮嘱。

（侍臣下。）

霍拉旭：我感觉殿下您会输的。

哈姆莱特：我看不一定。我在他去法国的这段时间就没放松过练习。如果让我几招的话，我应该会赢的。不过你不知道现在我的心里有多不舒服，但是没关系。

霍拉旭：我的好殿下，不可以——

哈姆莱特：没什么原因，除了女人谁会在乎这种莫名的不安心理？

霍拉旭：倘若殿下心里不愿意的话，那就别干了。我过去阻拦一下他们，请他们就别过来了。就说殿下您身体不舒服。

哈姆莱特：千万别去。我们为什么要担心一些征兆？就算是一只麻雀，要是没有天意的话也不会掉下来的。天意注定是今天，就不会是明日。如果不是明天，那就一定是今天。倘若今日不来，明日也会来的：有准备就代表了一切。既然没有人能够知道什么时间离开人世，死后会缺少什么，那就随他去吧。①

（国王、王后、莱阿替斯、奥思立克、众侍臣及其他随从携钝剑等物上。）

国王：哈姆莱特，我的侄儿，来，我请你俩握握手。

---

① 这句用“第二四开本”的文字，照威尔逊的解释，译成这样。照“第一对褶本”，译文应为：“……有准备就是一切，既然一个人留不住他得丢下的任何东西。早一点儿（或及时）丢下有什么要紧呢？”而没有“随它去吧”。

（牵莱阿替斯手置于哈姆莱特手中。）

哈姆莱特： 我对不住你了，先生，你是个顶天立地的男人，请你原谅我。在场的每位都清楚，想必你也有所耳闻，我究竟是如何害够了那疯病。我的那些所作所为，倘若有什么伤害到你的感情和荣誉，引起你的憎恨，我声明，那完全是发疯造成的。难道我哈姆莱特会侮辱你莱阿替斯？不可能。倘若我将本来的面目迷失了，不由自主的时候得罪了你，那么就不是我做的，我不能承认。那究竟是谁干的？是我的疯狂。要是这样，我自己也是受害者；我的疯狂就是我的敌人。莱阿替斯，当着所有在场人的面，我郑重否认我是故意要得罪你的，希望你能大度包涵我，就当我是在隔墙放箭，将我的兄弟误伤了。

莱阿替斯： 按理说，对这件事情，我的感情应该是激动我复仇的主要力量，现在我在感情上总算满意了；但是另外还有荣誉这一关，如果有为众人敬仰的长者，告诉我可以跟你摒弃宿怨，指出这样的事是有前例可援的，不至于损害我的名誉，那我就可以跟你言归于好。现在我先接受你友好的表示，并保证绝对不辜负你的盛情。

哈姆莱特： 那我就竭诚领受了，那好，我现在就以兄弟的情分来陪你切磋一下——来吧，把剑给我们拿来。

莱阿替斯： 给我拿一把来。

哈姆莱特： 莱阿替斯，我就是来陪衬你的，我的剑术荒疏已久，而你的本领那么高明，就如同是黑夜映衬星星，显得你分外辉煌。

莱阿替斯： 请殿下不要见笑。

哈姆莱特： 我发誓我没有任何开玩笑的意思。

国王： 奥思立克，还不把剑拿给他们[①]！我的侄儿，哈姆莱特，你知道我们是怎么打赌的吗？

哈姆莱特： 我知道，陛下；而且您还照顾了较弱的一方。

国王： 我并不是担心你会输，我见过你们二位的剑术，只是他现在进步了，所以让他让你几招。

---

① 多弗·威尔逊强调奥思立克（裁判员之一）是安排给莱阿替斯拿快剑的同谋人。

莱阿替斯：我要另外选一把剑，这把简直太重了。

哈姆莱特：我的这把还算合手，这些剑的长短大小都没什么区别吧？

奥思立克：殿下，是这样的。

（双方准备比赛。）

国王：将那张桌子上摆上几盅酒。倘若哈姆莱特在第一个或者第二个回合击中了，或是第三回合打成了平手，那么就让全部炮垒一齐鸣炮；我就干一杯酒来祝贺我的侄儿，不仅如此，我还要在酒中丢一粒十分珍贵的珍珠，比一连四代的丹麦王王冕上镶嵌的还要珍贵，给我杯子；不要忘记让铜鼓马上向喇叭传话，喇叭一直传达到外面的炮手，大炮轰鸣到天上去，上天昭告大地，说"国王为哈姆莱特殿下干杯庆祝了"。开始吧。你们这些裁判们，要注意看好啊。

哈姆莱特：开始吧！

莱阿替斯：开始啊！

（二人开始比赛。）

哈姆莱特：一下，一下。

莱阿替斯：根本没中。

哈姆莱特：裁判，中了吗？

奥思立克：中了，的确是中了，没错。

莱阿替斯：那好，继续！

国王：等一下，我要干杯。我的侄子啊，我给你放珍珠了。希望你健康。（饮酒；铜鼓喇叭齐奏，内鸣炮。）把这一杯拿去给他。

哈姆莱特：我要先把这一回合比完啊，拿去放一下。继续来吧。（二人重新比赛。）又中了，对吗？

莱阿替斯：我承认，是碰着了。

国王：我的侄儿一定会赢的。

王后：他爱出汗，好像有点喘不上气了。过来，我的儿子，把我的手巾拿过去抹抹头。王后为你饮下这杯酒以庆贺你的胜利，我的儿子。

哈姆莱特：谢谢你，我的好母亲！

国王：不要喝，不要喝，王后！

王后：我必须要喝，陛下。

（饮酒，将杯给哈姆莱特。）

国王：（旁白）这正是那杯毒酒，但是已经来不及了。

哈姆莱特：母亲，我还是不想喝，等一会儿再喝吧。

王后：那你过来，我给你擦擦脸。

莱阿替斯：陛下，我这次一定能中的。

国王：我看未必。

莱阿替斯：（旁白）但是我的良心还真是有点过意不去。

哈姆莱特：来第三个回合，莱阿替斯！你简直太随便了。我希望你能使出你全部的狠劲来应战；难道你当我是小孩来跟你玩笑的吗？

莱阿替斯：真的吗？那好，开始吧。

（二人重新比赛。）

奥思立克：这一回合不分胜负[①]。

莱阿替斯：看招！

（乘哈姆莱特不备，突袭，轻伤之；[②] 哈姆莱特怒发，逼近莱阿替斯；双方争夺中，用剑易手。）

国王：他们动气了，赶紧分开他们两个。

哈姆莱特：不行，再来！（进攻；王后倒地。）

奥思立克：天啊，王后怎么了！

（哈姆莱特重伤莱阿替斯。）

霍拉旭：两人都在流血，您怎么了，殿下？（莱阿替斯倒地。）

奥思立克：莱阿替斯，你怎样了？

莱阿替斯：唉，如同山鸡投进自己设下的罗网之中，我遭报应了。

哈姆莱特：王后怎么啦？

---

① 多弗·威尔逊指出，“不分胜负”或者是同时碰到一下（很轻，快剑都未能使哈姆莱特出血），或者是双方剑头各在对方短刀柄弯里绊住，所谓“锁住”了。

② 威尔逊根据击剑家说法，认为每一回合完了，双方照例分开，现在莱阿替斯乘哈姆莱特遵守规矩的时候，给他一个阴险的袭击。

国王： 她见到流血就会昏倒。

王后： 不不，不是的！哦，我的儿子哈姆莱特！是酒，我中毒了！（死。）

哈姆莱特： 罪恶至极的阴谋，把大门锁上！我一定要查出来这是谁干的！

莱阿替斯： 哈姆莱特，凶手在这里。你也完了，哈姆莱特，世界上已经没有任何药能救活你。你顶多还能活半个小时。杀人的凶器现在就握在你的手中，它锋利的刃上涂了毒药。但是，这一诡计同时也将我自己害了：我就这么倒下，永远起不来了。你的母亲也是被毒死的。我无法继续说了，国王就是罪魁祸首。

哈姆莱特： 剑头之上也有毒药！那么就让毒药来吧！（刺国王。）

众人： 造反了，造反了！

国王： 朋友们，赶紧救救我吧，我仅仅是受伤了。

哈姆莱特： 你这个嗜杀、乱伦、万恶的丹麦奸王，将这杯毒酒喝光吧！你的珍珠是在这儿吗?[①]（强迫国王饮药。）追随我母亲一起去吧！

（国王死。）

莱阿替斯： 他应该受到这样的报应。这毒酒是他亲自调制的。我们相互宽恕吧，哈姆莱特。你将我和我的父亲杀害，我不诅咒你，你也不要因为我杀了你而诅咒我。

哈姆莱特： 愿上天饶恕你的罪过，我这就随你而去。（倒地。）霍拉旭，我要死了。再见，可怜的王后啊。（对众臣）你们浑身发抖、面色发白，但是你们只是无言的旁观者啊，倘若不是死神不允许我做片刻停留，我本来可以告诉你们——但是随他去吧。霍拉旭，虽然我要死了，但是你还要活在世上；你要把我的品行和我的道义仔细告诉那些不明真相的人以解除他们的疑虑。

霍拉旭： 不，虽然我是一个丹麦人，但在精神上更像一个古罗马人[②]。这里还残留着一点酒。

---

① 克罗迪斯原先说在酒里投珍珠，实际上是下毒药。

② 古罗马人宁可自杀，不可受辱。

哈姆莱特：你是个堂堂正正的男子汉，（一跃而起。）放手，把那杯子给我，快点儿给我！（夺杯掷地，又倒下。）霍拉旭，如果在我死后世人不明白事情真相的话，我的名誉将会受到多大的羞辱！如果你真的爱我，那么就请你暂时牺牲一下天堂的幸福，忍痛继续留在这个冷酷的世界上，告诉世人我的故事吧。（远处传来军歌和鸣炮声。）怎么听到军队的声音了？

奥思立克：小福丁布拉斯从波兰凯旋了，他们在对英国大使鸣炮行礼。

哈姆莱特：啊，霍拉旭，我真的要死了！剧烈的毒药已经打败了我的灵魂，我将无法听到来自英国的消息了。不过，我却能预言福丁布拉斯将被推举为我们丹麦的国王，[①] 他已经得到我这临终之人的推举。请你将这里发生的一切事故告诉他——剩下的就只有沉默了。（死。）

霍拉旭：一颗高贵的心现在破碎了。晚安，可爱的王子殿下！让一群天使的歌声来伴你入眠！——为什么鼓声越来越近？

（福丁布拉斯、英国使节及其他人上。）

福丁布拉斯：比赛在哪里进行？

霍拉旭：你们想要看什么？要想看触目惊心的场面的话，就不用再到别处去找了。

福丁布拉斯：真是一场惊心动魄的屠杀啊！骄矜的死神啊，在你永久的幽窟里，将要举办一场多么丰美的盛筵，竟需一下子夺走这么多王公贵族的生命？

使节甲：这真是一场惨剧！我们从英国带来了消息，但回来晚了。在等我们禀报的已经听不到我们说，他的训令已经得到圆满执行：纪尔顿斯丹和罗森克兰兹那两个家伙被处死了。我们还怎么从那里得到感谢？

霍拉旭：他是不会感谢你们的，就算他现在还能开口跟你说话。因为他从来没有下过这样的命令。既然你们这么巧地回来了，从波兰战场

① 剧中的丹麦国王是所谓“选君”，实际上这种“选君”只是一种形式，国王的指名，特别是临终的推举，决定一切。从下文可以推出，福丁布拉斯与丹麦王室有亲戚关系。

上回来，被从英国派来，恰好赶上这场血案，那就请命人将这些尸体安置在高台上，好让大家都看看；我将向无知的世人报告这件事情的始末。你们将听到一些残杀、荒淫、乱伦的行为，因为偶然的遭殃、意外的死亡、逼不得已、将计就计的成功，以及自食其果的结局。对这些事情，我必能一五一十地确切地讲述出来。

福丁布拉斯：你赶快说吧，我们洗耳恭听，并召集众贵族来当听众。我有继承王位的权利，看眼前的形势我只能提出请求，我是抱着悲伤的心情来接受这一佳运的。

霍拉旭：关于这件事，我也有一句话要说，因为深得人心的哈姆莱特殿下委托我讲明这一点，想必说出来之后一定会得到大家的响应。但在如今这个人心惶惶之际，还是赶紧先把这些收拾好，以免发生更多的错误和不幸。

福丁布拉斯：去叫四位军官把哈姆莱特殿下当成一个军人一样抬上台子，因为如果他有机会亲临朝政，必会是一位贤明的君主；为了追悼他，我们必须用军乐、军礼向他致敬。把其他尸体都抬走。这样的场景在战场上是常见的，但在这里却令人不安。命令军队放炮。

（同下，兵士舁尸，奏葬礼进行曲，继以鸣炮。）

皆大欢喜

剧中人物

公爵：在放逐中

弗雷特力克：公爵弟，篡位者

阿米恩斯、杰克斯：逐公的从臣

勒·波：弗雷特力克的侍臣

查尔斯：拳师

岳力佛、贾克斯、鄂兰陀：罗兰·特·鲍埃爵士之子

亚丹、丹尼斯：岳力佛之仆

试金石：小丑

岳力佛·马退克斯脱师傅：牧师

库林、薛维厄斯：牧人

威廉：乡下人，恋奥菊蕾
扮亥门者
罗瑟琳：逐公之女
西莉霞：弗雷特力克之女
菲琵：牧女
奥菊蕾：村女
众臣、侍童、林居人及侍从等

地　点

岳力佛宅旁庭园
篡公的宫廷
亚登森林

第一幕

第一场　岳力佛宅旁园中

（鄂兰陀及亚丹上。）

鄂兰陀：亚丹，我记得遗嘱上留给我的只不过区区一千块钱，而且正像你所说的，还要我的大哥把我好好教养，否则他就不能得到我父亲的遗产，我的不幸就这样开始了。他把我的二哥贾克斯送到学校学习，据说他的成绩很好；而我呢，他却让我像个庄稼汉似的住在家里，或者说得再准确一点，他把我当牛马似的关在家里。你说像我这种身份的世家子弟，怎么可以像牛马那样养着呢？可是，他对他的马比对我都好，因为除了食料充足之外，他还对它们进行训练，为此花重金聘请了骑师；可是我，他的亲兄弟，却从来没有从他那儿得到一点好处，除了把我养大以外，这是我跟他那些粪堆上的畜生一样要感激他的。他除了这样大度地什么都不给我之外，还要剥夺我固有的一点点天资；他让我和雇工一起干活，完全不把我当兄弟看待，他尽他一切力量用这种教育来摧残我高贵的素质，这是让我伤心的缘故。亚丹，我觉得在我体内的我父亲的精神已经因为受不了这种奴隶一般的生活而开始反抗了。我一刻也忍不下去了，虽然我还不曾想到避免它的妥当的办法。

亚丹：少爷，您的哥哥从那边过来了。

鄂兰陀：站到一旁去，亚丹，这样你就会听到他将怎样欺侮我。

（岳力佛上。）

岳力佛：嘿，少爷！你来做什么？

鄂兰陀：不做什么，我从来没有学习过做什么。

岳力佛：那么你在作践些什么呢，少爷？

鄂兰陀：哼，大爷，我在帮您的忙，把一个上帝创造出来，您可怜的、没有一点儿用处的兄弟用闲荡来作践着呢。

岳力佛：那么你给我做事去，别站在这里了，少爷。

鄂兰陀：我要去喂您的猪，跟它们一起吃秕糠吗？我浪费什么了，要受到这种惩罚？

岳力佛：你知道你在什么地方吗，少爷？

鄂兰陀：噢，大爷，我知道得很清楚，我是在您的园子里。

岳力佛：你知道你是在跟谁说话吗，少爷？

鄂兰陀：哦，我知道我面前的这个人是谁，比你知道我知道得更清楚。我知道你是我的大哥，但是说起高贵的血统来，你也应该知道我是谁；按照世间的常礼，你的身份比我高些，因为你是长子，可是同样的礼法却不能抹去我的血统，即使我们之间隔着二十个兄弟。在我的身体里流淌着和你一样多的我们父亲的血液，虽然我承认你出生在先，在名分上应该更受人尊敬一些。

岳力佛：什么，孩子！

鄂兰陀：得了吧，得了吧，大哥，你不用这样卖老了。

岳力佛：你要跟我动手吗，浑蛋？

鄂兰陀：我不是浑蛋，我是罗兰·特·鲍埃爵士的小儿子，他是我的父亲，要是谁敢说这样一位父亲会生下浑蛋儿子的话，那他才是一个大浑蛋。你要不是我的哥哥，我的手一定不会松开你的喉咙，一直到我用另一只手拔出你的舌头为止，因为你说了这样的话，就是在骂你自己。

亚丹：（上前。）好爷爷们，不要生气，看在去世老爷的分上，大家和和气气的吧！

岳力佛：放开我！

鄂兰陀：我什么时候高兴了再放你，你一定要听我说话，父亲在遗嘱上吩咐你好好教育我，你却把我培育成了一个农夫，不让我学习任何上流人士的本领，父亲的血液在我心中热烈地燃烧，我再也无法忍受下去了。你得让我去学习那种适合上流人士身份的本领，否则就把父亲在遗嘱里指定给我的那笔很小数目的钱给我，也好让我去自寻生路。

岳力佛：等你用完了那笔钱之后会怎么样呢？去做叫花子吗？哼，少爷，快进去吧，别再给我找麻烦了，你可以得到你所要的一部分，请你走吧。

鄂兰陀：我不想过分冒犯你，除非为了我自身的利益。

岳力佛：你跟他一起走吧，你这老狗！

亚丹：“老狗”便是您给我的谢意吗？一点儿不错，我服侍你们已经服侍得牙齿都掉光了。上帝和我的老爷同在！他是绝不会说出这种话来的。（鄂兰陀、亚丹下。）

岳力佛：竟有这种事吗？你不归我管了吗？我要把你的傲气去掉，却不给你那一千块钱。喂，丹尼斯！

（丹尼斯上。）

丹尼斯：大爷叫我吗？

岳力佛：公爵手下那个拳师查尔斯不是在这儿要跟我说话吗？

丹尼斯：禀大爷，他就在门口，要求见您呢。

岳力佛：叫他进来。（丹尼斯下。）这是一个妙计，明天就是摔跤的日子。

（查尔斯上。）

查尔斯：早安，大爷。

岳力佛：查尔斯好朋友，新朝廷里有些什么新闻？

查尔斯：朝廷里没什么新闻，大爷，只有一些老闻，那就是老公爵被他的弟弟新公爵放逐了，三四个忠心的大臣自愿跟着他流亡，他们的地产收入都被新公爵没收了，因此他巴不得他们一个个滚蛋。

岳力佛：公爵的女儿罗瑟琳是不是也跟她的父亲一起被放逐了？

查尔斯：啊，不。因为新公爵的女儿，罗瑟琳的族妹，自小便跟她在一个摇篮里长大，非常爱她，一定要跟她一起流亡，否则便要寻死，所以她现在仍旧在宫里，她的叔父把她像自家女儿一样看待，从来不曾有两位小姐像她们这样要好的。

岳力佛：老公爵预备住在什么地方呢？

查尔斯：据说他已经住进亚登森林[①]了，有许多人跟着他，他们在那边过着英国的老罗宾·荷德[②]那样的生活。据说每天有许多青年贵人投奔到他那儿去，逍遥自在地把时间消磨过去，像是置身在古昔的黄金时代里一样。

岳力佛：喂，你明天要在新公爵面前摔跤吗？

查尔斯：正是，大爷。我来就是要通知您一件事情，我得到了风声，大爷，说令弟鄂兰陀想要化装了明天来跟我交手。明天这一场摔跤，大爷，可是有关我的名誉，谁都别想不断一根骨头而安然逃出。必须好好留点儿神才行，令弟年纪太轻，顾念着咱们的交情，我不能下手把他打败；可是为了我自己的名誉，他如果要来，我却非得给他点儿厉害不可。为此，看在咱们的交情上，我来通报您一声：您或者劝他打消这个念头，或者请您不用为他所将遭到的羞辱而生气，这全然是他自取

---

① 亚登森林在比利时与法国的东北部，即 Forest of Ardennes。但莎士比亚意中所写的亚登森林，则为英国沃里克郡的 Forest of Ardennes。

② 罗宾·荷德，英国传说中十四世纪时的著名侠盗。

其咎，并非我的本意。

岳力佛：查尔斯，多谢你对我的好意，我一定会重重报答你的。我自己也已经注意到舍弟的意思，曾经婉言劝阻过他，可是他执意不听。我告诉你，查尔斯，他是在全法国范围内，顶不可理喻的一个人，野心勃勃，一见人家有什么好处，心里总是不服，而且老是在设计陷害我，他的同胞兄长。一切悉听尊便吧，我巴不得你把他的脖子和手指一起折断呢。你得留心一些，要是你略微削了他一点儿面子，或者他不能大大地削你的面子，他就会用毒药毒死你，用奸计陷害你，非把你的性命用卑鄙的手段除掉不肯罢休。不瞒你说，我一说起来就忍不住要流泪，在现今世界上没有比他更奸恶的年轻人了。为了自己兄弟的关系，我还不好怎样说他，假如我把他的真相完全告诉你，那我一定会因惭愧而哭泣，你也会大吃一惊的。

查尔斯：我真庆幸上您这儿来。假如他明天来，我一定要给他一顿教训，倘若不叫他瘸了腿我以后再不跟人用摔跤赌锦标了。好，上帝保佑您，大爷！（下。）

岳力佛：再见，好查尔斯。——现在我要去挑拨这位好勇斗狠的家伙了。我希望他送命，我自己也不明白为什么我会那么恨他，说起来他很善良，从来不曾受过教育，然而却很有学问，充满了高贵的思想，无论哪一等人都爱戴他。真的，大家都是这样喜欢他，尤其是我自己手下的人，以至于我倒被人家轻视起来。可是情形不会持续太久的，这个拳师可以给我解决一切。现在我只需把那孩子鼓动去就是了，我这就去。（下。）

第二场　公爵宫门前草地

（罗瑟琳及西莉霞上。）

西莉霞：罗瑟琳，我的好姐姐，请你快活些吧。

罗瑟琳：亲爱的西莉霞，我已经强作欢容，你还要我再快活一些吗？除非你能够教我怎样忘掉一个被放逐的父亲，否则你是不能叫我记住无论怎样有趣的事情的。

西莉霞：我看得出你爱我抵不上我爱你那样深。要是我的伯父，你的放逐的父亲，放逐了你的叔父，我的父亲，只要你仍旧跟我在一起，我可以爱你的父亲就像爱我自己的父亲一样。假如你爱我也像我爱你一样真纯，那么你也一定会这样的。

罗瑟琳：好，我愿意忘记我自己的处境，为了你而高兴起来。

西莉霞：你知道我父亲只有我一个孩子，看来也不见得会再有了，等他去世之后，你便可以继承他的王位，因为是他用暴力从你父亲手里夺了来的，我便要用爱心归还给你。凭着我的名誉起誓，我一定会这样，要是我背了誓，让我变成个妖怪。所以，我的好罗瑟琳，我的亲爱的罗瑟琳，快活起来吧。

罗瑟琳：妹妹，从此以后我要高兴起来，想出一些消遣的法子。让我看，你认为来一下子恋爱怎样？

西莉霞：好了，不妨作为消遣，可是不要认真爱起人来，而且玩笑也总不要开得过度，羞答答地脸红了一下子就算了，不要弄到丢了脸脱不了身。

罗瑟琳：那么我们用什么消遣呢？

西莉霞：让我们坐下来嘲笑那位好管家太太命运之神①，叫她羞得离开纺车，免得她的赏赐老是不公平。

罗瑟琳：我希望我们能够这样做，因为她的恩典完全是滥给的。这位慷慨的瞎眼婆子在对于女人的赏赐上更是如此。

西莉霞：一点儿不错，因为被她给了美貌的，她总不让她们贞洁；被她给了贞洁的，她便叫她们生得很难看。

罗瑟琳：不，现在你把命运的职务拉扯到相貌上去了，命运管理着人间的赏罚，可是管不了天生的相貌。

（试金石上。）

西莉霞：管不了吗？造物主生下一个美貌的人儿来，命运不会把她

---

① 命运之神于纺车上织人类的命运，因命运赏罚毫无定准，故下文云“瞎眼婆子”。

推到火里去损坏她的容貌吗？造物主虽然给我们智慧，可以把命运取笑，可是命运不已经差这个傻瓜来打断我们的谈话了吗？

罗瑟琳： 真的，那么命运太对不起造物主了，她会叫一个天生的傻瓜来打断天生的智慧。

西莉霞： 也许这也不关命运的事，而是造物主的意思，因为看到我们的天生的智慧太迟钝了，不配议论神明，所以才叫这傻瓜来做我们的砺石，因为傻瓜的愚蠢往往是聪明人的砺石。喂，聪明人！你到哪儿去？

试金石： 小姐，快到您父亲那儿去吧。

西莉霞： 你做起差人来了吗？

试金石： 不，我以名誉为誓，我是奉命来请您去的。

罗瑟琳： 傻瓜，你从哪儿学来的这一句誓？

试金石： 从一个武士那儿学来的，他以名誉为誓说煎饼很好，又以名誉为誓说芥末不行，可是我知道煎饼不行，芥末很好，然而那武士却也不曾发假誓。

西莉霞： 你怎样用你那一大堆学问证明他不曾发假誓呢？

罗瑟琳： 哦，对了，请把你的聪明施展出来吧。

试金石： 您两人都站出来，摸摸你们的下巴，以你们的胡须为誓说我是个坏蛋。

西莉霞： 以我们的胡须起誓，要是我们有胡须的话，你是个坏蛋。

试金石： 以我的坏蛋的身份为誓，要是我有坏蛋的身份的话，那么我便是个坏蛋。可是假如你们用你们所没有的东西起誓，你们便不算是发假誓。这个武士用他的名誉起誓，因为他从来不曾有过什么名誉，所以他也不算是发假誓，即使他曾经有过名誉，也早已在他看见这些煎饼和芥末之前发誓废掉了。

西莉霞： 请问你说的是谁？

试金石： 是您的父亲老弗雷特力克所喜欢的一个人。

西莉霞： 我的父亲喜欢他，他也就够有名誉的了。够了，别再说起他，你总有一天会因为被人厌恶而吃鞭子的。

试金石：这就可发一叹了，聪明人可以做傻事，傻子却不准说聪明话。

西莉霞：是的，你说得对，自从把傻子的一点点小聪明禁止发表之后，聪明人的一点点小小的傻气却大大地显起身手来。——勒·波先生来啦。

罗瑟琳：含着满嘴的新闻。

西莉霞：他会把他的新闻向我们倾吐出来，就像鸽子哺雏一样。

罗瑟琳：那么我们要有一肚子的新闻了。

西莉霞：那再好不过，塞得胖胖的，更好卖啦。

（勒·波上。）

西莉霞：您好，勒·波先生，有什么新闻？

勒·波：好郡主，您错过一场很好的玩意儿了。

西莉霞：玩意儿！什么花色的？

勒·波：什么花色的？小姐，我怎么回答您呢。

罗瑟琳：凭着您的聪明和您的机缘吧。

试金石：或者按照命运女神的旨意。

西莉霞：说得好，极堆砌之能事了。

勒·波：两位小姐，你们叫我莫名其妙。我是想告诉你们有一场很好的摔跤，你们错过机会了。

罗瑟琳：那就把那场摔跤的情形讲给我们听吧。

勒·波：我可以把开场的情形告诉你们，假如两位小姐听着乐意，收场的情形你们可以自己看个明白，精彩的部分还不曾开始呢，他们就要到这儿来表演了。

西莉霞：好，就把那个老套的开场说说看。

勒·波：有一个老人带着他的三个儿子到来——

西莉霞：我可以把这个开头接上一个老故事。

勒·波：三个漂亮的青年，长得一表人才——

罗瑟琳：间颈里挂着招贴“特此布告，俾众周知”。

勒·波：老大跟公爵的拳师查尔斯摔跤，查尔斯一下子就把他摔倒了，摔断了三根肋骨，生命已无希望，老二、老三也都这样被他摔倒了。他们都躺在那里，那个可怜的老头子，他们的父亲，在为他们痛哭，惹得旁观的人都陪他落泪。

罗瑟琳：哎哟！

试金石：但是，先生，您说小姐们错过了的玩意儿是什么呢？

勒·波：啊，就是我说的这件事。

试金石：所以人们每天都可以增进一些见识，我今天才第一次听见摔断肋骨是小姐们的玩意儿。

西莉霞：我也是第一次听见呢。

罗瑟琳：可是还有谁想要听自己肋下清脆动人的一声呢？还有谁喜欢让他的肋骨给人敲断呢？妹妹，我们要不要去看他们摔跤？

勒·波：要是你们不走开，那么不看也得看，因为这儿正是指定摔跤的地方，他们就要来表演了。

西莉霞：真的，他们从那边来了，我们不要走开，看一下子。

（喇叭奏花腔。弗雷特力克公爵、群臣、鄂兰陀、查尔斯及侍从等上。）

弗雷特力克公爵：来吧，那年轻人既然不肯听劝，就让他吃些苦头，也是他自不量力的报应。

罗瑟琳：那边就是那个人吗？

勒·波：就是他，小姐。

西莉霞：唉！他太年轻啦，可是瞧上去倒好像会得胜的神气。

弗雷特力克公爵：啊，吾儿和侄女！你们也溜到这儿来看摔跤吗？

罗瑟琳：是的，殿下，请您准许我们。

弗雷特力克公爵：我可以断定你们一定不会感兴趣的，双方的实力太不均衡了。我因为可怜这个挑战的人年纪轻轻，想劝阻他，可是他不肯听劝。小姐们，你们去对他说去，看能不能说得动他。

西莉霞：叫他过来，勒·波先生。

弗雷特力克公爵：好吧，我就走过去。（退至一旁。）

勒·波：挑战的先生，两位郡主有请。

鄂兰陀：敢不从命。

罗瑟琳：年轻人，你向拳师查尔斯挑战了吗？

鄂兰陀：不，美貌的郡主，他才是向众人挑战的人。我不过像别人一样来到这儿，想要跟他较量较量我的青春的力量。

西莉霞：年轻的先生，照您的年纪而论，您的胆量是太大了。您已经看见了这个人的无情的蛮力，要是您能够用您的眼睛瞧见您自己的身材，或者用您的理智判断出您自己的能力，那么您对于这回冒险所怀的戒惧一定会劝您另外找一件比较适宜您的事情来做。为了您自己，我们请求您顾虑您自身的安全，放弃这种尝试吧。

罗瑟琳：是的，年轻的先生，您的名誉不会因此受损，我们可以去请求公爵停止这场摔跤。

鄂兰陀：我要请你们原谅，我觉得我自己十分有罪，胆敢拒绝这么两位美貌出众的小姐的要求。可是让你们的美目和好意伴送着我去作这场决斗吧。假如我被打败了，那不过是一个从来不曾给人看重过的人丢了脸；假如我死了，也不过死了一个自己愿意寻死的人。我不会辜负我的朋友们，因为没有人会哀悼我；我不会对世间有什么损害，因为我在世上一无所有，我不过在世间占了一个位置，也许死后可让给更好的人。

罗瑟琳：我但愿我所有的一点点微弱的气力也加在您身上。

西莉霞：我也愿意把我的气力再加在她的气力上面。

罗瑟琳：再会，但愿我错看了您！

西莉霞：愿您的希望成真！

查尔斯：来，这个想要来送死的哥们儿在什么地方？

鄂兰陀：已经预备好了，朋友，可是他却不像你这样傲慢。

弗雷特力克公爵：你们斗一个回合就够了。

查尔斯：不，启禀殿下，您第一次已经规劝过他，第二次就可以不必再劝他了。

鄂兰陀：你要以后嘲笑我，可不必事先就嘲笑起来。来吧。

罗瑟琳：赫拉克勒斯默保佑你，年轻人！

西莉霞：我希望我有隐身术，去拉住那强徒的腿。（查尔斯、鄂兰陀二人摔跤。）

罗瑟琳：啊，出色的青年！

西莉霞：假如我的眼睛会打雷，我知道谁是要被打倒的。（查尔斯被摔倒，欢呼声。）

弗雷特力克公爵：算了，算了。

鄂兰陀：请殿下准许我再试，我的一口气还不曾透完。

弗雷特力克公爵：你怎样啦，查尔斯？

勒·波：他说不出话来了，殿下。

弗雷特力克公爵：把他抬下去，你叫什么名字，年轻人？（查尔斯被抬下。）

鄂兰陀：禀殿下，我叫鄂兰陀，罗兰·特·鲍埃的幼子。

弗：我希望你是别人的儿子。世间都以为你的父亲是个好人，但他却是我永远的仇敌，假如你是别族的子孙，你今天的行事一定可以使我更喜欢你一些。再见吧，你是个勇敢的青年，我愿你向我说起的是另外一个父亲。（弗雷特力克公爵、勒·波及随从下。）

西莉霞：姐姐，假如我在我父亲的地位，我会做这种事吗？

鄂兰陀：我以做罗兰爵士的儿子为荣，即使只是他的幼子，我不愿改变我的地位，过继给弗雷特力克做后嗣。

罗瑟琳：我的父亲宠爱罗兰爵士，就像他的灵魂一样，全世界都抱着和我父亲同样的意见。要是我本来就已经知道这位青年便是他的儿子，我一定含着眼泪劝他不要做这种冒险的事。

西莉霞：好姐姐，让我们到他跟前去鼓励鼓励他。我父亲的无礼猜忌的脾气，使我十分痛心。——先生，您很值得尊敬，要是您在恋爱上也像在别的事情上一样守信，那么您的情人一定会很有福气的。

罗瑟琳： 先生，（自颈下取下项链赠鄂兰陀。）为了我，请戴上这个吧，我是个失爱于命运的人，心有余而力不足，不过略表微忱而已。我们去吧，妹妹。

西莉霞： 好，再见，好先生。

鄂兰陀： 我不能说一句谢谢您吗？我的勇气都已丧失，站在这儿的只是一个人形的枪杆，一块没有生命的木石。

罗瑟琳： 他在叫我们回去。我的矜傲随着我的命运一起被摧毁了，我且去问他有什么话说。您叫我们吗，先生？先生，您摔跤摔得很好，给您征服了的，不单是您的敌人。

西莉霞： 走吧，姐姐。

罗瑟琳： 你先走，我跟着你。再会。（罗瑟琳、西莉霞下。）

鄂兰陀： 一种什么情感重压住我的舌头？虽然她想跟我交谈，我却想不出话来对她说。可怜的鄂兰陀，你被征服了！战胜你的，不是查尔斯，却是比他更柔弱的人儿。

（勒·波重上。）

勒·波： 先生，我劝您还是离开这儿吧。虽然您很值得恭维、赞扬和敬爱，但是公爵的脾气太坏，他会把您的一切行事都误会了。公爵的心性有点儿捉摸不定，他的为人怎样我不便说，还是您自己去忖度吧。

鄂兰陀： 谢谢您，先生。我还是要请您告诉我，这两位小姐中哪一位是在场的公爵的女儿？

勒·波： 要是我们照行为举止看起来，两个可说都不是他的女儿，但是那位矮小一点儿的是他的女儿。另外一个便是放逐在外的公爵所生，被她这位篡位的叔父留在这儿陪伴他的女儿，她们两人的相爱是远过于同胞姐妹的。但是我可以告诉您，新近公爵对于他这位温柔的侄女有点儿不喜欢。毫无理由，只是因为人民都称赞她的品德，因为她那位好父亲而同情她，我可以断定他对这位小姐的恶意很快就会显露出来。再会吧，先生，我希望在另外一个较好的世界里可以再跟您多多结识。

鄂兰陀：我非常感谢您的好意，再会。（勒·波下。）才穿过浓烟，又钻进烈火，一边是专制的公爵，一边是暴虐的哥哥。可是天仙一样的罗瑟琳啊！（下。）

第三场 宫中一室

（西莉霞及罗瑟琳上。）

西莉霞：喂，姐姐，喂，罗瑟琳！爱神哪！没有一句话吗？

罗瑟琳：连可以丢给一条狗的话都没有。

西莉霞：不，你的话太宝贵了，怎么可以丢给贱狗呢？丢给我几句吧。来，讲一些道理来叫我浑身瘫痪。

罗瑟琳：那么姐妹两人都害了病了：一个被道理害得浑身瘫痪，一个是因为想不出什么道理来而发了疯。

西莉霞：这是不是全然为了你的父亲？

罗瑟琳：不，一部分是为了我的父亲。唉，这个平凡的世间充满了多少荆棘呀！

西莉霞：姐姐，这不过是些有刺的果壳，我为了取笑玩玩而丢在你身上的，要是我们不在步道上走，我们的裙子就要给它们抓住。

罗瑟琳：在衣裳上的，我可以把它们抖去，但是这些刺在我的心里呢。

西莉霞：你咳嗽一声就咳出来了。

罗瑟琳：要是我咳嗽一声，它就会应声而来，那么我倒会试一下。

西莉霞：算了算了，使劲地把你的爱情克制下来吧。

罗瑟琳：唉！我的爱情比我的气力大得多！

西莉霞：啊，那么我替你祝福吧！即使你会失败，也得试一下。但是把笑话搁在一旁，让我们正正经经地谈谈。你真的会突然这样猛烈地爱上老罗兰爵士的小儿子吗？

罗瑟琳：我的父亲和他的父亲很要好。

西莉霞：因此你也必须和他的儿子非常要好吗？照这样说起来，那么我的父亲非常恨他的父亲，那我也应当恨他了，可是我却不恨鄂兰陀。

罗瑟琳：不，看在我的面上，不要恨他。

西莉霞：为什么不呢？他不是值得恨的吗？

罗瑟琳：因为他是值得爱的，所以让我爱他；因为我爱他，所以你也要爱了。瞧，公爵来了。

西莉霞：他满眼都是怒气。

（弗雷特力克公爵率众臣上。）

弗雷特力克公爵：姑娘，为了你的安全，你得赶快收拾起来，离开我们的宫廷。

罗瑟琳：我吗，叔父？

弗雷特力克公爵：你，侄女。在这十天之内，要是在离我们宫廷二十里之内发现你，我就会把你处死。

罗瑟琳：请殿下明示我，我犯了什么罪过？要是我有自知之明，要是我并没有做梦，也不曾发疯——我相信我没有——那么，亲爱的叔父，我从来不曾起过半分触犯您老人家的念头。

弗雷特力克公爵：一切叛徒都是这样的，要是他们凭着口头的话就可以免罪，那么他们都是再清白没有的了。可是我不能信任你，这一句话就够了。

罗瑟琳：但是您的不信任不能使我变成叛徒，请告诉我您有什么证据？

弗雷特力克公爵：你是你父亲的女儿，还用得着别的话吗？

罗瑟琳：当殿下您夺去我父亲公国的时候，我就是他的女儿；当殿下您把他放逐的时候，我也还是他的女儿。叛逆并不是遗传的，殿下。即使我们受到亲友的牵连，那与我又有什么相干？我的父亲并不是个叛徒。所以，殿下，别看错了我，把我的穷迫看成了奸慝。

西莉霞：好殿下，听我说。

弗雷特力克公爵：嗯，西莉霞，我让她留在这儿，只是为了你，否则她早已跟她的父亲流浪去了。

西莉霞：那时我没有请您让她留下，那是您自己的主意，因为您自己觉得过意不去。那时我还小，不曾知道她的好处，但现在我知道了。如果她是个叛逆，那么我也是。像朱诺的一双天鹅，永远成双成对，永不分开。

弗雷特力克公爵：她这人太狡诈，你斗不过她。她的温和、她的沉默和她的坚忍都能打动人心，叫人们怜悯她。你是个傻瓜，她已经夺走了你的名声。她走了之后，你就能显得分外光彩而贤德了。所以不要再说了，我对她所下的判决是正确并且不可动摇的，她一定要被驱逐。

西莉霞：那么请您把这句判决也给我吧，殿下，没有她做伴我是活不下去的。

弗雷特力克公爵：你是个傻瓜。侄女，你得严肃起来，如果误了时期，依我的名誉和我的言出必行的命令，就要把你处死。（偕众臣下。）

西莉霞：哎，我可怜的罗瑟琳！你去哪儿呢？你愿不愿换一个父亲？我把我的父亲给你吧。请你不要比我更难过。

罗瑟琳：我比你有更多难过的理由。

西莉霞：你没有，姐姐。请你乐观一些，你不知道吗，公爵的女儿也被公爵放逐了？

罗瑟琳：他没有。

西莉霞：没有？难道罗瑟琳还没有那种爱情，使你明白我们犹如一个人。难道我们要分开了吗？难道我们要分离了吗？可爱的姑娘。不，让我的父亲再去找一个子嗣吧。你应该和我商量我们应该怎样飞走，到什么地方去，带上哪些东西。不要因为环境的改变而黯然神伤，让我替你分担心事吧。我对着因为同情我们而苍白的天空发誓，无论你说些什么，我都要跟你一块走。

罗瑟琳：可是我们到哪里去呢？

西莉霞：去亚登森林找我的伯父去。

罗瑟琳：唉，可是像我们这样的姑娘家，走那么远的路，该是多么危险！美貌比财宝更容易引起贼心。

西莉霞：我可以穿上破旧的衣服，用些泥巴抹在脸上，你也这样弄，我们就可以到那儿，一路不会遭人家惦记了。

罗瑟琳：我长得特别高，穿戴完全跟个男人一样不是更好吗？腰里别一把锋利的匕首，手拿一柄刺野猪的长叉，心里就算隐藏着姑娘家的胆怯，但要在表面上装出一副毫无畏惧的样子来，就像那些冒充好汉的懦夫一样。

西莉霞：你扮作男人之后，我该怎样叫你呢？

罗瑟琳：我要取一个和乔武的侍童相同的名字，你就叫我盖尼密[①]吧。不过你叫什么呢？

西莉霞：我要取一个可以表示我境况的名字，不能再叫西莉霞，就叫爱莲娜[②]吧。

罗瑟琳：但是妹妹，我们想方设法去把你父亲宫廷里的小丑偷过来好不好？这样在我们的旅途中就有人给我们解闷了。

西莉霞：他一定肯跟我走遍大千世界，让我自己去跟他说吧。我们先把珠宝钱物藏起来。我出走之后，他们一定会到处寻找，我们应该想出一个最适当的时间和最安全的方法来躲避他们。现在我们是满心的欢喜，去追寻自由，而不是流亡。（同下。）

---

① 盖尼密，乔武之持爵童子。

② 爱莲娜原文 Aliena，表示 Alienated（远隔）之意。

莎士比亚悲喜剧（下）

Shakespearean Comedy

〔英〕莎士比亚◎著
依　云◎译

團結出版社
UNITY PRESS

第二幕

第一场　亚登森林

（公爵、阿米恩斯及众臣作林居人装束上。）

公爵：我流放生涯中的亲爱的朋友和弟兄们，我们不是已经习惯了这种生活，觉得它比虚饰的浮华更加充实有趣吗？这些草木远比充满猜忌的朝廷安全，我们在这儿所能感觉到的，只有时令的改变，那是上帝加于亚当①的惩罚。冬天的寒风挥舞着冰雪的利爪，发出阵阵狂呼，即使当它砭刺着我的身体，使我瑟瑟发抖的时候，我也会微笑着说："这不是虚伪啊，它们就像正直的大臣一样，时刻提醒我所处的位置。"厄运也有它的好处，就像丑陋且有毒的癞蛤蟆，它的头上却顶着一颗珍奇的宝石。我们的这种生活，虽然被世间所遗弃，却可以与草木对话，溪中的潺潺流水更是大好的文章，一石之小，也暗藏着知识；每一件事物里面，都可以找到有用的东西来。我不想改变这种生活。

阿米恩斯：殿下真是幸运，能把命运的坎坷说成这样宁静而可爱的样子。

公爵：走，我们去猎鹿吧。可是我有些不忍心，这种可怜的花斑的动物，本来是这荒凉的森林中的主人，在它们自己的家园之内，我们却用锋利的箭镞刺伤它们肥圆的腰肉。

甲臣：不错，那忧郁的杰克斯很为那事伤心，赌咒说您在那上面比之您那篡权的兄弟是一个更大的篡权者。今天阿米恩斯大人跟我悄悄地躲在后面，看见他躲在一棵橡树底下，那苍老的树根显露在沿着林旁潺潺流去的溪水上，有一头可怜的失群的母鹿被猎人射中了，跑到那边去喘气。真的，殿下，这头不幸的畜生发出痛苦的呻吟，简直要把它的皮

① 亚当（Adam，《圣经》中记载的人类的始祖）未逐出伊甸园之前，世界四季如春。

囊都撑破了，一粒粒又大又圆的泪珠涌流到它无辜的鼻子上。忧郁的杰克斯看着这头可怜的牲畜这样站在急流的小溪边，眼泪止不住地落在溪水里。

公爵：但是杰克斯有什么反应呢？他见了这幅情景，免不了又要讲起一番道理来吧？

甲臣：啊，正是如此，他打了一千种比喻。起初他看到那鹿把泪水无谓地流向溪流之中，就说，“可怜的鹿，你就跟世人立遗嘱一样，把自己所有的一切都给了那已经得到太多的人”。接着，看它孤苦伶仃，被它那些皮柔毛滑的朋友所抛弃，便说，“不错，人走了背运，朋友也都离你而去了”。一会儿又有一群吃饱喝足的、无忧无虑的鹿路过它身旁，也不停下来跟它打个招呼。“嗯，”杰克斯又说，“都走吧，你们这些肠肥脑满的市民，世事就是如此，那个可悲的破产的家伙，看他干什么呢？”他这样用最尖酸刻薄的话来辱骂乡村、城市和宫廷里的一切，甚至于辱骂我们的这种生活。赌咒说我们都是些篡位者、暴君，或者比这更坏的家伙，到这些畜生的土地上来惊扰它们，残杀它们。

公爵：你们就在他在那胡思乱想的时候离开了他吗？

甲臣：是的，殿下，就在他为了这头哭泣的鹿而流泪发牢骚的时候。

公爵：带我到那地方去，我喜欢趁他发愁的时候去见他，因为那时他最富有见识。

甲臣：我这就领您去见他。（同下。）

第二场　宫中一室

（弗雷特力克公爵、群臣及侍从上。）

弗雷特力克公爵：难道没有一个人看见她们吗？绝不会的，在我的宫廷里一定有奸人知情串通。

甲臣：我不曾听谁说曾经看见她。她寝室里的侍女们看她上了床，可是一早就看见床上没有她们的郡主了。

乙臣：殿下，那个常常逗您发笑的下贱小丑也失踪了。郡主的侍女雪丝卑梨霞供认她曾经偷听到郡主跟她的姐姐常常称赞最近在摔跤赛中打败了强有力的查尔斯的那个汉子的技艺和人品，她说她相信不论她们到哪里去，那个少年一定会跟她们在一起的。

弗雷特力克公爵：差人到他哥哥家里去，把那家伙抓来。要是他不在，就带他的哥哥来见我，我要叫他去找他。马上去，这两个逃走的傻子一定要用心搜寻探访，非把她们寻回来不可。（众下。）

第三场　岳力佛家门前

（鄂兰陀及亚丹自相对方向上。）

鄂兰陀：那边是谁？

亚丹：啊！我的少爷吗？啊，我的善良的少爷！我的好少爷！啊，您叫人想起了老罗兰爵爷！唉，您为什么到这里来呢？您为什么是这样好呢？为什么人家要爱您呢？为什么您是这样仁善，这样健壮，这样勇敢呢？为什么您这么傻要去把那怪僻的公爵手下那个壮大的拳师打败呢？您的声誉来得太快了。您不知道吗，少爷，有些人常会因为他们太好了，反而害了自己？您也正是这样，您的好处，好少爷，就是陷害您自身的圣洁的叛徒。唉，这算是一个什么世界，怀德的人会因为他们的德行反遭毒手！

鄂兰陀：啊，怎么回事？

亚丹：唉，不幸的青年！不要走进这扇门来，在这屋子里潜伏着您一切美德的敌人呢。您的哥哥——不，不是哥哥，然而却是您父亲的儿子——不，他也不能称为他的儿子——他听见了人家称赞您的话，预备在今夜放火去烧您所住的屋子。要是这计划不成功，他还会想出别的法子来除掉您。他的阴谋被我偷听到了。这儿不是安身之处，这屋子不过是一所屠场，您要回避，您要警戒，别走进去。

鄂兰陀：什么，亚丹，你要我到哪儿去？

亚丹：随您到哪儿去都好，只要不在这儿。

鄂兰陀：什么，你要我去做个要饭的吗？还是在大路上用下贱无耻的剑做一个强盗，我只好走这种路，否则我就不知道怎么办。可是即使我有这种本事，我也不愿这样干，我宁愿忍受一个不念手足之情的凶狠的哥哥的恶意。

亚丹：可是不要这样。我在您父亲跟前侍候了这么多年，辛辛苦苦省下了五百块工钱；我把那笔钱存下，本来是预备等我没有气力、做不动事的时候做养老之本，人一老不中用了，是会被人踢在角落里的。您拿去吧，上帝把食物给乌鸦，他也不会忘记喂饱麻雀，我这一把年纪，就悉听他的慈悲吧！钱就在这儿，我把它全给您了。让我做您的仆人，我虽然瞧上去这么老，可是我的气力还不错，因为我在年轻的时候从不曾灌下一滴猛烈的酒，也不曾鲁莽地贪欲伤身，所以我的老年就像是个生气勃勃的冬天，虽然结着严霜，却并不惨淡。让我跟着您去，我可以像个年轻人一样，为您照料一切。

鄂兰陀：啊，好老人家！在你身上明白地表现出古时那种忠心，不是为了报酬，只是为了尽职而流着血汗！你是太不合时宜了，现在的人们努力工作，只是为得到高升，等到目的一达到，便耽于安逸，你却不是这样。但是，可怜的老人家，你虽然这样辛辛苦苦地费尽培植的功夫，但你培植的却是一棵不成材的树木，开不出一朵花来酬答你的殷勤。赶路吧，我们一块儿走，在我们没有把你年轻时的积蓄花完之前，一定要找到一处小小的安身之地。

亚丹：少爷，走吧。我愿意忠心地跟着您，直至喘尽最后一口气。从十七岁起我到这儿来，到现在快八十了，却要离开我的老地方。许多人在十七岁的时候都去追求幸运，但八十岁的人是不济了，可是我只需能够有个好死，对得住我的主人，那么命运对我也不算无恩。（同下。）

第四场　亚登森林

（罗瑟琳男装、西莉霞作牧羊女装束及试金石上。）

罗瑟琳：天哪！我的精神多么疲乏。

试金石：假如我的两腿不疲乏，我可不管我的精神。

罗瑟琳：我简直想丢了我这身男装的脸而像一个女人一样哭起来，可是我必须安慰安慰这位小娘子，穿褐衫短裤的，总该向穿裙子的显出一点儿勇气来才是。好，提起精神来吧，好爱莲娜。

西莉霞：请你担待担待我吧，我再也走不动了。

罗瑟琳：好，这儿就是亚登森林了。

试金石：哎，现在我到了亚登了。我真是个大傻瓜！在家里多舒服啊，可是旅行只好知足一点。

罗瑟琳：对了，好试金石。你们瞧，谁来了，一个年轻人和一个老头子在一本正经地讲话。

（库林及薛维厄斯上。）

库林：你那样不过叫她永远把你笑骂而已。

薛维厄斯：啊，库林，你要是知道我是多么爱她——

库林：我有点儿猜得出来，因为我也曾经恋爱过。

薛维厄斯：不，库林，你现在老了，也就不能猜想了。虽然在你年轻的时候，你好像那些半夜三更在枕上翻来覆去的情人一样真心。可是假如你的爱也跟我差不多——我想一定没有人会像我那样爱你，为了你的痴心妄想，做出很多可笑的事情来！

库林：我做过一千种傻事，现在都已忘记了。

薛维厄斯：噢！那你就不曾诚心爱过。假如你记不得你为了爱情而做出的一件最琐细的傻事，你就不算真的恋爱过。假如你不曾像我现在这样坐着絮絮讲你的姑娘的好处，使听的人不耐烦，你就不算真的恋爱过。假如你不曾突然离开你的同伴，像我的热情现在驱使我一样，你也不算真的恋爱过。啊，菲琵！菲琵！菲琵！（下。）

罗瑟琳：唉，可怜的牧人！我在诊断你的痛处的时候，却不幸地找到我自己的创伤了。

试金石：我也是这样。我记得我在恋爱的时候，曾经把一柄剑在石头上摔断，叫那趁夜里来和琴·史美尔幽会的家伙留心着我；我记得我曾经吻过她的洗衣棒，也吻过被她那双皲裂的手挤过的母牛乳头；我记得我曾经把一颗豌豆荚当作她而向她求婚，我剥出了两颗豆子，又把它们放进去，边流泪边说："为了我的缘故，请您留着做个纪念吧。"我们这种多情种子都会做出一些古怪事儿来，但是我们既然都是凡人，一着了情魔是免不得要大发痴劲的。

罗瑟琳：你的话聪明得出于你自己意料之外。

试金石：哦，我总不知道自己的聪明，除非有一天我被它绊住跌断了腿骨。

罗瑟琳：天神，天神！这个牧人的痴心，很有几分像我自己的情形。

试金石：也有点像我的情形，可是在我这似乎有点儿陈腐了。

西莉霞：请你们随便哪一位去问问那边的人，肯不肯让我们用金子向他买点儿吃的，我简直饿得要死了。

试金石：喂，你这蠢货！

罗瑟琳：别叫，傻子，他并不是你的家人。

库林：谁叫？

试金石：比你好一点儿的人，朋友。

库林：要是他们不比我好一点儿，那可寒酸得太不像话啦。

罗瑟琳：对你说，别叫。——您晚安，朋友。

库林：晚安，好先生。各位晚安，朋友。

罗瑟琳：牧人，假如人情或是金银可以在这种荒野里换到一点儿款待的话，请你带我们到一处可以休息一下、吃些东西的地方去好不好？这位小姑娘赶路疲乏，快要晕过去了。

库林：好先生，我可怜她，不是为我自己打算，只是为了她的缘故，我希望我有能力帮助她。可是我只是给别人看羊的，羊儿虽然归我饲养，羊毛却不归我剪。我的东家很小气，从不会修修福做点儿好事，而且他的草屋，他的羊群，他的牧场，现在都要出卖了。现在我们的牧舍里因为他不在家，没有一点儿可以给你们吃的东西，但是别管他有些什么，请你们来瞧瞧看，我对你们是极其欢迎的。

罗瑟琳： 他的羊群和牧场预备卖给谁呢？

库林： 就是刚才你们看见的那个年轻汉子，他是从来不想买什么东西的。

西莉霞： 我们还要加你的工钱。我喜欢这地方，很愿意在这儿消度我的时光。

库林： 这桩买卖一定可以成交，跟我来，要是你们打听过后，对于这块地皮，这种收益，和这样的生活觉得中意的话，我愿意做你们十分忠心的仆人，马上用你们的钱去把它买来。（同下。）

第五场　林中的另一部分

（阿米恩斯、杰克斯及余人等上。）

阿米恩斯：（唱）

绿树高张翠幕，
谁来偕我仰卧？
翻将欢乐心声，
学唱枝头鸟鸣：
盍来此？盍来此？盍来此？
目之所接，
精神契一，
唯忧雨雪之将至。

杰克斯： 再来一个，再来一个，请你再唱下去。

阿米恩斯： 那会叫您发起愁来的，杰克斯先生。

杰克斯： 再好没有。请你再唱下去！我可以从一曲歌中抽出愁绪来，就像黄鼠狼吮啜鸡蛋一样。请你再唱下去吧！

阿米恩斯： 我的喉咙很粗，我知道一定不能讨您的欢喜。

杰克斯： 我不要你讨我的欢喜，我只要你唱。来，再唱一阕，你是不是把它们叫作一阕一阕的？

阿米恩斯：随您高兴怎样吧，杰克斯先生。

杰克斯：不，我倒不去管它们叫什么名字，它们又不借我的钱。你唱起来吧！

阿米恩斯：既蒙敦促，我就勉为其难了。

杰克斯：那么好，要是我会感谢什么人，我一定会感谢你。可是人家所说的恭维就像两只狗猿碰了头，倘使有人诚心感谢我，我就觉得好像我给了他一个铜子，所以他一个劲儿向我道谢。来，唱起来吧，你们不唱的都不要作声。

阿米恩斯：好，我就唱完这支歌。列位，铺起食桌来吧，公爵就要到这棵树下来喝酒了，他已经找了您整整一天。

杰克斯：我已经躲避了他整整一天。他太喜欢辩论了，我不高兴跟他在一起；我想到的事情像他一样多，可是谢天谢地，我却不像他那样会说话。来，唱吧。

阿米恩斯：（唱，众和。）

孰能敝屣尊荣，
来沐丽日光风，
觅食自求果腹，
一饱欣然意足：
盍来此？盍来此？盍来此？
日之所接，
精神契一，
唯忧雨雪之将至。

杰克斯：昨天我曾经按着这调子作了一节，倒要献丑献丑。

阿米恩斯：我可以把它唱起来。

杰克斯：是这样的：

倘有痴愚之徒，
忽然变成蠢驴，
趁着心性癫狂，

撇却财富安康：

特达米，特达米，特达米，

为何来此？

举目一视，

唯见傻瓜之遍地。

阿米恩斯："特达米"是什么意思？

杰克斯：这是希腊文中召唤傻子们排成圆圈的一种咒语。——假如睡得成觉的话，我要睡觉去，假如睡不成，我就要把埃及一切头胎生的痛骂一顿。

阿米恩斯：我可要找公爵去，他的点心已经预备好了。（各下。）

第六场　林中的另一部分

（鄂兰陀及亚丹上。）

亚丹：好少爷，我再也走不动了。唉！我要饿死了。让我在这儿躺下吧。再会了，好心的少爷！

鄂兰陀：啊，怎么啦，亚丹！你再没有勇气了吗？再撑一些时候，提起一点儿精神来，高兴点儿。要是这座古怪的林中有什么野东西，那么我如果不是给它吃了，一定会把它杀了来给你吃的。你并不是真就要死了，不过是在胡思乱想而已。为了我，提起精神来吧。把死神拖住，我去一去就回来看你，要是我找不到什么可以给你吃的，我一定答应你死去。可是假如你在我没回来之前便死去，那你就是看不起我的辛苦了。说得好！你瞧上去很高兴，我立刻就来。可是你躺在寒风里呢，来，我把你背到遮风的地方去。只要这块儿荒地里有活东西，你一定不会因为没有饭吃而饿死。高兴起来吧，好亚丹。（同下。）

第七场　林中的另一部分

（食桌铺就。公爵、阿米恩斯及亡命诸臣上。）

公爵：我想他一定已经变成一头畜生了，因为我到处找不到他的人影。

甲臣：殿下，他刚刚走开，方才他还在这儿很高兴地听人家唱歌。

公爵：要是浑身都不和谐的他也变得爱好起音乐来，那么天地间不久就要大起骚闹了。去找他来，对他说我要跟他谈谈。

甲臣：他自己来了，省了我一番跋涉。

（杰克斯上。）

公爵：啊，怎么啦，先生！这算什么，您的可怜的朋友们一定要千求万唤才能把您请来吗？啊，您的神情很高兴哩！

杰克斯：一个傻子，一个傻子！我在林中遇见一个傻子，一个身穿彩衣的傻子；唉，苦恼的世界！我遇见了一个傻子，正如我是靠着食物而活命的；他躺着晒太阳，用头头是道的话辱骂着命运女神，然而他仍旧不过是个穿彩衣的傻子。“早安，傻子。”我说。“不，先生，”他说，“等到老天保佑我发了财，您再叫我傻子吧。”于是他从袋里掏出一只表来，用没有光彩的眼睛瞧着它，很聪明地说：“现在十点钟了，我们可以从这里看出世界是怎样在变迁的：一个小时之前是九点钟，而再过一小时便是十一点了；照这样一小时一小时地下去，我们越长越老，越老越不中用，这上面就可大发感慨了。”我听见这个穿彩衣的傻子对着时间说了一番这样的话，我的胸口就像公鸡一样叫了起来，奇怪傻子居然会有这样深刻的思想，我笑个不停，在他的表上整整笑了一个小时。啊，高贵的傻子！可敬的傻子！彩衣是最好的装束。

公爵：这是个怎样的傻子？

杰克斯：啊，可敬的傻子！他曾经出入宫廷，他说凡是年轻貌美的小姐，都是有自知之明的。他的头脑就像航海回来剩下的饼干那样干燥，每个角落里都塞满了人生经验，他都要用杂乱的话随口说了出来。啊，但愿我也是个傻子，我想穿一件花花的外套。

公爵：你可以有一件。

杰克斯：这是我唯一的要求，只要您愿意把以前以为我是个聪明人的这种观念除掉，别让它蒙蔽了您的明鉴；同时准许我有像风那样广大的自由，高兴吹着谁便吹着谁：傻子们是有这种权利的，被我的傻话所挖苦的，最应该笑。殿下，为什么他们必须这样呢？这理由正和到教区礼拜堂去的路一样明白：被一个傻子用俏皮话讥讽，即使被刺痛了，也要装出一副若无其事的样子来，否则就会显出聪明人的傻气，被傻子不经意一箭就刺穿，这样未免太傻了。给我穿一件彩衣，准许我说我心里的话，我一定会痛痛快快地把这染病的世界的丑恶身体清洗干净，假如他们肯耐心接受我的药方。

公爵：算了吧！我知道你会做出些什么事来。

杰克斯：我可以赌一把，我做的事会不好吗？

公爵：最坏的罪恶，就是指斥他人的罪恶，因为你自己也曾经是一个放纵兽欲的浪子；你要把你那身为了你的荒唐而起的臃肿的脓疮、溃烂的恶病，向全世界播散。

杰克斯：什么？痛斥人间的奢侈，难道便是对个人的攻击吗？奢侈的习俗不是像海潮一样浩瀚地流着，直到枯竭而消退吗？假如我说城里的那些小户人家的妇女打扮得像王公大人的女眷一样，我指明是哪一个女人了吗？谁能挺身出来说我说的是她，假如她的邻居也是和她一个样子？一个从事着最微贱行业的人，假如认为我讥讽了他，反正好衣服不是我出的钱，那不是恰恰把他的愚蠢合上了我说的话吗？照此看来，又有什么关系呢？让我想想我说的话伤害了他什么地方：要是说得对，那是他自取其咎；假如他问心无愧，那么我的责骂就像是一头野鸭飞过，不干谁的事。——那是谁来了？

（鄂兰陀拔剑上。）

鄂兰陀：停住，不准吃！

杰克斯：嘿，我还不曾吃过。

鄂兰陀：而且也会不给你吃，除非让饿肚子的人先吃过。

杰克斯：这只公鸡是哪儿来的？

公爵：朋友，你是因为落难而变得这样强横吗？还是因为生来就是瞧不起礼貌的粗汉子，一点儿不懂规矩？

鄂兰陀：你第一下就猜中我了，困苦逼迫着我，使我不得不把温文的礼貌抛开一旁。可是我却是在都市生长，受过一点儿教养的。但是我吩咐你们停住，在我的事情没有办完之前，谁碰一碰这些果子，就得死。

杰克斯：我要是无可理喻，那么我准得死。

公爵：你要什么？假如你不用暴力，客客气气地向我们说，我们一定会更客客气气地对待你。

鄂兰陀：我快饿死了，给我吃的。

公爵：请坐请坐，随便吃吧。

鄂兰陀：请你原谅我，我以为这儿的一切都是野蛮的，因此才装出这副暴横的威胁的神气来。可是不论你们是些什么人，在这人迹罕见的荒野里，躺在凄凉的树荫下，不理会时间的消逝；假如你们曾经见过较好的日子，假如你们曾经到过鸣钟召集礼拜的地方，假如你们曾经参加过上流人的宴会，假如你们曾经揩过你们脸上的泪水，懂得怜悯和被怜悯，那么让我的温文的态度格外感动你们——我抱着这样的希望，惭愧地藏好我的剑。

公爵：我们确实见过好日子，曾经被神圣的钟声召集到教堂里去，参加过上流人的宴会，从我们的脸上揩去被神圣的怜悯所感动而流下的眼泪，所以你不妨和和气气地坐下来，凡是我们可以帮忙满足你的，一定愿意效劳。

鄂兰陀：那么请你们暂时不要把东西吃掉，我就像一只母鹿一样找寻我的小鹿，把食物喂给他吃。有一位可怜的老人家，全然出于好心，跟着我一瘸一拐地走了许多颠簸的路，两星期的劳累，他的高龄和饥饿累倒了他。除非等他饱了之后，否则，我绝不碰一口食物。

公爵：快去找他，我们绝对不把东西吃掉，等着你回来。

鄂兰陀：谢谢，愿你好心有好报！（下。）

公爵：你们可以看见不幸的不只是我们，这个广大的宇宙的舞台上，还有比我们所扮演的更悲惨的场景呢。

杰克斯：整个世界就是一个舞台，所有的人不过是一些演员：他们有的粉墨登场，有的黯然离去。一个人在一生中要扮演好几种角色，他们的表演可分成七个阶段，开始是婴儿，在母亲的怀抱里号哭。接着是进了学堂，满面童真的学童，如蜗牛一般慢悠悠地挪着脚步，心不甘情不愿地上着学。接着是恋人，如风箱一般唉声叹气，写下一首哀伤的诗篇咏叹着他恋人的眉眼。再接着是一个士兵，呼喊着奇怪的口号，胡子长得如豹子一样，珍惜名声，是不是就要动手，在炮火中追求着水月镜花般的名声。再接着成了一名法官，圆滚滚的腹部填满了肥肠，威严的面孔，漂亮的胡子，张嘴就是些俗套的格言，就这样扮演着他的角色。第六个阶段成了干瘦的穿着拖鞋的老头，眼镜架在鼻子上，钱袋悬在腰旁；他那小心翼翼保存下来的青年时候的袜子套在他干瘦的小腿上显得异常宽大；他那清晰明亮的男中音又转换为孩子般的尖声，如风笛与哨子般。结束了这段稀奇古怪的戏剧的最后一幕，是幼儿时光的重现，通通地忘却，没有味觉，没有视觉，没有感觉，一切皆无。

（鄂兰陀背亚丹重上。）

公爵：欢迎！把你背上那位尊敬的老人放下吧，给他点东西吃。

鄂兰陀：我代他向你表示真诚的感谢。

亚丹：您真应该代我谢谢他，我真不能为自己向您道谢了。

公爵：欢迎，请吃吧。我不会现在就来打扰你，询问你的经历。给我们演奏音乐，来吧，唱吧。

阿米恩斯：（唱）

不怕冬之阴冷，
寒风怎能比得，
人情之淡薄；
其气虽也凌厉，
其牙却不甚利，
风却本无形。
噫吁兮！且对冬青歌一曲：

友情皆虚幻，爱情痴人念。
唯有此冬青！伴乐随一生。
莫愁寒天雪冰，
其寒怎能比及，
忘恩与负义；
风破一池春水，
刀枪也难比及，
诽谤昔日故友。
噫吁兮！且对冬青歌一曲：
友情皆虚幻，爱情痴人念。
唯有此冬青！伴乐随一生。

公爵：照你刚才告诉我的，你说你是好罗兰爵士的儿子，我看你长得非常像他。如果这是真的，那么我真心欢迎你到这儿来。我便是那个尊敬你父亲的公爵。关于你其他的遭遇，到我的洞里来告诉我。尊敬的老人家，我们欢迎你就像欢迎你的主人一样。把你的手给我，让我搀扶着你，让我知道你们一切的经过。（众下。）

第三幕

第一场　宫中一室

（弗雷特力克公爵、岳力佛、群臣及侍从等上。）

弗雷特力克公爵：以后没有见过他！哼，不见得吧。如果不是仁念在我心中占了上风，有你在我跟前，我完全没必要找一个不在的人来出气。可是你留心点吧，不管你的兄弟在什么地方，都要给我找回来，去好好寻找吧，在一年之内，不论他死活都得给我找到，否则你就不要再在我的领土上过活了。你的土地和一切属于你的东西，我们都要统统没收，除非你能找到你兄弟让他来招供，来消除我们对你的怀疑。

岳力佛：求殿下明鉴！我从来就没有喜欢过我的兄弟。

弗雷特力克公爵：这更说明你是个坏蛋。来，把他赶走，告诉衙门的官吏没收他的房屋田产。快点做好这件事，叫他快滚。（众下。）

第二场　亚登森林

（鄂兰陀携纸上。）

鄂兰陀：挂在这儿吧，我以我的诗来证明我的爱情。你是三重王冠的女王[①]，请注视，从高高的苍穹，用你贞洁的目光，那支撑我生命的，是你那猎伴[②]名字。哦，罗瑟琳，这些树木将是我的信纸，在每一片树皮上留下相思的诗篇，要让每一个来到此处的林中旅客，处处都看得到称颂她贤德的语句。来，来，鄂兰陀，到每棵树去刻下她娴静的、优美的、无与伦比的名儿。（下。）

（库林及试金石上。）

库林：您喜欢这种牧羊人的生活吗，试金石先生？

试金石：说实话，牧人，就这种生活本身来说，倒是一种不错的生活。可要按照这一种牧人的生活，那就毫无可取之处了。就它的清净来说，我很享受这种生活；可就它的寂寞而言，却又是一种很坏的生活。看到这儿的田园风光，让我非常满意；可是这儿远离宫廷，又让人觉得很孤独。你看，这是一种非常简朴的生活，与我的脾气相投；可它又未免太简陋了，所以并不适合我。你懂得一点儿哲学吗，牧人？

库林：我只明白一点儿：一个人要是得病，他就会不好过；财物、资产和自足，是人们必不可少的三样东西；天上下雨地上湿，水沸因为柴火旺；好羊出自好牧场；天黑因为没太阳；生来愚钝怪爹娘，学而不会因师懒。

---

① 三重王冠的女王为黛安娜女神，因为她在天堂为琉娜，在人间为黛安娜，在冥府为普洛色嫔娜。

② 黛安娜又为司狩猎的女神，又是处女的庇护神，故鄂兰陀以罗瑟琳为她的猎伴。

试金石：你具有哲学家的天资。去没去过宫廷，牧人？

库林：实不相瞒，没有。

试金石：那么你这人就该死了。

库林：不至于吧？

试金石：真的，你这人该死，就像一个煎得不好一面焦的鸡蛋。

库林：因为没有到过宫廷吗？请问您的理由。

试金石：喏，要是你从来没有到过宫廷，你就不曾见过礼貌；要是你从来没有见过礼貌，你的举止一定很坏；坏人就是有罪的人，有罪的人就是该死。你的情形很危险呢，牧人。

库林：一点儿不，试金石。在宫廷里算是礼貌的，在乡野里就会变得可笑，正像乡下人的行为一到宫廷里就显得寒碜一样。您对我说过你们在宫廷里并不打恭作揖，却要吻手；要是宫廷里的老爷们都是牧人，那么这种礼貌就显得太龌龊了。

试金石：有什么证据？简单地说来，说出理由来。

库林：喏，我们的手常常要去碰着母羊，它们的毛，您知道，是很油腻的。

试金石：嘿，廷臣们的手上不是也要出汗的吗？羊身上的脂肪比起人身上的汗腻来，不是一样干净的吗？浅薄！浅薄！说出一个好一点儿的理由来，说吧。

库林：而且，我们的手很粗糙。

试金石：那么，你们的嘴唇格外容易感受到它们。还是浅薄！再说一个充分一点儿的理由，说吧。

库林：我们的手在给羊们包扎伤处的时候总是涂满了焦油，您要我们跟焦油亲吻吗？宫廷里的老爷们手上都是涂着麝香的。

试金石：浅薄不堪的家伙！把你跟一块好肉比起来，你简直是一块生着蛆虫的臭肉！用心听聪明人的教训吧，麝香是一只鹿身上流出来的龌龊东西，它的来源比焦油脏得多呢。把你的理由修正修正吧，牧人。

库林：您太会讲了，我说不过您，我不说了。

试金石： 你就甘心去死吗？上帝保佑你，浅薄的人！愿上帝把你好好针砭一下！你太不懂世事了。

库林： 先生，我是一个地道的做活人，我用自己的力量换饭吃换衣服穿；不跟别人结怨，也不妒羡别人的福气；瞧着人家得意我也高兴，自己倒了霉就自宽自解；我最大的骄傲就是瞧我的母羊吃草，我的羔羊啜奶。

试金石： 这又是你的一桩因为傻气而造下的孽，你把母羊和公羊拉拢在一起，靠着它们的配对来维持你的生活；给挂铃的羊当龟奴，替一头歪脖的老王八公羊把才一岁的雌儿骗诱失身，也不想合配不合配；要是你不会因此而下地狱，那么魔鬼也没有人给它牧羊了。我想不出你有什么豁免的希望。

库林： 盖尼密大官人来了，他是我的新主妇的哥哥。

（罗瑟琳读一张字纸。）

罗瑟琳： 从东印度到西印度找遍奇珍，
没有一颗珠玉比得上罗瑟琳。
她的名声随着好风播满诸城，
整个世界都在仰慕着罗瑟琳。
勾画描摹下一幅幅倩影真真，
一见了罗瑟琳都要黯然失色。
任何的容貌都不用铭记在心，
单单牢记住了美丽的罗瑟琳。

试金石： 我可以给您这样凑韵下去凑它整整的八年，吃饭和睡觉的时间除外，这好像是一连串上市去卖奶油的好大娘。

罗瑟琳： 啐，傻子！

试金石： 试一下看：
要是公鹿找不到母鹿很伤心，
不妨叫它前去寻找那罗瑟琳。
倘说是没有一只猫儿不叫春，

心同此情有谁能责怪罗瑟琳？
冬天的衣裳棉花应该衬得温，
免得冻坏了娇怯怯的罗瑟琳。
割下的田禾必须捆得端端整，
一车的禾捆上装着个罗瑟琳。
最甜蜜的果子皮儿酸痛了唇，
这种果子的名字便是罗瑟琳。
有谁看见了玫瑰花开香喷喷，
留心着爱情的棘刺和罗瑟琳。

这简直是胡扯的歪诗，您怎么也会给这种东西黏上了呢？

罗瑟琳： 多嘴，你这蠢傻瓜！我是在一棵树上找到它们的。

试金石： 真的，这棵树生的果子太坏。

（西莉霞读一张字纸。）

罗瑟琳： 静些！我的妹妹读着些什么来了，站旁边去。

西莉霞： 为什么这里一片荒芜？
因为没有人居住吗？不然，
我要叫每棵树长起喉舌，
吐露出温文典雅的语言：
或是慨叹着生命为何短，
匆匆跑完了游子的行程，
只需把手掌轻轻翻个转，
便早已终结了人们的一生；
或是感怀着旧盟今已冷，
同心的契友忘却了故交，
但我要把最好的树枝选定，
攀附在每行诗句的终梢，
“罗瑟琳”三个字小名美妙，
向普世的读者遍告周知。

莫看她苗条的身姿娇小，
宇宙间的精华尽萃于兹。
造物当时曾向自然诏示，
吩咐把所有的绝世姿才，
向纤纤一躯中合炉熔制，
累天工费去少少的安排：
负心的海伦①醉人的脸蛋，
克莉奥佩特拉②威仪丰容，
哀脱兰塔③的柳腰儿款摆，
琉克莉细霞④的节操贞松，
劳动起玉殿上诸天仙众，
造成这十全十美罗瑟琳。
荟萃了各式的妍媚万种，
造出一副俊脸目秀精神。
上天给她这般恩赐优渥，
我命该终身做她的臣仆。

罗瑟琳： 啊，最温柔的宣教师！您的恋爱说教啰唆得叫您的教民听了厌烦，可是您却也不喊一声："请耐心一点儿，好人们。"

西莉霞： 啊！朋友们，退后去！牧人，稍微走开一点儿；跟他去，小子。

试金石： 来，牧人，让我们堂堂退却，大小箱笼都不带，只带一个头陀袋。（库林、试金石下。）

西莉霞： 你有没有听见这种诗句？

罗瑟琳： 啊，是的，我都听见了。

西莉霞： 但是你听见你的名字被人家悬挂起来，还刻在这种树上，

---

① 海伦即 Helen of Troy，因失贞于其夫米尼劳斯，故云"负心"。

② 克莉奥佩特拉，埃及女王，参看莎士比亚悲剧《安东尼与克莉奥佩特拉》。

③ 哀脱兰塔，希腊传说中善疾走美女。

④ 琉克莉细霞，莎士比亚叙事诗《琉克丽细霞之辱》中的主角。

不觉得奇怪吗？

罗瑟琳：人们说一件奇事过了九天便不足为奇。在你没来之前，我已经过了第七天。瞧，这是我在一棵棕榈树上找到的。自从毕达哥拉斯的时代以来，我从不曾被人这样用诗句咒过，那时我是一只爱尔兰的老鼠①，现在简直记也记不起来了。

西莉霞：你想这是谁干的？

罗瑟琳：是个男人吗？

西莉霞：而且有一根链条，是你从前戴过的，套在他的颈上。你脸红了吗？

罗瑟琳：请你告诉我是谁？

西莉霞：主啊！主啊！朋友们见面真不容易，可是两座高山也许会被地震搬了家而碰起头来。

罗瑟琳：哎，但是究竟是谁呀？

西莉霞：真的猜不出来吗？

罗瑟琳：哎，我使劲地央求你告诉我，他是谁？

西莉霞：奇怪啊！奇怪啊！奇怪到不能再奇怪的奇怪！奇怪而又奇怪！说不出来的奇怪！

罗瑟琳：我要脸红起来了！你以为我打扮得像个男人，就会在精神上也穿起男装来吗？你再耽延一刻不肯说出来，就要让我在汪洋大海里做茫茫的探索了。请你快告诉我他是谁，不要吞吞吐吐。我倒希望你是个口吃，那么你也许会把这个保守着秘密的名字不期而然地打嘴里吐出来，就像酒从狭口的瓶里倒出来一样，不是一点儿都倒不出，就是一下子出来很多。求求你拔去你嘴里的塞子，让我饮着你的消息吧。

西莉霞：那么你要把那人儿一口气吞下肚子里去是不是？

罗瑟琳：他是上帝造下来的吗？是个什么样子的人？他的头戴上一顶帽子显不显得寒碜？他的下巴留着一撮胡须像不像个样儿？

西莉霞：不，他只有一点点儿胡须。

---

① 念咒驱除老鼠为爱尔兰人一种迷信习俗。

罗瑟琳：哦，要是这家伙知道好歹，上帝会再给他一些的。要是你立刻告诉我他的下巴是怎么一个样子，我愿意等候他长起胡须来。

西莉霞：他就是年轻的鄂兰陀，一下子把那拳师的脚后跟和你的心一起绊跌了个跟斗的人。

罗瑟琳：哎，取笑人的人会让魔鬼抓了去。像一个老老实实的好姑娘似的，规规矩矩说吧。

西莉霞：真的，姐姐，是他。

罗瑟琳：鄂兰陀？

西莉霞：鄂兰陀。

罗瑟琳：哎哟！我这一身大衫短裤该怎么办呢？你看见他的时候他在做些什么？他说些什么？他瞧上去怎样？他穿着些什么？他为什么到这儿来？他问起了我吗？他住在哪儿？他怎样跟你分别的？你什么时候再去看他？用一个字回答我。

西莉霞：你一定先要给我向卡岗都亚①借一张嘴来才行，像我们这时代的人，一张嘴里是装不下这么大一个字的。要是一句句都用“是”和“不”回答起来，那比考问教理还麻烦呢。

罗瑟琳：可是他知道我在这林子里，打扮作男子的样子吗？他是不是跟摔跤那天一样有精神？

西莉霞：回答情人的问题，就像数微尘的粒数一般为难。你好好听我讲我怎样找到他的情形，静静地体味着吧。我看见他在一棵树底下，像一颗落下来的橡果。

罗瑟琳：树上会落下这样的果子来，那真可以说是神树了。

西莉霞：好小姐，听我说。

罗瑟琳：讲下去。

西莉霞：他直挺挺地躺在那儿，像一个受伤的武士。

罗瑟琳：虽然这种样子有点儿可怜相，可是地上躺着这样一个人，倒也是很合适的。

---

① 卡岗都亚，法国文学家拉伯雷著作中的巨人，能一口吞下五个香客。

西莉霞：叫你的舌头停步吧，它简直随处乱跳。——他穿得像个猎人。

罗瑟琳：哎哟，糟了！他要来猎取我的心了。

西莉霞：我唱歌的时候不要别人和着唱，你缠得我弄错了拍子。

罗瑟琳：你不知道我是个女人吗？我心里想到什么，便要说出来，好人儿，说下去吧。

西莉霞：你已经打断了我的话头。且慢！他不是来了吗？

罗瑟琳：是他，我们躲在一旁瞧着他吧。

（鄂兰陀及杰克斯上。）

杰克斯：多谢相陪，可是说老实话，我倒是喜欢一个人清静些。

鄂兰陀：我也是这样，可是出于礼貌，我多谢您的陪伴。

杰克斯：上帝和您同在！让我们越少见面越好。

鄂兰陀：我希望我们还是不要相识的好。

杰克斯：请您别再在树皮上写情诗糟蹋树木了。

鄂兰陀：请您别再用难听的声调念我的诗，把它们糟蹋了。

杰克斯：您的情人的名字是罗瑟琳吗？

鄂兰陀：正是。

杰克斯：我不喜欢她的名字。

鄂兰陀：她取名的时候，并没有打算要您喜欢。

杰克斯：她的身材怎样？

鄂兰陀：恰恰够得到我的心头那样高。

杰克斯：您怪会作俏皮回答的，您是不是跟金匠们的妻子有点儿交情，因此把戒指上的警句都默记下来了。

鄂兰陀：不，我都是用油漆的挂帷上的话儿来回答您，您的问题也是从那儿学来的？

杰克斯：您的口才很敏捷，我想是用哀脱兰塔的脚跟做成的。我们一块儿坐下来好不好？我们两人要把世界痛骂一顿，大发一下牢骚。

鄂兰陀：我不愿意骂世上的有生之伦，除了我自己，因为我最清楚自己的错处。

杰克斯：您的最坏的错处就是要恋爱。

鄂兰陀：我不愿把这个错处来换取您的最好的美德，您真叫我厌烦。

杰克斯：说老实话，我遇见您的时候，本来是在找一个傻子。

鄂兰陀：他掉进溪水里淹死了，您向水里一望，就可以瞧见他。

杰克斯：我只瞧见我自己的影子。

鄂兰陀：那我以为你倘不是个傻子，定然是个废物。

杰克斯：我不要再跟您在一起了。再见，多情的公子。

鄂兰陀：我巴不得您走。再会，忧愁的先生。（杰克斯下。）

罗瑟琳：我要像一个无礼的小厮一样去跟他说话，跟他捣乱。——听见我的话了吗，树林里的人？

鄂兰陀：很好，你有什么话说？

罗瑟琳：请问现在几点钟？

鄂兰陀：你应该问我现在什么时辰，树林里哪来的钟？

罗瑟琳：那么树林里也不会有真心的情人了，否则每分钟的叹气，每点钟的呻吟，该会像时钟一样计算出时间的慢脚步来的。

鄂兰陀：为什么不说时间的快步呢？那样说不对吗？

罗瑟琳：不对，先生。时间对于各种人有不同的步法。我可以告诉你时间对于谁是走慢步的，对于谁是跨着细步走的，对于谁是奔着走的，对于谁是立定不动的。

鄂兰陀：请问它对于谁是跨着细步走的？

罗瑟琳：呃，对于一个订了婚还没有成婚的姑娘，时间是跨着细步有气无力地走着；即使这中间只有一星期，也似乎有七年那样难过。

鄂兰陀：对于谁时间是走着慢步的？

罗瑟琳：对于一个不懂拉丁文的牧师，或是一个不害痛风的富翁：一个因为不能读书而睡得很酣畅，一个因为没有痛苦而活得很高兴；一个可以不必辛辛苦苦地费尽钻研，一个不知道有贫穷的艰困。对于这种人，时间是走着慢步的。

鄂兰陀：对于谁它是走着快步的？

罗瑟琳：对于一个上绞架的贼人，尽管他尽力放慢脚步，他还是觉得走得太快了。

鄂兰陀：对于谁它是静止不动的？

罗瑟琳：对于在休假中的律师，因为他们在前后开庭的时间之间，完全昏睡过去，感觉不到时间的移动。

鄂兰陀：可爱的少年，你住在哪儿？

罗瑟琳：跟这位牧羊姑娘，我的妹妹，住在这儿的树林边。

鄂兰陀：你是本地人吗？

罗瑟琳：跟那只你看见的兔子一样，它的住处就是它生长的地方。

鄂兰陀：住在这种穷乡僻壤，你的谈吐却很高雅。

罗瑟琳：好多人都曾经这样说我，其实是因为我有一个有修养的老伯父，他本来是在城市里生长的，是他教我讲话；他曾经在宫廷里谈过恋爱，因此很懂得交际的门槛。我曾经听他发过许多反对恋爱的议论，多谢上帝我不是个女人，不会犯到他所归咎于一般女性的那许多心性轻浮的罪恶。

鄂兰陀：你记不记得他所说的女人的罪恶当中主要的几桩？

罗瑟琳：没有什么主要不主要的，跟两个铜子相比一样，全差不多，每一件过失似乎都十分严重，可是立刻又有一件出来可以赛过它。

鄂兰陀：请你说几件看。

罗瑟琳：不，我的药是只给病人吃的。这座树林里常常有一个人来往，在我们的嫩树皮上刻满了“罗瑟琳”的名字，把树木糟蹋得不成样子；山楂树上挂起了诗篇，荆棘枝上吊悬着哀歌，说来说去都是把罗瑟琳的名字捧作神明。要是我碰见那个卖弄风情的家伙，我一定要好好给他一番教训，因为他似乎害着相思病。

鄂兰陀：我就是那个给爱情折磨的他，请你告诉我你有什么医治的方法。

罗瑟琳：我伯父所说的那种记号在你身上全找不出来，他曾经告诉我怎样可以看出一个人是在恋爱着，我可以断定你一定不是那个草扎的笼中的囚人。

鄂兰陀：什么是他所说的那种记号呢？

罗瑟琳：一张瘦瘦的脸庞，你没有；一双眼圈发黑的凹陷的眼睛，你没有；一副懒得跟人家交谈的神气，你没有；一脸忘记了修剪的胡子，你没有；——可是我可以原谅你，因为你的胡子本来就像小兄弟的产业一样少得可怜。而且你的袜子上应当是不套袜带的，你的帽子上应当是不结帽纽的，你的袖口的纽扣应当是脱开的，你的鞋子上的带子应当是松散的，你身上的每一处都要表示出一种不经心的疏懒。可是你却不是这样一个人，你把自己打扮得这么齐整，瞧你倒有点儿顾影自怜，全不像在爱着什么人。

鄂兰陀：美貌少年，我希望我能使你相信我是在恋爱。

罗瑟琳：我相信！你还是叫你的爱人相信吧。我可以断定，她即使容易相信你，她嘴里也是不肯承认的，这也是女人们不老实的一点。可是说老实话，你真的是把那恭维着罗瑟琳的诗句悬挂在树上的那家伙吗？

鄂兰陀：少年，我凭着罗瑟琳的玉手向你起誓，我就是他，那个不幸的他。

罗瑟琳：可是你真的像你诗上所说的那样热恋着吗？

鄂兰陀：什么也不能表达我的爱情的深切。

罗瑟琳：爱情不过是一种疯狂，我对你说，有了爱情的人，是应该像对待一个疯子一样，把他关在黑屋子里用鞭子抽一顿的。那么为什么他们不用这种处罚的方法来医治爱情呢？因为那种疯病是极其平常的，就是拿鞭子的人也在恋爱哩，可是我有医治它的法子。

鄂兰陀：你曾经医治过什么人吗？

罗瑟琳：是的，医治过一个，法子是这样的：他假想我是他的爱人，他的情妇，我叫他每天都来向我求爱；那时我是一个善变的少年，便一会儿伤心，一会儿温存，一会儿翻脸，一会儿思慕，一会儿难受；骄傲，古怪，刁钻，浅薄，轻浮，有时满眼的泪，有时满脸的笑。什么情感都来一点儿，但没有一种是真切的，就像大多数孩子们和女人们一样：有时喜欢他，有时讨厌他，有时讨好他，有时冷淡他，有时为他哭泣，有时把他唾弃，我这样把我这位求爱者从疯狂的爱逼到真的疯狂起来，以至于抛弃人世，做起隐士来了。我用这种方法治好了他，我也可以用这种方法把你的心肝洗得干干净净，像一颗没有毛病的羊心一样，再没有一点儿爱情的痕迹。

鄂兰陀： 我不愿意治好，少年。

罗瑟琳： 我可以把你治好，假如你把我当作罗瑟琳，每天到我的草屋里来向我求爱。

鄂兰陀： 凭着我的恋爱的真诚，我愿意。告诉我你住在什么地方。

罗瑟琳： 跟我去，我可以指点给你看，一路上你也要告诉我你住在林中的什么地方。

鄂兰陀： 很好，好孩子。

罗瑟琳： 不，你一定要叫我罗瑟琳。来，妹妹，我们去吧。（同下。）

第三场　林中的另一部分

（*试金石及奥菊蕾上；杰克斯随后。*）

试金石： 快来，好奥菊蕾，我去把你的山羊赶来。怎样，奥菊蕾？我还不曾是你的好人儿吗？我这副粗鲁的神气你中意吗？

奥菊蕾： 您的神气！天老爷保佑我们！什么神气？

试金石： 我陪着你和你的山羊在这里，就像那最会梦想的诗人奥维特在一群哥斯人中间一样。

杰克斯：（*旁白*）唉，学问装在这么一副躯壳里，比乔武住在草棚里还坏！

试金石： 要是一个人写的诗不能叫人懂，他的才情不能叫人理解，那比之小客栈里开出一张大账单来还要命。真的，我希望天神们把你变得诗意一点儿。

奥菊蕾：我不懂得什么叫作“诗意一点儿”。那是一句好话，一件好事情吗？那是诚实的吗？

试金石：老实说，不，因为最真实的诗是最虚妄的，情人们都富于诗意，他们在诗里发的誓，可以说都是情人们的假话。

奥菊蕾：那么您愿意天神们把我变得诗意一点儿吗？

试金石：是的，不错。因为你发誓说你是贞洁的，假如你是个诗人，我就可以希望你说的是假话了。

奥菊蕾：您不愿意我贞洁吗？

试金石：对了，除非你生得难看。因为贞洁跟美貌碰在一起，就像在糖里再加蜜。

奥菊蕾：好，我生得不好看，因此我求求天神们让我贞洁。

试金石：真的，把贞洁丢给一个丑陋的懒女人，就像把一块好肉盛在龌龊的盆子里。

奥菊蕾：我不是个懒女人，虽然我谢谢天神们我是丑陋的。

试金石：好吧，感谢天神们把丑陋赏给了你！懒惰也许会跟着来的。可是不管这些，我一定要跟你结婚，为了这事我已经去见过邻村的牧师岳力佛·马退克斯脱师傅，他已经答应在这儿树林里会我，给我们配对。

杰克斯：（*旁白*）我倒要瞧瞧这场热闹。

奥菊蕾：好，天神们保佑我们快活吧！

试金石：阿门！倘使是一个胆小的人，也许不敢贸然从事，因为这儿没有庙宇，只有树林，没有宾众，只有一些出色的畜生。但这有什么要紧呢？放出勇气来！角虽然讨厌，却也是少不了的。人家说，“许多人有数不清的家私”，对了，许多人也有数不清的好角儿。好在那是他老婆陪嫁来的妆奁，不是他自己弄到手的。出角吗？有什么要紧？只有苦人儿才出角呢？不，不，最高贵的鹿和最寒碜的鹿长的角儿一样大呢。那么单身汉便算是好福气吗？不，城市总比乡村好些，已婚者隆起的额角，也要比未婚者平坦的额角体面得多。懂得几手击剑法的，总比一点儿不会的好些，因此有角也总比没有角强。岳力佛师傅来啦。

（岳力佛·马退克斯脱师傅上。）

试金石： 岳力佛·马退克斯脱师傅，你来得巧极了。您是就在这树下替我们把事情办了呢，还是让我们跟您到您的教堂里去？

岳力佛·马退克斯脱师傅： 这儿没有人可以为这女人做主嫁出去吗？

试金石： 我不要别人把她布施给我。

岳力佛·马退克斯脱师傅： 真的，她一定要有人做主许嫁，否则这种婚姻便不合法。

杰克斯：（近前）进行下去，进行下去，我可以把她许嫁。

试金石： 晚安，某某先生，您好，先生，欢迎欢迎！上次多蒙照顾，不胜感激，我很高兴看见您。我现在有一点点儿小事，先生。哎，请戴上帽子。

杰克斯： 你要结婚了吗，傻瓜？

试金石： 先生，牛有轭，马有勒，猎鹰腿上挂金铃，人非木石岂无情？鸽子也要亲个嘴儿；女大当嫁，男大当婚。

杰克斯： 像你这样有教养的人，却愿意在一棵树底下像叫花子那样成亲吗？到教堂里去，找一位可以告诉你们婚姻意义的好牧师。要是让这个家伙把你们像钉墙板似的钉在一起，你们中间总有一个人会像没有晒干的木板一样干缩起来，越变越弯的。

试金石：（旁白）我原以为让他给我主婚比别人好一点儿，因为瞧他的样子是不会像样地主持婚礼的，假如婚结得草率一些，以后我可以借口离弃我的妻子。

杰克斯： 你跟我来，让我指教指教你。

试金石： 好，好奥菊蕾。我们一定得结婚，否则我们只好偷偷摸摸。再见，好岳力佛师傅，不是：亲爱的岳力佛！勇敢的岳力佛！请你不要把我丢弃；[1] 而是：走开去，岳力佛！滚开去，岳力佛！我们不要你主持婚礼。（杰克斯、试金石、奥菊蕾同下。）

岳力佛·马退克斯脱师傅：不要紧，这一批荒唐的浑蛋谁也不能讥笑掉我的饭碗。（下。）

第四场 林中的另一部分

（罗瑟琳及西莉霞上。）

罗瑟琳：别跟我讲话，我要哭了。

西莉霞：请你哭吧，可是你还得想一想男人是不该流眼泪的。

罗瑟琳：但我岂不是有应该哭的理由吗？

西莉霞：理由是再充分也没有的了，所以你哭吧。

罗瑟琳：瞧他的头发的颜色，就可以看出来他是个坏东西。

西莉霞：比犹大的头发颜色略为深些，他的接吻就是犹大一脉相传下来的。

罗瑟琳：凭良心说一句，他的头发颜色很好。

西莉霞：那颜色好极了，栗色是最好的颜色。

罗瑟琳：他的接吻神圣得就像圣餐面包触到唇边一样。

西莉霞：他买来了一对黛安娜用过的嘴唇，一个冷若冰霜的尼姑也不会吻得像他那样虔诚，他的嘴唇里就有着冷冰冰的贞洁。

罗瑟琳：可是他为什么发誓说今天早上要来，却偏偏不来呢？

西莉霞：不用说，他这人没有半分真心。

罗瑟琳：你是这样想吗？

西莉霞：是的。我想他不是个扒手，也不是个盗马贼，可是要说起他的爱情真不真，那么我想他就像一只盖好了的空杯子或是一颗蛀空了的硬壳果一样空心。

罗瑟琳：他的恋爱不是真的吗？

西莉霞：他在恋爱的时候，他是真心的，可是我以为他并不在

---

① “亲爱的岳力佛”三句为俗歌中的断句。

恋爱。

罗瑟琳：你不是听见他发誓说他的的确确在恋爱吗？

西莉霞：从前说是，现在却不一定是。而且情人们发的誓，和堂倌嘴里的话一样靠不住，他们都是惯报虚账的家伙，他在这儿树林子里跟公爵你的父亲在一块儿呢。

罗瑟琳：昨天我碰见公爵，跟他谈了好久。他问我的父母是怎样的人，我对他说，我的父母跟他一样高贵，他大笑着让我走了。可是我们现在有像鄂兰陀这么一个人，还要谈父亲做什么呢？

西莉霞：啊，好一个出色的人！他写得一手好诗，讲得一口漂亮话，发着动听的誓，再堂而皇之地毁了誓，同时毁碎了他情人的心；正如一个拙劣的枪手，骑在马上一面歪，像一头好鹅一样把他的枪杆折断了。但是年轻人凭着血气和痴劲做出来的事，总是很出色的。——谁来了。

（*库林上。*）

库林：姑娘和大官人，你们不是常常问起那个害相思病的牧人，那天你们不是看见他和我坐在草地上，称赞着他的情人，那个盛气凌人的牧羊女吗？

西莉霞：嗯，他怎样啦？

库林：要是你们想看一出好戏，一面是因为情痴而容颜惨白，一面是因为傲慢而满脸绯红。只要稍走几步路，我可以领你们去看一个痛快。

罗瑟琳：啊！来，让我们去吧。恋爱中的人喜欢看人家相恋。带我们去看，我要在他们的戏文里当一名重要的角色。（*同下。*）

第五场　林中的另一部分

（*薛维厄斯及菲琵上。*）

薛维厄斯：亲爱的菲琵，不要讥笑我。请不要，菲琵！您可以说您不爱我，但不要说得那么狠，习惯于杀人的硬心肠的刽子手，在把斧头向低俯的颈项劈下的时候也要先说一声对不起，难道您会比这种靠流血为生的人更心硬吗？

（罗瑟琳、西莉霞及库林自后上。）

菲琶：我不愿做你的刽子手，我逃避你，因为我不愿伤害你。你对我说我的眼睛会杀人，这种话当然说得很好听，很动人，眼睛本来是最柔弱的东西，一见了些微尘就会胆小得关起门来，居然也会给人叫作暴君、屠夫和凶手！现在我使劲地用白眼瞧着你，假如我的眼睛能够伤人，那么让它们把你杀死吧，现在你可以假装晕过去了啊。嘿，现在你可以倒下去了呀。假如你并没倒下去，哼！羞啊，羞啊，你可别再胡说，说我的眼睛是凶手了。现在你且把我的眼睛加在你身上的伤痕拿出来看。单单用一枚针儿划一下，也会有一点疤痕；握着一根灯芯草，你的手掌上也会有一些痕迹；可是我的眼光现在向你投射，却不曾伤了你，我相信眼睛里是绝没有可以伤人的力量的。

薛维厄斯：啊，亲爱的菲琶，要是有一天——也许那一天就近在眼前——您在谁清秀的脸庞上看出了爱情的力量，那时您就会感觉到爱情的利箭所加在您心上的无形的创伤了。

菲琶：可是在那一天没有到来之前，你不要走近我。如真有那一天，那么你可以用你的讥笑来凌虐我，却不用可怜我，因为不到那时候，我总不会可怜你。

罗瑟琳：（上前）为什么呢，请问？谁是你的母亲，生下了你，把这个不幸的人这般侮辱，如此欺凌？你生得不漂亮，——老实说，我看你还是晚上不用点蜡烛就钻到被窝里去的好——难道就该这样骄傲而无情吗？——怎么，这是什么意思？你望着我做什么？我瞧你不过是一件天生的粗货罢了。蠢货！我想她打算迷住我哩。不，老实说，骄傲的姑娘，你别做梦了！凭着你的墨水一样的眉毛，你的乌丝一样的头发，你的黑玻璃球一样的眼睛，或是你的乳脂一样的脸庞，可不能叫我为你倾倒呀。——你这蠢牧人儿，干吗要追随着她，像是挟着雾雨而来的南风？你是比她漂亮一千倍的男人，都是因为有了你们这种傻瓜，世上才有那许多难看的孩子。叫她得意的是你的恭维，不是她的镜子，听了你的话，她便觉得她自己比她本来的容貌美得多了。——可是，姑娘，你自己得放明白些。跪下来，斋戒谢天，赐给你这么好的一个爱人。我得向你耳边讲句体己的话，有买主的时候赶快卖去了吧，你不是到处都有销路的。求求这位大哥恕了你，爱他，接受他的好意。生得丑再要瞧不起人，那才是奇丑无比呢。——好，牧人，你一定追得到。再见吧。

菲琶：可爱的青年，请您把我骂一整年吧。我宁愿听您的骂，也不要听这人的恭维。

罗瑟琳：他爱上了她的丑样子，她爱上了我的怒气。倘使真有这种事，那么她一扮起怒容来答复你，我便用刻薄的话去治她——你为什么这样瞧着我？

菲琶：我对您没有怀着恶意呀。

罗瑟琳：我请你不要爱我，我这个人比酒后发的誓更不可靠，并且我也不喜欢你。如果你们想知道我家在哪儿，就到这儿附近的那片橄榄树的地方来找就行了。——我们走吧，妹妹。——牧人，全力追求她。——走，妹妹。——牧女，对他好一点儿，不要那么高傲，整个世上长眼睛的人儿，没一个会如他那般把你当作仙女的。——走，看看我们的羊群去。（罗瑟琳、西莉霞、库林同下。）

菲琶：旧时的诗人，现在我终于明白了你的话是真的，“哪个情人不是一见钟情？”

薛维厄斯：亲爱的菲琶，——

菲琶：啊！你说什么，薛维厄斯？

薛维厄斯：亲爱的菲琶，怜悯我吧！

菲琶：唉，我正为你难过呢，可爱的薛维厄斯。

薛维厄斯：同情过后，接着是安慰吧。如果您是因为见我为爱伤心而同情我，那么只要您给予我您的爱，您就无须再同情我，我也不用再伤心了。

菲琶：我也给予了你我的爱，我们不是如邻居那般要好吗？

薛维厄斯：把您给我。

菲琵：啊，那就是贪得无厌了。薛维厄斯，以前我厌恶你，现在我对你的也不是什么爱情；但是既然你说爱情那么好，我原本是讨厌和你在一起的，现在我能忍受你了。我还有事情要让你干呢，不过除了你自己因能供我差遣而感到欣慰之外，可不要期望我会拿什么来答谢你。

薛维厄斯：我的爱情是这样圣洁而完全，我又是这样承蒙眷顾，所以只要能收集些人家收过后掉下的麦穗，我就会觉得是一次最大的丰收了；不时稍微送我一个不经意的笑容，就能成为我活下去的动力。

菲琵：你认识刚刚和我说话的那个年轻人吗？

薛维厄斯：不太熟悉，不过我经常见到他，他买下了本来属于那个老头的草屋和地产。

菲琵：虽然我问起他，但不要认为我爱他。他只不过是个淘气的孩子，不过倒很会说话，不过我才不会理会那些空话呢，但是说话的人如果能讨听话人的欢心，那么空话也是不错的。他是个漂亮的年轻人，算不上最漂亮。虽然他太骄傲了，不过他的骄傲和他很般配。他长大了会成为一个好看的汉子，他的脸色是最招人喜爱的地方，他说的话刚刚得罪了人，再用眼神一看就补偿过来了。他的个子不太高，不过照他说起来也足够了。他的腿有些一般，但也不错。他的嘴唇红得很好看，比他那张苍白的脸庞上带着的红色更娇艳些，一个是深红，一个是浅红。薛维厄斯，有些女人如果也像我一样向他这样品评起来，一定会马上爱上他的，可是我呢，我不爱他，也不恨他，然而我应该有格外恨他的理由。他凭什么要骂我呢？他说我的眼珠黑，我的头发黑，现在我记起来了，他是嘲笑我呢。我不知道自己为什么不骂他，但那没有关系，不声不响并不代表就此善罢甘休。我要给他写一封辱骂的信，你可以帮我送去，你肯不肯，薛维厄斯？

薛维厄斯：菲琵，我非常愿意为你效劳。

菲琵：我这就去写，这件事萦绕在我心头很久了，我要好好地挖苦他一番。跟我走，薛维厄斯。（同下。）

第四幕

第一场　亚登森林

（罗瑟琳、西莉霞及杰克斯上。）

杰克斯：可爱的年轻人，我很愿意和你结识。

罗瑟琳：他们说你是一个多愁善感的人。

杰克斯：不错，我发愁远多于欢笑。

罗瑟琳：如果在这两件事上都走了极端，那都会让人讨厌，就好像醉汉很容易受人指责一样。

杰克斯：发愁的时候又不说话，能有什么错呢？

罗瑟琳：那做一根木头岂不是更好？

杰克斯：我没有学者的忧愁，那是争强好胜；也没有音乐家的忧愁，那是天马行空；也没有官吏的忧愁，那是鱼肉百姓；也没有军人的忧愁，那是争名夺利；也没有律师的忧愁，那是舞唇弄舌；也没有女子的忧愁，那是吹毛求疵；也没有恋人的忧愁，那是生离死别。我的忧愁是独一无二的，它由许多部分组合而成，从很多食物中提取而来，那是我旅途中所得到的各种感受，因为不停地思考而使我拥有了十分奇怪的烦恼。

罗瑟琳：你是一个旅行家啊？噢，那你就更应该感到悲哀了，我猜你肯定是卖了自己的土地去看别人的土地，看到的不少，自己却还是一无所有，两眼是享福了，两手还是空空如也。

杰克斯：正是，我已经有了自己的经验。

罗瑟琳：但你的经验让你感到悲哀。我宁肯让一个傻子来使我发笑，也不想让经验来使我悲哀，而且还要流浪四方来找寻它！

（鄂兰陀上。）

鄂兰陀：早上好，我的好罗瑟琳！

杰克斯：如果你要吟起诗来，那我可要失陪了。（下。）

罗瑟琳：再见，尊敬的旅行家。你该说起各地方言，穿些奇怪的服装，看不起本国的所有好处，憎恨你的家乡，甚至要埋怨上天为什么不给你一副异乡人的相貌，不然我怎么能相信你曾在威尼斯待过。——啊，什么，鄂兰陀！你这段时间都去了哪儿？你算是一个恋人！如果你再给我来这套，你就再不用来找我了。

鄂兰陀：亲爱的罗瑟琳，我不过来迟了不到一个小时。

罗瑟琳：耽误了一个小时的恋人的幽会！谁要是把一分钟分成一千份，而在恋爱上耽误了一千分之一分钟的十分之一的话，别人或许会说爱神曾经与这种人擦肩而过，可是我敢保证他的心是没有中过丘比特之箭的。

鄂兰陀：请原谅我，我的好罗瑟琳！

罗瑟琳：哼，如果你再这样漫不经心的，往后不要再见我了，我宁可让一只蜗牛来向我献殷勤。

鄂兰陀：一只蜗牛！

罗瑟琳：是的，一只蜗牛。因为它走得虽然慢，可是却把它的房子顶在身上，我觉得这是一份比你所能给予我的更好的家产，并且它还随身带着自己的命运呢。

鄂兰陀：那是什么东西？

罗瑟琳：嘿，角儿哪。那正是你所要谢谢你的妻子的，可是它却自己随身带了它做武器，免得人家说他妻子的坏话。

鄂兰陀：贤德的女子不会叫她的丈夫当王八，我的罗瑟琳是贤德的。

罗瑟琳：而我是你的罗瑟琳吗？

西莉霞：他喜欢这样叫你，可是他有一个长得比你漂亮的罗瑟琳哩。

罗瑟琳：来，向我求婚，向我求婚，我现在很高兴，多半会答应你。假如我真是你的罗瑟琳，你现在要向我说些什么话？

鄂兰陀：我要在没有说话之前先接个吻。

罗瑟琳：不，你最好先说话，等到所有的话都说完了，讲不出什么来的时候，你就可以借此接吻。善于演说的人，当他们一时无话可说之际，他们会吐一口痰；情人们呢，上帝保佑我们！暂时缺少了说话的内容，接吻是最便当的补救办法。

鄂兰陀：谁见了他心爱的情人会说不出话来呢？

罗瑟琳：哼，假如我是你的情人，你就会说不出话来，我不是你的罗瑟琳吗？

鄂兰陀：我很愿意把你当作罗瑟琳，因为这样我就可以讲给她听了。

罗瑟琳：好，我代表她说我不愿接受你。

鄂兰陀：那么我代表我自己说我要死去。

罗瑟琳：不，真的，还是请个人代死吧。这个可怜的世界差不多有六千年的岁数了，可是从来不曾有过一个人亲自殉情而死。特洛埃勒斯是被一个希腊人的棍棒砸出了脑浆的，可是在这以前他就已经寻过死，而他是一个模范情人。即使希罗当了尼姑，李昂特也会活下去，而且活了好多年，倘不是因为一个酷热的仲夏之夜，因为，好孩子，他本来只是要到赫勒斯滂海峡里去洗个澡的，可是在水中抽起了筋，因而淹死了，那时的愚蠢的史家却说他是为了塞斯滔斯的希罗而死。这些全都是谎言，人们一代一代地死去，他们的尸体都被蛆虫吃了，可是绝不会为爱情而死。

鄂兰陀：我不愿我的真正的罗瑟琳也有这样的想法，因为我可以发誓她只要皱一皱眉头就会把我杀死。

罗瑟琳：我凭着此手发誓，那是连一只苍蝇也杀不死的。但是来吧，现在我要做你的一个乖乖的罗瑟琳，你向我要求什么，我一定答应你。

鄂兰陀：那么爱我吧，罗瑟琳！

罗瑟琳：好，我就爱你，星期五，星期六，以及一切的日子。

鄂兰陀：你肯接受我吗？

罗瑟琳：肯的，我肯接受这样二十个男人。

鄂兰陀：你怎么这么说？

罗瑟琳：你不是个好人吗？

鄂兰陀：我希望是的。

罗瑟琳：那么，好的东西会嫌太多吗？——来，妹妹，你要扮作牧师，给我们主婚。——把你的手给我，鄂兰陀。你怎么说，妹妹？

鄂兰陀：请你给我们主婚。

西莉霞：我不会说。

罗瑟琳：你可以这样开始："鄂兰陀，你愿不愿——"

西莉霞：好吧——鄂兰陀，你愿不愿娶这个罗瑟琳为妻？

鄂兰陀：我愿意。

罗瑟琳：嗯，但是什么时候才娶呢？

鄂兰陀：当然现在啊，只要她能替我们完成婚礼。

罗瑟琳：那么你必须说，"罗瑟琳，我娶你为妻"。

鄂兰陀：罗瑟琳，我娶你为妻。

罗瑟琳：我本来可以问你凭着什么来娶我的，可是鄂兰陀，我愿意接受你做我的丈夫。——这丫头等不到牧师问起，就冲口说了出来。真的，女人的思想总是比行动跑得更快。

鄂兰陀：一切的思想都是这样，它们是生着翅膀的。

罗瑟琳：现在你告诉我你占有了她之后，打算保留到什么时候？

鄂兰陀：永久再加上一天。

罗瑟琳：说一天，不用说永久。不，不，鄂兰陀，男人们在未婚的时候是四月天，结婚的时候是十二月天，姑娘们做姑娘的时候是五月天，一做了妻子，季候便改变了。我要比一头巴巴里雄鸽对待它的雌鸽格外多疑地对待你；我要比下雨前的鹦鹉格外吵闹，比猢狲格外弃旧怜新，比猴子格外反复无常；我要在你高兴的时候像喷泉上的黛安娜女神雕像一样无端哭泣；我要在你想睡的时候像土狼一样纵声大笑。

鄂兰陀：但是我的罗瑟琳会做出这种事来吗？

罗瑟琳：我可以发誓她会像我一样做出来的。

鄂兰陀：啊！但是她是个聪明人。

罗瑟琳：她倘不聪明，怎么有本领做这等事？越是聪明，越是淘气。假如用一扇门把一个女人的才情关起来，它会从窗子里钻出来的；关了窗，它会从钥匙孔里钻出来的；塞住了钥匙孔，它会跟着一道烟从烟囱里飞出来的。

鄂兰陀：男人娶到这种有才情的老婆，就难免要感慨："才情才情，看你横行到什么地方了。"

罗瑟琳：不，你可以把那句骂人的话留起来，等你瞧见你妻子的才情爬上了你邻人的床的时候再说。

鄂兰陀：那时这位多才的妻子又将用怎样的才情来辩解呢？

罗瑟琳：呃，她会说她是到哪儿找你去的。你捉住她，她总有话要说，除非你把她的舌头割掉。唉！要是一个女人不会把她的错处推到她男人身上去，那种女人千万不要让她抚养她自己的孩子，因为她会把他抚养成一个傻子的。

鄂兰陀：罗瑟琳，这两小时我要离开你。

罗瑟琳：唉！爱人，我两小时都离不开你哪。

鄂兰陀：我一定要陪公爵吃饭去，到两点钟我就会回来。

罗瑟琳：好，你去吧，你去吧！我知道你会变成怎样的人，我的朋友们这样对我说过，我也这样相信，你是用你那种花言巧语把我骗上手的。不过又是一个被人丢弃的罢了，好，死就死吧！你说是两点钟吗？

鄂兰陀：是的，亲爱的罗瑟琳。

罗瑟琳：凭着良心，一本正经，上帝保佑我，我可以向你发一切无关紧要的誓，要是你失了一点点儿的约，或是比约定的时间来迟了一分钟，我就要把你当作在一大堆无义的人中间那个最可怜的背信者，最空心的情人，最不配被我叫作罗瑟琳的那人所爱。所以，留心我的责骂，守你的约吧。

鄂兰陀：我一定恪遵，就像你真是我的罗瑟琳一样。好，再见。

罗瑟琳：好，时间是审判一切这一类罪人的老法官，让它来审判吧。再见。（鄂兰陀下。）

西莉霞：你在你那种情话中间简直是侮辱我们女性。我们一定要把你的衫裤揭到你的头上，让全世界的人看看鸟儿是怎样作践她自己的。

罗瑟琳：啊，小妹妹，小妹妹，我的可爱的小妹妹，你要知道我是爱得多么深！可是我的爱是无从测量深度的，因为它有一个渊深莫测的底，像葡萄牙海湾一样。

西莉霞：或者不如说是没有底的吧，你刚把你的爱倒进去，它就漏了出来。

罗瑟琳：不，维纳斯的那个坏蛋私生子①，那个因忧郁而感孕，因冲动而受胎，因疯狂而诞生的，那个瞎眼的坏孩子，因为自己没有眼睛而把每个人的眼睛都欺蒙了，让他来判断我是爱得多么深吧。我告诉你，西莉霞，我看不见鄂兰陀便活不下去。我要找一处树荫，到那儿长吁短叹地等着他回来。

西莉霞：我要去睡一个觉。（同下。）

第二场　林中的另一部分

（杰克斯、群臣及林居人等上。）

杰克斯：是谁把鹿杀死的？

甲臣：先生，是我。

杰克斯：让我们引他去见公爵，像一个罗马的凯旋将军一样，最好把鹿角插在他头上，表示胜利的光荣。林居人，你们没有个应景的歌儿吗？

甲臣：有的，先生。

杰克斯：那么唱起来吧，不要管它调子怎样，只要可以热闹热闹就

① 指丘比特。

行了。（唱）

杀鹿的人好幸福，
穿它的皮顶它的角，
唱个歌儿送送他。（众和。）
顶了鹿角莫讥笑，
古时便已当冠帽；
你的祖父戴过它，
你的阿爹顶过它；
鹿角鹿角壮而美，
你们取笑真不对。（众下。）

第三场　林中的另一部分

（罗瑟琳及西莉霞上。）

罗瑟琳：你现在怎么说？不是过了两点钟了吗？这儿有许多的鄂兰陀呢！

西莉霞：我对你说，他怀着纯洁的爱情和忧虑的头脑，带了弓箭出去睡觉去了。瞧，谁来了。

（薛维厄斯上。）

薛维厄斯：我奉命来见您，美貌的少年；我的温柔的菲琵要我把这封信送给您。（将信交罗瑟琳。）里面说的是什么话我也不知道，但是照她写这封信的时候那发怒的神气看来，多半是一些气恼的话。原谅我，我只是个不知情的送信人。

罗瑟琳：（阅信）最有耐性的人见了这封信也要暴跳如雷，是可忍，孰不可忍。她说我不漂亮；说我没有礼貌；说我骄傲，说即使男人像凤凰那样稀罕，她也不会爱我。天哪！我并不曾要追求她的爱，她为什么写这种话给我呢？好，牧人，这封信一定是你捣的鬼。

薛维厄斯：不，我发誓我不知道里面写些什么，这封信是菲琵写的。

罗瑟琳：算了吧，算了吧，你是个傻瓜，为了爱情颠倒到这等地步。我见过她的手，她的手就像一块牛皮那样粗糙，像一块砂石那样的颜色；我以为她戴着一副旧手套，哪知道原来那是她的手；她有一双做粗工的手，但这且不用管它。我说她从来不曾想到过写这封信，这是男人出的花样，是一个男人的笔迹。

薛维厄斯：真的，那是她的笔迹。

罗瑟琳：嘿，这是粗暴的凶狠的口气，全然是挑战的口气，嘿，她就像土耳其人向基督徒那样向我挑战呢。女人家的温柔的头脑里，绝不会想出这种恣睢暴力的念头来，这种狠恶的字句，含着比字面更狠恶的用意。你要不要听听这封信？

薛维厄斯：假如您愿意，请您念给我听听吧。因为我还不曾听到过它呢，虽然关于菲琵的凶狠的话，已经听了不少了。

罗瑟琳：她要向我撒野呢。听那只雌老虎怎样写的：（读）

> 你是不是天神的化身，
> 来燃烧一个少女的心？

女人会这样骂人吗？

薛维厄斯：您把这种话叫作骂人吗？

罗瑟琳：（读）

> 撇下了你神圣的殿堂，
> 虐弄一个痴心的姑娘？

你听见过这种骂人的话吗？

> 人们的眼睛向我求爱，
> 从不曾给我丝毫损害。

意思说我是个畜生。

> 你一双美目中的轻蔑，
> 尚能勾起我这般情热；
> 唉！假如你能青眼相加，
> 我更将怎样意乱如麻！

你一边骂，我一边爱你，
你倘求我，我何事不依？
代我传达情意的来使，
并不知道我这段心事；
让他带回你的回报，
告诉我你的青春年少，
肯不肯接受我的奉献，
把我的一切听你调遣；
否则就请把拒绝明言，
我准备一死了却情缘。

薛维厄斯：您把这叫作骂吗？

西莉霞：唉，可怜的牧人！

罗瑟琳：你可怜他吗？不，他是不值得怜悯的。你会爱这种女人吗？嘿，利用你做工具，那样玩弄你！怎么受得住！好，你到她那儿去吧，因为我知道爱情已经把你变成一条驯服的蛇了。你去对她说：要是她爱我，我吩咐她爱你；要是她不肯爱你，那么我绝不要她，除非你代她恳求。假如你是个真心的恋人，去吧，别说一句话。瞧又有人来了。（薛维厄斯下。）

（岳力佛上。）

岳力佛：早安，两位。请问你们知不知道在这座树林的边界有一所用橄榄树围绕着羊栏的屋子？

西莉霞：在这儿的西面，附近的山谷之下，从那微语喃喃的泉水旁边那一列柳树的地方向右出发，便可以到那边去。但现在那边只有一所空屋，没有人在里面。

岳力佛：假如听了人家嘴里的叙述便可以用眼睛认识出来，那么你们的模样正是我所听人说起的，穿着这样的衣服，这样的年纪。“那少年生得很俊，脸孔像个女人，行为举动像个老大姐似的；那女人是矮矮的，比她的哥哥黝黑些。”你们就是我所要寻访的那屋子的主人吗？

西莉霞：既蒙下问，那么我们说我们正是那屋子的主人，也不算是自己夸口了。

岳力佛：鄂兰陀要我向你们两位致意，这一方染着血迹的手帕，他叫我送给他称为他的罗瑟琳的那位少年。您就是他吗？

罗瑟琳：正是，这是什么意思呢？

岳力佛：说起来徒增我的惭愧，你们是不是想知道我是谁，这一方手帕是怎么回事，为什么在那上面沾上这些血迹？

西莉霞：请您说吧。

岳力佛：年轻的鄂兰陀上次跟你们分别的时候，曾经答应过，在两小时之内回来。他正在林中走着品味着爱情的甜蜜和苦涩，瞧，什么事发生了！他把眼睛向旁边一望，忽然看见在一株满覆着苍苔的秃顶的老橡树之下，有一个不幸的衣衫褴褛、须发蓬松的人仰面睡着，一条金绿的蛇缠在他的头上，正预备把它的头敏捷地伸进他张开的嘴里。那条蛇突然看见了鄂兰陀，便松了开来，蜿蜒地溜进黑暗的林莽中去了。在那林荫下有一头乳房干瘪的母狮，头贴着地面蹲伏着，像猫那样看着熟睡的人的一举一动，因为那野兽有一种高贵的素养，不会去吃看上去已经死了的东西。鄂兰陀看到这种情景，就走到那人跟前，岂料那人却是他的大哥、他的兄长。

西莉霞：啊！我听他提起过那个兄长，他说他是一个心狠手辣、伤天害理的人。

岳力佛：他可以那么说，据我所知他确实是伤天害理的。

罗瑟琳：不过我们谈谈鄂兰陀吧，把他兄长扔在那里，他兄长被那头狮子吃了吗？

岳力佛：他几次想转身离去，不过仁慈比报复更可贵，人性克制了他的私心，使他去和那头狮子搏斗，那狮子立刻就向他扑了过来，我听见格斗的声响，便从烦恼的睡梦中醒来了。

西莉霞：你就是他的那位兄长吗？

罗瑟琳：他救的人就是你吗？

西莉霞：一直设计陷害他的人就是你吗？

岳力佛：那是以前的我，而非现在的我。我现在已经洗心革面了，所以我可以毫无愧疚地向你坦诚我以前的为人。

罗瑟琳：不过那块有血迹的手帕是怎么回事？

岳力佛：不要着急。那时我们正诉说着各自的经历，我诉说我来到这荒野的原因，一边说一边泪流不止。简短地说，他带我去见了那位仁慈的公爵，公爵赏赐给了我新衣服，招待了我，叮嘱我的弟弟照顾我。于是他马上领我去了洞里，在换衣服时，我看到他的臂上给狮子抓去了一块肉。当时血流不止，他立即就晕了过去，嘴里还不停地叫着罗瑟琳。简单地说，我把他救了过来，包扎好他的伤口。过不多久，他状态恢复了，就叫我这个陌路人来这儿通知你们这件事情，请你们谅解他的失约。这块手帕浸过他的血，他让我送给他戏称之罗瑟琳的那位青年牧人。（罗瑟琳晕去。）

西莉霞：啊，出什么事了，盖尼密！我的盖尼密！

岳力佛：有很多人见了血就要发晕。

西莉霞：还有其他的原因呢。哥哥！盖尼密！

岳力佛：看，他苏醒了。

罗瑟琳：我要回去。

西莉霞：我们陪着你回去。——请您扶着他的手臂好吗？

岳力佛：打起精神来，小子。你还算个男人吗？你太缺乏男子气了。

罗瑟琳：说得不错，我知道。喂，好小子！别人还以为我是假装的呢。请您告诉令弟我装得多像。哎哟！

岳力佛：这不是装的，你的脸色已经清清楚楚地证明了，这是出于真情实意。

罗瑟琳：挺清楚吧，真的是在伪装。

岳力佛：那好，振作起来吧，假装成个男子汉吧。

罗瑟琳：我不正在假装吗？不过凭良心说，我本应该是个娘们。

西莉霞：来，你看上去脸色越来越差了。回去吧，尊敬的先生，陪同我们走吧。

岳力佛：好的，我还要把你是否原谅舍弟的话带回去呢，罗瑟琳。

罗瑟琳：我会想出些什么话的，不过我请您就把我假装的样子转告他吧。我们走吧。（同下。）

第五幕

第一场　亚登森林

（试金石及奥菊蕾上。）

试金石：我们总能找到一个时机的，奥菊蕾。多些耐心吧，可爱的奥菊蕾。

奥菊蕾：那个老先生虽然那么说，其实这个牧师也不错啊。

试金石：再坏不过的岳力佛师傅，奥菊蕾，再好不过的马退克斯脱。不过，奥菊蕾，森林里的一个青年要向你求婚呢。

奥菊蕾：嗯，我知道是谁，他跟我没有任何关系。说曹操曹操就来了。

（威廉上。）

试金石：看到一个庄稼汉对我是习以为常。说句良心话，我们这些聪明人真是作恶不浅，我们总忍不住要拿别人开心。

威廉：晚上好，奥菊蕾。

奥菊蕾：晚上好，威廉。

威廉：向您问安，先生。

试金石：也向您问安，我的朋友。戴上帽子吧，戴上帽子吧，请不要客气，把帽子戴上吧。你多大岁数了，朋友？

威廉：二十有五，先生。

试金石： 风华正茂。威廉是你的名字吧？

威廉： 是的，先生。

试金石： 多好的名字，是在这林子里生活吗？

威廉： 正是，先生，上帝保佑。

试金石： “上帝保佑”，多好的回答。钱很多吗？

威廉： 哦，先生，一般而已。

试金石： “一般而已”，不错不错，很不错。不过也不算太好，一般而已。你聪慧吗？

威廉： 哦，先生，我还算聪慧。

试金石： 啊，你说得不错。我现在想起一句话来了，“笨蛋自以为聪慧，但聪明人明白他自己是个傻子”。异教的哲学家如果想吃一颗葡萄的时候，就把嘴张开，把葡萄放进嘴里，那意思是说葡萄本来就是给人吃的，嘴唇本来就是要张开的。你喜欢这位姑娘？

威廉： 正是，先生。

试金石： 给我你的手，你有知识吗？

威廉： 没有，先生。

试金石： 那让我来告诉你：有者有也，修辞学上有这样一个比喻，把水从一个杯子里倒进另一个杯子，一个满了，另一个就要空了。做学问的人都承认“彼”就是他，嗯，你非彼，因为我是他。

威廉： 先生，哪一个他？

试金石： 先生，就是要和这个姑娘结婚的他。所以，你这庄稼汉，莫——在你们的俗话里就是不要——与此妇——在你们的土话里就是这个女人——交游——在你们的方言里就是来往，合起来说就是莫与此妇交游，不然，年轻人，你就要被毁灭。或者说得直白些，你就要死亡。也就是说，我要杀了你，把你干掉，让你活不成，让你当奴才。我要用毒药毒死你，一顿棒儿打死你，或者用钢刀捅死你，我要跟你打架，我要想出计策来打倒你，我要用一百五十种法子杀死你，所以赶快发着抖滚吧。

奥菊蕾：你快走吧，好威廉。

威廉：上帝保佑您快活，先生。（下。）

（库林上。）

库林：我们的大官人和小娘子找着你哪，来，走啊！走啊！

试金石：走，奥菊蕾！走，奥菊蕾！我就来，我就来。（同下。）

第二场　林中的另一部分

（鄂兰陀及岳力佛上。）

鄂兰陀：你跟她相识这么浅便会喜欢起她来了吗？一看见她，便会爱起她来了吗？一爱了她，便会求起婚来了吗？一求了婚，她便会答应了你吗？你一定要得到她吗？

岳力佛：这件事进行得匆促，她的贫穷，相识的不久，我的突然的求婚和她的突然的允许，这些你都不用怀疑，只要你承认我是爱着爱莲娜的，承认她是爱着我的，允许我们两人结合，这样你也会有好处。因为我愿意把你父亲老罗兰爵士的房屋和一切收入都让给你，我自己在这里终生做一个牧人。

鄂兰陀：你可以得到我的允许。你们的婚礼就在明天举行吧，我可以去把公爵和他的一切乐意的从者都请过来。你去吩咐爱莲娜预备一切。瞧，我的罗瑟琳来了。

（罗瑟琳上。）

罗瑟琳：上帝保佑你，哥哥。

岳力佛：也保佑你，好妹妹。（下。）

罗瑟琳：啊！我的亲爱的鄂兰陀，我瞧见你把我的心裹在绷带里，我是多么难过呀。

鄂兰陀：那是我的臂膀。

罗瑟琳：我以为是你的心给狮子抓伤了。

鄂兰陀：他的确是受了伤，但是却给一位姑娘的眼睛伤害的。

罗瑟琳：你的哥哥有没有告诉你当他把你的手帕给我的时候，我假装晕过去的情形？

鄂兰陀：是的，而且还有更奇怪的事情呢。

罗瑟琳：噢！我知道你说的是什么，哎，那倒是真的。从来不曾有过这么快的事情，除了两头公羊的打架和恺撒那句“我来，我看见，我征服”[①] 的傲语。令兄和舍妹刚见了面，大家便瞧起来了；一瞧便相爱了；一相爱便叹气了；一叹气便彼此问为的是什么；一知道了为的是什么，便想补救的办法：这样一步一步地踏到了结婚的阶段，不久他们便要成其好事了，否则他们等不到结婚便要放肆起来的。他们简直爱得发慌了，一定要在一块儿，用棒儿也打不散他们。

鄂兰陀：他们明天便要成婚，我就要去请公爵参加婚礼。但是，唉！从别人的眼中看见幸福，多么令人烦闷。明天我越是想到我的哥哥满足了心愿多么快活，我便越伤心。

罗瑟琳：难道我明天不能仍旧充作你的罗瑟琳了吗？

鄂兰陀：我不能老是靠着幻想而生存。

罗瑟琳：那么我不再用空话来叫你心烦了。告诉你吧，现在我不是说着玩儿，我知道你是一个有见识的上等人。我并不是因为希望你赞美我的本领而恭维你，我要使你相信我的话，也不是图自己的名气，只是为着你的好处，假如你肯相信，那么我告诉你，我会创造奇迹。从三岁起我就和一个术士结识，他的法术非常高深，可是并不作恶害人。要是你爱罗瑟琳真是爱得那么深，就像你瞧上去的那样，那么你哥哥和爱莲娜结婚的时候，你就可以和她结婚。我知道她现在的处境是多么不幸，只要你没有什么不方便，我明天一定能够叫她亲自出现在你面前，一点儿没有危险。

鄂兰陀：你说的是真话吗？

罗瑟琳：我以生命为誓，我说的是真话，虽然我说我是个术士，可是我很重视我的生命。所以你得穿上你最好的衣服，邀请你的朋友们

---

① “我来，我看见，我征服”，为恺撒征服邦都斯王法那瑟斯后告知罗马贵族院之有名豪语。

来，只要你愿意在明天结婚，你一定可以结婚，和罗瑟琳结婚，要是你愿意。瞧，我的一个爱人和她的一个爱人来了。

（薛维厄斯及菲琵上。）

菲琵：少年人，你很对不起我，把我写给你的信宣布了出来。

罗瑟琳：我可不管这些，我就是存心要对你傲慢不客气。你背后跟着一个忠心的牧人，瞧着他吧，爱他吧，他崇拜着你哩。

菲琵：好牧人，告诉这个少年人恋爱是怎样的。

薛维厄斯：它是充满了叹息和眼泪的，我正是这样爱着菲琵。

菲琵：我也是这样爱着盖尼密。

鄂兰陀：我也是这样爱着罗瑟琳。

罗瑟琳：我可是一个女人也不爱。

薛维厄斯：它是全然的忠心和服务，我正是这样爱着菲琵。

菲琵：我也是这样爱着盖尼密。

鄂兰陀：我也是这样爱着罗瑟琳。

罗瑟琳：我可是一个女人也不爱。

薛维厄斯：它是全然的空想，全然的热情，全然的愿望；全然的崇拜，恭顺和尊敬；全然的谦卑；全然的忍耐和焦心；全然的纯洁；全然的磨炼；全然的服从；我正是这样爱着菲琵。

菲琵：我也是这样爱着盖尼密。

鄂兰陀：我也是这样爱着罗瑟琳。

罗瑟琳：我可是一个女人也不爱。

菲琵：（向罗瑟琳）假如真是这样，那么你为什么责备我爱你呢?

鄂兰陀：假如真是这样，那么你为什么责备我爱你呢?

罗瑟琳：你在跟谁说话，你为什么责备我爱你呢?

薛维厄斯：（向菲琵）假如真是这样，那么你为什么责备我爱你呢?

鄂兰陀：跟那个不在这里，也听不见我的说话的她。

罗瑟琳：请你们别再说下去了，这简直像是一群爱尔兰的狼向着月亮嗥叫。（向薛维厄斯）要是我能够，我一定帮助你。（向菲琵）要是我有可能，我一定会爱你，明天大家来和我相会。（向菲琵）假如我会跟女人结婚，我一定跟你结婚，我要在明天结婚了。（向鄂兰陀）假如我会使男人满足，我一定使你满足，你要在明天结婚了。（向薛维厄斯）假如使你喜欢的东西能使你满意，我一定使你满意，你要在明天结婚了。（向鄂兰陀）你既然爱着罗瑟琳，请你赴约。（向薛维厄斯）你既然爱菲琵，请你赴约。我既然不爱什么女人，我也赴约。现在再见吧，我已经吩咐过你们了。

薛维厄斯：只要我活着，我一定不失约。

菲琵：我也不失约。

鄂兰陀：我也不失约。（各下。）

第三场　林中的另一部分

（试金石及奥菊蕾上。）

试金石：明天是快乐的好日子，奥菊蕾，明天我们要结婚了。

奥菊蕾：我满心盼望着呢，我希望盼望出嫁并不是一个不正当的愿望。有两个放逐的公爵的童儿来了。

（二童上。）

甲童：遇见得巧啊，好先生。

试金石：巧得很，巧得很，来，请坐，唱个歌儿。

乙童：遵命遵命。居中坐下吧。

甲童：一副坏喉咙未唱之前，总少不了来些老套子，例如咳嗽吐痰或是说嗓子有点儿哑了之类，我们还是免了这些，马上唱起来怎样？

乙童：好的，好的。两人齐声同唱，就像两个吉卜赛人骑在一匹马上。（唱）

一对情人并着肩，
哎唷哎唷哎哎唷，
走过了青青稻麦田，

春天是最好的结婚天。

听嘤嘤歌唱枝头鸟，

姐郎们最爱春光好。

小麦青青大麦鲜，

哎唷哎唷哎哎唷，

乡女村男交颈儿眠，

春天是最好的结婚天。

新歌一曲意缠绵，

哎唷哎唷哎哎唷，

人生美满像好花艳，

春天是最好的结婚天。

劝君莫负艳阳天，

哎唷哎唷哎哎唷，

恩爱欢娱要趁少年，

春天是最好的结婚天。

试金石：老实说，年轻的先生们，这首歌词固然没有多大意思，那调子却也很不入调。

甲童：您弄错了，先生。我们是照着板眼唱的，一拍也没有漏过。

试金石：凭良心说，我来听这么一首傻气的歌儿，真算是白糟蹋了时间。上帝和你们同在，愿上帝把你们的喉咙补好吧。来，奥菊蕾。（各下。）

第四场　林中的另一部分

（公爵、阿米恩斯、杰克斯、鄂兰陀、岳力佛及西莉霞同上。）

公爵：鄂兰陀，你相信那孩子果真有他所说的那种本领吗？

鄂兰陀：我有时相信，有时不相信。就像那些因恐结果无望而心中惴惴的人，一面希望一面担着心事。

（罗瑟琳、薛维厄斯及菲琵上。）

罗瑟琳：再请耐心听我说一遍我们所约定的条件。（向公爵）您不是说，假如我把您的罗瑟琳带了来，您愿意把她赏给这位鄂兰陀做妻子吗？

公爵：即使再要我把几个王国作为陪嫁，我也愿意。

罗瑟琳：（向鄂兰陀）您不是说，假如我带了她来，您愿意娶她吗？

鄂兰陀：即使我是统治万国的君王，我也愿意。

罗瑟琳：（向菲琵）您不是说，假如说愿意，您便愿意嫁我吗？

菲琵：即使我在一小时后就要丧亡，我也愿意。

罗瑟琳：但是假如您不愿意嫁我，您不是要嫁给这位忠心无比的牧人吗？

菲琵：是这样约定的。

罗瑟琳：（向薛维厄斯）您不是说，假如菲琵愿意，您便愿意娶她吗？

薛维厄斯：即使娶了她等于送死，我也愿意。

罗瑟琳：我答应要把这一切事情安排得好好的。公爵，请您守约许嫁您的女儿；鄂兰陀，请您守约娶他的女儿；菲琵，请您守约嫁我，假如不肯嫁我，便得嫁给这位牧人；薛维厄斯，请您守约娶她，假如她不肯嫁我，现在我就去给你们解释这些疑惑。（罗瑟琳、西莉霞下。）

公爵：这个牧童使我记起了我的女儿的相貌，有几分像她。

鄂兰陀：殿下，我初次见他的时候，也以为他是郡主的兄弟呢。但是殿下，这孩子是在林中生长的，他的伯父曾经教过他一些魔术的原理，据说他那伯父是一个隐居在这林中的大术士。

（试金石及奥莉蕾上。）

杰克斯：一定又有一次洪水来啦，这一对一对都要准备躲到方舟[1]里去。又来了一对奇怪的畜生，傻瓜是他们公认的名字。

试金石：列位这厢有礼了！

---

① 指《创世记》中发洪水时诺亚造方舟之事。

杰克斯：殿下，请您欢迎他。这就是我在林中常常遇见的那位傻头傻脑的先生，据他说他还出入过宫廷呢。

试金石：要是有人不相信，尽管把我质问好了。我曾经跳过高雅的舞，我曾经恭维过一位贵妇，我曾经和我的朋友掰过手腕，跟我的仇家们装亲热，我曾经毁了三个裁缝，闹过四回口角，有一次几乎大打出手。

杰克斯：那是怎样闹起来的呢？

试金石：呃，我们碰见了，这场争吵是根据第七个原因。

杰克斯：怎么叫第七个原因？——殿下，请您喜欢这个家伙。

公爵：我很喜欢他。

试金石：上帝保佑您，殿下，我希望您喜欢我。殿下，我挤在这一对对乡村的姐儿郎儿中间到这里来，也是想在宣了誓然后毁誓，让婚姻把我们结合，再让血气把我们拆开。她是个寒碜的姑娘，殿下，样子又难看。可是殿下，她是我的。我有个坏脾气，殿下，人家不要的我偏要。宝贵的贞洁，殿下，就像是住在破屋子里的守财奴，又像是丑蚌壳里的明珠。

公爵：我说，他倒很伶俐机警呢。

杰克斯：但是且说那第七个原因，你怎么知道这场争吵是根据第七个原因呢？

试金石：因为那是根据一句经过七次演变后的谎话。——把你的身体站端正些，奥菊蕾。——是这样的，先生，我不喜欢某位廷臣的胡须的式样，他回我说假如我说他的胡须的式样不好，他却自以为很好，这叫作“有礼的驳斥”。假如我再去对他说那式样不好，他就回我说，他自己喜欢这样，这叫作“谦恭的讥讽”。要是再说那式样不好，他便蔑视我的意见，这叫作“粗暴的答复”。要是再说那式样不好，他就回答说我讲得不对，这叫作“大胆的谴责”。要是再说那式样不好，他就要说我说谎，这就叫作“挑衅的反攻”。于是就到了“委婉的说谎”和“公然的说谎”。

杰克斯：你说了几次他的胡须式样不好呢?

试金石：我只敢说到“委婉的说谎”为止，他也不敢给我“公然的说谎”，于是我们较了较剑，便走开了。

杰克斯：你能不能把一句谎话的各种程度按着次序说出来?

试金石：先生啊，我们争吵都是根据书本的，就像你们有讲礼貌的书一样。我可以把各种程序列举出来。第一，有礼的驳斥；第二，谦恭的讥讽；第三，粗暴的答复；第四，大胆的谴责；第五，挑衅的反攻；第六，委婉的说谎；第七，公然的说谎。除了“公然的说谎”之外，其余的都可以避免；但是“公然的说谎”只要用“假如”两个字，也就可以一切云散。我知道有一场七个法官都处断不了的争吵，当两方相遇时，其中的一个单单想起了“假如”两字，“假如你这样说，那么我便要这样说”，于是两人便彼此握手，结为兄弟。“假如”是唯一的和事佬，“假如”之为用大矣哉!

杰克斯：殿下，这不是一个很难得的人吗?他什么都懂，然而仍然是一个傻瓜。

公爵：他把他的傻气当作了藏身的烟幕，在它的荫蔽之下放出他的机智来。

（柔和的音乐。亥门[①]领罗瑟琳穿女装及西莉霞上。）

亥门：天上有喜气融融，人间万事尽亨通，和合无嫌猜。

公爵：接受你女儿。

亥门：门一路带着伊，远从天上来。请你为她做主，嫁给她心上情郎。

罗瑟琳：（向公爵）我把我自己交给您，因为我是您的。（向鄂兰陀）我把我自己交给您，因为我是您的。

公爵：要是眼前所见的并不是虚假，那么你是我的女儿了。

鄂兰陀：要是眼前所见的并不是虚假，那么你是我的罗瑟琳了。

菲琶：要是眼前的情形是真的，那么永别了，我的爱人!

---

① 亥门，希腊神话中司婚姻之神。

罗瑟琳：（向公爵）要是您不是我的父亲，那么我不要有什么父亲。（向鄂兰陀）要是您不是我的丈夫，那么我不要有什么丈夫。（向菲琵）要是我不跟你结婚，那么我再不跟别的女人结婚。

亥门：请不要喧闹纷纷！

这种种古怪事情，

都得让亥门断清。

这里有四对恋人，

说的话儿倘应心，

该携手共缔鸳盟。

你们患难不相弃，（向鄂兰陀、罗瑟琳）

你们俩同心永系；（向岳力佛、西莉霞）

你和他宜室宜家，（向菲琵）

再莫恋镜里空花；

你两人形影相从，（向试金石、奥菊蕾）

像风雪跟着严冬。

等一曲婚歌奏起，

尽你们寻根觅底，

莫惊讶咄咄怪事，

细想想原来如此。

（唱）

人间添美眷，

天后爱团圆；

席上同心侣，

枕边并蒂莲。

不有亥门力，

何缘众庶生？

同声齐赞颂，

亥门最堪称！

公爵：啊，我的亲爱的侄女！我欢迎你，就像你是我自己的女儿。

菲琵：（向薛维厄斯）我不愿食言，现在你已经是我的，你的忠心使我爱上了你。

（贾克斯上。）

贾克斯：我要给大家说句话，我是老罗兰爵士的次子，特地带来了消息要告诉大家。弗雷特力克公爵因为听说每天有奇人异士投奔至此林中，所以亲自统率军队，准备前来擒拿他的哥哥，把他除掉。他走到这座树林边界时，碰见一位高龄的修道士，经过交谈，幡然悔悟，立即停止进军，同时看破红尘，把他的位置让给他的被放逐的哥哥，一起流亡在外的各人的田产也都各归其主，这不是谎言，我愿用生命来担保。

公爵：欢迎，青年人！你给你的朋友们送来了最好的新婚礼物：一个是被他扣押的田产；一个是偌大的领地，拥有着绝对的主权。我们先在林中把我们准备好的事情完成，接着，在这幸运的一伙中，每一个曾跟随我忍受过艰苦日子的人，都要按照各人的贡献，分享我恢复了的荣华富贵，我们现在先暂时把这种才得来的尊荣置之一旁，开始我们山野的狂欢吧。响起来，音乐！大家都欢欢快快地跳起舞来吧！

杰克斯：先生，恕我打扰。刚才要是没听错，您说的那位公爵好像已经潜心修道，抛弃尊崇的宫廷了。

贾克斯：正是。

杰克斯：我这就去找他，从这种修道者身上，我可以得到极好的经验。（向公爵）你去享受你那以前的光荣吧，那是对你忍耐和贤德的报酬。（向鄂兰陀）去享受你用忠贞赢得的爱情吧。（向岳力佛）去享受你的田产、爱情和权位吧。（向薛维厄斯）你去享用你用辛苦换来的老婆吧。（向试金石）至于你呢，你就去口角吧，因为在你的爱情旅途中，你只带了两个月的干粮。好，大家各寻各的乐了，跳舞可不对我的胃口。

公爵：不要走，杰克斯，不要走！

杰克斯：我不愿看你们作乐，你们有什么未来，我在被你们丢弃在山洞时就一目了然了。（下。）

公爵：继续进行吧，开始我们的典礼，从头到尾每个人都要欢乐。（跳舞，众下。）

罗瑟琳：让女人来说收场白，似乎有些不妥，但让一个老头子来念也不见得会更好。如果好酒不怕巷子深，那么好戏也无须收场白；不过好酒不在深巷，好戏再有一段好的收场白，岂不是锦上添花？那么我现在的情景是什么样呢？既然不能念一段好收场白，又不能用一出好戏来讨你们欢心，我又没有穿得像个乞丐一样，所以我不能向你们乞求，那我唯一的办法就是恳请。我要先从女士们开始。女士们！围着你们对于男人的爱情，请你们尽可能地喜欢这出戏。男人们啊！围着你们对于女人的爱情——看你们那副痴笑的表情，我就看出你们都不会厌倦她们的——请你们学着女人那样，也喜爱这出戏。如果我是一个女人[①]，你们之中要是谁的胡子长得让我满意，脸儿长得讨我欢心，并且气息不让我倒胃口，我都愿意送他一吻。为了我这种大度的奉献，我相信但凡长着一撮好胡子，生着一副漂亮脸蛋，或有一口好气息的诸位，当我屈膝致敬的时候，都会向我挥手道别。（下。）

---

① 伊丽莎白时代舞台上女角都用男童扮演。

仲夏夜之梦

剧中人物

提修斯：雅典公爵

伊及斯：黑美霞之父

莱散特
第米屈律斯 }：同恋黑美霞

菲劳士屈雷脱：提修斯的掌戏乐之官

衮斯：木匠

波顿：织工

史纳格：细工木匠

弗鲁脱：修风箱者

斯诺脱：补锅匠

司他巫林：裁缝

喜坡丽妲：亚美仲女王，提修斯之未婚妻

黑美霞：伊及斯之女，恋莱散特

海伦娜：恋第米屈律斯

奥白朗：仙王

蒂妲妮霞：仙后

迫克：又名好人儿罗宾

豆花
蛛网
飞蛾
芥子 } 小神仙

其他侍奉仙王仙后的神仙们

提修斯及喜坡丽妲的侍从

地　点

雅典及附近的森林

第一幕

第一场　雅典。提修斯宫中

（提修斯、喜坡丽妲、菲劳士屈雷脱和侍从们上。）

提修斯：美丽的喜坡丽妲[1]，我们的婚期已经临近了，再过四天幸福的日子，新月就会从天边升起；可是，哎！这轮残月消逝得太慢了，它延误了我的希望，就像一个老而不死的继母或寡妇，白白消耗着年轻人的财产。

喜坡丽妲：四个白昼很快就会成为黑夜，四个黑夜很快就会在睡梦中瞬间即逝，那时月亮就会像一弯新的银弓一样，在天空注视着我们的良宵。

提修斯：去，菲劳士屈雷脱，激起雅典青年们狂欢的心情，呼唤起

---

① 提修斯远征亚美仲，克之，而娶其女王喜坡丽妲。

那活泼的乐观精神，让忧愁到坟墓里安歇去吧；那个脸色苍白的人，我不想在我们的婚礼上见到他。（菲劳士屈雷脱下。）喜坡丽妲，我用我的宝剑向你求婚，用武力的征服赢得了你的青睐；但这一次我要换一种方式，我将用华丽、狂放、欢快来举行我们的婚礼。

（伊及斯、黑美霞、莱散特、第米屈律斯上。）

伊及斯： 大名远扬的提修斯公爵，向您问安！

提修斯： 非常感谢你，善良的伊及斯。你到我这儿有什么事？

伊及斯： 我怀着一腔怒气，来控告自己的女儿黑美霞。到前面来，第米屈律斯。殿下，这个人是和我女儿订立婚约的人。到前面来，莱散特。殿下，这个人勾引了我的女儿。你，你，莱散特，你写诗给我的女儿和她交换爱情的信物；你在晚上到她的窗下用你虚华的声调吟唱着做作煽情的诗篇；你用头发编织成的手链、戒指、无用的玩具、花朵、点心、其他小的饰物，这些可以强烈地蒙骗一个未谙世事的少女之心，并且偷走她的芳心；你用计谋偷取了她的心，煽动她对我进行倔强的抵抗。殿下，如果她现在当着您的面仍然不肯嫁给第米屈律斯的话，我就要求用雅典代代相传的权力，因为她是我的孩子，我可以随自己的意思处置她；依照我们的法律，她如果不嫁给这位绅士，就应当立即被处死。

提修斯： 你有什么要说的，黑美霞？好好想想吧，美丽的女郎！你的父亲对于你就应该是一个神明；你的美貌是他所赐，你就是他亲手捏制的一尊蜡像，他能够创造你，也可以毁灭你。第米屈律斯是一个不错的绅士呢。

黑美霞： 莱散特难道不好吗？

提修斯： 就他个人来说当然毋庸置疑，但要是做你的夫君，他得不到你父亲的认可，相对第米屈律斯而言就会差一截了。

黑美霞： 我多希望我的父亲能与我的看法相同。

提修斯： 话说回来，还是你应该依从你父亲的意志才对。

黑美霞： 请殿下原谅我！我不知道一股神奇的力量让我如此大胆，

也不知道在这里表白我的心思将会怎样影响到我的名誉，但是我还是要大胆问一下，殿下，要是我拒绝嫁给第米屈律斯，将会有什么最坏的命运降临到我的头上呢？

提修斯：或者受死刑，或者永远和男人阻隔。所以，漂亮的黑美霞，慎重考虑一下自己的心思吧！想一想你的青春，好好地感受一下你血脉中的跳动；假如不肯服从你父亲的选择，想想看能不能穿着尼姑的道服，终生禁闭在沉郁的庵院中，向着凄惨孤寂的月光唱着无聊的圣歌，做一个孤独的修道女终此一生？她们能这样压抑着激情，到死保持着处女的贞洁，上天按说应该格外地恩宠她们；不过结婚的女子如同被摘下炼制过的玫瑰，香气长久保存，比之寂寞地自开自谢，湮然消逝的花儿，在凡尘的眼光看来，肯定是要幸福百倍了。

黑美霞：就让我这样自开自谢吧，殿下，我不愿意把我的贞操奉献给我心所不属的人。

提修斯：回去仔细考虑一下。等到新月初升的时候——我和我的爱人缔结永久婚约的一天——你便当决定，假使不是因为违抗你父亲的意志而准备一死，便是听从他而嫁给第米屈律斯；否则就得在黛安娜①的神坛前立誓严守戒律，终身不嫁。

第米屈律斯：悔悟吧，可爱的黑美霞！莱散特，放弃你那无益的要求吧，不要再跟我的决定全力抗争了！

莱散特：你已经得到她父亲的爱，第米屈律斯，让我拥有黑美霞的爱吧，你去跟她的父亲结婚好了。

伊及斯：无礼的莱散特！一点儿不错，我喜欢他，我愿意把属于我所有的给他；她是我的，我要把我在她身上的一切权利都授给第米屈律斯。

莱散特：殿下，我和他一样有好的出身；我和他一样有钱；我的爱情比他深得多；我的财产即使不比第米屈律斯多，也绝不会比他少；比这些更值得夸耀的是，美丽的黑美霞爱的是我。那么为什么我不能享有

---

① 黛安娜，月之女神，其实应当作亚蒂美丝，黛安娜是罗马名字。

我的权利呢？讲到第米屈律斯，我可以当着他的面宣布，他曾经和奈达的女儿海伦娜调过情，把她勾上了手；这位可爱的女郎痴心地恋着他，像崇拜偶像一样地恋着这个缺德的负心汉。

提修斯：的确我也听到过不少闲话，曾经想和第米屈律斯谈谈；但因为事情一多，所以忘了。来，第米屈律斯，来，伊及斯。你们两人跟我来，我有些私话要对你们说。你，美丽的黑美霞，好好准备着依从你父亲的意思，否则雅典的法律将把你处死，或者使你宣誓独身，我们没有法子变更这条法律。来，喜坡丽妲。怎样，我的爱人？第米屈律斯和伊及斯，走吧，我必须差你们为我们的婚礼办些事情，还要跟你们商量一些和你们有点儿关系的事。

伊及斯：我们怎敢不欣然跟从殿下！（除莱散特、黑美霞外均下。）

莱散特：怎么样，我的爱人！为什么你的脸颊这样惨白？你脸上的蔷薇为何会凋谢得这样快？

黑美霞：多半是因为缺少雨露，但我眼中的泪水可以灌溉它们。

莱散特：唉！我在书上读到的，在传说或历史中听到的，真心相爱的道路永远是崎岖多阻；不是因为血统的差异——

黑美霞：不幸啊，尊贵者要向卑微者屈节臣服！

莱散特：便是因为年龄上的悬殊——

黑美霞：可憎啊，年老的要与年轻人发生关系！

莱散特：或者因为信从了亲友们的选择——

黑美霞：倒霉啊，选择爱人要依赖他人的眼光！

莱散特：或者，即使彼此两情相悦，而战争、死亡，或疾病侵害着它，使它像一个声音，一个影子，一段梦，一阵黑夜中的闪电那样短促，在一刹那间它展现了天堂和地狱，但还来不及说一声“瞧啊！”黑暗早已张开巨口将它吞噬。光明的事物，总是那样很快地变成了混沌。

黑美霞：既然真心的恋人们永远要受到折磨，似乎是一条命运的定律，那么让我们学着忍耐吧；因为这种折磨，正和相思、幻梦、叹息、希望和哭泣一样，都是可怜的爱情无法或缺的随从者。

莱散特：你说得很对。听我的，黑美霞。我有一个寡居的伯母，非常有钱，却没有儿女，她待我就像亲生的独子一样。她的家距离雅典有二十里路，温柔的黑美霞，我可以在那里和你结婚，雅典法律的利爪不能抓住我们。要是你爱我，请你在明天晚上溜出你父亲的屋子，走到郊外三里远的森林里，在那儿我曾经约会过你和海伦娜一同举行五月节①的，我将在那里等你。

黑美霞：我的好莱散特！凭着丘比特的最坚强的弓，凭着他的金镞的箭②，凭着维纳斯的鸽子的纯洁，凭着那结合灵魂，赐予爱情的神力，凭着古代迦泰基女王③焚身的烈火，当她看见她那负心的特洛伊人扬帆而去的时候，凭着所有男人都毁弃的盟誓——那数目是远远超过女子所曾说过的，我发誓明天一定会到你所指定的那地方和你相会。

莱散特：但愿你不会失约，爱人。瞧，海伦娜来了。

（海伦娜上。）

黑美霞：上帝保佑美丽的海伦娜！你到哪里去了？

海伦娜：你称赞我“美丽”吗？请你把这个词收回去吧！第米屈律斯爱着你的美丽，幸福的美丽啊！你的眼睛是两颗明珠，你的甜蜜的声音比牧人耳中的云雀之歌还要动听，在麦苗青青、山楂蓓蕾的时节。疾病是传染的，唉！要是美貌也能传染的话，美丽的黑美霞，我但愿染上你的美丽：我要用我的耳朵捕获你的声音，用我的眼睛捕获你的睇视，用我的舌头捕获你那甜美的旋律。倘使除了第米屈律斯之外，整个世界都属于我，我也愿意把一切抛弃，但求化身为你。啊！教给我你怎样送出秋波，用一种什么魔术操纵着第米屈律斯的心？

黑美霞：我向他皱眉头，但是他仍旧爱我。

海伦娜：唉，要是你的颦蹙能把那种魅力传授给我的微笑就好了！

黑美霞：我给他咒骂，但他给我爱情。

---

① 旧俗于五月一日早起以露盥身，采花唱歌。

② 丘比特，爱神，背生两翼，手持箭；他的金镞箭主爱，铅镞箭主爱情的冷淡。

③ 古代迦泰基女王黛陀爱上特洛伊英雄伊尼阿斯，后因失恋自焚而死。

海伦娜： 唉，要是我的祈祷也能这样引动他的爱情就好了！

黑美霞： 我越是恨他，他越是追着我。

海伦娜： 我越是爱他，他越是讨厌我。

黑美霞： 海伦娜，他的傻并不是我的错。

海伦娜： 但那是你的美貌的错误，要是那错误是我的就好了！

黑美霞： 放心吧，他不会再看见我的脸了，莱散特和我将要逃离此地。在我不曾遇见莱散特之前，雅典对于我就像是一座天堂；啊，在我的爱人身上有一种何等的神奇力量，使他能把天堂变成一座地狱！

莱散特： 海伦娜，我们不打算对你隐瞒。明天夜里，当月亮在镜波中反映它的银色的容颜，晶莹的露珠点缀在草叶尖上的时候——那往往是私奔最适当的时候，我们预备溜出雅典的城门。

黑美霞： 我的莱散特和我将在林中会面，就是你我常常在那边长满淡雅的樱草花的花坛上躺着彼此吐露柔情衷曲的所在，从那里我们将离别雅典，去访寻新朋友和陌生人做伴了。再会吧，亲爱的伙伴！请你为我们祈祷，愿你重新得到第米屈律斯的心！不要失约，莱散特，我们现在必须暂时忍受一下离别的痛苦，到明晚夜深时再见吧！

莱散特： 一定的，我的黑美霞。（黑美霞下。）海伦娜，别了；如同你爱着他一样，但愿第米屈律斯也爱着你！（下。）

海伦娜： 有的人比起其他人是多么幸福！在整个雅典大家都认为我跟她一样美，但那又有什么用呢？第米屈律斯是不这么认为的，除了他一个人之外，大家都知道的事情，他不会知道。正如他那样错误地迷恋着黑美霞一样，我也只知爱慕他的才智，一切卑劣的弱点，在恋爱中都变得微不足道，而变成美满和庄严。爱情是不用眼睛，而用心灵看的，因此生着翅膀的丘比特常被描成盲目；而且爱情的判断全然没有理性，鲁莽的急躁是用翅膀而不是用眼睛表现出来的，因此爱神据说是一个小孩儿，因为在选择方面他常会弄错。正如顽皮的孩子惯爱发假誓一样，专管爱情的小孩儿也到处赌着口不应心的咒。第米屈律斯在没有看见黑美霞之前，他的誓言也曾如同下冰雹，说他是完全属于我的，但这阵冰雹一感到身上的一丝热力，便立刻融化了，无数的誓言都化为乌有。我要将美丽的黑美霞出奔的消息透露给他，他知道以后，明夜一定会到林中去追寻她。如果为这次的通报消息，我能得到一些酬谢，我的代价也一定不小；但我的目的是要增加我的痛苦，使我能再一次聆听他的音容。（下。）

第二场　雅典。衮斯家中

（衮斯、史纳格、波顿、弗鲁脱、斯诺脱、司他巫林上。）

衮斯：咱们大伙儿都到了吗？

波顿：你最好照着名单挨个儿点一下名。

衮斯：这是每个人的名字都在上头的名单，整个雅典都承认，在公爵跟公爵夫人结婚的那个晚上当着他们的面扮演咱们这出戏，这张名单上的弟兄们是再合适不过的了。

波顿：首先，彼得·衮斯，你得说出这出戏的大概内容，然后再把扮戏的人的名字念出来，好有个头绪。

衮斯：好，咱们的戏名是《最可悲的喜剧，以及匹拉麦斯和雪丝佩的最残酷的死》。

波顿：那一定是篇出色的东西，咱可以担保，而且是挺有趣的。现在，彼得·衮斯，照着名单把你的角儿们的名字念出来吧。列位，大家站开。

衮斯：我一叫谁的名字，谁就答应。聂克·波顿，织布的。

波顿：在。先说咱应该扮哪一个角儿，然后再挨次叫下去。

衮斯：你，聂克·波顿，扮匹拉麦斯。

波顿：匹拉麦斯是谁呀？一个情郎呢，还是一个霸王？

衮斯：是一个情郎，为了爱情，他勇敢地把自己毁了。

波顿：要是演得活灵活现，那准会引人掉下几滴泪来。要是咱演起来的话，让看客们留心着自个儿的眼睛吧；咱要叫全场痛哭流涕，保管风云失色。把其余的人叫下去吧。但是扮霸王已经挺适合咱的胃口了。

咱会把厄克里斯[1]扮得非常好，或者什么吹牛的角色，管保吓破了人的胆。

山岳狂怒地震动，
裂开了牢狱的门；
太阳在远方高升，
慑服了神灵的魂。

那真是了不起！现在继续念其余的名字吧。这是厄克里斯的神气，霸王的神气，情郎还得忧郁一点儿。

衮斯：法兰西斯·弗鲁脱，修风箱的。

弗鲁脱：在，彼得·衮斯。

衮斯：你要扮成雪丝佩。

弗鲁脱：谁是雪丝佩啊？是一个独行的大侠吗？

衮斯：她是匹拉麦斯一定要爱上的姑娘。

弗鲁脱：哦，是这样啊，我可不能扮一个姑娘了，我的胡子都几尺长啦。

衮斯：那没关系，你只要套上面具，别大声说话就行了。

波顿：咱也可以把脸罩上，那就我扮雪丝佩吧。咱会捏着嗓子说话，"雪斯妮！雪斯妮！""哎哟！匹拉麦斯，我的情郎哥哥，我是你的雪丝佩，你最最心疼的姑娘！"

衮斯：错了，错了，你一定要扮匹拉麦斯。弗鲁脱，你一定要扮雪丝佩。

波顿：就这么说定了，继续念下去。

衮斯：罗宾·司他巫林，做裁缝的。

司他巫林：听您吩咐，彼得·衮斯。

衮斯：罗宾·司他巫林，你要扮成雪丝佩的母亲。汤姆·斯诺脱，补锅子的。

斯诺脱：听您吩咐，彼得·衮斯。

---

① 厄克里斯为赫拉克勒斯之讹，古希腊著名英雄。

衮斯：你得扮成匹拉麦斯的父亲，我自己扮雪丝佩的父亲。史纳格，做细杠木工的，你扮成一头狮子，咱们这出戏的角色就这么定了。

史纳格：我扮的这头狮子有没有台词？如果有的话，把它给我吧，我记性可不大好，怕给忘了。

衮斯：没有台词，你只需要叫几声就行了。

波顿：让我来扮狮子吧。我可会叫了，我敢保证叫得让每个人都非常高兴；咱最会这手了，就连公爵都会传下谕旨来说，"叫他再嚷下去吧！叫他再嚷下去吧！"

衮斯：你要是真嚷得那么可怕，把公爵夫人和各位太太小姐们给吓坏了，惊得她们大叫起来，那一准会把咱们全都给吊死。

众人：那一准会把咱们全都给吊死，哪一个母亲的孩子都逃不了。

波顿：伙计们，你们说得太对了。要是你惊吓了太太们，她们可不管是谁呢，一准把咱们给吊死，不过咱可以把声音提得高一些儿，不对，压得低一些儿，咱会嚷得就如一只小鸽子那样温柔，嚷得就跟一只夜莺似的。

衮斯：你只能扮匹拉麦斯，匹拉麦斯可是一个讨人欢心的小白脸，一个有修养的人，就如你可以在夏天见到的那种人，他又是一个可爱的相貌堂堂的有绅士模样的人，所以你必须扮匹拉麦斯。

波顿：好吧，我就扮匹拉麦斯。咱最好戴什么样的胡子？

衮斯：这个你自己做主。

波顿：咱可以挂那稻草色的胡子，那金黄色的胡子，那紫红色的胡子，或者那法国金洋钱色的胡子，纯黄色的胡子。

衮斯：你还是别戴胡子吧。几位，给你们的台词。我恳求你们，请求你们，要求你们，在明天夜里背会了，趁着月光，在郊外一里远的森林里咱们见面，咱们在那里练习练习；因为如果咱们在城里练习，就可能有人盯上咱们，那样咱们的计划就泄露了。咱还要列一张咱们演戏所需东西的清单。请你们大家不要耽误了事。

波顿：咱们一定要在那里碰头，咱们在那里排练起来可以像回事儿，放心点儿。大家辛苦练一下，要做得特别好。再见吧。

衮斯：咱们就在公爵的橡树底下碰头吧。

波顿：那好，不见不散。（同下。）

第二幕

第一场　雅典附近的森林

（一神仙和迫克自相对方向登场。）

迫克：哦，精灵！你飘逝到何方去？

一仙人：穿越了峡谷和山峰，
穿越了荆棘和丛林，
经过了围场和庭院，
穿越了河流和篝火；
我在四方漂泊流浪，
轻快得像是月之光；
我为仙后奔走服务，
草环[1]上布满了轻露。
袅袅的莲馨花是她的侍从，
金黄的衣服饰着星点斑环；
那些是仙人们遗留的红玉，
蕴藏着丝丝缕缕的芳香馥郁；
我要在这里寻找几滴玉露，
给每朵花佩上珍珠的耳环。
再见，再见吧，你这粗鄙的精灵！
因为仙后的辇驾就要降临。

---

① 草地上有时会发现成环形的茂草，传说是仙人夜间在此跳舞而成的。

迫克：今晚大王要在这里大宴宾客，
千万不能让他们彼此碰面；
奥白朗可没有一副好脾气，
为着王后的倔强十分气恼；
她觅得了一个印度小王子，
就像宝贝一样怜爱和珍惜；
奥白朗看到了有些嫉妒，
想要把他招为自己的近侍；
可是她哪里肯随便就割爱，
她亲自为他插戴满头花朵。
从此树林、草地、泉畔和月下，
他们一见面就会破口大骂；
小妖们往往被吓得心惊肉跳，
没命地钻向橡丛中间躲藏。

一仙人：如果我没有把你认错，你大概就是叫作罗宾好人儿的狡猾、调皮的精灵了。你经常吓唬乡村的女孩，在农人的牛乳上吸去乳脂，让那满头大汗的主妇整天都挤不出奶油；有时你会给人家磨谷，有时弄坏了酒让它发不了酵；夜里赶路的人，你把他们引入歧途，自己却躲在一旁看笑话；谁若叫你大仙或者好迫克，你就给他帮忙，带给他幸运。这不就是你吗？

迫克：仙人，你说得对极了，我正是那个快乐的夜行者。我在奥白朗面前想出种种笑话来逗他一乐，看见一头膘肥体壮的马儿，我就学着雌马的叫声把它迷得晕头转向；有时我变成一颗成熟的野果，躺在老妇人的酒碗里，当她举起碗要喝的时候，我就“啪”地跳到她嘴唇上，把一碗麦酒都洒在她那干巴巴的喉皮上；有时我变作三脚凳，在满肚皮人情世故的婶婶刚要坐下来讲她那感伤的故事时，我便从她的屁股底下滑走，把她跌一个“倒栽葱”，一边喊“好家伙！”一边咳呛个不止，于是周围的人笑得前仰后合，他们越想越好笑，鼻涕眼泪都笑了出来，发誓说从来没遇到过比这更有趣的事。让开路来，仙人，奥白朗来了。

一仙人：娘娘也来了。要是他走开了才好！

（奥白朗及蒂妲妮霞各带侍从，自相对方向上。）

奥白朗：真不巧又在月光下碰见你，骄傲的蒂妲妮霞！

蒂妲妮霞：嘿，嫉妒的奥白朗！神仙们，快快走开，我已经发誓不和他同游同寝了。

奥白朗：等一下，坏脾气的女人！难道我不是你的夫君吗？

蒂妲妮霞：那么我也一定是你的夫人了。但是你从前溜出仙境，扮作牧人的模样，整天吹着麦笛，向风骚的牧女调情，这些事我全知道。今天你为什么要从迢迢的印度平原赶到这里来呢？无非是为着那位高傲的亚美仲女王，你的勇武的爱人要嫁给提修斯了，所以你得来向他们庆贺庆贺。

奥白朗：你还好意思说出这种话来，蒂妲妮霞，把我的名字和喜坡丽妲牵连在一起侮蔑我？你自己清楚你和提修斯的私情瞒不过我。不是你在朦胧的夜里引导他离开被他所俘掠的佩丽贡娜？不是你使他负心地遗弃了美丽的哀葛梨、爱丽亚邓和安娣奥巴[①]？

蒂妲妮霞：这些都是因为嫉妒而捏造出来的谎言。自从仲夏之初，我们每次在山上、谷中、树林里、草场上、细石铺底的泉旁，或是海滨的沙滩上聚集，预备和着呼啸的风声跳环舞的时候，你的声音总是败坏我们的兴致。风因为我们不理会它的吹奏，一生气，便从海中吸起了毒雾；毒雾化成瘴雨降到土地上，使每一条小小的溪河都耀武扬威地泛滥到岸上：因此牛儿白白牵着轭，农夫枉费了他的血汗，青青的嫩禾还没有长上芒须便腐烂了；空了的羊厩暴露在一片汪洋的田中，乌鸦饱啖着瘟死了的羊群的尸体；草泥坂上满是湿泥，杂草乱生的曲径，因为无人行走，已经辨不出来。执掌潮汐的月亮，因为再也听不到夜间颂神的歌声，气得脸孔发白，在空气中充满了湿气，一沾染上它人就会害风湿症。因为天时不正，气候也变得反常：白头的寒霜倾倒在红颜的蔷薇的

---

① 皆提修斯情人，先后为其所弃。

怀里，年迈的冬神薄脆的冰冠上，却嘲讽似的缀上了夏天芬芳的蓓蕾的花环。春季、夏季、丰收的秋季、暴怒的冬季，都改换了它们素来的装束，惊愕的世界不能再从它们的出产上辨别出谁是谁非。这是因为我们的不和所致，我们是一切灾难的根源。

奥白朗：那么你就该设法补救，这都在你的掌握之中。为什么蒂妲妮霞要违拗她的奥白朗呢？我所要求的，不过是一个小小的换儿[①]做我的侍童罢了。

蒂妲妮霞：你就死了这条心吧，整个仙境也不能从我手里换得这个孩子。他的母亲曾是我神坛前的一个信徒，在芬芳的印度的夜晚，她常常在我身旁闲谈，陪我坐在海边的沙滩上，凝望着水面的商船；我们一起笑话那些船帆因浪狂的风而怀孕，一个个凸起了肚皮；她那时也正怀着这个小宝贝，便学着船帆的样子，美妙而快速地凌风而行，为我往岸上寻取各种杂物，回来时是航海而归，带来了无数的商品。但因为她是一个凡人，所以在产下这孩子时便死了。为了她我才抚养她的孩子，也为了她我才不愿舍弃他。

奥白朗：你预备在这林中待多久？

蒂妲妮霞：也许要到提修斯的婚礼结束。要是你肯耐心地和我们一起跳舞，看看我们月光下的游戏，可以跟我们一块儿走；不然的话，请你不要见我，我也绝不到你那里去。

奥白朗：把那个孩子给我，我就和你一块儿走。

蒂妲妮霞：把你的仙国拿来调换都别想。神仙们，去吧！要是我再多留一刻，我们就要吵起来了。(率侍从等下。)

奥白朗：好，去你的吧！为着这次的侮辱，我一定要在你离开这座林子之前给你一些惩罚。我的好迫克，过来。你记得有一次我坐在一处海岬上，望见一个美人鱼骑在海豚背上，她的歌声是那般婉转而优美，镇静了狂怒的大海，好几颗星星都疯狂地跳出了它们的轨道，为的就是

---

① 传说中仙人常于夜间将人间美丽小儿窃去，以愚蠢的妖童换置其处。

要听这海女的音乐?①

迫克:我记得。

奥白朗:就在那个时候，你看不见，但我能看见持着弓箭的丘比特在冷月和地球之间飞着，他瞄准了坐在西方宝座上的一个童贞女②，从他的弓上灵巧地射出他的爱情之箭，好像它有刺透十万颗心的力量。或许我可以看见小丘比特的火箭在如水的皎洁的月光中熄灭，那位童贞的女王心中一尘不染，在纯洁的思念中默然走去；但是我看见那支箭却落在西方一朵小小的花上，本来是乳白色的，现在已因爱情的创伤而被染成紫色，少女们把它称作“爱嫩花”。去给我把那花采来。我曾经让你看过它的样子，它的汁液如果滴在睡着的人的眼皮上，无论男女，醒来第一眼看见什么生物，都会发疯似的对它恋爱。给我把这种花采来，在鲸鱼还不曾游过三里路之前，必须回来复命。

迫克:我可以在四十分钟内环绕世界一周。(下。)

奥白朗:这种花汁一到手，我便留心着等蒂妲妮霞睡着的时候把它滴在她的眼皮上，她一醒来第一眼看见的东西，无论是狮子，或是熊，或是狼，或是公牛，或是好事的猕猴也好，忙碌的无尾猿也罢，她都会用最强烈的爱情追求它。我可以用另一种草解去这种魔力，但首先我要叫她把那个孩子让给我。可是谁到这儿来啦?他们看不见我，让我听听他们的谈话。

(第米屈律斯上，海伦娜随其后。)

第米屈律斯:我不爱你，因此别跟着我。莱散特和美丽的黑美霞在哪儿?我要把莱散特杀死，但我的命却悬在黑美霞手中。你对我说他们私奔到这片林子里，所以我赶到这儿来，可是因为遇不见我的黑美霞，我简直要发疯啦!滚开!快走开，不许再跟着我!

---

① 此段及一段中的寓意自来有各种猜测。据云美人鱼曩射苏格兰女王玛丽，玛丽才貌无双，为伊丽莎白女王所嫉杀，举世悼之。玛丽尝婚法国王太子，故云“骑在海豚的背上”，因法国王太子的称号Darphin与海豚(Dolphin)发音相似。“星星跳出轨道”云者，指英廷党玛的大臣，莎士比亚因恐犯忌讳，故特以隐语出之。

② 当指伊丽莎白女王，女王终身不嫁，故云。

海伦娜：我是被你吸引才来的，你这硬心肠的磁石！可是你所吸的却不是铁，因为我的心像钢一般坚贞。要是你去掉你的吸引力，那么我也将没有力量再跟着你了。

第米屈律斯：是我引诱你吗？我曾经向你说过好听的话吗？我不是曾经明明白白地告诉过你，我不爱你，而且也不能爱你吗？

海伦娜：即使那样，也只能使我对你爱得更加厉害。我是你的一条狗，第米屈律斯，你越是打我，我越是想讨好你。请你就像对待你的狗一样对待我吧，踢我，打我，冷淡我，不理我，都行，只要容许我跟随着你，虽然我是这么不好。在你的爱情里我还不能要求一条狗的地位吗？但那对于我已经是十分可贵了。

第米屈律斯：不要过分惹起我的厌恨，我一看见你就头痛。

海伦娜：可是我看不见你就心痛。

第米屈律斯：你太不顾及你自己的颜面了，擅自从城中离开，把自己委身在一个不爱你的人手里，你也不考虑考虑你的贞操多么不值钱，就在黑夜中这么一个荒凉的所在盲目地听从着不可知的命运。

海伦娜：你能够使我安心，因为当我看见你面孔的时候，黑夜也变成了白昼，因此我并不觉得这是在夜晚。你在我的眼里是所有的一切，因此在这片林中我也不愁缺少伴侣，要是所有的一切都在这儿瞧着我，我怎么还会是单独一个人呢？

第米屈律斯：我要逃开你，躲在丛林之中，任凭野兽把你处置。

海伦娜：最凶恶的野兽也不像你这样残酷。你要逃开我就逃开吧，从此以后，古老的故事要颠倒了：逃走的是阿波罗，追赶的是但芙妮[①]；鸽子追逐着鹰隼；温柔的牝鹿追捕着猛虎，然而弱者追求勇者，结果总是徒劳无益的。

第米屈律斯：我不想再听你唠叨下去。让我走吧，要是你再跟着我，相信我，在这片丛林中你要被我欺负的。

海伦娜：嗯，在寺庙中，在市镇上，在乡野里，你都到处欺负我。

---

① 阿波罗是太阳神，爱仙女但芙妮，但芙妮避之而化为月桂树。

唉，第米屈律斯！你对我的虐待已经使我们女子蒙上了耻辱。我们是不会像男人一样为爱情而争斗的，我们应该被人家求爱，而不是向人家求爱。（第米屈律斯下。）

奥白朗：再会吧，女郎！当他还没有离开这片树林，你将逃避他，他将追求你的爱情。

（迫克重上。）

奥白朗：你已经把花采来了吗？欢迎啊，漫游者！

迫克：是的，它就在这儿。

奥白朗：你把它给我吧。

我知道一处茴香盛开的水滩，
长满着樱草和盈盈的紫罗兰，
馥郁的金银花，芗泽的野蔷薇，
漫天张起了一幅芬芳的锦帷。
有时蒂妲妮霞在群花中酣醉，
柔舞轻歌悄悄地使她安睡；
小花蛇在那里丢下发亮的皮，
小仙人拿来合身的外衣。
我要洒一点花汁在她的眼上，
让她充满了各种可憎的幻象。
其余的你带了去在林中访寻，
一个娇美的少女见弃于情人；
倘见那薄情的青年在她近前，
就把它轻轻地点在他的眼边。
他的身上穿着雅典人的装束，
你不许弄错须仔细辨认清楚；
小心地遵守着我谆谆的吩咐，
让他无限的柔情都向她倾吐。
等第一声雄鸡啼时我们再见。

迫克：放心吧，主人，一切都将如您的心愿。（各下。）

第二场　林中的另一处

（蒂妲妮霞及侍从等上。）

蒂妲妮霞：来，跳一支舞，唱一曲神仙歌，然后在一分钟内余下来的三分之一的时间里，大家散开，有的去杀死麝香玫瑰苞中的蛀虫；有的去捉拿蝙蝠，剥下它们的翼革来为我的小妖儿们做外衣；其余的人去驱逐每夜啼叫，看见我们这些伶俐的小精灵们而惊骇的猫头鹰。现在唱歌给我催眠吧，唱罢之后，大家各干各的，让我休息一会儿。

神仙们唱：

一

两条舌头的花蛇，多刺的刺猬，
不要打扰了她的安睡；
蝾螈和蜥蜴，不要靠近，
不要毒害了她的宁静。
夜莺，鼓起你的清弦，
为我们唱一首催眠曲：
睡啦，睡啦，睡睡吧！睡啦，睡啦，睡睡吧！
一切害物远走高飞，
远远离开她的身旁；
晚安，睡睡吧！

二

织网的蜘蛛，不要过来；
长脚的蛛儿快快走开！
黑背的蜣螂，不许走近；
停住脚步，莽撞的蜗牛和蚯蚓。
夜莺，鼓起你的清弦，
为我们唱一首催眠曲：

睡啦，睡啦，睡睡吧！睡啦，睡啦，睡睡吧！
一切害物远走高飞，
远远离开她的身旁；
晚安，睡睡吧！

一仙人：去吧！现在一切都已完成，只需留着一个人做哨兵。（众神仙下，蒂妲妮霞睡。）

（奥白朗上，挤花汁滴蒂妲妮霞眼皮上。）

奥白朗：等你眼睛一睁开，
你就看见你的爱，
为他担起相思债：
山猫、豹子、大狗熊，
野猪身上毛蓬蓬；
等你醒来一看见，
芳心可可将他恋。（下。）

（莱散特及黑美霞上。）

莱散特：好人，你在林中辛苦跋涉，疲乏得快要昏倒了。说老实话，我已经忘记了我们的路。如果你同意，黑美霞，让我们休息一下，停下来放松放松吧。

黑美霞：我听你的，莱散特。我去给你找一处睡眠的所在，因为我要在这水滨安歇我的形骸。

莱散特：一块草地可以容下我俩的身体，两个胸膛一条心，应该合睡一个眠床。

黑美霞：哎，不要，亲爱的莱散特，就算为了我，我的亲戚，再躺远一些，不要挨得那么近。

莱散特：啊，爱人！不要误会了我的无邪的本意，恋人们应该明白彼此的心意。我是说我的心和你的心已联结在一起，揉成了一团，分不开了；两颗心彼此用盟誓联系，共有着一片忠贞。因此，不要拒绝我睡在你的身旁，黑美霞，我没有一点儿坏心肠。

黑美霞：莱散特，你真会说话。要是黑美霞疑心莱散特有坏心肠，愿她从此不能堂堂正正做人。但是好朋友，为了爱情和礼貌的缘故，请睡得远一些，在世俗的礼法上，这样的分隔对于洁身自好的未婚男女，是最为合适的。这么远就行了。睡吧，亲爱的朋友！愿爱情永无更改，直到你生命的尽头！

莱散特：依着你那祈祷，我应和着阿门！阿门！我将失去我的生命，如果我失去我的忠贞！（略就远处睡卧。）这里是我的眠床了，但愿睡眠能给你充分的休养！

黑美霞：那愿望我愿意和你分享！（二人入睡。）

（迫克上。）

迫克：我已经在森林中间走遍，
但那雅典人还不曾瞧见。
我要将这花液滴在他眼上，
试一试激荡爱情的力量。
静寂的深宵！啊，谁在这厢？
他身上穿着雅典的衣裳。
正是我主人所说的家伙，
狠心地欺负那美貌娇娃；
她正在一旁睡得酣熟，
没顾到地上的潮湿龌龊。
美丽的人儿！她竟然不敢
睡近这没有心肝的恶汉。（挤花汁滴莱散特眼上。）
我已在你眼睛上，坏东西！
倾注魔术那神奇的力量；
等你醒来的时候，让爱情
从此扰乱你睡眠的安宁！
别了，你醒来我早已走远，
奥白朗在盼着我和他见面。（下。）

（第米屈律斯及海伦娜奔驰上。）

海伦娜：你杀死我也好，但是请你停步吧，亲爱的第米屈律斯！

第米屈律斯：我命令你走开，不要这样缠着我！

海伦娜：啊！你要把我丢在黑暗中吗？请不要这样！

第米屈律斯：停下！不然叫你把命丧，我要一个人走自己的路。（下。）

海伦娜：唉！这痴心的追赶把我累得上气不接下气。我越是苦苦哀求，越是招他厌恶。黑美霞不论在哪个地方都那么快乐，因为老天爷赐给了她一双迷人的眼睛。她的眼睛为什么会那么璀璨呢？绝不是因为有泪水的原因，因为我的眼睛浸泡在泪水中的时间不知比她多多少倍。不，不，我比一头黑熊还难看，就是野兽见了我也会吓得逃走，所以第米屈律斯这样逃避我毫不稀奇，就像逃避一只妖精似的。哪一面骗人的坏镜子使我居然敢把自己与黑美霞的朗星一样的眼睛相提并论呢？可是谁在这儿？莱散特躺在地上！是死了？还是睡着了？我没看到血，也不见伤口。莱散特，如果你没有死，我的朋友，醒来吧！

莱散特：（醒）我愿为你两肋插刀，美丽绝伦的海伦娜！上帝在你身上展示了他的本领，使我能够在你的胸前看穿你的心。第米屈律斯在哪啊？嘿！那个不堪入耳的名字，让他死在我的剑下正合适！

海伦娜：可别这么说，莱散特！千万不要这么说！就算你爱你的黑美霞也没什么关系，老天！那又有什么关系呢？黑美霞依然是非常爱你的，所以你也应该知足了。

莱散特：跟黑美霞心满意足吗？不，我真后悔和她在一起度过的那些厌恶的岁月。我根本不爱黑美霞，我爱的是海伦娜，有谁不愿意把一只乌鸦换成一只鸽子呢？人们的意志是受理智控制的，理智告诉我你比她更值得去爱。凡是永恒的东西，不到时候，就不能收获：过去因为年轻，我的理智还不成熟；不过现在我的智慧已经完全成长，理性控制着我的意志，把我带到了你面前，在你的眼睛里我可以读到关于最华美的爱情的经典篇章。

海伦娜：我怎么忍受得了这种尖酸刻薄的嘲笑呢？我什么时候得罪过你，使你如此讥讽我？我从没有得到过，也将永远不会得到第米屈律斯的一缕爱怜的目光，难道还不够吗？难道还不够吗？年轻人，你为什么还要在我的伤口上再撒一把盐呢？真的，你羞辱了我；真的，用这种无耻的样子向我假献殷勤。但是再见吧！我还以为你是一个很有教养的绅士。唉！一个女人受到这个男人的拒绝，还要忍受那个男子的欺骗。（下。）

莱散特：她没有发现黑美霞。黑美霞，安心睡吧，再不要靠近莱散特的身边了！一个吃足了太多的点心，能使胃里发生强烈的厌烦，皈依正教的人，最是痛恨以前欺骗他的异端邪说，你就是这样。让所有的人憎恨你吧，不过我是最憎恶你的一个。我的所有生命之力啊，用爱和忠诚来尊崇海伦娜，做她的忠实的骑士吧！（下。）

黑美霞：（醒）救救我，莱散特！救救我！把你浑身的力气都使出来，把我胸口上这条游动的蛇赶走。哎呀，上帝！我做了什么样的梦！莱散特，看看我怎样因害怕而战栗着。我觉得好像有一条蛇在啮噬我的心，而你坐在一边，任凭它冷酷地肆虐狂笑。莱散特！什么！不在身旁了？莱散特！爱人！什么！听不到？走了？没有动静，没有一句话？唉！你在哪啊？要是你听到了我的呼喊，回答一声呀！凭着所有爱情的名义，回答呀！我那么害怕，快要受不了了。还是一声不响！我明白你已不在身旁，要是我找不着你，我该如何活下去！（下。）

第三幕

第一场　林中。蒂妲妮霞正在熟睡

（衮斯、史纳格、波顿、弗鲁脱、斯诺脱、司他巫林进场。）

波顿：人都到齐了吗？

衮斯：好极了，好极了，这块场地给咱们排戏用真是再合适不过了。这块草地可以做咱们的舞台，这一丛山楂树可以做咱们的后台。咱们要认真排练一下，就像当着公爵殿下的面一样。

波顿：彼得·衮斯——

衮斯：你说什么，波顿？

波顿：在这个《匹拉麦斯和雪丝佩》的戏文中，有几处很难让人家满意。首先，匹拉麦斯得拔出剑来结果自己的性命，这是太太小姐们所受不了的，是不是？

斯诺脱：凭着圣母娘娘的名义，这事可不是开玩笑的。

司他巫林：我看咱们把什么都完成了之后，拔剑自尽这一段就不需要表演了吧。

波顿：不用，我有一个好办法。给我写一段开场白，让这段开场白就这样说：咱们的剑是不会弄死人的，讲清楚匹拉麦斯并不真的把自己杀死了。最好再那么讲明一下，咱扮演的匹拉麦斯，并不是真的匹拉麦斯，只是织工波顿，这样一来就不会吓着她们了吧。

衮斯：那好，咱们就写这样一段开场白，咱能把它写成八六体①。

波顿：再给它加上两个字，把它弄成八八体吧。

斯诺脱：太太小姐们见到狮子会不会害怕？

---

① 八音节六音节相间的一种诗体。

司他巫林：咱保证她们肯定会吓得打哆嗦。

波顿：各位，你们得认真想一想：把一头狮子，上帝保佑我们！带到太太小姐们面前，还有比这更荒唐更可怕的事吗？狮子可是野兽之中最凶恶的，咱们可要想清楚了。

斯诺脱：如果这样，就需要再写一段开场白，说他并不是真狮子。

波顿：不，你应该把他的名字报出来，他的面孔的一半要露在狮子头颈的外面；你自己就应该说这样或者类似于这样的话："太太小姐们，"也可以说，"尊敬的太太小姐们，我要求你们，"或者说，"我请求你们，"或者说，"我恳求你们，不要害怕，不用发抖，我以生命向你们保证。要是你们想我是一头真狮子，那我才算是真倒霉啦！不，咱根本就不是狮子，咱跟别人一样是个人。"这样再让他把自己的名字报出来，清清楚楚地告诉她们，他是木匠史纳格。

裘斯：那好，就这么定了。不过还有两件为难事：首先，我们要把月亮弄进屋子里来，你们应该清楚匹拉麦斯和雪丝佩是在月光下约会的。

史纳格：咱们演戏那天，天上有月亮吗？

波顿：把日历拿来，把日历拿来！看看日历上有没有月亮，有没有？

裘斯：有，那天晚上正好是满月。

波顿：啊，那么咱就可以把大厅上的一扇窗子打开，月光就能从窗子里照进来啦。

裘斯：对了，否则就得叫一个人一手拿着树枝，一手举着灯笼，登场说他是代表着月亮。现在还有一件事，咱们在大厅里还应该有一堵墙，因为故事上说，匹拉麦斯和雪丝佩在墙缝里讲话。

史纳格：你可不能把一堵墙搬进来。你怎么说，波顿？

波顿：让什么人扮作墙头，让他身上带着些灰泥黏土之类的，表明他是墙头；让他把手指举起做成那个样儿，匹拉麦斯和雪丝佩就可以在手指缝里低声谈话了。

衮斯：如此一来，一切就都齐全了。来，每个母亲的儿子都坐下来，念你们的台词。匹拉麦斯，你开头，你念完之后，就走进那簇树后，这样大家可以按照尾白依次说下去。

（迫克自后上。）

迫克：那群凡夫俗子胆敢在仙后卧榻之旁鼓唇弄舌？哈，在那儿演戏！让我做一个观众吧；要是觑着机会的话，也许我还要做一个演员哩。

衮斯：说吧，匹拉麦斯。雪丝佩，站出来。

波顿：雪丝佩，花儿开得十分腥——

衮斯：十分香。

波顿：——开得十分香；

你的气息，好人儿，也是一个样。

听，那边有一个声音，你且等一等，

一会儿咱再来和你讨衷情。（下。）

迫克：请看匹拉麦斯变成了妖精。（下。）

弗鲁脱：现在该咱说了吧？

衮斯：是的，该你说了。你得弄清楚，你是去瞧瞧什么声音的，等一会儿就要回来。

弗鲁脱：最俊美的匹拉麦斯，脸孔红如玫瑰，

肌肤白得赛过纯白的百合花，

活泼的青年，最可爱的宝贝，

忠心耿耿像一匹顶好的马。

匹拉麦斯，咱们在尼内的坟头相会。

衮斯："奈纳斯的坟头"，老兄，你不要把这句话说出来，那是你要答应匹拉麦斯的；你把要你说的话不管什么尾白不尾白都一股脑儿说出来啦。匹拉麦斯，进来，你的尾白已经给你说过了，是"顶好的马"。

弗鲁脱：噢。——忠心耿耿像一匹顶好的马。

（迫克重上；波顿戴驴头随上。）

波顿：美丽的雪丝佩，咱是整个儿属于你的！

袞斯：怪事！怪事！咱们见了鬼啦！列位，快逃！快逃！救命啦！（众下。）

迫克：我要把你们搞得团团乱转，
经过一处处沼池、草莽和林薮；
有时我变作马，有时变作猎犬，
变作野狸，没头的熊，或是磷火；
我要像马一样嘶，犬一样吠，猪一样嗅，
熊一样地咆哮，野火一样燃烧。（下。）

波顿：你们为什么都跑了呢？这准是他们的恶作剧，想把咱吓一跳。

（斯诺脱重上。）

斯诺脱：啊，波顿！你变了样子啦！你头上是什么东西呀？

波顿：是什么东西？你瞧你变成一头蠢驴了，是不是？（斯诺脱下。）

（袞斯重上。）

袞斯：天哪！波顿！天哪！你变啦！（下。）

波顿：咱看透了他们的鬼把戏，他们要把咱当作一头蠢驴，想出法子来吓咱。可是咱绝不离开这块地方，瞧他们怎么办。咱偏要在这儿跑来跑去；咱要唱个歌儿，让他们听听，咱可一点儿不怕。（唱）

山乌嘴巴黄澄澄，
浑身长满黑羽毛。
画眉唱得最认真，
声音尖细是欧鸲。

蒂妲妮霞：（醒）什么天使使我从百花的卧榻上醒来呢？

波顿：鸳鸯、麻雀、百灵鸟，

还有杜鹃[①]爱骂人，

大家听了心头恼，

可是谁也不回声。

真的，谁耐烦跟这么一头蠢鸟斗口舌呢？即使它骂你是乌龟，谁又愿意跟它争辩呢？

蒂妲妮霞：温柔的凡人，请你唱下去吧！我的耳朵沉醉在你的歌声里，我的眼睛又为你的相貌所迷惑[②]；在第一次见面的时候，你的美姿已使我不禁说出而且发誓着我爱你了。

波顿：咱想，您这可太没有理由。不过说老实话，如今世界上理性跟爱情碰头那可真是难能可贵；也没有哪位正直的邻居大叔给他俩撮合撮合做朋友，真是抱歉得很。哈，我有时也会说说笑话。

蒂妲妮霞：你真是又聪明又英俊。

波顿：不见得，不见得。可是咱要是有本事跑出这片林子，那就够了。

蒂妲妮霞：请不要跑出这片林子！不管你愿不愿意，你都要留在这里。我不是一个平常的精灵，夏天永远听从我的命令；我真的爱你，因此跟我去吧。我将让神仙们侍候你，他们会从海底捞起珍宝献给你；当你在花茵上睡去的时候，他们会给你歌唱，而且我要把你俗体的污垢彻底清洗，使你轻得像个精灵一样。豆花！蛛网！飞蛾！芥子！

（四神仙上。）

豆花：有。

蛛网：有。

飞蛾：有。

芥子：有。

---

① 杜鹃下卵他鸟的巢中，故用以喻奸夫，但其后 crckolb（由 cuckoo 化出）一字却用作奸妇奸夫的代名词。杜鹃的鸣叫即为（cuckoo），不啻骂人为“乌龟”。但因闻者不能知其妻子是否贞洁，故虽恼而不敢作声。

② 你的歌声使我沉醉，你的相貌将我迷惑。

四仙：（合）差我们到什么地方去？

蒂妲妮霞：恭恭敬敬地侍候这位先生，
不离左右地追随着他前行；
给他吃杏子、鹅莓和桑葚，
紫葡萄还有无花果儿青青。
去把野蜂的蜜囊儿偷来，
剪下蜂股的蜜蜡做蜡烛。
在流萤的眼睛里点着火，
照着我的爱人晨兴夜卧；
再摘下彩蝶儿粉翼娇红，
扇去它眼上的月光朦胧。
来，向他鞠一个深深的躬。

四仙：（合）万福，凡人！

波顿：请你们列位先生多多担待担待在下。请教大号是——

蛛网：蛛网。

波顿：很希望跟您交个朋友，好蛛网先生；要是咱指头儿割破了的话，咱要大胆用用您。① 善良的先生，您的尊号是——

豆花：豆花。

波顿：啊，请多多代咱向您令堂豆荚奶奶和令尊豆壳先生致意。好豆花先生，咱也很希望跟您交个朋友。先生，您的雅号是——

芥子：芥子。

波顿：好芥子先生，咱知道您是个饱经艰辛的人；那块庞大无比的牛肉曾经把您家里的好多人都吞下去了。不瞒您说，您的亲戚们曾经把咱辣得直冒眼泪。咱希望跟您交个朋友，好芥子先生。

蒂妲妮霞：来，侍候着他，引路到我的闺房。
月亮今夜有一颗多泪的眼睛，

---

① 俗云蛛丝能止血。

小花们也都陪着她眼泪汪汪，
悲悼一些失去的童贞。
吩咐那好人静静走不许作声。（同下。）

第二场　林中另一处

（奥白朗上。）

奥白朗：不知道蒂妲妮霞有没有醒来，等她一醒过来，也就要猛烈地爱上她第一眼看到的东西了。这边来，我的使者。

（迫克上。）

奥白朗：啊，疯狂的精灵！在这片夜的魔林里有什么事情正在发生？

迫克：娘娘爱上了一个怪物。当她昏昏熟睡之时，在她的隐秘的神圣的卧室之旁，来了一群村汉，他们都是在雅典市集上做工过活的粗鲁的手艺人。聚集在一起排练戏，预备在提修斯结婚那天表演。在这群蠢货中间，一个最蠢的蠢材扮演着匹拉麦斯，当他退下场走进一簇丛林里的时候，我就抓住这个好机会，给他头上罩上一只死驴的头壳。一会儿，他因为必须去答应他的雪丝佩，所以这位可怜人又出来了。他们一看见他，就像大雁望见了蹑足行进的猎人，又像一大群灰鸦听见了枪声，轰然乱叫飞起，四散着横扫过天空一样，大家没命地逃走了；又因为他们的跳震动了地面，一个个横卧竖倒，嘴里乱喊着救命。他们本来就非常糊涂，这回吓得完全丧失了神智，没有知觉的东西也都来欺侮他们了：野茨和荆棘抓破了他们的衣服，有的失了袖子，有的丢了帽子，败军之将，无论什么东西都是予取予求的。在这种惊惶中我领着他们走去，把变了模样的可爱的匹拉麦斯孤单地留下，就在那时候，蒂妲妮霞醒了过来，立刻就爱上了这头驴子。

奥白朗：这比我所能想到的计策还要好。但是你有没有照我的吩咐，把那爱汁滴在那个雅典人的眼皮上呢？

迫克：这事我也已经乘他熟睡的时候办好了。那个雅典女人就在他身边，因此他一醒来，一定会看见她。

（第米屈律斯及黑美霞上。）

奥白朗：站住，这就是那雅典人。

迫克：这女人真不错，那男人可不是。

第米屈律斯：唉！为什么你这样骂着深爱你的人呢？那种毒骂是应该加在你仇敌身上的。

黑美霞：现在我只不过是在数落你，我应该更厉害地对付你，因为我相信你是可诅咒的。要是你已经乘着莱散特睡着的时候把他杀了，那么把我也杀了吧；既然两脚已踏在血泊中，索性让杀人的血淹没你的膝盖吧。太阳对于白昼，也没有像他对于我那般忠心。当黑美霞睡熟的时候，他会悄悄地离开她吗？我宁愿相信地球的中心可以穿过孔道，月亮[①]会从里面钻过去，在地球的那一端跟她兄长的白昼捣乱。你一定是把他杀死了，因为只有杀人凶手，脸上才会这样惨白而恐惧。

第米屈律斯：被杀者的脸色应该是这样的，你的残酷已经洞穿我的心，因此我应该有那样的脸色；但是你这杀人的，瞧上去却仍然是那么纯洁晶莹，就像那天边上闪耀着的维纳斯一样。

黑美霞：你这种话跟我的莱散特有什么关系？他在哪里呀？啊，好第米屈律斯，把他还给我吧！

第米屈律斯：我倒想把他的尸体喂我的猎犬。

黑美霞：滚开，贱狗！滚开，恶狗！你让我忍无可忍。你真的把他杀了吗？从此之后，别再把你算作人吧！啊，看在我的面上，老老实实告诉我，告诉我，你，一个清醒的人，看见他睡着而把他杀了吗？哎哟，真勇敢！一条蛇，一条毒蛇都比不上你；因为它的分叉的毒舌，还不及你的心更毒！

第米屈律斯：你的脾气发得好没来由。我没有杀死莱散特，他也并没有死，据我所知。

---

① 月神妃琵是太阳神腓勃斯的妹妹。

黑美霞：那么请你告诉我他是安全的。

第米屈律斯：要是我告诉你，你有什么好处给我呢？

黑美霞：你可以得到永远不再看见我的权利。我从此离开你那可憎的脸，无论他死也罢活也罢，你再不要和我相见。（下。）

第米屈律斯：她这么盛怒，我还是不要跟着她。让我在这儿暂时停留一会儿。

睡眠欠下了担忧的债，①
心头加重了担忧的担；
我且把黑美霞暂时寻访，
还了些还不尽的糊涂账。（卧下睡去。）

奥白朗：你都干了些什么呀？你已经大大地弄错了，把爱汁去滴在一个真心的恋人的眼上。因了这次错误，本来忠实的将要变了心肠，而不忠实的仍旧和以前一样。

迫克：一切都是命运在做主，能保持忠心的不过一个人，变心的，把盟誓起了一个毁了一个的却有百万个人。

奥白朗：比风还快地到林中各处去寻访名叫海伦娜的雅典女郎吧。她纯粹是因爱情而憔悴的，痴心的叹息耗去了她脸上的血色，用一些幻象把她引到这儿来：我将在她的眼睛上施展魔术，准备他们的见面。

迫克：我去，我去，瞧我一会儿便没了踪迹，鞑靼人的飞都赶不上我的迅疾。（下。）

奥白朗：这一朵紫色的小花，
尚留着爱神的箭疤，
让它那灵液的力量，
渗进他眸子的中央。
当他看见她的时光，
让她显出庄严妙相，

① 此句意义很曲折，大意为担忧唯睡眠可以补偿，但因担忧过多，而睡眠不足，故睡眠负担忧之债。

如同金星照亮天庭，
让他向她婉转求情。

（迫克重上。）

迫克： 报告神仙界的头脑，
海伦娜已被我带到，
她后面随着那少年，
正在哀求她的眷怜。
瞧瞧那痴傻的样子，
人们真蠢得够可以！

奥白朗： 走开些，他们的声音将要惊醒睡着的人。

迫克： 两男合爱着一女，
这把戏已够有趣；
最妙是颠颠倒倒，
看着才叫人发笑。

（莱散特及海伦娜上。）

莱散特： 为什么你会以为我的求爱只是对你的嘲笑呢？嘲笑和戏谑是永不会伴着眼泪而来的；瞧，我在起誓的时候，是多么感泣！这样的誓言是不会被人认作虚诳的。明明有着可以证明是千真万确的标记，怎么你还以为我这一切都出于嘲笑呢？

海伦娜： 你越来越俏皮了。要是人们所说的真话都是互相矛盾的，那么该相信哪一句呢？这些誓言都是应当向黑美霞说的，难道你把她丢弃了吗？把你对她和对我的誓言放在天平的两端，一定称不出轻重，因为它们都是像空话那样虚浮。

莱散特： 当我向她起誓的时候，我实在一点儿见识都没有。

海伦娜： 照我看来，你现在把她丢弃了也不像是有见识的。

莱散特： 第米屈律斯爱着她，但他不爱你。

第米屈律斯：（醒）啊，海伦娜！完美的女神！圣洁的仙子！我要用什么来比喻你的秀眼呢，我的爱人？水晶是太昏暗了。啊，你的嘴唇，那吻人的樱桃，瞧上去是多么成熟，多么诱人！你一举起你那洁白的小手，被东风吹着的滔勒斯[①]高山上的积雪，就显得像乌鸦那么黯黑了。让我吻一吻那纯白的女王，这幸福的象征吧！

海伦娜： 唉，倒霉！该死！我明白你们都在取笑我。假如你们是懂得礼貌和有教养的人，一定不会如此侮辱我。我知道你们都讨厌我，那么尽管讨厌我好了，为什么还要联合起来讥讽我呢？你们瞧上去都像堂堂男子汉，如果真是堂堂男子汉，就不该这样对待一个有身份的妇女：发着誓，赌着咒，赞誉着我的好处，但我可以断定你们的心里却在讨厌我。你们两人一同爱着黑美霞，现在转过身来一同把海伦娜嘲笑，真有失大丈夫的行径，为了取笑而逼一个可怜的女人流泪！高尚的人绝不会如此欺侮一个姑娘，逼得她忍无可忍，只是因为给你们寻寻开心。

莱散特： 你太残忍，第米屈律斯，不要这样，因为你爱着黑美霞，你知道我对此是十分明白的，现在我真心实意把我在黑美霞的爱情中的地位让给你；但你也得把海伦娜让给我，因为我爱她，并且要爱她爱到死。

海伦娜： 从来不曾有过嘲笑者浪费这样无聊烦人的口舌。

第米屈律斯： 莱散特，保留着你的黑美霞吧，我不要，要是我曾经爱过她，那爱情现在也已经消失了。我的爱只像过客一样暂时驻留在她身上，现在它已经回到它的永远的家——海伦娜的身边，不会再到别处去了。

莱散特： 海伦娜，他说的是假话。

第米屈律斯： 不要侮蔑你所不知道的真理，否则你将以生命的危险重重来补偿你的过失。瞧！你的爱人来了，她才是你的爱人。

（黑美霞上。）

黑美霞： 黑夜使眼睛失去它的作用，但却使耳朵的听觉更为灵敏。我的眼睛不能寻到你，莱散特；但多谢我的耳朵，使我能听见你的声

---

① 滔勒斯，小亚细亚山脉名。

音。你为什么狠心地离开我？

莱散特：爱情驱着一个人走的时候，他为什么要滞留呢？

黑美霞：哪一种爱情能把莱散特从我身边驱走？

莱散特：莱散特的爱情使他一刻也不能停留，美丽的海伦娜，她照耀着夜空，使天上的繁星黯然无色。为什么你要来寻找我呢？难道这还不能使你知道我是因为厌恶你，才这样离开了你吗？

黑美霞：你说的不是真话，那不会是真的。

海伦娜：瞧！她跟他们是同党。现在我明白了，他们三个人一起联合起来用这种恶戏欺凌我。欺人的黑美霞！最没良心的丫头！你竟然和这个家伙一同算计着向我开这种卑鄙的玩笑作弄我吗？难道我们两人从前的种种推心置腹，约为姐妹的盟誓，在一起怨恨嫉妒的时间这么快便把我们拆分了，啊！全都完了吗？我们在同学时的那种情谊，一切童年的天真，都完全抛在脑后了吗？黑美霞，我们两人曾经像两个精巧的针神，在一起绣着同一朵花，描着同一个图样，我们同坐在一个垫上，齐声地轻唱同一支歌曲，就像我们的手，我们的身体，我们的声音，我们的思想，都是连在一起不可分的样子。我们这样生长在一起，像那并蒂的樱桃，看似两个，其实却连在一起；我们是结在同一茎上的两颗可爱的果实，我们的身体虽然分开，我们的心却只有一颗。难道你竟把我们从前的友好丢弃不顾，而同男人们联合着嘲弄你的可怜朋友吗？这种行为太没有朋友的情谊，而且也不合一个少女的身份。不单是我，我们全体女人都可以攻击你，虽然受委屈的只是我一个。

黑美霞：你说这么愤激的话真让我吃惊。我并没有嘲弄你，倒是你在嘲弄我哩。

海伦娜：你不曾为爱使莱散特跟随我，假意称赞我的眼睛和面孔吗？你那另一个爱人，第米屈律斯，不久之前还曾要用他的脚踢开我，你不曾使他称我为女神、仙子，神圣而稀有的、珍贵的、超乎一切的人吗？为什么他要向他所讨厌的人说这种话？你的爱充满了莱散特的灵魂，为什么他反而要摈斥你，却要把他的热情奉献给我，难道不是因为你的指使，因为你们预先商量好？即使我不能像你那样被人爱怜，那样被人追求不舍，那样幸运，而是那样倒霉，因为得不到我所爱的人的爱情，那和你又有什么关系呢？你应该可怜我而不应该侮蔑我。

黑美霞：我不明白你这么说是什么意思。

海伦娜：好，尽管装腔作势，扮着这一副苦脸，等到我一转身，就要向我做鬼脸了，大家彼此挤眉弄眼，把这个绝妙的玩笑尽管开下去吧，将来会记载在历史上的。假如你们是有同情心，懂得礼貌的，就不该把我当作你们的笑柄。再会吧，一半也是因为我自己做错，死别或生离不久便可以补赎我的错误。

莱散特：不要走，温柔的海伦娜！听我解释。我的爱！我的生命！我的灵魂！美丽的海伦娜！

海伦娜：多好听的话！

黑美霞：亲爱的，不要这样嘲笑她。

第米屈律斯：要是她的恳求不能使你不说那种话，我将强迫你闭嘴。

莱散特：她想恳求我，你想强迫我，可是都没用。你的威胁正和她的软弱的祈祷同样没有力量。海伦娜，我爱你！凭着我的生命起誓，我爱你！谁说我不爱你，我愿意用我的生命证明他在说谎，为了你，我愿意把生命摈弃。

第米屈律斯：我说我比他爱你爱得更深。

莱散特：要是你这样说，那么把剑拔出来证明一下吧。

第米屈律斯：好，快些，来！

黑美霞：莱散特，这一切到底是怎么回事呢？

莱散特：走开，你这黑奴[①]！

第米屈律斯：你可不能骗我而自己逃走，假意说着会来，却伺机准备溜走。你是个不中用的汉子，去吧！

---

① 原文“You Etbiop!”因黑美霞肤色微黑，故云。第二幕中有“把一只乌鸦换一头白鸽”之语，亦此意；海伦娜肤色白皙，故云白鸽也。

莱散特：（向黑美霞）放开手，你这猫！你这牛蒡子①！贱东西，放开手！否则我要像撵走一条蛇那样撵你走了。

黑美霞：为什么你变得如此凶暴？究竟是什么缘故呢，爱人？

莱散特：你的爱人！走开，黑鞑子！走开！可恶的毒物，给我滚吧！

黑美霞：你还是在开玩笑吗？

海伦娜：是的，你也是。

莱散特：第米屈律斯，我一定不失信于你。

第米屈律斯：你的话可有些不算数，因为人家的柔情在牵系着你，我可信不过你的话。

莱散特：什么！难道要我伤害她，打她，杀死她吗？虽然我厌恨她，我还不至于这样残忍。

黑美霞：啊！还有什么比你厌恨我更残忍的事情呢？厌恨我！为什么呢？天哪！究竟是怎么一回事呢，我的好人？难道我不是黑美霞了吗？难道你不是莱散特了吗？我现在长得仍旧像从前那样，就在这一夜里你还曾爱过我，但就在这一夜里你离开了我。那么你真的——唉，天哪！——存心离开我吗？

莱散特：一点儿不错，而且再也不想看见你的脸了；因此你可以断了念头，不必疑心，我的话是千真万确的：我厌恨你，我爱海伦娜，一点儿没开玩笑。

黑美霞：天啊！你这骗子！你这花中的蛀虫！你这爱情的贼！哼！你乘着黑夜，悄悄地把我的爱人的心偷了去吗？

海伦娜：真好！难道你连一个女人的羞耻都没有，一点儿不晓得难为情了吗？哼！你一定要逼我破口说出难听的话来吗？哼！哼！你这装腔作势的人！你这给人家愚弄的小玩偶！

黑美霞：小玩偶！噢，原来如此。现在我终于明白了她为什么把她

---

① 牛蒡所结的子，上有针刺，易攀附人衣。

的身材跟我比较，她自夸她生得高，用她那身材，那高高的身材，赢得了他的心。因为我生得矮小，所以他便把你看得高不可及了吗？我到底有多矮？你这涂脂抹粉的花棒儿！你倒说说看，我是怎样矮法？矮是矮，我的指甲还挖得着你的眼珠哩！

海伦娜：先生们，虽然你们都在嘲弄我，但我求你们别让她伤害我。我从来没使过性子，我也完全不懂得怎样跟人家打架，我是一个胆小怕事的女子，别让她打我。也许你们以为她比我生得矮些，我能打过她。

黑美霞：生得矮些！听，又来了！

海伦娜：好黑美霞，不要对我这么凶！我一直是爱你的，黑美霞，有什么事总跟你商量，从来没对你做过欺心的事，除了这次，出于我对第米屈律斯的爱，我把你们私奔到这片林中的事告诉了他。他追踪着你，为了爱，我又追踪着他，但他一直斥骂我，威吓说要打我，踢我，甚至要杀死我。现在你让我悄悄地走吧，我愿带着我的愚蠢回到雅典去，不再跟着你们了。让我走，你瞧我是多么傻多么痴心！

黑美霞：好，你要走就走吧，谁会拦住你？

海伦娜：一颗发痴的心，但我把它丢弃在这里了。

黑美霞：噢，给了莱散特了是不是？

海伦娜：不，是第米屈律斯。

莱散特：不要怕，她不会伤害你的，海伦娜。

第米屈律斯：当然不会的，先生，即使你帮着她也不要紧。

海伦娜：啊，她一发起怒来，真是又凶又狠。在学校里她就是出名的母老虎，还是很小的时候，便已是那么凶了。

黑美霞：又是“很小”！老是矮啊、小啊地说个不停！为什么你任由她这样讥笑我呢？让我跟她拼命去。

莱散特：滚开，你这矮子！你这发育不全的三寸丁！你这小珠子！你这小青豆！

第米屈律斯：她用不着你帮忙，你大可不必那样乱献殷勤。让她去；不许你嘴里再提到海伦娜。要是你再稍微向她献媚一下，就请你当心点儿吧！

莱散特：现在她已经不再拉着我，你要是有胆量，跟我来吧，我们倒要试试看究竟海伦娜该属于谁。

第米屈律斯：跟你来！嘿，我要和你并着肩走呢。（莱散特、第米屈律斯下。）

黑美霞：你，小姐，这一切的麻烦都是因为你的缘故。哎，别逃啊！

海伦娜：我怕你，我不敢跟脾气这么大的你在一起。打起架来，你的手要比我的手快得多；但我的脚比你大些，逃起来你追不上我。（下。）

黑美霞：我简直莫名其妙，不知道说什么话好。（下。）

奥白朗：这就是你的大意所致，倘不是因为你弄错了，就是你故意在捣蛋。

迫克：相信我，仙王，是我弄错了，你不是对我说只要认清楚那人穿着雅典的衣裳？照此说我完全不曾错，因为我是把花汁滴在一个雅典人的眼上。事情弄到这种地步我是满快活的，因为他们的吵闹看着怪有意思的。

奥白朗：你瞧这两个恋人找地方打架去了。因此，罗宾，快去把夜空遮住了，用像冥河的水一样黑的浓雾盖住星空，再引这两个气势汹汹的仇人迷路，不要让他们碰头。时而你学着莱散特的声音痛骂第米屈律斯，时而学着第米屈律斯的样子斥责莱散特，用这种办法把他们两个分开，直到他们奔波得精疲力竭，让睡眠拖住沉睡的腿，让蝙蝠的翅膀遮在他们的额头上，然后你把这草挤出汁来涂在莱散特的眼睛上，它能够化解一切的错误，使他的眼睛恢复从前的眼光。等他们醒来之后，这一切的戏谑，就会像是一场梦境或是空虚的幻象，这一班恋人们便将回到雅典去，一同走着无穷的人生的路程直到死去。在我差遣你去做这件事的时候，我要去访问我的王后，向她讨那个印度孩子，然后我要解除她眼中所见的怪物的幻觉，一切事情都将和平解决。

迫克：这事我们必须赶早办好，主公，
因为黑夜已经驾起它的飞龙，
晨星，黎明的先驱，已照亮苍穹；
一个个鬼魂四散地奔返殡宫，
还有那横死的幽灵抱恨长终；
道旁水底有它们的白骨成丛，
为怕白昼破了丑恶的形容，
早已向黄泉归寝相伴着蛆虫；
它们永远享受不到日光的融融，
每夜只在暗野里凭吊着凄风。

奥白朗：它们可完全不能与我们相比，
晨光中我习惯和猎人一起游巡，
如同林居人一样踏访着丛林：
即使东方开启了火红的天门，
大海上射下万道灿烂的金针，
青碧的大海化成了一片黄金。
但我们应该早早办好这事情，
最好别把它拖延到天明。（下。）

迫克：奔到这边来，跑到那边去；
我要领他们，东来又西去。
林间和世上，无人不怕我；
我要领他们，林中做游戏。
这儿来了一个。

（莱散特重上。）

莱散特：你在哪里，骄傲的第米屈律斯？说出来！

迫克：在这儿，恶徒！把你的剑拔出来准备着吧。你在哪里？

莱散特：我立刻就过来。

迫克：那么跟我来吧，到平坦一点儿的地方。（莱散特随声音下。）

（第米屈律斯重上。）

第米屈律斯：莱散特，你再开口啊！你逃走了，你这懦夫！你逃走了吗？说话呀！躲在那一堆树丛里吗？你躲在哪儿呀？

迫克：你这个卑怯汉！你在向星星们吹牛，向树林子示威，但却没胆过来吗？来，懦夫！来，你这小毛孩！我要好好教训你一顿，谁要跟你比剑真是倒大霉了！

第米屈律斯：喂，你在那儿吗？

迫克：跟从我的声音过来吧，这儿可不是一个战斗的好地方。（同下。）

（莱散特重上。）

莱散特：他走在我前面，老是挑拨着我追赶；可等我走到他叫喊的地方，他又消失得无影无踪。这个浑蛋比我走得快多了，我追得越快，他逃走得就越快，让我在黑暗坎坷的路上跌了一跤。我还是在这休息一会儿吧。（躺下。）来吧，我仁慈的太阳！只要你一露出你的一丝灰白的晨光，我就能找到第米屈律斯而洗雪冤仇了。（睡去。）

迫克：哈！哈！哈！胆小鬼！你怎么不来？

第米屈律斯：要是你有种的话，等着我吧，我知道你就在我前面，从这儿逃到那儿，不敢停下，也不敢跟我见面，你现在跑哪去了？

迫克：来啊，我在这儿。

第米屈律斯：哼，你在耍弄我。要是天亮了我找到了你，你好好地当点儿心；现在，走开吧你！疲倦使我倒在这冰冷的土地上，静待着白天的来临。（躺下睡去。）

海伦娜：疲惫的夜啊！暗长的黑夜啊！将你的时光缩短些吧！从东方升起的慰藉，赶快闪耀起来吧！好让我凭着阳光回到雅典去，离开这一伙人，他们大家都厌烦可悲的我。慈善的梦乡，只有你能使悲痛的眼睛合上稍许，求你暂时让我忘记自己的存在吧！（躺下睡去。）

迫克：两男两女四个正好；

三人俱在此，那人在何方？

哈哈她到了，满脸悲戚戚；

爱神真是的，总爱惹人恼！

（黑美霞重上。）

黑美霞：从未如此疲惫过，从未如此痛心过！我的身上被露水打得湿透，我的衣襟被荆棘划破；我走也走不动，挪也挪不了；我的两条腿好似灌满了铅汁。让我在这儿歇息一会儿等待天明。如果他们真要决斗的话，愿上帝佑护莱散特吧！（躺下睡去。）

迫克：梦将醒，睡正酣，

灵丹药，驱幻觉，

百般幻象都消却。（挤草汁于莱散特眼上。）

醒时见，故人颜，

满心欢，情难禁，

从此相爱更深深。

一句老话说得妙，

众人自有各爱好：

情郎爱情妹，

两两无差错；

失而复得之，

全当笑话过！（下。）

第四幕

第一场　林中。莱散特、第米屈律斯、海伦娜、黑美霞沉睡未醒

（蒂妲妮霞及波顿上，众仙跟从；奥白朗悄随其后。）

蒂妲妮霞： 来，躺在这花床上。我要轻抚你的俊俏的面颊，我要在你柔软可爱的头颅上插上麝香玫瑰，我要亲吻你的漂亮的大耳朵，我的温软的甜心！

波顿： 豆花呢？

豆花： 在。

波顿： 给我把头挠挠，豆花，蛛网先生在什么地方？

蛛网： 来了。

波顿： 蛛网先生，乖先生，拿着你的刀子，替我把那蓟草叶尖上的红肚子的野蜂儿宰了，然后，乖先生，给我把蜜囊儿送来。干那事的时候可不要太着急了，先生，并且，乖先生，小心不要把蜜囊儿给弄烂了，如果您在蜜囊里头淹死了，那我就不太高兴了，先生。芥子先生去哪了？

芥子： 在这呢。

波顿： 把您的小手给我，芥子先生。请您就不必多礼了，好先生。

芥子： 能为您做些什么？

波顿： 小事情，好先生，只是请你代蛛网君替我挠挠痒。我一定要理发去，先生，因为我觉得脸上痒得不行，我是一头感觉很敏锐的驴子，要是哪一根毛把咱搔痒了，我就非要挠一下子不可。

蒂妲妮霞： 你要不要欣赏一段音乐，我的好人？

波顿： 对于音乐我可不是一窍不通，就敲一阵子锣鼓吧。

蒂妲妮霞： 好人，你想吃些什么呢？

波顿：说实话，来一捆刍秣草，上好的干草，香甜的干草，无论什么也比不上这。

蒂妲妮霞：我有一个喜欢冒险的小神仙，可以为你到松鼠的洞里拿些美味的榛栗来。

波顿：我宁愿吃一点干豌豆。不过得谢谢您，叮嘱您那些手下别打扰我吧，我想要好好地睡一觉。

蒂妲妮霞：睡吧，我要用双臂拥抱着你。神仙们，各归各处吧。（众仙下。）菟丝也就是这样温柔地依附着芳香的金银花，女萝也正是这样缠绵着榆树的臂膀。啊，我是如此爱你！我是如此眷恋着你！（同睡去。）

（迫克上。）

奥白朗：（上前）欢迎，好罗宾！你看没看见这种可爱的情景？我对她的痴心开始有点心有同情了，刚才我在树林后面遇见她正在为这个可恶的蠢蛋寻找爱情的礼物，我就责怪她，因为那时她把芳香的花朵制成花环，缠绕着他那毛茸茸的额角；原来在嫩蕊上晶莹剔透，如同东方宝玉一样的露水，现在却含在那一朵朵娇艳的小花的眼中，像是潸然而下的泪滴，唏嘘着它们所受的羞辱。我把她尽情讥笑谩骂一顿之后，她小心翼翼地请求我原谅，于是我乘机向她要那个换儿，她马上把他给了我，让她的近侍把他送到了我的寝宫。现在这个孩子已经在我手上了，我要为她解开眼前这种可恶的幻象。好迫克，你去把这雅典村夫头上变形的头盖揭下，好让他和大家一同醒来的时候，可以回到雅典去，把这晚间发生的一切事，只当作一场梦魇。还是先让我给仙后解除魔法吧。（以草触她的眼睛。）回复你原来的本性，解去你眼前的幻景；这一朵女贞花采自月姊园庭，它会使爱情的小卉失去功能。喂，我的蒂妲妮霞，醒醒吧，我的好王后！

蒂妲妮霞：我的奥白朗，我看见了怎样的幻景！我好像爱上了一头驴子啦。

奥白朗：那边就是你的爱人。

蒂妲妮霞：怎么会发生这种事呢？啊，现在我看见它的样子是多么生气！

奥白朗：静一会儿。罗宾，把他的头壳揭去。蒂妲妮霞，叫他们奏起音乐来，让这五个人全部睡得失去知觉。

蒂妲妮霞：来，奏起催眠的柔婉乐声！（音乐。）

迫克：等你一觉醒来的时候，蠢汉，用你自己的傻眼瞧瞧看。

奥白朗：奏下去，音乐！来，我的王后，让我们携手同行，让我们的舞蹈震动这些人睡着的地面。现在我俩已言归于好，明天夜半将要一同到提修斯公爵的府中跳着庄严的舞蹈，祝福他家繁荣昌盛。这两对忠心的恋人也将在那里和提修斯同时举行婚礼，大家心中充满了欢喜。

迫克：仙王，仙王，留心听，我听见云雀在歌吟。

奥白朗：王后，让我们静静地追随着夜的踪影；我们环绕着地球，快过明月的光流。

蒂妲妮霞：夫君，请你在路上告诉我这一切的缘故，这些人来自何方，当我熟睡的时候。（同下。幕内号角声。）

（提修斯、喜坡丽妲、伊及斯及侍从等上。）

提修斯：你们中间谁去把猎奴唤来。我们已把五月节的仪式遵行，现在还只是清晨，我的爱人应当听一听猎犬的音乐，把它们放在西面的山谷里，快去把猎奴唤来。美丽的王后，让我们上到山顶，领略那猎犬们的吠叫和山谷中的回声应和在一起的妙乐吧。

喜坡丽妲：我曾经同赫拉克勒斯和凯特麦斯一起在克利脱[①]林中行猎。他们用斯巴达的猎犬追赶着巨熊，那种雄壮的吠声是我平生第一次听到，除了丛林之外，天空和群山，以及周围的一切范围，似乎混成了一片交互的呐喊。我从来不曾听见过那样谐美的喧声，那样悦耳的雷鸣。

提修斯：我的猎犬也是斯巴达种，一样的颊肉下垂，一样的黄沙的

---

① 凯特麦斯是底比斯的第一个国王。克利脱为地中海岛名。

毛色，它们的头上垂着两片挥拂晨露的耳朵，它们有着弯曲的膝盖，并且像西萨利[①]种的公牛一样喉头长着垂肉。它们在追逐时速度不太快，但它们的吠声彼此高低相应，就像钟声那样合调。无论在克利脱、斯巴达，或是西萨利亚，都不曾有过这么一队狗，回应着猎人的号角和召呼，吠声这样好听，你听见之后便可以自己判断。但是且慢，这些都是什么仙女？

伊及斯：殿下，这儿躺着的是我的女儿；这是莱散特；这是第米屈律斯；这是海伦娜，奈达老人的女儿。我不知道他们怎么都在这儿。

提修斯：他们一定早起守五月节，因为听说了我们的意旨，所以赶到这儿来参加我们的典礼。但是，伊及斯，今天不是黑美霞应该决定她的选择的日子了吗？

伊及斯：是的，殿下。

提修斯：去，叫猎奴们吹起号角来叫醒他们。（幕内号角及呐喊声；莱散特、第米屈律斯、黑美霞、海伦娜四人惊醒跳起。）早安，朋友们！情人节[②]早已过去了，你们这一辈林鸟到现在才配起来吗？

莱散特：请殿下恕罪！（偕余人并跪下。）

提修斯：请你们站起来吧。我知道你们两个是对头冤家，怎么会变得这样和气，大家睡在一块儿，没有一点儿猜忌了呢？

莱散特：殿下，我现在还是糊里糊涂，不知道该如何回答您的问话；但是我敢发誓我真的不知道怎么会在这儿；但是我想——坦白地说，我现在记起来了，一点儿不错，我是和黑美霞一同到这儿来的；我们想逃出雅典，避过严峻的雅典法律，我们便可以——

伊及斯：够了，够了，殿下，话已经说得够了。我要求依法，依法惩办他。他们打算，他们打算逃走，第米屈律斯，他们打算用那种手段欺弄我们，使你的妻子落空，使我给你的承诺也落空。

第米屈律斯：殿下，海伦娜把他们的出奔告诉了我，并且说了他们

---

① 西萨利，希腊地名。

② 情人节在二月十四日，据说众鸟于是日择偶。

到这林中来的目的，我在盛怒之下追踪他们，同时海伦娜因为痴心的缘故也追踪着我。但是，殿下，我不知道有一种什么力量——但一定是有一种力量——使我对于黑美霞的爱情会像霜雪一样融消，现在想起来就像童年时所爱好的一件玩物的一段短暂的记忆一样，我一切的忠信、一切的心思、一切乐意的眼光，都属于海伦娜一个人了。我在没有认识黑美霞之前，殿下，就已经和她订过盟约；但就像一个人在生病的时候一样，我厌弃着这一道珍馐，等到恢复健康，正常的胃口也就随之恢复。现在我稀罕着她，珍爱着她，思慕着她，将要永远忠心于她。

提修斯：俊美的恋人们，我们相遇得很巧，再等一会儿我们便可以再听你们把这段话讲下去。伊及斯，你的意志不得不屈服一下了，这两对少年不久便将跟我们一起在庙堂中缔结永久的鸳盟。现在清晨将快过去，我们准备的行猎只好中止。跟我们一起到雅典去吧，两两成对地，我们将要盛宴大张。来，喜坡丽妲。（提修斯、喜坡丽妲、伊及斯及侍从下。）

第米屈律斯：这些事似乎微细而无从捉摸，好像化为云雾的远山一样。

黑美霞：我好像觉得这些事情发生时，我的眼睛变得昏花了，一切都化作了层叠的两重似的。

海伦娜：我也觉得是这样。我得到了第米屈律斯，像是得到了一颗宝石，好像是我的，又好像不是我的。

第米屈律斯：你们真能断定我们现在是醒着的吗？我觉得我们还是在睡着做梦。你们是不是认为公爵在这儿，他叫我们跟他走吗？

黑美霞：是的，我的父亲也在。

海伦娜：还有喜坡丽妲。

莱散特：他确实叫我们跟他到庙里去。

第米屈律斯：那么我们真的已经醒了。让我们跟着他走，在路上讲述我们的梦。（同下。）

波顿：（醒）轮到咱的尾白的时候，麻烦你们叫咱一声，咱就会答应，咱下面的一句是，“最美丽的匹拉麦斯”。喂！喂！彼得·衮斯！弗鲁脱，修风箱的！斯诺脱，补锅子的！司他巫林！他妈的！悄悄地溜走了，把咱一个人撇在这儿睡觉吗？咱做了一个奇怪得出奇的梦。没有人说得出那是怎样的一个梦，如果是谁愿意把这个梦解释一下，那他肯定是一头驴子。咱好像是——不会有人说得出那是什么玩意儿，咱好像是——咱好像是——，但假如谁敢说出来咱好像是什么玩意儿，那他肯定是一个蠢货。咱这个梦啊，谁的眼睛都从未曾看到过，谁的耳朵都从未曾听到过，谁的嘴也品不出是什么滋味，谁的鼻子也闻不出是什么味道，谁的心也说不出那究竟是怎样的一个梦。咱要叫彼得·衮斯给咱写一首诗咏唱一下这个梦，题目就叫“波顿的梦”，咱要在戏演完后当着公爵大人的面唱它，——不过还是等咱死了之后再唱吧。（同下。）

第二场　雅典。衮斯的家中

（衮斯、弗鲁脱、斯诺脱、司他巫林上。）

衮斯：你们派人去波顿家里看了吗？他还不在家吗？

司他巫林：没有一点消息。他肯定让妖精给拐跑了。

弗鲁脱：如果他不回来，那么咱们的戏就要黄啦，就不能再演下去了，对不对？

衮斯：那肯定演不下去啰，整个雅典城可以演匹拉麦斯的除了他以外就找不到第二个人了。

弗鲁脱：任何人也演不了，他是雅典手艺人当中最最聪明的一个。

衮斯：对，并且也是顶好的人，他有一副好嗓子，吊起膀子来那真是一流的。

弗鲁脱：你说错了，应该说“吊嗓子”，吊膀子，上帝啊！那真让人难为情。

（史纳格上。）

史纳格：诸位，公爵大人刚从寺里出来，还有两三位贵族和小姐们也一块儿结了婚。如果咱们的玩意儿能够做下去，我们大家一定都有好处。

弗鲁脱：哎呀，可爱的波顿，好家伙！他从此以后就可以拿到六便士一天的俸禄了。他一定可以拿到六便士一天的。咱可以发誓公爵大人观看了他扮演的匹拉麦斯，一准会赏给他六便士一天。他应当可以拿到六便士一天的，扮演了匹拉麦斯，应当拿六便士一天，少一点儿都不行。

（波顿上。）

波顿：孩子在哪儿？心肝们在哪儿？

衮斯：波顿！哎哟，最好最好的日子，最最吉利的时辰！

波顿：诸位，咱要讲件稀奇事儿给你们听，可不要问是什么事；要是咱给你们说了，咱就不算是真的雅典人。咱要把所有都告诉你们，一字不落地。

衮斯：讲给我们听吧，好波顿。

波顿：关于咱自己的事半个字也不能告诉你们。咱要告诉大家的是，公爵大人已经用过正膳了。把你们的道具收拾起来吧，胡须上绑上结实的穿绳，舞靴上要结崭新的绸带，在宫门前会合，各人背会了自己的台词，说到底一句话，咱们的戏已经呈上去了。不管怎样，也得叫雪丝佩穿一件爽利一点儿的衬衣；还有扮演狮子的那位不要把指甲剪去，因为那要露出在外面来当作狮子的脚爪。最要紧的，诸位老板们，千万别吃洋葱和大蒜，咱们可不要把老爷太太们熏倒胃口，咱肯定会听见他们说，“这是一出甜美的喜剧。”完了，走吧！走吧！（同下。）

第五幕

第一场　雅典。提修斯宫廷

（提修斯、喜坡丽妲、菲劳士屈雷脱及大臣、侍从等上。）

喜坡丽妲： 提修斯，这些恋人们所说的话真是太奇怪了。

提修斯： 奇怪得就像不是真的一样。我永远都无法相信这种古怪的传说和胡扯的神话。情人们和疯子们都有着丰富的纷乱的思想和成堆的幻觉，他们所关注的永远都不是用冷静的理智所能充分了解的。疯子、情人和诗人，都是幻想的产物：疯子眼中所见的鬼，远远比无底的地狱所容纳的要多；情人，一样是那么疯狂，他们能从埃及人黝黑的脸上看见海伦的美貌；诗人的眼睛在神奇狂放的一转中，便能从天上看到地下，又从地下看到天上。想象会把子虚乌有的事物以某种方式显现出来，诗人的笔会使它们变成事实，空虚的无物也会有了居所和名字。热烈的想象往往具备这种本领，只要尝到一丝欢乐，就会相信那种欢乐的背后有一个给予的人；夜间一转变为恐惧的念头，一株灌木就会一下子变成一头野兽。

喜坡丽妲： 不过他们所说的这一夜间的所有经历，和他们大家心理上都受到同样感受的一个事实，可以证明那并不是幻想。虽然那故事听起来荒诞而骇人，却并不令人以为全是胡扯。

提修斯： 这一群恋人们欢欢喜喜地来了。

（莱散特、第米屈律斯、黑美霞、海伦娜上。）

提修斯： 祝贺，我的朋友们！祝贺！愿你们心灵里永远沉浸着没有阴郁的爱情时光！

莱散特： 愿更大的幸福永远伴随着殿下的生活！

提修斯： 来，我们应该用哪种假面具或舞蹈来消磨在尾餐和就寝之前那三个小时悠长的时光呢？我们那一直掌管戏乐的人在哪儿？准备了几种方式？有没有一出戏剧来祛除难挨的时光里按捺不住的焦急呢？叫菲劳士屈雷脱到这来。

（菲劳士屈雷脱上。）

菲劳士屈雷脱：来了，尊贵的提修斯。

提修斯：说，你有哪些乐子可以消磨这黄昏？有哪些假面具？有什么样的音乐？要是没有一点戏乐，这难挨的时间我们该如何消磨过去呢？

菲劳士屈雷脱：这儿有一张准备好的各种戏乐的单子，请殿下自己来选择先唱哪出吧。（呈上单子。）

提修斯：“身毒①之战，由一个雅典太监伴着竖琴而唱。”这个我们不听了，我已经给我的爱人说过这一段表彰我的姻兄赫拉克勒斯②武功的旧事了。“醉酒者的狂暴，色累斯歌人③惨遭肢裂的始末。”那是老故事，在我上一次征服底比斯凯旋时已经看过了。“九缪斯神④痛悼学术的沦亡。”那是一段犀利刻薄的讽刺，在婚礼上表演不适合。“关于年轻的匹拉麦斯及其爱人雪丝佩的冗长的短戏，非常悲哀的趣剧。”悲哀的趣剧！冗长的短戏！那简直是说炽热的冰，发烫的雪。这种矛盾如何能够调和呢？

菲劳士屈雷脱：殿下，一出总共只有十来个字那么长的戏，当然是再短不过了；即使只有十个字，也会嫌太长，叫人看了厌倦。因为在全剧之中，没有一个字用得恰如其分，没有一个演员分派得恰到好处。那本戏的确很悲哀，殿下，因为匹拉麦斯在戏里要把自己杀死。那一场我看他们预演的时候，我得承认确实使我的眼里充满了眼泪，但那些泪都是在纵声大笑的时候忍俊不禁而流下的，再没有流过比那更开心的

---

① 身毒一名乃借译，是希腊神话中一种半人半马的怪物，赫拉克勒斯曾战胜过他。

② 希腊传记家普卢塔克以提修斯及赫拉克勒斯为母系亲属。

③ 色累斯歌人系指奥菲厄斯，其歌声可感动百兽草木，后来被酗酒妇人所肢裂而死。

④ 九缪斯神，即掌管文学艺术之女神。

泪了。

提修斯：这戏的演员是些什么人呢?

菲劳士屈雷脱：都是在这雅典城里做工过活的胼手胝足的汉子。他们从来不曾用过脑子，这次为了准备参加殿下的婚礼，才辛辛苦苦地把这部戏背诵下来。

提修斯：好，就让我们听一听吧。

菲劳士屈雷脱：不，殿下，那是不配劳烦您的耳朵的。我已经听过一次，简直一无所取，除非你嘉许他们的一片诚心和苦苦背诵的辛勤。

提修斯：我要把那出戏听一次，因为淳朴和忠诚所呈献的礼物总是可取的。去把他们带来。各位夫人女士们，大家都请坐。

（菲劳士屈雷脱下。）

喜坡丽妲：我不欢喜看见微贱的人做他们力所不及的事，忠诚会因为努力的狂妄而变得毫无价值。

提修斯：啊，亲爱的，你不会看到他们糟到那种地步的。

喜坡丽妲：他说他们压根儿不会演戏。

提修斯：那就更显得我们宽宏大度，虽然他们的劳动毫无价值，他们仍能得到我们的嘉许。他们的错误可以作为我们取笑的来源。我们不必计较他们那可怜的忠诚所不能达到的成就，而该重视他们的辛勤。凡是我所到的地方，那些有学问的人都预先准备好欢迎词迎接我，但是一看见我，便浑身发抖、脸色变白，句子没有说完便中途顿住，话儿哽在喉中，吓得说不出来，结果是一句欢迎我的话都没有说。相信我，亲爱的，从这种无言中我却领受了他们一片欢迎的诚意。在诚惶诚恐的忠诚的畏怯上表示出来的意味，并不少于一条娓娓动听的辩舌。因此，爱人，依照我的经验看来，无言的淳朴所表示的情感，才是最丰富的。

（菲劳士屈雷脱上。）

菲劳士屈雷脱：请殿下注意，念开场诗的预备登场了。

提修斯：让他上来吧。（喇叭奏花腔。）

（衮斯上，念开场诗。）

衮斯：要是咱们，得罪了请原谅。

咱们本来是，一片的好意，

想要显一显，薄薄的伎俩，

那才是咱们原来的本意。

因此列位让咱们到这儿来，

为的是让列位欢笑，

否则就是不曾，到这儿来。

如果咱们，惹得列位生气。

一个个演员，都将要登场，

你们可以仔细听个端详。①

提修斯：这家伙简直乱来。

莱散特：他念他的开场诗就像一头被人骑着的顽劣的马驹，乱冲乱撞，该停的地方不停，不该停的地方却停。殿下，这是一个好教训：仅仅会讲话不能算数，要讲话总该有个路数。

喜坡丽妲：真的，他就像一个小孩子学吹笛，呜哩呜哩了一下，可是全不入调。

提修斯：他的话像是一段纠缠在一起的索链，毛病倒没有，可是全弄乱了。接下来是谁登场呢？

（匹拉麦斯及雪丝佩、墙、月光、狮子上。）

衮斯：列位大人，也许你们会奇怪这一班人跑出来干什么，不必追根究底，自然而然地总会明白过来。这个人是匹拉麦斯，如果你们想要知道的话，这位美丽的姑娘不用说便是雪丝佩啦。这个人手里拿着灰石和黏土，是代表着墙头，那堵隔开这两个情人的坏墙头；他们这两个可怜的人只好在墙缝里低声谈话，这是要告知大家的。这个人提着灯笼，牵着犬，拿着柴枝，是代表着月亮；你们要知道，这两个情人只在月光

① 此段句读完全错误。

底下才肯在奈纳斯的坟头聚首谈情。这头可怕的畜生名叫狮子，那晚上忠实的雪丝佩先到了约会地点，被它吓跑了，或者不如说是被它惊走了；在逃走的时候她脱落了她的外套，那件外套因为被那恶狮子咬在它那血盆大口中，所以沾满了血斑。隔了不久，匹拉麦斯，那个高个儿的美少年也来了，一见他那忠实的雪丝佩的外套放在地上，便赤楞楞的一声拔出一把血淋淋的剑来，对准自己那热辣辣的胸脯豁拉拉地刺了进去。那时雪丝佩却躲在桑树的树荫里，等到她发现这一切，便把他身上的剑拔出来，也结果了自己的性命。至于其余的一切，可以让狮子、月光、墙头和两个情人详详细细地告诉你们，当他们上场的时候。（衮斯及匹拉麦斯、雪丝佩、狮子、月光同下。）

提修斯：我不知道狮子该不该说话。

第米屈律斯：殿下，这可用不着怀疑，要是一班驴子都会讲人话，狮子当然也会说话啦。

墙：小子斯诺脱是也，在这本戏文里扮作墙头；须知此墙不是他墙，乃是一堵有裂缝的墙，在那条裂缝里匹拉麦斯和雪丝佩两个情人常常偷偷地低声谈话。这一把石灰，这一撮黏土，这一块砖头，表明咱是一堵真正的墙头，并非滑头冒牌之流。这便是那个缝儿，这两个胆小的情人在那儿谈着体己的话。

提修斯：沙石和泥土筑成的东西，居然这样会说话，难得难得。

第米屈律斯：殿下，这是我所听到的其中最俏皮的一段。

提修斯：匹拉麦斯走近墙边来了。静听！

（匹拉麦斯重上。）

匹拉麦斯：板着脸孔的夜啊！漆黑的夜啊！
夜啊，白天一走，你就来啦！
夜啊！夜啊！哎呀！哎呀！哎呀！
咱担心咱的雪丝佩要失约啦！

墙啊！亲爱的，可爱的墙啊！

你硬生生地隔开了咱们两人的家！

墙啊！亲爱的，可爱的墙啊！

露出你的裂缝，让咱向里头瞧瞧吧！（墙举手叠指作裂缝状。）

谢谢你，殷勤的墙！上帝大大保佑你！

但是咱瞧见些什么呢？咱瞧不见伊。

刁恶的墙啊！不让咱瞧见可爱的伊，

愿你倒霉吧，因为你竟这样把咱欺！

提修斯：这墙并不是没有知觉的，我想它应当反骂一下。

匹拉麦斯：没有的事，殿下，真的，它不能。“把咱欺”是该雪丝佩接下去的尾白；她现在就要上场啦，咱就要在墙缝里看她。你们瞧见吧，下面演得正跟咱告诉你们的完全一样，那边她来啦。

（雪丝佩重上。）

雪丝佩：墙啊！你常常听得见咱的呻吟，

怨你生生把咱与他两两分拆！

咱的樱唇常跟你的砖石亲吻，

你那用泥胶得紧紧的砖石。

匹拉麦斯：咱听见一个声音，让咱去望望，

不知能不能瞧见雪丝佩的脸庞。

雪丝佩！

雪丝佩：那是咱的好人儿，咱想。

匹拉麦斯：尽你想吧，咱是你风流的情郎。

好像李芒特，咱此心永无变更。

雪丝佩：咱就像海伦，到死也绝不变心。

匹拉麦斯：沙发勒斯对待普洛克勒斯不过如此。

雪丝佩：你就是普洛克勒斯，咱就是沙发勒斯。

匹拉麦斯：啊，在这堵万恶的墙缝中请给咱一吻！

雪丝佩：咱吻着墙缝，可全然吻不到你的嘴唇。

匹拉麦斯：你肯不肯到奈纳斯的坟头去跟咱相聚？

雪丝佩：活也好，死也好，咱一准立刻动身前去。（二人下。）

墙：现在咱已把墙头扮好，因此咱便要拔脚去了。（下。）

提修斯：现在隔在这两家人家之间的墙头已经倒下了。

第米屈律斯：殿下，墙头要是都像这样随随便便偷听人家的谈话，可真没法想。

喜坡丽妲：我从来没有听到过比这再蠢的东西。

提修斯：最好的戏剧也不过是人生的一个缩影，不好的只要用想象补足一下，也就不会坏到什么地方去。

喜坡丽妲：那该是你的想象，而不是他们的想象。

提修斯：要是我们对于他们的想象并不比他们对于自己的想象更坏，那么他们也可以算得上顶好的人。两个好东西登场了，一个是人，一个是狮子。

（狮子及月光重上。）

狮子：各位太太小姐们，你们那柔弱的心一见了地板上爬着的一头顶小的老鼠就会害怕，现在看见一头凶暴的狮子发狂地怒吼，多少要发起抖来的吧？但是请你们放心，咱实际是细木工匠史纳格，既不是凶猛的公狮，也不是一头母狮，要是咱真的是一头狮子而冲到这儿来，那咱才大倒其霉！

提修斯：一头非常善良的畜生，有一颗好心肠。

第米屈律斯：殿下，这是我所见过的最好的畜生了。

莱散特：这头狮子按勇气说只能算是一只狐狸。

提修斯：对了，而且按他那小心翼翼的样子说起来倒像是一只鹅，好，别管他吧，让我们听月亮说话。

月光：这盏灯笼代表着角儿弯弯的新月——

第米屈律斯：他应当把角装在头上。[①]

提修斯：他并不是新月，圆圆的哪里有个角儿？

月光：这盏灯笼代表着角儿弯弯的新月，咱好像就是月亮里的仙人。

提修斯：这该是最大的错误了。应该把这个人放进灯笼里去，否则他怎么会是月亮里的仙人呢？

第米屈律斯：他因为怕蜡烛不敢进去。瞧，他恼了。

喜坡丽妲：这月亮真使我厌倦，他应该变化变化才好！

提修斯：照他那知觉欠缺的样子看起来，他大概是一个缺月，但是为着礼貌和一切的理由，我们得忍耐一下。

莱散特：说下去，月亮。

月光：总而言之，咱要告诉你们的是，这灯笼便是月亮，咱便是月亮里的仙人，这柴枝是咱的柴枝，这狗是咱的狗。

第米屈律斯：嗨，这些都应该放进灯笼里去才对，因为它们都是在月亮里的。但是静些，雪丝佩来了。

（雪丝佩重上。）

雪丝佩：这是尼内老人的坟，咱的好人儿呢？

狮：（吼）呜——（雪丝佩奔下。）

第米屈律斯：吼得好，狮子！

提修斯：奔得好，雪丝佩！

喜坡丽妲：照得好，月亮！真的，月亮照的姿势很好。（狮子撕破雪丝佩的外套后下。）

提修斯：撕得好，狮子！

第米屈律斯：狮子不见了。

（匹拉麦斯重上。）

匹拉麦斯：可爱的月亮，咱多谢你的阳光；

---

① 头上出角是西方讥人作“乌龟”的俗话。

谢谢你，因为你照得这么皎洁！
靠着你那慈和的闪烁的金光，
咱将要饱餐着雪丝佩的秀色。
但是且住，啊该死！
瞧哪，可怜的武士，
这是一场什么惨景！
眼睛，你看没看见？
这种事怎么会出现？
可爱的宝贝啊，亲亲！
你的一件好外套，
怎么全都是血点？
过来吧，狰狞的凶神！
快把生命的羁缠，
从此后一刀割断；
今朝咱了结了残生！

提修斯：这种情感再加上一个好朋友的死，很可以使一个人脸带愁容。

喜坡丽妲：该死！我倒真有点儿可怜这个人。

匹拉麦斯：苍天啊！你为什么要造下狮子，
让它在这里蹂躏了咱的爱人？
她在一切活着爱着的人中，
是一个最美最美最最美的美人。
淋漓地流吧，眼泪！
咱要把宝剑一挥，
对着咱的胸膛刺破：
一剑刺过了左胸，
叫心儿莫再跳动，
这样咱就死啰死啰！（以剑自刺。）

现在咱已经身死，

现在咱已经去世，

咱灵魂儿升到天堂；

太阳，不要再照耀！

月亮，给咱拔脚跑！（月光下。）

咱已一命，一命丧亡。（死。）

第米屈律斯：不是双亡，是单亡，因为他是孤零零地死去。

莱散特：他现在死，不但成不了双，而且成不了单，他已经变成“没有”啦。

提修斯：要是现在就去请外科医生来，也许还可以把他医活过来，叫他做一头驴子。

喜坡丽妲：雪丝佩还要回来看她的爱人，月亮怎么这样性急便去了呢？

提修斯：她可以在星光底下看见他的，现在她来了。她再痛哭流涕一下子，戏文也就完了。

（雪丝佩重上。）

喜坡丽妲：我想对于这样一个珍贵的匹拉麦斯，她可以不必浪费口舌，我希望她说得短一点儿。

第米屈律斯：她跟匹拉麦斯较量起来真是半斤对八两。上帝保佑我们不要嫁到这种男人，也保佑我们不要娶到这种妻子！

莱散特：她那秋波已经看见他了。

第米屈律斯：于是悲声而言曰：——

雪丝佩：睡着了吗，好人儿？

啊！死了，咱的鸽子？

匹拉麦斯啊，快醒醒！

说呀！说呀！哑了吗？

唉，死了！一堆黄沙，

将要盖住你的美眼。

嘴唇像百合花开，
鼻子像樱桃可爱，
黄花像是你的脸孔，
一起消失，消失了，
有情人同声哀悼！
他眼睛绿得像青葱。
舌头，不许再多言！
凭着这一柄好剑，
赶快把咱胸膛刺穿。（以剑自刺。）
再会，亲爱的朋友！
雪丝佩已经毙命，
再见吧，再见吧，再见！（死。）

提修斯：他们的丧事要让月亮和狮子来料理了吧？

第米屈律斯：是的，还有墙头。

波顿：（跳起）不，咱对你们说，那堵隔开他们两家的墙早已经倒了。你们要不要瞧瞧收场诗，或者听一场咱们两个伙计的贝格摩①舞？

提修斯：请把收场诗免了吧，因为你们的戏剧无须再有什么解释。扮戏的人一个个死了，我们还能责怪谁不成？真的，要是写那本戏的人自己来扮匹拉麦斯，把他自己吊死在雪丝佩的袜带上，那倒真是一出绝妙的悲剧。你们这次演得实在很不错。现在把你们的收场诗搁在一旁，还是跳起你们的贝格摩舞来吧。（跳舞。）夜钟已经敲过了十二点，恋人们，睡觉去吧，现在已经差不多是神仙们游戏的时间了。我担心我们明天早晨会起不来，因为今天晚上睡得太迟，这出粗劣的戏剧却使我们不觉得时间的过去，好朋友们，去睡吧。我们要用半月工夫把这喜庆延续，夜夜有不同的欢乐。（众下。）

① 贝格摩为密兰东北地名，以产小丑著名。

第二场　同前

（迫克上。）

迫克： 饿狮在高声咆哮，
　　　　豺狼在向月长嗥，
　　　　农夫们鼾息沉沉，
　　　　完毕一天的辛勤。
　　　　火把还留着残红，
　　　　鸱鸮叫得人胆战，
　　　　传进愁人的耳中，
　　　　仿佛见殓衾飘飐。
　　　　现在夜已经深深，
　　　　坟墓都裂开大口，
　　　　吐出了百千幽灵，
　　　　荒野里四散奔走。
　　　　我们跟着赫凯提①，
　　　　离开了阳光赫奕，
　　　　像一场梦境幽凄，
　　　　追随黑暗的踪迹。
　　　　且把这闲屋清扫，
　　　　供大伙一场欢笑；
　　　　赶走烦人的老鼠，
　　　　还要擦干净窗户。

（奥白朗、蒂妲妮霞及随从等上。）

奥白朗： 屋里渐消的火星
　　　　　稀稀地还在闪耀；

---

① 赫凯提为下界的女神，其有时为三个身体三个头，有时为一个身体三个头，相背而立。

闪耀着个个精灵
像鸟儿栖在花枝；
随我浅吟一小调，
携手轻轻共舞蹈。

蒂妲妮霞：先来把歌儿唱熟，
字字珠圆又玉润；
再来齐声唱祝福，
手牵手缥缈回转。（歌舞。）

奥白朗：趁着晨光还没来，
我们先随处看看。
先来瞧一瞧新床，
祝愿它如意吉祥。
这三对新婚佳偶，
愿他们永结同心。
诞生下小小儿郎，
一个个健健康康。
没有黑痣无兔唇，
也没一点小瘢痕。
用这圣洁的玉露，
你们去倾洒门户。
祝愿房子的主人，
永享着寿康福禄。
赶快去，莫迟豫，
天明我们再重聚。
（除迫克外皆下。）

迫克：（向观众）
如果我们这辈影子，
有悖了各位的尊意，

就请这样想一想，
万物都可得到补偿；
万千幻景所以显现，
不过是梦里的妄念，
这一段无趣的情节，
就像怪梦一样无力。
先生们，可不要见笑！
如蒙原宥，定不补报，
万一我们幸而得脱，
这一遭嘘嘘的指责，
我们定不忘您大恩，
迫克从来不会蒙人。
再见了！肯赏个薄面的话，
就请鼓两下掌，谢谢谢谢！（下。）

第十二夜

剧中人物

鄂西诺：伊利里亚公爵

瑟巴士显：薇俄拉之兄

安东尼奥：船长，瑟巴士显之友

另一船长：薇俄拉之友

伐伦泰因、邱里奥：公爵侍臣

托培·贝尔区爵士：奥丽薇霞的叔父

盎厥鲁·埃求启克爵士

马伏里奥：奥丽薇霞的管家

费边、斐斯脱　小丑：奥丽薇霞之仆

奥丽薇霞：富有的伯爵小姐

薇俄拉：热恋公爵者

玛莉霞：奥丽薇霞的侍女

群臣、牧师、水手、警吏、乐工及其他侍从等

地　点

伊利里亚某城及其附近海滨

第一幕

第一场　公爵府中一室

（公爵、邱里奥、众臣同上；乐工随从。）

公爵：如果音乐是爱情的粮食，那就奏下去吧，尽情地奏下去，好让爱情因过度饱食而死，又奏起了这个曲调！它的节奏好似渐渐消沉下去。哦！它飘过我的耳旁，就如吹在一丛蔷薇上奏出的轻轻之声，一面把花香掠去，一面又把花香分赠。够了！停下来吧！现在已不如从前那么甜蜜了。爱之精灵啊！你是多么灵敏而好动，你虽有大海一般的容量，可不论多么高贵超群的东西，一旦落入你的罗网，都会在瞬间失去价值。爱情是这样充满了意象，在所有事物中是最富于幻想的。

邱里奥：殿下，您要去打猎吗？

公爵：你说什么，邱里奥？

邱里奥：去猎鹿。

公爵：啊，说得不错，我就像一头鹿似的呢。唉！当我第一眼看到奥丽薇霞的时候，我觉得空气都被她澄清了。从那时起我就变成了一头鹿，我的欲望就像凶残贪婪的猎狗一样，不停地追逐着我。

（伐伦泰因上。）

公爵：怎么样！她那边有什么消息没有？

伐伦泰因：禀报殿下，他们不准我进去，只是她的侍女给了这样一个答复：在七个冬夏过去之前，就是上天也不能看到她的全貌；她要如

一个修女一样，遮面而行，每日用痛苦的泪水浇洒她的卧室：所有这一切都是为了纪念她一个死去的哥哥，她要将他永远鲜活地保留在她伤痛的记忆里。

公爵：唉！她有一颗这么善良的心，对于她的兄长也会挚爱到这种地步。如果丘比特那支金箭把她心里的其他情感都射掉，如果只有唯一一个君王占据着她的心思——这些尊崇的御座，这些珍美的财宝——那时她该怎样恋爱着啊！引领着我到芳香的花丛，情思在花丛下格外深浓。（同下。）

第二场　海　滨

（薇俄拉、船长及水手等上。）

薇俄拉：我的朋友，这是哪儿？

船长：这里是伊利里亚，姑娘。

薇俄拉：我在伊利里亚做什么呢？我的兄长已经归西了。或许他侥幸没有淹死，水手们，你们觉得呢？

船长：您也是侥幸才得以保住性命的。

薇俄拉：唉，我可怜的哥哥！但愿他也侥幸无恙！

船长：不错，姑娘，您可以用侥幸的希望来宽慰您自己。我告诉您，当我们的船撞破了之后，您和那几个跟您一同脱险的人坐在我们那只被风涛所颠摇的小船上，那时我瞧见您的哥哥很有理智地把自己捆在一根浮在海面的桅杆上，勇敢和希望教给了他这个计策；我见他像阿赖温[①]骑在海豚背上似的浮沉在波浪之间，直到我的眼睛望不见他。

薇俄拉：这样的话赛过黄金。我自己的脱险使我抱着他也能够同样脱险的希望，你的话更把我的希望证实了几分。你知道这国土吗？

船长：是的，姑娘，很熟悉，因为我就是在离这儿不到三小时旅程的地方生长的。

---

① 阿赖温，希腊诗人和音乐家，传说他在某次乘船途中为水手所迫害，因跃入海中，为海豚负至岸上，盖深感其音乐之力云。

薇俄拉： 谁统治着这地方？

船长： 一位名实相符的高贵公爵。

薇俄拉： 他叫什么名字？

船长： 鄂西诺。

薇俄拉： 鄂西诺！我曾经听我父亲说起过他，那时他还没有娶亲。

船长： 现在他还是这样，至少在最近我还不曾听见他娶亲的消息。因为只一个月之前我从这儿出发，那时刚刚有一种新鲜的风传——您知道大人物的一举一动，都会被一般人纷纷议论的——说他在向美貌的奥丽薇霞求爱。

薇俄拉： 她是谁呀？

船长： 她是一位品德高尚的姑娘，她的父亲是位伯爵，大约在一年前死去，把她交给他的儿子，她的哥哥照顾，可是他不久又死了。他们说为了对于她哥哥的深切的友爱，她已经发誓不再跟男人们在一起或是见他们的面。

薇俄拉： 唉！要是我能够侍候这位小姐，就可以不用在时机没有成熟之前泄露我的身份了。

船长： 那很难办到，因为她不肯接纳无论哪一种请求，就是公爵的请求她也是拒绝的。

薇俄拉： 船长，你瞧上去是个好人，虽然造物常常用一层美丽的墙来围蔽住内中的污秽，但是我可以相信你的心地跟你的外表一样好。请你替我保守秘密，不要把我的身份泄露出去，我以后会重谢你的，你得帮助我伪装起来，好让我达到我的目的。我要去侍候这位公爵，你要把我送给他做近侍，也许你会得到些好处的，因为我会唱歌，用各种音乐向他说话，使他重用我。以后有什么事再说，我会使计谋，你只需静默。

船长： 我便当哑巴，你去做近侍，倘多话挖去我的眼珠子。

薇俄拉： 谢谢你，领着我去吧。（同下。）

第三场　奥丽薇霞宅中一室

（托培·贝尔区爵士及玛莉霞上。）

托培：我的侄女见什么鬼把她哥哥的死看得那么重？悲哀是要损寿的。

玛莉霞：真的，托培老爷，您晚上得早点儿回来，您那侄女很反对您深夜不归呢。

托培：哼，让她今天反对，明天反对，尽管反对下去吧。

玛莉霞：噢，但是您总得有个分寸，不要太失了身份才是。

托培：身份！我这身衣服难道不合身份吗？穿了这种衣服去喝酒，也很有身份的了；还有这双靴子，要是它们不合身份，就叫它们在靴带上吊死了吧。

玛莉霞：您这样酗酒会作践了您自己的，我昨天听见小姐说起过，她还说起您有一晚带那个傻骑士到这儿来向她求婚。

托培：谁？盎厥鲁·埃求启克爵士吗？

玛莉霞：噢，就是他。

托培：他在伊利里亚也算是一表人才了。

玛莉霞：那又有什么相干？

托培：哼，他一年有三千块钱收入呢。

玛莉霞：噢，可是一年之内就把这些钱全花光了。他是个大傻瓜，而且是个浪子。

托培：呸！你说出这种话来！他会拉低音提琴；他会不看书本讲三四国文字，一个字都不模糊；他有一切很好的天分。

玛莉霞：是的，傻子都是得天独厚的。因为他除了是个傻瓜之外，还是一个经常惹是招非的家伙。要是他没有懦夫的天分来缓和一下他那喜欢吵架的脾气，有见识的人都以为他就会有棺材睡的。

托培：我举手发誓，这样说他的人，都是一批坏蛋，信口雌黄的东西。他们是谁啊？

玛莉霞：他们又说您每夜跟他在一块儿喝酒。

托培：我们都喝酒祝我的侄女健康呢。只要我的喉咙里有食道，伊利里亚有酒，我便要为她举杯祝饮。谁要是不愿为我的侄女举杯祝饮，喝到像抽陀螺似的天旋地转的，他就是个不中用的汉子，是个卑鄙小人。嘿，丫头！盎厥鲁·埃求启克爵士来啦。

（盎厥鲁·埃求启克爵士上。）

盎厥鲁：您好，托培·贝尔区爵士！

托培：亲爱的盎厥鲁爵士！

盎厥鲁：您好，美貌的小泼妇！

玛莉霞：您好，大人。

托培：寒暄几句，盎厥鲁爵士，寒暄几句。

盎厥鲁：您说什么？

托培：这是舍侄女的丫鬟。

盎厥鲁：好寒萱姐姐，我希望咱们多多结识。

玛莉霞：我的名字是玛莉，大人。

盎厥鲁：好玛莉·寒萱姐姐——

托培：你弄错了，骑士。"寒暄几句"就是跑上去向她应酬一下、招呼一下、客套一下的意思。

盎厥鲁：哎哟，我可不要跟她打交道。"寒暄"就是这个意思吗？

玛莉霞：再见，先生们。

托培：要是你让她这样走了，盎厥鲁爵士，你以后再不用充汉子了。

盎厥鲁：要是你这样走了，姑娘，我以后再不用充汉子了。好小姐，你以为你在跟傻瓜们周旋吗？

玛莉霞：大人，可是我还不曾跟您握手呢。

盎厥鲁：好，让我们握手。

玛莉霞：现在，大人，我可以想我是在跟谁周旋了。（下。）

托培：骑士啊！你应该喝杯酒。几时我见你这样给人愚弄过？

盎厥鲁：我想你从来没有见过，除非你见我被酒弄昏了头。有时我觉得我跟平常人一样笨，可是我是个吃牛肉的老饕，我相信那对我的聪明很有妨害。

托培：一定一定。

盎厥鲁：要是我那样想的话，那么我发誓否认。托培爵士，明天我要骑马回家去了。

托培：Pourquoi①，我亲爱的骑士？

盎厥鲁：什么叫Pourquoi？好还是不好？我理该把我花在击剑、跳舞和耍熊上面的工夫花在学几种外国话上。唉！要是我读了文学该多么好！

托培：要是你花些工夫在你的鬈发钳上头，你就可以有一头很好的头发了。

盎厥鲁：怎么，那跟我的头发有什么关系？

托培：很显然，因为你瞧，你的头发不用些工夫是不会鬈曲起来的。

盎厥鲁：可是我的头发不已经够好看了吗？

托培：好得很，它披下来就像纺杆上的麻线一样，我希望有哪位奶奶把你夹在大腿里纺它一纺。

盎厥鲁：真的，我明天要回家去了，托培爵士。你侄女不肯接见我，即使接见我，多半她也不会要我。这儿的公爵也向她求婚呢。

托培：她不要什么公爵不公爵，她不愿嫁给比她身份大、地位高、年龄高、智慧高的人，我听见她这样发过誓。嘿，老兄，还有希望呢。

盎厥鲁：我再耽搁一个月。我是世上心思最古怪的人，我有时老是喜欢喝酒跳舞。

托培：这种玩意儿你很擅长吗，骑士？

盎厥鲁：可以比得过伊利里亚无论哪个不比我高明的人，可是我不

---

① Pourquoi为法文“为什么”之意。

愿跟老手比。

托培：你跳舞的本领怎样？

盎厥鲁：不骗你，我很会跳两下子。讲到我的倒跳的本事，简直可以比得上伊利里亚的任何人。

托培：为什么你要把这种本领藏匿起来呢？为什么这种天赋要覆上一块幕布？难道它们也会沾上灰尘，像灶下的烧饭丫头一样？为什么不跳着“加里阿”到教堂里去，跳着“科兰多”一路回家？假如是我的话，我要走路也是“捷格”舞，撒泡尿也是“五步”舞呢。你是什么意思？这世界上是应该把才能隐藏起来的吗？照你那双出色的好腿来看，我想它们是在一个跳舞的星光底下生下来的。

盎厥鲁：噢，我这双腿很有气力，穿了火黄色的袜子倒也十分漂亮。我们喝酒去吧。

托培：除了喝酒，咱们还有什么事好做？咱们的命宫不是金牛星吗？

盎厥鲁：金牛星！金牛星管的是腰和心。

托培：不，老兄，是腿和股。跳个舞给我看。哈哈！跳得高些！哈哈！好极了！（同下。）

第四场　公爵府中一室

（伐伦泰因及薇俄拉着男装上。）

伐伦泰因：要是公爵继续这样宠幸你，西萨拉里奥，你多半就要高升起来了，他认识你才仅三天，你就跟他这样熟了。

薇俄拉：你说继续这样宠幸我，你的意思是不是说他的心性有点儿捉摸不定，或是担心我的疏忽？先生，他待人是不是有始无终？

伐伦泰因：不，相信我。

薇俄拉：谢谢你。公爵来了。

（公爵、邱里奥及侍从等上。）

公爵：喂！有谁看见西萨拉里奥了吗？

薇俄拉：在这儿，殿下，听候您的吩咐。

公爵：你们暂时走开些。西萨拉里奥，你已经知道了一切，我已经把我秘密的内心向你展示过了；因此，好孩子，到她那边去，别让他们把你拒之门外，站在她的门口，对他们说，你要站到脚底下生了根，直等她看见你为止。

薇俄拉：殿下，要是她真像人家所说的那样沉浸在悲哀里，她一定不会允许我进去的。

公爵：你可以跟他们吵闹，不用顾虑一切礼貌，但一定不要毫无结果而归。

薇俄拉：假定我能够和她见面谈话，殿下，那又怎样呢？

公爵：噢！那么就向她宣布我的恋爱的热情，把我的一片挚诚说给她听让她吃惊。你表演起我的伤心来一定很出色，你这样的青年一定比那些脸孔死板的使者们更能引起她的注意。

薇俄拉：我想不见得吧，殿下。

公爵：好孩子，相信我的话。因为像你这样的妙龄，还不能算是个成人，黛安娜的嘴唇也不比你的更柔滑而红润，你的娇细的喉咙像女人一样尖锐而清朗，在各方面你都像个女人。我知道你的性格很容易对付这件事。四五个人陪着她去，要是你们愿意，全去也好，因为我喜欢孤寂。你倘能成功，那么你主人的财产你也可以有份。

薇俄拉：我愿意尽力去向您的爱人求婚。（*旁白*）唉，怨只怨多阻碍的前程！但我一定要做他的夫人。（*各下。*）

第五场　奥丽薇霞宅中一室

（*玛莉霞及小丑上。*）

玛莉霞：不，你要是不告诉我你到哪里去，我便把我的嘴唇抿得紧紧的，连一根毛发也钻不进去，不给你说一句好话。小姐因为你不在，要吊死你呢。

小丑：让她吊死我吧，好好地吊死的人，在这世上可以不怕敌人。

玛莉霞：把你的话解释解释。

小丑：因为他看不见敌人了。

玛莉霞：好一句无聊的回答。

小丑：好吧，上帝给予聪明人聪明；至于傻子们呢，那只好靠他们的本事了。

玛莉霞：可是你在外边鬼混这么久，小姐一定要把你吊死的，否则把你赶出去，那不是跟把你吊死一样好吗？

小丑：好好地吊死常常可以防止坏的婚姻，至于赶出去，那在夏天倒还没什么要紧。

玛莉霞：那么你已经下定决心了吗？

小丑：不，没有，可是我决定了两端。

玛莉霞：假如一端断了，一端还连着。假如两端都断了，你的裤子也落下来了。

小丑：妙，真的很妙。好，去你的吧。要是托培老爷戒了酒，你在伊利里亚的雌儿中间也算是个调皮的角色了。

玛莉霞：闭嘴，你这坏蛋，别胡说了。小姐来啦，你还是好好地想出个借口来。（下。）

小丑：才情呀，请你帮我好好地装一下傻瓜！那些自负才情的人，实际上往往是些傻瓜；我知道我自己没有才情，因此也许可以算作聪明人。昆那柏勒斯①怎么说的？“与其做愚蠢的智人，不如做聪明的愚人。”

（奥丽薇霞偕马伏里奥上。）

小丑：上帝祝福你，小姐！

奥丽薇霞：把这傻子撵出去！

小丑：喂，你们没听见吗？把这位小姐撵出去。

奥丽薇霞：算了吧！你是个干燥无味的傻子，我不要再看见你了，

---

① 杜撰的人名。

而且你已经变得不老实起来了。

小丑： 我的小姐，这两个毛病用酒和忠告都可以治好。只要给干燥无味的傻子一点酒喝，他就不干燥了。只要劝不老实的人洗心革面，弥补他从前的过失：假如他能够弥补的话，他就不会不老实了；假如他不能弥补，那么叫裁缝把他补一补也就得了。弥补者，弥而补之也，道德的失足无非补上了一块罪恶；罪恶悔改之后，也无非补上了一块道德。假如这种简单的理论可以说得过去，很好；假如说不过去，还有什么办法？当王八是件倒霉的事，美人好比鲜花，这都是无可怀疑的。小姐吩咐把傻子撵出去，因此我再说一句，把她撵出去吧。

奥丽薇霞： 尊驾，我吩咐他们把你撵出去呢。

小丑： 这就是大错而特错了！小姐，“戴了和尚帽，不一定是和尚”，那就好比是说，我身上虽然穿着愚人的彩衣，可是我并不一定连头脑里也穿着它呀。我的好小姐，准许我证明您是个傻子。

奥丽薇霞： 你能吗？

小丑： 再简单也没有了，我的好小姐。

奥丽薇霞： 那么证明一下看。

小丑： 小姐，我必须要把您盘问，我的贤淑的小乖乖，回答我。

奥丽薇霞： 好吧，先生，反正没有别的消遣，我就等候着你的证明吧。

小丑： 我的好小姐，你为什么悲伤？

奥丽薇霞： 好傻子，为了我的哥哥的死。

小丑： 小姐，我想他的灵魂是在地狱里。

奥丽薇霞： 傻子，我知道他的灵魂是在天上。

小丑： 这就越显得你的傻了，我的小姐。你哥哥的灵魂既然在天上，为什么要悲伤呢？列位，把这傻子撵出去。

奥丽薇霞： 马伏里奥，你以为这傻子怎样？他弥补得好不好？

马伏里奥： 是的，他到死都要在弥补中过日子，意志薄弱可以毁了一个聪明人，可是对于傻子却能使他变得格外傻起来。

小丑：大爷，上帝保佑您快快意志薄弱起来，好让您傻得格外厉害！托培老爷可以发誓说我不是狐狸，可是他不愿跟人家打赌说您不是个傻子。

奥丽薇霞：你怎么说，马伏里奥？

马伏里奥：我不懂小姐您怎么会喜欢这种没有头脑的混账东西。前天我看见他给一个像石头一样冥顽不灵的下等的傻子算计了去。您瞧，他已经毫无招架之力了；要是您不笑笑，给他一点话题，他便要无话可说。我说，听见这种傻子的话也会那么高兴的聪明人，都不过是些傻子的应声虫罢了。

奥丽薇霞：啊！你太自命不凡了，马伏里奥，你缺少一副健全的胃口。宽容慷慨、气度汪洋的人，把炮弹也不过看成了鸟箭。傻子有特许放肆的权利，虽然他满口骂人，可人家不会见怪于他。君子出言必有分量，虽然他老是指摘人家的错处，也不能算是谩骂。

小丑：让迈邱利[①]赏给你说谎的本领吧，因为你给傻子说了好话！

（玛莉霞重上。）

玛莉霞：小姐，门口有一位年轻的先生很想跟您说话。

奥丽薇霞：从鄂西诺公爵那儿来吧？

玛莉霞：我不知道，小姐，他是一位漂亮的青年，随从很多。

奥丽薇霞：我家里有谁在跟他周旋呢？

玛莉霞：是令亲托培老爷，小姐。

奥丽薇霞：你去叫他走开，他满口都是些疯话。不害羞的！（玛莉霞下。）马伏里奥，你给我去，假若是公爵差来的，说我病了，或是不在家，随你怎样说，把他打发走。（马伏里奥下。）你瞧，先生，你的打诨已经陈腐起来，人家不喜欢了。

小丑：我的小姐，你帮我说话就像你的大儿子也会是个傻子一般，愿上帝在他的头颅里塞满脑子吧！瞧你那位有一副最不中用的头脑的令

---

① 迈邱利，商神，又为盗贼等的保护神。

亲来了。

（托培·贝尔区爵士上。）

奥丽薇霞：哎哟，又已经半醉了。叔叔，门口是谁？

托培：一个绅士。

奥丽薇霞：一个绅士！什么绅士？

托培：有一个绅士在这儿——这种该死的咸鱼！怎样，蠢货！

小丑：好托培爷爷。

奥丽薇霞：叔叔，叔叔，你怎么这么早就昏天黑地了？

托培：声天色地！我打倒声天色地！有一个人在门口。

小丑：是呀，他是谁呢？

托培：让他是魔鬼也好，我不管，我说，我心里耿耿三尺有神明。好，都是一样。（下。）

小丑：像个溺死鬼，像个傻瓜，又像个疯子。多喝了一口就会把他变成个傻瓜，再喝一口就发了疯，喝了第三口就把他溺死了。

奥丽薇霞：你去找个验尸的来吧，让他来验验我的叔叔，因为他已经喝酒喝到了第三阶段，他已经溺死了。瞧瞧他去。

小丑：他才不过发疯呢，我的小姐，傻子该去照顾疯子。（下。）

（马伏里奥重上。）

马伏里奥：小姐，那个少年发誓说要见您说话。我对他说您有病，他说他知道，所以要来见您说话。我对他说您睡了，他似乎也早已知道了，所以要来见您说话。还有什么话好对他说呢，小姐？什么托词都挡不了他。

奥丽薇霞：对他说我不要见他说话。

马伏里奥：这也已经对他说过了，他说，他要像州官衙门前竖着的旗杆那样立在您的门前不走，像凳子脚一样直挺挺地站着，非得见您说话不可。

奥丽薇霞：他是怎样一个人？

马伏里奥：呃，就像一个人那样的。

奥丽薇霞：可是是什么样子呢？

马伏里奥：很无礼的样子，不管您愿不愿意，他一定要见您说话。

奥丽薇霞：他的人品怎样？多大年纪？

马伏里奥：说是个大人吧，年纪还太轻；说是个孩子吧，又显大些；说像是一颗没有成熟的豆荚，或是一个半生的苹果，所谓介乎两者之间。他长得很漂亮，说话也很刁钻，看他的样子，似乎有些未脱乳臭。

奥丽薇霞：叫他进来，把我的侍女唤来。

马伏里奥：姑娘，小姐叫你呢。（下。）

（玛莉霞重上。）

奥丽薇霞：把我的面纱拿来，来，罩住我的脸。我们要再听一次鄂西诺来使的话。

（薇俄拉及侍从等上。）

薇俄拉：哪一位是这里府中的贵小姐？

奥丽薇霞：有什么话就对我说吧，我可以代她回答。你来有什么见教？

薇俄拉：最辉煌的、卓越的、无双的美人！请您指示我这位是不是就是这府里的小姐，因为我没有见过她。我不大甘心浪掷我的言辞，因为它不但写得非常出色，而且我费了好大的劲才把它背熟。两位大人，不要把我取笑，我是个非常敏感的人，一点点轻侮都受不了。

奥丽薇霞：你是从什么地方来的，先生？

薇俄拉：除了我背熟了的以外，我不能说别的话，您的问题是我所不曾预备回答的。温柔的好人儿，好好儿地告诉我您是不是府里的小姐，好让我陈说我的来意。

奥丽薇霞：您是个小丑吗？

薇俄拉：不，我的深心的人儿，可是我发誓那并不是我所扮演的角色。您是这府中的小姐吗？

奥丽薇霞：是的，要是我没有篡夺了我自己。

薇俄拉：假如您就是她，那么您的确是篡夺了您自己，因为您有权力给予别人的，您却没有权力把它藏匿起来。但是这种话跟我来此的使命无关，我要继续着恭维您的言辞，然后告知您我的来意。

奥丽薇霞：把重要的话说出来，恭维免了吧。

薇俄拉：唉！我好容易才把它背熟，而且它又是很诗意的。

奥丽薇霞：那么多半是些鬼话，请你留着不用说了吧，我听说你在我门口一味顶撞，让你进来只是要看你究竟是个什么人，并不是要听你说话。要是你没有发疯，那么回去吧；要是你明白事理，那么说得简单一些：我现在没有那种心思去理会一段没有意思的谈话。

玛莉霞：请你动身吧，先生，这儿便是你的路。

薇俄拉：不，我还要在这儿闲荡一会儿呢，亲爱的小姐，请您劝劝您这位“彪形大汉”别那么神气活现。

奥丽薇霞：把你的尊意告诉我。

薇俄拉：我是一个使者。

奥丽薇霞：你那种礼貌那么可怕，你带来的信息一定是些坏事情，有什么话说出来。

薇俄拉：除了您之外不能让别人听见。我不是来向您宣战，也不是来要求您臣服，我手里握着橄榄枝，我的话里充满了和平，也充满了意义。

奥丽薇霞：可是你一开始就不讲理。你是谁？你要干什么？

薇俄拉：我的不讲理是我从你们对我的接待上学来的。我是谁，我要干什么，这是秘密，它们在您的耳中是神圣的，可别人听到就是亵渎。

奥丽薇霞：你们都走开吧，我们要听一听这句神圣的话。（玛莉霞及侍从等下。）现在，先生，请教你的经文？

薇俄拉：最可爱的小姐——

奥丽薇霞：倒是一种叫人听了怪舒服的教理，可以大发议论呢。你的经文呢？

薇俄拉：在鄂西诺的心头。

奥丽薇霞：在他的心头！在他的心头的哪一章？

薇俄拉：照目录上排起来，是他心头的第一章。

奥丽薇霞：噢！那我已经读过了，无非是些旁门左道。你没有别的话要说了吗？

薇俄拉：好小姐，让我瞧瞧您的脸。

奥丽薇霞：贵主人有什么事要差你来跟我的脸接洽的？你现在岔开你的正文了：可是我们不妨拉开幕儿，让你看看这幅图画。（解除面幕。）你瞧，先生，我就是这个样子，它不是画得很好吗？

薇俄拉：要是一切都出于上帝的手，那真是绝妙之笔。

奥丽薇霞：它的色彩很耐人，先生，受得起风霜的侵蚀。

薇俄拉：那真是各种色彩精妙地调和而成的美貌，那红红的、白白的都是造化亲自用他的可爱的巧手敷上去的。小姐，您是世上最狠心的女人，要是您甘心让这种美埋没在坟墓里，不给世间留下一份副本。

奥丽薇霞：啊！先生，我不会那样狠心，我可以列下一张我的美貌的清单，一一写明白，把每一件明细都写在我的遗嘱上，比如：浓淡适宜的红唇两片；灰色的明眸一双，双眼皮；玉颈一个，柔肩一条，等等。你是专门来这里奉承我的吗？

薇俄拉：我清楚你是个怎样的人。您太高傲了，不过就算您是个魔鬼，您也是美丽的。我的主人深爱着您。啊！这样一种爱情，就算您是人间绝色，也应该回应他的。

奥丽薇霞：他是怎样地爱我呢？

薇俄拉：用敬仰，大把的泪水，响动着爱情的呼喊，吞吐着火焰的愁叹。

奥丽薇霞：你的主人明白我的心思，我不能爱他。虽然我知道他修养很高，也知道他很尊贵，很有地位，年轻而忠贞，名声也很好，大方，渊博，勇敢，长得也不错。可是我就是不能爱他，他很早就已经得到我的回应了。

薇俄拉：也像他我也如我的主人那样热烈地爱着你，也像他这般地受苦，这样毫无生趣地拖延着生命，我不会明白你的拒绝代表着什么。

奥丽薇霞：哦，那你将怎样呢？

薇俄拉：我要用柳枝在你的门前搭一所小屋，不时到府中拜访我的灵魂；我要吟唱着被冷淡的忠诚与爱情的诗篇，不管夜多么黑我都要把它们高声吟唱；我要对着回声的山谷呼唤您的名字，让呼啸的风都喊着“奥丽薇霞”。啊！您在哪儿都将得不到安宁，除非您可怜了我！

奥丽薇霞：你可以这么做的。你的家世如何？

薇俄拉：比我目前的情况要好，不过我是个有身份的人。

奥丽薇霞：回到你主人那儿去，我不能爱他，让他不要再派人来了。除非你再来找我，告诉他对我的答复觉得怎么样。再见！谢谢你的辛劳，这几个钱赏赐于你。

薇俄拉：我不是个要钱的邮差，小姐，收起你的钱吧，没有得到报酬的，是我的主人，而不是我，但愿爱神让您所爱的人也心如顽石，好让您的热情也跟我的主人一样得到轻视！再见，狠心的！（下。）

奥丽薇霞：“你的家世如何？”“比我目前的情况要好，不过我是个有身份的人。”我可以确定你一定是的，你的语气，你的面庞，你的身体、动作、气质，各方面都能证明你的高贵。——不要这么着急。且慢！且慢！除非主仆的名分颠倒了。——什么！这么快就染上了那种病？我觉得这个少年的美正无声无息地悄步进入我的脑海。好，让他走吧。喂！马伏里奥！

（马伏里奥重上。）

马伏里奥：是，小姐，您有何吩咐？

奥丽薇霞：去赶上那个无礼的使者，公爵派来的人，他不管我愿不愿，硬是留下了这个戒指。给他说我不要，让他不要向他的主人邀功，叫他死了心，我和他没有缘分，要是那少年明天还从这儿过，我会告诉他为什么。去吧，马伏里奥。

马伏里奥：是，小姐。（下。）

奥丽薇霞：我也不懂自己的心思，怎会一下子把他看中？一切但凭命运做主，谁又能掌控得了自己！（下。）

第二幕

第一场　海　滨

（安东尼奥及瑟巴士显上。）

安东尼奥：您不想再住下去了吗？您也不愿让我陪着您去吗？

瑟巴士显：请您谅解，我真的不愿意。我是个不走运的人，我怕我的晦气会连累您，所以还是请您离开我吧，好让我独自承担我的厄运。要是连累到您，那就太辜负您的一番好意了。

安东尼奥：可是请您告诉我您的去向吧。

瑟巴士显：实不相瞒，先生，我实难相告，因为我所决定的航行都是没有目的的漫游。我看您这么有礼，您一定不会强人所难，要我说出我所保守的秘密；其实按理来说，我应该向您坦诚自己。安东尼奥，您要知道我的名字本是瑟巴士显，罗特烈谷只是我的化名。我的父亲就是梅萨琳的瑟巴士显，我想您一定听说过他的名字。他去世后留下我和一个妹妹，我们两人是双胞胎，在同一个时辰出生。我多么愿意我们也能在同一个时辰离开人世！不过您，先生，却改变了我的命运。因为在您把我从海浪里救出的那一刻，我的妹妹已经葬身海底了。

安东尼奥：唉，多可惜！

瑟巴士显：先生，人们都说她非常像我，很多人都说她是个美丽的姑娘。我虽不好意思承认这句话，但可以问心无愧地说一句，即便妒忌她的人也不得不承认她有一颗善良的心。她已经永沉海底了，先生，虽然我似乎应该用更多的泪水来冲淡对她的记忆。

安东尼奥：先生，请您原谅我招待不周。

瑟巴士显：啊，好安东尼奥！是我打扰了您才对啊！

安东尼奥：如果您看在我俩交情的分上，不想让我难过的话，请您答应让我做您的仆人吧。

瑟巴士显：您已经救了我一命，如果您不想让我抱愧而死的话，那就请不要提出这样的要求，免得您白救了我。我要马上告辞了，我是个软心肠，还没有改变我母亲的气质，为了一点小事，我的眼睛就会控制不住自己的弱点。我要到鄂西诺公爵的宫廷里去，再见了。（下。）

安东尼奥：愿上帝保佑您！在鄂西诺的宫廷我有很多对头，不然我会很快就到那里见您；——无论如何我对您情谊深，踏破铁鞋我也定要将您寻。（下。）

第二场　街　道

（薇俄拉上；马伏里奥随上。）

马伏里奥：您不是刚刚从奥丽薇霞伯爵小姐那儿离开吗？

薇俄拉：正是，先生。因为我走得不快，所以现在才到这儿。

马伏里奥：先生，这是她给您的戒指，你自己拿回去吧，省得麻烦我。她还说请您务必告诉您家主人她不想跟他来往。还有，您不能再那么鲁莽地来我家了，除非来回禀一声你的主人有没有把这戒指拿回去。好，拿走吧。

薇俄拉：是她自己拿走这只戒指的，我不要。

马伏里奥：好了吧，先生，您任性把它扔给了她，她的意思也要我把它照样丢还给您。假如它是值得弯下身子拾起来的话，它就在您的眼前，不然的话，让什么人看见就让什么人拿去吧。（下。）

薇俄拉：我没有留下戒指呀，这位小姐是什么意思？但愿她不要迷恋上了我的外貌才好！她把我打量得那么仔细，真的，我觉得她看我看得那么出神，连自己讲的什么话也不顾了，那么没头没脑，颠颠倒倒的。一定的，她爱上我了，情急智生，才差这个无礼的使者来邀请我。不要我主人的戒指！嘿，他并没有把什么戒指送给她呀！我才是她的意中人，真是这样的话——事实上确实是这样——那么，可怜的小姐，她真是做梦了！我现在才明白假扮的确不是一桩好事，魔鬼会乘机大显它的身手。一个又漂亮又靠不住的男人，多么容易占据女人家柔弱的心！唉！这都是我们生性脆弱的缘故，不是我们自身的错。因为上天造下我们是哪样的人，我们就是哪样的人。这种事情怎么了结呢？我的主人深深地爱着她，我呢，可怜的小鬼，也是那样恋着他，她呢，认错了人，似乎在想念着我。这怎么了呢？因为我装扮成男人无法叫我的主人爱上我。因为我是个女人，唉！可怜的奥丽薇霞要白费无数的叹息了！这纠纷要让时间来理清，叫我打开这结儿怎么成！（下。）

第三场　奥丽薇霞宅中一室

（托培·贝尔区爵士及盎厥鲁·埃求启克爵士上。）

托培：过来，盎厥鲁爵士。深夜不睡即是起身得早，“起身早，身体好”，你知道的。

盎厥鲁：不，老实说，我不知道，我知道的是深夜不睡便是深夜不睡。

托培：一个错误的结论，我听见这种话就像看见一个空酒瓶那么头痛。深夜不睡，过了半夜才睡，那就是到了大清早才睡，岂不是睡得很早？我们的生命不是由四大元素组成的吗？

盎厥鲁：不错，他们是这样说，可是我以为我们的生命不过是吃吃喝喝而已。

托培：你真有学问，那么让我们吃吃喝喝吧。玛莉霞，喂！开一瓶酒来！

（小丑上。）

盎厥鲁：那个傻子来啦。

小丑：啊，我的心肝们！咱们刚好凑成一幅《三星图》？

托培：欢迎，驴子！现在我们来一首轮唱歌吧。

盎厥鲁：说老实话，这傻子有一副很好的嗓子。我宁愿拿四十个先令去换他这么一条腿和这么一副可爱的声音。真的，你昨夜打诨打得很好，说什么匹格罗格罗密忒斯哪，吠比亚人越过了邱勃斯的赤道线哪，真是好得很。我送了六便士给你，不是吗？

小丑：你的恩典我已经放进了我的口袋里，因为马伏里奥的鼻子不是鞭柄，我的小姐有一双玉手，她的跟班们不是开酒馆的。

盎厥鲁：好极了！嗯，无论如何这要算是最好的打诨了。现在唱首歌吧。

托培：来，给你六便士，唱首歌吧。

盎厥鲁：我也有六便士给你呢。要是他会给你，我也会给你。

小丑：你们要我唱首爱情的歌呢，还是唱首劝人为善的歌？

托培：唱首情歌，唱首情歌。

盎厥鲁：是的，是的，劝人为善有什么意思。

小丑：（唱）

你到哪儿去，啊我的姑娘？
听呀，那边来了你的情郎，
嘴里吟着抑扬的曲调。
不要再走了，美貌的亲亲；
恋人的相遇终结了行程，
每个聪明人全都知晓。

盎厥鲁：真好极了！

托培：好，好！

小丑：（唱）

什么是爱情？它不在明天；
欢笑嬉游莫放过了眼前，
将来的事有谁能猜料？
人要蹉跎了大好的年华；
来吻着我吧，你这娇娃，
转眼青春早化成衰老。

盎厥鲁：凭良心说话，好一副流利的歌喉！

托培：好一股恶臭的气息！

盎厥鲁：真的，很甜蜜又很恶臭。

托培：用鼻子听起来，那么恶臭也很动听。可是我们要不要让天空跳起舞来呢？我们要不要唱一首轮唱歌，把夜枭吵醒？那曲调会叫一个织工听了灵魂出窍。

盎厥鲁：要是你爱我，让我们来一下吧，唱轮唱歌我挺拿手的。

小丑：对啦，大人，有许多狗也唱得很好。

盎厥鲁：不错不错。让我们唱《你这坏蛋》吧。

托培："闭住你的嘴，你这坏蛋"，是不是这首，骑士？那我可不得不叫你坏蛋啦，骑士。

盎厥鲁：人家不得不叫我坏蛋，这也不是第一次。你开头，傻子；第一句是"闭住你的嘴"。

小丑：要是我闭住我的嘴，我就再也开不了头啦。

盎厥鲁：说得好，真的。来，唱起来吧。（三人唱轮唱歌。）

（玛莉霞上。）

玛莉霞：你们在这里猫儿叫春似的闹什么呀！要是小姐不会叫起她的管家马伏里奥来把你们赶出门外去，以后就再不用相信我的话。

托培：小姐是个骗子，我们都是阴谋家，马伏里奥是拉姆齐的佩格姑娘，"我们是三个快活的人"。我不是同宗吗？我不是她的家人吗？胡说八道，姑娘！

巴比伦有一个人，姑娘，姑娘！

小丑：要命，这位老爷真会开玩笑。

盎厥鲁：啾，他高兴的时候开起玩笑来，真的开得很好，我也是这样。不过他的玩笑开得富于风趣，而我比较自然一点。

托培：啊！十二月的十二——

玛莉霞：看在上帝的面上，别闹了吧！

（马伏里奥上。）

马伏里奥：我的爷爷们，你们疯了吗？还是怎么啦？难道你们没有脑子，不懂规矩，全无礼貌，在这种夜深的时候还要像一群发酒疯的补锅匠似的乱吵？你们把小姐的屋子当作一间酒馆，好让你们扯着喉咙，唱那种鞋匠的歌儿吗？难道你们全不想想这是什么地方，这儿有的是什么人，或者现在是什么时候了吗？

托培：你去上吊吧！

马伏里奥：托培老爷，莫怪我说句不怕忌讳的话。小姐吩咐我告诉您说，她虽然把您当个亲戚留您住在这儿，可是她不能容忍您那样胡闹。要是您能够循规蹈矩，我们这儿是十分欢迎您的。否则的话，要是您愿意向她告别，她一定肯让您走。

托培：既然我非去不可，那么再会吧，亲亲！

玛莉霞：别这样，好托培老爷。

小丑：他的眼睛显示出他末日将要来临。

马伏里奥：岂有此理！

托培：可是我绝不会死亡。

小丑：托培老爷，您在说谎。

马伏里奥：真有体统！

托培：我要不要叫他滚蛋？

小丑：不叫他滚蛋又怎样？

托培：要不要叫他滚蛋，毫无留待？

小丑：啊！不，不，不，你没有这种胆量。

托培：唱得不入调吗？先生，你说谎！除了是一个管家之外，你还有什么可以神气的呢？你以为你自己道德高尚，人家便不能喝酒取乐了吗？去，朋友，用面包屑去擦你的项链吧。开一瓶酒来，玛莉霞！

马伏里奥：玛莉霞姑娘，要是你不愿小姐对你生气，你可不要帮助他们胡闹，我一定会去告诉她的。（下。）

玛莉霞：滚你的吧！

盎厥鲁：向他挑战，然后失他的约，愚弄他一下子，倒是个很好的办法，就像人肚子饿了喝酒一样。

托培：好，骑士，我给你写挑战书，或者给你口头去向他表示你的愤怒。

玛莉霞：亲爱的托培老爷，今夜忍耐一下子吧。今天公爵那边来的少年会见了小姐之后，她心里很烦。至于马伏里奥先生，我去对付他好了。要是我不把他愚弄得给人当作笑柄，让大家取乐儿，我便是个连直挺挺躺在床上都不会的蠢东西。我知道我一定能行。

托培：告诉我们，告诉我们，告诉我们一些关于他的事情。

玛莉霞：好，老爷，有时候他有点儿像个清教徒。

盎厥鲁：啊！要是我早想到了这一点，我要把他像狗一样打一顿呢。

托培：什么，为了像清教徒吗？你有什么绝妙的理由，亲爱的骑士？

玛莉霞：我没有什么绝妙的理由，可是我有相当的理由。

盎厥鲁：他是个鬼清教徒，反复无常，逢迎取巧是他的本领。一头装腔作势的驴子，背熟了几句官话，便倒了出来。自信非凡，以为自己很了不得，谁看见他都会爱他；我可以凭着那个弱点堂堂正正地给他一顿教训。

托培：你预备怎样？

玛莉霞：我要在他的路上丢下一封暧昧的情书，里面活生生地描写着他胡须的颜色，他腿的形状，他走路的姿势，他的眼睛、额角和脸上的表情。让他一见就会觉得是写给他的。我会学您侄女的笔迹写字，在一件已经忘记了的文件上，简直辨不出是谁写的。

托培：好极了，我嗅到一个计策了。

盎厥鲁：我鼻子里也闻到了呢。

托培：他见了你丢下的这封信，便会以为是我的侄女写的，以为她爱上了他。

玛莉霞：我的意思正是这样。

盎厥鲁：你的意思要叫他变成一头驴子。

玛莉霞：驴子，那是毫无疑问的。

盎厥鲁：啊！那好极了！

玛莉霞：出色的把戏，你们瞧着好了，我知道我的计策对他一定有效。我可以把你们两人连那傻子安顿在他拾到那信的地方，瞧他怎么解释。今夜呢，大家上床睡去，梦着那回事吧，再见。（下。）

托培：晚安，好姑娘！

盎厥鲁：我说，她是个好丫头。

托培：她是头纯种的小猎犬，很爱我，怎样？

盎厥鲁：我也曾经被人爱过呢。

托培：让我们去睡吧，骑士。你应该叫家里再寄些钱来。

盎厥鲁：要是我不能得到你的侄女，我就大上其当了。

托培：去要钱吧，骑士。要是你最终都不能得到她，你叫我傻子。

盎厥鲁：要是我不去要，就再不要相信我，随你怎么办。

托培：来，来，我去烫些酒来，现在去睡太晚了。来，骑士，来，骑士。（同下。）

第四场　公爵府中一室

（公爵、薇俄拉、邱里奥及余人等上。）

公爵：给我奏些音乐。早安，朋友们。好西萨拉里奥，我只要听昨晚我们所听的那支古曲，我觉得它比目前轻音乐中那种轻倩的乐调和精炼的字句更能慰解我的痴情。来，只唱一节吧。

邱里奥：启禀殿下，会唱这歌儿的人不在这儿。

公爵：他是谁？

邱里奥：是那个仆人斐斯脱，殿下。他是奥丽薇霞小姐的尊翁所宠幸的傻子。他就在这附近。

公爵：去找他来，现在先把那曲调奏起来吧。（邱里奥下。）过来，孩子。要是你有一天发生了恋爱，在那种甜蜜的痛苦中请记着我。因为真心的恋人都像我一样，在其他一切情感上都是轻浮易变，但他所爱的人儿的影像，却会永远铭刻在他心头。你喜不喜欢这个曲调？

薇俄拉：它传出了爱情的宝座上的回声。

公爵：你说得很好。我相信你虽然这样年轻，你的眼睛一定曾经看中过什么人，是不是，孩子？

薇俄拉：略微有点，请您恕我。

公爵：是个什么样子的女人呢？

薇俄拉：相貌跟您差不多。

公爵：那么她是不配被你爱的，什么年纪呢？

薇俄拉：年纪也跟您差不多，殿下。

公爵：啊，那太老了！女人应当拣一个比她年纪大些的男人，这样她才会跟他合得来，不会失去她丈夫的欢心。因为，孩子，不论我们怎样自称自赞，我们的爱情总比女人们流动不定些，富于希求，易于反复，更容易消失而生厌。

薇俄拉：这一层我也想到了，殿下。

公爵：那么选一个比你年轻一点的姑娘做你的爱人吧，否则你的爱情便不能维持常青——女人正像娇艳的蔷薇，花开才不久便转眼枯萎。

薇俄拉：是啊，可叹她刹那的光荣，早枝头零落留不住东风！

（邱里奥偕小丑重上。）

公爵：啊，朋友！来，把我们昨夜所听见的那支歌儿再唱一遍。听好，西萨拉里奥。那是个古老而平凡的歌儿，晒着太阳的织布工人，以及无忧无虑的纺纱女郎们常常唱它。歌里的话儿都是些平常不过的真理，描述着纯朴的古代的那种爱情的纯洁。

小丑：您预备好了吗，殿下？

公爵：好，请你唱吧。（奏乐。）

小丑：（唱）

过来吧，过来吧，死神！

让我横陈在凄凉的柏棺[1]的中央；
飞去吧，飞去吧，浮生！
我被害于一个狠心的美貌姑娘。
为我罩上白色的殓衾铺满紫杉；
没有一个真心的人为我而悲哀。

莫让一朵花儿甜柔，
撒上了我那黑色的棺材；
没有一个朋友迓候我尸身，不久我的骨骼将会散开。
免得多情的人们千万次地感伤，
请把我埋葬在无从凭吊的荒场。

公爵：这是赏给你的辛苦钱。

小丑：一点儿不辛苦，殿下，我以唱歌为快乐呢。

公爵：那么就算赏给你的快乐吧。

小丑：不错，殿下，快乐总是要付代价的。

公爵：现在请不要再让我看到你。

小丑：好，忧愁之神保佑着你！但愿裁缝用闪缎给你裁一身衫子，因为你的心就像猫眼石那样闪烁不定。我希望像这种没有恒心的人都航海去，好让他们过着五湖四海、千变万化的生活；因为这样的人两手空空地回家。再会。（下。）

公爵：大家都退开去。（邱里奥及侍从等下。）西萨拉里奥，你再给我到那位狠心的女王那边去。对她说，我的爱情是超越世间的，泥污的土地不是我所看重的事物；命运所赐给她的尊荣财富，你对她说，在我的眼中都像命运一样无常；吸引我的灵魂的是她的天赋的灵奇、绝世的仙姿。

---

① 此处“柏棺”原文为 Cypress，自来注家均肯定应作 Crape（丧礼用之黑色绉纱）解释；按字面解 Cypress 为一种杉柏之属，径译“柏棺”，在语调上似乎更为适当，故仍将错就错，据字臆译。

薇俄拉：可是假如她不能爱您呢，殿下？

公爵：我不能得到这样的回音。

薇俄拉：可是您不能不得到这样的回音。假如有一位姑娘，也许真有那么一个，也像您爱着奥丽薇霞一样痛苦地爱着您。您不能爱她，您这样告诉她，那么她就不得不以这样的答复为满足了吗？

公爵：女人的小小的身体里一定受不住像爱情给予我心的那种激烈的搏跳，女人的心没有这样广大，可以藏得下这许多，她们缺少忍耐的能力。唉，她们的爱就像一个人的口味一样，不是从脏腑里，而是从舌尖上感觉到的，过饱了便会食伤呕吐，可是我的爱就像饥饿的大海，能够消化一切。不要把一个女人所能对我发生的爱情跟我对于奥丽薇霞的爱情相提并论。

薇俄拉：哦，可是我知道——

公爵：你知道什么？

薇俄拉：我知道女人对于男人会怀着怎样的爱情，真的，她们跟我们一样是真心的。我的父亲有一个女儿，她爱上了一个男人，正像假如我是个女人，也许会爱上殿下您一样。

公爵：她的恋爱史怎样？

薇俄拉：一片空白，殿下。她从来不向人诉说她的爱情，让隐藏在内心的抑郁，像蓓蕾中的蛀虫一样，侵蚀着她绯红的脸颊。她因相思而憔悴，疾病和忧愁折磨着她，像是墓碑上刻着的“忍耐”的化身，默坐着向悲哀微笑。这不是真的爱情吗？我们男人也许更多话，更会发誓，可是我们所表示的，总多于我们所决心实行的，不论我们怎样山盟海誓，我们的爱情总不过如此。

公爵：但是你的姐姐有没有殉情而死，我的孩子？

薇俄拉：我父亲的孩子只有我一个。可是我不知道，殿下，我要不要去见这位小姐？

公爵：对了，这是正事。——快去，送给她这颗珍珠，说我的爱情永不会认输。（各下。）

第五场　奥丽薇霞的花园

（托培·贝尔区爵士、盎厥鲁·埃求启克爵士及费边上。）

托培：来吧，费边先生。

费边：噢，我就来。要是我把这场好把戏略微错过一点点儿，就让我在懊恼里熬死吧。

托培：让这个卑鄙龌龊的丑东西出一场丑，你高不高兴？

费边：我才要快活死哩！您知道那次我因为要熊被他在小姐跟前说我坏话。

托培：我们再把那头熊牵来激他发怒，我们要把他作弄得体无完肤，你说怎样，盎厥鲁爵士？

盎厥鲁：要是我们不那么做，那才是终身的憾事呢。

托培：小坏东西来了。

（玛莉霞上。）

托培：啊，我的小宝贝！

玛莉霞：你们三人都躲到黄杨树后面去。马伏里奥要从这条走道上跑过来了，他已经在那边太阳光底下对他自己的影子练习了半个钟头仪法。谁要是喜欢笑话，就留心瞧着他吧，我知道这封信一定会叫他变成一个发痴的呆子的。凭着玩笑的名义，躲起来吧！你躺在那边，（丢下信。）这条鲟鱼已经来了，你不去挠挠他的痒处是捉不上手的。（下。）

（马伏里奥上。）

马伏里奥：不过是运气，一切都是运气。玛莉霞曾经对我说她喜欢我，我也曾经听见她说过那样的话，说要是她爱上别人的话，一定要选像我这种相貌的人。而且，她待我比待其他下人好得异乎寻常。我该怎么解释这一点呢？

托培：瞧这个自命不凡的浑蛋！

费边：静些！他已经痴心妄想得变成一头出色的火鸡了，瞧他那蓬起羽毛昂首阔步的样子！

盎厥鲁：我可以把这浑蛋痛打一顿！

托培：别闹啦！

马伏里奥：做了马伏里奥伯爵！

托培：啊，浑蛋！

盎厥鲁：给他吃手枪！给他吃手枪！

托培：别闹！别闹！

马伏里奥：这种事情是有前例的，史厥拉契夫人也下嫁给家臣。

盎厥鲁：该死，这畜生！

费边：静些！现在他着了魔啦，瞧他越想越得意。

马伏里奥：跟她结婚过了三个月，我坐在我的宝座上——

托培：啊！我要弹一颗石子到他的眼睛里去！

马伏里奥：身上披着雕花的丝绒袍子，召唤我的臣僚过来，那时我刚睡罢午觉，撇下奥丽薇霞酣睡未醒——

托培：大火硫黄烧死他！

费边：静些！静些！

马伏里奥：那时我装出一副威严的神气，先目光凛凛地向众人瞟视一周，然后对他们说我知道我的地位，他们也须要明白自己的身份，吩咐他们去请我的托培老叔过来——

托培：把他铐起来！

费边：别闹！别闹！别闹！好啦！好啦！

马伏里奥：我的七个仆人恭恭敬敬地前去找他。我皱了皱眉头，或者看了看表，或者抚弄着我的——什么珠宝之类。托培来了，向我行了个礼——

托培：这家伙可以让他活命吗？

费边：即使几辆马车要把我们的静默拉走，可是还是不要闹吧！

马伏里奥：我这样向他伸出手去，用一副庄严的威势来抑住我的亲昵的笑容——

托培：那时托培不就给了你一个嘴巴子吗？

马伏里奥：说，“托培叔父，我已蒙令侄女不弃下嫁，请您准许我这样说话——”

托培：什么？什么？

马伏里奥：“你必须把喝酒的习惯戒掉。”

托培：这狗东西！

费边：嗳，别生气，否则我们的计策就要失败了。

马伏里奥：“而且，您还把您的宝贵的光阴跟一个傻瓜骑士在一块儿浪费——”

盎厥鲁：说的是我，一定的啦。

马伏里奥：“那个盎厥鲁爵士——”

盎厥鲁：我知道是我，因为许多人都叫我傻瓜。

马伏里奥：（见信）这儿有些什么东西呢？

费边：现在那蠢鸟走到陷阱旁边来了。

托培：啊，静些！但愿开玩笑的神灵叫他高声朗读。

马伏里奥：（拾信）哎哟，这是小姐的手笔！瞧这一钩一弯一横一直，那不正是她的笔锋吗？没有问题，一定是她写的。

盎厥鲁：她的一钩一弯一横一直，那是什么意思？

马伏里奥：（读）“给不知名的恋人，至诚的祝福。”完全是她的口气！对不住，封蜡。且慢！这封口上的钤记不就是她一直用作封印的琉克丽思的肖像吗？一定是我的小姐。可是那是写给谁的呢？

费边：这叫他心窝儿里都痒起来了。

马伏里奥：知我者天，

我爱为谁？

慎莫多言，

莫令人知。

莫令人知。

下面还写些什么？又换了句调子！“莫令人知”说的也许是你哩，马伏里奥！

托培：嘿，该死，这豹子！

马伏里奥：我可以向我所爱的人发号施令；

但隐秘的衷情如琉克丽思之刀，

杀人不见血地把我的深心剚刃：

我的命在M、O、A、I的手里飘摇。

费边：无聊的谜语！

托培：我说是个好丫头。

马伏里奥：“我的命在M、O、A、I的手里飘摇。”不，让我先想一想，让我想一想，让我想一想。

费边：她给他吃了一服多好的毒药！

托培：瞧那头鹰儿多么饿急似的想一口吞下去！

马伏里奥：“我可以向我所爱的人发号施令。”噢，她可以命令我，我侍候着她，她是我的小姐。这是无论哪个有一点点脑子的人都看得出来的，全然合得拢。可是那结尾一句，那几个字母又是什么意思呢？能不能牵附到我的身上？——慢！M、O、A、I——

托培：哎，这应该想个法儿，他弄糊涂了。

费边：即使像一头狐狸那样臊气冲天，这狗子也会大惊小怪地叫起来的。

托培：M，马伏里奥。M，嘿，那正是我的名字的第一个字母哩。

费边：我不是说他会想出来的吗？这狗的鼻子什么都嗅得出来。

马伏里奥：M——可是这次序不大对。倒是想一想看，跟着来的应该是个字，可是却是个O字。

费边：我想O字应该是放在结尾的吧？

托培：对了，否则我要揍他一顿，让他喊出一个“O”来。

马伏里奥：A的背后又跟着个I。

费边：哼，要是你在背后生eye[①]的话，你就知道你眼前并没有什

① 英文“眼睛”。

么幸运，你的背后却有倒霉的事跟着呢。

马伏里奥：M、O、A、I，这隐语可跟前面所说的不很合辙，可是稍微把它颠倒一下，也就没有什么可疑的地方，因为这几个字母都在我的名字里，且慢！这儿还有散文呢。

> 要是这封信落到你的手里，请你想一想。照我的命运而论，我是在你之上，可是你不用惧怕富贵：有的人是生来的富贵，有的人是挣来的富贵，有的人是送上来的富贵。你的好运已经向你伸出手来，赶快用你的全部精神抱住它。你应该练习一下怎样才合乎你所将要做的那种人的身份，脱去你卑恭的旧习，放出一些活泼的神态来。对亲戚不妨分庭抗礼，对仆人不妨摆出架子；你要唇枪舌剑地讨论国家大事，装出一副矜持的样子。为你感叹的人这样叮嘱过你。记住谁曾称赞过你的黄袜子，愿意看见你永久扎着十字交叉的袜带，我给你说，你记住吧。好，只要你自己愿意，你就能出人头地，不然叫我见你一辈子做个管家，和众奴仆为伍，不值一提。再见！我愿意跟你交换地位，幸运的不幸者。

苍天白日也没这么清楚，平原荒野也没这么豁朗。我如果端起架子来，论起时政来，我要让托培灰心，我要和那些卑鄙之人绝交，我要一本正经地做起个人来，我没有自欺欺人，让想象愚弄自己。因为每一个理由都提醒着我，我的小姐喜欢我。她最近赞美过我的黄袜了和我的十字交叉的袜带，这就暗示着她爱我，用一种命令的方式让我打扮成她所喜欢的样子。感谢我的命运之神，我真幸运！我要带着骄傲的神气来，穿上黄袜子，扎着十字交叉的袜带，马上就去装扮起来。称颂上帝和我的命运之神！这里还有附启：

> 你一准猜得到我是谁。如果你接受我的爱情，请你用你的微笑来告诉我。你的微笑多么好看，亲爱的，请您在我面前永远微笑来表示你的意思。

感谢上帝！我要微笑，我要做你吩咐我的每一件事。（下。）

费边：就算波斯王给我几千块的俸禄，我也不想错过这场好戏。

托培：这姑娘能想得出这种主意，我真可以娶了她。

盎厥鲁：我也想娶她呢。

托培：我不要她什么嫁妆，只要能再给我想出这样一个乐子就行了。

盎厥鲁：我也不要她什么嫁妆。

费边：我那位捉蠢鹅的好手过来了。

(玛莉霞重上。)

托培：你愿把你的脚放在我头顶上吗?

盎厥鲁：也可以放在我的头顶上。

托培：我愿意把我的自由抛弃，做你的奴隶。

盎厥鲁：我也愿意做你的奴隶。

托培：你已经让他陷入痴迷，如果那种幻想离开了他，他肯定会发疯的。

玛莉霞：您老实对我说他中计了没有?

托培：就如接生婆喝了烧酒一样。

玛莉霞：如果你们要看看这场闹剧如何收场，就好好看看他怎样到小姐面前去，他会穿着黄袜子，那正是她最讨厌的颜色；还会扎着十字交叉的袜带，那正是她最讨厌的样式；他还会对她微笑，照她现在阴郁的心情，肯定会不高兴，保证让他讨个没趣。如果你们想看的话，就跟我来吧。

托培：好，到地府门口去，你这个机灵鬼！（同下。）

第三幕

第一场　奥丽薇霞的花园

（薇俄拉及小丑持手鼓上。）

薇俄拉：上帝佑护你和你的音乐，朋友！你是靠打手鼓过日子的吗？

小丑：不，先生，我靠着教堂混日子。

薇俄拉：你是个教士？

小丑：不，先生。因为我家就在教堂附近，所以我靠着教堂混日子。

薇俄拉：你也可以说，国王住在乞丐棚附近，因为乞丐住在王宫的附近；教堂建在你的手鼓旁边，因为你的手鼓放在教堂旁边。

小丑：正是如此，先生。人们越来越聪明了！对聪明人来说一句话就好比一副山羊皮手套，很容易就可以翻转过来。

薇俄拉：嗯，那是肯定的。擅长在字面上玩花样的，非常容易流于浅薄。

小丑：那么，先生，我但愿我的妹妹没有名字。

薇俄拉：这是为何呢，朋友？

小丑：先生，她的名字也是个字啊。在那个字上面玩弄花样，或许我的妹妹就会浅薄起来。不过文字自从失去自由之后，也变成了一个非常危险的家伙。

薇俄拉：这是什么道理，朋友？

小丑：实不相瞒，先生，我要是给你说出道理来，那就离不了文字；不过文字现在变得这么坏，我真不愿意用它们来表达我的道理。

薇俄拉：我敢保证你是个乐观的人，什么事都不关心。

小丑：您错了，先生，我倒有点儿关心的事儿。不过说良心话，先生，我对您可一点儿也不关心。

薇俄拉：你就是奥丽薇霞小姐家里的傻瓜吧？

小丑：不是的，先生。奥丽薇霞小姐不喜欢傻瓜，她要是嫁人了才会在家里养傻瓜呢，傻瓜之于丈夫，好比小鱼之于大鱼，丈夫就是一个大一点儿的傻瓜而已。我真不是她的傻瓜，我只是个给她讲笑话的人。

薇俄拉：我近来曾在鄂西诺公爵府上见过你。

小丑：先生，傻气就好比太阳围绕着地球，处处发散它的光辉。如果傻瓜不经常到您主人那儿去，如同他在我的小姐这儿一般，那么，先生，我可真对不住。我想我也曾在那里见过您这样的聪明人。

薇俄拉：哼，你若想取笑我，我可懒得搭理你了。拿着，这个钱收着吧。（给他一枚钱币。）

小丑：好，上帝保佑你长出好胡子！

薇俄拉：实话告诉你，我还真为了胡子而害相思呢，虽然我不要在自己脸上长起来。小姐在府上吗？

小丑：先生，您要是再赏我一个钱，凑成两个，不就可以养儿子了吗？

薇俄拉：可以的，你只需拿着它们放高利贷就行了。

小丑：先生，我倒想做个弗立基亚的潘达勒斯，给这个特洛伊罗斯寻一个克瑞西达来。①

薇俄拉：我明白了，朋友，你对乞讨很在行。

小丑：小姐就在里面，先生。我可以对他们说明您是从那儿来的，至于您是谁，您有什么事，那就不属于我的领域之内了——我应当说“范围”，可是那两个字已经给人用得太熟了。（下。）

薇俄拉：这家伙扮傻子很有点儿聪明。装傻装得好也是要靠才情

---

① 关于特洛伊罗斯与克瑞西达恋爱的故事可参看莎士比亚所著悲剧《特洛伊罗斯与克瑞西达》。潘达勒斯系克瑞西达之叔，为他们的撮合者。克瑞西达因生性轻浮，后被人所弃，沦为乞丐。

的，他必须窥伺被他所取笑的人的心绪，了解他们的身份，还得看准时机。然后像不择目的的野鹰一样，每个机会都不放松，这是一种和聪明人的艺术一样艰难的工作。傻子不妨说几句聪明话，聪明人说傻话难免被人笑骂。

（托培·贝尔区爵士、盎厥鲁·埃求启克爵士同上。）

托培：您好，先生。

薇俄拉：您好，爵士。

盎厥鲁：上帝保佑您，先生。

薇俄拉：上帝保佑您，我是您的仆人。

盎厥鲁：先生，我希望您是我的仆人，我也是您的仆人。

托培：请您进去吧。舍侄女有请，如果您是来看她的话。

薇俄拉：我来正是要拜见令侄女，爵士，她是我航行的目标。

托培：请您试试您的腿吧，先生，把它们移动起来。

薇俄拉：我的腿也许会听得懂我的话，爵士，可是我却不懂您叫我试试我的腿是什么意思？

托培：我的意思是，先生，请您走，请您进去。

薇俄拉：好，我就移步前进。可是有人走来了。

（奥丽薇霞及玛莉霞上。）

薇俄拉：最卓越最完美的小姐，愿诸天为您散下芬芳的香雾！

盎厥鲁：那年轻人是一个出色的廷臣，“散下芬芳的香雾！”好得很。

薇俄拉：我的来意，小姐，只能让您自己的玉耳眷听。

盎厥鲁：“香雾”“玉耳”“眷听”，我已经学会三句话了。

奥丽薇霞：关上园门，让我们两人谈话。（托培、盎厥鲁、玛莉霞同下。）把你的手给我，先生。

薇俄拉：小姐，我愿意奉献我的绵薄之力为您效劳。

奥丽薇霞：你叫什么名字？

薇俄拉：您仆人的名字是西萨拉里奥，美貌的公主。

奥丽薇霞：我的仆人，先生！自从假作卑恭认为是一种恭维之后，世界上从此不曾有过乐趣。你是鄂西诺公爵的仆人，年轻人？

薇俄拉：他是您的仆人，他的仆人自然也是您的仆人；您的仆人的仆人便是您的仆人，小姐。

奥丽薇霞：我不高兴说他，我希望他心里空无所有，不要充满着我。

薇俄拉：小姐，我来是要替他说动您那颗温柔的心。

奥丽薇霞：啊，对不起，请你不要再说起他了。可是如果你换一个人向我说，我愿意听你的请求，胜过于听天乐。

薇俄拉：亲爱的小姐——

奥丽薇霞：对不起，让我说句话，上次你到这儿来把我迷醉了之后，我叫人拿了个戒指追你，我欺骗了我自己，欺骗了我的仆人，也许欺骗了你，我用那种无耻的计策把你明知道不属于你的东西强放在你手里，一定会使你看不起我。你会怎样想呢？你不曾把我的名誉拴在桩柱上，让你那残酷的心所想得到的一切思想恣意地把它虐弄？像你这样敏慧的人，我已经表示得太露骨了。掩藏着我的心事的，只是一层薄薄的蝉纱。所以，让我听你的意见吧。

薇俄拉：我可怜你。

奥丽薇霞：那是到达恋爱的一个阶段。

薇俄拉：不是，我们对敌人也往往会发生怜悯。

奥丽薇霞：啊，那么我想现在应该是再微笑起来的时候了。世界啊！微贱的人多么容易骄傲！要是做了俘虏，那么落于狮子的爪下比之豺狼的吻中要幸运多少啊！（钟鸣。）时钟在谴责我把时间浪费了。别担心，好孩子，我不会留住你。可是等到才情和青春成熟之后，你的妻子将会得到一个出色的男人。向西是你的路。

薇俄拉：那么向西开步走！愿小姐称心如意！您没有什么话要我向我的主人说吗，小姐？

奥丽薇霞：且慢，请你告诉我你认为我这人怎样？

薇俄拉：我以为你以为你不是你自己。

奥丽薇霞：要是我以为这样，我以为你也是这样。

薇俄拉：你猜想得不错，我不是我自己。

奥丽薇霞：我希望你是我所希望于你的那种人！

薇俄拉：那是不是比现在的我要好些，小姐？我希望好一些，因为现在的我不过是你的仆人。

奥丽薇霞：唉！他嘴角的轻蔑和怒气，

冷然的神态多么美丽！

爱比杀人重罪更难隐藏；

爱的黑夜有中午的阳光。

西萨拉里奥，凭着春日蔷薇，

贞操，忠信与一切，我爱你，

这样真诚，不顾你的骄傲，

理智拦不住热情的宣告。

别以为我这样向你求情，

你就可以无须再献殷勤；

须知求得的爱虽费心力，

不劳而获的更应该珍惜。

薇俄拉：我起誓，凭着天真与青春，

我只有一条心一片忠诚，

没有女人能够把它占有，

只有我是我自己的君后。

别了，小姐，我从此不再来

为我主人向你苦苦陈哀。

奥丽薇霞：你不妨再来，也许能感动我释去憎嫌，把感情珍重。（同下。）

第二场　奥丽薇霞宅中一室

（托培·贝尔区爵士、盎厥鲁·埃求启克爵士及费边上。）

盎厥鲁：不，真的，我再不能住下去了。

托培：为什么呢，亲爱的坏东西？说出你的理由来。

盎厥鲁：嘿，我见你的侄女对待那个公爵的佣人比对待我好得多，我在花园里瞧见的。

托培：她那时也看见你了吗，孩子？告诉我。

盎厥鲁：就像我现在看见你一样明白。

费边：那正是她爱您的一个很好的证据。

盎厥鲁：啐！你把我当作一头驴子吗？

费边：大人，我可以用判断和推理来证明这句话不错。她当着您的面对那个少年献殷勤，不过是要叫您发急，唤醒您那打瞌睡的勇气，给您的心里生起火来，在您的肝脏里加点儿硫黄罢了。您那时就该走上去向她招呼，说几句新鲜的俏皮话儿叫那年轻人哑口无言。她盼望您这样，可是您却大意错过了。您放过了这么一个大好的机会，我的小姐自然要冷淡您啦，您在她心里像荷兰人胡须上悬着冰柱一样，除非您能用勇气或是手段来干出一些出色的事情，才可以挽回。

盎厥鲁：无论如何，我宁愿用勇气，因为我挺讨厌使手段。叫我做个政客，还不如做个勃朗派①的教徒。

托培：好啊，那么把你的命运建立在勇气上吧。去向那公爵差来的少年挑战，把他身上戳十来个窟窿，我的侄女一定会注意到。你可以相信，世上没有一个媒人会比一个勇敢的名声更能打动女人的心。

费边：此外可没有别的办法了，盎厥鲁大人。

盎厥鲁：你们谁肯给我向他下战书？

托培：快去用一手虎虎有威的笔法写起来，要干脆简单，不用说俏

---

① 勃朗派为英国伊丽莎白时代清教徒勃朗所创的教派。

皮话，只要言之有理，别出心裁就行了。尽你的笔墨之能把他嘲骂，要是你把他“你啊”“你的”“你”了三四次，那不会有错，再把纸上写满了谎，即使你的纸大得可以铺满英国威耳地方的那张大床。快去写吧。把你的墨水里掺满怨毒，虽然你用的是一支鹅毛笔。去吧。

盎厥鲁：我到什么地方去见你们？

托培：我们会到你房间里来看你，去吧。（盎厥鲁下。）

费边：这是您的一个宝藏，托培老爷。

托培：我倒累他破费过不少呢，孩子，大约有两千多块钱的样子。

费边：我们马上就可以看到他的一封妙信了。可是您不会给他送去吧？

托培：要是我不送去，你以后别相信我，我一定要把那年轻人激出一个回音来，我想就是叫牛儿拉着车绳也拉不拢他们两人。要是把盎厥鲁解剖开来，你在他肝脏里找得出一滴可以沾湿一只跳蚤的脚的血，我愿意把他那副臭皮囊吃下去。

费边：他那个年轻的对头，照那副相貌来看，也不像是会下辣手的。

托培：瞧，一窠九只的鷦鷯中顶小的一只来了。

（玛莉霞上。）

玛莉霞：要是你们愿意捧腹大笑，不怕笑到腰酸背痛，那么跟我来吧。那只蠢鹅马伏里奥已经信了邪道，变成了一个十足的异教徒了。因为没有一个相信正道而希望得救的基督徒，会做出这种丑恶不堪的事情来。他穿着黄袜子呢。

托培：袜带是十字交叉的吗？

玛莉霞：再恶心不过的了，就像是个在寺院里开学堂的塾师先生，我像是他的刺客一样紧跟着他。我故意掉下来诱他的那封信上的话，他每一句都听从，他把脸笑得皱纹比新添上东印度群岛的增订地图上的线纹还多，你们从来不曾见过这样一个东西，我真忍不住要向他丢东西过去。我知道小姐一定会打他，要是她打了他，他一定仍然会笑，以为是一件大恩典。

托培： 来，同我们去，同我们到他那儿去。（同下。）

第三场　街　道

（瑟巴士显及安东尼奥上。）

瑟巴士显： 我本来不愿意麻烦你，可是你既然这样喜欢自己劳碌，那么我也不再向你多话了。

安东尼奥： 我抛不下你，我的愿望比磨过的刀还要锐利地驱迫着我。虽然为了要看见你，再远的路我也会跟着你去；可并不全然为着这个理由：我担心你在这些地方是个陌生人，路上也许会碰到些什么；一路没有朋友的异乡客，出门总有许多不方便。我的诚心的爱，再加上这些使我忧虑的理由，才触动我来追赶你。

瑟巴士显： 我的善良的安东尼奥，除了感谢，感谢，永远的感谢之外，我再没有别的话好回答你。一件好事常常只换得一声空口的道谢，可是我的钱财如能跟我的衷心的感谢一样多，你的好心一定不会得不到重重的酬报。我们干些什么呢？要不要去瞧瞧这城里的古迹。

安东尼奥： 明天吧，先生，还是先去找个住处。

瑟巴士显： 我不累，离天黑还有许多时候，让我们去瞧瞧这儿的名胜，一饱眼福吧。

安东尼奥： 请你原谅我，我在这一带街道上走路是冒着危险的。从前我曾参加过海战，和公爵的舰队作过对，那时我立了一点儿功，假如在这儿被捉到了，可不知要怎样抵罪哩。

瑟巴士显： 大概你杀死了很多人吧？

安东尼奥： 我的罪名并不是这么一种杀人流血的性质，虽然照那时的情形和争执的激烈程度来看，很容易有流血的可能。本来我们把夺去了的还给他们，就可以和平解决，为了经商，我们城里大多数人都这样做了；可是我却不肯屈服。因此，要是我在这儿被捉到的话，他们绝不会轻易放过我。

瑟巴士显： 那么你不要常常出来吧。

安东尼奥： 那的确不大妥当。先生，这是我的钱袋，请你拿着吧。南郊的哀勒芬旅店是最好的住宿之处，我先去订好膳宿。你可以在城里逛着见识见识，再到那边来见我。

瑟巴士显： 为什么你要把你的钱袋交给我？

安东尼奥： 也许你会看中什么玩意儿想要买下。我知道你的钱不够，先生。

瑟巴士显： 好，我就替你保管你的钱袋。过一个钟头再见吧。

安东尼奥： 在哀勒芬旅店。

瑟巴士显： 我记得。（各下。）

第四场　奥丽薇霞的花园

（奥丽薇霞及玛莉霞上。）

奥丽薇霞： 我已经差人去请他了。假如他肯来，我要怎样款待他呢？我要给他些什么呢？因为年轻人常常是买来的，而不是讨来或借来的。我说得太高声了。马伏里奥在哪儿呢？他这人很严肃，懂得规矩，很配做我家里的仆人。马伏里奥在什么地方？

玛莉霞： 他就来了，小姐，可是他的样子古怪得很。他一定给鬼迷了，小姐。

奥丽薇霞： 啊，怎么啦？他在说胡话吗？

玛莉霞： 不，小姐，他只是一味笑。他来的时候，小姐，您最好叫人保护着您。因为这人的神经有点儿不正常呢。

奥丽薇霞： 去叫他来。（玛莉霞下。）他是痴汉，我也是个疯婆。他欢喜，我忧愁，一样糊涂。

（玛莉霞及马伏里奥重上。）

奥丽薇霞： 怎样，马伏里奥！

马伏里奥： 亲爱的小姐，哈哈！

奥丽薇霞： 你笑吗？我要差你做一件正经事呢，别那么快活。

马伏里奥：不快活，小姐！我当然可以不快活，这种十字交叉的袜带扎得我血脉不通，可是那有什么要紧呢？只要能叫一个人看了欢喜，那就像诗上所说的“一人欢喜，人人欢喜”了。

奥丽薇霞：什么，你怎么啦，究竟是怎么一回事？

马伏里奥：我的腿儿虽然是黄的，我的心儿却不黑。那话他已经懂得了，命令一定要服从。我想那一手簪花妙楷我们都认得出来。

奥丽薇霞：你还是睡觉去吧，马伏里奥。

马伏里奥：睡觉去！好了，好人儿，我一定奉陪。

奥丽薇霞：上帝保佑你！为什么你老是这样笑着吻你的手？

玛莉霞：您怎么啦，马伏里奥？

马伏里奥：多承见问！是的，夜莺应该回答乌鸦的问话。

玛莉霞：您为什么当着小姐的面这样放肆？

马伏里奥：“不用惧怕富贵”，写得很好！

奥丽薇霞：你说那话是什么意思，马伏里奥？

马伏里奥：“有的人是生来的富贵，”——

奥丽薇霞：嘿！

马伏里奥：“有的人是挣来的富贵，”——

奥丽薇霞：你说什么？

马伏里奥：“有的人是送上来的富贵。”

奥丽薇霞：上天保佑你！

马伏里奥：“记着谁曾经赞美过你的黄袜子，”——

奥丽薇霞：你的黄袜子！

马伏里奥：“愿意看见你永远扎着十字交叉的袜带！”

奥丽薇霞：扎着十字交叉的袜带！

马伏里奥：“好，只要你自己愿意，你就能出人头地，”——

奥丽薇霞：我就可以出人头地？

马伏里奥：“不然让我见你一辈子做个管家吧。”

奥丽薇霞：哎哟，这家伙简直中了暑发疯了。

（一仆人上。）

仆人： 小姐，鄂西诺公爵的那位青年使者回来了，我好容易才请他过来。他在等候着小姐的意旨。

奥丽薇霞： 我就去见他。（仆人下。）好玛莉霞，这家伙要好好看管，我的叔父呢？叫几个人加意留心着他，我希望他不要有什么意外。（奥丽薇霞、玛莉霞下。）

马伏里奥： 啊，哈哈！你现在明白了吗？不叫别人，却叫托培爵士来照看我！我正合信上所说的：她有意叫他来，好让我跟他顶撞一下，因为她信里正要我这样。"脱去你卑恭的旧习"，她说，"对亲戚不妨分庭抗礼，对仆人不妨摆摆架子；你要唇枪舌剑地讨论国家大事，装出一副矜持的样子"，于是写着怎样扮起一副严肃的面孔、庄重的举止、慢声慢气的说话腔调，学着大人先生的样子，诸如此类。我已经捉到她了，可是那是上帝的功劳，感谢上帝！而且她刚才临去的时候，她说，"这家伙要好好照看。"不说马伏里奥，也不照我的地位称呼我，而叫我家伙。哈哈，一切都符合，一点儿没有疑惑，一点儿没有阻碍，一点儿没有不放心的地方。还有什么好说的呢？什么也不能阻止我达到我的全部的希望。好，干这种事情的是上帝，不是我，感谢上帝！

（玛莉霞、托培·贝尔区爵士及费边上。）

托培： 凭着神圣的名义，他在哪儿？即便是地狱里的群鬼都缩小身子，一起走进他的身体里去，我也要跟他说话。

费边： 他在这儿，他在这儿。您怎么啦，大爷？您怎么啦，老兄？

马伏里奥： 走开，我用不着你，别搅扰了我的安静。走开！

玛莉霞： 听，魔鬼在他嘴里说着鬼话了！我不是对您说过吗？托培老爷，小姐请您看顾看顾他。

马伏里奥： 啊！啊！她这样说吗？

托培： 好了，好了，别闹了吧！我们一定要客客气气对付他，让我一个人来吧。——你好，马伏里奥。你怎么啦？嘿，老兄！抵抗魔鬼呀！你想，他是人类的仇敌呢。

马伏里奥：你知道你在说些什么话吗？

玛莉霞：你们瞧！你们一说了魔鬼的坏话，他就生气了。求求上帝，不要让他中了鬼迷才好！

费边：把他的小便送到巫婆那边去吧。

玛莉霞：好，明天早晨一定送去。我的小姐舍不得他哩。

马伏里奥：怎么，姑娘！

玛莉霞：主啊！

托培：请你别闹，这不是个办法，你不见你惹他生气了吗？让我来对付他。

费边：除了用软功之外，没有别的法子。轻轻地，轻轻地，魔鬼是个粗坯，你要是跟他动粗是不行的。

托培：喂，怎么啦，我的好家伙！你好，好人儿。

马伏里奥：爵士！

托培：噢，小鸡，跟我来吧。嘿，老兄！跟魔鬼在一起玩可不对。该死的黑鬼！

玛莉霞：叫他念祈祷，好托培老爷，叫他祈祷。

马伏里奥：念祈祷，小淫妇！

玛莉霞：你们听着，跟他讲到关于上帝的话，他就听不进去了。

马伏里奥：你们全给我去上吊吧！你们都是些浅薄无聊的东西，我不是跟你们一样的人。你们就会知道的。（下。）

托培：有这等事吗？

费边：要是这种情形在舞台表演起来，我一定要批评它捏造得出乎情理之外。

托培：他已经中计了，老兄。

玛莉霞：还是追上他去吧；也许这计策一漏了风，就会坏掉。

费边：噢，我们真的要叫他发起疯来。

玛莉霞：那时屋子里可以清静些。

托培：来，我们要把他捆起来关在一间暗室里。我的侄女已经相信他疯了；我们可以这样依计而行，让我们开开心，叫他吃吃苦头。等到我们这玩笑开尽了之后，再向他发起慈悲来；那时我们宣布我们的计策，把你封作疯人的发现者。可是瞧，瞧！

（盎厥鲁·埃求启克爵士上。）

费边：又有别的花样来了。

盎厥鲁：挑战书已经写好在此，你读读看，念上去就像酸醋胡椒的味道呢。

费边：有这么厉害吗？

盎厥鲁：对了，我向他保证的，你只要读着好了。

托培：给我。（读）"年轻人，不管你是谁，你不过是个下贱的东西。"

费边：好，真勇敢！

托培："不要吃惊，也不要奇怪为什么我这样称呼你，因为我不愿告诉你是什么理由。"

费边：一句很好的话，这样您就可以不受法律的攻击了。

托培："你来见奥丽薇霞小姐，她当着我的面把你厚待；可是你说谎，那并不是我要向你挑战的理由。"

费边：很简单明白，而且非常的——不通。

托培："我要在你回去的时候埋伏着等候你；要是命该你把我杀死的话——"

费边：很好。

托培："你便是个坏蛋和恶人。"

费边：您仍旧避过了法律方面的责任，很好。

托培："再会吧，让上帝超度我们两人中一人的灵魂！也许他会超度我的灵魂，可是我比你有希望一些，所以你留心着自己吧。你的朋友，和你的势不两立的仇敌，盎厥鲁·埃求启克上。"——要是这封信不能触动他，那么他的两条腿也不能走动了。我去送给他。

玛莉霞：您有很凑巧的机会，他现在正在跟小姐谈话，等会儿就要出来了。

托培：去，盎厥鲁大人，给我在园子角落里等着他，像个衙役似的，一看见他，便拔出剑来；一拔剑，就高声咒骂；一句可怕的咒骂，神气活现地从嘴里狂声傲气地发了出来，比真才实艺更能叫人相信他是个了不得的家伙。去吧！

盎厥鲁：好，骂人的事情我自己会来。（下。）

托培：我可不去送这封信。因为照这位青年的举止来看，是个很有资格很有教养的人，否则他的主人不会差他来拉拢我的侄女的。这封信写得那么奇妙不通，一定不会叫这青年害怕，他一定会以为这是一个呆子写的。可是，老兄，我要口头去替他挑战，故意夸张埃求启克的勇气，让这位仁兄相信他是个勇猛暴躁的家伙，我知道他那样年轻一定会害怕的。这样他们两人便会彼此害怕，一见面就像见了毒蜥蜴一样掉了魂魄。

费边：他和您的侄女来了，让我们回避他们，等他告别之后再追上去。

托培：我可以想出几句可怕的挑战话来。（托培、费边、玛莉霞下。）

（奥丽薇霞及薇俄拉重上。）

奥丽薇霞：我对一颗石子样的心太多费唇舌了，鲁莽地把我的名誉下了赌注。我心里有些埋怨自己的错，可那是个极其倔强的错，埋怨只能招来它一阵讪笑。

薇俄拉：我主人的悲哀也正和您这种痴情的样子相同。

奥丽薇霞：拿着，为我的缘故把这玩意儿带在你身上吧，那上面有我的小像，不要拒绝它，它不会多话讨你厌的，请你明天再过来。你无论向我要什么，只要对我的名誉没有妨碍，我都可以给你。

薇俄拉：我向您要的，只是请您把真心的爱给我的主人。

奥丽薇霞：那我已经给了你了，怎么还能凭着我的名誉再给他呢？

薇俄拉：我要去了。

奥丽薇霞：好，明天再来吧。再见！像你这样一个恶魔，我甘愿被你往地狱里拖。（下。）

（托培·贝尔区爵士及费边重上。）

托培：先生，上帝保佑你！

薇俄拉：上帝保佑您，爵士！

托培：准备着防御吧。我不知道你做了什么对不起他的事情，可是你那位对头满心怀恨，一股子的杀气在园子尽头等着你呢。拔出你的剑来，赶快预备好，因为你的敌人是个敏捷精明而可怕的人。

薇俄拉：您弄错了，爵士，我相信没人会跟我争吵，我完全不记得我曾经得罪过什么人。

托培：你会知道事情是恰恰相反的，我告诉你；所以要是你看重你的生命的话，留点儿神吧；因为你的冤家年轻力壮，武艺不凡，火气又那么大。

薇俄拉：请问爵士，他是谁呀？

托培：他是个不靠军功而受封的骑士，可是跟人吵起架来，那简直是个魔鬼，他已经叫三个人的灵魂出壳了。现在他的怒气已经一发而不可收，不把人杀死送进坟墓里去绝不肯甘心。他的格言是不管三七二十一，拼个你死我活。

薇俄拉：我要回到府里去请小姐派几个人给我保驾。我不会跟人打架，我听说有些人故意向别人寻事，试验他们的勇气，这个人大概也是这一类的。

托培：不，先生，他的发怒是有充分理由的，因为你得罪了他，所以你还是上去答应他的要求吧。你不能回到屋子里去，除非你在没有跟他交手之前先跟我比个高低。所以上去吧，把你的剑赤条条地拔出来，无论如何你非得动一下手不可，否则以后你再不用带剑了。

薇俄拉：这真是既无礼又古怪，请您帮我一个忙，去问问那骑士看我得罪了他什么。那一定是我偶然的疏忽，绝不是有意的。

托培：我就去问他。费边先生，你陪着这位先生等我回来。（下。）

薇俄拉：先生，请问您知道这是怎么一回事吗？

费边：我知道那骑士对您很不乐意，抱着拼命的决心，可是详细的情形却不知道。

薇俄拉：请您告诉我他是个什么样的人？

费边：从他的外表上看，并没有什么惊人的地方，可是您跟他一交手，就知道他的厉害了。他，先生，的确是您在伊利里亚无论哪个地方所碰得到的最有本领、最凶狠、最厉害的敌手。您就过去见他好不好？我愿意替您跟他讲和，要是能够的话。

薇俄拉：那多谢您了。我是个宁愿亲近教士不愿亲近骑士的人，我不喜欢跟人争强斗胜。（同下。）

（托培及盎厥鲁重上。）

托培：嘿，老兄，他才是个魔鬼呢，我从来不曾见过这么一个泼货。我跟他连剑带鞘较量了一回，他给我这么致命的一刺，简直无从招架，至于他还起手来，那简直像是你的脚踏在地上一样万无一失。他们说他曾经在波斯王宫里当过剑师。

盎厥鲁：糟了！我不高兴跟他动手。

托培：好，但是他可不肯善罢甘休呢，费边在那边简直拦不住他。

盎厥鲁：该死！早知道他有这种本领，我就不该去惹他。假如他肯放过我这回，我情愿把我的灰色马儿送给他。

托培：我去跟他说去。站在这儿，摆出些威势来，这件事情总可以和平了结的。（旁白）你的马儿少不得要让我来骑，你可大大地被我捉弄了。

（费边及薇俄拉重上。）

托培：（向费边）我已经叫他把他的马儿送上议和，我已经叫他相信这孩子是个魔鬼。

费边：他也是十分害怕着他，吓得心惊肉跳、脸色发白，像是一头熊追在背后似的。

托培：（向薇俄拉）没有法子，先生，他因为已经发过了誓，非得跟你决斗一下不可。他已经把这回吵闹考虑过，认为现在没有什么话好说的了，所以为了他所发的誓起见，拔出你的剑来吧，他声明他不会伤害你的。

薇俄拉：（旁白）求上帝保佑我！一点点事情就会让他们知道我是不配做个男人的。

费边：要是你见他势不可当，就让让他吧。

托培：来，盎厥鲁爵士，没有办法，这位先生为了他的名誉起见，不得不跟你较量一下，按照决斗的规则，他不能规避这一回事；可是他已经答应我，因为他是个堂堂君子又是个军人，他不会伤害你的。来吧，上去！

盎厥鲁：求上帝让他不要背誓！（拔剑。）

薇俄拉：相信我，这全然不是出于我的本意。（拔剑。）

（安东尼奥上。）

安东尼奥：放下你的剑。要是这位年轻的先生得罪了你，我替他担个不是；要是你得罪了他，我可不肯对你善罢甘休。（拔剑。）

托培：你，朋友！咦，你是谁呀？

安东尼奥：先生，我是他的好朋友，为了他的缘故，无论什么事情说得出便做得到。

托培：好吧，你既然这样喜欢管人家的闲事，我就奉陪了。（拔剑。）

费边：啊，好托培老爷，住手吧！警官们来了。

托培：过会儿再跟你算账。

薇俄拉：（向盎厥鲁）先生，请你放下你的剑吧。

盎厥鲁：好，放下就放下，朋友，我可以向你担保，我的话说过就算数。我是个听话受管束的人。

（二警吏上。）

甲吏：就是这个人，执行你的任务吧。

乙吏：安东尼奥，我奉鄂西诺公爵之命把你逮捕。

安东尼奥：你看错人了，朋友。

甲吏：不，先生，一点儿没有错。我认识你的脸，虽然你现在头上没戴着水手的帽子。——把他带走，他知道我认识他的。

安东尼奥：我只好服从。（向薇俄拉）这场祸事都是因为要来寻找你而起，不过没有办法，我必须认罪。现在我必须向你要回我的钱袋了，你准备怎样呢？让我伤心的不是我自个儿的遭遇，而是不能为你尽一点力。你奇怪吗？请你别难过了。

乙吏：不，朋友，走吧。

安东尼奥：那些钱我得向你取些来。

薇俄拉：什么钱，先生？为了您在这里对我的善意相助，又见您现在的不幸，我愿意尽我的微薄之力借给你几个钱，我是个穷光蛋，我随身带着的钱，愿意和你平分。拿去吧，这是我一半的财产。

安东尼奥：你现在不认得我了吗？难道我给你的好处还不够多吗？别以为我倒霉好欺负，要是我发起火来，会什么都不顾的，我会向你一一数说你的忘恩负义。

薇俄拉：我全然不知，你的音容笑貌我完全不熟悉。我恨人们的忘恩负义，比痛恨谎言、虚伪、多嘴、酗酒或者其他的人类所有的恶德都要厉害。

乙吏：好了，对不起，朋友，走吧。

安东尼奥：让我再说句话，你们看看这个小子，他的命是我救的，我用我的爱心照顾着他，我还以为他的样子是个好人，才对他那样好。

甲吏：那跟我们有什么关系呢？别耽搁时间了，快走吧！

安东尼奥：可是啊！这个天使一样的人，原来却是个魔鬼！瑟巴士显，你未免太羞辱你这副好容貌了。

心中之瑕疵才是真污垢，
无情之人才是败坏之流。
善就是美，但漂亮的罪恶，
是撒旦雕就文采的空匣。

甲吏：这个人疯了，带他走吧！来，过来，先生。

安东尼奥：带我走吧。（警吏带安东尼奥下。）

薇俄拉：他的话句句出自真心；
他坚信不疑，我心慌意乱。
但愿幻想的事不是虚幻，
是他将妹妹错认为哥哥！

托培：过来，骑士，过来，费边，让我来给你们说几句聪明话。

薇俄拉：他提起瑟巴士显的名字，
我兄长正是我镜中影子，
兄妹俩生就得一模一样，
再加上穿衣打扮无差别；
但愿暴风雨改变了心肠，
无情的波涛变为了仁慈！（下。）

托培：真是一个刁钻卑鄙的孩子，比兔子还胆小！他看着朋友有难而无动于衷，还要装作从不相识，由此可见他的恶习，至于他的懦弱呢，去问费边好了。

费边：一个懦夫，一个尊敬、畏惧上帝的懦夫。

盎厥鲁：这个浑蛋，我要赶上去揍他一顿。

托培：好，狠狠地揍他一顿，但是不要用你的剑。

盎厥鲁：如果我不——（下。）

费边：走，让我们看看去。

托培：我可以赌咒，到头来什么事也不会发生。（同下。）

第四幕

第一场　奥丽薇霞宅旁街道

（瑟巴士显及小丑上。）

小丑：你要我相信我不是差来请你的吗？

瑟巴士显：算了吧，算了吧，你是个傻瓜，快给我走开。

小丑：样子装得挺好！是的，我不认识你，我的小姐也没有差我来请你前去讲话，你的名字也不是西萨拉里奥大爷。什么都不是。

瑟巴士显：请你到别的地方去胡言乱语吧，你又不认识我。

小丑：胡言乱语！你从哪个大人物那儿听了这句话，却用在一个傻瓜身上。胡言乱语！我担心整个愚痴的世界都要拿腔作调起来了。你不要那么怯生生的，告诉我应当对我的小姐胡什么言乱什么语吧。要不要对她说你就来？

瑟巴士显：傻瓜，请你到一边去吧，少不了给你钱的，要是你再不走，我就不给你那么多了。

小丑：说实话，你倒是很大方。这样的聪明人把钱给一个傻瓜，就好比把多年的积蓄来换一句好话。

（盎厥鲁上。）

盎厥鲁：啊，朋友，我们又见面了？吃这一下。（击瑟巴士显。）

瑟巴士显：好啊，给你也尝尝这一个，这一下，这一下！（打盎厥鲁。）所有人都疯了吗？

（托培·贝尔区爵士和费边上。）

托培：住手，朋友，不然我要把你的刀子扔进屋里去了。

小丑：我这就去把这件事告诉小姐。我不想费两便士换你们的一件衣服穿。（下。）

托培：（拉瑟巴士显。）算了，朋友，停下吧。

盎厥鲁：不，让他走吧。我要换一种办法来对付他。如果伊利里亚还有法律的话，我要告他非法殴打，虽然是我先动的手，不过那没有关系的。

瑟巴士显：把你的手放下！

托培：行了，朋友，我不能让你走。来，我年轻的勇士，丢掉你的武器。你已经火冒三丈了，来吧。

瑟巴士显：你休想抓住我。（挣脱。）你现在想怎样？如果你有胆量话，抽出你的剑吧。

托培：怎么！怎么！那我就要让你流几滴鲁莽的血。（拔剑。）

（奥丽薇霞上。）

奥丽薇霞：停下，托培！我命令你！

托培：小姐！

奥丽薇霞：有这样的事吗？忘恩负义之人！只配住在没有礼貌和修养的深山老林里。走开！——不要生气，我的西萨拉里奥。——蠢货，滚开！（托培、盎厥鲁、费边同下。）我的朋友，你是个宽宏大量的人，这次的惊扰实在是太无礼了，太不像话了，请你不要动气。随我到寒舍去吧，我实话告诉你这个坏蛋曾多少次毫无缘由地惹弄是非，你听了就可以把这回事情一笑置之了。你一定要去，别推托！他的灵魂该受天戮，为你惊起了我心头的小鹿。

瑟巴士显：滋味难名，不识其中奥妙；
是疯眼昏迷？是梦魂颠倒？
愿心魂永远在忘河沉浸，
有这般好梦再不须醒！

奥丽薇霞：请你来吧，你得听我的话。

瑟巴士显：小姐，遵命。

奥丽薇霞：但愿这回非假！（同下。）

第二场　奥丽薇霞宅中一室

（玛莉霞及小丑上；马伏里奥在相接的暗室内。）

玛莉霞：我请你把这件袍子穿上，这把胡须套上，让他相信你是副牧师托伯斯师傅。快些，我就去叫托培老爷来。（下。）

小丑：好，我就穿起来，假装一下，我希望我是第一个扮作这种样子的。我的身材不够高，穿起来不怎么神气。略微胖一点儿，也不像个用功念书的，可是给人称赞一声是个老实汉子和很好的当家人，也就跟一个用功的读书人一样好了。——那两个同党来了。

（托培·贝尔区爵士及玛莉霞上。）

托培：上帝祝福你，牧师先生！

小丑：早安，托培大人！目不识丁的布拉格的老隐士曾经向高波得克王的侄女说过这么一句聪明话："是什么，就是什么。"因此我是牧师先生，我便是牧师先生；因为"什么"即是"什么"，"是"即是"是"。

托培：走过去，托伯斯师傅。

小丑：呃哼，喂！这监狱里平安呀！

托培：这小子装得很像，好小子。

马伏里奥：（在内）谁在叫？

小丑：副牧师托伯斯师傅来看疯人马伏里奥来了。

马伏里奥：托伯斯牧师，托伯斯师傅，托伯斯师傅，请您到我小姐那儿去一趟。

小丑：滚你的，大魔鬼！瞧这个人给你缠的这样子！只晓得嚷小姐吗？

托培：说得好，牧师先生。

马伏里奥：（在内）托伯斯师傅，我从来不曾被这样冤枉过。托伯斯好师傅，别以为我疯了。他们把我关在这个暗无天日的地方。

小丑：啐，你这不老实的撒旦！我用最客气的称呼叫着你，因为我是个最有礼貌的人，即使对于魔鬼也不肯失礼。你说这屋子是黑的吗？

马伏里奥：像地狱一样，托伯斯师傅。

小丑：嘿，它的凸窗像壁垒一样透明，它的向着南方、北方的顶窗像乌木一样发光呢，你还说看不见吗？

马伏里奥：我没有发疯，托伯斯师傅。我对您说，这屋子是黑的。

小丑：疯子，你错了。我对你说，世间并无黑暗，只有愚昧。埃及人在大雾中辨不清方向，还不及你在愚昧里那样发昏。

马伏里奥：我说，这座屋子简直像愚昧一样黑暗，即使愚昧是像地狱一样黑暗。我说，从来不曾有人给人这样欺侮过。我并不比您更疯，您不妨提出几个合理的问题来问我，试试我疯不疯。

小丑：毕达哥拉斯对于野鸟有什么意见？

马伏里奥：他说我们祖母的灵魂也许曾经在鸟儿的身体里寄住过。

小丑：你对于他的意见觉得怎样？

马伏里奥：我认为灵魂是高贵的，绝对不赞成他的说法。

小丑：再见，你在黑暗里住下去吧。等到你赞成了毕达哥拉斯的说法之后，我才可以承认你的头脑健全。留心别打山鹬，因为也许你要害得你祖母的灵魂流离失所了。再见。

马伏里奥：托伯斯师傅！托伯斯师傅！

托培：我了不得的托伯斯师傅！

小丑：嘿，我可真是多才多艺呢。

玛莉霞：你就是不挂胡须不穿道袍也没有关系，他又看不见你。

托培：你再用你自己的口音去跟他说话，看清情形再来告诉我。我希望这场恶作剧快快告个段落。要是不妨把他释放，我看就放了他吧，因为我已经大大地失去了我侄女的欢心，倘把这玩意儿继续闹下去，恐怕不大妥当。等会儿到我的屋子里来吧。（托培、玛莉霞下。）

小丑：嗨，罗宾，快活的罗宾哥，

问你的姑娘近况如何？

马伏里奥：傻子！

小丑：不骗你，她心肠有点硬。

马伏里奥：傻子！

小丑：唉，为了什么原因，请问？

马伏里奥：喂，傻子！

小丑：她已经爱上了别人。

——嘿！谁叫我？

马伏里奥：好傻子，谢谢你给我送一支蜡烛、笔、墨水和纸张来，以后我不会亏待你的。君子不撒谎，我永远感你的恩。

小丑：马伏里奥大爷吗？

马伏里奥：是的，好傻子。

小丑：唉，大爷，您怎么会发起疯来呢？

马伏里奥：傻子，我从来不曾被这样欺侮过。我的头脑跟你一样清醒呢，傻子。

小丑：跟我一样？那么您真的是疯了，要是您的头脑跟傻子差不多。

马伏里奥：他们把我当作一件家具看待，把我关在黑暗里，差牧师们，那些蠢驴子来看我，千方百计地想把我弄昏头。

小丑：您说话留点儿神吧，牧师就在这儿呢。——马伏里奥，马伏里奥，上天保佑你明白过来吧！好好地睡睡觉儿，别啰里啰唆地讲空话。

马伏里奥：托伯斯师傅！

小丑：别跟他说话，好伙计。——谁？我吗，师傅？我可不要跟他说话哩，师傅。上帝和您同在，好托伯斯师傅！——呃，阿门！——好的，师傅。

马伏里奥：傻子，傻子，傻子，我对你说！

小丑：唉，先生，您耐心点吧！您说什么，师傅？——师傅埋怨我跟您说话呢。

马伏里奥：傻瓜，拿给我一点儿纸和灯火吧。我给你说，我和伊利里亚不论哪个人都一样头脑清醒呢。

小丑： 唉，但愿如此呢，先生！

马伏里奥： 我对上帝发誓我没有疯。傻瓜，找些墨水、纸张和灯火来，我写完之后，麻烦你把它送给小姐。你把这封信送到，我会给你一笔很大的酬劳。

小丑： 我很乐意为您效劳。不过说实话，您到底是真疯了还是在装疯？

马伏里奥： 实话告诉你，我真的没有疯。

小丑： 唉，我可不相信一个疯子的话，除非我看见了他的脑子。我去给你拿墨水、纸张和蜡烛来。

马伏里奥： 好傻子，我定会重重酬谢你的。请赶快去吧。

小丑： 大爷我走了，
请少安不要躁，
用不了一会儿的时光，
小妖再来见魔王；
手提木板刀，如火胸中烧，
对着魔鬼打哈哈，
样子像个疯孩子：
爸爸不要恼，
给您剪指甲，
再会，魔王爷！（下。）

第三场　奥丽薇霞的花园

（瑟巴士显上。）

瑟巴士显： 这是空气，那是辉煌的太阳，这是她赠予我的珍珠，我看得见摸得着，虽然怪事一桩桩，不过却不是疯狂。安东尼奥去哪里了？我在哀勒芬旅店里寻他不见，不过他曾去过那里，听说他到城中各处找我去了。我现在非常需要他的指点，因为虽然我觉得这也是开始于错误，但并不是疯狂之举；但是这种意外与不期而降的好运未免太突然了，太让人难以理解了，我真不敢相信自己的眼睛；不论我的理智怎样对我解释，我总认为我和这位小姐一定有一个是发疯的。可是，如果真是如此的话，她断然不会那样有条不紊，那么气定神闲地做她的家务，指使她的仆人，打理所有的事情，如同我亲眼所见那样，其中必有原因。她来了。

（奥丽薇霞及一牧师上。）

奥丽薇霞：不要怪我太心急。如果你没有坏主意的话，我们现在就和这位神父到我家的礼拜堂去吧。当着他的面，在那座圣堂的屋檐下，你要向我毫无保留地证明你的忠诚，好安定我小心多疑的心。他能保守我们的秘密，直到你愿意宣布按照我的身份婚礼将什么时候举行。你说如何？

瑟巴士显：我愿意与二位前往，发过的誓言永不能欺罔。

奥丽薇霞：走吧，神父，愿上帝保佑，让阳光照着我们大醉！（同下。）

第五幕

第一场　奥丽薇霞门前街道

（小丑及费边上。）

费边：看在咱俩交情的分上，让我看一看他的信吧。

小丑：我的费边先生，答应我一个请求。

费边：说吧。

小丑：不要向我要这封信。

费边：这就好比说，送给别人一条狗，然后为了报偿他，再把那条狗送回去。

（公爵、薇俄拉、邱里奥及侍从等上。）

公爵：我的朋友们，你们都是奥丽薇霞小姐府中的人吗？

小丑：正是，殿下，我们都是。

公爵：我见过你，你好吗，我的朋友？

小丑：实不相瞒，殿下，我的对头让我好些，我的朋友让我坏些。

公爵：正好相反，你的朋友让你好些。

小丑：不是，殿下，坏些。

公爵：这是为何呢？

小丑：哦，殿下，他们夸奖我，把我当成一头驴子耍弄，但我的对头却明明白白地告诉我，我是一头驴子。所以，殿下，多亏我的对头我才能明白自己，而我的朋友却使我被蒙骗。因此，一对男女合起来就是一个亲吻，双重否定就等于一个肯定。如果四个否定就是两个肯定，所以仇敌好而朋友坏了。

公爵：哦，这样说对极了！

小丑：说良心话，殿下，这半点儿都不好，虽然您肯做我的朋友。

公爵：我不会让你坏些，这儿是钱。

小丑：假如不是怕犯了诈骗钱财的罪名，殿下，我真希望这个数目能增加一倍。

公爵：啊，你的这个主意真好。

小丑：把您大方的手放进您的钱袋里去，殿下，只此一回，不要犹豫了吧。

公爵：好的，拿去吧。

小丑：掷骰子有一二三，俗话说，“再一再二不能再三”，跳舞要用三拍子，您只要听一下圣裴乃脱教堂的钟声就行了，殿下——一，二，三。

公爵：这次你骗不走我的钱了。如果你愿意去对你的小姐说我在这儿等着她，和她一块来这儿的话，那或许我会再慷慨一次的。

小丑：好吧，殿下，为您的慷慨唱个安眠曲，在这等着吧。我去了，殿下，但是我希望您能清楚我要钱并不是贪婪。好吧，殿下，就按您说的，让您的慷慨休息一会儿，一会儿我再来叫醒它吧。（下。）

薇俄拉：殿下，这个来的人就是打了我的。

（安东尼奥及警吏上。）

公爵：我很清楚地记得他那张脸，不过上次我见到他的时候，他脸上涂得很黑，就如硝烟里的佛尔坎一般。他是一个小小的舰长，可是却使我们舰队中最好的船只大遭损失，就是给他打败的人也不得不佩服他。为了什么事？

警吏：启禀殿下，这就是在坎迪地方把“凤凰号”和它的货物劫了去的安东尼奥，也就是在“猛虎号”上把您的侄子泰脱斯削去了腿的那人。我们在这儿的街道上看见他穷极无赖，在跟人家打架，因此抓了来了。

薇俄拉：殿下，他曾经拔刀相助，帮过我的忙，可是后来却对我说了一番奇怪的话，似乎发了疯似的。

公爵：好一个海盗！你怎么敢凭着你的愚勇，投身到被你用血肉和巨量的代价结下冤仇的人们的手里呢？

安东尼奥：尊贵的鄂西诺，请允许我洗刷去您给我的称呼，安东尼奥从来不曾做过海盗，虽然我有充分的理由和原因承认我是鄂西诺的敌人。一种魔法把我吸引到这儿来。在您身边的那个最没良心的孩子，是我从汹涌的怒海的吞噬中救出来的，否则他已经毫无希望了。我给了他生命，又把我的友情无条件地完全给了他；为了他的缘故，纯粹出于爱心，我冒着危险出现在这个敌对的城里，见他被人包围了，就拔剑相助；可是我遭了逮捕，他的邪恶的心肠因恐我连累他受罪，便假装不认识我，一霎眼就像已经暌违了二十年似的，甚至于我在半点钟前给他任意使用的我自己的钱袋，也不肯还给我。

薇俄拉：怎么会有这种事呢？

公爵：他是什么时候到这城里来的？

安东尼奥：今天，殿下；三个月来，我们朝朝夜夜都在一起，不曾有一分钟分离过。

（奥丽薇霞及侍从等上。）

公爵： 这里来的是伯爵小姐，天神降临人世了！——可是你这家伙，完全在说疯话，这孩子已经侍候我三个月了。那种话等会儿再说吧。把他带到一旁去。

奥丽薇霞： 殿下有什么指示？除了断难遵命的一件事之外，凡是奥丽薇霞力所能及的，一定愿意效劳。——西萨拉里奥，你失了我的约啦。

薇俄拉： 小姐！

公爵： 温柔的奥丽薇霞！——

奥丽薇霞： 你怎么说，西萨拉里奥？——殿下——

薇俄拉： 我的主人要跟您说话，因为地位关系我不能开口。

奥丽薇霞： 殿下，要是您说的仍旧是那么一套，我可已经听厌了，就像奏过音乐以后的叫号一样令人不耐烦。

公爵： 仍旧是那么残酷吗？

奥丽薇霞： 仍旧是那么坚定，殿下。

公爵： 什么，坚定得不肯改变一下你的怪僻吗？你这无礼的女郎！向着你的无情的不仁的祭坛，我的灵魂已经用无比的虔诚吐露出最忠心的献礼。我还有什么办法呢？

奥丽薇霞： 办法就请殿下自己斟酌吧。

公爵： 假如我狠得起那么一条心，为什么我不可以像临死时的埃及大盗一样，把我所爱的人杀死呢？蛮性的嫉妒有时也带着几分高贵的气质。但是你听着我吧，既然你漠视我的诚意，我也有些知道谁在你的心中夺去了我的位置。你就继续做你的铁石心肠的暴君吧，可是你所爱着的这个宝贝，我指天发誓我曾经那样宠爱着他，我要把他从你那双冷酷的眼睛里除去，免得他傲视他的主人。来，孩子，跟我来。我的恶念已经成熟，我要牺牲我钟爱的羔羊，白鸽的外貌、乌鸦的心肠。（走。）

薇俄拉： 我甘心情愿受一千次死罪，只要您的心里得到安慰。

（随行。）

奥丽薇霞：西萨拉里奥到哪儿去？

薇俄拉：追随我所爱的人，

我爱他甚于生命和眼睛，

远过于对于妻子的爱情。

愿上天监察我一片诚挚，

倘有虚谎我决不辞一死！

奥丽薇霞：哎哟，他厌弃了我！我受了欺骗了！

薇俄拉：谁把你欺骗？谁给你受气？

奥丽薇霞：才不久你难道已经忘记？——请神父来。（一侍从下。）

公爵：（向薇俄拉）去吧！

奥丽薇霞：到哪里去，殿下？西萨拉里奥，我的夫，别去！

公爵：你的夫？

奥丽薇霞：是的，我的夫，他能抵赖吗？

公爵：她的夫？嘿！

薇俄拉：不，殿下，我不是。

奥丽薇霞：唉！是你的卑怯的恐惧使你否认了自己的身份。不要害怕，西萨拉里奥，别放弃你的地位。你知道你是什么人，要是承认了，你就跟你所害怕的人并肩相埒了。

（牧师上。）

奥丽薇霞：啊，欢迎，神父！神父，我请你凭着你的可尊敬的身份，到这里来宣布你所知道的关于这位少年和我之间不久前的事情，虽然我们本来预备保守秘密，但现在不得不在时机未到之前公布了。

牧师：一个永久相爱的盟约，已经由你们两人握手缔结，用神圣的吻证明，用戒指的交换确定了。这婚约的一切仪式，都由我主持做证，照我的表上所指示，距离现在我不过向我的坟墓走了两小时的行程。

公爵：唉，你这骗人的小畜生！等你年纪大了起来，你会是个怎样的人呢？

也许你过分早熟的奸诡，
反会害你自己身败名毁。
别了，你尽管和她论嫁娶，
可留心以后别和我相遇。

薇俄拉： 殿下，我要声明——

奥丽薇霞： 不要发誓，放大胆些，别亵渎了神祇！

（盎厥鲁·埃求启克爵士头破血流上。）

盎厥鲁： 看在上帝的分上，叫个外科医生来吧！立刻去请一个来瞧瞧托培爵士。

奥丽薇霞： 什么事？

盎厥鲁： 他把我的头给打破了，托培爵士也给他弄得满头是血。看在上帝的分上，救救命吧！谁要是给我四十镑钱，我宁愿回家去。

奥丽薇霞： 谁干了这种事，盎厥鲁爵士？

盎厥鲁： 公爵的跟班，名叫西萨拉里奥的。我们把他当作一个孱头，哪晓得他简直是个魔鬼。

公爵： 我的跟班西萨拉里奥？

盎厥鲁： 他就在这儿。你无缘无故敲破我的头！我不过是在托培爵士的怂恿下才动手的。

薇俄拉： 你为什么对我说这种话呢？我没有伤害你呀。你自己无缘无故向我拔剑，可是我对你很客气，并没有伤害你。

盎厥鲁： 假如一颗血淋淋的头可以算得上伤害的话，你已经把我伤害了，我想你以为满头是血，是算不了一回事的。托培爵士一瘸一拐地来了——

（托培·贝尔区爵士由小丑搀扶醉步上。）

盎厥鲁： 还有话要跟你说呢，可是倘不是因为他喝醉了酒的话，他一定不会那样招惹你的。

公爵： 怎么，老兄！你怎么啦？

托培： 有什么关系？他把我打坏了，还有什么别的说的？傻瓜，你有没有看见狄克医生？

小丑：喔！他在一个钟头之前喝醉了，托培老爷，他的眼睛在早上八点钟就昏花了。

托培：那么他便是个踱着八字步的浑蛋，我顶讨厌酒鬼。

奥丽薇霞：把他带走！谁把他们弄成这样子的？

盎厥鲁：我来扶着您吧，托培爵士，咱们一块儿裹伤口去。

托培：你来扶着我，蠢驴，傻瓜，浑蛋，笨鹅！

奥丽薇霞：招呼他上床去，他的伤口好好看顾一下。（小丑、费边、托培、盎厥鲁同下。）

（瑟巴士显上。）

瑟巴士显：小姐，我很抱歉伤了令亲，可是即使他是我的同胞兄弟，为了自卫起见我也只好出此手段。您用那样冷淡的眼光瞧着我，我知道我一定冒犯您了，原谅我吧，好人，看在不久以前我们彼此立下的盟誓分上。

公爵：一样的面孔，一样的声音，一样的装束，化成了两个身体，一副天然的幻境，真实和虚妄的对照！

瑟巴士显：安东尼奥！啊，我的亲爱的安东尼奥！自从我不见了你之后，我的时间过得多么痛苦啊！

安东尼奥：你是瑟巴士显吗？

瑟巴士显：难道你不相信是我吗，安东尼奥？

安东尼奥：你怎么会分身呢？把一个苹果切成两半，也不会比这两人更为相像。哪一个是瑟巴士显？

奥丽薇霞：真奇怪呀！

瑟巴士显：那边站着的是我吗？我从来不曾有过一个兄弟，我又不是一尊无所不在的神明。我只有一个妹妹，但已经被汹涌的波涛卷去了。对不起，请问你我之间有什么关系？你是哪一国人？叫什么名字？谁是你的父母？

薇俄拉：我是梅萨琳人。瑟巴士显是我的父亲，我的哥哥也是一个像你一样的瑟巴士显，他葬身于海洋中的时候也穿着像你一样的衣服。要是灵魂能够照着在生时的形状和服饰而出现，那么你是来吓我们的。

瑟巴士显：我的确是一个灵魂，可是还没有脱离我的生而具有的物质的皮囊。你的一切都能符合，只要你是个女人，我一定会让我的眼泪滴在你的脸上，并且说："大大地欢迎，溺死了的薇俄拉！"

薇俄拉：我的父亲额角上有一颗黑痣。

瑟巴士显：我的父亲也有。

薇俄拉：他死的时候薇俄拉才十三岁。

瑟巴士显：唉！那记忆还鲜明地留在我的灵魂里。他的确在我妹妹刚满十三岁的时候完成了他人世的任务。

薇俄拉：假如只是我这一身佞妄的男装阻碍了我们彼此的欢欣，那么等一切关于地点、时间、遭遇的枝节完全衔接，证明我确实是薇俄拉之后，再拥抱我吧。我可以叫一个在这城中的船长来为我证明，我的女衣便寄放在他那里。多亏他的帮忙，我才侥幸保全了生命，能够来侍候这位尊贵的公爵。此后我便一直奔走于这位小姐和这位贵人之间。

瑟巴士显：（向奥丽薇霞）小姐，原来您是弄错了，但那也是心理上的自然的倾向。您本来要跟一个女孩子订婚，可是您认错了人，现在同时成为一个女人和一个男人的未婚妻子。

公爵：不要惊骇，他的血统也很高贵。要是这事果然是真，看来似乎不是一面骗人的镜子，那么在这番最幸运的覆舟里我也要沾一点儿光。（向薇俄拉）孩子，你曾经向我说过一千次绝不会爱一个女人像爱我一样。

薇俄拉：那一切的话我愿意再发誓证明，那一切的誓言我都要坚守在心中，就像分隔昼夜的天球中蕴藏着烈火一样。

公爵：把你的手给我，让我瞧你穿了女人的衣服是什么样子。

薇俄拉：把我带上岸来的船长那里存放着我的女服，可是他现在跟这儿小姐府上的管家马伏里奥有点讼事，被拘留起来了。

奥丽薇霞：一定要放他出来，去叫马伏里奥来。——唉，我现在记起来了，他们说，可怜的人，他的神经病很厉害呢。因为我自己在大发其疯，所以把他完全忘记了。

（小丑持信及费边上。）

奥丽薇霞：你怎么啦，狗才？

小丑：启禀小姐，我总算很尽力抵挡着魔鬼。他写了一封信给您，我本该今天早上就给您的，可是疯人的信不比福音，送没送到都没有关系。

奥丽薇霞：拆开来读给我听。

小丑：傻子要念疯子的话了，请你们洗耳恭听。（读）"凭着上帝的名义，小姐——"

奥丽薇霞：怎么！你疯了吗？

小丑：不，小姐，我在读疯话呢。小姐您既然要我读这种东西，那么您就得准许我疯声疯气地读。

奥丽薇霞：（向费边）喂，还是你读吧。

费边：（读）"凭着上帝的名义，小姐，你屈待我了。全世界都要知道这回事，虽然您已经把我幽闭在黑暗里，叫您的醉酒的叔叔看管我，可是我的头脑跟小姐您一样清楚呢。您自己骗我打扮成那个样子，您的信还在我手里，我可以用它来证明我自己的无辜，可是您的脸上却不好看哩。随您把我怎样想吧。因为冤枉难明，不得不暂时僭越了奴仆的身份，请您原谅。被虐待的马伏里奥上。"

奥丽薇霞：这封信是他写的吗？

小丑：是的，小姐。

公爵：这倒不像是个疯子的话哩。

奥丽薇霞：去把他放出来，费边，带他到这儿来。（费边下。）殿下，您也看到了这种事情，我们虽然没有缘分，可是假如您肯把我当个妹妹看待，大家不仍旧是一家人吗？倘不嫌弃，就请在这儿住下，容我略尽地主之谊。

公爵：小姐，多蒙厚意，敢不领情。（向薇俄拉）你的主人解除你的职务了。为了你的事主的勤劳，不顾到那种事情多么不适于你的娇弱的身份和优雅的教养，你既然一直把我称作主人，从此以后，你便是你主人的主妇了。握着我的手吧。

奥丽薇霞：你是我的妹妹了！

（费边偕马伏里奥重上。）

公爵：这便是那个疯子吗？

奥丽薇霞：是的，殿下，就是他。——怎样，马伏里奥！

马伏里奥：小姐，您屈待了我，大大地屈待了我！

奥丽薇霞：我屈待了你吗，马伏里奥？没有的事。

马伏里奥：小姐，您屈待了我。请您瞧这封信，您能抵赖说那不是您写的吗？您能写几笔跟这不同的字，几句跟这不同的句子吗？您能说这不是您的笔迹，不是您的大作吗？您可不能否认。好，那么承认了吧，凭着您的贞洁告诉我：为什么您向我表示这种露骨的恩意，吩咐我见您的时候面带笑容，扎着十字交叉的袜带，穿着黄袜子，对托培大人和下人要皱眉头？我怀着满心希望，一切服从您，怎么您要把我关起来，禁锢在暗室里，叫牧师来看我，给人当作大傻瓜愚弄？告诉我为什么？

奥丽薇霞：唉！马伏里奥，这不是我写的，虽然我承认很像我的笔迹，可这肯定是玛莉霞所写。我现在想起来了，她是头一个告诉我你发疯的，那时你就一路狂笑而来，那情形就跟信里所说的一模一样。别烦恼了，这场阴谋未免太恶作剧了，等我们调查清楚了缘由和主谋之后，你可以既做原告也当审判官来审这件案子。

费边：好小姐，听我一言，休要让争吵和口角败坏了当前这个使我惊喜交加的好时光。我坦诚是我和托培老爷因看不上这个马伏里奥的放肆无礼，才想出这个办法。只因抵挡不住托培老爷的请求，玛莉霞才写的那封信，为了报答她，他已经和她结婚了。如果把双方所受的难堪综合衡量一番，那这种恶作剧般的戏谑就当一个笑话，不必计较了吧。

奥丽薇霞：唉，可怜的傻瓜，他们太欺负你了！

小丑：呃，“有人的富贵是生来就有的，有人的富贵是辛苦挣来的，有人的富贵是天上掉下来的。”我在这出戏文里也是一个角色呢，大爷。托伯斯师傅就是我，大爷，但这可没什么关系。“以上帝的名义发誓，傻瓜，我没疯。”可是您还记得吗？“小姐，为什么您要对这么一个呆头呆脑的傻瓜发笑？您若是不笑，他就无法开口了。”六十年风水轮流转，这次也该轮到您了。

马伏里奥：我一定要出这口恶气，你们这些人我一个也不会放过。（下。）

奥丽薇霞：他太受别人欺负了。

公爵：把他追回来，和他讲和，他还没有把那船长的故事给我们说哩。等我们明白了以后，选择良辰吉时，我们马上就可以举行庄重的结合仪式。贤妹，现在我们还不会离开这里。西萨拉里奥，过来吧。当你还是个男子汉时，你就是西萨拉里奥。——当你换上了别的衣装，你才是鄂西诺的心上人。（除小丑外均下。）

丑：（唱）

当初我是个年幼郎，
嗨，呵，一霎儿雨一霎儿风；
做些傻事毫无思量，
日日雨雨哟又风风。

年岁日增不思进取，
嗨，呵，一霎儿雨一霎儿风；
处处饱吃了闭门羹，
日日雨雨哟又风风。

娶妻生子匆忙奔波，
嗨，呵，一霎儿雨一霎儿风；
法螺难医那肚子饿，

日日雨雨哟又风风。

半壶浊酒往嘴里灌，
嗨，呵，一霎儿雨一霎儿风；
掀开了被窝三不管，
日日雨雨哟又风风

天地混沌几多岁月，
嗨，呵，一霎儿雨一霎儿风；
咱们的戏文已完篇，
愿君观后舒眉展颜！（下。）

无事生非

剧中人物

唐·彼特罗：阿拉贡亲王

唐·约翰：唐·彼特罗的庶弟

克劳第奥：佛罗伦斯的少年贵族

裴尼狄克：帕度亚的少年贵族

里昂那托：梅辛那总督

安东尼奥：里昂那托之弟

鲍尔萨泽：唐·彼特罗的仆人

薄拉契奥
康雷特 } 唐·约翰的侍从

道勃雷：警吏

佛其慈：警佐

法兰西斯神父

教堂司事

希罗：里昂那托的女儿

琵特丽丝：里昂那托的侄女

玛茄蕾脱 ⎫
　　　　　⎬ 希罗的侍女
欧苏拉　 ⎭

使者、巡丁、小童、侍从等

地　点

梅辛那

第一幕

第一场　里昂那托住宅门前

（里昂那托、希罗、琵特丽丝及一使者上。）

里昂那托：这封信里说，阿拉贡的唐·彼特罗今晚要到梅辛那来。

使者：他马上就要到了，我跟他分手的时候，他离这儿只有八九里路了。

里昂那托：这次战事，你们损失了多少将士？

使者：没有多少，有名气的更是一个也没有。

里昂那托：胜利者全师而归，这是双重的胜利。信上还说唐·彼特罗十分看重一个年轻的佛罗伦斯人，名叫克劳第奥。

使者：他确实是一个非常有才华的人，唐·彼特罗的眼光很好。他虽然年纪很轻，做的事却非常了不起，看着像一只温驯的羔羊，在战场上却像一头勇猛的狮子。他确实能超越人们对他的期许，我的这张嘴道不尽他的优点。

里昂那托：在梅辛那他有一位伯父，如果听到了肯定非常高兴。

使者：我已经送信给他了，他看起来非常高兴，甚至高兴得忍不住难过起来了。

里昂那托：他流眼泪了吗？

使者：流了许多眼泪。

里昂那托：这是天性温情的自然流露。流泪的眼，是最最真诚的了，喜极而泣，比看见别人流泪而高兴，不知要好多少。

琵特丽丝：请问，那位剑客也从战场上回来了吗？

使者：小姐，我从没听到过这个名字，在军队里没有这个人。

里昂那托：侄女，你问的是谁？

希罗：姐姐说的是帕度亚的裴尼狄克先生。

使者：哦，他回来了，还是那么爱说笑。

琵特丽丝：以前他在这儿的时候，曾公开宣布，要和爱神较量一番；我叔父的傻子听了他这些话不服气，就拿着钝头箭为爱神出头，要跟他分个高下。请问，他在这场战争中杀了多少人？吃了多少人？先请你给我说他杀了多少人，因为我曾对他说过，不管他杀死多少人，我都能把他们吃下去。

里昂那托：真的，侄女，你把裴尼狄克先生要弄得太厉害了，我肯定他会报复你的。

使者：小姐，他在这次战争中也立了大功呢。

琵特丽丝：你们那些霉掉的粮食，全是他一个人吃的，他是个有名的大饭桶。他的食欲好得很呢。

使者：但他也是一个好得很的军人，小姐。

琵特丽丝：他在太太小姐们跟前是个好得很的军人，但是在老爷们跟前呢？

使者：在老爷们跟前，就是个正人君子，一个堂堂正正的男子汉，有着全部的美德。

琵特丽丝：他到底是个怎样的人，咱们还是不要争论了吧，我们每个人都不是完美无缺的。

里昂那托：请您不要误解小侄女的意思，她和裴尼狄克先生说笑惯了，他们只要一见面就唇枪舌剑，互不相让。

琵特丽丝：可惜他总是落下风！在我们上次争斗的时候，他的十分才气有九分被我杀得狼狈而逃，现在他只有一分了；要是他还有些才气留着，那么就让他保存起来，叫他跟他的马儿有个分别，因为这是使他可以被称为有理性动物的唯一财产了，现在谁是他的同伴？听说他每个月都要换一个把兄弟。

使者：有这等事吗？

琵特丽丝：很可能。他的心就像他帽子的式样一般，时时刻刻会起变化。

使者：小姐，看来这位先生的名字不曾注在您的册子上。

琵特丽丝：没有，否则我要把我的书斋都一起烧了呢。可是请问你，谁是他的同伴？

使者：他跟那位尊贵的克劳第奥来往得很亲密。

琵特丽丝：天哪，他要像一场瘟疫一样缠住人家，他比瘟疫还容易传染。谁要是跟他接触，立刻就会变成疯子。上帝保佑尊贵的克劳第奥！要是他被那个裴尼狄克缠住了，一定要花上一千镑钱才可以把他赶走呢。

使者：小姐，我愿意跟您交个朋友。

琵特丽丝：很好，好朋友。

里昂那托：侄女，你是永远不会发疯的。

琵特丽丝：不到大热的冬天，我是不会发疯的。

使者：唐·彼特罗来啦。

（唐·彼特罗、唐·约翰、克劳第奥、裴尼狄克、鲍尔萨泽等同上。）

彼特罗：里昂那托大人，您是迎接麻烦来了，一般人都只想避免耗费，您却偏偏愿意多事。

里昂那托：多蒙殿下枉驾，已经是莫大的荣幸，怎么说是麻烦呢？麻烦去了，可以使人如释重负，可是当您离开我的时候，我只觉得怅然若失。

彼特罗：您真是太喜欢自讨麻烦啦。这位便是令爱吧？

里昂那托：她的母亲好几次对我说她是我的女儿。

裴尼狄克：大人，您在问她的时候，是不是心里有点儿疑惑？

里昂那托：不，裴尼狄克先生，因为那时候您还是个孩子。

彼特罗：裴尼狄克，你也被人家挖苦了。这么说，我们可以猜想到你现在长大了，是个怎样的人。真的，这位小姐很像她的父亲；小姐，您真幸福，因为您长得像这样一位高贵的父亲。

裴尼狄克：要是里昂那托大人果然是她的父亲，就是把梅辛那全城的财富给她，她也不愿意生得像他那样一副容貌的。

琵特丽丝：裴尼狄克先生，你怎么还在那儿讲话呀？没有人听您说。

裴尼狄克：哎哟，我的傲慢的小姐！您还活着吗？

琵特丽丝：世上有裴尼狄克先生那样的人，傲慢是不会死去的。顶有礼貌的人，只要一看见您，也就会傲慢起来。

裴尼狄克：那么礼貌也是一个反复无常的小人了。可是除了您以外，无论哪个女人都爱我，这一点是毫无疑问的。我希望我的心肠不是那么硬，因为说句老实话，我实在一个也不爱她们。

琵特丽丝：那真是女人们好大的运气，否则她们就要给一个讨厌的求婚者麻烦死了。我感谢上帝和我自己冷酷的心，我在这一点上完全同意您的看法。与其听一个男人发誓说他爱我，我宁愿听我的狗向着一只乌鸦叫。

裴尼狄克：上帝保佑您，小姐，永远抱着这样的心理吧！这样某一位先生就可以逃过他命中注定的被抓破脸皮的厄运了。

琵特丽丝：要是像您这样一副尊容，抓破了也不会使它变得比原来更难看的。

裴尼狄克：好，您真是一位好鹦鹉教师。

琵特丽丝：像我一样会说话的鸟儿，比起像尊驾一样的畜生来，总要好得多啦。

裴尼狄克： 我希望我的马儿能够跑得像您说起话来那样快，也像您的舌头一样不知道疲倦。请您尽管说下去吧，我可要恕不奉陪啦。

琵特丽丝： 您在说不过人家的时候，总是像一匹不听话的马儿一样，往岔路里溜过去，我知道您的老脾气。

彼特罗： 那么就是这样吧，里昂那托。克劳第奥、裴尼狄克，我的好朋友里昂那托请你们一起住下来，我对他说你们至少要在这儿耽搁一个月，他却诚心希望会有什么事情留住我们多住些时候。我敢发誓他不是一个假情假意的人，他的话都是从心里发出来的。

里昂那托： 殿下，您要是发了誓，您一定不会背誓。（向唐·约翰）欢迎，大人，您现在已经跟令兄言归于好，我应该向您竭诚致敬。

约翰： 谢谢。我是一个不会说话的人，可是我谢谢您。

里昂那托： 殿下请了。

彼特罗： 让我搀着您的手，里昂那托，咱们一块儿走吧。（除裴尼狄克、克劳第奥外皆下。）

克劳第奥： 裴尼狄克，你有没有注意到里昂那托的女儿？

裴尼狄克： 看是看见了，可是我没有对她注意。

克劳第奥： 她不是一位贞静的少女吗？

裴尼狄克： 您是要我规规矩矩把老实话告诉您呢，还是要我照平常的习惯，摆出一副百姓的暴君的面孔来发表我的意见？

克劳第奥： 不，我要你根据冷静的判断回答我。

裴尼狄克： 好，那么我说，她是太矮了点儿，不能给她太高的恭维；太黑了点儿，不能给她太美的恭维；又太小了点儿，不能给她太大的恭维。我所能给她的唯一的称赞，就是她倘不是像现在这样子，一定很不漂亮。可是她既然不能再好看一点儿，所以我一点儿不喜欢她。

克劳第奥： 你以为我是在说着玩吗，请你老老实实告诉我，你觉得她怎么样？

裴尼狄克： 你这样问起她，是不是要把她买下来呢？

克劳第奥： 全世界所有的财富，可以买得到这样一块美玉吗？

裴尼狄克：是的，而且还可以附送一只匣子把它藏起来哩。可是您说这样的话，是一本正经的呢，还是随口胡说，就像说盲目的丘比特是个猎兔的好手，打铁的佛尔坎[①]是个出色的木匠一样？告诉我，您唱的歌儿究竟是什么调子？

克劳第奥：在我的眼里，她是我平生所见的最可爱的姑娘。

裴尼狄克：我现在还可以不戴眼镜瞧东西，可是我却瞧不出她有什么可爱。她那个姐姐就是脾气太坏了点儿，要是讲起美貌来，那就正像一个是五月的春朝，一个是十二月的岁暮，比她好看得多啦。可是我希望您不是要想做起丈夫来了吧？

克劳第奥：虽然我曾经立誓终身不娶，可是要是希罗肯做我的妻子，我一定会信不过我自己。

裴尼狄克：事情已经到了这个地步了吗？难道世界上的男人个个都愿意戴上绿头巾吗？难道我永远看不见一个六十岁的童男子吗？好，要是你愿意把你的头颈伸进轭里去，那么你就把它套起来，到星期日休息的日子自己怨命吧。瞧，唐·彼特罗回来找您了。

（*唐·彼特罗重上。*）

彼特罗：你们不跟我到里昂那托家里去，在这儿讲些什么秘密话儿？

裴尼狄克：我希望殿下命令我说出来。

彼特罗：好，我命令你说出来。

裴尼狄克：听着，克劳第奥伯爵。我能够像哑巴一样保守秘密，我也希望你相信我不是一个搬嘴弄舌的人；可是殿下这样命令我，有什么办法呢？他是在恋爱了。跟谁呢？这就应该殿下自己去问他了。瞧瞧他的回答是多么短，他爱的是希罗，里昂那托的短短的女儿。

克劳第奥：要是真有这么一回事，那么他已经替我说出来了。

裴尼狄克：正像老古话说的，殿下，“既不是这么一回事，也不是

---

① 佛尔坎，司火与煅冶之神。

那么一回事，可是真的，上帝保佑不会有这么一回事。”

克劳第奥：我的感情倘不是一下子就会变化，我倒并不希望上帝改变这一事实。

彼特罗：阿门，要是你真的爱她，这位小姐是很值得你眷恋的。

克劳第奥：殿下，您这样说是有意诱我吐露真情吗？

彼特罗：真的，我不过说我心里想到的话。

克劳第奥：殿下，我说的也是我自己心里的话。

裴尼狄克：凭着我的三心二意起誓，殿下，我说的也是我自己心里的话。

克劳第奥：我觉得我真的爱她。

彼特罗：我知道她是位很好的姑娘。

裴尼狄克：我既然不知道为什么要爱她，也不知道她有什么好处，你们就是用火刑烧死我，也不能使我改变这一意见。

彼特罗：你永远是一个排斥美貌的顽固的异教徒。

克劳第奥：他这种不近人情的态度，都是违背了良心故意做作出来的。

裴尼狄克：一个女人生下了我，我应该感谢她；她把我养育长大，我也要向她表示至诚的感谢；可是要我为了女人的缘故而戴起一顶不雅的头巾来，那么我只好敬谢不敏了。因为我不愿意对任何一个女人猜疑而使她受到委屈，所以宁愿对无论哪个女人都不信任，免得委屈了自己。总而言之，为了让我自己穿得漂亮一点儿，我愿意一生一世做个光棍。

彼特罗：我在未死之前，总有一天会看见你为了爱情而憔悴的。

裴尼狄克：殿下，我可以因为发怒，因为害病，因为挨饿而脸色惨白，可是绝不会因为爱情而憔悴。您要是能够证明有一天我因为爱情而消耗血液，喝了酒以后不能把它恢复过来，就请您用编造歌谣的人的那支笔挖去我的眼睛，把我当作一个瞎眼的丘比特，挂在妓院门口做招牌。

彼特罗： 好，要是真有一天你的决心动摇起来，可别怪人家笑话你。

裴尼狄克： 要是有那么一天，我就让你们把我像一只猫似的放在口袋里吊起来，叫大家用箭射我，谁把我射中了，就可以拍拍他的肩膀，夸奖他是个好汉子。

彼特罗： 好，咱们等着瞧吧，有一天野牛也会俯首就轭的。

裴尼狄克： 野牛也许会俯首就轭，可是有理性的裴尼狄克要是也会钻上圈套，那么请您把牛角拔下来，插在我的额角上吧；我可以让你们把我涂上油彩，就像人家写着“好马出租”一样，替我用大字写好一块招牌，招牌上这么说：“请看结了婚的裴尼狄克。”

克劳第奥： 要是真的把你这样，你一定要气得把你的一股牛劲儿都使出来不可。

彼特罗： 嘿，要是丘比特没有把他的箭在威尼斯一起放完，他会叫你知道他的厉害的。

裴尼狄克： 那时候一定要天翻地覆啦。

彼特罗： 好，咱们等着瞧吧。现在，好裴尼狄克，请你到里昂那托那儿去，替我向他致意，对他说晚餐的时候我一定准时出席，因为他已经费了不少人手在那儿预备呢。

裴尼狄克： 我现在忙得很，实在无法分身，所以我想敬请——

克劳第奥： 大安，自家中发——

彼特罗： 七月六日，裴尼狄克谨上。

裴尼狄克： 嗳，别开玩笑啦。你们讲起话来，老是这么支离破碎，不成片段，要是你们还要把这种滥调搬弄下去，请你们问问自己的良心吧，我可要失陪了。（下。）

克劳第奥： 殿下，您现在可以帮我一下忙。

彼特罗： 咱们是好朋友，你有什么事尽管吩咐我。无论它是多么为难的事，我都愿意竭力帮助你。

克劳第奥： 殿下，里昂那托有没有儿子？

彼特罗：没有，希罗是他唯一的后嗣。你喜欢她吗，克劳第奥？

克劳第奥：啊，殿下，当我们向战场出发的时候，我用一个军人的眼睛望着她，虽然内心羡慕，可是因为有更艰巨的工作在我面前，来不及顾到儿女私情。现在我回来了，战争的思想已经离开我的脑海，代替它的是一缕缕的柔情，它们指点我年轻的希罗是多么美丽，对我说，我在出征以前就已经爱上她了。

彼特罗：你就像一个恋人似的，动不动就长篇大论，叫人家听着厌倦。要是你真的爱希罗，你就爱下去吧。我可以替你向她和她的父亲说去，一定叫你如愿以偿，你向我转弯抹角地说了这么一大堆，不就是为了这个目的吗？

克劳第奥：您这样鉴貌辨色，真是医治相思的妙手！可是人家也许以为我一见钟情，未免太过猛烈，所以我想还是慢慢儿再说吧。

彼特罗：造桥只要量着河身的宽度就行了，何必过分铺张呢？做事情也只要按照事实上的需要，凡是能够帮助你达到目的的，就是你所应该采取的手段。你现在既然害着相思，我可以给你治相思的药饵，我知道今晚我们将要有一个跳舞会。我可以化装一下冒充你，对希罗说我是克劳第奥，当着她的面倾吐我的心曲，用动人的情话迷惑她的耳朵。然后我再替你向她的父亲传达你的意思，结果她一定会属你所有。让我们立刻着手吧。（同下。）

第二场　里昂那托家中一室

（里昂那托及安东尼奥自相对方向上。）

里昂那托：啊，贤弟！我的侄儿，你的儿子呢？他有没有把音乐预备好？

安东尼奥：他正在那儿忙着呢。可是，大哥，我可以告诉你一些新鲜的消息，你做梦也想不到的。

里昂那托：是好消息吗？

安东尼奥：那要看事情的发展而定，可是从外表上看起来，那是个很好的消息。亲王跟克劳第奥伯爵刚才在我的花园里一条浓密的树荫下的小路上散步，他们讲的话给我的一个用人听见了许多：亲王告诉克劳第奥，说他爱上了我的侄女，你的女儿，想要在今晚跳舞的时候向她倾吐衷情；要是她表示首肯，他就要抓住眼前的时机，立刻向你提起这件事情。

里昂那托：告诉你这个消息的家伙，是不是个有头脑的人？

安东尼奥：他是一个很机灵的家伙，我可以去叫他来，你自己问问他。

里昂那托：不，不，在事情没有证实以前，我们只能把它当作一个幻梦。可是我要先去通知我的女儿一声，万一真有那么一回事，她好预先准备准备怎样回答。你去告诉她吧。（*若干人穿过舞台。*）各位侄儿，记好你们各人做的事。啊，对不起，朋友，跟我一块儿去，我还要仰仗您的大力哩。贤弟，在这大家手忙脚乱的时候，请你留心照看。（*同下。*）

第三场　里昂那托家中的另一室

（*唐·约翰及康雷特上。*）

康雷特：哎哟，我的爷！您为什么这样闷闷不乐？

约翰：我的烦闷是茫茫无际涯的，因为不顺心的事情太多啦。

康雷特：您应该听从理智的劝告呀。

约翰：听从了理智的劝告，又有什么好处呢？

康雷特：即便不能马上治好您的烦恼，至少也能让您学会安静忍耐。

约翰：我真难以相信像你这样一个说自己是土星照命的人[①]，竟然也会用道德的箴言来医治别人的伤痛。我不会掩饰自己的为人：心里不高兴的时候，我不会见了别人的笑话就赔笑脸；饿了就吃，不管别人方

---

① 西洋星相家的说法，谓土星照命的人，性格一般沉郁忧愁。

不方便；困了我就睡，决不去管人家的闲事；高兴了我就笑，懒得管别人的脸色。

康雷特：话虽如此，可你现在在别人的掌管下，总不可以完全依着自己的意愿做事。前段时间你和王爷闹矛盾，你们兄弟重归于好，还是刚刚发生的事；你要是再不小心些，那么他对你的恩惠，也是不可靠的。您若要达到自己的目的，就得自己创造机会。

约翰：我宁可做一朵墙边的野花，也不愿做一朵受他恩施的玫瑰。与其阿谀逢迎他人的欢心，我宁愿被众人鄙视。我固然不是一个精于奉承的小人，可谁也不能否认我是一个正大光明的小人；别人封住我的嘴，说是对我信任，用绳索捆住我的手脚，表示给我自由。关闭在囚笼里的我，还要歌唱吗？如果我有嘴，我就会咬人。如果我有自由，我就要做自己喜欢的事。现在你还是让我保持本色，不要想法来改变它吧。

康雷特：您用您的不平之气来做一些事情不是更好吗？

约翰：我尽量利用着它呢，它可是我唯一的武器。谁来啦？

（薄拉契奥上。）

约翰：有什么事，薄拉契奥？

薄拉契奥：我刚从那边奢侈的晚宴上过来，里昂那托招待王爷非常隆重，我还要告诉您一件正在商量着的婚事呢。

约翰：我们可以想点办法在这件事上给他们添些乱吗？是哪个傻瓜愿意自讨麻烦？

薄拉契奥：他就是王爷的右手。

约翰：谁？那个最最了不得的克劳第奥吗？

薄拉契奥：正是他。

约翰：好家伙！那个女的是谁？他看中了哪个？

薄拉契奥：里昂那托的女儿希罗。

约翰：那只早熟的小母鸡！你怎么得到这个消息的？

薄拉契奥：他们让我用香料熏一下屋子，我正在一间发霉的房间熏香的时候，亲王和克劳第奥两人肩并肩过来了，一本正经地在商量什么事情，我就躲在屏风后面，听到他们商量这件事。

约翰：我也许可以借此出一下自己心中的怨气。自从我失宠后，那个年轻的新贵真是风光无限啊。如果我能让他遭些挫折，会让自己心里很痛快的。你们愿意帮助我，不会变心吗？

康、薄拉契奥：我们愿誓死为王爷效忠。

约翰：我们也去赴那奢侈的晚宴，他们看到我的屈辱，一定非常高兴。如果厨子也和我有同样的想法就好了！我们要不要商量一下从哪里下手？

薄、康：我们愿意遵从您的旨意。（同下。）

第二幕

第一场　里昂那托家中的厅堂

（里昂那托、安东尼奥、希罗、琵特丽丝及余人等同上。）

里昂那托：约翰伯爵在这里吃晚饭了吗？

安东尼奥：我没看到他。

琵特丽丝：那位先生有一副阴沉的面孔！我每次见到他，都要有一个时辰心里不好过。

希罗：他有一种很忧郁的气质。

琵特丽丝：如果把他和裴尼狄克调和一下，那就成了一个顶好的人了：一个如木雕泥胎，总是一言不发；一个却像骄纵的纨绔子弟，每日吵个不停。

里昂那托：那就把裴尼狄克先生的半条舌头安在约翰伯爵的嘴巴里，把约翰伯爵的半副忧郁的面容放在裴尼狄克先生的脸上——

琵特丽丝：叔叔，再加上一对好腿，一双好脚，口袋里放几个钱，这样一个男子，我敢说不论哪个女人都愿意嫁给他的——如果他能讨她欢心的话。

里昂那托：行了，侄女，如果你再说话这样尖酸刻薄，我看你一辈子都只能当老姑娘了。

琵特丽丝：感谢上帝！我每天都跪求上帝，我说主啊！让我嫁给一个脸上长胡子的男人，无论如何我都受不了，还是让我睡在毯子里吧！

里昂那托：你可以找一个不长胡子的丈夫。

琵特丽丝：我要他干什么？让他穿起我的衣服来当我的侍女吗？有胡子的一定是年龄不小了，没有胡子的，又称不上是须眉男儿。我不要嫁给一个老头子，也不想嫁给一个毫无男子气概的人。别人说，老处女死后要在地狱牵猴子。我看我还是把六便士保证金给动物园的看守，把他的猴子带着下地狱吧。

里昂那托：好，那你决心下地狱吗？

琵特丽丝：不，我刚刚走到门口，头上长角的魔鬼就跟个老乌龟似的，出来迎接我，说："您到天堂去吧，琵特丽丝，您到天堂去吧，这里不是你们姑娘待的地方。"所以我就将猴子给他，到天堂去见圣彼得了；他指给我单身男子在什么地方，我们就在那里高高兴兴地过日子。

安东尼奥： （*向希罗*）好，侄女，我相信你定会听从你父亲的教导。

琵特丽丝：是的，我妹妹是最懂得礼法的，她会行个礼，说，"父亲，一切但凭您做主"。不过话虽这么说，妹妹，他一定得是个英俊的家伙才行，不然你还得再行个礼，说，"父亲，这还是让我自己做主吧"。

里昂那托：好，侄女，我希望看见你嫁人的那一天。

琵特丽丝：男人都是泥巴做的，我不要。一个女人要把自己的终身托付给路旁的一把泥巴，还要服从于他，岂不可怜！不，叔叔，亚当的儿子都是我的弟兄，和自己的亲族姑娘结婚是犯罪呢。

里昂那托：女儿，记着我对你说的话，如果亲王真向你提出那样的请求，你该知道怎么回答他。

琵特丽丝：妹妹，要是那亲王太冒冒失失啦，你就对他说，什么事情都应该有个节拍。你就理也不理他，自个儿跳舞去。听我说，希罗，求婚、结婚和后悔，就像是苏格兰急舞、慢步舞和五步舞一样。开始求婚的时候，正像苏格兰急舞一样狂执，迅速而充满了幻想；到了结婚的时候，循规蹈矩的，正像慢步舞一样，拘泥着仪式和虚文；于是接着来了后悔，拖着疲乏的脚腿，开始跳起五步舞来，愈跳愈快，一直跳到筋疲力尽，倒在坟墓里为止。

里昂那托：侄女，你的观察倒是十分深刻。

琵特丽丝：叔叔，我的眼光很不错哩。

里昂那托：贤弟，跳舞的人进来了，咱们让开吧。

（唐·彼特罗、克劳第奥、裴尼狄克、鲍尔萨泽、唐·约翰、薄拉契奥、玛茄蕾脱、欧苏拉及余人等各戴假面上。）

彼特罗：姑娘，您愿意陪着您的朋友走走吗？

希罗：您要是轻轻儿地走，态度文静点儿，也不说什么话，我就愿意奉陪，尤其是当我要走出去的时候。

彼特罗：您要不要我陪着您一块儿出去呢？

希罗：我要是心里高兴，我可以这样说。

彼特罗：您什么时候才高兴这样说呢？

希罗：当我看见您的相貌并不讨厌的时候，但愿上帝保佑琴儿不像琴囊一样难看。

彼特罗：我的脸罩就像法利门的草屋，草屋里面住着天神乔武。[1]

希罗：那么您的脸罩上应该盖起草来才是。

彼特罗：讲情话要低声点儿。（拉希罗至一旁。）

鲍尔萨泽：好，我希望您喜欢我。

玛茄蕾脱：为了您的缘故，我倒不敢这样希望，因为我有许多缺点哩。

---

① 法利门是腓力基亚的一个穷苦老人，天神乔武遨游人间，借宿在他的草屋时，法利门和他的妻子鲍雪斯（Baueis）招待尽礼，乔武乃将其草屋变成殿宇。

鲍尔萨泽：可以让我略知一二吗？

玛茄蕾脱：我念起祷告来，总是提高声音。

鲍尔萨泽：那我更加爱您了，高声念祷告，人家听见了就可以喊阿门。

玛茄蕾脱：求上帝赐给我一个好舞伴！

鲍尔萨泽：阿门！

玛茄蕾脱：等到跳舞完毕，让我再也不要看见他！您怎么不接应呀，执事先生？

鲍尔萨泽：别多讲啦，执事先生已经得到他的答复了。

欧苏拉：我认识您，您是安东尼奥老爷。

安东尼奥：干脆一句话，我不是。

欧苏拉：我瞧您摇头摆脑的样子，就知道是您啦。

安东尼奥：老实告诉你吧，我是学着他的样子的。

欧苏拉：您倘不是他，绝不会把他那种怪样子学得这么惟妙惟肖。这一只挥上挥下的手，正是他的干瘪的手。您一定是他，您一定是他。

安东尼奥：干脆一句话，我不是。

欧苏拉：算啦算啦，像您这样能言善辩，您以为我不能一下就听出来，除了您没有别人吗？一个人有了好处，难道遮掩得了吗？算了吧，别多话了，您正是他，不用再赖了。

琵特丽丝：您不肯告诉我谁对您说这样的话吗？

裴尼狄克：不，请您原谅我。

琵特丽丝：您也不肯告诉我您是谁吗？

裴尼狄克：现在不能告诉您。

琵特丽丝：说我目中无人，说我的俏皮话儿都是从笑话书里偷来的。哼，这一定是裴尼狄克说的话。

裴尼狄克：他是什么人？

琵特丽丝：我相信您一定很熟悉他的。

裴尼狄克：相信我，我不认识他。

琵特丽丝：他没有叫您笑过吗？

裴尼狄克：请您告诉我，他是什么人？

琵特丽丝：他呀，他是亲王手下的弄人，一个语言无味的傻瓜。他唯一的本领，就是捏造一些无稽的谣言，只有那些胡搞的家伙才会喜欢他，可是他们并不赏识他的机智，只是赏识他的奸刁。他一方面会讨好人家，一方面又会惹人家生气，所以他们一面笑他，一面打他。我想他一定在人丛里，我希望他会碰到我！

裴尼狄克：等我认识了那位先生以后，我可以把您说的话告诉他。

琵特丽丝：很好，请您一定告诉他。他听见了顶多不过把我侮辱两句，要是人家没有注意到他的话，或者听了笑也不笑，他就要郁郁不乐，这样就可以有一块鹧鸪的翅膀省下来啦，因为这傻瓜会气得不吃晚饭的。（内乐声。）我们应该跟随领队的人。（跳舞。除唐·约翰、薄拉契奥及克劳第奥外皆下。）

约翰：我的哥哥真的给希罗迷住啦，他已经拉着她的父亲去把他的意思告诉他了。女人们都跟着她去了，只有一个戴假面的人留着。

薄拉契奥：那是克劳第奥，我从他的神气上认得出来。

约翰：您不是裴尼狄克先生吗？

克劳第奥：您猜得不错，我正是他。

约翰：先生，您是我哥哥的亲信，他现在迷恋着希罗，请您劝劝他打断这一段痴情，她是配不上他这样的家世门第的。您要是肯这样去劝他，才是尽一个朋友的本分。

克劳第奥：您怎么知道他爱着她？

约翰：我听见他发过誓申说他的爱情了。

薄拉契奥：我也听见，他刚才发誓说要跟她结婚。

约翰：来，咱们喝酒去吧。（约翰、薄拉契奥同下。）

克劳第奥：我这样冒认着裴尼狄克的名字，却用克劳第奥的耳朵听见了这些坏消息，事情一定是这样，亲王为了他自己才去求婚。友谊在别的事情上都是可靠的，在恋爱的事情上却不能信任，所以恋人们都是用他们自己的唇舌。谁生着眼睛，让他自己去传达情愫吧，总不要请别人代劳，因为美貌是一个女巫，在她的魔力之下，忠诚是会在热情里溶解的。这是一个每一个时辰里都可以找到证明的例子，毫无怀疑的余地。那么永别了，希罗！

（裴尼狄克重上。）

裴尼狄克： 是克劳第奥伯爵吗？

克劳第奥： 正是。

裴尼狄克： 您跟着我来吧。

克劳第奥： 到什么地方去？

裴尼狄克： 到最近的一棵杨柳树[①]底下去，伯爵，为了您自己的事。您喜欢把花圈怎样戴法？是把它套在您的头颈上，像盘剥重利的人套着的锁链似的呢，还是把它串在您的臂上，像一个军官的臂章似的？您一定要把它戴起来，因为您的希罗已经给亲王夺去啦。

克劳第奥： 我希望他姻缘美满！

裴尼狄克： 哎哟，听您说话的神气，简直好像一个牛贩子卖掉了一头牛似的。可是您想亲王会这样对待您吗？

克劳第奥： 请你让我一个人在这儿。

裴尼狄克： 哈！现在您又变作一个不问是非的瞎子了，小孩子偷了您的肉去，您却去打一根柱子。

克劳第奥： 你要是不肯走开，那么我走了。（下。）

裴尼狄克： 唉，可怜的受伤的鸟儿！现在他要爬到芦苇里去了。可是想不到咱们那位琵特丽丝小姐居然会见了我认不出来！亲王的弄人！嘿，也许因为人家瞧我喜欢说笑，所以背地里这样叫我。我要是这样想，那就是自己看轻自己了。不，人家不会这样叫我，这都是琵特丽丝凭着她那下流刻薄的脾气，把自己的意见代表着众人，随口编造出来毁谤我的。好，我一定要向她报此仇。

---

① 杨柳树是悲哀和失恋的象征。

（唐·彼特罗重上。）

彼特罗：裴尼狄克，那伯爵呢？你看见他了吗？

裴尼狄克：不瞒殿下说，我已经做过一个搬弄是非的长舌妇了。我看见他一个人孤零零地在这儿发呆，我就对他说——我想我对他说的是真话——您已经得到这位姑娘的芳心了。我说我愿意陪着他到一株杨柳树底下去；或者给他编一个花圈，表示被弃的哀思；或者给他扎起一条藤鞭来，因为他有该打的理由。

彼特罗：该打！他做错了什么事？

裴尼狄克：他犯了一个小学生的过失，因为发现了一巢小鸟，高兴非常，指给他的同伴看，结果让他的同伴把它偷去了。

彼特罗：你把信任当作一种过失吗？偷的人才是有罪的。

裴尼狄克：可是他把藤鞭和花圈扎好，总是有用的；花圈可以给我自己戴，藤鞭可以赏给您。照我看来，您就是把他那窠小鸟偷去的人。

彼特罗：我不过要教它们唱歌，教会了就把它们归还原主的。

裴尼狄克：那么且等它们唱的歌儿来证明您的一片好心吧。

彼特罗：琵特丽丝小姐在生你的气，陪她跳舞的那位先生告诉她你说了她许多坏话。

裴尼狄克：啊，她才把我侮辱得连一块顽石都要气得直跳起来呢！一株秃得只剩一片青叶子的橡树，也会忍不住跟她拌嘴。就是我的脸罩也差不多给她骂活了，要跟她对骂一场哩。她不知道在她面前的就是我自己，对我说，我是亲王的弄人，我比融雪的天气还要无聊。她用一连串恶毒的讥讽，像放连珠炮似的向我射过来，我简直变成了一个箭机垛啦。她的每一句话都是一把钢刀，每一个字都刺到人心里；要是她嘴里的气息跟她说的话一样恶毒，那一定无论什么人走近她身边都不能活命的；她的毒气会把北极星都熏坏呢，即使亚当把他没有犯罪以前的全部家产传给她，我也不愿意娶她做妻子。她会叫赫拉克勒斯给她烤肉，把他的棍子劈碎了当柴烧的。好了，别讲她了，她就是母夜叉的变相。但愿上帝差一个有法力的人来给她贴一道咒赶回地狱里去，因为她一天留在这世上，人家就会觉得地狱里简直清静得像一座洞天福地，大家为了能够下地狱，都会故意犯起罪来，所有一切的混乱、恐怖、纷扰，都跟她一起来了。

彼特罗： 瞧，她来啦。

（克劳第奥、琵特丽丝、希罗及里昂那托重上。）

裴尼狄克： 殿下有没有什么事情要派我到世界的尽头去？我现在愿意到地球的那一边去，给您干无论哪一件您所能想得到的最琐细的差使：我愿意给您从亚洲最远的边界上拿一根牙签回来；我愿意给您到阿比西尼亚去量一量护法王约翰的脚有多长；我愿意给您去从蒙古大可汗的脸上拔下一根胡须，或者到侏儒国里去办些无论什么事情；可是我不愿意跟这妖精谈三句话儿。您没有什么事可以给我做吗？

彼特罗： 没有，我要请您陪着我。

裴尼狄克： 啊，殿下，这是强人所难了，我可受不住咱们这位尖嘴的小姐。（下。）

彼特罗： 来，小姐，来，你伤了裴尼狄克先生的心。

琵特丽丝： 是吗，殿下？开头儿，他为了开心，把心里话全都“开诚布公”；承蒙他的好意，我就不好意思不加上旧账，算上利息，回报他一片心，叫他“开心”之后加倍“双”心；所以您说他“伤”心，也算有道理。

彼特罗： 你把他按下去了，小姐，你算把他按下去了。

琵特丽丝： 我能让他按倒我吗，殿下？我能让一群傻小子叫我傻大娘吗？您叫我去找克劳第奥伯爵来，我已经把他找来了。

彼特罗： 啊，怎么，伯爵！你为什么这样不高兴？

克劳第奥： 没有什么不高兴，殿下。

彼特罗： 那么害病了吗？

克劳第奥： 也不是，殿下。

琵特丽丝： 这位伯爵无所谓高兴不高兴，也无所谓害病不害病。您瞧他皱着眉头，也许他吃了一个酸橘子，心里头有一股酸溜溜的味道。

彼特罗：真的，小姐，我想您把他形容得很对。可是我可以发誓，要是他果然有这样的心思，那就错了。来，克劳第奥，我已经替你向希罗求过婚，她已经答应了；我也已经向她的父亲说起，他也表示同意了；现在你只要选定一个结婚的日子，愿上帝给你快乐！

里昂那托：伯爵，从我手里接受我的女儿，我的财产也随着她一起给您了。这门婚事多仗殿下鼎力，一定能够得到上天的嘉许！

琵特丽丝：说呀，伯爵，现在要轮到您开口了。

克劳第奥：静默是表示快乐的最好的方法，要是我能够说出我的心里多么快乐，那么我的快乐只是有限度的。小姐，您现在既然已经属于我，我也就是属于您的了。我把我自己跟您交换，我要把您当作珍宝一样看重。

琵特丽丝：说呀，妹妹，要是你不知道说些什么话好，你就用一个吻堵住他的嘴，让他也不要说话。

彼特罗：真的，小姐，您真会说笑。

琵特丽丝：是的，殿下，也幸亏是这样，我这可怜的傻子才从来不知道有什么心事。我那妹妹附着他的耳朵，在那儿告诉他她的心里有着他呢。

克劳第奥：她正是这么说，姐姐。

琵特丽丝：天哪，真好亲热！人家一个个嫁了出去，只剩下我一个人年老珠黄，我还是躲在壁角里，哭哭自己没有丈夫吧！

彼特罗：琵特丽丝小姐，我来给你找一个吧。

琵特丽丝：要是我自己挑，我愿意做您的老太爷的儿子的媳妇儿。难道殿下没有兄弟长得跟您一个模样吗？他老人家的儿子才是理想的丈夫——可惜女孩儿不容易接近他们。

彼特罗：您愿意嫁给我吗，小姐？

琵特丽丝：不，殿下，除非我可以再有一个家常用的丈夫，因为您太贵重啦，只好留着在星期日装装场面。可是我要请殿下原谅，我这张嘴是向来胡说惯的，没有一句正经。

彼特罗：您要是不声不响，我才要恼哪，这样说说笑笑，正是您的风趣的本色，我想您一定是在一个快乐的时辰里出世的。

琵特丽丝：不，殿下，我的妈哭得才苦呢，可是那时候刚巧有一颗星在跳舞，我就在那颗星底下生下来了。妹妹，妹夫，愿上帝给你们快乐！

里昂那托：侄女，你肯不肯去把我对你说起过的事办一办？

琵特丽丝：对不起，叔叔。殿下，恕我失陪了。(下。)

彼特罗：真是一个快乐的小姐。

里昂那托：殿下，她身上找不出一丝的忧愁，除了睡觉的时候，她从来不曾板起过脸孔。就是在睡觉的时候，她也还是嘻嘻哈哈的，因为我曾经听见小女说起，她往往会梦见什么开心的事情，把自己笑醒。

彼特罗：她顶不喜欢听见人家向她谈起丈夫。

里昂那托：啊，她听都不要听，向她求婚的人，一个个给她嘲笑得退缩回去呢。

彼特罗：要是把她配给裴尼狄克，倒是很好的一对。

里昂那托：哎哟！殿下，他们两人要是结了婚一个星期，准会吵疯了呢。

彼特罗：克劳第奥伯爵，你预备什么时候上教堂？

克劳第奥：就是明天吧，殿下，在爱情没有完成它的一切仪式以前，时间总是走得像一个扶着拐杖的跛子一样慢。

里昂那托：那不成，贤婿，还是等到星期一吧，左右也不过七天工夫；要是把事办得一切都称我的心，这几天日子还嫌太仓促了些。

彼特罗：好了，别这么摇头长叹啦。克劳第奥，包在我身上，我们要把这段日子过得一点也不沉闷。我想在这几天时间内，干一件非常艰辛的工作，换句话说，我要叫裴尼狄克先生跟琵特丽丝小姐彼此热恋起来。我很想把他们两人配成一对，要是你们三个人愿意听我的吩咐，帮我把这件事情进行起来，一定可以成功。

里昂那托：殿下，我愿意全力赞助，即使叫我十个晚上不睡觉都可以。

彼特罗：温柔的希罗，您也愿意帮帮忙吗？

希罗：殿下，我愿意尽我的微力，帮助我的姐姐得到一位好丈夫。

彼特罗：裴尼狄克并不是一个没有出息的丈夫，至少我可以为他说这几句好话：他的家世是高贵的；他的勇敢，他的正直，都是大家所公认的。我可以教您用怎样的话打动令姐的心，叫她对裴尼狄克发生爱情；再靠着你们两位的合作，我只要向裴尼狄克略施小计，凭他怎样刁钻古怪，不怕他不爱上琵特丽丝。要是我们能够把这件事情做成功，丘比特也可以不用再射他的箭啦；他的一切的光荣都要属于我们，因为我们才是真正的爱神。跟我一块儿进去，让我把我的计划告诉你们。（同下。）

第二场　里昂那托家中的另一室

（唐·约翰及薄拉契奥上。）

约翰：果然是这样，克劳第奥伯爵要跟里昂那托的女儿结婚了。

薄拉契奥：是，爵爷，可是我有法子破坏他们。

约翰：无论什么破坏手段，都可以替我消一消心头的闷气。我把他恨得跟什么似的，只要能够打破他的恋爱的美梦，什么办法我都愿意采取。你想怎样破坏他们的婚姻呢？

薄拉契奥：不是用正当的手段，爵爷，可是我会把事情干得十分诡秘，让人家看不出破绽来。

约翰：把你的计策简单一点儿告诉我。

薄拉契奥：我想我在一年以前，我告诉过您我跟希罗的侍女玛茄蕾脱相好了。

约翰：我记得。

薄拉契奥：我可以约她在夜静更深的时候，在她小姐闺房里的窗口等着我。

约翰：这是什么用意？怎么就可以把他们的婚姻破坏了呢？

薄拉契奥：毒药是要您自己配起来的。您去对王爷说，他不该叫克劳第奥这样一位赫赫有名的人物——您可以拼命抬高他的身价——去跟希罗那样一个下贱的女人结婚。您尽管对他说，这一次的事情，对于他的名誉一定大有影响。

约翰：我有什么证据可以提出呢？

薄拉契奥：有，有，一定可以使亲王受骗，叫克劳第奥懊恼，毁坏希罗的名誉，把里昂那托活活气死，这不正是您所希望得到的结果吗？

约翰：为了发泄我对他们这批人的气愤，什么事情我都愿意试一试。

薄拉契奥：那么好，找一个适当的时间，您把亲王跟克劳第奥拉到一处没有旁人的所在，告诉他们说您知道希罗跟我很要好。您可以假意装出一副对亲王和他的朋友的名誉十分关切的样子，因为这次婚姻是亲王一手促成，现在克劳第奥将要娶到一个已非完璧的女子，您不忍坐视他们受人之愚，所以不能不把您所知道的告诉他们。他们听了这样的话，当然不会就此相信；您就向他们提出真凭实据，把他们带到希罗的窗下，让他们看见我站在窗口，听我把玛茄蕾脱叫作希罗，听玛茄蕾脱叫我薄拉契奥。就在预定的婚期的前一个晚上，您带着他们看一看这出把戏，我可以预先设法把希罗调开；他们见到这样似乎是千真万确的事实，一定会相信希罗果真是一个不贞的女子，在妒火中烧的情绪下，绝不会做冷静的推敲，这样他们的一切准备就可以全部推翻了。

约翰：不管它会引起怎样不幸的后果，我都要把这个计策实行起来。您给我用心办理，我赏你一千块钱。

薄拉契奥：您只要一口咬定，我的诡计是不会失败的。

约翰：我这就去打听他们的婚期。（同下。）

第三场　里昂那托的花园

（裴尼狄克上。）

裴尼狄克：童儿！

（小童上。）

小童：大爷叫我吗？

裴尼狄克：我的寝室窗口有一本书，你去给我拿来。（童下。）我真不懂一个人明明知道沉迷在恋爱里是一件多么愚蠢的事，可是在讥笑他人的浅薄无聊以后，偏偏会自己打自己的耳光，照样跟人家闹起恋爱来，克劳第奥就是这种人。从前我认识他的时候，战鼓和军笛是他唯一的音乐，现在他却宁愿听小鼓和洞箫了。从前他会跑十里路去看一副好甲胄，现在他却会接连十个晚上不睡觉，为了设计一身新的紧身衣的式样。从前他说起话来，总是直接爽快，像个老实的军人，现在他却变成了一个老学究，满嘴都是些稀奇古怪的话儿。我会不会也变得像他一样呢？我不知道，我想不至于。我不敢说爱情不会叫我变成一只牡蛎，可是我可以发誓，在它没有把我变成牡蛎以前，它一定不能叫我变成这样一个傻瓜。好看的女人、聪明的女人、贤惠的女人，我都碰见过，可是我还是原来的我。除非在一个女人身上能够集合一切女人的优点，否则没有一个女人会中我的意。她一定要有钱，这是不用说的；她必须聪明，不然我就不要；她必须贤惠，不然我也不敢领教；她必须美貌，不然我看也不要看她；她必须温柔，否则不要叫她走近我身边；她必须有很好的人品，否则我不愿花十先令把她买下来；她必须会讲话，懂音乐，而且她的头发必须是天然颜色。哈！亲王跟咱们这位多情种子来啦！让我到凉亭里去躲他一躲。（退后。）

（唐·彼特罗、里昂那托、克劳第奥同上，鲍尔萨泽及众乐工随上。）

彼特罗：来，我们要不要听听这音乐？

克劳第奥：好的，殿下。暮色是多么沉寂，好像故意静下来，让乐声显得格外谐和似的！

彼特罗：你们看见裴尼狄克躲在什么地方了吗？

克劳第奥：啊，看得很清楚，殿下，等音乐停止了，我们要叫这只小狐狸钻进我们的圈套。

彼特罗：来，鲍尔萨泽，我们要把那首歌再听一遍。

鲍尔萨泽：啊，我的好殿下，像我这样坏的嗓子，把好好的音乐糟蹋了一次，也就够了，不要再叫我献丑了吧！

彼特罗：越是本领超人一等的人，越是不满意他自己的才能，请你唱起来吧，别让我向你再三求告了。

鲍尔萨泽：既蒙殿下如此错爱，我就唱了。有许多求婚的人，在开始求婚时候，虽然明知道他的恋人没有什么可爱之处，仍旧会把她恭维得天花乱坠，发誓说他是真心爱着她的。

彼特罗：好了好了，请你别说下去了，要是您还想发表什么意见，就放在歌里边唱出来吧。

鲍尔萨泽：在我未唱以前，先要声明一句：我唱的歌儿是一点儿也不值得你们注意的。

彼特罗：他在那儿净说些废话。（音乐。）

裴尼狄克：（旁白）啊，神圣的曲调！现在他的灵魂要飘飘然起来了！几根羊肠绷起来的弦线，会把人的灵魂从身体里抽出来，真是不可思议！好，等他唱好以后，少不了要赏给他几个钱。

鲍尔萨泽：（唱）

不要叹气，姑娘，不要叹气，
男人们都是些骗子，
一脚在岸上，一脚在海里，
他天性里朝三暮四。
不要叹息，让他们去，
你何必愁眉不展？
收起你的哀丝怨绪，

唱一曲清歌婉转。
莫再悲吟，姑娘，莫再悲吟，
停住你沉重的哀音；
哪一个夏天不绿叶成荫？
哪一个男子不负心？
不要叹息，让他们去，
你何必愁眉不展？
收起你的哀丝怨绪，
唱一曲清歌婉转。

彼特罗：真是一首好歌。

鲍尔萨泽：可是唱歌的人太不行啦，殿下。

彼特罗：哈，不，不，真的，你唱得还算过得去。

裴尼狄克：（旁白）倘若他是一条狗，叫得这样子，他们一定把他吊死；求上帝别让他的坏喉咙预兆着什么灾殃！与其听他唱歌，我宁愿听夜里乌鸦叫，不管有什么祸事会跟着它一起来。

彼特罗：好，你听见了没有，鲍尔萨泽？请你给我们预备些好音乐，因为明天晚上我们要在希罗小姐的窗下弹奏。

鲍尔萨泽：我一定尽力去办，殿下。

彼特罗：很好，再见。（鲍尔萨泽及乐工等下。）过来，里昂那托。您今天对我怎么说，说是令侄女琵特丽丝在恋爱着裴尼狄克吗？

克劳第奥：啊！是的。（向彼特罗旁白）小心，小心，鸟儿正在那边歇着呢。——我再也想不到那位小姐会爱上什么男人的。

里昂那托：我也是出乎意料，尤其想不到的是她竟会对裴尼狄克这样一往情深，照外表看起来，总像她把他当作冤家对头似的。

裴尼狄克：（旁白）有这样的事吗？风会吹到那个角里去吗？

里昂那托：真的，殿下，这件事情简直使我莫名其妙；我只知道她爱他爱得像发狂一般。谁也万万想象不到会有这样的怪事。

彼特罗：也许她是假装着骗人的。

克劳第奥：嗯，那倒也有几分可能。

里昂那托：上帝啊！假装出来的！我从来没有见过谁会把情感假装得像她这样逼真的。

彼特罗：啊，那么她怎样表示她的爱憎分明感呢？

克劳第奥：（*旁白*）好好儿把钓钩放下去，鱼儿就要吞饵了。

里昂那托：怎样表示，殿下？她会一天到晚坐着出神，（*向克劳第奥*）你听见过我的女儿怎样告诉你的。

克劳第奥：她是这样告诉过我的。

彼特罗：怎么？怎么？你们说呀。你们让我觉得很奇怪，我以为像她那样的性格，是无论如何不会受到爱情袭击的。

里昂那托：殿下，我也可以跟人家赌咒绝不会有这样的事哩，尤其是对于裴尼狄克。

裴尼狄克：（*旁白*）倘不是这白胡子老头儿说的话，我一定会把它当作一场诡计，可是诡计是不会藏在这样庄严的外表之下的。

克劳第奥：（*旁白*）他已经上了钩了，别让他溜走。

彼特罗：她有没有把她的衷情向裴尼狄克表示出来？

里昂那托：不，她发誓说一定不让他知道，这是使她痛苦的最大的原因。

克劳第奥：对了，我听令爱说过这样的话："我当着他的面屡次把他讥笑，难道现在却要写信给他，说我爱他吗？"

里昂那托：她每次提起笔来想要写信给他，便这样自言自语，一个夜里她总要起来二十次，披了一件衬衫，写满了一张纸再睡下去，这都是小女告诉我们的。

克劳第奥：您说起一张纸，我倒记起令爱告诉我的一个有趣的笑话来了。

里昂那托：啊！是不是说她写好了信，把它读了一遍，发现裴尼狄克跟琵特丽丝两个名字刚巧写在一块儿？

克劳第奥：正是。

里昂那托：啊！她把那封信撕成了一千片，把她自己痛骂了一顿，说她不应该这样不知羞耻，写信给一个她知道肯定会把她嘲笑的人，她说，“我根据自己的脾气推想他，要是他写信给我，即使我心里爱他，我也还是要嘲笑他的”。

克劳第奥：于是她跪在地上，痛哭流泪，捶着她的心，扯着她的头发，一面祈祷一面诅咒，“啊，亲爱的裴尼狄克！上帝呀，给我忍耐吧！”

里昂那托：她真是这样，小女就是这样说的。她这种疯疯癫癫、如醉如痴的神气，有时候简直使小女提心吊胆，害怕她会对自己闹出些什么不顾死活的事情来呢，这都是千真万确的。

彼特罗：要是她自己不肯说，那么叫别人去告诉裴尼狄克知道也好。

克劳第奥：有什么用处呢？他不过把它当作一桩笑话，叫这个可怜的姑娘格外难堪罢了。

彼特罗：他要是真的这样，那么吊死他也是一件好事，她是个很好的可爱的人，她的品行也是无可非议的。

克劳第奥：而且她是一个绝世聪明的人儿。

彼特罗：她什么都聪明，就是在爱裴尼狄克这件事上不大聪明。

里昂那托：啊，殿下，智慧和感情在这么一个娇嫩的身体里交战，十之八九感情会得到胜利；我是她的叔父和保护人，瞧着她这样子，心里真是难受。彼特罗，我倒希望她把这样的痴情用在我身上，我一定会不顾一切，娶她做我的妻子的，依我看来，你们还是去告诉裴尼狄克，听他怎么说。

里昂那托：你想这样做有用处吗？

克劳第奥：希罗相信她迟早活不下去：因为她说要是他不爱她，她一定会死，可是她宁死也不愿让他知道她爱他；即使他来向她求婚，她也宁死不愿把她平日那种倔强的态度改变一丝一毫。

彼特罗：她的意思很对。要是她向他呈献了她的一片深情，多半反而要遭他奚落；因为你们都知道，这个人的脾气是非常骄傲的。

克劳第奥：他是一个很漂亮的人。

彼特罗：他的确有一副很好的仪表。

克劳第奥：凭良心说他也很聪明。

彼特罗：他的确有几分小聪明。

里昂那托：我看他很勇敢。

彼特罗：他是个大英雄，可是在碰到打架的时候，你就可以看到他的聪明的地方；因为他总是小心翼翼地躲开，万一脱不了身，也是战战兢兢，像个好基督徒似的。

里昂那托：他要是敬畏上帝，当然应该跟人家和和气气，万一闹翻了，自然要惴惴不安的。

彼特罗：他正是这样。这家伙虽然一张嘴胡说八道，可是他倒的确敬畏上帝；好，我对于令侄女非常同情，我们要不要去找裴尼狄克，把她对他的爱恋告诉他？

克劳第奥：不要告诉他，殿下，让她慢慢地想一想，把这段痴情慢慢地忘却吧。

里昂那托：不，那是绝不可能的，等到他醒悟过来，她的心早已破碎了。

彼特罗：好，我们静待令爱的消息吧，现在暂且不谈论了。我非常欣赏裴尼狄克，希望他可以心平气和地反思一下，看看他自己与这位姑娘多么不相配。

里昂那托：殿下，请吧。晚餐已经准备好了。

克劳第奥：（*旁白*）如果他听到这样的话，还是不能爱上她，我往后再不会对自己的预测有自信了。

彼特罗：（*旁白*）各位还要给她设下相同的陷阱，那可就得请令爱和她的侍女多费心机了。最有趣的一点儿，就是让他们以为对方还爱恋着自己，其实这件事根本就是子虚乌有，这一幕哑剧就是我所希望看到的。我们叫她进来用餐吧。（*波彼特罗、克劳第奥、里昂那托向下。*）

裴尼狄克：（*自凉亭内走出*）这不会是阴谋，他们说话时神态是很严肃的，他们从希罗那儿得知了这件事情，自然不会有假。他们对这位姑娘好像很同情，她的热情好像已经高涨。爱我！哎哟，我一定要回应她才行。我已经听到他们如何批评我，他们说如果我知道她对我有意，我一定会摆架子，他们还说她宁死也不会表露她的爱情。结婚这件事我倒真从未想过。我一定不会摆架子，一个人知道了自己的缺点，能够改正，就是好的。他们说这位姑娘相貌秀丽，这话不假，我能为他们证明；说她品行贤淑，我也不能否认这是事实；说她除了爱我之外，其他的地方都是很聪明的，其实这件事虽然不能证明她的聪明，但也不能因此反证她的愚蠢，因为就是我从此也会为她神魂颠倒呢。也许别人会因此取笑于我，因为我一直都嘲讽结婚的无聊，不过一个人的口味是会变的。小的时候喜欢吃肉，也许年纪大了见了肉都要倒胃口。难道这种如风抚体的流言蜚语，就能把我吓倒，让我放弃自己的心志吗？不，人类是不能让它灭绝的。开始我说我要做一辈子的单身汉，那是因为我还没活到想结婚的那一天琵特丽丝便出现了。老天在上，她是一个漂亮的姑娘！我能从她的脸上看出她对我的情意来。

（琵特丽丝上。）

琵特丽丝：他们让我来请您进去吃饭，可这不是我的本意。

裴尼狄克：好琵特丽丝，有劳您了，谢谢。

琵特丽丝：您也用不着谢我，我也不稀奇您的感谢。如果这真是一件辛苦事，我可是不会来的。

裴尼狄克：那么您是很乐意来叫我了？

琵特丽丝：是的，就像您把一把刀子插进一只乌鸦嘴里一样。您现在饿吗，先生？再会。（下。）

裴尼狄克：哈！“他们让我来请您进去吃饭，可这不是我的本意”，这句话里有着双重的意思。“您也用不着谢我，我也不稀奇您的感谢”，那就是说，我无论为您做什么辛劳的事，都像说一声谢谢那样毫不为怪。如果我不怜悯她，我就是个傻瓜；如果我不爱她，我就是个异教徒。我要问她要一幅小像去。（下。）

第三幕

第一场　里昂那托的花园

（希罗、玛茄蕾脱及欧苏拉上。）

希罗：好玛茄蕾脱，我姐姐琵特丽丝正在客厅跟亲王和克劳第奥说话，你快到那里去，在她耳边悄悄地告诉她，就说你偷听到了我和欧苏拉在花园里的谈话，而我们所谈的都是关于她的事，所以特意来告诉她，叫她偷偷地溜到被金银花藤密密地缠绕着的凉亭里。在那凉亭里，茂盛的藤萝受到太阳的滋养，长大之后，却不许阳光照进来，就像凭借主子的势力作威作福的宠臣一样，一旦羽翼丰满，就会恩将仇报。你让她躲在那个地方，偷听我们的谈话。你赶快去吧，我们两个留在这儿。

玛茄蕾脱：我这就叫她过来。（下。）

希罗：欧苏拉，我们就在这儿闲走，等会儿琵特丽丝到了，我们就说起裴尼狄克，我一提到他，你就使劲地恭维他，说他怎么好，我就告诉你他怎样想念着琵特丽丝。我们就用谎言铸造一支爱神之箭，靠着流言的力量射中她的心。

（琵特丽丝自后上。）

希罗：可以开始了，看琵特丽丝像一只小鸟似的，畏畏缩缩地在那偷听我们说话了。

欧苏拉：钓鱼最好玩的时候，就是看那鱼儿用尾巴划开波浪，贪婪地吞食那美味的诱饵。我们也是这样诱惑琵特丽丝上钩，她现在已经藏在金花藤下了。尽管放心吧，我肯定不会说错话的。

希罗：那我们就走近她些，好让她的耳朵把我们给她安排下的诱饵一字不漏地吞下去。（二人走近凉亭。）不，真的，欧苏拉，她太清高了，我觉得她的脾气就像山谷中的雄鹰一样高傲不羁。

欧苏拉：不过您真的确信裴尼狄克这样全心全意地爱着琵特丽丝吗？

希罗：亲王和我的未婚夫都是如此说的。

欧苏拉：他们有没有让您告知她，小姐？

希罗：让了，可是我劝告他们说，如果他们把裴尼狄克当作他们的朋友的话，就该祈祷他从爱情底下挣扎出来，不管怎样也不能让琵特丽丝知晓。

欧苏拉：您这句话是什么意思？难道这样一位绅士真的配不上琵特丽丝小姐吗？

希罗：青天在上，我当然知道像他这样的人品是一流的、无可挑剔的；不过上帝再也不能造下另一颗如琵特丽丝那样高傲冷酷的心了。她的眼睛里闪耀着轻蔑与讥讽，她把什么都不放在眼里，她因为恃才放旷，所以把什么都贬得一文不值；她不懂恋爱，她也从没有想过恋爱这个词，她太自高自大了。

欧苏拉：是的，我也有同感，所以最好还是不让她知晓他的爱，免得反过来让她嘲笑一番。

希罗：是呀，你说得很对。无论怎样聪明、高贵、年轻、漂亮的男子，她总是把他批评得体无完肤，要是他面孔长得白净，她就发誓说这位先生应当作她的妹妹；要是他皮肤黑了点儿，她就说上帝在打一个小花脸的图样的时候，不小心涂上了一大块墨渍；要是他是个高个儿的，他就是柄歪头的长枪；要是他是个矮子，他就是块刻坏了的玛瑙坠子；要是他多讲了几句话，他就是个随风转的风标；要是他一声不响，他就是块没有知觉的木头。她这样指摘着每一个人的短处，至于他们的纯朴的德性和才能，她却绝口不给他们应得的赞赏。

欧苏拉：真的，这种吹毛求疵可不敢恭维。

希罗：是呀，像琵特丽丝这样古怪得不近人情，真叫人不敢恭维。可是谁敢去对她这样说呢？要是我对她说了，她会把我讥笑得无地自容，用她的俏皮话儿把我揶揄死呢！所以还是让裴尼狄克像一堆盖在灰里的火一样，在叹息中灭了他生命的残焰吧，与其受人讥笑而死，还不如不声不响地闷死好呢。

欧苏拉：可是告诉了她，听听她怎样说也好。

希罗：不，我想还是去劝劝裴尼狄克，叫他努力斩断这一段痴情。真的，我想捏造一些关于我这位姐姐的谣言，一方面对她的名誉没有什么损害，一方面却可以冷却他的心，谁也不知道一句诽谤的话，会多么中伤人们的感情！

欧苏拉：啊！不要做这种对不起您姐姐的事，人家都说她心窍玲珑，她绝不会糊涂到这个地步，会拒绝裴尼狄克先生那样一位难得的绅士。

希罗：除了我的亲爱的克劳第奥以外，全意大利找不到第二个像他这样的人来。

欧苏拉：小姐，请您别生气，照我看起来，裴尼狄克先生无论在外表和风度上，还是在智力和勇气上，在意大利都是首屈一指的。

希罗：是的，他有很好的名誉。

欧苏拉：这也是因为他确实有过人的才德，所以才会得到这样的名誉。小姐，您的大喜日子在什么时候？

希罗：就是明天。来，进去吧；我要给你看几件衣服，你帮我决定明天最好穿哪一件。

欧苏拉：（旁白）她已经上钩了，小姐，我们已经把她捉住了。

希罗：（旁白）要是果然这样，那么恋爱就是一个偶然的机遇，有的人被爱神用箭射中，有的人却自己跳进网罗。（希罗、欧苏拉同下。）

琵特丽丝：（上前）我的耳朵里怎么火一般热？果然会有这种事吗？难道我就让他们这样批评我的骄傲和轻蔑吗？再会吧，处女的骄傲！人家在你背后是不会说你好话的。裴尼狄克，爱下去吧，我一定会报答你，我要把这颗狂野的心收束起来，呈献在你温情的手里。你要是真的爱我，我的转变过来的温柔的态度，一定会鼓励你把我们的爱情用神圣的约束结合起来。人家说你值得我爱，可是我比人家更知道你的好处。（下。）

第二场　里昂那托家中一室

（唐·彼特罗、克劳第奥、裴尼狄克、里昂那托同上。）

彼特罗：我等你结过了婚，就到阿拉贡去。

克劳第奥：殿下要是准许我，我愿意伴送您到那边。

彼特罗：不，你正在新婚的时候，这不是大煞风景了吗？把一件新衣服给孩子看了，却不许他穿起来，这样可以吗？我只要裴尼狄克愿意跟我做伴就行了，他这个人从头顶到脚跟，没有一点心事。他曾经两三次割了丘比特的弓弦，现在这个小东西再也不敢射他啦。他那颗心就像一座好钟一样完整无缺，他的一条舌头就是钟舌；心里一想到什么，便打嘴里说出来。

裴尼狄克：哥儿们，我已经不再是从前的我啦。

里昂那托：我也是这样说，我看您近来好像有些心事似的。

克劳第奥：我希望他是在恋爱了。

彼特罗：哼，这放荡的家伙，他的肚子里没有一丝真情，怎么会真的恋爱起来？要是他有了心事，那一定是因为没有钱用。

裴尼狄克：我牙齿痛。

彼特罗：啊！为了牙齿才这样长吁短叹吗？

里昂那托：只是因为出了点脓水，或者一个小虫儿在作怪吗？

裴尼狄克：算了吧，痛在别人身上，谁都会说风凉话的。

克劳第奥：可是我说，他是在恋爱了。

彼特罗：他一点儿也没有痴痴癫癫的样子，就是喜欢把自己打扮得奇形怪状：今天是个荷兰人，明天是个法国人，有时候一下子做了两个国家的人，下半身是个套着灯笼裤的德国人，上半身是个不穿紧身衣的西班牙人。除了这一股无聊的傻劲儿以外，他并没有什么反常的地方，可以证明你所说的他在恋爱的话。

克劳第奥：要是他没有爱上什么女人，那么古来的看法也都是靠不住的了。他每天早上刷他的帽子，这表示什么呢？

彼特罗：有人见过他上理发店没有？

克劳第奥：没有，可是有人看见理发匠跟他在一起，他那脸蛋上的几根装饰品，都已经拿去塞网球去了。

里昂那托：他剃了胡须，瞧上去的确年轻了点儿。

彼特罗：他还用麝香擦他的身子哩，你们闻不出来这股香味吗？

克劳第奥：那等于说，这个好小子在恋爱了。

彼特罗：他的忧郁是他最大的证据。

克劳第奥：几时他曾经用香水洗过脸？

彼特罗：对了，我听人家说他还搽粉哩。

克劳第奥：还有他那爱说笑话的脾气，现在也已经钻进了琴弦里，给音栓管住了哪。

彼特罗：不错，那已经充分揭露了他的秘密。总而言之，他是在恋爱了。

克劳第奥：哦，可是我不知道谁爱着他。

彼特罗：我也很想知道，我想一定是个不大熟悉的人。

克劳第奥：是的，而且也不大知道他的坏脾气，可是却愿意为他而死。

裴尼狄克：你们这样胡说八道，不能叫我的牙齿不痛呀。老先生，陪我走走，我已经想好了八九句聪明的话儿，要跟您谈谈，可是一定不能让这些傻瓜们听见。（裴尼狄克、里昂那托同下。）

彼特罗：我可以打赌，他一定是向他说起琵特丽丝的事。

克劳第奥：正是，希罗和玛茄蕾脱大概也已经把琵特丽丝同样捉弄过啦。现在这两头熊碰见了，总不会再彼此相咬了吧。

（唐·约翰上。）

约翰：上帝保佑您，王兄！

彼特罗：你好，贤弟。

约翰：您要是有工夫的话，我想跟您谈谈。

彼特罗：不能让人听见吗？

约翰： 是，不过克劳第奥伯爵不妨让他听见，因为我所要说的话，是跟他很有关系的。

彼特罗： 是什么事？

约翰：（向克劳第奥）大人预备在明天结婚吗？

彼特罗： 那你早就知道了。

约翰： 要是他知道了我所知道的事，那我可就不知道了。

克劳第奥： 倘然有什么妨碍，请您明白告诉我。

约翰： 您也许以为我跟您有点儿过不去，那咱们等着瞧吧。我希望您听了我现在将要告诉您的话以后，可以把您对我的意见改变过来。至于我这位兄长，我相信他是非常看重您的，他为您促成了这门婚事，完全是他的一片好心，可惜看错了追求的对象，这一番心思气力，花得好不冤枉！

彼特罗： 啊，是怎么一回事？

约翰： 我就是为此而来的，废话少说，这位姑娘是不贞洁的，人家久已在那儿讲她的闲话了。

克劳第奥： 谁？希罗吗？

约翰： 正是她，里昂那托的希罗，您的希罗，大众的希罗。

克劳第奥： 不贞洁吗？

约翰： 不贞洁这个字眼，还是太好了，不够形容她的罪恶。她岂止不贞洁！您要是想得到一个更坏的名称，她也可以受之无愧。不要吃惊，等着看事实的证明吧：您只要今天晚上跟我去，就可以看见她结婚的前一晚，还有人从窗户走进她的房间里去。您看见这种情形以后，要是仍旧爱她，那么明天就跟她结婚吧。可是为了您的名誉起见，我劝您还是把您的决心改变一下的好。

克劳第奥： 有这等事吗？

彼特罗： 我想不会的。

约翰： 要是你们看见了真凭实据以后，还不敢相信你们的眼睛，那么不要把你们所看到的情形宣布出来。你们只要跟我去，我一定可以叫你们看个明白，等你们看清楚听清楚以后，再决定怎么办吧。

克劳第奥：要是今天晚上果然有什么事情让我看到，那我明天一定不跟她结婚，我还要在教堂里当众羞辱她。

彼特罗：我曾经代你向她求婚，我也要帮着你羞辱她。

约翰：我也不愿多说她的坏话，你们会替我证明的。现在大家不要声张，等到半夜的时候再看究竟吧。

彼特罗：真是个扫兴的日子！

克劳第奥：真是件倒霉的事情！

约翰：等会儿你们就要说，幸亏发觉得早，真好的运气呢！（同下。）

第三场 街 道

（道勃雷、佛其慈及巡丁等上。）

道勃雷：你们都是老老实实的好人吗？

佛其慈：是啊，否则他们的肉体灵魂不一起上天堂，那才可惜呢。

道勃雷：不，他们当了王爷的巡丁，要是有一点儿忠心的话，这样的刑罚还嫌太轻呢。

佛其慈：好，道勃雷伙计，把他们应该做的事交代给他们吧。

道勃雷：第一，你们看来谁是顶不配当巡丁的人？

巡丁甲：回长官，修·奥凯克跟乔治·西可尔，因为他们俩都会写字念书。

道勃雷：过来，西可尔伙计。上帝赏给你一个好名字，一个人长得漂亮是偶然的运气，会写字念书才是天生的本领。

巡丁乙：巡官老爷，这两种好处——

道勃雷：你都有，我知道你会这样说。好，朋友，讲到你长得漂亮，那么你谢谢上帝，自己少卖弄卖弄；讲到你会写字念书，那么等到用不着这种玩意儿的时候，再显显你自己的本领吧。大家公认你是这儿最没有头脑，最配当一个巡丁的人，所以你拿着这盏灯笼吧。听好我的吩咐：你要是看见什么流氓无赖，就把他抓了，你可以用王爷的名义，叫任何人站住。

巡丁甲：要是他不肯站住呢？

道勃雷：那你就不用理他，让他去好了，你就立刻召集其余的巡丁，谢谢上帝免得你们受一个浑蛋的麻烦。

佛其慈：要是喊他站住他不肯站住，他就不是王爷的子民。

道勃雷：对了，不是王爷的子民就可以不用理他们。你们也不准在街上大声吵闹，因为巡丁们要是哗啦哗啦谈起天来，那是最叫人受不住也是最不可宽恕的事。

巡丁乙：我们宁愿睡觉，不愿说话，我们知道一个巡丁的责任。

道勃雷：啊，你说得真像一个老练的安静的巡丁，我总是不会得罪人家的，只要留心你们的钩镰枪别给人偷去就行啦。好，你们还要到每一家酒店去查看，看见谁喝醉了，就叫他回去睡觉。

巡丁甲：要是他不愿意呢？

道勃雷：那么让他去，等他自己醒过来吧。要是他不好好地回答你，你可以说看错了人啦。

巡丁甲：是，长官。

道勃雷：要是你们碰见一个贼，按照你们的职责，你们可以疑心他不是个好人，对于这种家伙，你们越是少跟他们多事，越可以显出你们都是规矩的好人。

巡丁乙：要是我们知道他是个贼，我们要不要抓住他呢？

道勃雷：按照你们的职责，你们本来是可以把他抓住的，可是我想谁把手伸进染缸里，总要弄脏了自己的手。为了省些麻烦起见，要是你们碰见了一个贼，顶好的办法就是让他使出他的看家本领来，偷偷地溜走了事。

佛其慈：伙计，你一向是个出名的好心肠人。

道勃雷：是呀，就是一只狗我也不忍把它勒死，何况是个还有几分天良的人，自然更加不在乎啦。

佛其慈：要是你们听见谁家的孩子晚上啼哭，你们必须去把那奶妈子叫醒，叫她止住他的啼哭。

巡丁乙：要是那奶妈子睡熟了，听不见我们叫喊呢？

道勃雷：那么你们就一声不响地走开去，让那孩子把她吵醒好了。因为母羊要是听不见她自己小羊的啼声，她怎么会回答一头小羊的叫喊呢？

佛其慈：你说得真对。

道勃雷：完了，你们当巡丁的，就是代表着王爷本人。要是你们在黑夜里碰见王爷，你们也可以叫他站住。

佛其慈：哎哟，圣母娘娘呀！我想那是不可以的。

道勃雷：谁要是懂得法律，我可以用五先令跟他打赌一先令，他可以叫他站住。当然啰，那还要看王爷自己愿不愿意，因为巡丁是不能得罪人的，叫一个不愿意站住的人站住，那就是他的大大的不该哩。

佛其慈：对了，这才说得有理。

道勃雷：哈哈哈！好，伙计们，晚安！倘然有要紧的事，你们来叫我起来，有什么事大家彼此商量商量。再见！来，伙计。

巡丁乙：好，弟兄们，我们已经听见长官吩咐我们的话，让我们就在这儿教堂门前的凳子上坐下来，等到两点钟的时候，大家回去睡觉吧。

道勃雷：好伙计们，还有一句话。请你们留心里昂那托老爷的门口，因为他家里明天有喜事，今晚十分忙碌，怕有坏人混进去。再见，千万留心点儿。（道勃雷、佛其慈同下。）

（薄拉契奥及康雷特上。）

薄拉契奥：喂，康雷特！

巡丁甲：（旁白）静！别动！

薄拉契奥：喂，康雷特！

康雷特：这儿，朋友，我就在你的身边呢。

薄拉契奥：怎么回事！怪不得我身上痒，原来有一颗癞疥疮在我身边。

康雷特：等会儿再跟你算账，现在还是先讲你的故事吧。

薄拉契奥：那你且站在这屋檐下面，天在下着毛毛雨哩。我可以像一个醉汉似的，把什么话儿都告诉你。

巡丁甲：（*旁白*）弟兄们，一定是些什么阴谋，可是大家站着别动。

薄拉契奥：告诉你们，我从唐·约翰那儿拿到了一千块钱。

康雷特：干一件坏事的价钱会这样贵吗？

薄拉契奥：有钱的坏人需要没钱的坏人帮忙的时候，没钱的坏人当然可以漫天要价。

康雷特：我可有点儿不大相信。

薄拉契奥：这就表明你是个初出茅庐的人，你知道一套衣服、一顶帽子的式样时髦不时髦，对于一个人本来是没有什么相干的。

康雷特：是的，那不过是些障身之具而已。

薄拉契奥：我说的是式样的时髦不时髦。

康雷特：对啦，时髦就是时髦，不时髦就是不时髦。

薄拉契奥：呸！那简直就像说傻子就是傻子。可是你不知道这个时髦是个多么坏的贼吗？

巡丁甲：（*旁白*）我知道有这么一个坏贼，他已经做了七年老贼了，他在街上走来走去，就像个绅士的模样。我记得有这么一个家伙。

薄拉契奥：你没听见什么人在讲话吗？

康雷特：没有，只有屋顶上风标转动的声音。

薄拉契奥：我说你不知道这个时髦是个多么坏的贼吗？他会把那些从十四岁到三十五岁的血气未定的青年搅昏了头，有时候把他们装扮得活像那些烟熏的古画上的埃及法老的兵士，有时候又像漆在教堂窗上的异教邪神的祭司，有时候又像织在污旧虫蛀的花毡上的薙光了胡须的赫拉克勒斯，裤裆里的那话儿瞧上去就像他的棍子一样又粗又重。

康雷特：这一切我都知道，我也知道往往一件衣服没有穿旧，流行的式样已经变了两三通。可是你是不是也给时髦搅昏了头，所以不向我讲你的故事，却又讨论起时髦题来呢？

薄拉契奥：那倒不是这样说。好，我告诉你吧，我今天晚上已经去跟希罗小姐的侍女玛茄蕾脱谈过情况啦。我叫她做希罗，她靠在她小姐卧室的窗口，向我说了一千次晚安——我把这故事讲得太坏，我应当先告诉你那亲王和克劳第奥怎样听了我那主人唐·约翰的话，三个人预先站在花园里远远的地方，瞧见我们这一场幽会。

康雷特：他们都以为玛茄蕾脱就是希罗吗？

薄拉契奥：亲王跟克劳第奥是这样想的，可是我那个魔鬼一样的主人知道她是玛茄蕾脱。一则因为他言之凿凿，使他们受了他的愚弄；二则因为天色昏黑，蒙过了他们的眼睛。可是说来说去，还是全亏我的诡计，证实了唐·约翰随口捏造的谣言，惹得那克劳第奥一怒而去，发誓说他要在明天早上，按着预定的钟点，到教堂里去见她的面，把他晚上所见的情形当众宣布出来，出出她的丑，叫她仍旧回去做一个没有丈夫的女人。

巡丁甲：我们用亲王的名义命令你们站住！

巡丁乙：去叫巡官老爷起来。一件最危险的奸淫案子给我们破获了。

巡丁甲：他们同伙的还有一个坏贼，我认识他。

康雷特：列位朋友们！

巡丁乙：告诉你们吧，这个坏贼是一定要叫你们交出来的。

康雷特：列位——

巡丁甲：别说话，乖乖地跟我们走。

薄拉契奥：他们把我们抓了去，倒是捞到一批好货。

康雷特：少不得还要受一番检查呢。来，我们服从你们。（同下。）

第四场　里昂那托家中一室

（希罗、玛茄蕾脱及欧苏拉上。）

希罗：好欧苏拉，你去叫醒我的姐姐琵特丽丝，叫她快点儿起身。

欧苏拉：是，小姐。

希罗：请她过来一下子。

欧苏拉：好的。（下。）

玛茄蕾脱：真的，我想还是那一个绉领好一点儿。

希罗：不，好玛茄蕾脱，我要戴这一个。

玛茄蕾脱：这一个真的不是顶好，您的姐姐也一定会这样说的。

希罗：我的姐姐是个傻子，你也是个傻子，我偏要戴这一个。

玛茄蕾脱：我很喜欢这一个顶新的发罩，要是头发的颜色再略微深一点儿就好了。您的长袍的式样真是好极啦。人家把密兰公爵夫人的那件袍子称赞得了不得，那件衣服我也见过。

希罗：啊！他们说它好得很哩。

玛茄蕾脱：不是我胡说，那一件比起您这一件来，简直只好算是一件睡衣：金线织成的缎子，镶着银色的花边，嵌着珍珠，有垂袖，有侧袖，圆圆的前裾，缀满了带点儿淡蓝色的闪光箔片。可是要是讲到式样的优美雅致，齐整漂亮，那您这一件就可以抵得上她十件。

希罗：上帝保佑我快快乐乐地穿上这件衣服，因为我的心里重得好像压着一块石头似的！

玛茄蕾脱：等到一个男人压到您身上，他还要重得多哩。

希罗：啐！你不害臊吗？

玛茄蕾脱：害什么臊呢，小姐？因为我说了句老实话吗？结婚就是对于一个叫花子，不也是光明正大的吗？只要大家是明媒正娶的，那有什么要紧？否则倒不能说是重，只好说是轻狂了。您要是不相信，去问琶特丽丝小姐吧，她来啦。

（琵特丽丝上。）

希罗：早安，姐姐。

琵特丽丝：早安，好希罗。

希罗：哎哟，怎么啦！你怎么说话这样懒洋洋的？

琵特丽丝：快要五点钟啦，妹妹。你该快点儿端整起来了，真的，我身子怪不舒服。唉——呵！

玛茄蕾脱：哼，您倘然没有变了一个人，那航海的人也不用看星啦。

琵特丽丝：这傻子在那说些什么？

玛茄蕾脱：我没有说什么，但愿上帝保佑每一个人如愿以偿！

希罗：这双手套是伯爵送给我的，上面熏着很好的香料。

琵特丽丝：我的鼻子塞住啦，妹妹，我闻不出来。

玛茄蕾脱：怎么，你伤风了吗？

琵特丽丝：真的，我得病了。

玛茄蕾脱：您的心病是要心药来医治的。

琵特丽丝：怎么，怎么，你这句话是什么意思？

玛茄蕾脱：意思！不，真的，我一点儿没有什么意思。您也许以为我想您在恋爱啦，可是不，我不是那么一个傻子，会高兴怎么想就怎么想，我也不愿意想到什么就想什么；老实说，就是想空了我的心，我也绝不会想到您是在恋爱，或者您将要恋爱，或者您会跟人家恋爱的。可是裴尼狄克起先也跟您一样，现在他却变了个人啦。他曾经发誓绝不结婚，现在可死心塌地地做起爱情的奴隶来啦。我不知道您会变成个什么样子，可是我觉得您现在瞧起人来的那种神气，也有点儿跟别的女人差不多啦。

琵特丽丝：你的一条舌头翻来覆去，说的什么啊？

玛茄蕾脱：我说的都是实话啊。

（欧苏拉重上。）

欧苏拉：小姐，进来吧。亲王、伯爵、裴尼狄克先生、唐·约翰，还有全城的年轻绅士们，都来接您去教堂呢。

希罗：好姐姐，好玛茄蕾脱，好欧苏拉。赶快帮我打扮吧。（同下。）

第五场　里昂那托家中的另一室

（里昂那托偕道勃雷、佛其慈同上。）

里昂那托：朋友，您来这儿有什么事？

道勃雷：呃，老爷，我有事要向您禀报，这件事对您非常重要。

里昂那托：那就请你快点说吧，你看，我现在非常忙。

道勃雷：呃，老爷，是这么个事。

佛其慈：是的，老爷，真的是这么个事。

里昂那托：是怎么个事啊？你们快说吧。

道勃雷：老爷，佛其慈是个好心的人，就是他讲起话来有点絮叨！他岁数大了，老爷，他的脑子不比从前清楚了，老天保佑他，但是说句老实话，他是个很好的实在人。

佛其慈：是的，谢谢上帝，我虽然老了，可是您找不到一个比我更老实的人了。

道勃雷：不要再绕圈子了，叫人听了不耐烦；少说些废话吧，佛其慈朋友。

里昂那托：两位老乡，你们缠绕的本领可真不小啊。

道勃雷：承蒙老爷夸奖，不过咱们都是可怜的公爵手下的巡官。但是说真的，拿我自个儿来说，要是我缠绕的本领和皇帝老子那么大，我一定一古脑儿全都传给老爷。

里昂那托：把你缠绕的本领全传给我？

道勃雷：是的，就算再加上一千个金镑的价值，我也决不会舍不得。因为我听到的关于老爷您的报告是非常好的，不比这城里哪个守本分的人差，我虽然是个老粗，但听了也很满意。

佛其慈：我也一样满意。

里昂那托：我最满意的是你们有什么话就快说出来。

佛其慈：哦，老爷，我们今天晚上巡逻的时候捉到了梅辛那两个最坏的坏蛋。

道勃雷：老爷，他是个不错的老头儿，就是话多了些，俗话说得好，岁数一大，人就变了。老天保佑我们！这世上新鲜的事可多着呢！说得不错，真的，佛其慈朋友。对，主是个好人，两个人骑一匹马，总有一个落在后面。确实老实，他是个老实人，上帝保佑，但是我们应该尊敬上帝，世界上有有义的人也有不义的人，唉！老伙计。

里昂那托：我要失陪了。

道勃雷：就一句话，老爷，我们巡逻的时候真的捉到了两个鬼鬼祟祟的人。我们今天当着您的面审问他一下。

里昂那托：你们去审吧，审清楚之后，再来给我说。我现在非常忙，你们也看得出来吧。

道勃雷：那就这么着吧。

里昂那托：你们喝几杯酒再走，再会。

（一使者上。）

使者：老爷，他们都在等您主持婚礼。

里昂那托：这就来，我已经准备好了。（里昂那托及使者下。）

道勃雷：去，好伙计，把法兰西斯·西可尔叫来，叫他把他的笔墨都带到监狱来，我们现在就开始审这两个人。

佛其慈：我们审问时要聪明点。

道勃雷：对，我们一定要发挥我们的智慧，让他们要赖不了，你去找一个会写字的读书人给咱们记录口供，咱们在监狱里碰面吧。（同下。）

第四幕

第一场　教堂门口

（唐·彼特罗、唐·约翰、里昂那托、法兰西斯神父、克劳第奥、裴尼狄克、希罗、琵特丽丝等同上。）

里昂那托： 来，法兰西斯神父，简短一点儿。只要给他们行了结婚的仪式，至于夫妇间应尽的责任以后再仔细地告诉他们吧。

神父： 伯爵爷，您来这里是要为这位小姐举行婚礼的吗？

克劳第奥： 不是。

里昂那托： 神父，他来是和她结婚的，您才是为他们举行婚礼的。

神父： 小姐，您来这里是要和这位伯爵结婚的吗？

希罗： 是。

神父： 如果你们两人中间有谁知道有什么理由，使你们不能结为伉俪，那么为了你们的灵魂免遭惩罚，我请你们现在说出来。

克劳第奥： 希罗，你知道有吗？

希罗： 没有，我的上帝。

神父： 伯爵，你知道有吗？

里昂那托： 我可以替他回答，没有。

克劳第奥： 啊！人们敢做什么！他们会怎么做！他们天天都在做什么，却不明白自己在做什么！

裴尼狄克： 怎么！大发感慨了吗？那就让我大笑三声吧，哈！哈！哈！

克劳第奥： 神父，请您站在一边。老人家，请原谅，您愿意把这位姑娘，您的女儿慷慨地嫁给我吗？

里昂那托： 是的，贤婿，就像上帝慷慨地把她给我一样。

克劳第奥：我应该用什么东西来报答您这一件价值连城的礼物呢？

彼特罗：没有，除非您把她还给我。

克劳第奥：好殿下，您已经教会我表达感谢的最恰当的方法了。里昂那托，把她拿回去吧；不要把这只金玉其外的橘子送给你的朋友，她只是个表面上贞洁的女人罢了。看！她那害羞的神态，多像一个天真无邪的少女！啊，狡猾的罪恶是多么善于用纯洁的面孔来遮掩自己！她脸上的神态，不正可以证明她的贞洁纯朴吗？你们看到她的外表，不是都会相信她是个处女吗？但是她已经不再是个处女了，她已经领略过床第之欢，她的脸红是因为愧疚，而不是因为羞涩。

里昂那托：爵爷，您这话是什么意思？

克劳第奥：我不能结婚，不能把我的一生和一个声名狼藉的荡妇结合在一起。

里昂那托：爵爷，如果照您这么说，您因为她年幼无知，已经破坏了她的贞节——

克劳第奥：我猜到你会这样说：如果我和她已经发生了肉体上的关系，你就说她是把我当成了她的丈夫，所以不能算作是一件不可饶恕的过错。不，里昂那托，我从未曾用一句挑逗的话来引诱过她，我对她就像一个哥哥对待自己的妹妹一样，表达着纯洁的诚意与合理的情感。

希罗：您看我对您不也正像这样吗？

克劳第奥：不要脸的！正像这样！我看你就像是月亮里的黛安娜女神一样纯洁，就像是未开放的蓓蕾一样无瑕，可是你却像维纳斯一样放荡，像纵欲的禽兽一样无耻！

希罗：我的主病了吗？怎么他会讲起这种荒唐的话来？

里昂那托：好殿下，您怎么不说句话儿？

彼特罗：叫我说些什么呢？我竭力撮合我的好朋友跟一个淫贱的女人，我自己的脸也丢尽了。

里昂那托：这些话是你们嘴里说出来的，还是我在做梦？

约翰：老人家，这些话是从他们嘴里说出来的，这些事情都是真的。

裴尼狄克：这简直不能称其为婚礼啦。

希罗：真的！啊，上帝！

克劳第奥：里昂那托，我不是站在这儿吗？这不是亲王吗？这不是亲王的兄弟吗？这不是希罗的面孔吗？我们大家不是生着眼睛的吗？

里昂那托：这一切都是事实，可是您这样说是什么意思呢？

克劳第奥：让我只问你女儿一个问题，请你用你做父亲的天赋权力，叫她老实回答我。

里昂那托：我命令你如实答复他的问题，因为你是我的孩子。

希罗：啊，上帝保佑我！我要给他们逼死了！这算是什么审问呀？

克劳第奥：我们要从你自己的嘴里听到你的实在的回答。

希罗：我不是希罗吗？谁能够用公正的谴责玷污这个名字？

克劳第奥：嘿，那就要问希罗自己了。希罗可以玷污自己的名节，昨天晚上在十二点钟到一点钟之间，在你的窗口跟你谈话的那个男人是谁？要是你是个处女，请你回答这个问题吧。

希罗：爵爷，我在那个时候不曾跟什么男人谈过话。

彼特罗：哼，你还要抵赖！里昂那托，我很抱歉要让你知道这件事：凭着我的名誉起誓，我自己，我的兄弟和这位受人欺骗的伯爵，昨天晚上在那个时候的的确确看见她，也听见她在她卧室的窗口跟一个混账东西谈话；那个荒唐的家伙已经亲口招认他们这样不法的幽会已经有过许多次了。

约翰：啧！啧！王兄，那些话还是不用说了吧，说出来也不过污了大家的耳朵。美貌的姑娘，你这样不知自重，我真替你可惜！

克劳第奥：啊，希罗！要是把你外表上的一半优美分给你的内心，那你将会是一个多么好的希罗！可是再会吧，你这最下贱、最美好的人！你这纯洁的淫邪，淫邪的纯洁，再会吧！为了你我要锁闭一切爱情的门户，让猜疑停驻在我的眼睛里，把一切美色变成不可亲近的蛇蝎，永远失去它诱人的力量。

里昂那托：这儿谁有刀子可以借给我，让我刺在我自己的心里？（希罗晕倒。）

琵特丽丝：哎哟，怎么啦，妹妹！你怎么倒下去啦？

约翰：来，我们去吧。她因为隐私给人揭发了出来，一时羞愧交集，所以昏过去了。（彼特罗、约翰、克劳第奥同下。）

裴尼狄克：这姑娘怎么啦？

琵特丽丝：我想是死了！叔叔，救命！希罗！哎哟，希罗！叔叔！裴尼狄克先生！神父！

里昂那托：命运啊，不要松了你的沉重的手！对于她的羞耻，死是最好的遮掩。

琵特丽丝：希罗妹妹，你怎么啦！

神父：小姐，您宽心吧。

里昂那托：你的眼睛又睁开了吗？

神父：是的，为什么她不可以睁开眼睛来呢？

里昂那托：为什么！不是整个世界都在斥责她的无耻吗？她可以否认已经刻在她血液里的这一段丑事吗？不要活过来，希罗，不要睁开你的眼睛。因为要是你不能快快地死去，要是你的灵魂里载得下这样的羞耻，那么我在把你痛责以后，也会亲手把你杀死的。你以为我只有你这一个孩子，我会因为失去你而悲伤吗？我会埋怨造化的吝啬，不肯多给我几个子女吗？啊，像你这样的孩子，一个已经是太多了！为什么我要有这么一个孩子呢？为什么你在我的眼睛里是这么可爱呢？为什么我不曾因为一时慈悲心起，在门口收养起一个叫花子的孩子，那么要是她长大以后干了这种丑事，我还可以说："她的身上没有一部分是属于我的，这种羞辱是她从不知名的血液里传下来的。"可是我自己亲生的孩子，我所钟爱的，我所赞美的，我所引为骄傲的孩子，为了珍爱她的缘故，我甚至把她看得比我自己还重要。她——啊！她现在落在了污泥的坑里，大海的水也洗不净她的污秽，海里所有的盐，也不够解除她肉体上的腐臭。

斐尼狄克：老人家，您安心点儿吧。我瞧着这一切，简直是莫名其妙，不知道应该说些什么话好。

琵特丽丝：啊！我敢赌咒，我的妹妹是给他们冤枉的！

斐尼狄克：小姐，您昨天晚上跟她睡在一个床上吗？

琵特丽丝：那倒没有，虽然在昨晚以前，我跟她已经同床睡了一年啦。

里昂那托：证实了！证实了！啊，本来就是铁一般的事实，现在又加上一重证明了！亲王兄弟两人会说谎吗？克劳第奥这样爱着她，讲到那种丑事的时候，也会忍不住流泪，难道他也会说谎吗？别理她！让她死吧！

神父：听我讲几句话。我刚才在这儿静静地旁观着这件意外的变故，我也在留心观察这位小姐的神色：我看见无数羞愧的红晕出现在她的脸上，可是立刻有无数冰霜一样的皎洁的惨白把这些红晕驱走，显示出她的含冤蒙屈的清贞。我更看见在她的眼睛里射出一道火一样的光来，似乎要把这些贵人加在她身上的无辜的诬蔑烧掉。要是这位温柔的小姐不是遭到重大的误会，要是她不是一个清白无罪的人，那么你们尽管把我叫作傻子，再不要相信我的学问、我的见识、我的经验，也不要重视我的年龄、我的身份或我的神圣的职务吧。

里昂那托：神父，不会有这样的事。你看她虽然做出这种丧尽廉耻的事来，可是她还有几分天良未泯，不愿在她的深重的罪孽之上，再加上一种欺罔的罪恶，她并没有否认。事情已经是这样明显了，你为什么还要替她辩护呢？

神父：小姐，他们说你跟什么人私通？

希罗：他们这样说我，他们一定知道。我可不知道，要是我违背了女孩儿家应守的礼法，跟任何不三不四的男人来往，那么不要让我的罪恶得到宽恕吧！啊，父亲！您要是能够证明有哪个男人在可以引起嫌疑的时间里跟我谈过话，或者我在昨天晚上曾经跟别人交换过言语，那么请您斥逐我、痛恨我，用酷刑处死我吧！

神父：亲王们一定有了些误会。

裴尼狄克：他们中间有两个人是正人君子。要是他们这次受了人家的欺骗，一定是约翰那个私生子弄的诡计，他是最喜欢设计害人的。

里昂那托：我不知道。要是他们讲她的话果然是事实，我要亲手把她杀死。要是他们无中生有，损害她的名誉，我要跟他们中间最尊贵的一个人拼命去；时光不曾干涸我的血液，年龄也不曾侵蚀我的智慧，我的家财不曾因为逆运而消耗，我的朋友也不曾因为我的行为不检则走散。他们要是看我可欺，我就叫他们看看我还有几分精力，还会转转念头，也不是无财无势，也不是无亲无友，尽可对付得了他们的。

神父：且慢，在这件事情上，请您还是听从我的劝告，亲王们离开这儿的时候，以为您的小姐已经死了。现在不妨暂时叫她深居简出，就向外面宣布说她真的已经死了，再给她举办一番丧事，在贵府的坟地上给她立起一方碑铭，一切丧葬的仪式都不可缺少。

里昂那托：为何要这样呢？这样有什么好处呢？

神父：要是照这样好好地去做，就可以使诬蔑她的人心生悔恨，这也未免不是好事。可是我提起这样奇怪的办法，却有另外更大的用意。人家听见说她在一听到这种诽谤的时候就立刻身死，一定都会悲悼她、可怜她、原谅她。我们往往在享有某一件东西的时候，一点不看重它的好处，等到失掉它以后，却会格外夸张它的价值，发现当它还在我们手里的时候所看不出来的优点。克劳第奥一定会这样：当他听到他的无情的言语，已经置希罗于死地的时候，她生前可爱的影子一定会浮在他的头脑之中，她的生命中的每一部分都会在他的心目中变得比活在世上的她更加值得珍贵，更加优美动人，更加充满生命；要是爱情果真打动过他的心，那时他一定会悲伤哀恸，即使他仍旧以为他所指斥她的确是事实，他也会后悔不该给她这样大的难堪。您就照这么办吧。它的结果一定会比我所能预料到的还要美满。即使退一步说，它并不能达到理想中的效果，至少也可以替她把这场羞辱掩盖过去，您不妨把她隐在什么僻静的地方，让她潜心修道，远离世人的耳目，隔绝任何的诽谤损害，对于名誉已受创伤的她，这是一个最适当的办法。

裴尼狄克：里昂那托大人，听从这位神父的话吧。虽然您知道我对于亲王和克劳第奥都有很深的交情，可是我愿意凭着我的名誉起誓，在这件事上，我一定抱着公正的态度，保持绝对的秘密。

里昂那托：我已经伤心得毫无主意，你们用一根顶细的草绳都可以牵着我走。

神父：好，那么您已经答应了，立刻去吧，非常的病症，是要用非常的药饵来疗治的。来，小姐，您必须死里求生。今天的婚礼也许不过是暂时的延期，您耐心忍着吧。（神父、希罗及里昂那托同下。）

裴尼狄克：琵特丽丝小姐，您一直在哭吗？

琵特丽丝：是的，我还要哭下去哩。

裴尼狄克：我希望您不要这样。

琵特丽丝：您有什么理由？这是我自己高兴呀。

裴尼狄克：我相信令妹一定是冤枉的。

琵特丽丝：唉！要是有人能够替她申雪这场冤枉，我才愿意跟他做朋友。

裴尼狄克：有没有可以表示这种友谊的方法？

琵特丽丝：方法是有，而且也是很直截爽快的，可惜没有这样的朋友。

裴尼狄克：可以让一个人试试吗？

琵特丽丝：那是一个男子汉做的事情，可不是您做的事情。

裴尼狄克：您是我在这世上最爱的人，这不是很奇怪吗？

琵特丽丝：就像我所不知道的事情一样奇怪。我也可以说您是我在这世上最爱的人，可是别信我，我没有说假话。我什么也不承认，什么也不否认，我只是为我的妹妹伤心。

裴尼狄克：琵特丽丝，凭着我的宝剑起誓，我是爱你的。

琵特丽丝：这样发过了誓，是不能反悔的。

裴尼狄克：我愿意凭我的剑发誓我爱着你，谁要是说我不爱你，我就叫他吃我一剑。

琵特丽丝：您不会食言吗？

裴尼狄克：无论给它调上些什么油酱，我都不愿把我今天说过的话吃下去。我发誓我爱你。

琵特丽丝：那么上帝恕我！

裴尼狄克：亲爱的琵特丽丝，你犯了什么罪过？

琵特丽丝：您刚好打断了我的话头，我正要说我也爱着您呢。

裴尼狄克：那么就请你用整个的心说出来吧。

琵特丽丝：我用整个心爱着您，简直分不出一部分来向您这样诉说。

裴尼狄克：来，吩咐我给你做，无论什么事。

琵特丽丝：杀死克劳第奥。

裴尼狄克：喔！那可办不到。

琵特丽丝：你拒绝了我，就等于杀死了我。再见。

裴尼狄克：等一等，亲爱的琵特丽丝！

琵特丽丝：我的身子就算在这儿，我的心也不在这儿，您没有一点儿真情。哎哟，请您还是放我走吧。

裴尼狄克：琵特丽丝——

琵特丽丝：真的，我要去啦。

裴尼狄克：让我们先言归于好。

琵特丽丝：您愿意跟我做朋友，却不敢跟我的敌人打架。

裴尼狄克：克劳第奥是你的敌人吗？

琵特丽丝：他不是已经被充分证明了是一个恶人，把我的妹妹这样横加诬蔑，信口毁谤，破坏她的名誉吗？啊！我但愿自己是个男人！嘿！不动声色地搀着她的手，一直等到将要握手成礼的时候，才翻过脸来，当众宣布她的恶毒的谣言！——上帝啊，但愿我是个男人！我要在市场上吃下他的心。

裴尼狄克：听我说，琵特丽丝——

琵特丽丝：跟一个男人在窗口讲话！说得真好听！

道勃雷：可是，琵特丽丝——

琵特丽丝：亲爱的希罗！她负屈含冤，她的一生从此完了！

裴尼狄克：琵特丽丝！

琵特丽丝：什么亲王！什么伯爵！好一个见证的亲王！好一个甜言蜜语的风流伯爵！啊，为了他的缘故，我但愿自己是一个男人，或者我有什么朋友愿意为了我的缘故，做一个堂堂男子！可是人们的丈夫气概，早已消磨在打躬作揖里；他们的豪侠精神，早已丧失在逢迎阿谀里了。他们已经变得只剩下一条善于拍马吹牛的舌头，谁会造最大的谣言，谁就是个英雄好汉。我既然不能凭着我的愿望变成一个男子，所以我只好做一个女人在伤心中死去。

裴尼狄克：等一等，好琵特丽丝。我举手起誓，我爱你。

琵特丽丝：您要是真的爱我，那么把您的手用在比发誓更有意义的地方吧。

裴尼狄克：凭着你的良心，你以为克劳第奥伯爵真的冤枉了希罗吗？

琵特丽丝：是的，正像我知道我有一颗良心一样毫无差别。

裴尼狄克：够了！一言为定，我要去向他挑战。让我在离开你以前，吻一吻你的手，我举手为誓，克劳第奥一定要得到一次重大的教训。请你等候我的消息。把我放在你的心里，去吧，安慰安慰你的妹妹，我必须对他们说她已经死了。好，再见。（各下。）

第二场　监　狱

（道勃雷、佛其慈及教堂司事各穿制服上，巡丁押康雷特及薄拉契奥随上。）

道勃雷：咱们这一伙儿都到齐了吗？

佛其慈：啊！端一张凳子和垫子来给司事先生坐。

司事：哪两个是被告？

道勃雷：呃，那就是我跟我的伙计。

佛其慈：不错，我们是来审案子的。

司事：可是哪两个是受审判的犯人？叫他们到巡官老爷面前来吧。

道勃雷：对，对，叫他们到我面前来。朋友，你叫什么名字？

薄拉契奥：薄拉契奥。

道勃雷：请写下薄拉契奥。小子，你呢？

康雷特：长官，我是个绅士，我的名字叫康雷特。

道勃雷：写下绅士康雷特先生。两位先生，你们都敬奉上帝吗？

康、薄拉契奥：是，长官，我们希望我们是敬奉上帝的。

道勃雷：写下他们希望敬奉上帝，留心把上帝写在前面，因为要是让这两个浑蛋的名字放在上帝前面，上帝一定要生气的。两位先生，你们已经被证明是两个比奸恶的坏人好不了多少的家伙，大家也就要这样看待你们了。你们自己有什么人辩白的没有？

康雷特：长官，我们说我们不是坏人。

道勃雷：真是一个乖巧的家伙，但是我会让他说出真话的。来，小子，让我在你耳边悄悄说一句话：先生，我给您说，别人都认为你们是奸诈的坏人。

薄拉契奥：长官，我告诉你，我们都是好人。

道勃雷：好，站在一边。上帝啊，他们都是早就串通好的。你写下来了吗，他们是坏人吗？

司事：巡官老爷，您这样审问是不行的，您必须问那控诉他们的巡丁。

道勃雷：对，对，这是最好的办法，传那巡丁过来。朋友们，我以亲王的名义，命令你们控告这两个人。

（巡丁甲、乙上。）

巡丁甲：禀长官，这人说亲王的兄弟唐·约翰不是好人。

道勃雷：记下约翰亲王不是好人。天哪，这简直是大不敬，说亲王的兄弟不是好人！

薄拉契奥：住嘴，浑蛋，我看见你就讨厌。

司事：你们还听到他们说了什么？

巡丁乙：哦，他说因为他造希罗小姐的谣，唐·约翰给了他们一千块钱。

道勃雷：这真是闻所未闻的盗窃罪。

佛其慈：对，是的，说得没错。

司事：还有什么？

巡丁甲：他说克劳第奥伯爵听信了他的话，准备当众羞辱希罗，不再和她成亲。

道勃雷：啊！你这该死的浑蛋！你干了这种坏事，要下十八层地狱！

司事：还有什么话吗？

巡丁乙：没有了。

司事：两位先生，就单单这些，他们也无法赖账了。约翰亲王今天早晨已经逃走了，希罗已经受了羞辱，克劳第奥也已经拒绝和她成亲，她因过度伤心，已经离开人世了。巡官老爷，把这两个人捆起来，带到里昂那托那儿去，我先去一步，告诉他们审问的结果。（下。）

道勃雷：来，把他们捆起来。

佛其慈：把他们送给——

康雷特：走开，蠢蛋！

道勃雷：该死的！司事呢？让他写下亲王的官员是个蠢蛋，来，把他们捆了。你这该死的浑蛋！

康雷特：走开，你这头驴子，你这头驴子！

道勃雷：难道你看不起我的地位吗？难道你看不起我这一大把年纪吗？啊，但愿他在这里，给我写下我是头驴子！但是各位弟兄，记着我是一头驴子，虽然没有写下这句话，但是别忘记我是一头驴子。你这浑蛋简直是欺人太甚，这大伙都能为我做证。实话告诉你吧，我是个明白人；还是个官；而且有家有室；我的相貌也不比梅辛那哪一个人差；我知道法律，那是自不必说；我还有些钱，那也不值一提；我不是没有走过霉运，不过我还有两件漂亮的衣服，不论到哪里我都是很体面的。把他押下去！啊，巴不得他给我写下我是一头驴子！（同下。）

第五幕

第一场　里昂那托家门前

（里昂那托及安东尼奥上。）

安东尼奥：您要是一直这样，只能气坏了您自己的身体，帮着忧伤摧残您自己，那未免太不明智了吧。

里昂那托：请您不要再劝告了，您对我说这些话，就好像把水倒进筛子里一样没有一点儿用处。不要劝我，也不要让什么人来安慰我，除非他也遭受和我一样的厄运。给我找一个像我一样溺爱女儿的父亲吧，他那做父亲的欢乐，跟我一样完全被粉碎了，让他劝我安心忍耐；他的悲痛要与我的悲痛铢两悉称。若是这样一个人能捻须微笑，将一切烦恼抛之脑后，且能用一些老生常谈来宽慰自己，那么请他来见我吧，我也许能从他身上学到一些忍耐的方法。但是世界上不会找到这样的人，因为，朋友，人们只会用空洞的言语来安慰自己未曾感到的痛苦，但是如果他们自己品尝了这种苦痛的滋味，他们就会明白他们给别人的方法对自己也是毫无作用，一根丝线是拴不住极度的疯狂的。不，不，谁都会劝一个极度伤痛的人要静心忍耐。但是谁也没有那种修养和勇气来忍受自己的痛苦。所以不要再劝我了，我悲哀的呼号会遮住劝慰的声音。

安东尼奥：人们在这种地方和小孩子并无区别。

里昂那托：请不必再说了，我只是个平凡的血肉之躯，就是那些博学多识的大哲学家，也是难以忍受这种痛苦的。

安东尼奥：但是您也不能只是自己一味吃苦，您应该让那些害苦您的人也吃些苦头才是。

里昂那托：您说得很对，对了，我一定要明白。我知道希罗肯定是受人诽谤，我要让克劳第奥明白他的错误，也要让亲王和那些毁坏她名誉的人明白他们的错误。

安东尼奥：亲王跟克劳第奥急急忙忙地来了。

（*唐·彼特罗及克劳第奥上。*）

彼特罗：早上好，早上好。

克劳第奥：早上好，两位老先生。

里昂那托：听我说，两位大人——

彼特罗：里昂那托，我们现在没时间。

里昂那托：没时间，殿下！好，再见，殿下，您现在很忙吗？——好，那也没关系。

彼特罗：行了，老先生，别和我们吵架。

安东尼奥：如果吵架能报复他的仇恨，咱们之中有一个人会送命的。

克劳第奥：谁得罪了他？

里昂那托：谁？你啊，你，你这虚伪的骗子！怎么，你要动手吗？我可不害怕。

克劳第奥：对不起，都是我的手不好，让您受了惊吓，其实它并没有动手的意思。

里昂那托：哼，朋友！别对我皮笑肉不笑。我可不是那些只会倚老卖老的老头儿，只能向别人吹嘘自己年轻时如何了不起，要是现在再年轻几岁，一定会怎么怎么。告诉你，克劳第奥，你冤枉了我清白的女儿，把我害得好苦，我现在忍无可忍，只好不顾我这一把年纪，凭着满头的白发和这身久历风霜的老骨头，向你挑战。我说你冤枉了我的清白的女儿，你的信口的诽谤已经刺透了她的心，她现在已经跟她的祖先长眠在一起了。啊，想不到我的祖先清白传家，到她身上却落下一个污名，这都是因为你的万恶的诡计！

克劳第奥： 我的诡计？

里昂那托： 是的，克劳第奥，我说是你的万恶的诡计。

彼特罗： 老人家您说错了。

里昂那托： 殿下，殿下，要是他有胆量，我愿意用武力跟他较量出一个是非曲直来，虽然他的击剑的本领不坏，练习得又勤，又是年轻力壮，可是我不怕他。

克劳第奥： 走开！我不要跟你胡闹。

里昂那托： 你会这样推开我吗？你已经杀死了我的孩子，要是你把我也杀死了，孩子，才算你是个汉子。

安东尼奥： 他要把我们两人一起杀死了，才算是个汉子，可是让他先杀死一个吧。让他跟我较量一下，看他能不能把我取胜。来，跟我来，孩子；来，哥儿，跟我来。哥儿，我要把你杀得无招架之功，你瞧着吧。

里昂那托： 兄弟——

安东尼奥： 您宽心吧，上帝知道我爱我的侄女，她现在死了，给这些恶人们造的谣言气死了。他们只会欺负一个弱女子，可是叫他们跟一个男子汉打架，却像叫他们从毒蛇嘴里拔出舌头来一样没有胆子了。这些乳臭小儿，只会说大话，诓人的猴子，不中用的懦夫！

里昂那托： 安东尼奥贤弟——

安东尼奥： 您不要说话。哼，这些家伙！我看透了他们，知道他们的骨头一共有多少分量。这些胡闹的、寡廉鲜耻的纨绔公子，就会说谎骗人，造谣生事，打扮得奇奇怪怪，装一副吓人相，说几句假威风的言语，这就是他们的全副本领！

里昂那托： 可是，安东尼奥贤弟——

安东尼奥： 不，您不用管，让我来对付他们。

彼特罗： 两位老先生，我们不愿意冒犯你们。令爱的死实在使我非常抱憾，可是凭着我的名誉发誓，我们对她所说的话，都是绝对确实，而且有充分证据的。

里昂那托：殿下，殿下——

彼特罗：我不要听你的话。

里昂那托：不要听我的话？好，兄弟，我们去吧，总有人会听我的话的。——

安东尼奥：不要听也得听，否则咱们就拼个你死我活。（里昂那托、安东尼奥同下。）

（裴尼狄克上。）

彼特罗：瞧，瞧，我们正要去找的那个人来啦。

克劳第奥：啊，老兄，有什么消息？

裴尼狄克：早安，殿下。

彼特罗：欢迎，裴尼狄克，你来迟了一步，我们刚才险些打起来呢。

克劳第奥：我们的两个鼻子险些儿没给两个没有牙齿的老头子咬下来。

彼特罗：里昂那托跟他的兄弟，你看怎么样？要是我们真的打起来，那我们跟他们比起来未免太年轻点儿了。

裴尼狄克：强弱异势，虽胜不武。我是来找你们两个人的。

克劳第奥：我们到处找你，因为我们一肚子都是烦恼，想设法把它排遣。你给我们讲个笑话吧。

裴尼狄克：我是笑话随身携带的吗？

克劳第奥：请你把它拔出来，就像乐师从他的琴囊里拿出他的乐器来一样，给我们弹奏一下解解闷吧。

彼特罗：哎哟，他的脸色怎么这样白得怕人！你病了吗？还是在生气？

克劳第奥：喂，拿出勇气来，朋友！虽然忧能伤人，可是你是个好汉子，你会把忧愁赶走的。

裴尼狄克：爵爷，你要是想用您的俏皮话儿挖苦我，那我是很可以把您对付得了的。请你换一个题目好不好？

克劳第奥：好，他的枪已经弯断了，给他换一支吧。

彼特罗：他的脸色越变越难看了，我想他真的在生气哩。

克劳第奥：要是他真的在生气，那么叫他转一个身，把他的怒气按下去就得啦。

裴尼狄克：可不可以让我在您的耳边说句话？

克劳第奥：上帝保佑我不要是挑战！

裴尼狄克：（*向克劳第奥旁白*）你是个坏人，我不跟你开玩笑：你敢用什么方式，凭着什么武器，在什么时候跟我决斗，我一定从命；你要是不接受我的挑战，我就公开宣布你是一个懦夫。你已经害死了一位好好的姑娘，她的阴魂一定会缠绕在你身上。请你给我一个回音。

克劳第奥：好，我一定奉陪就是了，让我也可以借此消消闷儿。

彼特罗：怎么，你们打算喝酒去吗？

克劳第奥：是的，谢谢他的好意，他请我去吃一个小牛头，我要是不把它切得好好的，就算我的刀子不中用。

裴尼狄克：您的才情真是太好啦，出口都是俏皮话儿。

彼特罗：让我告诉你那天琵特丽丝怎样称赞你的才情。我说你的才情很不错。“是的。”她说，“他有一点琐碎的小聪明。”“不，”我说，“他有很大的才情。”“对了，”她说，“他的才情是大而无当的。”“不，”我说，“他有很善的才情。”“正是，”她说，“因为太善良了，所以不会伤人。”“不，”我说，“这位绅士很聪明……”“啊，”她说，“好一位聪明的绅士！”“不，”我说，“他有一条能言善辩的舌头。”“我相信您的话，”她说，“因为他在星期一晚上向我发了一个誓，到星期二早上又把那个誓毁了；他不止有一条舌头，他有两条舌头哩。”这样她用足足一点钟的工夫，把你的长处批评得一文不值，可是临了她却叹了口气，说你是意大利最漂亮的一个男人。

克劳第奥：因此她伤悯得哭了起来，说她一点儿不放在心上。

彼特罗：正是这样，可是说是这么说，她倘不把他恨进骨髓里去，就会把他爱到心窝儿里。那老头儿的女儿已经完全告诉我们了。

克劳第奥：而且，当他躲在园里的时候，上帝就看见了他。

彼特罗：可是我们什么时候把那野牛的角儿插在有理性的裴尼狄克的头上呢？

克劳第奥：对了，还要在头颈下面挂一块招牌："请看结了婚的裴尼狄克！"

裴尼狄克：再见，哥儿，你已经知道我的意思。现在我让你一个人去唠唠叨叨说话吧，谢谢上帝，你讲的那些笑话正像只会说说大话的那些懦夫们的刀剑一样无关痛痒。殿下，一向蒙您知遇之恩，我是十分的感谢，可是现在我不能再跟您继续来往了。您那位王弟已经从梅辛那逃走，你们几个人已经合伙害死了一位纯洁无辜的姑娘。至于我们那位白脸公子，我已经跟他约期相会了，在那个时候以前，我愿他平安。（下。）

彼特罗：他果然认起真来了。

克劳第奥：绝对的认真，我告诉您，他这样一本挚诚，完全是为了琵特丽丝的爱情。

彼特罗：他向你挑战了吗？

克劳第奥：他非常诚意地向我挑战了。

彼特罗：一个衣冠楚楚的人，会这样迷失了心窍，真是可笑！

克劳第奥：像这样一个人，讲外表也许比一只猴子神气得多，可是他的聪明还不及一只猴子哩。

彼特罗：且慢，让我静下来想一想，糟了！他不是说我的兄弟已经逃走了吗？

（道勃雷、佛其慈及巡丁押康雷特、薄拉契奥同上。）

道勃雷：你来，朋友，要是法律管不了你，那简直可以用不到什么法律了。

彼特罗：怎么！我兄弟手下的两个人都给绑起来啦！一个是薄拉契奥！

克劳第奥：殿下，您问问他们犯了什么罪。

彼特罗：巡官，这两个人犯了什么罪？

道勃雷：禀王爷，第一，他们乱造谣言，而且他们说了假话；第二，他们信口诽谤，末了，他们冤枉了一位小姐；第三，他们做假见证。总而言之，他们是说谎的坏人。

彼特罗：第一，我问你，他们干了些什么事？第二，我问你，他们犯了什么罪？末了，我问你，他们为什么被捕？总而言之，你控诉他们什么罪状？

克劳第奥：问得很好，而且完全套着他的口气，把一个意思用各种不同的方式表达出来。

彼特罗：你们两人得罪了谁，被他们抓起来问罪？这位聪明的巡官讲的话儿太深奥了，我听不懂。你们犯了什么罪？

薄拉契奥：好殿下，我向您招认一切以后，请您不必再加追问，就让我们伯爵把我杀死了吧。我已经当着您的眼前把您欺骗，您的智慧所观察不到的，却让这些蠢货们揭发出来了。他们在晚上听见我告诉这个人，您的兄弟唐·约翰怎样唆使我毁坏希罗小姐的名誉，你们怎样听了他的话到花园里去，瞧见我在那儿跟打扮成希罗样子的玛茄蕾脱昵昵情话，以及你们怎样在举行婚礼的时候把她羞辱。我的罪恶已经给他们记录下来，我现在但求一死，不愿再把它重新叙述出来，增加我的惭愧。那位小姐是被我跟我的主人诬陷而死的，请殿下处我应得之罪。

彼特罗：他这一番说话，不是像一柄剑似的刺进你的心里吗？

克劳第奥：我听他说话，就像是吞下了毒药。

彼特罗：可是果真是我的兄弟指使你做这种事吗？

薄拉契奥：是的，他还给了我很大的酬劳呢。

彼特罗：他是个好恶成性的家伙，现在一定是因为阴谋暴露，所以逃走了。

克劳第奥：亲爱的希罗！现在你的影像又恢复到我最初爱你的时候那样纯洁美好了！

道勃雷：来，把这两个原告带下去。咱们那位司事先生现在一定已经把这件事情告诉里昂那托老爷了。弟兄们，你们别忘了替我证明我是头驴子。

佛其慈：啊，里昂那托老爷来了，司事先生也来了。

（里昂那托、安东尼奥及教堂司事重上。）

里昂那托：这个恶人在哪里？让我把他的面孔认认清楚，以后看见跟他长得模样差不多的人，就可以避而远之。哪一个是他？

薄拉契奥：您倘要知道谁是害苦了您的人，就请瞧着我吧。

里昂那托：就是你这奴才用你的鬼话害死了我的清白的孩子吗？

薄拉契奥：是的，那全是我一个人干的。

里昂那托：不，恶人，你错了。这儿有一双正人君子，还有第三个已经逃走了，他们都是有份的。两位贵人，谢谢你们害死了我的女儿，你们干了这件好事，是应该在历史上大书特书的。这件事情干得多好啊。

克劳第奥：我不知道应该怎样向您请求原谅，可是我不能不说话。您爱怎样处置我就怎样处置我吧，我愿意接受您所能想到的无论哪一种惩罚，虽然我所犯的罪完全是出于误会。

彼特罗：凭着我的灵魂起誓，我也犯下了无心的错误。可是为了消消这位好老人家的气起见，我也愿意领受他的任何重罚。

里昂那托：我不能叫你们把我的女儿弄活过来，那当然是不可能的事，可是我要请你们两位向这梅辛那所有的人宣告她死得多么清白。要是您的爱情能够鼓动您写些什么悲悼的诗歌，请您就把它悬在她的墓前，向她的尸骸歌唱一遍。今天晚上您就去歌唱这首挽歌。明天早上您再到我家里来；您既然不能做我的女婿，那么就做我的侄婿吧。舍弟有一个女儿，她跟我去世的女儿长得一模一样，现在她是我们兄弟两个唯一的嗣息，您要是愿意把您本来应该给她姐姐的名分转给她，那么我这口气也就消了。

克劳第奥：啊，可敬的老人家，您的大恩大德，真使我感激涕零！我敢不接受您的好意？从此以后，不才的克劳第奥愿意永远听从您的驱使。

里昂那托：那么明天早上我等您来，现在我要告别啦。这个坏人必须叫他跟玛茄蕾脱当面对质，我相信她也一定受到令弟的贿诱，参加这阴谋了。

薄拉契奥：不，我可以用我的灵魂发誓，她并不知情，当她向我说话的时候，她也不知道她已经做了些什么不应该做的事，照我平常所知道的，她一向都是规规矩矩的。

道勃雷：而且，老爷，这个原告，这个罪犯，还叫我驴子，虽然这句话没有写下来，可是请您在判罪的时候不要忘记。还有，巡丁听见他们讲起一个坏贼，到处用上帝的名义向人借钱，借了却永不归还，所以现在人们的心肠都变得硬起来，不再愿意看在上帝的面上借给别人半个子儿了。请您在这一点上也要把他仔细审问审问。

里昂那托：谢谢你这样细心，这回真的有劳你啦。

道勃雷：您老爷说得真像一个知恩感德的小子，我为您赞美上帝！

里昂那托：去吧，你的罪犯归我发落，谢谢你。

道勃雷：我把一个大恶人交在您手里，请您自己把他处罚，给别人做个榜样。上帝保佑您老爷！愿老爷平安如意，无灾无病！后会无期，小的告辞了！来，伙计。（道勃雷、佛其慈同下。）

里昂那托：两位贵人，咱们明天早上再见。

安东尼奥：再见，我们明天等着你们。

彼特罗：我们一定准时奉访。

克劳第奥：今晚我就到希罗坟上哀吊去。（彼特罗、克劳第奥同下。）

里昂那托：（向巡丁）把这两个家伙带走，我们要去问一问玛茄蕾脱，她怎么会跟这个下流的东西来往。（同下。）

第二场　里昂那托的花园

（裴尼狄克及玛茄蕾脱自相对方向上。）

裴尼狄克： 好玛茄蕾脱姑娘，请你帮帮忙替我请琵特丽丝出来说话。

玛茄蕾脱： 我去请她出来了，您肯不肯写一首诗歌颂我的美貌呢？

裴尼狄克： 我一定会写一首顶高雅的、哪一个男子都别想高攀得上的诗送给你。

玛茄蕾脱： 没有哪个男子能高攀得上！那我只好一辈子“落空”了？

裴尼狄克： 你这张嘴说起俏皮话来，就像猎狗那样会咬人。

玛茄蕾脱： 您的俏皮话就像一把钝刀头子，怎么也伤不了人。

裴尼狄克： 这才是大丈夫，他不肯伤女人。玛茄蕾脱，请你快去叫琵特丽丝来吧——我服输了，我向你缴械，盾牌也不要了。

玛茄蕾脱： 盾牌我们自己有，把剑交出来吧。

裴尼狄克： 这可不是好玩儿的，玛茄蕾脱，这家伙很危险，只怕姑娘降不住他。

玛茄蕾脱： 好，我就去叫琵特丽丝出来见您。我想她自己也生腿的。

裴尼狄克： 所以一定会来。（玛茄蕾脱下。）

恋爱的神明，
高坐在天庭，
知道我，知道我，
多么的可怜！

——我的意思是说，我的歌喉是糟糕得多么可怜。可是讲到恋爱，那么那位游泳好手李昂特，那位最初发明请人拉马的特洛埃勒斯，以及那一大批载在书上的古代的风流才子们，他们的名字至今为骚人墨客所乐道，谁也没有像可怜的我这样真的为情颠倒了。可惜我不能把我的热情用诗句表示出来，我曾经搜索枯肠，可是找来找去，只有“儿郎”两个字可以跟“姑娘”押韵，一个孩子气的韵！可以跟“羞辱”押韵的，只有“甲壳”两个字，一个硬邦邦的韵！可以跟“学校”押韵的，只有“呆鸟”两个字，一个混账的韵！这些韵脚都不大吉利。不，我想我命里没有诗才，我也不会用那些风花雪月的话儿向人求爱。

（琵特丽丝上。）

斐尼狄克：亲爱的琵特丽丝，我一叫你你就出来了吗？

琵特丽丝：是的，先生，您一叫我走，我也就会去的。可是在我未去以前，让我先问您一个明白，您跟克劳第奥说过些什么话？

斐尼狄克：我已经骂过他了，所以给我一个吻吧。

琵特丽丝：骂人的嘴是不干净的，不要吻我，让我去吧。

斐尼狄克：你真会强词夺理。可是我必须明白告诉你，克劳第奥已经接受了我的挑战，要是他不给我一个回音，我就公开宣布他是个懦夫。现在我要请你告诉我，你究竟为了我哪一点坏处而开始爱起我来呢？

琵特丽丝：为了您所有的坏处，它们朋比为奸，尽量发展它们的恶势力，不让一点儿好处混杂在它们中间。可是您究竟为了我哪一点儿好处，才对我害起相思来呢？

斐尼狄克：“害起相思来”，好一句话！我真的给相思害了，因为我爱你是违反我的本心的。

琵特丽丝：那么您原来是在跟您自己的心作对。唉，可怜的心！你既然为了我的缘故而跟它作对，那么我也要为了您的缘故而跟它做对了。因为我的朋友要是讨厌它，我当然再也不会欢喜它的。

斐尼狄克：咱们两个人都太聪明啦，总不会安安静静地讲几句情话。

琵特丽丝：照您这样说法，恐怕未必如此，真正的聪明人是不会自称自赞的。

斐尼狄克：这是一句老生常谈，琵特丽丝，在从前世风淳厚，大家能够赏识他邻人的好处的时候，未始没有几分道理。可是当今之世，谁要是不乘他自己未死之前预先把墓志铭刻好，那么等到丧钟敲过，他的寡妇哭过几声以后，谁也不会再记得他了。

琵特丽丝：您想那要经过多少时间呢？

裴尼狄克：问题就在这里，左右也不过钟鸣一小时，泪流一刻钟而已。所以一个人只要问心无愧，把自己的好处宣传宣传，就像我对于我个人的确不坏。现在已经自称自赞得够了——我敢给自己担保，我这个人完全值得称赞——请您告诉我，你的妹妹怎样啦？

琵特丽丝：她现在憔悴不堪。

裴尼狄克：你自己呢？

琵特丽丝：我也是憔悴不堪。

裴尼狄克：敬礼上帝，尽心有我，你的身子就可以好起来。现在我应该去啦，有人慌慌张张地找你来了。

（欧苏拉上。）

欧苏拉：小姐，快到您叔叔那儿去。他们正在那儿议论纷纷，希罗小姐已经证明受人冤枉，亲王跟克劳第奥上了人家一个大大的当。唐·约翰是罪魁祸首，他已经逃走了。您就来吗？

琵特丽丝：先生，您也愿意去听听消息吗？

裴尼狄克：我愿意活在你的心里，死在你的怀里，葬在你的眼里，我愿意陪着你到你叔叔那儿去。（同下。）

第三场　教堂内部

（唐·彼罗特、克劳第奥及侍从等携乐器、蜡烛上。）

克劳第奥：这儿就是里昂那托家的坟堂吗？

一侍从：正是，爵爷。

克劳第奥：（展手卷朗诵）

青蝇玷玉，谗口铄金，嗟吾希罗，月落星沉！生蒙不虞之毁，死播百世之馨；惟令德之昭昭，斯虽死而犹生。

我将你悬在坟上，当我不能说话的时候，你仍在把她赞扬！现在我奏起音乐来，歌唱你们的挽诗吧。

（唱）

惟兰蕙之幽姿兮，
遽一朝而摧焚；
风云怫郁其变色兮，
月姊掩脸而似嗔；
语月姊兮毋嗔，
听长歌兮当哭；
绕墓门而逡巡兮，
岂百身之可赎！
风瑟瑟兮云漫漫，
纷助予之悲叹；
安得起重泉之白骨兮，
及长夜之未旦！

克劳第奥：幽明从此音尘隔，岁岁空来祭墓人。永别人，希罗！

彼特罗：早安，列位朋友们，把你们的火把熄灭。豺狼已经开始觅食，瞧，熹微的晨光在日轮尚未出现之前，已经在欲醒未醒的东方缀上鱼肚色的斑点了。劳驾你们，现在你们可以回去了，再会。

克劳第奥：早安，列位朋友，大家各走各的路。

彼特罗：来，我们也去换好衣服，再到里昂那托家里去。

克劳第奥：但愿亥门有灵，这一回赐给我好一点儿的运气！（同下。）

第四场　里昂那托家中一室

（里昂那托、安东尼奥、裴尼狄克、琵特丽丝、玛茄蕾脱、欧苏拉、法兰西斯神父及希罗同上。）

神父：我不是对您说她是无罪的吗？

里昂那托：亲王跟克劳第奥怎样凭着莫须有的罪名冤诬她，您是听见的，他们误信人言，也不能责怪他们。可是玛茄蕾脱在这件事情上也有几分不是，虽然照审问的结果看起来，她的行动并不是出于本意。

安东尼奥：好，一切事情总算圆满收场，我很高兴。

裴尼狄克：我也很高兴，因为否则我有誓在先，非得跟克劳第奥那小子算账不可了。

里昂那托：好，女儿，你跟各位姑娘进去一会儿，等我叫你们出来的时候，大家戴上面罩出来。亲王跟克劳第奥约定在这个时候来看我的。（*众女下。*）兄弟，你知道应该做些什么事，你必须做你侄女的父亲，把她许婚给克劳第奥。

安东尼奥：我一定会扮演得神气十足。

裴尼狄克：神父，我想我也要有劳您一下。

神父：先生，你要我做些什么事？

裴尼狄克：替我加上一层束缚，或者把我送进坟墓。里昂那托大人，不瞒您说，好老人家，令侄女对我很是另眼相看。

里昂那托：不错，她这一只另外的眼睛是我的女儿替她装上去的。

裴尼狄克：为了报答她的眷顾，我也已经把我的一片痴心呈献给她。

里昂那托：您这一片痴心，我想是亲王、克劳第奥，跟我三个人替您安放进去的。可是请问有何见教？

裴尼狄克：大人，您说的话太玄妙了。可是讲到我的意思，那么我是要希望得到您的许可，让我们就在今天正式成婚。好神父，这件事情有劳您啦。

里昂那托：我竭诚赞成您的意思。

神父：我也愿意效劳。亲王跟克劳第奥来啦。

（*唐·彼特罗、克劳第奥及侍从等上。*）

彼特罗：早安，各位朋友。

里昂那托：早安，殿下。早安，克劳第奥。我们正在等着你们呢，您今天仍旧愿意娶我的侄女吗?

克劳第奥: 即使她长得像个黑炭一样，我也绝不反悔。

里昂那托: 兄弟，你去叫她出来，神父已经等在这儿了。(安东尼奥下。)

彼特罗: 早安，裴尼狄克。啊，怎么，你的面孔怎么像严冬一样难看，堆满了霜雪风云?

克劳第奥: 他大概想起了那头野牛。呸！怕什么，朋友！我们要用金子镶在你的角上，整个的欧罗巴都会喜欢你，正像从前尤绿葩[①]喜欢那因为爱情而变成一头公牛的乔武一样。

裴尼狄克: 乔武老牛叫起来声音很是好听，大概也有那么一头野牛看中了令尊大人那头母牛，结果才生下了像老兄一样的一头小牛来；因为您的叫声也跟他差不多，倒是家学渊源哩。

克劳第奥: 我暂时不跟你算账，这儿来了我一笔待清的债务。

(安东尼奥率众女戴画罩重上。)

克劳第奥: 哪一位姑娘我有福握住她的手?

安东尼奥: 就是这一个，我现在把她交给您了。

克劳第奥: 啊，那么她就是我的了。好人，让我瞻仰瞻仰您的芳容。

里昂那托: 不，在您没有搀着她的手到这位神父面前宣誓娶她为妻以前，不能让您瞧见她的面孔。

克劳第奥: 把您的手给我。当着这位神父的面，我愿意娶您为妻，要是您不嫌弃我的话。

希罗: 当我在世的时候，我是您的另一个妻子；(取下面罩) 当您爱我的时候，您是我的另一个丈夫。

克劳第奥: 又是一个希罗!

希罗: 一点儿不错，一个希罗已经蒙垢而死，但我以清白之身活在

---

① 尤绿葩，神话中的女子，为乔武所爱。因化为公牛，载之而去。

人间。

彼特罗：就是从前的希罗！已经死了的希罗！

里昂那托：殿下，当谗言流传的时候，她才是死的。

神父：我可以替你们解释一切，等神圣的仪式完毕以后，我会详细告诉你们希罗逝世的一段情节。现在暂时把这些怪事看作不足为奇，让我们立刻到教堂里去。

裴尼狄克：慢点儿，神父。琵特丽丝呢？

琵特丽丝：（取下面罩）我就是她。您有什么见教？

裴尼狄克：您不是爱我吗？

琵特丽丝：啊，不，我对您不过是以礼相待罢了。

裴尼狄克：这么说来，您的叔父、亲王，跟克劳第奥都被蒙骗了，因为他们一口咬定说你是爱我的。

琵特丽丝：您不爱我吗？

裴尼狄克：是的，不，我对您不过也是以礼相待。

琵特丽丝：这么说来，我的妹妹、玛茄蕾脱跟欧苏拉都也错而又错了，因为她们也一口咬定说你是爱我的。

裴尼狄克：他们口口声声说您为了我相思成病。

琵特丽丝：她们发誓赌咒说您为了我魂牵梦萦。

裴尼狄克：没有的事，那么您爱我吗？

琵特丽丝：不，真的，我们不过是普通朋友。

里昂那托：行了行了，侄女，我可以肯定你是爱这位绅士的。

克劳第奥：我也可以发誓他爱着她，因为这儿有一首他的亲笔诗，是他搜肠刮肚写出来的，是歌颂琵特丽丝的。

希罗：这儿也有一首诗，是我姐姐写的，从她口袋里翻出来的，上面倾诉着她对裴尼狄克的爱恋。

裴尼狄克：奇怪奇怪！我们都心口不一了。行，我愿意娶你为妻，但是老天在上，我是因为怜悯你才娶你的。

琵特丽丝：我不想拒绝你，但是老天在上，我只是因为难禁别人之劝，还有也是因为要拯救你的性命，所以才答应的，别人告诉我你在一天比一天消瘦呢。

裴尼狄克：别废话了！让我封住你的嘴。（吻琵特丽丝。）

彼特罗：已经结婚的裴尼狄克，请吧！

裴尼狄克：殿下，给你说吧，就是大家唇枪舌剑地向我攻击，我也绝不会因为他们的讥笑放弃自己的决心。你以为我会在乎那些冷嘲热讽吗？不，如果一个人这么容易就被流言击败，那他根本就不配做一个坚强的人。总之，我既然决定结婚，那么无论别人说些什么，我都不在乎。所以你们也不要取笑我以前曾说过反对结婚的话，因为人本来就是反复无常的东西，这就是我的观点了。至于说到你，克劳第奥，我真的很想揍你一顿。不过既然你要成为我的亲戚了，那就宽恕你这一次，好好地待我的妻妹吧。

克劳第奥：我真希望你拒绝了琵特丽丝，这样我就能用棍子打你一顿了，打得你不敢再单身。我很担心你这人靠不住，我的妻姐应该管你严点才对。

裴尼狄克：行啦行啦，咱们是好朋友。现在我们还是趁没有举行婚礼，大伙跳一支舞，让我们的心和我们的妻子一起飘舞起来吧。

里昂那托：还是举行完婚礼后再跳吧。

裴尼狄克：不，跳完再举行婚礼，奏起音乐来！殿下，你好像心事重重的，娶个媳妇吧，娶个媳妇吧。

（一使者上。）

使者：殿下，您外逃的兄弟约翰已经在路上被抓着了，现在由士兵押回梅辛那来了。

裴尼狄克：现在不要提他，改天再说吧，我可以给你设计一些最新颖的惩罚他的办法。奏起来，音乐！（跳舞，众下。）

终成眷属

剧中人物

法国国王
佛罗伦斯公爵
贝特兰：罗西昂伯爵
拉敷：法国宫廷中的老臣
巴洛：贝特兰的侍从
罗西昂：伯爵夫人的管家
拉伐契：伯爵夫人府中的弄人
一侍童
罗西昂伯爵夫人：贝特兰之母
海伦娜：寄养于伯爵夫人府中的少女
佛罗伦斯一老寡妇
黛安娜：寡妇之女
梵奥伦泰 } 寡妇的邻居女友
玛丽安娜 } 寡妇的邻居女友

法国及佛罗伦斯的群臣、差役、兵士等

地　点

罗西昂、巴黎、佛罗伦斯、马赛

第一幕

第一场　罗西昂。伯爵夫人府中一室

（贝特兰、罗西昂伯爵夫人、海伦娜、拉敷同上；均着丧服。）

夫人：未亡人刚遭变故，现在我儿又要离我远去，这真让我伤心难过啊。

贝特兰：母亲，我悲痛父亲的泪痕犹在，现在又要因离您远去而泪流不止了。但是孩儿蒙受王上厚恩，理应尽忠效劳，他的命令我不能不从啊。

拉敷：夫人，尊夫虽然不幸过世，王上定会一如既往地尽力照顾您，他也会像对待自己儿子一样来对待令郎的。不要说王上圣恩浩荡，德泽四方，绝不会对您不管不问，就凭着夫人的淑德，不论多么刻薄寡义之人，都会愿意真诚相助的。

夫人：听说王上圣体微恙，不知有没有诊治？

拉敷：夫人，他已经拒绝了所有的医生。他曾把痊愈的希望寄托于他们的诊治，但是百般医治还是没有起色，痊愈的希望一天比一天渺茫了。

夫人：可惜这位年轻姑娘的父亲现在已经不在人世了！他不但医德高尚，而且医术高明，如果假以天年，让他能够得以深造，那也许真可能使世人都得长生，死神也将没有用处了。如果他现在还活着，王上的病一定会治愈的。

拉敷：夫人，您说的这个人叫什么名字？

夫人：大人，他在杏林之中也是声名显赫的，并非浪得虚名，他的名字叫杰拉·特·拿滂。

拉敷：啊，夫人，原来是他啊，他的确是一位好医生，王上最近还称许过他的医术，惋惜他过早地去世。如果学问真能与死亡抗争，那凭着他的本领，他应该还健在的。

贝特兰：大人，王上得的到底是什么病？

拉敷：他得的是瘘管症。

贝特兰：我从来没听说过这个病。

拉敷：但愿这病对所有的世人都是生疏的。杰拉·特·拿滂的女儿就是这位姑娘吧？

夫人：她是他的独生女，大人，在他临死的时候，他把她托付给了我。她富有淳厚优美的品质，而且受过良好的教育，我对她抱有很大的期望。一个内心不纯正的人，即便有些优点，别人在赞赏她的时候，总免不了要带一些惋惜，不过她的正直善良源于天赋，完备的教育培养了她的品德。

拉敷：夫人，您这样赞许她，使她激动得流泪了。

夫人：女孩子听到人家赞许而流泪，与她的身份是最适宜的。每次她想起她的父亲，总是感伤身世而愁容满面。海伦娜，别难过了，好了，别人看见你这样，或许会说你是故意装出来的。

拉敷：适当的哀痛是对于死者应有的情分，过分的伤痛就是对生命的摧残了。

贝特兰：母亲，请祝福我吧。

夫人：祝福你，贝特兰，愿你不仅在外表上像你的父亲，在气概风度上也能够克绍箕裘，愿你的德行相称于你高贵的血统！对众人一视同仁，对少数人推心置腹，对任何人不要亏负；在能力上你应当能和你的敌人抗衡，但不要因为争强好胜而炫耀你的才干；对于你的朋友，你应该开诚相与；宁可被人责备你木讷寡言，不要让人嗔怪你多言愤事。愿上天的护佑和我的祈祷降临到你的头上，再会，大人，他是一个不懂世故的孩子，请您多多指教他。

拉敷：夫人，您放心吧，他不会缺少愿意尽力帮助他的朋友。

夫人：上天祝福他！再见，贝特兰。（下。）

贝特兰：（向海伦娜）愿你一切如意！好好安慰我的母亲，你的女主人，替我加意侍候她老人家。

拉敷：再见；好姑娘，愿你不要辱没了你父亲的名誉。（贝特兰、拉敷下。）

海伦娜：唉！要是真是如此就好了。我没有想到我的父亲，我这些滔滔的眼泪，虽然好像是一片孺慕的哀忱，却不是为他而流。他的容貌怎样，我也早就忘记了，在我的想象之中，除了贝特兰以外没有别人的影子。我现在一切都完了！要是贝特兰离我而去，我还有什么生趣？我正像爱上了一颗灿烂的明星，痴心地希望着有一天能够和它结合，他是这样高不可攀；我不能逾越我的名分和他亲近，只好在他的耀目的光华下，沾取他的几分余辉，安慰安慰我的饥渴。我的爱情的野心使我备受痛苦，希望和狮子匹配的驯鹿，必须为爱而死。每时每刻看见他，是愉快也是痛苦；我默坐在他旁边，在心灵上深深地刻画着他的秀曲的眉毛，他的敏锐的眼睛，他的迷人的鬈发；他那可爱的脸庞上的每一根线条，每一处微细的特点，都会清清楚楚地摄在我的心里。可是现在他去了，我的爱慕的私衷，只好以眷怀旧日的陈迹为满足。——谁来啦？这是一个和他同去的人，为了他的缘故我爱他，虽然我知道他是一个出了名的爱造谣言的人，是一个傻子，也是一个懦夫。

（巴洛上。）

巴洛：您好，美貌的女士！您是不是在想着处女的贞操的问题？

海伦娜：是啊，你还有几分军人的经验，让我请教你一个问题。男人是处女贞操的仇敌，我们应当怎样实施封锁，才可以防御他？

巴洛：不要让他进来。

海伦娜：可是他会向我们进攻，我们的贞操虽然奋勇抵抗，毕竟是脆弱的。告诉我们一些有效的防御战略吧。

巴洛：没有，男人不动声色坐在你面前，他会在暗中埋下地雷，把你的贞操轰破。

海伦娜：上帝保佑我们可怜的贞操不要被人这样轰破！那么难道处女们就不能采取一种战术，把男人轰得远远的吗？

巴洛：处女的贞操被轰破了以后，男人就会更快地被轰得远远的。在自然界中，保全处女的贞操绝非良策，贞操的丧失是合理的增加，倘不先把处女的贞操破坏，处女们从何而来？贞操丧失一次可以增加十倍，永远保持，就会永远失去。这种冷冰冰的东西，你要它做什么！

海伦娜：我还想暂时保全它一下，虽然也许我会因此而以处女终老。

巴洛：那未免太说不过去了，这是违反自然界的法律的。你要是为贞操辩护，等于诋毁你的母亲，那就是忤逆不孝。以处女终老的人，等于自己杀害了自己，这种女人应该让她露骨道旁，不让她的尸体进入圣地，因为她是反叛自然意志的罪人。贞操像一块干酪一样，搁的日子长久了就会生虫霉烂，而且它是一种乖僻、骄傲、无聊的东西；重视贞操的人，无非因为自视不凡，这是教条中最忌讳的一种罪过。何必把它保持起来呢？你总是要失去它的！在一年之内，我就可以收回利息，而且你的本钱也不会怎么走了样子。放弃它吧！我看您还是随便一点，别计较得太认真吧。贞操是一件搁置过久了会失去光彩的商品，越是保存得长久，越是不值钱。趁着有销路的时候，还是早点儿把它脱手的好。贞操像一个年老的廷臣，虽然衣冠富丽，但那副不合时宜的装束却会使人瞧着发笑。放在饼饵和粥里的红枣，是悦目而可口的，而你颊上的红枣，却会转瞬失去鲜润；你那陈年封固的贞操，就像一颗干瘪的梨儿一样，样子又难看，入口又无味，虽然它从前也是很甘美的，现在却已经干瘪了。你要它做什么呢？

海伦娜：可是我还不愿放弃我的贞操。你的主人在外面将会博得无数女子的倾心，他会找到一个母亲，一个情人，一个朋友，一个绝世的佳人，一个司令官，一个敌人，一个向导，一个女神，一个君王，一个顾问，一个叛徒，一个亲人；他会找到他的卑微的野心，骄傲的谦逊，他的不和谐的和谐，悦耳的噪声，他的信仰，他的甜蜜的灾难，以及一大群可爱的痴心的爱神龛下的信徒。他现在将要——我不知道他将要什么。但愿上帝护佑他！宫廷是可以增长见识的地方，他是一个——

巴洛：他是一个什么人？

海伦娜：他是一个我愿意为他虔诚祝福的人。可惜——

巴洛：可惜什么？

海伦娜：可惜我的愿望只是一种渺茫而感觉不到的东西，否则我们这些出身寒贱的人，虽然命运注定我们只能在愿望中消度我们的生涯，也可以借着愿望的力量追随我们的朋友，让他们知道我们的衷曲，而不至永远得不到一点儿报酬了。

（一侍童上。）

侍童：巴洛先生，爵爷叫你去。（下。）

巴洛：小海伦，再会，我在宫廷里要是记得起你，我会想念你的。你要是有空的话，可以祈祷祈祷，要是没有空，不妨想念想念你的朋友们。早点儿嫁一个好丈夫，他怎样待你，你也怎样待他，好，再见！（下。）

海伦娜：一切办法都在我们自己，虽然我们把它委之天意；注定人类命运的上天，给我们自由发展的机会；只有当我们自己冥顽不灵，不能利用这种机会的时候，我们的计划才会遭遇挫折。那种力量激起我爱情的雄心，使我能够看见，却不能喂饱我的视欲。不管地位如何悬殊，惺惺相怜的人，造物主总会使他们结合在一起。只有那些默然忍受着内心的痛苦，认为好梦已成过去的人，他们的希冀才永无实现的可能；能够努力发挥他的本领的人，怎么会在恋爱上失败？王上的病——我的计划也许只是一种妄想，可是我的主意已决，一定要把它尝试一下。（下。）

第二场　巴黎。国王宫中一室

（喇叭奏花腔。法国国王持书信上，群臣及侍从等随上。）

国王：佛罗伦斯人和西诺哀人相持不下，胜负互见，还在那里继续着猛烈的战争。

甲臣：是有这样的消息，陛下。

国王：不，那是非常可靠的消息。这儿有一封从我们的友邦奥地利来的信，已经证实了这件事；他们还警告我们，说是佛罗伦斯就要向我们请求给他们迅速的援助，照我们这位好朋友的意思，似乎很不赞同，希望我们拒绝他们的请求。

甲臣：陛下素来称道奥王的诚信明智，他的意见当然是可以充分信任的。

国王：他已经替我们决定了如何答复，虽然佛罗伦斯还没有来乞援，我已经决定拒绝他们了。可是我们这儿要是有人愿意参加都斯加的战事，不论他们愿意站在哪一方，都可以自由前去。

乙臣：我们这些绅士闲居无事，本来就感到十分苦闷，渴望到外面去干一番事业，这次战事倒是一个好机会，可以让他们去磨炼磨炼。

国王：来的是什么人？

（贝特兰、拉敷及巴洛上。）

甲臣：陛下，这是罗西昂伯爵，年轻的贝特兰。

国王：孩子，你的面貌很像你的父亲，造物主在雕塑你的形状的时候，一定是非常用心的。但愿你也秉有你父亲的德行！欢迎你到巴黎来！

贝特兰：感谢陛下圣恩，小臣愿效犬马之劳。

国王：想你父亲在时，与我交情莫逆，我们两人初上战场的时候，大家都是年轻力壮，现在要是也像那样就好了！他是个熟谙时务的干才，也是个能征惯战的健儿，他活到很大年纪，可是我们两人都在不知不觉中变成了老朽，不中用了。提起你的父亲，使我精神为之一振。他在年轻时候的那种才华，我可以从我们现在这辈贵介少年身上看到，可是他们的信口讥评，往往无法遮掩他们的轻薄，使他们在无意中自取其辱。你父亲才真是一个有大臣风度的人，在他的高傲之中没有轻蔑，在他的严峻之中没有苛酷；只有当那些和他同等地位的人激起他的不满的时候，他才会对他们做无情的指责；他的良知就像一座时钟，能正确地判断在何时，为了特殊的理由使他不能不侃侃而谈，那时他的舌头就会听从他的指挥。对于他的那些下属，他把他们当作不同地位的人看待，在他们卑微的身份前降尊纡贵，即便听了他们贫弱的谀辞，也会谦谢不遑，使他们因他的逊让而受宠若惊。这样一个人是可以作为现在这辈年轻人的模范的。

贝特兰：陛下不忘旧人，先父虽死犹生，任何铭刻在碑碣上的文字，都不及陛下口中品题的确当。

国王：但愿我也和他在一起！他老是这样说——我觉得我仿佛听见他的声音，他动人的辞令不是随便散播在人的耳中，而是深植在人们的心头，永远存留在那里。当他感觉到有限的浮生行将告一段落的时候，他就会发出这样的感喟："等我的火焰把油烧干以后，让我不要继续活下去，给那些年轻的人们揶揄讥笑；他们凭着他们的聪明，除了新奇的事物以外，什么都瞧不上眼，他们的思想变化得比他们衣服的式样更快。"他这样渴望着，我也抱着和他同样的愿望。因为我已经是一只无用的衰蜂，不能再把蜜带回巢中，我愿意赶快从这世上消逝，好给其余做工的人留出一个位子。

乙臣：陛下圣德恢恢，臣民无不感戴，最感觉到您是这样的人，也就是最先悼惜您的人。

国王：我知道我不过是空占着一个位子。伯爵，你父亲家里的那名医生死了多久了？他的名誉很不错哩。

贝特兰：陛下，他已经死了差不多六个月了。

国王：他要是现在还活着，我倒还要试一试他的本领。请你扶我一下，那些庸医给我吃这样那样的药，把我的精力完全消磨掉了，弄成这么一副不死不活的样子。欢迎，伯爵，你就像是我自己的儿子一样。

贝特兰： 感谢陛下。（同下，喇叭奏花腔。）

第三场　罗西昂。伯爵夫人府中一室

（伯爵夫人、管家及小丑上。）

夫人： 我现在要听你讲，你说这位姑娘怎样？

管家： 夫人，小的过去怎样尽心竭力侍候您的，向来您一定是十分清楚的，因为我们要是自己宣布自己的功劳，那就太狂妄了，即使我们真的有功，人家也会疑心我们。

夫人： 这狗还站在这儿干吗？滚出去！人家说起关于你的种种坏话，我并不完全相信，可是那也许因为我太忠厚了。照你这样蠢法，是很会去干那些勾当的，而且你也不是没有干坏事的本领。

小丑： 夫人，您知道我是一个苦人儿。

夫人： 好，你怎么说？

小丑： 不，夫人，我是个苦人儿，并没有什么好，虽然有许多有钱的人都不是好东西。可是夫人要是答应我让我到外面去成家立业，那么依丝贝儿那个女人就可以跟我成其好事了。

夫人： 你一定要去做一个叫花子吗？

小丑： 在这件事情上，我不要您布施我别的什么，只请求您开恩准许。

夫人： 在哪件事情上？

小丑： 在依丝贝儿跟我的事情上。做佣人的不一定世世代代做佣人，我想我要是一生一世没有一个亲生的骨肉，就要永远得不到上帝的祝福，因为人家说有孩子的人才是有福气的。

夫人： 告诉我你一定要结婚的理由。

小丑： 夫人，贱体这样的需要，我因为受到肉体的驱使，不能不听从魔鬼的指挥。

夫人： 这就是尊驾的理由吗？

小丑：不，夫人，我还有其他神圣的理由。

夫人：那么可以请教一二吗？

小丑：夫人，我过去是一个坏人，正像您跟一切有血肉的凡人一样，老实说吧，我结婚是为了要痛改前非。

夫人：你结了婚以后，第一要懊悔的不是从前的错处，而是你不该结婚。

小丑：夫人，我是个举目无亲的人，我希望娶了老婆以后，可以靠着她结识几个朋友。

夫人：蠢材，这样的朋友是你的仇敌。

小丑：夫人，您还不懂得友谊的深意哩，那些家伙都是来替我做我所不耐烦做的事的。耕耘我的田地的人，省了我牛马之劳，使我不劳而获，坐享其成；虽然他害我做了王八，我又何乐而不为呢？夫妻一体，他安慰了我的老婆，也就是安慰了我，所以吻我老婆的人，就是我的好朋友。人们只要能够乐天安命，结了婚准不会闹什么意见。

夫人：你这狗嘴里永远吐不出象牙来吗？

小丑：夫人，我是一个先知，我用讽喻的方式，宣扬人生的真理。

夫人：滚出去吧，等会儿再跟你说话。

管家：夫人，请您叫他去吩咐海伦娜姑娘出来，我要跟您讲的就是她。

夫人：蠢材，去对海伦娜姑娘说，我要跟她说话。（小丑下。）现在你说吧。

管家：夫人，我知道您是非常喜欢这位姑娘的。

夫人：不错，我很喜欢她。她的父亲在临死的时候，把她托付给我，单单凭着她本身的好处，也就够惹人怜爱了。我欠她的债，多过于已经给她的酬报；我将要报答她的，一定超过她自己的要求。

管家：夫人，小的最近在无意之中，看见她一个人坐在那里自言自语；我可以代她起誓，她是以为她说的话不会让什么人听了去的。原来她爱上了我们的少爷了！她怨恨命运，不该在他们两人之间安下这样一道鸿沟；她嗔怪爱神，不肯运用她的大力，使地位不同的人也有结合的机会；她说黛安娜不配做处女们的保护神，因为她坐令纤纤弱质受到爱情的袭击而不加援手。她用无限哀怨的语调倾诉着她的心事，小的听了之后，因恐万一有什么事情发生，故此不敢疏忽，特来禀知夫人。

夫人： 你干得很好，可是千万不要声张出去。我早已猜疑到几分，因为事无实据，不敢十分相信。现在你去吧，不要让别人知道，我很感谢你的忠心诚实。等会儿咱们再谈吧。

（管家下；海伦娜上。）

夫人： 我在年轻的时候也是这样。我们是自然的子女，谁都有天赋的感情，这一颗爱情的棘刺，正是青春的蔷薇上少不了的。在我们旧日的回忆之中，我们也曾经犯过同样的过失，虽然在那时我们并不以为那有什么可笑。我现在可以清楚地看见，她的眼睛里透露着因相思而憔悴的神色。

海伦娜： 夫人，您有什么吩咐？

夫人： 海伦娜，你知道我可以说就是你的母亲。

海伦娜： 不，您是我的尊贵的女主人。

夫人： 不，我是你的母亲，为什么不是呢？当我说“我是你的母亲”的时候，我觉得你仿佛看见了一条蛇似的。为什么你听了“母亲”两个字，就要吃惊呢？我说，我是你的母亲，我把你当作自己的亲生骨肉一样看待。异姓的子女，有时往往胜过自己生养的孩子，外来的种子，也一样可以长成优美的花木。你不曾使我忍受怀胎的辛苦，我却像母亲一样关心着你。天哪，这丫头！难道我说了我是你的母亲，你就这样惊慌失色吗？为什么你的眼边会润湿而起了一重重的红晕？难道因为你是我的女儿吗？

海伦娜： 因为我不是您的女儿。

夫人： 我说，我是你的母亲。

海伦娜： 恕我，夫人，罗西昂伯爵不能做我的哥哥，我的出身这样寒贱，他的家世这样高贵；我的父母是陋巷平民，他的父母都是簪缨巨族。他是我的主人，我活着是他的婢子，到死也是他的奴才。他一定不可以做我的哥哥。

夫人：那么我也不能做你的母亲吗？

海伦娜：夫人，我愿意您做我的母亲，只要您的儿子不是我的哥哥。我的母亲！我希望我的母亲也就是他的母亲，只要我不是他的妹妹。是不是我做了您的女儿以后，他必须做我的哥哥呢？

夫人：不，海伦娜，你可以做我的媳妇，上帝保佑你不再有这样的念头！难道女儿和母亲竟会这样扰乱你的心绪？怎么，你又脸色惨白起来了？你的心事果然被我猜中了。现在我已经明白了你的寂寞无聊的缘故，发现了你的伤心挥泪的根源。你爱着我的儿子，现在已经是躲赖不掉的明显的事实了。还是告诉我实话吧，告诉我真有这样的事，因为瞧你两颊的红云，已经彼此互相招认了；你自己的眼睛也可以从你自己的举止上，看出你的踌躇不安来；只有罪恶的感觉和无理的执拗使你缄口无言，不敢吐露真情。你说，是不是真有这回事？要是真有这回事，那么也不必吞吞吐吐了，不然的话，你就该发誓否认。无论如何，你不要瞒着我，我总是会尽力帮助你的。

海伦娜：好夫人，原谅我吧！

夫人：你爱我的儿子吗？

海伦娜：请您谅解我，夫人！

夫人：你爱我的儿子吗？

海伦娜：夫人，您不是也爱他吗？

夫人：不要兜圈子了，我爱他是天经地义，用不着向众人隐讳，你爱他究竟到了什么程度？还是赶紧告诉我吧。

海伦娜：既然这样，我就当着上帝和您的面跪下，承认我爱着您的儿子。我的亲朋虽然贫寒，但都是正直的人，我的爱情也是如此。不要因此而生气，因为我爱他，对他并没有害处；我并不会用超越名分的示爱向他追求，在我不配得到他的爱之前，绝不占有他，虽然我不知道怎样才能配得上他。我明白我的爱是毫无希望的徒劳，可在这如罗网一般千百孔眼的筛子里，我仍旧把我似水般的深情浇灌下去，永不感到干枯；我正如印度人一样执迷又虔诚，我崇拜着太阳，它的光芒虽也洒在它的信徒身上，却从不知道有这样一个人存在。我最亲爱的夫人，不要因为我爱着您所爱的人而迁怒于我。您是一个德高望重的人，如果在您宝贵的青春里，也曾有过同样诚挚的热情，怀抱着无私的愿望与深深的爱情，那就请您怜悯我这个命薄缘浅，明知无望却仍拼着在孤独寂寞中了此残生的人吧！

夫人：你最近是不是想到巴黎去？实话告诉我你有没有这个念头。

海伦娜：有的，夫人。

夫人：因为什么？

海伦娜：我不想对夫人说谎，先父在世时，曾传给我几个灵验的秘方，是靠着他苦心研究和实际经验得来的；他叮嘱我不要把它轻易示人，因为它们都是世间很少知道的珍贵的方剂。在这些秘方当中，有一种可以专门医治王上这种疑难杂症的。

夫人：这些就是你要去巴黎的原因吗？你说吧。

海伦娜：是您的儿子牵动了我这样的念头，否则的话，什么巴黎，什么秘方，什么王上的病，我永远都不会想到这些事情的。

夫人：但是海伦娜，你想你若是自请为王上医治，他会接受你的建议吗？他跟他的那班御医已经意见一致地认为他的病已经让医生束手无策了，他们认为一切药物都已失去了效力。那些精通医术的大夫们都已经这样了，他们又怎么会相信你这样一个一无所知的少女呢？

海伦娜：我相信这秘方，不仅因为我父亲的医术超群，而且我感觉他留给我这样一份遗产，肯定会给我带来极大的幸运。只要夫人准许我去试一下，我愿意现在就动身前去，拼了这条微薄的性命，医治王上的疾病。

夫人：你相信自己能成功吗？

海伦娜：是的，夫人，我相信能成功。

夫人：那么好吧，海伦娜，你不但可以得到我的允许，还可以得到我的爱；我愿意为你准备行李，派仆人护送你前往，还请你带我问候那些宫廷里的老朋友。我在家里会为你祈祷上帝，保佑你成功。明天你就去吧，你放心吧，只要我能够帮助你的事情，就不会失败。（同下。）

第二幕

第一场　巴黎。王宫中一室

（喇叭奏花腔。国王，出发参加佛罗伦斯战争之若干少年廷臣、贝特兰、巴洛及侍从等上。）

国王：诸位爱卿，再会，希望你们恪守骑士的精神。

甲臣：但愿我们凯旋时，陛下的圣体早已安康。

国王：不，不，那是非常渺茫的希望，虽然我还雄心未死，不肯承认它已经染上了不治之症。再会吧，诸位爱卿，不管我是生是死，你们都要做个为祖国争光的法兰西好男儿，让那些恃强凌弱的意大利人知道你们不是去向光荣求婚，而是去把它迎娶回来。当那些自命不凡的勇士知难而退的时候，就是你们奋力博取世人称赞的好时机。再会了！

乙臣：要小心提防那些意大利人，别人说，如果他们有什么请求，我们法语中缺少拒绝他们的字词。你们千万不要还没有上战场，就成了他们的俘虏，那万万不行。

甲、乙臣：我们时刻铭记陛下的警告。

国王：再见！你们跟从我来。（侍从扶下。）

甲臣：啊，大人。真想不到您不能和我们一起出征！

巴洛：那不能怪他。

乙臣：啊，打仗挺好玩的。

巴洛：很有意思，我也打过仗呢。

贝特兰：王上让我留在这里，说我还年轻，让我明年再去，说是现在太小了。

巴洛：爵爷，您要是打定主意，就该大着胆子偷偷逃出去。

贝特兰：我留在这里，就如一匹给妇孺驾车的马，每天只在石路上消耗着我的精力，等着别人一个个荣耀而归，再没有一试身手的机会，让我的三尺龙泉除了给人舞弄取乐之外，再无别的用处！不，青天在上，我一定要逃出去。

甲臣：这事虽然要偷偷摸摸地干，不过并不丢人。

巴洛：您就这么做吧。

乙臣：要是我有什么地方能帮助您，我很乐意为您效劳，再见。

贝特兰：我的朋友，我真不愿与你们分别。

甲臣：再会，队长。

乙臣：巴洛先生，再见！

巴洛：勇敢的英雄们，我的剑与你们的剑有着同样的诉求。你们听着，在斯宝那人的军队里有一个名叫史布利奥的上尉，他那凶神恶煞的脸上有一道伤疤，那就是我的剑给他留下的记号；如果你们见了他，就告诉他我还在人世，听他会说些什么。

乙臣：我们一定照办，队长。（廷臣等下。）

巴洛：愿上帝保佑这些新人们！您怎么办呢？

贝特兰：等一下，国王来了。

（国王重上；巴洛及贝特兰退后。）

国王：你太冷落你那些即要出征的同僚了。快去与他们一起开怀畅饮，轰轰烈烈地与他们告别吧。

贝特兰：遵命，陛下。（贝特兰、巴洛下。）

（拉敷上。）

拉敷：（跪）陛下，恕我打扰，向您禀报一个消息。

国王：起来说吧。

拉敷：多谢陛下。陛下，我希望当您跪着向我求恕的时候，我叫您站起来，您也能这样不费力地站起来。

国王：我也是这样想，我很想打破你的头，再请你原谅。

拉敷：那可不敢当。可是陛下，您愿意医好您的病吗？

国王：不。

拉敷：啊，狐狸因为吃不到葡萄，所以说不要吃吗？我知道有一种药，可以使顽石有生命，您吃了之后，就会生龙活虎似的跳起舞来；它可以使陈年痼疾药到病除，它可以使查里曼大帝拿起笔来，为她写一行情诗。

国王：哪一个"她"？

拉敷：她就是我所要说的那位女医生。陛下，她就在外边，等候着您的赐见。我敢凭着我的忠诚和信誉发誓，要是您认为我的话都是随便说着玩玩，不足为信的话，那么像她这样一位有能耐、聪明，而意志坚定的青年女子，的确使我惊奇钦佩，我相信那不能归咎于我的天生的弱点。她现在要求拜见陛下，不知道陛下愿不愿意准如所请，问一问她的来意？要是您见了她之后，觉得我说的全都是虚话，那时再请您把我大大地取笑一番吧。

国王：好拉敷，那么你去带那个奇女子进来，让我们大家瞻仰瞻仰吧。

拉敷：好，我马上就去，马上就来。（下。）

国王：（旁白）他无论有什么事，总是先扯上一堆废话。

（拉敷率海伦娜重上。）

拉敷：来，这儿来。

国王：这么快！他倒真像是插着翅膀飞的。

拉敷：来，到这儿来。这位就是王上陛下，你有什么话可以对他说。瞧你的样子像一个叛徒，可是你这样的叛徒，王上是不会害怕的。再见。（下。）

国王：姑娘，你是有什么事情来见我吗？

海伦娜：是的，陛下，杰拉·特·拿滂是我的父亲，他在医道上是颇有研究的。

国王：我知道他。

海伦娜：陛下既然知道家父，我也不必再多费唇舌夸奖他了；家父在临死的时候，传给我许多秘方，其中主要的一个，是他积多年悬壶的经验配制而成。他对它十分珍惜，叫我用心保藏起来，把它当作自己心头一块肉一样珍爱着。我听从他的嘱咐，从来不敢把它轻易示人，现在闻知陛下的症状，正就是先父所传秘方主治的一种疾病，所以甘冒万死前来，把它呈献陛下。

国王：谢谢你，姑娘，可是我不能轻信你的话；我们这里最高明的医生都已经离开了我，众口一词地断定我病入膏肓，绝非人力所能挽回的了。我怎么可以糊里糊涂地把我的痴心妄想，寄托在一张靠不住的药方上，认为它可以医治我的不治之症呢？我不能让人家讥笑我的昏聩，当一切救助都已无能为力的时候，再去相信一种无意义的救助呀。

海伦娜：陛下既然这么说，我也不敢勉强陛下接纳我的微劳，总算我跋涉了这趟，略尽我对陛下的一番忠诚，也可以说是不虚此行了。我别无所求，但求陛下放我回去。

国王：你来此也是一番好意，这个要求当然可以准许。你想来帮助我，一个垂死之人，对于希望他转死回生的人，不用说是十分感激的。可是你还不知道我的病状已经严重到什么程度，你没有妙手回春的医术，又能有什么办法呢？

海伦娜：既然陛下已经断定一切治疗都无希望，那么就给我一个机会，让我试一试我的本领，又有什么妨碍呢？建立丰功伟业的人，往往借助于最微弱者之手，当士师们有如童孪的时候，上帝的旨意往往借着婴儿的身子显示；洪水可以从泪滴的细流中发生，大海有时却会干涸；最有把握的希望，往往结果都是失望；希望最小的事情，反会出人意料地成功。

国王：我不能再听你说下去了，再会，善心的姑娘！你的殷勤未邀采纳，让我的感谢作为你的酬报吧。

海伦娜：天启的智能，就是这样为一言所毁；人们总是凭着外表妄加臆测，无所不知的上帝却不是这样；明明是来自上天的援助，人们却武断地诿之于人力。陛下，请您接受我的建议吧，这并不是试验我的本领，乃是试验上天的意旨。我不是一个大言欺人的骗子，我知道我有充分的把握，我也确信我的医方绝不会失去效力，陛下的病也绝不会毫无希望。

国王：你是这样确信吗？那么你预备在多少时间内把我的病医好？

海伦娜：给我最宽的限期，在太阳神的骏马拖着火轮兜两个圈子，阴沉的暮色两次熄灭朦胧的残辉，或是航海者的滴漏二十四回告诉人们那窃贼一样的时间怎样偷溜过去以前，陛下身上的病痛便会霍然脱体，重享自由自在的健康生活。

国王：你这么自信，要是结果失败呢？

海伦娜：请陛下谴责我的鲁莽，把我当作一个无耻的娼妓，让世人编造诽谤的歌谣，宣扬我的耻辱；叫我的处女的清名永远丧失，甚至我的生命也可以在最苛虐的酷刑中毁灭。

国王：我觉得仿佛有一个天使，借着你柔弱的口发出他的有力的声音。虽然就常识判断起来应该是不可能的事，却使我不能不信。你的生命是可贵的，因为在你身上具备一切生命中值得赞美的事物，青春、美貌、智慧、勇气、贤德，这些都是足以使人生幸福的。你愿意把这一切作为孤注，那必然表示你有非凡的能耐，否则你一定有一种异常迫切的需要。好医生，我愿意试一试你的药方，要是我死了，你自己可也不免一死。

海伦娜：要是我不能按照限定的时间把陛下治愈，或者医治的结果跟我说过的话稍有不符之处，我愿意引颈就戮，死而无怨。不过要是我把陛下的病治好了，那么陛下答应给我什么酬报呢？

国王：你可以提出任何要求。

海伦娜：可是陛下是不是能够满足我的要求呢？

国王：凭着我的身份起誓，我一定答应你。

海伦娜：那么我要请陛下亲手赐给我一个我所选中的丈夫。我不敢冒昧在法兰西的王族中寻求选择的对象，把我这卑贱的姓名攀附金枝玉叶；只要陛下准许我在您的臣仆之中，拣一个我可以向您要求，您也可以允许给我的人，我就感激不尽了。

国王：那么一言为定，你治好了我的病，我也一定帮助你如愿以偿。我已经决心信赖着你的治疗，你等着自己选择吧。我还有一些问题要问你，我也必须知道你是从什么地方来的，你家里还有什么人。可是即使我不问你这些问题，我也可以完全相信你，请你接受我真心的欢迎和诚意的祝福。来人！扶我进去，你的医术倘使果然像你说的那样高明，我一定不会辜负你的请求。（喇叭奏花腔。同下。）

第二场　罗西昂。伯爵夫人府中一室

（伯爵夫人及小丑上。）

夫人：来，小子，现在我要试试你的教养如何了。

小丑：人家说我是个锦衣玉食的鄙夫。您的意思是要叫我上宫廷里去吗？

夫人：上宫廷里去！你到过些什么好地方，说的话儿这样神气活现，“不过是上宫廷里去”。

小丑：不说假话，太太，一个人只要懂得三分礼貌，在宫廷里混混是再容易不过的事。谁要是连屈个膝儿，脱个帽儿，吻个手儿，说些个空话儿也不会，那简直是个不生腿、不生手、不生嘴唇的木头人。这种家伙是不配到宫廷里去的。可是我有一句话，什么问话都可以应付过去。

夫人：啊，一句答话可以回答一切问题，这倒是闻所未闻。

小丑：它就像理发匠的椅子一样，什么屁股坐上去都合适：尖屁股，扁屁股，瘦屁股，肥屁股，或是无论其他什么屁股。

夫人：那么你的答话对于无论什么问题也都一样合适吗？

小丑：正像律师手里的讼费，娼妓手里的夜度资，新郎手指上的新婚戒指，忏悔火曜日[①]的煎饼，五朔节[②]的化装跳舞一样合适；也正像钉之于孔，乌龟之于绿头巾，尖嘴姑娘之于泼皮无赖，尼姑嘴唇之于和尚嘴巴一样天造地设。

夫人：你果然有这样一句万能的答话吗？

小丑：上至公卿，下至皂隶，什么问话都可以用这句话回答。您要是不信，咱们不妨试一试。您先问我我是不是个官儿。

夫人：好，我就充一会儿傻瓜，也许可以跟你学点儿乖。请问足下是不是在朝廷里得意？

小丑：啊，岂敢岂敢！——这不是很便当地应付过去了吗？再问下去，再问我一百个问题。

夫人：老兄，咱们是老朋友，小弟一向佩服您的。

小丑：啊，岂敢岂敢！——再来，再来，不要放过我。

夫人：这肉煮得太不入味，恐怕不合老兄胃口。

小丑：啊，岂敢岂敢！——再问下去，尽管问下去。

夫人：听说最近您曾经给人家抽了一顿鞭子。

小丑：啊，岂敢岂敢！——不要放过我。

夫人：你在被人家鞭打的时候，也是喊着“岂敢岂敢”，还要叫他们不要放过你吗？

小丑：我的“岂敢岂敢”百试百灵，今天却是第一次倒了霉。看来无论怎样经久耐用的东西，也总有一天会失效的。

夫人：跟你这傻子胡扯了半天，现在还是谈正事吧。你看见了海伦娜姑娘，就把这封信交给她，请她立刻答复我；还给我致意问候我的那些亲戚们，也去问问少爷安好。这不算是什么麻烦的事。

小丑：好，就此告辞。

夫人：你快去吧。（各下。）

---

① 忏悔火曜日，四旬斋前的星期二，按例于是日忏悔，以便开斋。

② 五朔节，在五月一日举行的节日。

第三场　巴黎。王宫中一室

（贝特兰、拉敷、巴洛同上。）

拉敷：人家说奇迹已经过去了，我们现在这一辈博学深思的人，习惯把不可思议的事情看作平淡无奇，因此我们把惊骇视同儿戏；当我们应当为一种不知名的恐惧而战栗的时候，我们却用谬妄的知识作为护身符。

巴洛：大人这一番高论，真是不可多得的至理名言。

贝特兰：正是正是。

拉敷：不去乞灵于那些医经药典——

巴洛：是，是。

拉敷：什么伽伦①，什么巴拉赛尔色斯——

巴洛：是，是。

拉敷：以及那一大群有学问的家伙们。

巴洛：是，是。

拉敷：他们都断定他无药可治——

巴洛：对啊，一点儿不错。

拉敷：毫无痊愈的希望——

巴洛：对啊，他正像是——

拉敷：风中之烛，吉少凶多。

巴洛：正是，您说得真对。

拉敷：像这样的事情，真可以说是旷世的奇迹。

巴洛：正是正是，那真可以说是——您怎么说的？

拉敷：上苍借人力表现出来的灵异。

巴洛：对了，那正是我所要说的话。

拉敷：现在他简直比海豚还壮健，这不是我故意说不敬的话。

---

① 伽伦，公元二世纪时希腊名医。巴拉赛尔色斯（Paracesus，1493~1541年），炼金士，医生，生于瑞士，执业于瑞士、德国各地，对于医学的进步贡献甚多。

巴洛：总而言之，这真是奇事。只有最顽愚不化的人，才会不承认那是——

拉敷：上天借手于——

巴洛：是，是。

拉敷：一个最柔弱无能的使者，表现他的伟大超越的力量。感谢上天的眷顾，他不但保佑我们王上恢复了健康，一定还会赐更多的幸福给我们。

巴洛：您说得真对，我也是这个意思。王上来了。

（国王、海伦娜及侍从等上。）

拉敷：我以后要格外喜欢姑娘们了，趁着我的牙齿还没有完全掉下。瞧，他简直可以拉着她跳舞呢！

巴洛：哎哟！这不是海伦娜吗？

拉敷：我相信是的。

国王：去，把朝廷中所有的贵族一起召来。（一侍从下。）我的恩人，请你坐在你病人的旁边，我这一只手多亏你使它恢复了知觉，现在它将要给予你我已经承诺你的礼物，只等你指点出来。

（若干廷臣上。）

国王：好姑娘，用你的眼睛观看，这一群年轻未婚的贵人，我对他们都可以运用君上和严亲这两重权力，把他们中间的任何一人许配给你。你可以随意选择，他们都不能拒绝你。

海伦娜：愿爱神保佑你们每一个人都能得到一位美貌贤淑的爱人！除了你们中间的一个人之外。

拉敷：哼，我的牙齿并不比这些孩子们坏，我的胡须也不比他们长多少呢。

国王：仔细看看他们，他们谁都有一个高贵的父亲。

海伦娜：各位大人，上天已经假手于我，治愈了王上的疾病。

众人：是，我们感谢上天差遣您前来。

海伦娜：我是一个简单愚鲁的女子，我可以向人夸耀的，只是我是一个清白的少女。陛下，我已经选好了。我颊上的羞红向我低声耳语："我们为你害羞，因为你竟敢选择你自己的意中人。可是你倘然给人拒绝了，那么让苍白的死亡永远罩在你的颊上吧，我们是永不再来的了。"

国王：你尽管放心选择吧，谁要是躲避你的爱情，让他永远得不到我的眷宠。

海伦娜：黛安娜女神，现在我要离开你的圣坛，把我的叹息奉献给至高无上的爱神神龛下了。大人，你愿意听我的诉情吗？

廷臣甲：但有所命，敢不乐从。

海伦娜：谢谢您，大人，我没有什么话要对您说的。（向廷臣乙）大人，我还没有向您开口，您眼睛里闪耀着的威焰，已经使我自惭形秽，望而却步了。但愿爱神赐给您幸运，使您得到一位胜过我二十倍的美人！

廷臣乙：得偶仙姿，已属万幸，岂敢更有奢求？

海伦娜：请您接受我的祝愿，少陪了。

拉敷：难道他们都拒绝了她吗？要是他们是我的儿子，我一定要把他们每人抽一顿鞭子，或者把他们赏给土耳其人做太监去。

海伦娜：（向廷臣丙）不要害怕我会选中您，我绝不会使您难堪的。上帝祝福您！要是您有一天结婚，希望您娶到一位好妻子！

拉敷：这些孩子们放着这样一个人不要，难道都是冰做成的不成。他们一定是英国人的私生子，咱们法国人绝不会这样的。

海伦娜：（向廷臣丁）您太年轻、太幸福、太好了，我配不上您。

廷臣丁：美人，我不能同意您的话。

拉敷：这小子倒有种，你的父亲大概是喝过酒的。可是你倘然不是一头驴子，就算我是一个十四岁的小娃娃，我也早知道你是个什么人。

海伦娜：（向贝特兰）我不敢说我选取了您，可是我愿意把我自己奉献给您，终身为您服役。一切听从您的吩咐。——这就是我选中的人。

国王：很好，贝特兰，那么你娶了她吧，她是你的妻子。

贝特兰：我的妻子，陛下！请陛下原谅，在这件事情上，我是要凭着自己的眼睛做主的。

国王：贝特兰，你不知道她为我做了什么事吗？

贝特兰：我知道，陛下，可是我不知道为什么我必须娶她。

国王：你知道她把我从病床上救了起来吗？

贝特兰：所以我必须降低身份，和一个下贱的女子结婚吗？我认识她，她是靠着我家养活长大的。一个穷医生的女儿做我的妻子！我的脸都丢尽了！

国王：你看不起她，不过因为她地位低微，那我可以把她抬高起来。要是把人们的血液倾注在一起，那颜色、重量和热度都难以区别，偏偏在人间的关系上，会划分这样清楚的鸿沟，真是一件怪事。她倘然是一个道德上完善的女子，你不喜欢她，只因为她是一个穷医生的女儿，那么你重视虚名甚于美德，这就错了。穷巷陋室，有德之士居之，可以使蓬荜增辉；世禄之家，不务修善，虽有盛名，亦将隳败。善恶的区别，在于行为的本身，不在于地位的有无。她有天赋的青春、智慧和美貌，这一切本身即是光荣；最可耻的，却是那些袭父祖的余荫，不知绍述先志，一味妄自尊大的人。虚名是一个下贱的奴隶，在每一座墓碑上说着谎话。倒是在默默无言的一抔荒土之下，往往埋葬着忠臣义士的骸骨。有什么话好说呢？你倘然不能因为这女子的本身而爱他，我可以给她其余的一切，她的贤淑美貌是她自己的嫁妆，光荣和财富是我给她的赏赐。

贝特兰：我不能爱她，也不想爱她。

国王：你要是抗不奉命，一定会自讨没趣的。

海伦娜：陛下圣体复原，已经使我欣慰万分，其余的事情，不必谈了。

国王：这与我的威望有关，我必须运用我的权力。来，骄横傲慢的孩子，握着她的手，你才不配接受这件卓越的赏赐呢。你的愚妄狂悖，不但辜负了她的好意，也已经丧失了我的欢心。你以为她和你处在天平的不平衡的两端，却不知只要我站在她的一边，便可以把两方的轻重倒转过来；你也不想想你的升沉荣辱，完全操在我的手中。为了你自己的前途，赶快抑制你的轻蔑，服从我的旨意；我有命令你的权力，你有服从我的天职；否则你将永远得不到我的眷顾，让年轻的愚昧把你拖下终身蹭蹬的深渊，我的愤恨和憎恶将要降临到你的头上，没有一点儿怜悯宽恕。快答应我吧。

贝特兰：求陛下恕罪，我愿意摈弃个人的爱憎，服从陛下的指示。当我一想起多少恩荣富贵，都可以随着陛下的一言而予夺，我就觉得适才我所认为最卑贱的她，已经受到陛下的宠眷，而和出身贵族的女子同样高贵了。

国王：搀着她的手，对她说她是你的。我答应给她一份财产，即使不比你原有的财产更多，也一定可以和你的匹敌。

贝特兰：我愿意娶她为妻。

国王：幸运和国王的恩宠祝福着你们的结合，你们的婚礼就在今晚举行，至于隆重的婚宴，那么等远道的亲友到来以后再办吧。你既然答应娶她，就该真诚爱她，不可稍有二心，去吧。（同下。）

（拉敷及巴洛上。）

拉敷：对不起，朋友，跟你说句话儿。

巴洛：请问有何见教？

拉敷：贵主人一见形势不对就改变口气，倒很乖巧。

巴洛：贵主人！你在对谁说话？

拉敷：啊，难道是我说错了吗？

巴洛：岂有此理！人家对我这样说话，我可不肯和他甘休的，贵主人！

拉敷：难道尊驾是罗西昂伯爵的朋友吗？

巴洛：什么伯爵都是我的朋友，是个男子汉大丈夫我就跟他做朋友。

拉敷：你只好跟伯爵们的跟班做朋友，瞧你的样子就不像个上流人。

巴洛：你年纪太老了，老人家，还是少找些是非吧。

拉敷：浑蛋，我是个男子汉大丈夫，你再活上一把年纪也够不上做个汉子。

巴洛：要是我不顾一切起来，什么事我都做得出来。

拉敷：我本来以为你是个有几分聪明的家伙，你的故事也编造得有几分意思，可是一看你的装束，就知道你不是个怎样了不起的人。像你这样的家伙，真是俯拾即是，不值得人家理睬。

巴洛：倘不是瞧在你这一把年纪分上——

拉敷：别太动肝火了，那会缩短你的寿命的。上帝大发慈悲，可怜你这只老母鸡吧！再见，我的好格子窗，我不必打开窗门，因为我早已将你看得雪亮了。

巴洛：大人，你给我太难堪的侮辱了。

拉敷：是的，我是诚心侮辱你的，你可以受之无愧。再见。（下。）

巴洛：哼，你倘然有一个儿子，我一定要报复这场耻辱，这卑鄙龌龊的老官儿！我且咽下这口气，他们这些有权有势的人不是好惹的。要是我有了下手的机会，不管他是多么大的官儿，我一定要把他揍一顿，绝不因为他上了年纪而饶过他。等我下次碰见他的时候，非把他揍一顿不可！

（拉敷重上。）

拉敷：喂，我告诉你一个消息，你的主人结婚了，你有了一位新主妇啦。

巴洛：千万请求大人不要欺人太过，他是我的好长官，在我头上我所服侍的才是我的主人。

拉敷：谁？上帝吗？

巴洛：是的。

拉敷：魔鬼才是你的主人。为什么你要把带子在手臂上绑成这个样子？你把衣袖当作袜管吗？人家的仆人也像你这样吗？要是我再年轻一些，我一定要给你一顿好打。谁见了你都会生气，谁都应该打你一顿，我看上帝造下你来的目的是为给人家出气用的。

巴洛：你这样无缘无故破口骂人，未免太不讲理啦。

拉敷：去你的吧，你是个无赖浪人，也不想想你自己的身份，胆敢在贵人面前放肆无礼，对于你这种人真不值得多费唇舌，否则我可要骂你是个混账东西啦。我不跟你多讲话了。（下。）

巴洛：好，很好，咱们瞧着吧。现在我暂时不跟你算账。

（贝特兰重上。）

贝特兰：完了，我永远倒霉了。

巴洛：什么事，好人儿？

贝特兰：我虽然已经在尊严的牧师面前起过誓，我却不愿跟她同床。

巴洛：什么，什么，好亲亲？

贝特兰：哼，巴洛，他们叫我结了婚啦！我要去参加都斯加战争，永远不跟她同床。

巴洛：法兰西是个狗窠，不是堂堂男子立足之处。从军去吧！

贝特兰：我母亲有信给我，我还不知道里面说些什么话。

巴洛：噢，那你看了就知道了。从军去吧，我的孩子！从军去吧！在家里抱抱娇妻，把豪情壮志消磨在温柔乡里，不去驰骋战场，建功立业，岂不埋没了自己的前途？到别的地方去吧！法兰西是个马棚，住在这里的都是些不中用的驽马。还是从军去吧！

贝特兰：我一定这样办。我要叫她回到我的家里去，把我对她的嫌恶告知我的母亲，说明我现在要出走到什么地方去。我还要把我当面不敢说出口的话上书禀明王上，他给我的赏赐，正好供我到意大利战场上去，和那些勇士在一起作战；与其闷在黑暗的家里，和一个可厌的妻子终日相对，还不如冲锋陷阵，死也死得痛快一些。

巴洛：你现在乘着一时之兴，将来会不会反悔？你有这样的决心吗？

贝特兰：跟我到我的寓所去，帮我出些主意，我可以马上打发她动身，明天我就上战场，让她守活寡去。

巴洛：啊，你倒不是放空炮，那好极了。一个结了婚的青年是个泄了气的汉子，勇敢地丢弃她，去吧。（同下。）

第四场　同前。王宫中另一室

（海伦娜及小丑上；巴洛自另一方上。）

巴洛：祝福您，幸运的夫人！

海伦娜：但愿如你所说，我能够得到幸运。

巴洛：我愿意为您祈祷，愿您诸事顺利，永远幸福。啊，好小子！我们那位老太太好吗？

小丑：要是把她的皱纹给了你，把她的钱给了我，我愿她像你所说的那样。

巴洛：我没有说什么呀。

小丑：对了，所以你是个聪明人，因为舌头往往是败事的祸根。不说什么，不做什么，不知道什么，也没有什么，就可以使你受用不尽。

巴洛：瞧不出你倒是一个聪明的傻瓜。夫人，爵爷因为有要事，今晚就要动身出去。他很不愿剥夺您在新婚宴尔之夕应享的权利，可是因为迫不得已，只好缓日向您补叙欢情。来日方长，请夫人暂忍目前，等待将来别后重逢的无边欢乐吧。

海伦娜：他还有什么吩咐？

巴洛：他说您必须立刻向王上辞别，设法找出一个可以使王上相信的理由来，能够动身得越快越好。

海伦娜：此外还有什么命令？

巴洛：他叫您照此而行，静候后命。

海伦娜：我一切都遵照他的意志。

巴洛：好，我就这样回复他。

海伦娜：劳驾你啦，来，小子。（各下。）

第五场　同前

（另一室，拉敷及贝特兰上。）

拉敷：我希望大人不要把这人当作一个军人。

贝特兰：不，大人，他的确是一个军人，而且很勇敢。

拉敷：这是他自己告诉您的。

贝特兰：我还有其他方面的证明。

拉敷：那么也许我看错了人，把这只鸿鹄看成燕雀了。

贝特兰：我可以向大人保证，他是一个见多识广，而且很有胆量的人。

拉敷：那么我对于他的见识和胆量真是太失敬了，可是我心里却一点儿不觉得有抱歉的意思。他来了，请您给我们和解和解吧。

（巴洛上。）

巴洛：（向贝特兰）一切事情都照您的意思办理。

贝特兰：（向巴洛）她去见王上了吗？

巴洛：是的。

贝特兰：她今晚就动身吗？

巴洛：您要她什么时候走她就什么时候走。

贝特兰：我已经写好信，把贵重的东西装了箱，叫人把马也备好了，就在洞房花烛的今夜，我要和她一刀两断。

拉敷：一个好的旅行者讲述他的见闻，可以在宴会上助兴。可是一个尽说谎话，拿几个众所周知的事实来遮掩他的满嘴废话的人，看见一回就该揍他三次。上帝保佑您，队长！

贝特兰：你跟这位大人有矛盾吗？

巴洛：我不知道哪个地方冒犯了大人。

贝特兰：大人，也许你们之间有些误会吧。

拉敷：我永远都不想见到他，再会，大人。请相信我，在这个轻壳果里是找不到核仁的，这人的衣服就是他全部的灵魂。不要交给他重要的事，我很清楚这种人的性格。再会，先生，我并没有给你更多的难堪，按照你的为人，我应该狠狠骂你一通，不过我也大人不计小人过了。（下。）

巴洛：真是一个糊涂的官。

贝特兰：我觉得并非如此。

巴洛：啊，您还不了解他的为人吧？

贝特兰：不，我和他很熟，人家都说他是个不错的人。我的绊脚石来了。

（海伦娜上。）

海伦娜：夫君，我已经遵从你的命令，面见了王上，王上已准许我即日离京，但是他还要你过去和他做一次私人会谈。

贝特兰：我一定遵从他的意思。海伦娜，请不要为我这次行动的突兀而感到惊奇，本来我不应该在这时匆忙远行，实在是我自己也事先不知，所以才会这样手忙脚乱。我必须请求你马上回去，不要问我让你这么做的原因，虽然看上去觉得很不可思议，可是这是我在深思熟虑后才做的决定；你不知道我将要做一件什么事情，你不知道这件事是多么的重要。请帮我把这封信带给我的母亲。（把信给海。）我两天之后再来看你，一切行事自己斟酌吧。

海伦娜：夫君，我没什么话可对您讲，我只是您最顺从的仆人。

贝特兰：行了，行了，那些话也不必说了。

海伦娜：我明白自己命薄，不配接受如此大的福分，往后只有恪尽职守，勤勤恳恳，以免增加罪孽。

贝特兰：好了，我现在忙得很，再会，回去吧。

海伦娜：夫君，请您原谅我。

贝特兰：啊，你还想说什么？

海伦娜：我不配拥有我的财产，我也不敢说它属于我，虽然它在我的名下；我就像一个胆怯的小偷，虽然法律已经判给她一份家产，她还是想将它悄悄窃走。

贝特兰：你想要些什么？

海伦娜：我的要求是微不足道的，也可以说是别无他求。夫君，我不想告诉您我要什么，陌生人和仇人在分别的时候，是不会亲吻的。

贝特兰：请不要磨蹭了，赶紧上马吧。

海伦娜：我一定牢记你的叮嘱，夫君。

贝特兰：（向巴洛）那些人呢？（向海伦娜）再见。（海伦娜下。）你快回去吧，只要我的手臂还能挽住缰绳，我的耳朵还能听到鼓声，我就永不再踏家门了。走！我们就此出发。

巴洛：好，拿出勇气来！（同下。）

第三幕

第一场　佛罗伦斯。公爵府中一室

（喇叭奏花腔。公爵率侍从、二法国廷臣及兵士等上。）

公爵：现在你们已经详详细细地知道了这场战争的起因，多少无辜的血已为此而流，以后兵连祸结，更不知什么时候能够终止。

甲臣：殿下这次出征，确实名正言顺，只是敌人太过暴虐无道了。

公爵：所以我很诧异我们的法兰西王兄对于我们这次堂堂正正的义师，竟会拒绝施以援手。

甲臣：殿下，国家大事的决定，不是个人好恶所能左右，小臣地位卑微，更不敢妄加揣测，所以敝国拒绝施以援手，还请殿下见谅，小臣实难相告。

公爵：贵国既然这样选择，我们当然也不能强人所难。

乙臣：不过小臣相信敝国有许多有志青年，因为厌倦安逸，定会不绝前来，为贵邦尽一臂之力的。

公爵：那我们非常欢迎，他们一定会在我们这里受到最高规格的接待。两位既然远道而来，诚心来投，就请各归各位，大家发扬前仆后继的精神，踏着勇者的血前进。我们明天就整队出征。（喇叭奏花腔。众下。）

第二场　罗西昂。伯爵夫人府中一室

（伯爵夫人及小丑上。）

夫人：一切事情都达成我愿，唯独遗憾，他没有和她一起归来。

小丑：我看我们的小爵爷心里有些不高兴呢。

夫人：何出此言？

小丑：他在低头系靴子时在唱歌，整理衣襟时也在唱歌，和别人说话时也是在唱歌，甚至剔牙时还是在唱歌。我听说有一个人在心里不高兴时也有这种脾气，曾经把一座大庄园几乎是送给了别人呢。

夫人：（拆信）让我看看他信里说了什么，什么时候可以回来。

小丑：自从我到了京城，对依丝贝儿的心思就冷淡起来。既然咱们这里的咸鱼比不上京城的咸鱼，咱们乡下的姑娘又怎比得上京城的姑娘俏。我对恋爱已经没有了兴趣，就像老人把钱财看得很轻一样。

夫人：啊，这话怎么讲？

小丑：您自己一看便知了。（下。）

夫人：（读信）

> 孩儿已让新妇回家，其即为国王医病之人，而让儿终生抱恨者也。儿虽已与之完婚，未尝与之共眠；终其一生，誓不与之共处。儿今已亡命外逃，读此信到后不日，吾母亦必闻吾之消息。自此远离故乡，永为他乡之宾，望吾母勿念。不肖儿贝特兰上。

岂有此理，这个鲁莽固执的孩子，这样一个温柔贤惠的妻子竟然还不中他意，竟然拒绝王上的厚恩，不怕激起他的恼怒，真是太不成体统了！

（小丑重上。）

小丑：啊，夫人！那边有两个将官护送着少夫人，带着不好的消息来了。

夫人：什么事？

小丑：不，还好，还好，少爷还不会马上就让人杀死。

夫人：他为什么要让人家杀死？

小丑：夫人，我听他们说他逃走了，要是人家把他捉住了，岂不要把他杀死？他们来了，让他们告诉您吧，我只听说少爷逃走了。（下。）

（海伦娜及甲乙二臣上。）

甲臣：您好，夫人。

海伦娜：妈，我的主去了，一去不回了！

乙臣：别那么说。

夫人：你耐着点儿吧。对不起，两位，我因为一时悲喜交集，简直呆住了。请问两位，我的儿子呢？

乙臣：夫人，他去帮助佛罗伦斯公爵作战去了，我们看见他往那边去的。我们刚从佛罗伦斯来，在朝廷里办好了一些差事，仍旧要回去的。

海伦娜：妈，请您瞧瞧这封信，这就是他给我的凭证："汝倘能得余永不离手之指环，且能腹孕一子，确为余之骨肉者，始可称余为夫，然余可断言永无此一日也。"这是一个可怕的判决！

夫人：这封信是他请你们两位带来的吗？

甲臣：是的，夫人，我们很抱歉因为它使你们不高兴。

夫人：媳妇，你别太难过了。要是你把一切的伤心都放在你一个人身上，那么你就把我应当分担的一部分也占夺去了。他虽然是我的儿子，但我从此和他断绝母子的情分，你是我的唯一的孩子了，他是到佛罗伦斯去的吗？

乙臣：是的，夫人。

夫人：是去从军吗？

乙臣：这是他的英勇的志愿。相信我吧，公爵一定会对他十分看重的。

夫人：两位就是从那边来的吗？

甲臣：是的，夫人，我们刚从那边兼程回来。

海伦娜："余一日有妻在法兰西，法兰西即一日无足以令余眷恋之物。"好狠心的话！

夫人：这些话也是那信里的吗？

海伦娜：是的，妈。

甲臣：这不过是他一时信笔写下的话，并不是真的有这样的心思。

夫人："余一日有妻在法兰西，法兰西即一日无足以令余眷恋之物！"法兰西没有什么东西比你的妻子更被你所辱没了，她是应该嫁给一位堂堂贵人，让二十个像你这样无礼的孩子供她驱使，在她面前太太长太太短地小心侍候的。谁和他在一起？

甲臣：他只有一个跟班，那个人我也认识。

夫人：是巴洛吗？

甲臣：是的，夫人，正是他。

夫人：那是一个名誉扫地的坏东西。我的儿子受了他的引诱，把他高贵的天性都染坏了。两位远道来此，恕我招待不周。要是你们看见小儿，还要请你们为我向他寄语，他的剑是永远赎不回他已经失去的荣誉的。我还有一封信，写了要托两位带去。

乙臣：夫人但有所命，鄙人等敢不效劳！

夫人：两位言重了，里边请坐吧。（夫人及甲、乙臣下。）

海伦娜："余一日有妻在法兰西，法兰西即一日无足以令余眷恋之物。"法兰西没有可以使他眷恋的东西，除非他在法兰西没有妻子！罗西昂伯爵，你将在法兰西没有妻子，那时你就可以重新得到你所眷恋的一切了。可怜的人！难道是我把你逐出祖国，让你那娇生惯养的身体去挡受无情的战火吗？难道是我害你远离风流逸乐的宫廷，使你再也感受不到含情的美目对你投射的箭镞而变成了冒烟的枪炮的鹄的吗？乘着火力在天空中横飞的弹丸呀，让空气中充满你们穿过气流而发出的歌声吧，但愿你们不要接触到我丈夫的身体！谁要是射中了他，我就是主使暴徒行凶的祸首；谁要是向他奋不顾身的胸前挥动兵刃，我就是陷他于死地的巨恶；虽然我不曾亲手把他杀死，他的死却是因为我的缘故。我宁愿让我的身体去遭饿狮的馋吻，我宁愿世间所有的惨痛集于我一身。不，回来吧，罗西昂伯爵！不要冒着丧失一切的危险，去换一个光荣的疮疤，我会离此而去的。既然你不愿回来，只是因为我在这里的缘故，难道我会继续留在这里吗？不，不，即使这屋子里布满着天堂的香味，即使这里是天使们遨游的乐境，我也不能做一日之留。我去之后，我出走的消息，也许会传到你的耳中，使你得到安慰。快来吧，黑夜；快快结束吧，白昼！因为我这可怜的人，要趁着黑暗悄悄溜走。（下。）

第三场　佛罗伦斯。公爵府前

（喇叭奏花腔。公爵、贝特兰、巴洛及兵士等上；鼓角声。）

公爵：我们的马队归你全权统率，但愿你马到功成，不要负了我的厚望和重托。

贝特兰：多蒙殿下以这样重大的责任相加，只恐小臣能力微薄，难以胜任，唯有誓竭忠心，为殿下尽瘁，任何危险，在所不辞。

公爵：那么你就向前猛进吧，但愿命运照顾着你，做你的幸运的情人！

贝特兰：从今天起，伟大的战神，我投身在你的麾下，助我使我像我的思想一样刚强，使我只爱听你的鼓声，厌恶那儿女的柔情。（同下。）

第四场　罗西昂。伯爵夫人府中一室

（伯爵夫人及管家上。）

夫人：唉！你就这样接下了她的信吗？你不知道她会像前次一样，留给我一封书信，不别而行吗？再念一遍给我听。

管家：（读信）

为爱忘畛域，致触彼苍怒，
赤足礼圣真，忏悔从头误。
沙场有游子，日与死为伍，
莫以薄命故，甘受锋镝苦。
还君自由身，弃捐勿复道！
慈母在高堂，归期须及早。
为君炷半香，祝君良康好，
挥泪乞君恕，离别以终老。

夫人：啊，在她的最温婉的字句里，隐藏着多么尖锐的刺！罗西昂，你问也不问一声就让她这样去了，真是糊涂透顶了。我要是能够当面用话劝劝她，也许可以使她打消原来的计划，现在可来不及了。

管家：小的真的该死，要是把这封信昨夜就送给夫人，也许还可以把她追回来，现在就是去追也是白追的了。

夫人：哪一个天使愿意祝福这个无情无义的丈夫呢？像他这样的人，是终生不会发达的，除非因为上苍喜欢听她的祷告，乐意答应她的祈愿，才会赦免他的弥天大罪。罗西昂，赶快替我写信给这位好妻子的坏丈夫，每一字每一句都要证明她的贤德，来反衬出他自己的薄情。我心里的忧虑悲哀，虽然他一点儿不曾感觉到，你也要给我切切实实地写在信上。尽快把这封信寄出去，也许他听见了她已经出走，就会回到家里来；我还希望她知道他已回来之后，纯洁的爱情也会领导她重新回来。我分别不出他们两个人之中，谁是我所最疼爱的。我的心因忧伤而沉重，年龄使我变得这样软弱，我不知道应该流泪呢，还是向人诉说我的悲哀。（同下。）

第五场　佛罗伦斯城外

（远处号角声。佛罗伦斯一寡妇、黛安娜、梵奥伦泰、玛丽安娜及其他市民上。）

寡妇：快来吧，要是他们到了城门口，咱们就瞧不见啦。

黛安娜：他们说那个法国伯爵立了很大的功劳。

寡妇：听说他捉住了他们的主将，还亲手杀死了他们公爵的兄弟。倒霉！咱们白赶了一趟，他们往另外一条路上去了。听！他们的喇叭声越来越远啦。

玛丽安娜：来，咱们回去吧，看不见就算听人家说说话也好。喂，黛安娜，你留心这个法国伯爵吧。贞操是处女唯一的光荣，名节是妇人最大的遗产。

寡妇：我已经告诉我的邻居你怎样被他的一个同伴看上啦。

玛丽安娜：我认识那个坏蛋死东西！他的名字就叫巴洛，是个卑鄙龌龊的军官，那个年轻伯爵就是给他诱坏的。留心着他们吧，黛安娜！他们的许愿、引诱、盟誓、礼物以及这一类煽动情欲的东西，都是害人的圈套，不少姑娘都已经上过他们的当了。最可怜的是，这种身败名裂的可怕的前车之鉴，却不曾使后来的人知道警戒，仍旧一个个如蚁附膻，至死不悟。真令人叹息。我希望我不必给你更多的劝告，但愿你自己能够拿定主意。

黛安娜：你放心吧，我不会上人家当的。

寡妇：但愿如此，瞧，一个进香的人来了。我知道她会住在我的宿店里的，来来往往的进香人都知道我的宿店。让我去问她一声。

（海伦娜作进香人装束上。）

寡妇：上帝保佑您，进香人！您要到哪儿去？

海伦娜：到圣约克·勒·格朗。请问您，朝拜圣地的人都是在什么地方住宿的？

寡妇：在圣法兰西斯，就在这港口的近旁。

海伦娜：是不是打这条路过去的？

寡妇：正是，一点儿不错。你听！（远处军队行进声。）他们往这儿来了。进香客人，您要是在这儿等一下，等军队过去以后，我就可以领您到下宿的地方去。我想您一定认识那家宿店的主人，正像您认识我一样。

海伦娜：原来大娘就是店主太太啊！

寡妇：岂敢岂敢。

海伦娜：多谢您的好意，那么有劳您啦。

寡妇：我看您是从法国来的吧。

海伦娜：是的。

寡妇：您可以在这儿碰见一个同国之人，他曾经在佛罗伦斯立下很大的功劳。

海伦娜：请教他姓甚名谁？

寡妇：他就是罗西昂伯爵，您认识这样一个人吗？

海伦娜：但闻其名，不识其面，他的名誉很好。

寡妇：不管他是一个怎样的人，他在这里是很出风头的。据说他是从法国逃亡来此，因为国王强迫他跟一个他不喜欢的女人结婚。您想会有这回事吗？

海伦娜：是的，真有这回事，他的夫人我也认识。

寡妇：有一个跟随这位伯爵的人，对她的评价不是很好。

海伦娜：他叫什么名字？

寡妇：他叫巴洛。

海伦娜：啊！我完全同意他的看法，她的确没有什么值得恭维之处，更配不上像那位伯爵那样的大人物，她的名字的确是不足挂齿的。她唯一的好处，只有她的贞静、缄默，我还不曾听见人家在这方面讥议过她。

黛安娜：唉，可怜的女人！做一个失爱于夫主的妻子，真够受罪了。

寡妇：是啦，好人儿，她无论在什么地方，她的心永远是载满了凄凉的。这小妮子要是愿意，也可以做一件对不起他的事情呢。

海伦娜：您这句话是什么意思？是不是这个好色的伯爵想要把她勾引？

寡妇：他确有这个意思，曾经用尽各种手段想要破坏她的贞操，可是她对他戒备森严，绝不让他有下手的机会。

玛丽安娜：神明保佑她守身如玉！

（佛罗伦斯兵士一队上，旗鼓前导、贝特兰及巴洛亦列队中。）

寡妇：瞧，现在他们来了。那个是安东尼奥，公爵的长子，那个是埃斯卡勒斯。

海伦娜：那法国人呢？

黛安娜：他，那个帽子上插着羽毛的，他是一个很漂亮的家伙，我希望他爱他的妻子。他要是老实一点儿，那就更好了。他不是一个很俊的男人吗？

海伦娜：我很喜欢他。

黛安娜：可惜他太不老实。那一个就是诱他为非作歹的坏家伙，倘然我是他的妻子，我一定要用毒药毒死那个混账东西。

海伦娜：哪一个是他？

黛安娜：就是那个披着肩巾的鬼家伙。他为什么好像闷闷不乐似的？

海伦娜：也许他在战场上受伤了。

巴洛：把我们的鼓手也丢了！哼！

玛丽安娜：他好像有心事，瞧，他看见我们啦。

寡妇：嘿，死东西！

玛丽安娜：谁稀罕你那些鬼殷勤！（贝特兰、巴洛、军官及兵士等下。）

寡妇：军队已经过去了。来，进香客人，让我领您到下宿的地方去。咱们店里已经住下了四五个修行人，他们都是去朝拜伟大的圣约克的。

海伦娜：多谢多谢。今晚我还想做个东道主，请这位嫂子和这位好姑娘陪我们一起吃饭，我还可以把这位圣女的宝训讲一些给你们听。

玛、黛安娜：谢谢您，我们一定奉陪。（同下。）

第六场　佛罗伦斯城前营帐

（贝特兰及甲乙二臣上。）

甲臣：不，我的好爵爷，让我们试他一试，看他怎么样。

乙臣：您要是发现他不是个卑鄙小人，请您从此别相信我。

甲臣：凭着我的生命起誓，他是一个骗子。

贝特兰：你们以为我一直受了他的骗吗？

甲臣：相信我，爵爷，我没有一点儿恶意，就我所知道的，他是一个天字第一号的懦夫，一个到处造谣言说谎的骗子，时时刻刻都在做着背信爽约的事，在他身上没有一点儿可取之处。

乙臣：您应该明白他是怎样一个人，否则要是您太相信了他，有一天他会在一件关系重大的事情上连累您的。

贝特兰：我希望我知道用怎样的方法去试验他。

乙臣：最好就是叫他去把那面失去的鼓夺回来，您已经听见他自告奋勇过了。

甲臣：我就带着一队佛罗伦斯兵士，扮成敌军的样子，在半路上突然拦截他，我们把他捉住捆牢，蒙住他的眼睛，把他兜几个圈子，然后带他回到自己的营里，让他相信他已经在敌人的阵地里了。您可以看我们怎样审问他，要是他并不贪生怕死，出卖朋友，把他所知道的我们这里的事情指天誓日地一股脑儿招出来，那么请您以后再不要相信我的话好了。

乙臣：啊！叫他去夺回他的鼓，好让我们解解闷儿。他说他已经有了一个妙计，可以把它夺回来。您要是看见了他怎样完成他的任务，看看他这块废铜烂铁究竟可以熔成什么材料，那时你倘不擂他一顿拳头，我才不信。他来啦。

甲：啊！这是个绝妙的玩笑，让我们不要阻挡他的壮志，让他去把他的鼓夺回来。

（巴洛上。）

贝特兰：啊，队长！你还在念念不忘这面鼓吗？

乙臣：妈的！这算什么，左右不过是一面鼓罢了。

巴洛：不过是一面鼓！什么叫不过是一面鼓？难道这样丢了就算了？没有鼓怎么调节人马的进退？怎么驰驱夺阵？怎么分兵合围？

乙臣：那也不能怪谁的不是啊，这种损失本来是战争中不可避免的，就是撤了大将，也是没有办法的。

贝特兰：终究我们这回是打了胜仗的。丢了鼓虽然有点儿失面子，已经丢了没法子夺回来，也就算了。

巴洛：它是可以夺回来的。

贝特兰：也许可以，可是现在已经没有办法了。

巴洛：没办法也得夺回来。倘不是因为论功行赏往往总是给滥竽充数的人占了便宜去，我一定要去拼死夺回那面鼓。

贝特兰：很好，队长，你要是真有这样的胆量，你要是以为你的神出鬼没的战略可以把这三军光荣所系的东西重新夺回来，那么请你尽量发挥你的雄才，试一试你的本领吧。要是你能够成功，我可以给你在公爵面前特别吹嘘，他不但会大大地褒奖你，而且一定会重重赏你的。

巴洛：我愿意举着这一只军人的手郑重起誓，我一定要干它一下。

贝特兰：好，现在你可不能含含糊糊赖过去了。

巴洛：我今晚就去，现在我马上就把一切困难置之脑后，鼓起必胜的信念，下定视死如归的决心来，等到半夜时候，你们等候我的消息吧。

贝特兰：我可不可以现在就去把你的决心告诉公爵殿下？

巴洛：我不知道此去成败如何，可是大丈夫说做就做，绝无反悔。

贝特兰：我知道你是个勇敢的人，凭着你的过人的智勇，一定会成功的。再会。

巴洛：我不喜欢多说废话。（下。）

甲臣：你要是不喜欢多说废话，那么鱼儿也不会喜欢水了。爵爷，您看他自己明明知道这件事情办不到，偏偏还那样大言不惭地装得好像很有把握，虽然夸下了口，却又硬不起头皮来。真是个莫名其妙的家伙！

乙臣：爵爷，您没有我们了解他那样详细。他凭着那套吹拍的功夫，果然很讨人喜欢，别人在一时之间也不容易看破他的真相，可是等到你知道了他是个什么样的人以后，你就永远不会再相信他了。

贝特兰：难道他这样郑重其事地一口答应下来，只是空口说说吗？

甲臣：他肯定不会认真去做的；他在什么地方溜一趟，回来编一个谎，造两三个谣言，就算完事了。可是我们已经布下陷阱，今晚一定要叫他出丑。像他这样的人，的确不值得您抬举。

乙臣：我们在把这狐狸捉住之前，要先戏弄他一番。拉敷老大人早就知道他不是个好人了。今天晚上您就知道他是个什么东西了。

甲臣：我要去找找我的棒儿，今晚一定要把他捉住。

贝特兰：请你这位兄弟陪我走一走吧。

甲臣：悉听尊便，爵爷，失陪了。（下。）

贝特兰：现在我带你去见见我跟你说起的那位姑娘。

乙臣：可是您说她很规矩。

贝特兰：就是这一点讨厌。我只跟她说过一次话，她对我非常冷淡，脸上一点儿笑容也没有。我曾经叫巴洛那浑蛋替我给她送过许多礼物和情书，但她都退了回来，弄得我无计可施。她长得很标致。你愿意去见见她吗？

乙臣：当然愿意。（同下。）

第七场　弗罗棱萨。寡妇家中一室

（*海伦娜及寡妇上。*）

海伦娜：如果您不相信我就是她，我也不知道该怎么向您证明，也就无法实行我的计划了。

寡妇：虽然我的家道已经中落，但我是好人家出身，从来没干过这种事情；我不想现在因为做了见不得人的勾当，而玷污了我的名誉。

海伦娜：如果是有损名誉的事，我也不希望您去做。我要请您相信我，这个伯爵确实是我的丈夫，我刚才对您说的话，没有半句谎言。

寡妇：我应当相信您，因为您已经向我证明您的确是一位名门贵妇。

海伦娜：请您收下这袋金子，聊表我一点感谢您好心帮忙的心意，等事情成功以后，我还会重重谢您。伯爵看中了令爱的姿色，想采用淫邪的手段诱惑她；就让她答应他的要求，我们来指导她用什么方法诱他入圈套；他在热情的煽动下，一定会答应她的任何条件。他的手指上戴着一个指环，是他祖先的遗物，传到他这儿已经四五代了，他把它看得非常宝贵；倘若令爱向他讨要这指环，他为了满足他的淫欲，很有可能会毫无吝啬地送给她。

寡妇：我明白您的用意了。

海伦娜：那么您也知道这件事是合法的了。只要令爱在假装愿意之前，先向他讨来这个指环，然后和他约一个时间相会，事情就完了；等到了相会时间，我会代替令爱去赴约，她自己还是白璧无瑕，不会受他的污辱。事成之后，我愿意在她已有的嫁奁上，再送她三千克朗答谢她。

寡妇：虽然我已经答应您了，可是您还得先去教我的女儿怎样用一种若即若离的态度，使这场合法的骗局不露出破绽。他每天晚上都到这里来，弹唱各种乐曲赞美她的庸姿陋质；我们丝毫没有办法赶走他，因为他始终不肯离开。

海伦娜：那么我们就在今夜试一试我们的计策吧；如果能够成功，那就表明男的有邪心，女的无恶意，看似犯奸淫，实则行婚配。就让我们这样行动起来吧。（同下。）

第四幕

第一场　弗罗棱萨军营外

（甲臣率埋伏兵士五六人上。）

甲臣：他一定会从这篱笆角上经过。你们向他冲上去的时候，大家要一起乱喊乱叫，说一些稀奇古怪的话，即使说得你们自己都听不懂也没关系；从我们中间选一个人能听懂他的话，让那个人做翻译，其他人都假装听不懂。

兵士甲：队长，让我做翻译吧。

甲臣：你跟他不熟悉吗，他听不出你的声音来吗？

兵士甲：不会的，队长，我可以向您担保他听不出我的声音。

甲臣：那么你向我们讲些什么南腔北调呢？

兵士甲：就跟你们向我说的那些话一样。

甲臣：我们必须使他相信我们是敌人军队中的一队客籍军。他对于邻近各国的方言都懂得一些，所以我们必须每个人随口瞎嚷一些大家听不懂的话儿。好在大家都知道我们的目的是什么，因此可以彼此心照不宣，假装懂得就是了。尽管像老鸦叫似的，叽里咕噜一阵子，越糊涂越好。至于你做翻译的，必须表示出一副机警调皮的样子来。啊，快快，埋伏起来！他来了，他一定是到这里来睡上两点钟，然后回去编造一些谎话哄人。

（巴洛上。）

巴洛：十点钟了。再过三点钟便可以回去。我应当说我做了些什么事情呢？这谎话一定要编造得十分巧妙，才会叫他们相信。他们已经有点儿疑心我，倒霉的事情近来接二连三地到我的头上来，我觉得我这条舌头太胆大了，我那颗心却又太胆小了，看见战神老爷和他的那些喽啰们的影子，就会战战兢兢，话是说得出来，一动手就吓软了。

甲臣：（*旁白*）这是你第一次说的老实话。

巴洛：我明明知道丢了的鼓夺不回来，我也明明知道我一点儿没有去夺回那面鼓来的意思，什么鬼附在我身上，叫我夸下这个大口？我必须在我身上割破几个地方，好对他们说这是力战敌人所留的伤痕。可是轻微的伤口不会叫他们相信，他们一定要说，“你这样容易就脱身出来了吗？”重一点儿呢，又怕痛了皮肉，这怎么办呢？闯祸的舌头呀，你要是再这样瞎三话四地害苦我，我可要割下你来，放在老婆子的嘴里，这辈子宁愿做哑巴了。

甲臣：（*旁白*）他居然也会有自知之明吗？

巴洛：我想要是我把衣服撕破，或是把我那柄西班牙剑敲断，也许可以叫他们相信。

甲臣：（*旁白*）那我们可赔你不起。

巴洛：或者把我的胡须割去了，说那是一个计策。

甲臣：（*旁白*）这不行。

巴洛：或者把我的衣服丢在水里，说是给敌人剥去了。

甲臣：（*旁白*）也不行。

巴洛：我可以赌咒说我从十八丈高的城头上跳下来。

甲臣：（*旁白*）你赌下三个重咒人家也不会信你。

巴洛：可是如果我能够拾到一面敌人弃下的鼓，那么我就可以赌咒说那是我从敌人手里夺回来的了。

甲臣：（*旁白*）别忙，你就可以听见敌人的鼓声了。

巴洛：哎哟，真的是敌人的鼓声！（*内喧嚷声。*）

甲臣：色洛加·摩伏斯，卡哥，卡哥，卡哥。

众人：卡哥·卡哥，维利安达·拍，考薄，卡哥。（*众擒巴洛，以巾掩其目。*）

巴洛：啊！救命！不要遮住我的眼睛。

兵士甲：波斯哥斯·色洛未尔陀·波斯哥斯。

巴洛：我知道你们是一队莫斯科兵，我不会讲你们的话，这回真的要送命了。要是列位中间有人懂得德国话、丹麦话、荷兰话、意大利话或者法国话的，请他跟我说话，我可以告诉他佛罗伦斯军队中的秘密。

兵士甲：波斯哥斯·伏伐陀。我懂得你的话，会讲你的话。克累利旁托，朋友，你不能说谎，小心点儿吧。十七把刀儿指着你的胸口呢。

巴洛：哎哟！跪下来祷告吧。曼加·累凡尼亚·都尔契。

甲臣：奥斯考皮都尔却斯，伏利伏科。

兵士甲：将军答应暂时不杀你，现在我们要把你这样蒙着眼睛，带你回去盘问，也许你可以告诉我们一些军事上的秘密，赎回你的狗命。

巴洛：啊，放我活命吧！我可以告诉你们我们营里的一切秘密：一共有多少人马，他们的作战方略，还有许多叫你们吃惊的事情。

兵士甲：可是你不会说谎话吧？

巴洛：要是我说了半句谎话，死后不得超生。

兵士甲：阿考陀·林他。来，饶你多活几个钟头。（率若干士兵押巴洛下，内起喧嚷声片刻。）

甲臣：去告诉罗西昂伯爵和我的兄弟，说我们已经把那只野鸟捉住了，他的眼睛被我们蒙住了，请他们决定如何处置。

兵士乙：是，队长。

甲臣：你再告诉他们，他将要在我们面前泄露我们的秘密。

兵士乙：是，队长。

甲臣：现在我先把他好好地关起来再说。（同下。）

第二场　佛罗伦斯。寡妇家中一室

（贝特兰及黛安娜上。）

贝特兰：他们告诉我你的名字是芳娣佩儿。

黛安娜：不，爵爷，我叫黛安娜。

贝特兰：果然你比月中的仙子还要美上几分！可是美人，难道你外表这样秀美，你的心里竟不让爱情有一席地位吗？要是青春的炽烈的火焰不曾燃烧着你的灵魂，那么你不是女郎，简直是一座石像了。你倘然是一个有生命的活人，就不该这样冷酷无情，你现在应该学学你母亲开始怀着你的时候那种榜样才对啊。

黛安娜：她是个贞洁的妇人。

贝特兰：你也是。

黛安娜：不，我的母亲不过尽她应尽的本分，正像您对您夫人也有应尽的责任一样。

贝特兰：别说那一套了！请不要再为难我了，我跟她结婚完全出于被迫，可是我爱你却是因为我自己心里的爱情在鞭策着我。我愿意永远供你驱使。

黛安娜：对啦，在我们不愿意供你们驱使之前，你们是愿意供我们驱使的，可是一等到你们把我们枝上的蔷薇采去以后，你们就把棘刺留着刺痛我们，反倒来嘲笑我们枝残叶老。

贝特兰：我不是向你发过无数次誓了吗？

黛安娜：许多誓不一定可以表示真诚，真心的誓言只要一个就够了。我们的所作所为，倘能质之天日而无愧，那么不必指天誓日，也是正大光明的。请问要是我实在一点儿不爱你，我却指着上帝的名字起誓，说我深深地爱着你，这样的誓是不是可以相信呢？照我看来，你那许多誓也不过是些嘴边的空话罢了。

贝特兰：不要这样想。不要这样冷淡而残酷，恋爱是神圣的，我的纯洁的心，也从来不懂得你所指斥男子们的那种奸诈。不要再这样冷淡我，请你快来安慰安慰我的饥渴吧。你只要说一声你是我的，我一定会始终如一地永远爱着你。

黛安娜：男人们都是用这种手段诱我们失身的，把那个指环给我。

贝特兰：好人，我可以把它借给你，可是我不能给你。

黛安娜：您不愿意吗，爵爷？

贝特兰：这是我家世世相传的宝物，如果我把它丢了，那是莫大的不幸。

黛安娜：我的名誉也就像指环一样，我的贞操也是我家世世相传的宝物，如果我把它丢了，那是莫大的不幸。我正可借用您的说法，拒绝您企图玷污我的名誉的无益的试探。

贝特兰：好，你就把我的指环拿去吧。我的家，我的名誉，甚至于我的生命，都是属于你的，我愿意一切听从你。

黛安娜：今宵半夜时分，你来敲我的卧室的窗门，我可以预先设法调开我的母亲。可是你必须依从我一个条件，当你征服了我的童贞之身以后，你不能耽搁一小时以上，也不要对我说一句话。为什么要这样是有很充分的理由的，等这指环还给你的时候，你就可以知道。今夜我还要把另一个指环套在你的手指上，留作日后的信物。晚上再见吧，可不要失约啊。你已经赢得了一个妻子，我的终身却也许从此毁了。

贝特兰：我得到了你，就像是踏进了地上的天堂。（下。）

黛安娜：有一天你会感谢上天，幸亏遇见了我。我的母亲告诉我他会怎样向我求爱，她就像住在他心里一样说得一点不错。她说，男人们所发的誓，都是千篇一律的。他发誓说等他妻子死了，就跟我结婚。我宁死也不愿跟他同床共枕，这种法国人这样靠不住，与其嫁给他，还不如终身做个处女的好。他想用欺骗手段诱惑我，我现在也用欺骗手段报答他，想来总不能算是罪恶吧。（下。）

第三场　佛罗伦斯军营

（甲乙二臣及兵士二三人上。）

甲臣：你还没有把他母亲的信交给他吗？

乙臣：我已经在一点钟前给了他，信里好像有些什么话激发了他的天良，因为他读了信以后，就好像变了一个人似的。

甲臣：他抛弃了这样一位温柔贤淑的妻子，真不应该。

乙臣：他更不应该在王上对他非常眷宠的时候，拂逆了他的意旨。我可以告诉你一件事情，可是你不能讲给别人听。

甲臣：你告诉了我以后，我就把它埋葬在自己的心里，绝不再向别人说起。

乙臣：他已经在佛罗伦斯这里勾搭上了一个良家少女，她的贞洁本来是很有名的，今夜他就会逞他的淫欲去破坏她的贞操，他已经把他那颗宝贵的指环送给她了。

甲臣：上帝饶恕我们！我们这些人类真不是东西！

乙臣：人不过是他自己的叛徒，正像一切叛逆的行为一样。我们眼看着自己的罪恶延伸，却不去抑制它，让它干下不可收拾的事，以至于身败名裂。

甲臣：那么今夜他不能来了吗？

乙臣：他的时间表已经排好，一定要在半夜之后才会回来。

甲臣：那么再等一会儿他也该来了。我很希望他能够亲眼看见他那同伴的本来面目，让他明白明白他自己的判断有没有错误，他是很看重这个骗子的。

乙臣：我们还是等他来了再处置那个人吧，这样才好叫他无所遁形。

甲臣：现在还是谈谈战事吧，你近来听到什么消息没有？

乙臣：我听说两方面已经在进行和议了。

甲臣：不，我可以确切地告诉你，和议已经成立了。

乙臣：那么罗西昂伯爵还有什么事好做呢？他是再到别处去旅行呢，还是打算回法国去？

甲臣：你这样问我，大概他还没有把你当作一个心腹朋友看待。

乙臣：但愿如此，否则他干的事我也脱不了干系。

甲臣：告诉你吧，他的妻子在两个月以前从他家里出走，说是要去参礼圣约克·勒·格朗。参礼完毕以后，她就在那地方住下，因为她多愁善感的天性，经不起悲哀的袭击，所以一病不起，终于叹了最后一口气，现在应该在天上唱歌了。

乙臣：这消息也许不准吧。

甲臣：她在临死以前的一切经过，都有她亲笔的信可以证明。至于她的死讯，也已经由当地的牧师完全证实了。

乙臣：这消息伯爵也完全知道了吗?

甲臣：是的，他已经知道了详详细细的一切。

乙臣：他听见这消息，一定很高兴，想起来真是可叹。

甲臣：我们有时往往会把我们的损失当作幸事!

乙臣：有时我们却因为幸运而哀伤流泪！他在这里凭着他的勇敢，虽然获得了极大的光荣，可是他回家以后所将遭遇的耻辱，也一定是同样大的。

甲臣：人生就像一匹用善恶的丝线交错织成的布，我们的善行必须受我们的过失的鞭挞，我们的罪恶却又依赖我们的善行把它们掩盖。

（一仆人上。）

甲臣：啊，你的主人呢?

仆人：他在路上遇见公爵，已经向他辞了行，明天早晨他就要回法国去了。公爵已经给他写好了推荐信，向王上竭力称道他的才干。

乙臣：王上正对他生气，为他说几句即使是溢美的好话，倒也是不可少的。

甲臣：他来了。

（贝特兰上。）

甲臣：啊，爵爷！已经过了午夜了吗?

贝特兰：我今晚已经办好了十六件每一件需要一个月时间才办得了的事情：我已经向公爵辞行，跟他身边最亲近的人告别，安葬了妻子，为她办好了丧事，写信通知我的母亲我就要回家了，并且雇好了护送我回去的卫队。除了这些重要的事情以外，还办了许多小事，只有一件最重要的事情还不曾办妥。

乙臣：要是这件事情有点儿棘手，您又一早就要动身，那么现在您该把它赶快办好才是。

贝特兰：我想把它不了了之，以后也希望不再听见人家提起它。现在我们还是来开始审问那个骗子吧。来，把他抓出来，他像一个妖言惑众的江湖术士一样欺骗了我。

乙臣：把他抓出来。（兵士下。）他已经锁在脚梏里坐了一整夜了，可怜的勇士！

贝特兰：这也是活该，他平常也太大模大样了。他被捕以后怎样一副神气？

甲臣：他哭得像一个打翻了牛奶罐的小姑娘。他把摩根当作一个牧师，把他从生下来直到锁在脚梏里为止这一生的经历原原本本向他忏悔。您想他忏悔些什么？

贝特兰：他没有提起我的事情吗？

乙臣：他的供状已经笔录下来，等会儿可以当着他的面公开宣读。要是他曾经提起您的事情——我想您是被他提起过的——请您耐着性子听下去。

（兵士押巴洛上。）

贝特兰：该死的东西！还把脸都遮起来了呢！他不会说我什么的。我且不要作声，听他怎么说。

甲臣：蒙脸人来了！浦托·达达洛萨。

士兵甲：他说要把你用刑，你看怎样？

巴洛：你们不必逼我，我会把我所知道的一切招供出来。要是你们把我炸成了肉酱，我也还是说这么几句话。

士兵甲：波斯哥·契末却。

甲臣：波勃利平陀·契克未哥。

士兵甲：真是一位仁慈的将军。这里有一张开列着问题的单子，将爷叫我照着它问你，你必须要老实回答。

巴洛：我希望活命，一定不会说谎。

士兵甲："第一，问他公爵有多少马匹？"你怎么回答？

巴洛：五六千匹，不过全是老弱无用的，队伍分散各处，军官都像叫花子，我可以用我的名誉和生命向你们担保。

兵士甲：那么我就把你的回答照这样记下来。

巴洛：好的，你要我发什么誓都可以。

贝特兰：他可以什么都不顾，真是个不可救药的奴才！

甲臣：您弄错了，爵爷。这位是赫赫有名的军事专家巴洛先生，这是他自己亲口说的，在他的领结里藏着全部战略，在他的刀鞘里安放着浑身的武艺。

乙臣：我从此再不相信一个把他的剑擦得雪亮的人，我也再不相信一个穿束得整整齐齐的人会有什么真才实学。

兵士甲：好，你的话已经记下来了。

巴洛：我刚才说的是五六千匹马，或者大约这个数目，我说的是真话，记下来吧，我说的是真话。

甲臣：他说的这个数目，倒有八九分真。

贝特兰：他现在所说的真话，比假话还要可恶。

巴洛：请您记好了，我说那些军官们都像叫花子。

兵士甲：好，那也记下了。

巴洛：谢谢您啦。真话就是真话，这些家伙都是寒碜得不成样子。

兵士甲："问他步兵有多少人数？"你怎么回答？

巴洛：你们要是放我活命，我一定不说谎话，让我想想看：史卑里奥，一百五十人；瑟巴士显，一百五十人；戈兰勃斯，一百五十人；杰克斯，一百五十人；吉尔衰、戈斯漠、洛独威克、葛拉替，各二百五十人；我自己所带的一队，还有契托弗、伏蒙特、本替，各二百五十人。一共算起来，好的歹的并在一起，还不到一万五千人，其中的半数连他们自己外套上的雪都不敢拂掉，因为他们唯恐身子摇一摇，就会像朽木一样倒塌下来。

贝特兰：这个人应当把他怎样处治才好？

甲臣：我看不必，我们应该谢谢他。问他我这个人怎样，公爵对我信任不信任。

兵士甲：好，我已经把你的话记下来了。"问他公爵营里有没有一个法国人叫杜曼上尉的；公爵对他的信用如何；他的勇气如何；为人是否正直；军事方面的才能怎样；假如用重金贿赂他，能不能诱他背叛。”你怎么回答？你所知道的情况怎样？

巴洛：请您一条一条问我，让我逐一回答。

兵士甲：你认识这个杜曼上尉吗？

巴洛：我认识他，他本来是巴黎一家木匠铺里的徒弟，因为把市长家里的一个不知人事的傻丫头弄大了肚皮，被他的师傅一顿好打赶了出来。（兵士甲举手欲打。）

贝特兰：且慢，不要打他，他的脑袋免不了要给一片瓦掉下来砸碎的。

兵士甲：好，这个上尉在不在佛罗伦斯公爵的营里？

巴洛：他在公爵的营里，他的名誉一塌糊涂。

甲臣：不要这样瞧着我，我的好爵爷，他就会说起您的。

兵士甲：公爵对他的信任度怎样？

巴洛：只知道他是我手下的一个下级军官，前天还写信给我叫我把他开除，我想他的信还在我的口袋里呢。

兵士甲：好，我们来搜。

巴洛：不瞒您说，我记得可不大清楚，也许它在我口袋里，也许我已经把它跟公爵给我的其余的信一起放在营里归档了。

兵士甲：找到了，这儿是一张纸，我要不要向你读一遍？

巴洛：我不知道那是不是公爵的信。

贝特兰：我们的翻译看了就会知道的。

兵士甲：“黛安娜，伯爵是个有钱的傻大少——”

巴洛：那不是公爵的信，那是我写给佛罗伦斯城里一位名叫黛安娜的良家少女的信；我劝她不要受人家的引诱，因为有一个叫罗西昂的伯爵看上了她，他是一个爱胡调的傻哥儿，一天到晚打女人的主意。请您还是把这封信放好了吧。

兵士甲：不，对不起，我要把它先读一遍。

巴洛：我写这封信的用意是非常诚恳的，完全是为那个姑娘的前途着想，因为我知道这个少年伯爵是个危险的淫棍，他是色中饿鬼，出名的破坏处女贞操的魔王。

贝特兰：该死的反复小人！

兵士甲：他要是向你盟山誓海，

你就向他把金银索讨；

你须要半推半就，若即若离，

莫让他把温柔的滋味尝饱。

一朝肥肉咽下了他的嘴里，

你就永远不要想他付钞。

一个军人这样对你忠告：

宁可和有年纪人来往，

不要跟少年郎们胡调。

你的忠仆巴洛上。

贝特兰：我们应当把这首诗贴在他的额角上，拖着他游行全营，一路上用鞭子抽他。

甲臣：爵爷，这就是您的忠心的朋友，那位精通万国语言的专家，全能百晓的军人。

贝特兰：我以前最讨厌的是猫，现在他在我眼中就是一只猫。

兵士甲：朋友，照我们将军的面色看来，我们就要把你吊死了。

巴洛：将爷，无论如何，请您放我活命吧。我并不是怕死，可是因为我自知罪孽深重，让我终其天年，也可以忏悔忏悔我的余生。将爷，把我关在地牢里，锁在脚梏里，或者丢在无论什么地方都好，千万饶我一命！

兵士甲：要是你能够老老实实招认一切，也许还有通融余地。现在还是继续问你那个杜曼上尉的事情吧。你已经回答公爵对他的信用和他的勇气，现在要问你他为人是否正直？

巴洛：他会在和尚庙偷鸡蛋；讲到强奸妇女，没有人比得上他；毁誓破约，是他的拿手本领；他撒起谎来，可以颠倒黑白，混淆是非；酗酒是他最大的嗜好，因为他一喝酒便会烂醉如泥，倒在床上，不会再去闯祸，唯一倒霉的只有他的被褥，可是人家知道他的脾气，总是把他抬到稻草上去睡。关于他的正直，我没有什么话好说：凡是一个正人君子所不应该有的品质，他无一不备；凡是一个正人君子所应有的品质，他一无所有。

甲臣：他说得这样天花乱坠，我倒有点喜欢起他来了。

贝特兰：因为他把你形容得这样巧妙吗？该死的东西！他越来越像一只猫了。

兵士甲：你说他在军事上的才能怎样？

巴洛：我不愿说他的谎话，他曾经在英国戏班子里擂过鼓，此外我就不知道他在军事上的经验了。我希望我能够说他几句好话，可是实在想不起来。

甲臣：他的无耻厚脸，简直是空前绝后，这样一个宝货倒也是不可多得的。

贝特兰：该死！他真是一只猫。

兵士甲：他既然是这样一个卑鄙下流的人，那么我也不必问你贿赂能不能引诱他反叛了。

巴洛：给他几毛钱，他就可以把他的灵魂连同世袭继承权全部出卖。

兵士甲：他还有一个兄弟，那另外一个杜曼上尉呢？

乙臣：他为什么要问起我？

兵士甲：他是怎样一个人？

巴洛：也是一个窠里的老鸦。从好的方面讲，他还不如他的兄长；从坏的方面讲，可比他的哥哥强过百倍啦。他的哥哥是出名的天字第一号的懦夫，可是在他面前还要甘拜下风。退后起来，他比谁都奔得快；前进起来，他就要寸步难移了。

兵士甲：要是放你活命，你愿不愿意到佛罗伦斯人那里给我们做内应？

巴洛： 愿意愿意，他们的骑兵队长就是那个罗西昂伯爵，一定会中我的计的。

兵士甲： 我去对将军说，看他意思怎样。

巴洛：（旁白）我从此再不打什么倒霉鼓了！我原想冒充一下好汉，骗骗那个淫荡的伯爵哥儿，谁知道几乎送了一条性命！

兵士甲： 朋友，没有办法，你还是不免一死。将军说，你这样不要脸地泄露了自己军中的秘密，还把当世知名的贵人这样信口诋毁，留你在这世上，没有什么用处，所以必须把你处死。来，刽子手，把他的头砍下来。

巴洛： 哎哟，我的天爷爷，饶了我吧，倘然一定要我死，那么也让我亲眼看个明白。

兵士甲： 那倒可以满足你，让你向你的朋友们辞行吧。（解除巴洛脸上所缚之布。）你瞧一下，有没有认识的人在这里？

贝特兰： 早安，好队长！

乙臣： 上帝祝福您，巴洛队长！

甲臣： 上帝保佑您，好队长！

乙臣： 队长，我要到法国去了，您要我带什么信去给拉敷大人吗？

甲臣： 好队长，您肯不肯把您替罗西昂伯爵写给黛安娜小姐的情诗抄一份给我？可惜我是个天字第一号的懦夫，否则我一定会强迫您默写出来。现在我不敢勉强您，只好失陪了。（贝及甲、乙二臣下。）

兵士甲： 队长，您这回可出了丑啦！

巴洛： 明枪好躲，暗箭难防，任是英雄好汉，也逃不过诡计阴谋。

兵士甲： 要是您能够发现一处除了荡妇淫娃之外没有其他的人居住的国土，您倒很可以在那里南面称王，建立一个无耻的国家来。再见，队长，我也要到法国去，我们会在那里说起您的。（下。）

巴洛： 管他哩，我还是我行我素。倘然我是个有几分心肝的人，今天一定会无地自容。可是虽然我从此掉了官，我还是照旧吃吃喝喝，照样睡得烂熟，像我这样的人，到处为家，什么地方不可以蒙混过去？可是我要警告那些喜欢吹牛的朋友们，不要吹过了头，有一天你会发现自己是一头驴子的。我的剑呀，你从此锈起来吧！巴洛呀，不要害臊、厚着脸皮活下去吧！人家作弄你，你也可以作弄人家，天生世人，谁都不会没有办法的。他们都已经走了，待我追上前去。（下。）

第四场 佛罗伦斯。寡妇家中一室

（*海伦娜、寡妇及黛安娜上。*）

海伦娜：为了使你们明白我并没有欺弄你们，一个当今最伟大的人物可以替我做证。在我还没有达到我的目的以前，我必须在他的宝座之前下跪。过去我曾经替他做过一件和他的生命差不多同样宝贵的事，即使是蛮顽无情的鞑靼人，也不能不由衷地说出一声感谢。有人告诉我他现在在马赛，正好有人可以护送我们到那儿去。我还要告诉你们，人家都是当我已经死去的了。现在军队已经解散，我的丈夫也回家去了，要是我能够得到上天的默佑和王上的准许，我们也可以早早回家。

寡妇：好夫人，请您相信我，我是您的最忠实的仆人，凡是您信托我做的事，我无不乐意为您效劳。

海伦娜：大婶，你也可以把我当作你的一个好朋友，每时每刻都在想着怎样才能报答你的深情厚谊。你应该相信，既然上帝注定让你的女儿帮我得到一个夫君，他也一定会让我帮助她找到一个如意郎君的。我就是不懂男人的心，他们竟然会对一个被认为厌恶的女子倾注他们的万种柔情！深沉的黑夜让他感觉不到自己受了别人愚弄，抱着一个人皆惧怕的蛇蝎，还以为那就是已经飘然而逝的玉人，不过这些话以后再讲吧。黛安娜，我还要请你为了我稍稍委屈一下。

黛安娜：您无论让我干什么事，只要不损名节，我都愿意为您效劳，至死不辞。

海伦娜：但是我还是要劝你，马上就到夏天了，蔷薇马上就是满枝新绿，遮盖了它周身的尖刺。你也应该在温柔之中，保存几分锋芒。我们可以走了，车子已经准备好，疲倦的身体也已经休息过来了。若问成败吉凶，还须接着上演；如能得偿所愿，何畏路远山高。（同下。）

第五场　罗西昂。伯爵夫人府中一室

（伯爵夫人及拉敷上。）

拉敷：不，不，不，令郎只因受了那个无赖的蛊惑，才会这样任性而为，那家伙一日在世，全国的年轻人都要被他引诱。如果没有这只野蜂，令媳现在肯定还好好的，令郎也肯定仍然待在家中，受着王上的恩宠。

夫人：但愿我没有认识过他，是他害死了一位世上最贤德的女子。即便她是我的亲骨肉，曾经让我怀胎十月，也不能使我爱她更深了。

拉敷：她确实是一个好姑娘，正所谓灵芝仙草，可遇而不可求。我刚刚正想告诉您，自从我知道了令媳的不幸，并且知道令郎就要归来的事情后，我就恳求王上为小女促成一门亲事。说实话，这还是王上先想起来，向我当面提起的。王上已经答应自己做媒，他对令郎本来还有几分不满，借此正好可以让他忘怀过往。不知夫人意下如何？

夫人：我觉得很好，大人，希望这件事情能够圆满。

拉敷：王上已经从马赛启程来此，他的身体很好，像三十岁的人一样。他明天就能抵达这里，这个消息是一个可靠的人告诉我的，应该不会有错。

夫人：我能够在生前再见到王上，真是此生之幸。我已收到犬儿的来信，说他今晚就能到家，大人如若不嫌寒舍简陋，就请在此小住一二日，等他们两人相见了再去，如何？

拉敷：夫人，无故相扰，心中实在过意不去。

夫人：您不用客气。

（小丑上。）

小丑：啊，夫人！少爷回来了，他脸上还贴着一块天鹅绒片呢，那天鹅绒片底下有没有伤疤，要去问那块天鹅绒才知道，不过它的确是一块很好的天鹅绒。他的左脸肿起来足有两寸半，右脸却是光光的。

拉敷：光荣的伤疤是最好的装饰。让我们去迎接勇士吧，我很渴望和这位英勇的少年战士谈谈呢。

小丑：他们一共有十几个人，都戴着漂亮的帽子，帽子上插着羽毛。那羽毛看见谁都会点头问好。（同下。）

第五幕

第一场　马赛。一街道

（海伦娜、寡妇、黛安娜及二侍从上。）

海伦娜：像这样马不停蹄地昼夜奔波，我想两位一定非常疲倦了，可是这也无可奈何。可是既然你们为了我的事情，不分昼夜地受了这么多苦，我定会知恩图报，永生不忘的。来得正好。

（一朝士上。）

海伦娜：这个人如果肯替我们效劳，或许能帮我把信带给王上。上帝保佑您，先生！

朝士：上帝保佑您！

海伦娜：我好像在宫廷里见过您，先生。

朝士：我曾经在那里住过一段时间。

海伦娜：我一直听别人说您是个热心肠，今天因为有一件非常紧急的事，冒昧打扰，想要劳烦大驾，如蒙相助，不胜感激。

朝士：您想让我为您做什么事呢？

海伦娜：我想劳烦您把这一纸诉状转呈给王上，再请您想方设法带我去面见王上。

朝士：王上已经不在这里了。

海伦娜：不在这里了？

朝士：实不相瞒，他昨天晚上就离开了，而且走得非常匆忙，完全不像平时的样子。

寡妇：上帝啊，我们白忙了一场！

海伦娜：只要能达到最后的目的，不必在意眼前的挫折。请问他去了哪里？

朝士：应该是到罗西昂去了，我也正好要去那里。

海伦娜：先生，您可能要比我早一些见到王上，能不能请您把这张诉状转交于他？我保证您为我做了这件事，不但不会受到责备，而且会对您有很大的好处。我们虽然没有快车骏马，但我们一定会尽全力追随您而去的。

朝士：我可以效劳。

海伦娜：您的善良肯定会有回报的。咱们该马上启程了，走，走，把马车驾好！（同下。）

第二场　罗西昂。伯爵夫人府中的大厅

（小丑及巴洛上。）

巴洛：拉伐契先生，劳烦您把这封信转交给拉敷大人。我以前穿着锦衣玉服的时候，你是知道我的。现在因为命运不济，所以才沾满了这一身刺鼻的气味。

小丑：请原谅，让我打开窗子。

巴洛：不，你无须塞住自己的鼻孔，我不过这样比喻而已。劳烦你替我把这封信送去好吗？

小丑：嘿！请见谅，你离远点儿吧。一个穷鬼也要给一个贵族写信！看，他过来了。

（拉敷上。）

小丑：大人，这里有一只命运不济的猫，掉进了烂泥塘里，浑身沾满了肮脏的泥巴。我看他的模样，真像一个穷酸潦倒的蠢货，请大人随意处置他吧。（下。）

巴洛：大人，我是一个不幸在命运的利爪下受到重伤的人。

拉敷：那么你要我怎么办呢？现在再去剪掉命运的利爪也太迟了。命运是一个很好的女神，她不愿让小人永远得志，一定是你自己做了坏事，她才会加害于你。这几个钱你拿去吧。我还有别的事情，少陪了。

巴洛：请大人再听我说一句话。

拉敷：你嫌这钱太少吗？好，再给你一个，不用多说啦。

巴洛：好大人，我的名字是巴洛。

拉敷：哎哟，失敬失敬！你的那面宝贝鼓儿怎样啦？

巴洛：啊，我的好大人，您是第一个揭破我的人。现在我流落到了这个地步，还请大人可怜可怜我，给我一条自新之路。

拉敷：滚开，浑蛋！你要我一面做坏人，一面做好人，推了你下去，再把你拉上来吗？（内喇叭声。）王上来了，这是他的喇叭的声音。你等几天再来找我吧，我虽然是一个傻瓜，又是一个坏人，可是我也不愿瞧着你饿死。你去吧。

巴洛：谢谢大人。（各下。）

第三场　同前。伯爵夫人府中一室

（喇叭奏花腔。国王、伯爵夫人、拉敷、群臣、朝士、侍卫等上。）

国王：她的死对于我无疑是丧失了一件珍贵的宝物，可是我真想不到你的儿子竟会这样痴愚狂悖，不知道她真正的价值。

夫人：陛下，现在事情已经过去了，一定是他年少无知，乘着一时的血气，受不住理智的节制，才会有这样鲁莽的行动，请陛下不必多计较了。

国王：可尊敬的夫人，我曾经对他怀着莫大的愤怒，只等找到机会便想把重罚降在他的身上，可是现在我已经宽恕了一切，忘怀一切了。

拉敷：请陛下恕我多言，我说，这位小爵爷太对不起陛下，太对不起他的母亲，也太对不起他的夫人了，可是他尤其对不起他自己。他所失去的这位妻子，她的美貌足以使众家粉黛一齐失色，她的言辞足以迷醉每一个人的耳朵，她的尽善尽美足以使最高傲的人俯首臣服。

国王：赞美已经失去的事物，使它在记忆中格外显得可爱。好，叫他过来吧，我们已经言归于好，从此不再重提旧事了。他无须向我求恕，他所犯的重大过失，已经成为过去的陈迹，埋葬在永久的遗忘里了。让他过来见我吧，他现在是一个不相识者，不是一个罪人，告诉他，这就是我的意旨。

国王：他对于你的女儿怎么说？你跟他说起过这回事吗？

拉敷：他说一切都听候陛下的旨意。

国王：那么我们可以做成这一桩婚事了。我已经接到几封信，对他都是备极揄扬。

（贝特兰上。）

拉敷：他今天打扮得果然英俊不凡。

国王：我的心情是变化无常的天气，你在我身上可以同时看到温煦的日光和无情的霜霰。可是当太阳大放光明的时候，蔽天的阴云是会扫荡一空的。你近前来吧，现在又是晴天了。

贝特兰：小臣罪该万死，请陛下原谅。

国王：既往不咎，从前的种种，以后不要再提了，让我们还是迎头抓住眼前的片刻吧。我老了，时间是无声的脚步，是不会因为我还有许多事情需要处理而稍停片刻的。你记得这位大臣的女儿吗？

贝特兰：陛下，她在我脑中留着极好的印象。当我第一眼看见她的时候，我就钟情于她。可是我的含情欲吐的舌头还没敢大胆倾诉我心中的爱慕，存在于我心里的另一个记忆却使我对她感到轻蔑。我一想起我那受尽世人赞美而我自己直到她死后才觉得她可爱的亡妻，便觉得任何女子的面貌都不及她的齐整秀丽，任何女子的肤色都不及她的自然匀称，任何女子的身材都不及她的修短合度，她成为我眼中的翳障，遮掩了其余女子的美点。

国王：你给自己辩护得很好，你对她还有这么一些情谊，也可以略略抵消你这一笔负心的债了。可是来得太迟了的爱情，就像已经执行死刑后方才送到的赦状，不论如何都没有法子再挽回了。我们的粗心的错误在于，往往不知看重我们自己所有的可贵的事物，直至丧失了它们以后，方始认识它们的真价。我们的无理的憎嫌，往往伤害了我们的朋友，然后再在他们的坟墓之前捶胸哀泣。我们让整个白昼在憎恨中昏睡过去，而当我们清醒转来以后，再让我们的爱情因为看见已经铸成的错误而恸哭。温柔的海伦娜就这样死了，我们现在把她忘记了吧。把你的定情礼物送去给美丽的穆玳琳吧，两家的家长都已同意，我们现在正在等着参加我们这位丧偶郎君的结婚典礼呢。

夫人：天啊，求你祝福这一次婚姻比上一次美满！

拉敷：来，贤婿。从今以后，我的一份家业也归并给你了，请你快快拿出一点什么东西来，让我的女儿高兴高兴，好叫她快点儿来。（贝特兰取指环与拉敷。）哎哟！我还记得最后一次我在宫廷里和已故的海伦娜告别的时候，我也看见她的手指上有这样一个指环。

贝特兰：这不是她的。

国王：请你让我看一看，我刚才在说话的时候，就已经注意到这个指环了。这是我的，我把它送给海伦娜的时候，曾经对她说过，要是她有什么为难的事，凭着这个指环，我就可以给她帮助。你居然用诡计把她这随身的至宝夺了下来吗！

贝特兰：陛下，您一定是看错了，这指环从来不曾到过她的手上。

夫人：儿呀，我可以用我的生命为誓，我的确曾经看见她戴着这个指环，她把它当作生命一样重视。

拉敷：我也可以确确实实地说我看见她戴过它。

贝特兰：大人，您弄错了，她从来不曾看见过这个指环。它是从佛罗伦斯一家人家的窗户里丢出来给我的，包着它的一张纸上还写着丢掷这指环的人的名字。她是一位名门闺秀，她以为我受了这指环，等于默许了她的婚约，可是我自忖自己是一个有妇之夫，不敢妄邀非分，所以坦白地告诉她我不能接受她的好意。她知道事情无望，也就死了心，可是一直不肯收回这个指环。

国王：我难道不认识自己的东西吗？不管你从哪一个人手里得到它

的，它都是我的，也是海伦娜的。快给我招认出来，你是用怎样的暴力从她手里把它夺来的。她曾经指着神圣的名字为证，发誓她绝不让它离开她的手指，只有当她遭到极大不幸的时候，她才会把它送给我，或者当你和她同床的时候，她才可以把它交给你，可是你从来不曾和她同过枕席。

贝特兰：她从来不曾见过这指环。

国王：你还要胡说，你以为我是在说谎话吗？你使我心里起了一种不敢想起的可怕的推测。要是你竟会这样忍心伤天害理——这样的事情是不见得会有的，可是我不敢断定，除非我亲自在她旁边看她死去，否则我的疑虑是不会消逝的。把他押起来。（卫士捉贝特兰。）我太大意了，不曾注意到这一点，抓他下去！我们必须把事情查问一个水落石出。

贝特兰：您要是能够证明这指环曾属她所有，那么您也可以证明我曾经在佛罗伦斯和她睡在一张床上，可是她从来不曾到过佛罗伦斯。（卫士押下。）

国王：我心中充满了可怖的思绪。

（第一场中之朝士上。）

朝士：请陛下恕小臣冒昧，小臣在路上遇见一个佛罗伦斯妇人，要向陛下呈上一张状纸，因为赶不上陛下大驾，要我代她收下转呈御目。小臣因为看这个告状的妇人举止温文，言辞优雅，听她说来，好像她的事情非常重要，而且和陛下也有几分关系，所以大胆答应了她。她本人大概也就可以到了。

国王：“告状人黛安娜·卡必来脱，呈被诱失身，恳乞昭雪事：窃告状人前在佛罗伦斯因遭被告罗西昂伯爵甘言引诱，允于其妻去世后娶告状人为妻，告状人一时不察，误受其愚，遂致失身。今被告已成鳏夫，理应践履前约，庶告状人终身有托，乃竟意图遗弃，不别而行。告状人迫不得已，唯有追踪前来贵国，叩阍鸣冤，伏乞王上陛下俯察下情，主持公道，拯弱质于颠危，示淫邪以儆惕，实为德便。”

拉敷：我宁愿在市场上买一个女婿，把这一个摇着铃出卖给人家。

国王：拉敷，这是上天有心照顾你才会有这一场发现。把这些告状的人找来，快去再把那伯爵带过来。（朝士及若干侍从下。）夫人，我怕海伦娜是死于非命。

夫人：但愿干这样事的人都逃不了国法的制裁！

（卫士押贝特兰上。）

国王：伯爵，我可不懂，既然在你看来，你的妻子就像妖怪一样可怕，你因为不愿做她的丈夫，宁可远奔异国，那么你何必又想跟人家结婚呢？

（朝士率寡妇及黛安娜重上。）

国王：那个妇人是谁？

黛安娜：启禀陛下，我是一个不幸的佛罗伦斯女子，旧家卡必来脱的后裔；我想陛下已经知道我来此告状的目的了，请陛下量情公断，给我做主。

寡妇：陛下，我是她的母亲。我活到这一把年纪，想不到还要抛头露面，受尽羞辱，要是陛下不给我们做主，那么我的名誉固然要从此扫地，我这风烛残年，也怕就要不保了。

国王：过来，伯爵，你认识这两个妇人吗？

贝特兰：陛下，我不能否认，也不愿否认我认识她们。她们还控诉我些什么？

黛安娜：你不认识你的妻子了吗？

贝特兰：陛下，她不是我的什么妻子。

黛安娜：你要是跟人家结婚，必须用这一只手表示你的诚意，而这一只手是已经属于我的了，你必须对天立誓，而那些誓也已经属于我的子女。凭着我们两人的深盟密誓，我已经与你成为一体，谁要是跟你结婚，就必须同时跟我结婚，因为我也是你的一部分。

拉敷：（向贝特兰）你的名誉太坏了，配不上我的女儿，你不配做她的丈夫。

贝特兰：陛下，这是一个痴心狂妄的女子，我以前不过跟她开过一些玩笑，请陛下相信我的人格，我还不至于堕落到这种地步。

国王：你的行为要是不能使人相信，我怎么能相信你的人格呢？你还是先证明一下你的人格的高尚吧。

黛安娜：陛下，请您叫他宣誓回答，我的贞操是不是他破坏的？

国王：你怎么回答她？

贝特兰：陛下，她太无耻了，她是军营里一个人尽可夫的娼妓。

黛安娜：陛下，他冤枉了我。我倘然是这样一个人，他就可以用普通的价钱买到我的身体。不要相信他。瞧这指环吧！这是一件稀有的贵重的宝物，可是他却会毫不在意地丢给一个军营里人尽可夫的娼妓！

夫人：他的脸红了，果然是的，这指环是我们家里六世相传的宝物。这女人果然是他的妻子，这指环便是一千个证据。

国王：你说你看见这里有一个人，可以为你做证吗？

黛安娜：是的，陛下，可是他是个坏人，我很不愿意提出这样一个人来，他的名字叫巴洛。

拉敷：我今天看见过那个人，如果他也可以算是个人的话。

国王：去把这人找来。（一侍从下。）

贝特兰：叫他来干什么？谁都知道他是一个无耻的小人，什么坏事他都做得出，讲一句老实话就会不舒服。难道随着他的信口胡说，就可以断定我的为人吗？

国王：你的指环在她的手上，这可是抵赖不了的。

贝特兰：我想这是事实，我的确曾经喜欢过她，也曾经和她发生过一段缱绻。年轻人爱好风流，这些逢场作戏的事是免不了的。她知道与我身份悬殊，有心诱我上钩，故意装出一副冷若冰霜的样子来激动我。因为在恋爱过程中的一切障碍，都是足以挑起更大的情欲的。凭着她的层出不穷的手段和迷人的娇态，她终于把我征服了。她得到了我的指环，我向她换到的，却是出普通市价都可以买得到的东西。

黛安娜：我必须耐住我的怒气。你会抛弃你从前那位高贵的夫人，当然像我这样的女人更不值得你一顾，玩够了就可以丢了。可是我还要请求你一件事，你既然是这样一个薄情无义的男人，我也情愿失去你这样一个丈夫，叫人去把你的指环拿来还给我，让我带回家去，你给我的指环也可以还你。

贝特兰：我没有什么指环。

国王：你的指环是什么样子的？

黛安娜：陛下，就跟您手指上的那个差不多。

国王：你认识这个指环吗？它刚才还是他的。

黛安娜：这就是他在我床上的时候我给他的那一个。

国王：那么说你从窗口把它丢下去给他的话，完全是假的了。

黛安娜：我说的句句都是真话。

（侍从率巴洛重上。）

贝特兰：陛下，我承认这指环是她的。

国王：你太会躲闪了，好像见了一根羽毛的影子都会吓一跳似的。这就是你说起的那个人吗？

黛安娜：是的，陛下。

国王：来，老老实实告诉我，你知道你的主人和这个妇人有什么关系？尽管把你所知道的说出来，不用害怕你的主人，我不会让他碰着你的。

巴洛：启禀陛下，我的主人是一位规规矩矩的绅士，有时他也有点儿不大老实，可是那也是绅士们所免不了的。

国王：来，来，别说废话，他爱这个妇人吗？

巴洛：不瞒陛下说，他爱过她，可是——

国王：可是什么？

巴洛：陛下，他爱她就像绅士们爱着女人一样。

国王：这是怎么说的？

巴洛：陛下，他爱她，但他也不爱她。

国王：你是个浑蛋，但是你也不是个浑蛋。这家伙怎么说话这样莫名其妙?

巴洛：我是个苦人儿，一切听候陛下的命令。

拉敷：陛下。他只会打鼓，不会说话。

黛安娜：你知道他答应娶我吗?

巴洛：不说假话，我有许多事情心里明白，可是嘴上却不便说。

国王：你不愿意说出你所知道的一切吗?

巴洛：陛下要我说，我就说，我的确替他们两人做过媒，而且他真是爱她，简直爱到发了疯，什么魔鬼呀，地狱呀，还有什么什么这一类话他都说过。那个时候他们把我当作心腹看待，所以我知道他们在一起睡过觉，还有其余的花样儿，例如答应娶她，还有什么什么，这些我实在不好意思说出来，所以我想我还是不要把我所知道的事情说出来为好。

国王：你已经说出了一切，除非你还能够说他们已经结了婚。你这证人做得非常好，站在一旁。——你说这指环是你的吗?

黛安娜：是的，陛下。

国王：你从哪里买来的?还是什么人给你的?

黛安娜：不是人家给的，也不是我买的。

国王：那么是谁借给你的?

黛安娜：也不是人家借给我的。

国王：那么你是在哪里拾到的?

黛安娜：也不是我拾到的。

国王：不是买来的，又不是人家送给你的，也不是人家借给你的，还不是在哪里拾的，那么它怎么会在你手里呢，你又怎么会把它给了他呢?

黛安娜：我从来没有把它给过他。

拉敷：陛下，这女人的一条舌头颠来倒去，就像一只可以随便脱下套上的宽手套一样。

国王：这个指环是我的，我曾经把它赐给他的前妻。

黛安娜：它也许是陛下的，也许是她的，我可不知道。

国王：把她带下去，我不喜欢这个女子。把她关进监牢，把他也一起带下去。你如果不说出你是如何得到这个指环的，我就马上把你处死。

黛安娜：我永远不会告诉你。

国王：把她带下去。

黛安娜：陛下，请您让我交保吧。

国王：我现在才知道你也不是什么好东西。**黛安娜：**老天在上，除了你，我没有结识过其他男人。**国王：**那么你究竟为什么要控诉他呢？

黛安娜：因为他有罪，但是他没有罪。他知道我已经不是一个处女。他曾经赌咒说我不是一个处女。但我可以发誓，我还是一个处女，这是他所不知道的。陛下，我愿意以自己的生命起誓，我并不是一个娼妓，我是清白的，否则就把我配给这个老头子为妻。**国王：**她越说越不像话了，把她关进监牢。

黛安娜：妈，你去找那个保人来吧。（寡妇下。）请等一下，陛下，我已经让她去找那个指环原来的主人了，他可以做我的保人。关于这位贵人，虽然他不曾害我，但他心知肚明他曾经做过什么对不起我的事，现在我暂且饶恕他。他清楚他曾玷污过我的枕席，就是那时，他的妻子怀了他的孩子，虽然她已经死了，却依然可以感觉到她的孩子在腹中跳动。如果你们不懂这个生生死死的哑谜，那么请看，解哑谜的人来了。

（寡妇偕海伦娜重上。）

国王：我的眼睛花了吗？我看见的是真的还是假的？

海伦娜：不，陛下，您所看见的只是一个妻子的影子，只有虚名，并无实际。

贝特兰：虚名也有，实际也有。啊，宽恕我吧！

海伦娜：我的好丈夫！当我假冒这位姑娘的时候，我觉得您是那么温柔体贴、善解人意。这是您的指环，瞧，还有您的亲笔信，上面写着："汝倘能得余永不离手之指环，且能腹孕一子，确为余之骨肉者，始可称余为夫。”现在这两件事我已经做到了，您愿意做我的丈夫吗？

贝特兰：陛下，如果她能把这件事解释清楚，我愿意娶她为妻，永永远远爱她。

海伦娜：要是我不能把这件事解释清楚，要是我的话有半句谎言，就让我们从此各奔东西，天人永别！啊，亲爱的妈妈，想不到今生还能看见您！

拉敷：我的眼睛异常酸楚，眼泪已经不可抑制地流了出来。（向巴洛）朋友，借块手帕给我，谢谢你。一会儿你跟我回去吧，你可以给我解闷儿。算了，别打躬作揖了，我讨厌你这个鬼腔调儿。

国王：让我们来听一下这个故事的来龙去脉吧，让大伙儿高兴一下。（向黛安娜）你如果真是一朵未经攀折的鲜花，那么你自己也挑一个丈夫吧，我愿意送一份嫁奁给你。因为我可以猜到，多亏了你的好心帮助，这一对怨偶才会变成佳偶，你自己也保全了清白。不过，这一切详细的经过情形，等我们慢慢再谈吧。正是——

今夕喜团圆，艰辛终得偿。
不历辛酸味，哪来齿颊香。（喇叭奏花腔。众下。）
收场诗（饰国王者向观众致辞。）
黄袍玉带总是虚，王侯将相总堪讥，
若能博得观众喜，便是功德圆满时。（下。）